John
Kennedy Toole

Ignaz oder Die Verschwörung der Idioten/Roman

Aus dem Amerikanischen übersetzt von Peter Marginter

-Klett-Cotta-

Wenn ein wahres Genie in die Welt tritt, erkennt ihr es an den Idioten, die sich dagegen verschwören.

Jonathan Swift

Eins

Eine grüne Jagdmütze, stramm auf der fleischigen Wölbung des Kopfs. Über Büscheln von ungestutztem Haar, breiten Ohren und den Borsten, die aus den Ohren wuchsen, standen die grünen Ohrenlaschen ab wie Winker, die zwei Richtungen auf einmal anzeigen. Volle Lippen schürzten sich unter dem buschigen schwarzen Schnauzbart, zogen sich seitwärts auf Winkel zurück, wo in kleinen Falten Verachtung und Krümel von Pommesfrites nisteten. Beschattet vom grünen Schirm der Mütze blickte Ignaz J. Reilly aus zwiefarbenen Augen – eines blau, das andere gelb – auf die Leute herunter, die unter der Uhr von D. H. Holmes, dem Warenhaus, warteten, und schätzte sie nach ihrer Kleidung ein. Einige, bemerkte Ignaz, waren so nagelneu und aufwendig herausgeputzt, daß es wirklich gegen jeden guten Geschmack und Anstand war. Neues und Teures beweist nur, daß es dem Träger an Gottesfurcht und innerer Ordnung mangelt; es läßt sogar an seiner seelischen Substanz zweifeln.

Ignaz hingegen war bequem und vernünftig gekleidet. Die Jagdmütze schützte vor Schnupfen. Die geräumigen Hosen aus robustem Tweed boten mehr Bewegungsfreiheit als üblich, in ihren Falten und Zwickeln hielt sich ein Vorrat an lauer, schmeichelnder Luft. Das karierte Hemd erübrigte eine Jacke, der Schal deckte die Blößen zwischen Ohrenlaschen und Kragen. Ein solcher Aufzug war vielleicht nicht alltäglich-modisch, entsprach aber allen theologischen und geometrischen Anforderungen und deutete auf ein reiches Innenleben.

Schwerfällig wie ein Elephant verlagerte Ignaz sein Gewicht auf das andere Bein, Fleisch bewegte sich in Wellen unter Tweed und Flanell, staute sich an Knöpfen und Säumen. Von diesem neuen Standpunkt aus bedachte er, wie lange er nun schon auf seine Mutter gewartet hatte. Vor allem widmete er sich den nachgerade auftretenden Unlustgefühlen. Es war, als wollte er mit Haut und Haar aus den plumpen Sämischstiefeln platzen, und er senkte, wie um sich dessen zu vergewissern, die zwiefärbigen Augen zu den Füßen. Sie machten wirklich einen geschwollenen Eindruck. Er war entschlossen, seiner Mutter diese aufgetriebenen Stiefel als Beweis für ihr rücksichtsloses Benehmen vorzuhalten. Als er aufschaute, neigte sich eben am Ende der Canal Street die Sonne hinab zum Mississippi. Auf der Holmes-Uhr war es fast fünf. Er legte sich bereits einige sorgfältig formulierte Vorwürfe zurecht, die Mutter in ihrem Gewissen treffen oder wenigstens beunruhigen sollten. Es war oft unumgänglich, sie auf den gebührenden Platz zu verweisen.

Sie hatte ihn in die Stadt gefahren, in dem alten Plymouth, und während sie wegen ihrer Arthritis beim Doktor gewesen war, hatte Ignaz bei Werlein ein paar Noten für seine Trompete und eine neue Saite für die Laute gekauft. Dann hatte er in die Passage mit den Spielsalons auf der Royal Street geschaut, ob es dort neue Automaten gab. Zu seiner Enttäuschung war das Fußballspiel fort. Als er zuletzt daran gespielt hatte, war ein Verteidiger kaputt gewesen, und der Direktor hatte ihm nach einigem Disput den Zehner zurückerstattet, obwohl die Angestellten sich nicht entblödeten, Ignaz zu verdächtigen, daß er selbst mit einem Fußtritt den Fußballautomaten ruiniert hatte.

Indem er nun dem Schicksal des Fußballautomaten nachsann, entrückte Ignaz der handgreiflichen Gegenwart der Canal Street und der Menschen um ihn, bemerkte daher auch nicht die zwei Augen hinter der einen Säule von D. H. Holmes, die ihn angelegentlich beobachteten: zwei traurige Augen, in denen Hoffnung und Hunger glänzten.

Ließ sich so ein Automat in New Orleans reparieren? Wahrscheinlich. Aber vielleicht mußte man ihn anderswohin schicken, nach Milwaukee oder Chicago oder in eine von den Städten, deren Namen Ignaz mit fachmännischen Reparaturen und ständig qualmenden Fabriken verband. Ignaz hoffte, daß man das Fußballspiel auf dem Transport glimpflich behandelte und die brutalen Eisenbahner, die nur darauf aus sind, den Schienenverkehr durch Schadenersatzforderungen von Spediteuren zugrunde zu richten, um hierauf zu streiken und die Illinois Central Station zu demolieren – daß diese Eisenbahner die kleinen Spieler nicht verletzten oder verstümmelten.

Als Ignaz bedachte, wieviel Ergötzen doch so ein kleines Fußballspiel der Menschheit bereitet, bewegten sich die zwei traurigen, hungrigen Augen durch die Menge auf ihn zu wie Torpedos, die einen dicken, schwabbeligen Tanker anpeilen. Der Polizist zupfte an Ignaz' Notentüte.

„Können Sie sich legitimieren, Mister?" erkundigte sich der Polizist. In seiner Frage schwang die Hoffnung, daß Ignaz sich nicht legitimieren konnte.

„Was?" Ignaz besah das Dienstabzeichen auf der blauen Kappe. „Wer sind Sie?"

„Zeigen Sie mir Ihren Führerschein."

„Ich fahre nicht. Wollen Sie bitte weitergehen? Ich warte auf meine Mutter."

„Was hängt da aus Ihrer Tüte?"

„Was wohl, Sie Ignorant? Eine Saite für meine Laute."

„Wie?" Der Polizist rückte ein wenig ab. „Sind Sie hier wohnhaft?"

„Hält es die Polizei für ihre Aufgabe, mich zu belästigen? In dieser Stadt, diesem notorischen Sündenpfuhl?" donnerte Ignaz in die Menge vor dem Geschäft. „Jeder weiß, daß diese Stadt voll ist von Spielern, Huren, Exhibitionisten, Gotteslästerern, Alkoholikern, Sodomiten, Rauschgiftsüchtigen, Fetischisten, Onanisten, Pornographen, Betrügern, Nymphomaninnen, Schwulen und Lesbierinnen, die alle den Schutz der Obrigkeit genießen, weil sie am rechten Ort schmieren. Falls Sie ein wenig Zeit haben, will ich mich gern mit Ihnen auf eine Diskussion über die Kriminalität einlassen, aber pöbeln Sie nicht ausgerechnet mich an!"

Der Polizist packte Ignaz am Arm, die Notentüte traf die Amtskappe, die baumelnde Lautensaite schnalzte über das Polizistenohr.

„Holla!“ rief der Polizist.

„Jedem das Seine!“ brüllte Ignaz im Bewußtsein, daß sich um sie ein Ring von Neugierigen sammelte.

Drinnen bei D. H. Holmes stand Mrs. Reilly in der Backwarenabteilung und preßte ihre Mutterbrust an eine Glasvitrine mit Kokoskuppeln. Mit einem Finger, ausgelaugt vom jahrelangen Einseifen der vergilbten, monströsen Unterhosen ihres Sohns, pochte sie auf das Glas, um sich der Verkäuferin bemerkbar zu machen.

„Miss Inez“, rief Mrs. Reilly in jenem Tonfall, den man südlich von New Jersey nur noch in New Orleans hört, diesem Hoboken am Golf von Mexiko. „Hier bitte, mein Kind!“

„Wie geht's Ihnen?“ erkundigte sich Miss Inez.

„Wärmer könnte es sein“, meinte Mrs. Reilly aufrichtig.

„Eine Schweinerei ist das.“ Miss Inez lehnte sich über die Glasvitrine und vergaß ihre Kuchen. „Mir ist auch nicht sehr warm in den Füßen.“

„Wenn's nur das wäre! Ich habe die Artheritis im Ellbogen.“

„Schrecklich!“ Miss Inez war voll echtem Mitleid. „Mein armer, alter Pappa hat das auch. Wir setzen ihn in die Wanne, in kochend heißes Wasser.“

„Bei mir plantscht mein Bub den ganzen Tag in der Wanne. Kaum daß ich noch in mein eigenes Badezimmer hineinkann.“

„Ist er denn nicht verheiratet?“

„Mein Ignaz? Oh je.“ Mrs. Reilly seufzte. „Kann ich zwei Dutzend von der bunten Mischung da haben?“

„Aber haben Sie mir nicht erzählt, daß er verheiratet ist?“ beharrte Miss Inez, während sie die Schnitten in eine Schachtel schichtete.

„Nicht einmal was Ernsteres hat er. Die eine, die er gehabt hat, ist ihm vorher davon.“

„Na, er hat ja noch Zeit.“

„Ja, schon.“ Mrs. Reilly ließ das Thema fallen. „Packen Sie doch ein halbes Dutzend Weinbeißer dazu. Mein Ignaz regt sich immer auf, wenn uns die Kuchen ausgehn.“

„Kuchen schmeckt dem Buben, nicht?“

„Auweh – der Ellbogen bringt mich um.“

Draußen vor dem Warenhaus, im Zentrum der Menge, deren Radius von lüsterner Neugier bestimmt war, schlug die Jagdmütze heftige Volten.

„Ich werde mich an den Bürgermeister wenden!“ rief Ignaz.

„Laß den Jungen in Ruhe“, tönte es aus dem Haufen.

„Hol dir die Huren aus der Bourbon Street“, fügte ein alter Mann hinzu. „Das ist ein braver Bub, der wartet nur auf seine Mamma.“

„Vielen Dank“, bemerkte Ignaz, sehr von oben herab. „Ich will hoffen, daß Sie alle bezeugen werden, wie man mich hier mißhandelt.“

„Sie kommen jetzt mit mir“, sagte der Polizist, nicht mehr ganz so selbstsicher, zu Ignaz. Die Menschenansammlung entwickelte sich zu einem Auflauf, kein Verkehrsposten war in Sicht. „Wir gehen auf die Wachstube.“

„Weit sind wir gekommen, daß nicht einmal ein braver Bub vor D. H. Holmes auf seine Mamma warten kann!“ Das war wieder der alte Mann. „So zugegangen ist es in dieser Stadt noch nie. Das sind alles die Kommunisten.“

„Sie heißen mich einen Kommunisten?“ wandte der Polizist, während er der schnalzenden Lautensaite auszuweichen versuchte, sich an den alten Mann. „Sie gehen auch gleich mit. Ihnen werden wir schon beibringen, wer da ein Kommunist ist!“

„Mich können Sie nicht arretieren!“ schrie der alte Mann. „Ich bin Mitglied beim Seniorenverein, der ist behördlich konzessioniert und gefördert!“

„Lassen S' den alten Herrn, Sie Krautwächter!“ schrie eine Frau. „Was wissen Sie, von wem der der Opa ist?“

„Richtig“, bestätigte der alte Mann. „Sechs Enkel hab ich, die studieren alle bei den Schulschwestern. Die werden's Ihnen zeigen!“

Über die Köpfe der Leute hinweg sah Ignaz seine Mutter, wie sie langsam aus der Eingangshalle des Warenhauses kam, unter der Last der Kuchenpakete gebeugt, als ob sie Zementsäcke trüge.

„Mutter!" rief er. „Du kommst gerade recht. Man hat mich festgenommen."

Mrs. Reilly keilte sich durch die Menge. „Ignaz! Was geht hier vor? Was hast du schon wieder angestellt? Sie da! Lassen Sie sofort meinen Buben los!"

„Ich habe ihn nicht angerührt, Gnädigste", verwahrte sich der Polizist. „Ist das Ihr Sohn?"

Mrs. Reilly nahm Ignaz die sirrende Lautensaite ab.

„Natürlich bin ich ihr Kind", sagte Ignaz. „Sehen Sie nicht den Ausdruck mütterlicher Zuneigung?"

„Er ist ihr ein und alles", meinte der alte Mann.

„Was wollen Sie meinem armen Kind antun?" fragte Mrs. Reilly den Polizisten. Ignaz strich ihr mit einer seiner Riesentatzen über das hennarote Haar. „Da haben Sie ja viel Arbeit, wenn Ihnen nichts Gescheiteres einfällt, als auf armen Kindern herumzuhacken, wo die Stadt voller Gesindel ist. Aber da muß nur einer auf seine Mamma warten, und schon wollen sie ihn einsperren."

„Ein klarer Fall von Bürgerrechtsverletzung", stellte Ignaz fest und legte die Tatze um den gebeugten Rücken seiner Mutter. „Wir müssen uns an Myrna Minkoff wenden, meine verlorene Geliebte. Sie kennt sich in diesen Dingen aus."

„Das sind die Kommunisten", unterbrach der alte Mann.

„Wie alt ist er?" wollte der Polizist von Mrs. Reilly wissen.

„Ich bin dreißig", teilte Ignaz herablassend mit.

„Wo arbeiten Sie?"

„Ignaz muß mir zuhause helfen", sagte Mrs. Reilly. Ihr anfänglicher Mut sank ein wenig, sie zwirbelte die Lautenseite um die Schnur der Kuchenschachteln. „Ich leide an Artheritis."

„Ich wische gelegentlich Staub", erklärte Ignaz dem Polizisten. „Davon abgesehen schreibe ich derzeit an einem umfänglichen Pamphlet gegen dieses Jahrhundert. Und wenn ich von der literarischen Arbeit so erschöpft bin, daß mir schwindelt, bereite ich manchmal Brotaufstrich."

„Ignaz macht köstliche Brotaufstriche", bestätigte Mrs. Reilly.

„Sehr brav", fand der alte Mann. „Die meisten Buben treiben sich nur herum."

„Halten Sie gefälligst den Mund!" sagte der Polizist zu dem alten Mann.

„Ignaz", fragte Mrs. Reilly mit zitternder Stimme: „Was hast du getan?"

„Wenn ich es bedenke, war eigentlich er es, der das Ganze ausgelöst hat." Ignaz deutete mit seinem Notenpäckchen auf den alten Mann. „Ich bin einfach hier gestanden, habe auf dich gewartet und gebetet, daß du eine gute Nachricht vom Doktor bringst."

„Nehmen Sie den Alten mit", sagte Mrs. Reilly zu dem Polizisten. „Das ist der Unruhestifter. Es ist eine Schande, daß solche Leute frei herumlaufen dürfen."

„Bei der Polizei sind sie alle Kommunisten", sagte der alte Mann.

„Haben Sie nicht gehört, daß Sie den Mund halten sollen?" fuhr in der Polizist an.

„Auf den Knien danke ich täglich dem Himmel, daß jemand da ist, der uns beschützt", versicherte Mrs. Reilly den Umstehenden. „Alle wären wir nicht mehr, wenn es keine Polizei gäbe. Tot im Bett würden wir alle liegen mit aufgeschlitzter Gurgel, von einem Ohr zum anderen."

„Recht hat sie", antwortete eine Zuhörerin.

„Beten Sie einen Rosenkranz für unsere Polizei!" forderte Mrs. Reilly die Menge auf. Ignaz streichelte heftig ihre Schulter und soufflierte Ermutigendes. „Aber würden Sie einen Rosenkranz für einen Kommunisten beten?"

„Nie!" respondierten mehrere emphatische Stimmen. Jemand stieß den alten Mann.

„Das ist ein Irrtum, Gnädigste!" rief der alte Mann. „Er hat Ihren Buben verhaften wollen. Wie in Rußland! Alle sind sie Kommunisten!"

„Los – wird's bald?" sagte der Polizist zu dem alten Mann und packte ihn hinten am Mantel.

„Oh, mein Gott!“ stöhnte Ignaz beim Anblick des schmächtigen Polizisten, wie er den alten Mann festzuhalten versuchte. „Das ist zuviel für meine Nerven.“

„Hilfe!“ appellierte der alte Mann an die Zuschauer. „Das ist ein Eingriff! Das ist eine Verletzung der persönlichen Freiheit!“

„Er spinnt, Ignaz“, bemerkte Mrs. Reilly. „Wir setzen uns lieber ab.“

Sie wandte sich zum Publikum. „Zurück! Der bringt uns noch alle um! Ich möchte nicht ausschließen, daß er wirklich ein Kommunist ist.“

„Du mußt nicht übertreiben, Mutter“, meinte Ignaz, als sie sich durch die zurückweichende Menge drängten und die Canal Street hinuntereilten. Er schaute zurück und sah den alten Mann und den kleinen Polizisten im Handgemenge unter der Warenhausuhr. „Geh bitte ein bißchen langsamer: Ich spüre mein Herz.“

„Ach, sei still! Was glaubst du, wie ich mich fühle? In meinem Alter sollte man nicht mehr so rennen müssen.“

„Leider ist das Herz auch bei einem jüngeren Menschen wichtig.“

„Dein Herz ist ganz in Ordnung.“

„Das wird sich ändern, wenn wir nicht langsamer gehen.“ Die Tweedhose wogte um Ignaz’ Rundungen, als er sich so dahinwälzte. „Hast du meine Lautensaite?“

Mrs. Reilly zog ihn um die Ecke der Bourbon Street, sie bogen in das Franzosenviertel.

„Warum ist dieser Polizist auf dich losgegangen?“

„Keine Ahnung. Aber ich vermute, daß er demnächst hinter uns her sein wird, sobald er diesen greisen Faschisten versorgt hat.“

„Glaubst du das wirklich?“ Mrs. Reilly schaute nervös hinter sich.

„Ich bin ziemlich sicher. Er war offenbar entschlossen, mich zu verhaften. Anscheinend gibt es da Planziele oder etwas ähnliches. Ich bezweifle sehr, daß er mich so leicht entkommen lassen will.“

„Entsetzlich! Du stündest in allen Zeitungen, Ignaz. Welche Schande! Du mußt irgend etwas angestellt haben, während du auf mich gewartet hast, Ignaz. Ich kenne dich, Bub!"

„Ich schwöre dir, daß ich nichts und niemanden gestört habe." Ignaz holte Atem. „Bitte. Wir können nicht weiter. Ich fürchte, ich bekomme gleich einen Blutsturz."

„Also gut." Ein Blick in das gerötete Gesicht ihres Sohns überzeugte Mrs. Reilly, daß er ohne besondere Hemmungen zusammenbrechen würde, ihr vor die Füße, einfach zum Beweis seiner Prognose. Das wäre nicht das erste Mal. Letzthin, als sie ihn gezwungen hatte, mit ihr in die Sonntagsmesse zu gehen, war er zweimal auf dem Weg zur Kirche zusammengebrochen und dann ein drittes Mal während der Predigt über den Müßiggang. Aus der Kirchenbank war er gekippt und hatte eine peinliche Störung verursacht. „Setzen wir uns da hinein."

Sie schob ihn mit dem einen Kuchenpäckchen durch die Tür der „Liebesnacht"-Bar. In dem von Whisky und abgestandenem Rauch geschwängerten Dunkel hievten sie sich auf zwei Hocker. Während Mrs. Reilly ihre Päckchen auf der Theke verteilte, weitete Ignaz seine voluminösen Nüstern und stellte fest: „Der Geruch ist abscheulich, Mutter, es hebt mir schon den Magen."

„Magst du wieder hinaus auf die Straße? Willst du, daß der Polizist dich schnappt?"

Ignaz erwiderte nichts, er schnüffelte geräuschvoll und verzog das Gesicht. Der Barkeeper, der die zwei beobachtet hatte, fragte mokant aus dem Schatticht: „Ja?"

„Ich nehme einen Kaffee", bestellte Ignaz großspurig. „Zichorienkaffee mit gekochter Milch."

„Nur Pulverkaffee", teilte der Barkeeper mit.

„Sowas trinke ich nicht", versicherte Ignaz seiner Mutter. „Das ist ein Greuel."

„Nimm halt ein Bier, Ignaz. Es wird dich nicht umbringen."

„Es könnte mich blähen."

„Geben Sie mir ein Dixie 45", sagte Mrs. Reilly zu dem Barkeeper.

„Und der Herr?“ erkundigte sich der Barkeeper in gespieltem Bariton. „Was darf ich ihm anbieten?“

„Geben Sie ihm auch ein Dixie.“

„Das vertrage ich nicht“, wandte Ignaz ein, als der Barkeeper sich zurückzog, um die Bierflaschen zu öffnen.

„Wir können nicht hier sitzen, ohne irgendwas zu bestellen, Ignaz.“

„Warum nicht? Wir sind hier die einzigen Gäste. Die sollen dankbar sein, daß sie uns haben.“

„Glaubst du, daß es am Abend hier Damen gibt?“ Mrs. Reilly stieß ihren Sohn an.

„Ich würde es vermuten“, erwiderte Ignaz kühl. Er wirkte gequält. „Wir hätten uns anderswo hineinsetzen sollen. Ich habe sowieso den Eindruck, daß die Polizei gleich hier sein und diese Spelunke ausheben wird.“ Er schniefte heftig und räusperte sich. „Zum Glück habe ich den Schnurrbart als Filter, der den Gestank etwas reduziert. Meine Geruchsnerven senden schon Alarmsignale.“

Nach einer Weile, die ihnen recht lang vorkam – einem längeren Intermezzo von Gläserklirren und dem Schnappen von Kühlschranktüren irgendwo im Duster –, erschien wieder der Barkeeper und stellte das Bier vor ihnen ab: wobei er tat, als wollte er Ignaz das Bier über die Hose gießen. Mutter und Sohn wurden in der „Liebesnacht“ so mies bedient, wie es unerwünschte Gäste zu gewärtigen haben.

„Sie haben nicht zufällig ein kaltes Dr. Nut?“ fragte Ignaz.

„Nein.“

„Mein Sohn liebt Dr. Nut“, erläuterte Mrs. Reilly. „Ich muß es kistenweise kaufen. Manchmal setzt er sich hin und trinkt zwei, drei Dr. Nuts auf einmal weg.“

„Ich bin sicher, daß dieser Mensch sich nicht besonders dafür interessiert“, meinte Ignaz.

„Wollen Sie nicht die Mütze abnehmen?“ fragte der Barkeeper.

„Was fällt Ihnen ein?“ donnerte Ignaz. „Bei dieser Kälte?!“

„Wie's beliebt", steckte der Barkeeper zurück und verzog sich in die Schattenzone am anderen Ende der Theke.

„Unglaublich!"

„Reg dich ab", sagte die Mutter.

Ignaz klappte die Ohrlasche auf der Seite seiner Mutter hoch.

„Ich lüfte, damit du deine Stimme nicht strapazieren mußt. Was hat der Doktor zu deinem Dingsda – zu deinem Ellbogen gesagt?"

„Er braucht Massagen."

„Hoffentlich erwartest du das nicht von mir. Du weißt, wie ungern ich Leute anfasse."

„Er hat mir geraten, nach Möglichkeit Kälte zu vermeiden."

„Bestimmt wäre ich dir nützlicher, wenn ich Auto fahren könnte."

„Es geht schon, mein Schatz."

„Sicher, ich leide schon genug, wenn ich in einem Wagen sitzen muß. Das Schlimmste freilich ist das Oberdeck von den Greyhound-Aussichtsbussen: So hoch oben! Erinnerst du dich, wie ich damals mit so einem Ungetüm nach Baton Rouge gefahren bin? Nicht nur einmal habe ich mich übergeben! Der Fahrer mußte irgendwo in den Sümpfen anhalten und mich hinauslassen, damit ich eine Weile herumgehen konnte. Die übrigen Fahrgäste waren recht sauer. Eisenmägen müssen die haben, um mit so einem gräßlichen Vehikel zu fahren! Abgesehen davon hat es mich bedrückt, New Orleans zu verlassen. Jenseits der Stadtgrenze beginnt das Reich der Finsternis, das wahre Niemandsland."

„Ich erinnere mich daran, Ignaz", bestätigte Mrs. Reilly geistesabwesend und trank schluckweise ihr Bier. „Dir war wirklich schlecht, wie du nachhaus gekommen bist."

„Da war mir schon besser. Der schlimmste Augenblick war meine Ankunft in Baton Rouge, als mir bewußt wurde, daß ich eine Rundreisekarte hatte und mit dem Bus auch noch zurückfahren mußte."

„Ja, Kind, du hast mir davon erzählt."

„Vierzig Dollar hat mich das Taxi zurück nach New Orleans

gekostet, aber wenigstens habe ich mich nicht so sterbenselend gefühlt, obwohl ich ein paarmal merkte, wie es mir hochkam. Ich ließ den Taxler ganz langsam fahren, was wieder ihm garnicht gut getan hat. Zweimal hat ihn die Gendarmerie aufgehalten, weil er unter dem Minimaltempo gefahren ist. Beim dritten Mal haben sie ihm den Führerschein abgenommen: Sie haben ihn nämlich die ganze Zeit mit ihrem Radar verfolgt."

Mrs. Reillys Aufmerksamkeit teilte sich zwischen ihrem Sohn und dem Bier. Sie kannte die Geschichte seit drei Jahren.

Ignaz mißverstand den entrückten Blick seiner Mutter als Interesse. „Freilich", fuhr er fort, „war es das einzige Mal in meinem Leben, daß ich aus New Orleans hinausgekommen bin. Möglicherweise hat mich das Fehlen eines Orientierungspunkts so aufgeregt. In diesem dahinrasenden Bus war mir, als würde ich in einen Abgrund geschleudert. Und dann, als wir die Sümpfe hinter uns hatten und in das Auf und Ab der Hügel bei Baton Rouge gerieten, bekam ich Angst, daß irgendein verhetzter Dorftrottel den Bus mit Bomben bewerfen könnte. Fahrzeuge greifen sie besonders gern an, vielleicht als Symbole des Fortschritts."

„Ich bin froh, daß du den Posten nicht genommen hast", nahm Mrs. Reilly, die ihr Stichwort fallen hörte, automatisch den Faden auf.

„Unmöglich hätte ich den Posten nehmen können. Als ich den Vorstand des Instituts für mittelalterliche Kulturgeschichte sah, schlugen meine Hände in kleinen weißen Quaddeln aus. Ein Mensch ohne jede Spur von Seele! Dann spielte er auf meine fehlende Krawatte an und ließ eine hämische Bemerkung über meine Jacke fallen. Ich war außer mir, daß eine so unqualifizierte Figur sich solche Frechheiten herauszunehmen wagte. Die Jacke war eines von den paar lieben Dingen, an denen mein Herz hängt. Wenn ich jemals draufkomme, welcher Kretin sie mir gestohlen hat, zeige ich den Kerl an."

Mrs. Reilly sah die gräßliche, kaffeefleckige Jacke vor sich, die sie schon lange vorher am liebsten der Caritas gespendet hätte, zusammen mit einigen anderen von Ignaz' Lieblingsstücken.

„Begreiflicherweise hat mich das flegelhafte Benehmen dieses Winkelprofessors so verstört, daß ich während seines schwachsinnigen Genuschels aus dem Büro lief und ins nächste Klo stürzte, zufällig in das für Mitglieder des Lehrkörpers. Jedenfalls saß ich in einem der Häuschen und hatte die Jacke oben über die Tür gelegt. Plötzlich ist sie fort – verschwunden! Ich höre Schritte, dann fällt die Tür des Waschraums zu. Ich hingegen war gerade nicht in der Lage, dem schamlosen Dieb nachzusetzen, fing daher an zu schreien. Jemand kam herein und klopfte an die Tür meines Häuschens. Er stellte sich als ein Angehöriger des Universitäts-Sicherheitsdienstes heraus, zumindest behauptete er das von sich. Durch die Tür hindurch schilderte ich ihm den Vorfall. Er versprach mir, die Jacke aufzutreiben, und entfernte sich. Wie du ja weißt, habe ich allerdings schon damals den Verdacht gehabt, daß es sich bei ihm und dem ‚Vorstand' um ein und denselben handelte. Ihre Stimmen klangen irgendwie ähnlich."

„Keinem kannst du heutzutage über den Weg trauen, mein Kleiner ..."

„Endlich war ich soweit, daß ich aus dem Klo flüchten konnte – vor allem wollte ich weg von diesem schrecklichen Ort. Dann bin ich fast erfroren beim Versuch, auf dem öden Universitätsgelände ein Taxi aufzutreiben. Zuletzt fand ich eines, das bereit war, mich für vierzig Dollar nach New Orleans zu bringen, und der Fahrer war sogar so selbstlos, daß er mir seine Jacke borgte. Allerdings war er recht deprimiert und verstimmt wegen des Führerscheins, als wir schließlich ankamen. Nach der Frequenz seines Niesens schien es außerdem, als habe er sich einen argen Schnupfen zugezogen. Immerhin sind wir fast zwei Stunden unterwegs gewesen."

„Ich glaube, ich könnte noch ein Bier vertragen, Ignaz."

„Mamma! In diesem gottverlassenen Loch?"

„Nur eines. Ich brauche noch eines."

„Wahrscheinlich werden wir uns mit diesen Gläsern infizieren, aber wenn du so fest entschlossen bist, kannst du für mich einen Brandy bestellen."

Mrs. Reilly winkte, der Barkeeper löste sich aus dem Schatten und fragte: „Was ist dann mit Ihnen in dem Bus passiert? Das Ende von der Geschichte hab ich nicht mitgekriegt."

„Beschränken Sie sich gefälligst auf Ihre Pflichten als Barkeeper", schnauzte Ignaz ihn wütend an. „Sie haben uns schweigend zu bedienen, wenn wir es wünschen. Wäre uns daran gelegen, Sie an unserem Gespräch zu beteiligen, so hätten wir Ihnen das schon zu verstehen gegeben. Es handelt sich um wichtige persönliche Angelegenheiten."

„Der Mann will doch nur freundlich sein, Ignaz. Schäme dich!"

„Was du da sagst, ist eine contradictio in adjecto. Wie soll jemand in einer solchen Räuberhöhle freundlich sein wollen?"

„Noch zwei Biere!"

„Ein Bier und ein Brandy", berichtigte Ignaz.

„Die sauberen Gläser sind aus", erwiderte der Barkeeper.

„Unglaublich", fand Mrs. Reilly: „Aber wir nehmen halt die unsrigen."

Der Barkeeper zuckte die Achseln und verschwand in den Schatten.

II

Auf der Wachstube teilte der alte Mann eine Bank mit den übrigen – vor allem Ladendieben –, aus denen sich die Ausbeute jenes späten Nachmittags zusammensetzte. Säuberlich hintereinander auf seinem Oberschenkel lagen der Sozialversicherungsausweis, eine Mitgliedskarte der Gesellschaft der Sodalen des heiligen Odo von Cluny, ein Abzeichen des Seniorenklubs und ein Stück Papier, das ihn als Angehörigen der Amerikanischen Legion auswies. Ein junger Schwarzer, augenlos hinter verspiegelten Sonnenbrillengläsern, studierte diesen Personalakt, der da auf der Hose seines Nachbarn ausgebreitet war.

„Mann!" stellte er grinsend fest. „Sie sind aber auch bei allem dabei."

Der alte Mann ordnete seine Karten wieder und sagte nichts.

„Wieso haben die einen wie Sie kassiert?" Eine Rauchwolke zog über die Karten des alten Manns. „Die Bullen sind scheint's übergeschnappt."

„Ich bin hier, weil man mich in meinen Bürgerrechten verletzt hat", brauste der alte Mann plötzlich auf.

„Ha? Das werden sie Ihnen nicht abnehmen. Denken Sie sich lieber was Gescheiteres aus." Eine dunkle Hand streckte sich nach einer Karte. „Was heißt'nn das: Senorenklub?"

Der alte Mann nahm ihm die Karte ab und legte sie zurück auf das Hosenbein.

„Die Karten werden Ihnen nix helfen. Die buchten Sie so und so ein. Alle buchten sie ein."

„Glauben Sie?" fragte der alte Mann die Rauchwolke.

„Klar." Eine nächste Wolke ballte sich. „Warum sind Sie hier?"

„Ich weiß nicht."

„Weiß nicht? Geh! Versteh das einer! Muß einen Grund haben, daß Sie hier sind. Unsereinen lassen sie mitgehen, einfach so, aber bei Ihnen, Mister, hat das bestimmt einen Grund."

„Ich weiß es wirklich nicht", brummte der alte Mann. „Ich bin nur mit einem Haufen Leute vor D. H. Holmes gestanden."

„Und haben eine Brieftasche mitgehen lassen."

„Nein, ich habe einen Polizisten was geheißen."

„Was denn?"

„Einen Kommunisten."

„Kommunist! Auweh! Wenn ich einen Bullen so was heißen täte, säße ich jetzt hundertprozentig in Angola. Aber ich hätt ihn gern einen Kommunisten geheißen, diesen Scheißbullen, wie ich da im Woolsworth stehe und die Funse vom ‚Nußknacker' zu schreien anfängt, als hätte sie einer angestochen, nur weil wer Cashews gemaust hat. Auf geht's! Und gleich drauf packt mich einer von den Aufpassern, und dann schleppt mich der Bulle ab. Böh!" Seine Lippen saugten an der Zigarette. „Nichts haben sie bei mir gefunden von den Cashews, aber abgeschleppt hat er mich doch. Der Aufpasser, glaub ich, der ist ein Kommunist. Dreckiges Arschgesicht."

Der alte Mann hüstelte und fingerte an seinen Karten herum.

„Wahrscheinlich lassen sie Sie laufen“, fuhr der Sonnenbebrillte fort. „Mir werden sie was predigen – wollen mir Angst machen, obwohl sie wissen, daß ich die Cashews nicht habe. Möglich, daß sie welche kaufen und mir in die Tasche stecken. Möglich, daß mich der Woolsworth auf lebenslänglich einlocht.“

Der Neger wirkte völlig resigniert. Er stieß wieder eine blaue Rauchwolke aus, die ihn, den alten Mann und die kleinen Karten einhüllte. Dann sagte er zu sich selbst: „Neugierig wär ich, wer die Nüsse gemaust hat. Wahrscheinlich der Aufpasser selber.“

Ein Polizist rief den alten Mann zu dem Schreibtisch in der Mitte des Raums, wo ein Inspektor saß. Der Wachmann, der den alten Mann festgenommen hatte, stand daneben.

„Name?“ fragte der Inspektor den alten Mann.

„Claude Robichaux“, antwortete er und legte seine kleinen Karten vor den Inspektor auf den Schreibtisch.

Der Inspektor warf einen Blick auf die Karten. „Wachmann Mancuso gibt an, daß Sie sich der Festnahme widersetzt und ihn einen Kommunisten genannt haben.“

„Ich hab's nicht so gemeint“, erwiderte der alte Mann und sah bedrückt dem Inspektor zu, wie er grimmig in den kleinen Karten blätterte.

„Sie sollen auch gesagt haben, daß alle Polizisten Kommunisten sind.“

„Auweh!“ ließ sich der Neger quer durch den Raum vernehmen.

„Maulhalten, Jones!“ rief der Inspektor.

„Bittesehr“, entgegnete Jones.

„Du kommst gleich dran.“

„Bittesehr: Ich habe niemanden einen Kommunisten geheißen“, sagte Jones. „Der Aufpasser im Woolsworth hat mich einsausen lassen. Cashews mag ich gar nicht.“

„Dein Maul sollst du halten!“

„Bittesehr“, fügte sich Jones und ließ eine wahre Gewitterwolke los.

„Ich hab das alles nicht so gemeint", versicherte Mr. Robichaux dem Inspektor. „Mir sind nur die Nerven durchgegangen. Ich habe nicht gewußt, was ich gesagt habe. Der Polizist da hat einen armen Buben verhaften wollen, der vor Holmes auf seine Mamma gewartet hat."

„Wie?" Der Inspektor wandte sich zu dem schmächtigen Polizisten. „Was haben Sie getan?"

„Es war kein Junge", rechtfertigte sich Mancuso. „Es war ein fetter, großer Kerl in einem komischen Aufzug. Er hat wie ein verdächtiges Subjekt ausgeschaut. Ich wollte ihn perlustrieren, und er ist widersetzlich geworden. Wenn Sie's genau wissen wollen: Er hat ausgeschaut wie ein dicker Schwuler."

„Ah, ein Schwuler?" fragte der Inspektor lüstern.

„Ja", bestätigte Mancuso mit gefestigtem Selbstvertrauen. „Ein dicker, großer Schwuler."

„Wie dick?"

„Das größte Kaliber, das mir bisher untergekommen ist", sagte Mancuso und breitete seine Arme wie ein Angler, der von einem Fisch erzählt. Die Augen des Inspektors glänzten. „Als erstes ist mir seine grüne Jagdmütze aufgefallen."

Jones, verborgen in seiner Wolke, lauschte aufmerksam, aber gelassen.

„Na, und was weiter, Mancuso? Wieso steht er nicht jetzt hier vor mir?"

„Er ist abgehauen. Da ist diese Frau aus dem Laden gekommen und hat alles durcheinandergebracht. Und dann ist sie mit ihm davon, um die Ecke ins Franzosenviertel."

„Ach so – zwei Typen aus dem Franzosenviertel!" rief der Inspektor, dem plötzlich ein Licht aufgegangen war.

„Nein, Herr Inspektor", unterbrach ihn der alte Mann. „Sie war wirklich seine Mamma. Eine anständige, nette Dame. Ich habe sie schon öfters in der Stadt gesehen. Der Polizist hat sie erschreckt."

„Hören Sie, Mancuso", bellte der Inspektor: „Sie sind der einzige im Dienst, der auf die Schnapsidee kommen kann, ein Kind vor den Augen seiner Mutter zu verhaften! Und wozu bringen Sie mir den Opa da? Rufen Sie seine Leute an, daß sie ihn abholen!"

„Bitte", versuchte der alte Mann zu bremsen. „Bitte nicht. Meine Tochter muß auf die Kinder schauen. Ich bin noch nie in meinem Leben verhaftet worden. Sie kann mich nicht abholen. Was würden meine Enkel von mir denken? Sie gehen alle aufs Gymnasium, bei den Schulschwestern."

„Er soll Ihnen die Nummer seiner Tochter geben, Mancuso. Damit er's sich das nächste Mal überlegt, bevor er uns Kommunisten heißt."

„Bitte!" Mr. Robichaux war den Tränen nahe. „Ich bin für meine Enkel eine Respektsperson!"

„Himmelherrgott!" schnaubte der Inspektor: „Will ein Kind mit der Mutter verhaften und kommt mit einem Opa daher! Verschwinden Sie, Mancuso – verschwinden Sie mitsamt Ihrem Opa! Verdächtige Subjekte wollen Sie festnehmen? Ein paar Nachhilfestunden brauchen Sie!"

„Jawohl, Herr Inspektor", fügte sich Mancuso und führte den schluchzenden Alten hinaus.

„Auwehauhweh", seufzte Jones hinter seiner Wolke.

III

Dämmerung senkte sich auf die „Liebesnacht"-Bar. Draußen flammten die Lichter der Bourbon Street auf. Neonschriften flakkerten, und der Asphalt, feucht von dem leichten Nebel, der vor einer Weile schon aufgekommen war, spiegelte ihre Lichter. Spritzgeräusche in kaltem Grau: Taxis brachten die ersten Abendgäste, Touristen aus dem Mittelwesten und Kongreßteilnehmer.

Noch ein paar andere Gäste befanden sich in der „Liebesnacht": ein Mann mit einem Wettschein, der mit seinem Finger die Positionen durchging; eine grämliche Blondine, die irgendwie zu der Bar zu gehören schien, und ein junger Mann in eleganter Kleidung, der eine Zigarette an der anderen anzündete und Schluck um Schluck geeiste Daiquiris trank.

„Ignaz, wir sollten lieber gehen", meinte Mrs. Reilly und rülpste.

„Gehen?" protestierte Ignaz laut. „Jetzt müssen wir bleiben und dem Verfall unserer Kultur beiwohnen. Siehst du nicht, er setzt bereits ein."

Der elegante junge Mann kleckerte den Daiquiri über sein flaschengrünes Samtsakko.

„He, Kellner!" rief Mrs. Reilly. „Einen Lappen! Einer von den Gästen hat sich bekleckert."

„Lassen Sie nur, Gnädigste", sagte der junge Mann gereizt, Ignaz und seine Mutter mit gehobenen Brauen betrachtend. „Wahrscheinlich bin ich sowieso in der falschen Bar."

„Nur keine Aufregung, Süßer", riet ihm Mrs. Reilly. „Was trinken Sie'nn da? Schaut aus wie'n Ananasflip mit Schlag."

„Vermutlich könnten Sie sich nichts darunter vorstellen, auch wenn ich's Ihnen beschreiben würde."

„Was fällt Ihnen ein, so zu meiner guten, alten Mutter zu sprechen?"

„Sei still, Dicker", fauchte der junge Mann. „Schauen Sie mein Sakko an!"

„Ein vollkommen absurdes Modell."

„Schon gut, Kinder: Nicht streiten!" bat Mrs. Reilly mit belegter Zunge. „Es gibt schon genug Bomben und schreckliche Sachen."

„Und Ihr Sohn spielt offenbar gern damit."

„Gebt doch Frieden! Das ist doch hier ein Lokal, wo ein jeder sein Vergnügen haben soll." Mrs. Reilly lächelte dem jungen Mann zu. „Ich spendier dir einen Drink, Kleiner – als Ersatz für den, den du verkleckert hast. Und ich genehmige mir noch ein Dixie."

„Ich hab's wirklich eilig", seufzte der junge Mann. „Vielen Dank."

„Ausgerechnet heute abend?" Mrs. Reilly ließ nicht locker. „Stoßen Sie sich nicht an Ignaz. Bleiben Sie doch! Wollen Sie nicht die Show sehen?"

Der junge Mann verdrehte die Augen himmelwärts.

„Jaah“, brach es aus der schweigsamen Blondine. „Bißchen Popo und Bubu.“

„Mir scheint, Mutter“, bemerkte Ignaz kühl, „du provozierst diese unmöglichen Leute.“

„Du willst ja hierbleiben, Ignaz.“

„Gewiß, aber als Beobachter, nicht unbedingt als Mitwirkender.“

"Ehrlich, Bub, deine Busgeschichte kann ich heut abend nicht mehr hören. Du hast sie jetzt schon viermal erzählt, seit wir hier sind.“

Ignaz war gekränkt.

„Ich habe nicht ahnen können, daß ich dich langweile. Immerhin gehört diese Busfahrt zu den Erlebnissen, die mich geprägt haben. Als Mutter solltest du dich für die traumatischen Erfahrungen interessieren, deren Resultat meine Weltanschauung ist.“

„Was war mit dem Bus?“ erkundigte sich die Blondine und wechselte auf den Hocker neben Ignaz. „Ich heiß Darlene. Gute Geschichten mag ich. Hast du was Spritziges?“

Der Barkeeper knallte das Bier und den Daiquiri auf die Theke, als sich der Bus zur Fahrt in den Maelstrom anschickte.

„Da: ein sauberes Glas“, schnaubte der Barkeeper.

„Nett von Ihnen“, fand Mrs. Reilly. „Schau, Ignaz, ich hab ein sauberes Glas gekriegt.“

Ihr Sohn war jedoch zu sehr mit seiner Ankunft in Baton Rouge beschäftigt, um auf sie zu hören.

„Weißt du, Süßer“, erläuterte Mrs. Reilly dem jungen Mann, „das war heut ein Pechtag für meinen Buben und mich. Die Polizei hat ihn verhaften wollen.“

„Oh je! Die Polizisten sind alle so sture Böcke, nicht wahr?“

„Ja – und dabei ist mein Ignaz ein fertiger Doktor!“

„Was, um Himmels willen, hat er denn getan?“

„Nichts. Nur dort gestanden ist er und hat auf seine arme, alte Mutter gewartet.“

„Sein Aufzug ist ein bißchen exzentrisch. Beim Hereinkommen habe ich zuerst geglaubt, daß er vom Zirkus ist. Nur seine Nummer hab ich mir lieber nicht vorstellen wollen."

„Jeden Tag sag ich's ihm wegen seinen Kleidern, aber er hört nicht zu." Mrs. Reilly warf einen Blick auf ihres Sohnes Kehrseite, das Flanellhemd und die Haare, die sich im Nacken kräuselten. „Eine hübsche Jacke haben Sie da."

„Ach, die?" Der junge Mann strich mit der Hand über den samtenen Ärmel. „Wenn Sie's interessiert: Die hat auch ein Vermögen gekostet. In einem süßen kleinen Laden im Village hab ich sie entdeckt."

„Kommen Sie denn vom Land?"

„Heilige Unschuld!" stöhnte der junge Mann und brannte mit nonchalantem Schnalzen seines Feuerzeugs eine Salem an. „Greenwich Village in New York meine ich natürlich. Apropos: Wo haben Sie diesen Hut aufgestöbert? Der ist wirklich fabelhaft."

„Oh, den habe ich seit der Erstkommunion von meinem Ignaz."

„Verkaufen Sie ihn mir?"

„Wieso?"

„Ich handle mit abgelegten Kleidern. Ich gebe Ihnen zehn Dollar."

„Was? Für den Hut?"

„Fünfzehn?"

„Im Ernst?" Mrs. Reilly nahm den Hut ab. „Klar –"

Der junge Mann öffnete seine Brieftasche und gab Mrs. Reilly drei Fünfdollarnoten. Dann kippte er seinen Daiquiri, stand auf und sagte: „Aber jetzt muß ich wirklich laufen."

„Schon?"

„Es war mir ein besonderes Vergnügen."

„Passen Sie auf: Draußen ist's kalt und naß!"

Der junge Mann lächelte, verstaute den Hut sorgfältig unter seinem Trenchcoat und verließ die Bar.

„Nämlich die Radarkontrolle", erzählte Ignaz eben Darlene, „die ist anscheinend deppensicher. Offenbar haben wir – der Taxler und ich – auf der ganzen Strecke von Baton Rouge zurück kleine Punkte auf ihrem Schirm gemacht."

„Auf'm Radarschirm bist du gewesen!" Darlene gähnte. „Kaum zu glauben!"

„Ignaz: wir müssen gehen", verkündete Mrs. Reilly. „Ich habe Hunger."

„Was ist das wieder für ein Benehmen, Mutter?" protestierte Ignaz gereizt. „Siehst du nicht, daß Miss Darlene und ich uns unterhalten? Du hast doch deine Kuchen: Iß sie! Du bist es ja, die sich ständig beklagt, daß sie nirgends hinkommt! Ich hätte mir vorgestellt, daß du es genießt, wenn wir heute einmal ausgehen."

Ignaz kam auf den Radarschirm zurück. Mrs. Reilly wühlte in ihren Schachteln und entschloß sich zu einer Schokorolle.

„Mögen Sie auch eine?" bot sie dem Barkeeper an. „Prima, sag ich Ihnen! Aber ich hab auch Punschkrapfen."

Der Barkeeper tat, als suche er etwas auf dem Flaschenregal.

„Hier riecht's nach Punschkrapfen!" rief Darlene, an Ignaz vorbei.

„Nimm dir einen, Mädchen", sagte Mrs. Reilly.

„Vielleicht werde ich mir auch einen nehmen", überlegte Ignaz. „Ich könnte mir vorstellen, daß sie recht gut zum Cognac schmecken."

Mrs. Reilly breitete den Inhalt der Schachtel auf der Theke aus. Sogar der Mann mit dem Wettschein ließ sich zu einer Kokoskuppel bewegen.

„Woher haben Sie diese köstlichen Punschkrapfen, gnädige Frau?" wollte Darlene wissen. „Die zergehen einem ja auf der Zunge!"

„Von Holmes drüben, mein Kind. Die haben eine einmalige Auswahl, keiner wie der andere."

„Wirklich recht schmackhaft", gab auch Ignaz zu. Seine breite, rosige Zunge tastete den Schnurrbart nach Krümeln ab. „Ich werde mir doch auch noch ein paar Kokoskuppeln genehmigen. Kokos ist ein sehr zuträglicher Ballaststoff. Gut für die Verdauung."

Er schnüffelte zielbewußt in der Schachtel.

„Nach dem Essen muß ich immer was Süßes haben", verriet Mrs. Reilly dem Barkeeper, der ihr den Rücken zukehrte.

„Sie kochen bestimmt gut?" vermutete Darlene.

„Mutter kocht nicht", stellte Ignaz fest: „Sie kocht über."

„Früher, als ich noch verheiratet war, hab ich gern gekocht", erzählte Darlene. „Aber so Dosenzeug hab ich schon auch genommen. Der Spanische Reis und die Spaghetti mit Tomatensauce, die waren besonders gut."

„Konserven sind widernatürlich", bemerkte Ignaz. „Ich möchte nicht ausschließen, daß sie auf die Dauer einen seelischen Schaden bewirken."

„Au – mein Ellbogen fängt wieder an", stöhnte Mrs. Reilly.

„Bitte: Jetzt spreche ich", verbat sich Ignaz. „Ich esse nie Konserven. Einmal habe ich es versucht, da habe ich ganz deutlich meine Gedärme schrumpfen gespürt."

„Sie sind aber sehr gebildet", meinte Darlene.

„Mein Ignaz hat studiert. Dann hat er noch vier Jahre dazugelegt und seinen Doktor gemacht. Er hat ein Paradezeugnis."

„Paradezeugnis?" wiederholte Ignaz irritiert. „Drücke dich bitte in klaren Begriffen aus! Was willst du mit ‚Paradezeugnis' behaupten?"

„Sprich doch nicht so mit deiner Mamma", verwies ihn Darlene.

„Ach, er behandelt mich oft sehr schlecht", verriet Mrs. Reilly und begann zu schluchzen. „Sie haben ja keine Ahnung! Wenn ich daran denke, was ich alles für diesen Buben getan habe ..."

„Was sagst du da, Mutter?"

„... überhaupt keine Anerkennung ..."

„Hör sofort auf damit! Du bist betrunken!"

„Wie Dreck behandelst du mich. Immer hab ich mich bemüht –", schluchzte Mrs. Reilly: „Das ganze Geld von Oma Reillys Lebensversicherung habe ich für ihn hergegeben, damit er acht Jahre an der Universität bleiben kann, und seither tut er nichts als daheim herumliegen und fernsehen."

„Sie sollten sich schämen“, sagte Darlene zu Ignaz. „Ein erwachsener Mensch wie Sie! Schauen Sie doch Ihre arme Mutter an!“

Mrs. Reilly war schluchzend, mit der einen Hand an das Bierglas geklammert, über der Theke zusammengebrochen.

„Sei nicht lächerlich, Mutter: Hör auf!“

„Wenn ich geahnt hätte, daß Sie kein Herz nicht haben, Sie, dann hätt ich mir diese blöde Geschichte von dem Bus bestimmt nicht angehört.“

„Steh auf, Mutter!“

„Dabei schauen Sie ja aus wie ein ausgewachsener Blödmann“, fuhr Darlene fort. „Ich hätt es sehen müssen. Schauen Sie nur, wie sie weint, die arme Frau!“

Darlene wollte Ignaz von seinem Hocker drängen, worauf er in den Armen seiner Mutter landete. Sie hörte plötzlich zu schluchzen auf und wimmerte: „Mein Ellbogen!“

„Was geht hier vor?“ fragte eine Frau zwischen den kunstledergepolsterten Flügeln der Bartür. Es handelte sich um eine junonische Dame in den besten Jahren, die klassischen Formen verhüllt von einem schwarzen, vor Nässe glänzenden Ledermantel. „Ich muß nur ein paar Stunden aus dem Haus sein, um was einzukaufen, und schon geht's los! Rund um die Uhr könnt ich hier sitzen und auf das Geld aufpassen, das ich in das Lokal hineingesteckt habe.“

„Zwei Besoffene halt“, meinte der Barkeeper. „Ich versuche die ganze Zeit, sie zu ignorieren, aber die kleben da wie die Fliegen.“

„Und du, Darlene? Du schmeißt dich ihnen an, was? Denkst dir lustige Stühlchenspiele für sie aus?“

„Der Kerl beleidigt seine eigene Mamma“, erklärte Darlene.

„Seine Mamma? Jetzt sind hier also schon die Mütter los! Als wär das Geschäft nicht so schon mies genug.“

„Ich bitte um Vergebung“, schaltete sich Ignaz ein.

Die Frau blickte über ihn hinweg auf die Kuchenschachtel, die verbeult und leer auf der Theke lag. „Aha. Auch ein Picknick wird hier veranstaltet. Demnächst züchtet ihr mir dann Wanzen und Kakerlaken."

„Pardon", stieß Ignaz abermals vor: „Nicht in Gegenwart meiner Mutter!"

„So was platzt ausgerechnet dann herein, wenn ich auf der Suche nach einem Putzer bin." Sie blickte auf den Barkeeper. „Mach, daß die zwei verschwinden!"

„Jawohl, Miss Lee."

„Geben Sie sich keine Mühe", sagte Mrs. Reilly. „Wir gehen schon."

„Und das unverzüglich", fügte Ignaz hinzu, indem er zur Tür steuerte und es seiner Mutter überließ, wie sie vom Hocker herunterkam. „Beeile dich, Mutter! Dieses Weib erinnert mich an eine KZ-Kommandeuse. Sie könnte handgreiflich werden."

„Halt!" rief Miss Lee und packte Ignaz am Ärmel. „Was zahlen diese Figuren?"

„Acht Dollar", sagte der Barkeeper.

„Das ist Erpressung!" brüllte Ignaz. „Sie werden von unserem Anwalt hören!"

Mrs. Reilly bezahlte mit zwei von den Scheinen, die ihr der junge Mann gegeben hatte. „Ich sehe, wir sind hier nicht erwünscht", bemerkte sie, als sie an Miss Lee vorbeischwankte. „Wir können unser Geld auch anderswo loswerden."

„Bittesehr", entgegnete Miss Lee. „Von eurem lausigen Geld würd ich eh krepieren."

Die Polstertür schloß sich hinter den Reillys.

„Mütter waren mir schon immer zuwider", bekannte Miss Lee. „Auch meine eigene."

„Meine war eine Hure", teilte der Mann mit dem Wettschein mit, ohne von seiner Beschäftigung aufzusehen.

„Mich können sie alle", verkündete Miss Lee und legte den Ledermantel ab. „Und jetzt werde ich mit dir ein Hühnchen rupfen, Darlene."

Draußen stützte sich Mrs. Reilly auf den Arm ihres Sohnes. Sie kamen nur langsam voran, so sehr sie sich mühten, obwohl es seitwärts fast von selbst ging. Es war wie ein Tanz: zack-zack-zack nach links – Pause – zick-zick-zick nach rechts – Pause.

„Das war ein fürchterliches Weib", resümierte Mrs. Reilly.

„Bar aller menschlichen Eigenschaften", fügte Ignaz hinzu. „Wo steht eigentlich der Wagen? Ich bin sehr müde."

„Bei Sankt Anna. Gleich um die Ecke."

„Du hast deinen Hut in dem Lokal vergessen."

„Nein. Ich hab ihn dem jungen Mann verkauft."

„Verkauft? Warum? Hast du mich gefragt, ob ich damit einverstanden bin? Ich hab sehr an diesem Hut gehangen."

„Es tut mir leid, Ignaz. Ich habe nicht gewußt, daß du ihn so gern gehabt hast. Du hast nie etwas gesagt."

„Es war eine Liebe ohne Worte – ein Stück Kindheit."

„Aber er hat mir fünfzehn Dollar gegeben, Ignaz."

„Bitte. Sprechen wir nicht mehr darüber, es war ein blasphemischer Handel. Gott weiß, was für entwürdigenden Zwecken er deinen Hut zuführen wird. Hast du die fünfzehn Dollar?"

„Sieben sind noch übrig."

„Dann könnten wir ja eine Kleinigkeit essen."Ignaz deutete auf den Wurstwagen an der Ecke, eine bunte Riesenwurst auf Rädern. „Bei dem gibt es bestimmt solche Superknacker."

„Würstel? Hast du wirklich Lust, in dem kalten Regen herumzustehen und Würstel zu essen?"

„Warum nicht?"

„Nein." Biermut sprach aus Mrs. Reilly. „Wir gehen nachhaus. Würstel aus so einem Dreckskarren: Fällt mir nicht ein! Das sind alles Gauner."

„Wenn du absolut nicht willst . . .", schmollte Ignaz. „Allerdings bin ich wirklich hungrig – und immerhin hast du eben vorhin eine meiner lieben Kindheitserinnerungen verhökert. Für dreißig Silberlinge, sozusagen . . ."

Sie nahmen ihren Pas de deux über das feuchte Pflaster der Bourbon Street wieder auf. Der alte Plymouth vor Sankt Anna war schon von weitem sichtbar, sein hohes Dach – das Beste an ihm – stand über alle anderen Wägen heraus. Auch auf den Parkplätzen bei den Supermärkten war der Plymouth immer leicht zu finden. Zweimal trieb Mrs. Reilly seine Schnauze über den Randstein hinauf, um ihn aus der Parklücke zu bringen. Der Volkswagen hinter ihr bekam eine echte 46er-Stoßstange auf den Deckel.

„Meine Nerven!" ächzte Ignaz, so tief in seinen Sitz verkrochen, daß man von außen nur die grüne Jagdmütze sah, wie den Ansatz einer prallen Wassermelone. Er saß wie immer auf der hinteren Sitzbank, weil er irgendwo gelesen hatte, daß es besonders gefährlich sei, neben dem Fahrer zu sitzen, und verfolgte kritisch das hektische, dilettantische Gekurbel. „Also den armen Kleinen, den jemand in aller Unschuld hinter dir hingestellt hat, hast du zu Schrott gemacht. Ich hoffe nur, daß du hier herauskommst, bevor der Eigentümer auftaucht."

„Halt den Mund, Ignaz. Du machst mich nervös", schnaufte Mrs. Reilly in den Rückspiegel mit der grünen Jagdmütze.

Ignaz richtete sich auf und blickte aus dem Heckfenster.

„Das ist ein Totalschaden. Deinen Führerschein kannst du abschreiben – falls du überhaupt einen hast. Mein Verständnis dafür haben sie ..."

„Leg dich hin und schlaf", riet ihm die Mutter, während der Wagen abermals zurückbockte.

„Wie stellst du dir vor, daß ich dabei schlafen soll? Ich habe Angst um mein Leben! Bist du sicher, daß du nicht verkehrtherum einschlägst?"

Plötzlich schoß der Wagen aus der Parklücke und schlitterte über die nasse Fahrbahn gegen den Träger eines gußeisernen Balkons. Der Träger knickte, der Plymouth rammte das Gebäude.

„Jesus Maria!" kreischte Ignaz auf dem Hintersitz. „Was hast du jetzt wieder angestellt!"

„Hol den Pfarrer –"

„Nein, wir sind nicht verletzt, Mutter. Abgesehen davon, daß du meinen Magen für die nächsten Tage ruiniert hast." Ignaz kurbelte ein Fenster herunter und sah auf den Kotflügel, der gegen die Mauer gekeilt war. „Auf dieser Seite werden wir wohl einen neuen Scheinwerfer brauchen."

„Was tun wir jetzt?"

„Wenn ich fahren könnte, würde ich den Rückwärtsgang einlegen und so diskret wie möglich verschwinden, sonst klagt dich bestimmt einer auf Schadenersatz. Die Leute, denen diese Bruchbude gehört, haben sicher seit Jahren auf so eine Gelegenheit gewartet. Wahrscheinlich behandeln sie jeden Abend die Straße mit Schmierseife – in der Hoffnung, daß Fahrer von deinem Kaliber in ihren Schuppen hineinbumsen." Er rülpste. „Meine Magensekretion ist zusammengebrochen. Ich spüre schon, wie es mich auftreibt!"

Mrs. Reilly rührte in dem ausgeleierten Getriebe. Der Wagen kroch zurück, als plötzlich ein Splittern von Holz vernehmbar wurde, dann ein Brechen von Balken und das Klirren von Metall. Zuletzt stürzte der Balkon gänzlich ein, seine Bestandteile schlugen dröhnend wie Granaten in das Blechdach des Wagens. Waidwund wie ein Tier stoppte der Plymouth, ein gußeisernes Ornament zerschmetterte das Heckfenster.

„Ist dir was passiert, Ignaz?" keuchte Mrs. Reilly, als die Lawine endlich verebbt war.

Ein Würgelaut entrang sich Ignaz. Das blaue und das gelbe Auge tränten.

„Sag doch etwas!" flehte seine Mutter und wandte sich um: Eben zur rechten Zeit, denn nun reckte Ignaz den Kopf aus dem Fenster und spie über die Flanke des verbeulten Wagens.

Gemächlich bewegte sich Wachmann Mancuso die Chartres Street entlang. Sein Ballettrikot und der gelbe Pullover, hatte der Inspektor gemeint, sollten das unzweideutig lichtscheue Gesindel anlocken, mit dem ein Polizist Staat machen kann, nicht nur Opas und Enkel, die auf Mütter warten. Das Kostüm hatte sich der Inspektor als Strafadjustierung ausgedacht, außerdem hatte er Mancuso eingeschärft, daß er ab sofort für das Aufkommen an Verdächtigen verantwortlich sei, der Fundus der Polizei reiche aus, um Mancuso jeden Tag in einer anderen Rolle einzusetzen. So hatte also der eingeschüchterte Mancuso vor den Augen des

Inspektors das Trikot angezogen, und der Inspektor hatte ihn aus der Wachstube mit der Bemerkung entlassen, er werde ihn auf Vordermann bringen oder pensionieren.

Nach zwei Stunden im Franzosenviertel stand Mancuso noch immer mit leeren Händen da. Zweimal hatte es ausgesehen, als ob sich etwas ergeben würde: Das erste Mal hatte er einen Mann mit einer Pullmannkappe aufgehalten und um eine Zigarette gebeten; der Kerl hatte ihm mit der Polizei gedroht. Das zweite Mal hatte er sich an einen Jüngling herangemacht, der einen Trenchcoat und einen Damenhut trug, aber der hatte ihm eine Ohrfeige gegeben und war abgehauen.

Als Wachmann Mancuso durch die Chartres Street ging und seine Backe rieb, die noch von der Ohrfeige brannte, vernahm er etwas, das nach Explosion klang. In der Hoffnung, ein Verdächtiger habe soeben eine Bombe geworfen oder sich entleibt, rannte Mancuso um die Ecke von Sankt Anna und erblickte den sattsam Bekannten mit der grünen Jagdmütze, kotzend in einem Trümmerfeld.

Zwei

Nach dem Zusammenbruch der mittelalterlichen Weltordnung gewannen die Dämonen des Chaos, des Irrsinns und der Geschmacklosigkeit die Oberhand, schrieb Ignaz auf ein jungfräuliches Expreßpostblatt.

Nach einer Periode der Ordnung, des Friedens, der Einigkeit und der Harmonie unter dem wahren, dreieinigen Gott machten sich Veränderungen bemerkbar, die nichts Gutes verhießen. Im Winter reift keine Frucht. Die Glanzzeit, die einen Abälard, einen Thomas Beckett, einen Jedermann hervorgebracht hatte, versank in mattem Zwielicht. Die Menschheit war im Niedergang, Fortunas Rad zermalmte ihr Schlüsselbein, knackte ihr den Schädel, quetschte ihr die Brust, durchstieß das Zwerchfell und griff an die Seele. Der Mensch, der sich so hoch erhoben hatte, fiel nun ebenso tief. Was Gott zum Lobe gewesen war, diente nun dem Mammon.

„Klingt ganz gut", sagte Ignaz zu sich und schrieb eifrig weiter.

Krämer und Gaukler herrschten über Europa, ihre blasphemische Botschaft nannten sie „Die Aufklärung". Der Tag des Gerichts stand vor der Tür, aber kein Phönix erhob sich aus der Asche des Menschen. Hinz und Kunz, die biederen Landmänner, zogen in die Städte und verkauften ihre Kinder an die Neuen Herren für Dienste, die uns im günstigsten Fall zweideutig erscheinen müssen. (Siehe: Reilly, Ignaz J., *Das Blut an ihren Händen: Zur Geschichte eines totalen Verbrechens – Eine Auswahl von Mißbräuchen im Europa des 16. Jahrhunderts,* Monographie, 2 Seiten, 1950: Tulane University, New Orleans 18, Louisiana, Howard-Tilton Memorial Library, 3. Stock links, Abt. Rarissima. NB: Ich habe dieses Unikat der Bibliothek im Postweg übermittelt, bin allerdings nicht sicher, ob es tatsächlich archiviert wurde. Möglicherweise ist es im Papierkorb gelandet, weil es nur mit Bleistift auf Konzeptpapier geschrieben war.) Die Einflußzone erweiterte sich. Die Kausalkette schloß sich wie von selbst zum Teufelskreis, wie die Konfettigirlande eines schwachsinnigen Kindes: Tod, Zerfall, Anarchie, Fortschritt, Ehrgeiz und Streberei waren Hinz und Kunz vorgezeichnet – ein klägliches Los: Ab nun unterlagen sie dem widernatürlichen Zwang zu Fleiss und Arbeit.

Die Vision verblaßte. Ignaz malte eine Schlinge an den unteren Rand des Blatts, dann zeichnete er dazu einen Revolver und eine kleine Kiste, auf die er in sauberen Großbuchstaben „Gaskammer“ schrieb. Schließlich schwärzte er mit der flach angesetzten Bleistiftmine in breiten Strichen ein Feld, das er „Apokalypse“ betitelte, und warf, als das Werk damit vollendet war, das Blatt auf den Fußboden zu den vielen anderen. Das war heute, resümierte er, ein besonders fruchtbarer Morgen gewesen, so flott war er seit Wochen nicht weitergekommen. Er überblickte die vielen vergilbten Blätter, die wie Laub im Herbst um sein Bett lagen, und erbaute sich an der Vorstellung, daß die Saat, die aus den breiten Zeilen sproß, ein Meisterstück komparativer Geschichtsforschung versprach, vorerst wohl noch recht wildwüchsig, aber er sah schon den Tag vor sich, an dem er darangehen würde, diese Gedankensplitter zu einem wahrhaft grandiosen Tableau zusammenzufügen, aus dem der gebildete Betrachter den fatalen Verlauf erkennen sollte, welchen die Geschichte in den letzten vier Jahrhunderten genommen hatte. In fünf Jahren, die er nun dieser Aufgabe gewidmet hatte, waren im Durchschnitt jeden Monat nur etwa sechs Absätze entstanden. Bei manchen Blättern erinnerte er sich nicht einmal, was er auf sie geschrieben hatte, von anderen war ihm bewußt, daß sie nur müßige Kritzeleien enthielten. Aber er hatte Zeit: Rom war nicht an einem Tag erbaut.

Ignaz zog das flanellene Nachthemd hoch und besah seinen aufgetriebenen Magen. Er litt oft an Blähungen, wenn er morgens im Bett lag und die unglückliche Wendung bedachte, welche seit der Reformation die Entwicklung bestimmte. Fielen ihm dazu noch Doris Day und Panoramabusse ein, so bewirkte dies eine zusätzliche Gasproduktion im Verdauungsapparat. Seit seinem Erlebnis mit dem Polizisten und dem Unfall blähte es Ignaz allerdings fast ohne jeden weiteren Anlaß, der Pylorus kontrahierte spasmodisch und füllte den Magen mit einem Gas, das durchaus ein Eigenleben hatte und sich gegen diese Abkapselung wehrte. Ignaz fragte sich bereits, ob sich der Pylorus vielleicht nach Art eines Orakels bemühte, ihm etwas mitzuteilen. Als Mediävist glaubte Ignaz an die *Rota Fortunae,* das Glücksrad, einen Zentralbegriff der *Consolatio Philosophiae,* jenes philosophischen Werkes, das am Beginn des mittelalterlichen Denkens steht. Der Spätrömer Boethius, schuldlos auf kaiserlichen Befehl im Kerker schmachtend, hatte dort die *Consolatio* geschrieben, in der er behauptet, daß eine blinde Göttin das Rad dreht, an das wir gebunden sind. Glück ist daher ein zyklisches Phänomen. War der lächerliche Verhaftungsversuch ein Zeichen dafür gewesen, daß Ignaz nun in eine Abwärtsphase eintrat, nach dem Aufgang der Niedergang? Ignaz war beunruhigt. Trotz all seiner Philosophie hatte man Boethius gefoltert und umgebracht. Hierauf schloß sich Ignaz' Pylorus abermals, und er wälzte sich auf seine linke Seite, um den Krampf zu lösen.

„Oh, Fortuna, du blinde, rücksichtslose Göttin: Ich bin an dein Rad gefesselt", ächzte Ignaz. „Zermalme mich nicht, du Himmlische: Hebe mich hinauf ins Licht!"

„Was brummst du da drinnen, Bub?" fragte seine Mutter durch die geschlossene Tür.

„Ich bete", antwortete Ignaz gereizt.

„Heut kommt der Wachmann Mancuso zu mir – wegen dem Unfall. Bet ein paar Ave Maria für mich!"

„Du lieber Himmel", brummte Ignaz.

„Brav von dir, daß du betest, Kind. Ich hab mich schon gefragt, warum du dich eingesperrt hast."

„Laß mich bitte in Ruhe!" schrie Ignaz. „Du verdirbst mir die ganze Ekstase!"

Ignaz stieß sich heftig auf und nieder. Er spürte, wie ihm ein Rülpser hochkam, als er aber erwartungsvoll den Mund auftat, produzierte er nur ein schwaches Bäuerchen. Dennoch blieb ein gewisser physiologischer Effekt nicht aus. Ignaz betastete die schüchterne Erektion, die seinen Penis in das Leintuch drückte, umfaßte ihn und überlegte bewegungslos, was da zu tun wäre. So daliegend, das rote Flanellnachthemd um die Brust gewunden, der mächtige Bauch über die Matratze quellend, bedachte er etwas melancholisch, daß auch dieses Hobby nach achtzehn Jahren nur mehr körperliche Routine war, himmelweit von den kühnen Visionen und Phantasien, mit denen er es einst auszustatten vermocht hatte. Vorübergehend hatte er es fast zu einer besonderen Kunstform erhoben, hatte das Hobby mit der Präzision und Leidenschaft eines Künstlers oder eines Philosophen, eines Gelehrten und großen Herren betrieben. Noch lag in irgendeiner Lade versteckt einiges Zubehör, das er damals verwendet hatte, ein Gummihandschuh, ein Stück Seide von einem Schirm, ein Tiegel Noxema-Salbe. Allmählich war es zu deprimierend geworden, das Zeug nach vollbrachtem Werk zu verstauen.

Ignaz konzentrierte sich und fingerte drauflos. Endlich verdichtete sich ein Bild: die vertraute Gestalt jenes großen, seinem Herrchen ergebenen Collies, der dem Gymnasiasten Ignaz gehört hatte. Ignaz hatte sein Bellen im Ohr. „Wau!" bellte Rex. „Wau! Wau! Wuff!" Es war, als ob Rex wieder lebte, ein Ohr hing schlapp, er keuchte. Sein Geist sprang über einen Zaun und jagte hinter einem Prügel her, der irgendwie mitten auf Ignaz' Decke landete. Als das weiß-braune Fell auf ihn zukam, weiteten sich Ignaz' Augen, sie verloren und schlossen sich: Dann wälzte er sich erschöpft auf seine vier Kissen zurück und überlegte, wo die Papiertaschentücher stecken könnten.

II

„Ich möcht wegen dem Posten als Putzer fragen, den Sie in die Zeitung getan haben."

„Ja?" Lana Lee blickte auf die Sonnenbrille. „Haben Sie Zeugnisse?"

„Empfehlung von einem Bullen", erwiderte Jones und türmte eine Rauchsäule in die leere Bar. „Soll mir was Anständiges finden als Beschäftigung, hat er gesagt."

„Bedaure: Kein Bedarf an Vorbestraften. Nicht in dieser Branche. Ich bin für den Laden verantwortlich."

„Gerade vorbestraft bin ich noch nicht, aber ich seh's ab, daß sie mich wegen Herumtreiberei eindrehen. Haben sie mir gesagt." Jones hüllte sich in eine Wolke. „Da hab ich mir gedacht, ich versuch's in der ‚Liebesnacht', vielleicht daß die einem armen Schwarzen eine Chance geben, damit er nicht ins Loch kommt. Wenn ich da bin, haben Sie Ruhe vor den Bullen."

„Stell den Schmäh ab!"

„He!?"

„Weißt du, was ein Putzer zu tun hat?"

„Was? Aufwaschen und Abstauben – die ganze Scheißdreckarbeit?"

„Paß auf, wie du mit mir redest: Ich habe ein ordentliches Haus."

„Das versteht bald einer – und ein Schwarzer am besten."

„Ich suche", sagte Lana Lee gewichtig, ganz Personalchefin, „seit ein paar Tagen einen tüchtigen Burschen für diese Arbeit." Sie versenkte ihre Hände in den Taschen des Ledermantels und blickte auf die Sonnenbrille. Das war das Geschäft des Tages, ein richtiges Osterei, das ihr vor die Tür gerollt war: Ein Schwarzer, der als Herumtreiber vorgemerkt war, wenn er nicht arbeitete. Ein Sklave, den sie für ein Spottgeld schinden konnte. Es war wie ein Wunder, und Lana fühlte sich zum ersten Mal, seit die zwei Vogelscheuchen ihre Bar verstunken hatten, wieder wohl in ihrer Haut. „Du kriegst zwanzig Dollar die Woche."

„Wie? Da glaub ich gern, daß Sie keinen gefunden haben. Auweh! Von Mindestlohn haben Sie noch nie gehört?"

„Du brauchst Arbeit, nicht wahr? Und ich brauche einen Putzer. Das Geschäft geht schlecht. Willst du oder nicht?"

„Der letzte, den Sie gehabt haben, ist Ihnen wahrscheinlich verhungert."

„Du arbeitest von Montag auf Samstag von zehn bis drei. Vielleicht geb ich dir was drauf, wenn du regelmäßig kommst."

„Keine Angst. Ich komm wie die Uhr, nur daß ich mit den Scheißbullen nichts zu tun hab", versprach Jones und blies seinen Rauch gegen Lana Lee. „Wo haben Sie Ihren Arschbesen?"

„Solche Ausdrücke wirst du dir abgewöhnen; verstanden?"

„Sehr wohl, Gnädigste. Wie könnt ich in so einem feinen Haus einen schlechten Eindruck machen wollen? Auweh!"

Die Tür ging auf. Darlene trat ein, in einem glitzernden Abendkleid mit Blumenhut. Anmutig wallte sie mit den Rüschen.

„Wieso kommst du erst jetzt?“ schrie ihr Lana entgegen. „Ich habe dir gesagt, daß du um eins hier zu sein hast!“

„Mein Kakadu ist seit gestern verkühlt, Lana. Es war schrecklich! Die ganze Nacht hat er mir die Ohren vollgehustet.“

„Eine bessere Ausrede fällt dir nicht ein?“

„Es ist die lautere Wahrheit“, versicherte Darlene gekränkt. Sie legte ihren monströsen Hut auf die Theke und bestieg in einer von Jones' Wolken den nächsten Hocker. „Heute früh hab ich mit ihm zum Tierarzt müssen um eine Vitaminspritze. Ich will nicht, daß mir der arme Vogel alle Möbel anrotzt.“

„Und was, bitte, ist dir gestern abend eingefallen, wie du dich mit diesen zwei Figuren unterhalten hast? Tagtäglich, Darlene: tagtäglich bemühe ich mich, dir klarzumachen, was für eine Art Gäste wir hier brauchen! Und dann komme ich herein und sehe dich an meiner Bar, wie du mit einer alten Schachtel und irgendeinem fetten Arsch frißt. Willst du es so weit bringen, daß ich zusperre? Wer bei der Tür hereinschaut und so ein Idyll zu sehen kriegt, hat genug von meiner ‚Liebesnacht‘. Wie soll ich dir das endlich begreiflich machen, Darlene? Hast du etwas im Hirn, das für einen Menschen ansprechbar ist?“

„Ich hab dir doch schon erklärt, Lana, daß mir die arme Frau leid getan hat. Du hättest sehen sollen, wie ihr Sohn sie behandelt hat! Du hättest dir die Geschichte von dem Reisebus anhören sollen, die er mir erzählt hat! Und da sitzt diese liebe alte Dame und zahlt ihm die Drinks ... Ich habe mir einen von ihren Kuchen nehmen müssen, um sie zu trösten.“

„Gut. Aber wenn ich dich noch einmal mit solchen Vögeln dabei erwische, wie du mir das Geschäft ruinierst, kriegst du einen Tritt in den Hintern und fliegst hinaus. Ist das klar?“

„Zu Befehl, Chefin.“

„Und du wirst dir das merken?“

„Zu Befehl, Chefin.“

„Gut. Jetzt zeig dem Burschen, wo der Besen und das Putzzeug ist, und schau zu, daß er die Scherben von der Flasche zusammenwischt, die die Alte zerhaut hat. Du haftest mir dafür, daß diese Dreckbude vor Sauberkeit strahlt – das bist du mir schuldig nach dem, was du dir gestern geleistet hast.“ Bei der Tür wandte sich Lana noch einmal um. „Und ich wünsche nicht, daß jemand an dem Schrank unter der Bar herumfummelt!“

„Bei Gott“, sagte Darlene zu Jones, als Lana draußen war, „hier geht's ärger zu als beim Militär. Hat sie dich erst heut angeheuert?“

„Ja“, antwortete Jones. „Angeheuert stimmt nicht ganz: Ich war zur Versteigerung ausgeschrieben.“

„Du kriegst wenigstens einen Lohn. Ich arbeite hier nur für Prozente von dem, was die Gäste mit mir trinken. Bildest du dir ein, daß das leicht verdient ist? Versuch's einmal, einem mehr als einen Drink von dem Gesöff einzureden, das sie hier verzapfen. Nichts wie Wasser. Und wenn einer nicht zehn, fünfzehn Dollar ausgibt, spür ich überhaupt nichts davon. Ich sag dir: Das ist harte Arbeit. Sogar den Schampus spritzt sie mit Wasser auf. Probier den einmal! Und dann beklagt sie sich ständig, wie mies das Geschäft geht. Soll sie sich doch selber einladen, dann wüßt sie den Grund! Aber sie fetzt sich ein Eckhaus heraus, auch wenn sie nicht mehr als fünf Gäste hat. Wasser kostet nichts.“

„Was ist sie kaufen gegangen? Eine Peitsche?“

„Mich darfst du nicht fragen. Lana sagt mir nie etwas. Ganz normal ist sie nicht.“ Darlene schneuzte sich anmutig. „Am liebsten wäre ich eine exotische Nummer, darauf übe ich jeden Tag bei mir auf dem Zimmer. Wenn ich Lana dazu kriege, daß sie mich hier am abend tanzen läßt, kann ich mir ein fixes Gehalt aushandeln und muß nicht in Kommission mit Wasser hausieren. Da fällt mir ein: Die Prozente für gestern abend muß sie mir erst noch geben. Die alte Dame hat beim Bier ganz schön abgestaubt – ich versteh nicht, worüber sich Lana beklagt. Geschäft ist Geschäft. Der Dicke und seine Mamma waren auch nicht viel ärger als was wir sonst hier haben. Ich vermute, es war die komische grüne Mütze, was Lana gekratzt hat. Jedesmal beim Reden hat er die

Ohrenschützer heruntergeklappt und beim Zuhören hat er sie wieder hinaufgetan. Wie Lana hereingekommen ist, haben gerade alle auf ihn eingebrüllt, und die Ohrenschützer sind abgestanden wie zwei Flügel. Es hat schon recht komisch ausgeschaut."

„Und dieser Mastochs, sagst du, zieht mit seiner Mamma herum?" fragte Jones, bei dem eben ein Groschen gefallen war.

„Mhm." Darlene faltete ihr Taschentuch und verstaute es im Ausschnitt. „Ich wünsche mir nicht, daß die zwei auf Ideen kommen und noch einmal hier herumgeistern. Dann bin ich wirklich im Eck. Jesusmaria!" Ihre Stimme klang besorgt. „Wir sollten jetzt die Bude angehen, bevor Lana wieder anrückt. Aber brech dir nichts ab deswegen: Richtig sauber war's hier noch nie. Außerdem ist es den ganzen Tag so finster, daß keiner den Unterschied merkt. Lana benimmt sich ja, als wär dieses Loch wenigstens das ‚Ritz'."

Jones stieß die nächste Wolke aus. Hinter seiner Brille war er so gut wie blind.

III

Wachmann Mancuso fuhr auf dem Motorrad die St. Charles Avenue hoch. Er genoß den Ausflug. Auf der Wachstube hatte er sich eine große, laute Maschine ausgesucht, einen Traum in Chrom und Babyblau, der sich auf Knopfdruck in einen Spielautomaten voll bunter, blinkender, strahlender Lichter verwandelte. Die Sirene, mit einem Register von einem Dutzend liebestoller Kater, war so laut, daß sich im Umkreis einer halben Meile alle Verdächtigen vor Schreck vollschissen und in Deckung gingen. Mancusos Liebe zu dem Motorrad war nicht weniger feurig als platonisch.

Freilich schienen jene Miasmen des Bösen, die aus dem eklen – und offenbar gegen jede Art von Aufklärung immunen – Bodensatz verdächtiger Elemente dünsteten, an diesem Nachmittag nicht ruchbar. Die uralten Eichen der St. Charles Avenue wölbten ihre Kronen über die Fahrbahn wie einen Baldachin, der Mancuso vor der milden Wintersonne beschirmte, die in den Chromteilen der Maschine spiegelte und blitzte. Obwohl die letzten Tage kalt und feucht gewesen waren, brach an diesem Nachmittag die plötzliche, überraschende Wärme durch, die den Winter in New Orleans so versöhnlich macht. Wachmann Mancuso wußte diese Milde zu schätzen, denn das Costume du jour, das er trug, bestand nur aus einem T-Shirt und Bermudas. Der lange rote Bart, den er mit Draht an den Ohren befestigt hatte, wärmte immerhin ein wenig die Brust: Er hatte ihn, als der Inspektor einen Augenblick wegschaute, aus der Kiste gemaust.

Wachmann Mancuso ließ den Moderduft der Eichen durch seine Lungen strömen und verstieg sich zu dem romantischen Nebensatz, daß die St. Charles Avenue zweifellos die schönste Straße der Welt sei. Hin und wieder überholte er einen gemächlich schaukelnden Tramwagen, der sich ohne Eile auf ein unbestimmtes Ziel hin zu bewegen schien, indem er den Gleisen zwischen den alten Villen rechts und links folgte. Alles machte einen so friedlichen, so wohlhabenden und unverdächtigen Eindruck. Mancuso benützte seine Freizeit, um jene arme Witwe Reilly aufzusuchen, die als Mittelpunkt der Verwüstung ein solches Jammerbild geboten hatte. Die Chance, ihr Beistand zu leisten, wollte er nicht versäumen.

An der Kreuzung mit der Constantinople Street schwenkte er gegen den Fluß ab, knatterte durch eine verlotterte Wohngegend, bis er schließlich zu einer Reihensiedlung aus den Achtziger- oder Neunzigerjahren gelangte, mit Ornamenten und Zierat überladene Laubsägegotik von der Stange, billige Vorstadtmodelle in Abständen, für die ein Zollstock schon fast zu lang war, hinter Gittern aus Eisenlanzen und niederen Mauern aus bröckeligem Backstein. Der größere Typ war zu improvisierten Mietshäusern umgewandelt, die Veranden zu zusätzlichen Räumen ausgebaut. In manchen Vorgärten standen Wellblechgaragen, da und dort leuchteten Jalousien aus Aluminium. Die Gegend war von viktorianischem Pomp auf etwas heruntergekommen, das nicht mehr als Stil ansprechbar war: achtlos und beiläufig – und mit bescheidenem Aufwand – ins zwanzigste Jahrhundert versetzt.

Die Adresse, nach der Wachmann Mancuso suchte, erwies

sich als die kleinste dieser Perlen – abgesehen von den Garagen –, ein Knusperhäuschen aus den Achtzigerjahren. Eine erfrorene Bananenstaude, braun und verdorrt, kümmerte vor der Veranda und schickte sich an, es dem Gartengitter nachzutun, das längst in sich zusammengebrochen war. In der Nähe dieser Leiche bemerkte man einen flachen Erdhügel, in dem ein keltisches Kreuz aus Sperrholz steckte. Der 1946er Plymouth stand im Vorgarten, die Stoßstange gegen die Veranda gedrückt, die Heckflossen ragten über den Bürgersteig. Bis auf den Plymouth, das verwitterte Kreuz und die Bananenstaude war das Vorgärtchen öd und leer. Kein Strauch. Kein Gras. Kein zwitschernder Vogel.

Wachmann Mancuso besah den Plymouth und registrierte die tiefen Dellen im Dach und den eingebuchteten Kotflügel, der handbreit von der Karosserie losgerissen war. Die Öffnung, die an Stelle des Heckfensters klaffte, war mit einem Stück Pappe verklebt, auf dem VAN CAMP'S PORK AND BEANS stand. Mancuso verhielt an dem Grab und entzifferte die verwaschene Inschrift auf dem Kreuz: REX. Dann stieg er die ausgetretenen Ziegelstufen hinauf und hörte durch die geschlossenen Läden dröhnenden Gesang.

Große Mädchen weinen nicht
Große Mädchen weinen nicht
Weinen nicht – ja weinen nicht
Große Mädchen weinen nicht
Nie und nimmermeheher –

Während Mancuso wartete, daß jemand auf sein Läuten käme, las er den ausgebleichten Zettel, der auf dem Milchglas der Tür klebte: *Unbedacht Wort versenkt das Schiff noch im Port.* Darunter war eine Nixe zu erkennen, die einen Finger an die bräunlich verfärbten Lippen hielt.

Ein paar Leute auf den Veranden der Nachbarhäuser beobachteten ihn und sein Motorrad, und vis-à-vis wurden die Sprossen einiger Läden auf den günstigsten Blickwinkel eingestellt, sodaß Mancuso auf beträchtliches Publikum schließen konnte. Eine Polizeimaschine in dieser Gegend war ein Ereignis – und erst recht mit einem Fahrer, der kurze Hosen und einen roten Bart trug. Hier lebten arme, aber ehrliche Leute. Mancuso erinnerte sich seiner dienstlichen Eigenschaft, er nahm etwas wie Haltung an und läutete ein zweites Mal, wobei er dem Publikum sein südländisches Profil zukehrte. Das Publikum freilich sah nur einen kleinen, schmächtigen Mann in Schlotterhosen, dessen magere Beine im Verhältnis zu den seriösen Sockenhaltern und den Nylonsocken, die auf die Knöchel hinuntergerutscht waren, anstößig nackt schienen. Man wartete gespannt, aber unbeeindruckt. Bei manchen Zuschauern hielt sich sogar die Neugier in Grenzen. Sie hatten sich ausgerechnet, daß das Knusperhäuschen früher oder später von einem solchen Besuch heimgesucht werden mußte.

Große Mädchen weinen nicht
Weinen nicht – weinen nicht

Wachmann Mancuso schlug energisch gegen den Fensterladen.

Große Mädchen weinen nicht
Nie und nimmermeheher –

„Drin ist bestimmt wer", schrie eine Frau durch die Jalousie des Nachbarhauses. „Sie wird in der Küche sein: Gehen Sie ums Haus zur Hintertür. Wer sind Sie? Ein Schandarm?"

„Wachmann Mancuso", schnarrte er. „Ausforschung."

„So?" Kurze Pause. „Wen wollen Sie: den Jungen oder die Mutter?"

„Die Mutter."

„Gratuliere – ihn hätten Sie nie gekriegt. Er sitzt vor dem Fernseher. Hören Sie den Krawall? Macht mich total verrückt mit den Nerven –"

Mancuso dankte der Stimme und bog in den düsteren Durchgang zwischen den Häusern. Im Hinterhof stieß er auf Mrs. Reilly, die eben ein gelbfleckiges Bettlaken auf eine zwischen zwei kahle Feigenbäume gespannte Leine hängte.

„Oh, Sie sind es", stellte Mrs. Reilly fest, als sie sich von dem Anblick des rotbärtigen Mannes, der da plötzlich in ihrem Hinterhof auftauchte, erholt hatte. „Wie geht's Ihnen, Herr Mancuso? Haben Sie mit diesen Leuten gesprochen?" Vorsichtig bewegte sie sich in ihren braunen Filzpantoffeln über das Ziegelpflaster. „Kommen Sie doch ins Haus auf eine Tasse Kaffee."

Die Küche war ein großer Raum mit hoher Decke, der größte des Hauses, und roch nach Kaffee und alten Zeitungen. Wie im ganzen Haus war es auch hier finster, die schmierige Tapete und die braune Holzverkleidung hätten noch mehr als das spärliche Licht verschluckt, das vom Durchgang hereinfilterte. Wachmann Mancuso interessierte sich nicht für Inneneinrichtung, aber selbst ihm fiel der antike Herd mit dem hohen Backrohr und der Kühlschrank auf, der oben einen trommelförmigen Motor trug. Beim Gedanken an die Laborküche seiner Frau mit ihren elektrischen Grillern, Gastrocknern, Mixern und Rührmaschinen, Waffelautomaten und Mikrowellenapparaten, die ständig drehten, mahlten, stampften, kühlten, zischten und brodelten, fragte Mancuso sich, was Mrs. Reilly in diesem spartanischen Raum tun mochte. Mrs. Mancuso kaufte jedes neue Küchengerät, das im Fernsehen angepriesen wurde, auch für die abseitigsten Anwendungsbereiche.

„Also, was hat der Mann gesagt?" Mrs. Reilly setzte einen Topf Milch auf den ehrwürdigen Gasherd. „Wieviel wird es kosten? Haben Sie ihm auch vorgehalten, daß ich eine arme Witwe bin, die ein Kind zu ernähren hat?"

„Ja, das hab ich ihm gesagt." Wachmann Mancuso saß aufrecht auf seinem Stuhl und blickte erwartungsvoll auf den mit Wachstuch bedeckten Küchentisch. „Haben Sie etwas dagegen, wenn ich meinen Bart ablege? Es ist recht warm herinnen, und er juckt im Gesicht."

„Aber natürlich: nur zu – Und nehmen Sie doch eine von den Cremeschnitten! Ich hab sie heut früh ganz frisch gekauft, drüben in der Magazine Street. Ignaz hat zu mir gesagt: ‚Mamma, ich hätte Lust auf eine Cremeschnitte', also bin ich in die Konditorei gegangen und hab ihm zwei Dutzend gekauft. Ein paar sind noch übrig . . ."

Die fettige Kuchenschachtel, die sie auf den Tisch stellte, war auf besonders barbarische Weise zerfetzt, als hätte jemand alle Cremeschnitten auf einmal herausnehmen wollen. Am Grund der Schachtel fand Wachmann Mancuso zwei ramponierte Cremeschnitten, deren klebrige Ränder darauf schließen ließen, daß jemand die Creme herausgeleckt hatte.

„Sehr liebenswürdig, Mrs. Reilly, aber ich hab ein ausgiebiges Mittagessen hinter mir."

„Ach, das tut mir leid." Sie füllte zwei Tassen halbvoll mit pechschwarzem, kaltem Kaffee und goß sie mit kochender Milch bis zum Rand auf. „Ignaz liebt Cremeschnitten. Er sagt immer zu mir: ‚Mamma, für Cremeschnitten sterbe ich'." Mrs. Reilly schlürfte vom Rand ihrer Tasse. „Er sitzt drüben im Wohnzimmer beim Fernsehen. Jeden Nachmittag, wie das Amen im Gebet, schaut er sich die Sendung an, in der die jungen Leute tanzen." Hier in der Küche war die Musik nicht ganz so laut wie auf der Veranda. Wachmann Mancuso stellte sich die grüne Jagdmütze im blaugrellen Schein des Bildschirms vor. „Er mag die Sendung gar nicht, aber trotzdem versäumt er sie nie. Sie sollten sich anhören, was er über diese armen Kinder sagt!"

„Heut Morgen habe ich mit dem Mann gesprochen", begann Wachmann Mancuso in der Hoffnung, daß Mrs. Reilly ihr Thema erschöpft habe.

„Ja?" Sie gab drei Löffel Zucker in ihren Kaffee und schlürfte abermals, wobei sie den Löffel mit dem Daumen in der Tasse festhielt, sodaß der Stiel ihr fast ins Auge stach. „Und was meint er?"

„Ich habe ihm gesagt, daß ich den Unfall aufgenommen habe: Sie sind auf der nassen Straße ins Schleudern gekommen."

„Das klingt gut. Und was hat er geantwortet?"

„Daß er nicht die Absicht hat, eine Anzeige zu erstatten. Er bietet Ihnen einen Vergleich an."

„Herr Gott im Himmel!" röhrte Ignaz in den vorderen Räumen. „Sowas von einer fabelhaften Geschmacklosigkeit!"

„Hören Sie nicht hin", riet Mrs. Reilly dem befremdeten Polizisten. „So benimmt er sich immer beim Fernsehen. Einen ‚Vergleich' also? Das heißt: Er will Geld von mir, nicht wahr?"

„Er hat sogar einen Baumeister geholt, der den Schaden geschätzt hat. Bitte: Da ist das Gutachten."

Mrs. Reilly nahm das maschinenbeschriebene Papier und überflog die Zahlenkolonne unter dem Briefkopf des Baumeisters.

„Jesus! Eintausendzwanzig Dollar! Das ist ja entsetzlich. Wie soll ich das bezahlen?" Sie ließ den Voranschlag auf das Wachstuch fallen. „Sind Sie sicher, daß das stimmt?"

„Leider, Gnädigste. Er hat auch einen Rechtsanwalt beigezogen. Es kann nur noch teurer werden."

„Aber wo soll ich tausend Dollar herkriegen? Mein Ignaz und ich haben nichts als die Rente nach meinem armen Mann und eine winzige Ausgleichszulage. Viel ist das nicht . . ."

„Also, das ist wohl der Gipfel der Perversion!" brüllte Ignaz im Wohnzimmer. Die Musik verfiel in hektische Urwaldrhythmen, während ein Falsettchor schmelzend von Nächten sang, in denen die Liebe nicht endet.

„Es tut mir wirklich leid", versicherte Wachmann Mancuso, dem Mrs. Reillys finanzielles Debakel fast das Herz brach.

„Ach, Sie sind ja nicht schuld daran", erwiderte sie resigniert. „Vielleicht kann ich eine Hypothek auf das Haus nehmen. Einfach unter den Tisch fallen lassen geht nicht?"

„Nein, Mrs. Reilly", bedauerte Mancuso und horchte auf ein stampfendes Geräusch, das sich näherte.

„Die Fratzen in dieser Sendung müßte man allesamt vergasen", teilte Ignaz mit, als er im Nachthemd in die Küche trat. Dann sah er den Besucher und bemerkte kühl: „Oh."

„Ignaz: Du kennst Herrn Mancuso. Sag Grüß Gott!"

„Irgendwo habe ich ihn gesehen", gab Ignaz zu und warf einen Blick aus der Hintertür.

Wachmann Mancuso war zu verwirrt von dem monströsen Flanellnachthemd, um auf Ignaz' Ton einzugehen.

„Ignaz – Bub: Der Mann, dem das Haus gehört, will über tausend Dollar für den Schaden, den ich angerichtet habe!"

„Tausend Dollar? Nicht einen Cent kriegt er! Wir werden ihn sofort verklagen. Geh zu unserem Anwalt, Mutter!"

„Unser Anwalt? Er hat ein Gutachten von einem Baumeister. Herr Mancuso sagt, daß ich nichts dagegen tun kann."

„Dann wirst du eben bezahlen müssen."

„Wenn du meinst, könnten wir vor Gericht gehen."

„Alkohol am Steuer", stellte Ignaz ruhig fest. „Du hast keine Chance."

Mrs. Reillys Miene drückte Zerknirschung aus.

„Aber, Ignaz –: Tausendzwanzig Dollar!"

„Ich zweifle nicht, daß es dir gelingen wird, etwas Geld flüssig zu machen. Gibt es noch Kaffee – oder hast du den Rest an diesen Faschingsnarren ausgeschenkt?"

„Wir könnten eine Hypothek aufnehmen."

„Das Haus belasten? Auf keinen Fall!"

„Was sonst sollen wir tun, Ignaz?"

„Es wird sich ein Ausweg finden", meinte Ignaz geistesabwesend. „Mir wäre lieb, wenn du mich mit dieser Sache nicht belästigen würdest. Nach dieser Sendung fühle ich mich ohnehin jedesmal so verunsichert." Er roch an der Milch, bevor er sie in den Topf leerte. „Bitte ruf sofort die Molkerei an: Diese Milch ist ganz abgestanden!"

„Die Hypobank würde mir sicher tausend Dollar geben", sagte Mrs. Reilly gefaßt zu dem schweigenden Wachmann. „Das Haus ist eine gute Sicherheit. Erst letztes Jahr hat mir ein Vermittler siebentausend dafür geboten."

„Das Absurde an dieser Sendung", fuhr Ignaz beim Herd fort, wobei er ein Auge auf dem Topf behielt, um die Milch vor dem Überkochen abzufangen: „Das Absurde an dieser Sendung ist nämlich, daß sie der Jugend unseres Landes ein Vorbild zeigen soll. Ich wüßte gern, was die Pilgerväter sagen würden, wenn sie sehen könnten, wie man diese armen Kinder zum höheren Ruhm und Gewinn von Clearasil vergewaltigt. Aber im Grund wundert es mich nicht, daß sich die Demokratie so tief erniedrigt." Behutsam füllte er seine Milch in einen Becher, der das Porträt von Shirley Temple trug. „Eine starke Hand muß durchgreifen, bevor sich dieses Volk selbst zerstört. Die Vereinigten Staaten brauchen mehr Theologie und Geometrie, mehr Stil und Sitte. Ich habe den Eindruck, wir taumeln am Rand eines Abgrunds."

„Ignaz, ich muß morgen in die Hypobank gehen."

„Meidet den Umgang mit Wucherern! Du gehst mir nicht hin, Mutter." Ignaz stöberte in der Keksdose. „Es wird sich schon etwas finden."

„Denk doch, Kind: Die können mich einsperren!"

„Haha! Wenn du wieder eine von deinen hysterischen Szenen abziehen willst, gehe ich ins Wohnzimmer zurück. Das wird sowieso das beste sein."

Er wogte wieder dem Ursprung der Musik zu, wobei seine Badeschlapfen laut gegen die enormen Fußsohlen klatschten.

„Was soll ich mit so einem Buben anfangen?" wandte sich Mrs. Reilly niedergeschlagen an Wachmann Mancuso. „Er denkt überhaupt nicht an seine arme Mutter. Manchmal habe ich den Eindruck, daß es ihn gar nicht stören würde, wenn sie mich ins Gefängnis sperren. Dieses Kind hat ein Herz aus Stein!"

„Sie haben ihn zu sehr verwöhnt", meinte Wachmann Mancuso. „Als Mutter muß man sich davor hüten, die Kinder zu sehr zu verwöhnen."

„Wieviele haben Sie, Herr Mancuso?"

„Drei. Rosalie, Antoinette und den Angelo junior."

„Wie schön! Und alle bestimmt wohlgeraten, nicht wahr? Ganz anders als mein Ignaz." Mrs. Reilly schüttelte den Kopf. „Mein Ignaz war so ein süßes Kind. Ich weiß nicht, was in ihn gefahren ist. Immer hat er zu mir gesagt: ‚Mamma, du bist mir die Liebste.' Jetzt höre ich das nie mehr . . ."

„Nein, nicht weinen!" Wachmann Mancuso war tief gerührt. „Ich mache Ihnen noch einen Kaffee."

„Ihm ist es ganz egal, wenn sie mich einsperren", schniefte Mrs. Reilly. Sie öffnete das Backrohr und holte eine Flasche Muskateller heraus. „Wie wär's mit einem Gläschen, Herr Mancuso?"

„Nein danke. Als Polizist muß ich einen guten Eindruck machen. Außerdem muß ich immer auf dem Qui-Vive sein."

„Sie haben doch nichts dagegen?" fragte Mrs. Reilly rhetorisch und genehmigte sich einen ausgiebigen Schluck aus der Flasche. Wachmann Mancuso setzte die Milch auf die Gasflamme. Man sah sofort, daß ihm häusliche Verrichtungen nicht fremd waren. „Manchmal hab ich schreckliche Depressionen. Das Leben ist schwer. Ich habe auch hart gearbeitet. Immer hab ich mich bemüht . . ."

„Sie sollten auch die guten Seiten sehen", riet Wachmann Mancuso.

„Wahrscheinlich", gab Mrs. Reilly zu. „Vermutlich haben es andere Menschen noch schwerer. Zum Beispiel meine Cousine, eine bewundernswerte Frau: Jeden Tag, ihr ganzes Leben lang, ist sie zur Messe gegangen, und dann hat eine Tram sie überfahren, ganz früh am Morgen in der Magazine Street, auf dem Weg in die Fischermesse. Es war noch dunkel."

„Was mich betrifft: Ich lasse mich nie so entmutigen", log Wachmann Mancuso. „Sie müssen immer den Kopf oben behalten! Verstehen Sie, was ich meine? Ich etwa habe einen gefährlichen Beruf."

„Einen lebensgefährlichen Beruf!"

„An manchen Tagen erwische ich überhaupt niemanden. Oder es kommt vor, daß ich den Falschen erwische."

„Wie den alten Herrn vor Holmes. Aber das war meine Schuld, Herr Mancuso – ich hätte wissen müssen, daß Ignaz im Unrecht war. So ist er immer. Jeden Tag sag ich zu ihm: ‚Zieh das saubere Hemd an, Ignaz. Zieh doch den hübschen Pullover an, Ignaz.' Aber er hört gar nicht hin. Er nicht. Der Bub hat einen schrecklichen Dickschädel."

„Manchmal gibt's auch zuhaus Probleme: Drei Kinder halt – und eine Frau, die sehr nervös ist."

„Nerven sind schlimm. Die arme Miss Annie – die Frau von nebenan –: die hat's mit den Nerven. Ständig beklagt sie sich, daß Ignaz ihr zuviel Lärm macht."

„Wie meine Frau. Manchmal treibt es mich einfach aus dem Haus. Wenn ich nicht in dieser Haut stecken würde: Manchmal tät ich mir am liebsten einen anständigen Rausch ansaufen ... Das sag ich nur Ihnen – im Vertrauen."

„Ich brauch dann und wann einen Schluck. Es nimmt diese Spannung – Sie verstehen?"

„Immerhin geh ich kegeln."

Mrs. Reilly versuchte, sich Wachmann Mancuso mit einer schweren Kegelkugel vorzustellen. „Das gibt Ihnen was?"

„Kegeln ist ein schöner Sport, Mrs. Reilly. Es lenkt Sie von allem anderen ab."

„Also, das geht zu weit!" wetterte es aus dem Wohnzimmer. „Diese Gören haben sie sich bestimmt direkt vom Strich vor die Kamera geholt! Das ist wirklich eine Zumutung!"

„Ich wollte, ich hätte so ein Hobby."

„Gehen Sie doch einmal kegeln."

„Oh je – oh je: Wo ich schon die Artheritis im Ellbogen hab ... Ich bin zu alt, um mit Kugeln herumzuschupfen. Ich würde mir nur das Kreuz verreißen."

„Ich hab eine Tante, die ist fünfundsechzig, eine richtige Oma, aber die geht ganz regelmäßig zum Kegeln. Die spielt sogar in einer Mannschaft."

„Es gibt solche Frauen. Ich hab nie viel für Sport übrig gehabt."

„Kegeln ist nicht nur ein Sport", verteidigte sich Wachmann Mancuso. „Auf so einer Kegelbahn kommt man auch mit den verschiedensten Menschen zusammen. Mit netten Leuten. Sie könnten sich Freunde finden."

„Sicher. Aber bei meinem Pech: Ich laß mir bestimmt so eine von den Kugeln auf die Zehen fallen. Meine Füße sind auch so schon hin ..."

„Ich werd es Sie wissen lassen, wenn ich das nächste Mal zum

Kegeln gehe. Dann bring ich auch meine Tante mit. Dann machen wir drei eine Partie: Einverstanden?"

Ignaz schlapfte wieder in die Küche. „Wann hast du diesen Kaffee gekocht, Mutter?"

„Vor ungefähr einer Stunde. Warum?"

„Er schmeckt wie altes Blumenwasser."

„Mir hat er geschmeckt", widersprach Wachmann Mancuso. „Wie der Kaffee am Franzosenmarkt. Ich gieße gerade einen auf. Mögen Sie eine Tasse?"

„Ich bitte um Verzeihung", sagte Ignaz: „Willst du dich wirklich den ganzen Nachmittag diesem Herrn widmen, Mutter? Ich darf dich daran erinnern, daß ich heute abend ins Kino gehe und pünktlich um sieben dort sein muß, damit ich die Mickymaus nicht versäume. Ich würde vorschlagen, daß du irgendein Abendbrot vorbereitest."

„Dann sollte ich wohl aufbrechen", meinte Wachmann Mancuso.

„Schäme dich, Ignaz!" verwies ihn Mrs. Reilly ärgerlich. „Herr Mancuso und ich trinken jetzt Kaffee. Du warst den ganzen Nachmittag unleidlich. Dir ist es egal, wo ich das Geld auftreibe. Dir ist es egal, wenn man mich einsperrt. Dir ist überhaupt alles egal!"

„Soll ich mich in Gegenwart eines Fremden, der einen falschen Bart trägt, maßregeln lassen?"

„Du brichst mir das Herz."

„Übertreib nicht!" Ignaz wandte sich zu Wachmann Mancuso. „Wollen Sie bitte gehen? Sie regen meine Mutter auf!"

„Herr Mancuso ist nur nett zu mir."

„Ich werde besser gehen", sagte Wachmann Mancuso entschuldigend.

„Ich werde das Geld kriegen!" schrie Mrs. Reilly. „Ich werde das Haus verkaufen! Unter deinem Hintern weg werde ich es verkaufen, Ignaz! Ich gehe in ein Altersheim!"

Sie wischte sich mit einem Wachstuchzipfel die Tränen.

„Wenn Sie nicht sofort verschwinden", sagte Ignaz zu Wachmann Mancuso, der seinen Bart umhakte, „rufe ich die Polizei!"

„Er ist doch die Polizei, du Dummkopf!"

„Total absurd", fauchte Ignaz und schlapfte hinaus. „Ich gehe in mein Zimmer."

Er schlug seine Tür hinter sich zu und las einen Schreibblock vom Boden auf, dann warf er sich auf sein Bett zwischen die Kissen und fing an, auf dem vergilbten Papier zu stricheln. Endlich, nachdem er fast eine halbe Stunde lang an seinen Haaren gezwirbelt und an dem Bleistift gekaut hatte, begann er mit einem nächsten Absatz.

Weilte Roswitha heute unter uns, wir alle würden uns an sie um Rat und Beistand wenden. Schon ein einziger durchdringender Blick dieser heiligen Nonne und Seherin, verankert in der abgeklärten Nüchternheit ihrer mittelalterlichen Welt, würde genügen, um den Greuel, der vor unseren Augen den Bildschirm besudelt, hinwegzufegen. Was für eine Nova explodierender Elektroden böte sich uns, wenn es uns gelänge, nur ein einziges Auge dieser Heiligen mit einer – nach Form und Aufbau nicht so unähnlichen – Bildröhre zusammenzubringen! Die Schemen jener aufreizend herumwirbelnden Weibchen würden sich in Wellen und Partikel auflösen und damit die Katharsis bewirken, nach der der Mißbrauch der Unschuld schreit.

In der Diele stand Mrs. Reilly und blickte auf das NICHT STÖREN-Schild aus Expreßpostpapier, das mit einem fleischfarbenen Heftpflaster an der Tür befestigt war.

„Laß mich hinein, Ignaz!" rief sie.

„Zu mir?" erwiderte Ignaz durch die geschlossene Tür. „Was fällt dir ein? Ich bin gerade bei einem besonders heiklen Abschnitt."

„Laß mich hinein!"

„Du weißt genau, daß du hier nichts zu suchen hast."

Mrs. Reilly trommelte mit den Fäusten gegen die Tür.

„Ich weiß nicht, was mit dir los ist, Mutter, aber ich habe den Eindruck, daß du dich in einem Zustand geistiger Verwirrung befindest. Wenn ich das recht bedenke, hätte ich sogar Angst, dich hereinzulassen. Vielleicht hast du ein Messer bei dir oder eine Flaschenscherbe."

„Mach die Tür auf, Ignaz!"

„Oh, mein Pylorus! Jetzt krampft er wieder –" Ignaz stöhnte laut. „Bist du jetzt befriedigt, daß du mich für den Rest des Abends krank gemacht hast?"

Mrs. Reilly warf sich gegen das rohe Holz der Tür.

„Also bitte!" sagte er schließlich. „Das Haus mußt du nicht einreißen!" Nach einer kurzen Pause wurde der Riegel zurückgeschoben.

„Ignaz! Was ist das für ein Mist hier am Boden?"

„Der Niederschlag meiner Weltanschauung. Ich muß es erst noch zu einer Einheit zusammenfassen, also gib bitte acht, wo du hintrittst."

„Und alle Läden zu! Draußen ist es noch heller Tag, Ignaz!"

„Ich bekenne, daß ich einiges mit Proust gemein habe", entgegnete Ignaz vom Bett her, wohin er sich sofort wieder zurückgezogen hatte. „Oh, mein Magen!"

„Und dieser Gestank!"

„Was erwartest du? Im Zustand der Isolation entwickelt der menschliche Körper gewisse Gerüche, auch wenn wir in dieser Zeit der Deodorantien und ähnlicher Perversionen dazu neigen, das zu vergessen. Ich finde die Atmosphäre in diesem Raum sogar sehr gemütlich. Schiller hat zum Dichten faule Äpfel im Schreibtisch gebraucht: Ich habe eben meine individuellen Bedürfnisse. Vielleicht erinnerst du dich an Mark Twain, der am liebsten ausgestreckt im Bett lag, während er diese zeitverhafteten und öden Anekdoten klitterte, aus denen unsere Gelehrten einen tiefen Sinn herauslesen wollen. Die Überschätzung von Mark Twain ist eine der Wurzeln der Stagnation unseres heutigen Geisteslebens."

„Wenn ich geahnt hätte, wie es hier ausschaut, wäre ich schon früher hereingekommen."

„Ich hingegen weiß nicht, warum du jetzt hereingekommen bist. Was hat dich auf einmal getrieben? Ich bezweifle, daß dieser innerste Bezirk meiner kleinen Welt nach diesem Einbruch eines fremden Wesens jemals wieder sein wird, was er für mich war."

„Ich bin hier, weil ich mit dir reden muß, Ignaz. Versteck dich nicht hinter den Kissen!"

„Das kann nur der Einfluß dieses lächerlichen Gesetzeshüters sein. Offenbar hat er dich gegen dein eigenes Kind aufgehetzt. Ist er eigentlich schon fort?"

„Ja – und ich habe mich bei ihm für dein Benehmen entschuldigt."

„Du stehst auf meinen Notizen, Mutter: Würdest du bitte etwas zur Seite treten? Bist du es nicht zufrieden, meine Verdauung gestört zu haben? Mußt du auch noch die Früchte meines Geistes vernichten?"

„Bitte: Wo soll ich mich denn hinstellen? Soll ich mich zu dir ins Bett legen?"

„Paß doch auf deine Füße auf!" brüllte Ignaz. „Bei Gott, so etwas von Sturmangriff und Belagerung ist ja wirklich beispiellos. Was hat dich so in Raserei versetzt? Hängt es vielleicht mit dem billigen Muskateller zusammen, dessen Dunst meine Nase beleidigt?"

„Ich habe einen Entschluß gefaßt! Du wirst gehen und dir eine Arbeit suchen!"

Oh, was für einen bösen Scherz hatte Fortuna sich jetzt wieder ausgedacht? Verhaftung, Unfall, Arbeit . . . Wohin sollte ihn diese Pechsträhne führen?

„Ich verstehe", sagte Ignaz ruhig. „Da ich davon ausgehen kann, daß du deiner Natur nach unfähig bist, dich zu einem Entschluß von solcher Tragweite durchzuringen, nehme ich an, daß es dieses schwachsinnige Polizeiorgan war, das dir den Kopf verdreht hat."

„Ich habe mit Herrn Mancuso gesprochen, wie ich früher mit deinem Pappa gesprochen habe. Dein Pappa hat mir immer gesagt, was wir tun müssen. Heut würde ich ihn sehr brauchen."

„Eine beachtliche Inkonsequenz ist wohl das einzige, was der Herr Mancuso mit meinem Vater gemein hat. Dein derzeitiger Mentor gehört offenbar zu den Leuten, die sich einbilden, daß die Welt sofort in Ordnung ist, wenn nur alle brav arbeiten."

„Herr Mancuso arbeitet hart. Sein Dienst in der Wachstube nimmt ihn sehr her."

„Ich wette, daß er mehrere ungewünschte Kinder zu ernähren hat, die allesamt davon träumen, daß auch sie einmal zur Polizei gehen dürfen: die Mädchen eingeschlossen."

„Er hat drei süße Kinder."

„Das kann ich mir vorstellen." Ignaz wiegte sich auf dem Bett. „Oh!"

„Was tust du? Blödelst du schon wieder mit deinem Pillenroß herum? Kein Mensch außer dir hat ein Pillenroß. Ich hab kein Pillenroß."

„*Jeder* hat einen Pylorus!" schrie Ignaz. „Nur daß der meinige besonders sensibel ist. Jetzt bemühe ich mich, einen Schließmuskel zu lösen, den du mir mit durchschlagendem Erfolg verklemmt hast. Vielleicht kriege ich ihn überhaupt nie mehr auf!"

„Herr Mancuso meint, daß du mir bei den Raten helfen kannst, wenn du arbeitest. Er meint, daß der Mann einverstanden sein wird, wenn wir ihm Teilzahlungen anbieten."

„Dein Freund und Helfer meint eine ganze Menge. Du bist offenbar sehr anregend. Ich hätte nie vermutet, daß er so beredt und geistreich sein könnte. Begreifst du eigentlich, daß er nichts Geringeres vorhat, als unser Leben zu zerstören? Angefangen hat es mit dieser brutalen Verhaftung vor D. H. Holmes. Du bist zwar zu beschränkt, um es zu verstehen, Mutter, aber dieser Mensch ist unsere Nemesis. Er hat unser Rad hinuntergedreht."

„Unser Rad? Herr Mancuso ist ein guter Mensch. Du solltest froh sein, daß er dich nicht eingesperrt hat."

„Wenn ich einmal meine Privatapokalypse schreibe, werde ich ihn mit seiner eigenen Gummiwurst pfählen. Jedenfalls ist es ganz unmöglich, daß ich auf Stellungssuche gehe. Ich bin im Augenblick sehr von meiner Arbeit beansprucht und habe das Gefühl, daß die nächste Zeit sehr fruchtbar sein wird. Vielleicht war es dieser Unfall, der den Fluß meiner Gedanken freigesetzt hat. Wie dem auch sei: Ich bin heute ein gutes Stück vorangekommen."

„Aber wir brauchen das Geld für diesen Mann, Ignaz. Möchtest du mich im Zuchthaus haben? Würdest du dich nicht schämen, wenn deine Mamma hinter Gittern sitzt?"

„Bitte hör mit diesem Thema auf! Anscheinend kannst du an gar nicht anderes mehr denken. Du genießt es sogar, es dir auszumalen – aber Märtyrer sind heutzutage nicht gefragt." Er rülpste tonlos. „Ich schlage vor, daß wir uns ein wenig einschränken. Du wirst sehen, wie bald diese Summe, die du brauchst, beisammen sein wird."

„Ich gebe das ganze Geld für dein Essen und deine Kaprizen aus."

„Unlängst erst habe ich einige leere Weinflaschen gefunden, deren Inhalt bestimmt nicht ich konsumiert habe."

„Ignaz!"

„Gestern habe ich versehentlich das Backrohr angeheizt, ohne es vorher gründlich zu inspizieren. Als ich es dann aufmachte und meine Tiefkühlpizza hineinstellen wollte, bin ich eben noch mit heiler Haut davongekommen, denn die Flasche mit kochendem Wein, die darin lag, war gerade am Platzen. Ich würde anregen, daß du einiges von dem Geld umwidmest, das du in die Schnapsindustrie investierst."

„Schäme dich, Ignaz! Die paar Flaschen Muskateller – und du mit allen deinen Spielereien!"

„Worauf, bitte, spielst du mit ‚deinen Spielereien' an?" fauchte Ignaz.

„Diese vielen Bücher. Der Plattenspieler. Diese Trompete, die ich dir vor einem Monat gekauft habe."

„Ich betrachte die Trompete als eine sehr gute Anlage, im Gegensatz zu Fräulein Annie, unserer lieben Nachbarin. Wenn sie noch einmal an meinen Fensterladen trommelt, gebe ich ihr eine kalte Dusche."

„Morgen lesen wir uns die Stellenanzeigen in der Zeitung durch. Und dann ziehst du dich anständig an und gehst dich vorstellen."

„Erkläre mir bitte, was du in diesem Zusammenhang unter

‚Anständigkeit' verstehst. Vermutlich willst du einen kompletten Hanswurst aus mir machen."

„Ich werde dir ein hübsches weißes Hemd bügeln, und du bindest dir dazu eine von Pappas hübschen Krawatten."

„Höre ich wirklich recht?" begehrte Ignaz hinter seinen Kissen auf.

„Entweder du folgst mir, Ignaz, oder ich muß eine Hypothek auf das Haus nehmen. Willst du das Dach über deinem Kopf verlieren?"

„Nein! Das Haus wirst du nicht verpfänden!" Ignaz tatzte heftig auf die Matratze. „Das Gefühl der Geborgenheit, das ich mühsam entwickelt habe, würde mir genommen. Ich mag nicht, daß ein unbeteiligter Dritter über mein Zuhause verfügen kann: Schon beim Gedanken daran kommt mir der Ausschlag auf den Händen."

Er hob eine Pranke, um der Mutter die weißen Flecken zu zeigen.

„Das kommt nicht in Frage", fuhr er fort. „Die latente Existenzangst, die in mir steckt, würde durch so etwas aktiviert, und das Ergebnis wäre vermutlich sehr unerfreulich. Ich will dir nicht antun, daß du den Rest deines Lebens damit verbringen mußt, für einen Geisteskranken zu sorgen, der in irgendeiner Dachbodenkammer sitzt. Wir werden das Haus nicht belasten. Es muß doch noch etwas Geld da sein."

„Ich habe hundertfünfzig bei der Hibernia Bank."

„Mein Gott! Das ist alles? Ich war mir nicht bewußt, daß unsere Situation so prekär ist. Aber es war gut, daß du es mir bis jetzt verschwiegen hast. Wenn ich geahnt hätte, daß wir fast schon am Hungertuch nagen, wären mir längst die Nerven durchgegangen." Ignaz kratzte seine Handrücken. „Trotzdem muß ich bekennen, daß die Alternative einigermaßen düster ist. Ich bezweifle ernsthaft, daß jemand mich anstellen wird."

„Was willst du damit sagen, Kind? Ein Prachtjunge wie du – mit einer guten Schulbildung?"

„Die Leute fühlen in mir eine Bedrohung ihrer Wertmaßstäbe." Er wälzte sich auf den Rücken. „Sie haben Angst vor mir. Vielleicht durchschauen sie, daß ich nur widerwillig in einem Jahrhundert lebe, das ich verachte. So war es schon damals, als ich in der Städtischen Bücherei arbeitete."

„Das war aber die einzige Zeit, in der du überhaupt gearbeitet hast, seit du aus dem College bist – und das hat nur zwei Wochen gedauert."

„Genau das wollte ich ausdrücken", erwiderte Ignaz und zielte mit einer Papierkugel auf die Milchglasampel.

„Und dabei hast du nur die kleinen Zettel in die Bücher kleben müssen."

„Ja – aber ich hatte, was das betraf, meine besonderen ästhetischen Grundsätze. An manchen Tagen konnte ich nur drei oder vier Zettel einkleben und war doch zufrieden mit meiner Leistung. Meine Unbestechlichkeit im Verhältnis zu dieser Arbeit war es, was die Direktion ärgerte. Sie wollten einen dressierten Affen, der ihre Bestseller mit Kleister verpappt."

„Meinst du, daß sie dich dort wieder nehmen würden?"

„Das bezweifle ich sehr. Ich habe damals dem Weibsbild, das den Büchereingang unter sich hat, ein paar deutliche Worte gesagt. Sie haben mir sogar die Benützerkarte abgenommen. Du mußt dir den Haß und die Furcht vergegenwärtigen, die meine Weltanschauung bei solchen Menschen auslöst." Ignaz rülpste. „Den unglückseligen Ausflug nach Baton Rouge will ich gar nicht erwähnen. Seit diesem traumatischen Erlebnis habe ich eine psychische Sperre gegen Arbeit."

„Im College haben sie dich sehr nett behandelt, Ignaz. Gib's zu! Sie haben lang zugeschaut, wie du dort herumhängst. Sogar eine Vorlesung haben sie dich halten lassen."

„Oh, im Grund genommen war es dasselbe. Irgendein Kukluxer hat dem Dekan weisgemacht, daß ich Propaganda für den Papst betreibe. Es war ganz offensichtlich, daß das nicht stimmte. Ich bin keineswegs für unseren derzeitigen Papst, der nicht im geringsten meinem Begriff von einem guten, autoritären Papst entspricht, sondern ein erklärter Gegner des Relativismus, der sich heute in der Kirche breitmacht. Trotzdem hat dieses fanatische Bleichgesicht aus dem Hinterwald in seiner rabiaten Art meine übrigen Studenten so aufgehetzt, daß sie einen Ausschuß bildeten und verlangten, ich müsse alle ihre Hausarbeiten und Prüfungsbogen benoten und ihnen herausgeben. Sogar eine kleine Demonstration vor meinem Fenster haben sie veranstaltet. Wenn man bedenkt, was für einfältige, unschuldige Kinder das waren, ist es eine reife Leistung gewesen. Auf dem Höhepunkt des Tumults habe ich schließlich die alten Aufsätze allesamt – unkorrigiert natürlich – aus dem Fenster und ihnen auf den Kopf geworfen. Das College war natürlich zu kleinkariert, um einen solchen Protest gegen den Verfall der akademischen Sitten hinzunehmen."

„Ignaz! Das hast du mir nie erzählt!"

„Ich wollte dir die Aufregung ersparen. Übrigens habe ich ihnen auch geraten, daß sie sich sterilisieren lassen sollen, um die Zukunft der Menschheit nicht zu gefährden." Ignaz rückte die Kissen um seinen Kopf zurecht. „Es wäre über meine Kraft gegangen, diesen ganzen unartikulierten und abstrusen Auswurf ihrer verirrten Phantasien auch noch zu lesen. Und so wird das überall sein."

„Du findest bestimmt eine gute Stellung. Die werden Augen machen, wenn sie einen jungen Mann mit einem fertigen Studium sehen."

Ignaz seufzte tief und sagte: „Es gibt keinen Ausweg." Abgrundtiefes Leid verklärte seine Züge. Es war sinnlos, gegen die Launen des Schicksals anzukämpfen, solange diese Phase währte. „Natürlich muß dir klar sein, daß all das nur deine Schuld ist. Der Fortschritt meiner Arbeit wird sich beträchtlich verzögern. Du solltest zur Beichte gehen und Buße tun, Mutter. Mach ein Gelöbnis, daß du hinfort den Pfad der Sünde und des Trunkes meiden wirst! Sag deinem Beichtvater, welche Folgen dein Fehltritt gehabt hat! Laß ihn wissen, daß deinetwegen die vernichtende Anklage, die ich gegen unsere Gesellschaft richte, aufgeschoben worden ist! Wenn er so ist, wie ich mir einen Priester vorstelle, wird deine Buße bestimmt nicht leicht sein. Allerdings habe ich gelernt, von den heutigen Pfaffen nicht zuviel zu erwarten."

„Ich werde mich bessern, Ignaz. Du wirst es sehen."

„Schon gut: Und ich werde irgendeine Beschäftigung finden – wenn auch nicht das, was du eine gute Stellung nennst. Vielleicht gewinne ich sogar wertvolle Einsichten, die meinem Dienstgeber zugute kommen. Möglicherweise wird sich diese Erfahrung in einer neuen Dimension meines Stils ausdrücken. Immerhin liegt eine gewisse Ironie darin, wenn ich mich aktiv auf das unheilige Spiel einlasse, das ich zugleich kritisiere." Ignaz rülpste laut. „Wenn Myrna Minkoff wüßte, wie tief ich gesunken bin!"

„Was ist eigentlich aus der geworden?" fragte Mrs. Reilly mißtrauisch. „Da schicke ich dich für gutes Geld aufs College, und du kommst mir mit so etwas daher!"

„Myrna ist nach wie vor in New York, auf ihrem Nähr- und Mutterboden, und bemüht sich redlich, die Polizei solang zu reizen, bis man sie bei irgendeiner Demonstration festnimmt."

„Die ist mir was auf die Nerven gegangen, wie sie im ganzen Haus auf ihrer Gitarre herumgezupft hat! Wenn sie wirklich Geld hat, wie du behauptest, hättest du sie vielleicht doch heiraten sollen. Vielleicht hättet ihr zwei was Festes gefunden, ein Kind gekriegt oder so –"

„Muß ich Zeuge sein, wie dieser Unflat über die Lippen meiner eigenen Mutter kommt?" donnerte Ignaz. „Jetzt hau ab und richte mir was zu essen. Ich muß pünktlich ins Kino, heute gibt's ein Zirkusmusical, einen vielbeschrienen Exzeß, auf den ich schon lange gewartet habe. Morgen werden wir uns die Stellenausschreibungen anschauen."

„Ich bin so stolz, daß du endlich arbeiten wirst", sagte Mrs. Reilly gerührt und drückte einen Kuß in den feuchten Schnurrbart ihres Sohnes.

IV

„Die Alte hat's notwendig", brummte Jones zu sich selbst, als der Bus anruckte und ihn gegen die Frau an seiner Seite warf. „Bildet sich ein, ich leg sie, nur weil ich schwarz bin. Dabei ist sie selber fast mit'm Arsch durchs Fenster gefahren. Scheiße! Fällt mir nicht ein ..."

Er rückte vorsichtig von ihr ab, legte die Beine übereinander und bedauerte nur, daß man im Bus nicht rauchen durfte. Er dachte darüber nach, wer der Dickbauch mit der grünen Mütze sein mochte, der auf einmal die ganze Stadt unsicher machte. Wo würde dieses Walroß als nächstes auftauchen? Irgendwie unheimlich war der Grünmütz.

„Also werd ich der Bullizei erzählen, daß ich mich nützlich betätige, dann darf sie mir den Buckel runterrutschen. Ich werd dem Bullen erzählen, daß ich über einen Menschenfreund gestolpert bin, der mir zwanzig Dollar die Woche zahlt, und dann wird er sagen: ‚Prima, mein Junge! Ich freu mich, daß du nicht mehr krumm gehst.' Und ich sag: ‚Na klar.' Und er sagt: ‚Jetzt wirst du vielleicht noch ein Mitglied der Gesellschaft.' Und ich sag: ‚Ich hab eine Niggerarbeit und krieg einen Niggerlohn, jetzt bin ich wahrhaftig ein Mitgleid der Gesellschaft. Jetzt bin ich ein richtiger Nigger und kein Herumtreiber. Einfach ein Nigger.' Bitte: Und was ist da so anders?"

Die alte Frau zog an der Klingelschnur und quetschte sich aus ihrem Sitz, deutlich darauf bedacht, nicht an Jones anzustreifen, der ihre Verrenkungen aus dem Reservat seiner grünen Brillengläser beobachtete.

„Allerhand! Die glaubt, ich hab den Siffel und Tebezeh und einen Steifen – und daß ich sie zerleg mit einer Fleischhacke und ihr die Brieftasche zieh. Auweh!"

Die Brillen verfolgten die Frau, wie sie aus dem Bus stieg und in der Menge an der Haltestelle unterging. Weiter hinten fand eine Auseinandersetzung statt, ein Mann mit einer zusammengerollten Zeitung in der Hand holte zum Schlag gegen einen anderen Mann aus, der einen langen roten Bart und Bermudas trug. Der Mann mit dem Bart kam Jones bekannt vor. Jones hatte ein ungutes Gefühl: Erst dieses Phantom mit der grünen Mütze und jetzt dieser Kerl, den er nicht einordnen konnte.

Als der Mann mit dem roten Bart davonlief, wandte sich Jones vom Fenster ab und schlug die Illustrierte auf, die ihm Darlene gegeben hatte. Zumindest Darlene hatte ihn in der „Liebesnacht" freundlich behandelt. Darlene hatte die „Life" abonniert, um sich zu bilden, und hatte sie Jones mit der Bemerkung gegeben, daß vielleicht auch er davon profitieren könnte. Jones versuchte, sich durch einen Leitartikel über die amerikanische Fernostpolitik durchzubeißen, gab es aber bald auf und fragte sich, was dieses Zeug Darlene dabei helfen sollte, eine exotische Nummer zu werden, dieses Ziel ihrer Träume, auf das sie immer wieder zurückgekommen war. Er blätterte weiter zu den bunten Werbeanzeigen, das interessierte ihn noch am ehesten. Das Angebot in dieser Illustrierten war große Klasse, besonders gefiel ihm die Lebensversicherung mit dem Ehepaar und dem hübschen Haus. Und die Herren, die Yardley Rasierwasser benützen, sahen so kühl und vornehm aus. Das war es, was er von der Illustrierten profitierte: So aussehen wie diese Herren wollte auch Jones.

V

Stößt Fortuna dich radab, so geh ins Kino, bring Leben in dein Leben. Als Ignaz das zu sich sagen wollte, fiel ihm ein, daß er fast jeden Abend ins Kino ging, unabhängig von der Richtung, in der Fortuna sein Rad drehte.

Voll der Erwartung saß er im dunklen Saal des „Prytania", nur wenige Reihen von der Leinwand, sein Körper füllte den Sitz, quoll über auf die Nachbarsitze. Rechts nebenan hatte er seinen Mantel abgelegt, drei Schokoriegel und für den Ernstfall zwei Tüten Popcorn, der obere Tütenrand sorgsam gerollt, um das Popcorn warm und knusprig zu halten. Ignaz aß aus der dritten Popcorntüte und glotzte verzückt auf die Ankündigungen bevorstehender Attraktionen. Einer von den Filmen versprach so Übles, daß Ignaz vermutete, er werde sich auch an einem der nächsten Tage wieder ins „Prytania" gezogen fühlen. Dann flammte die Breitwand in leuchtendem Technicolor auf, der Löwe brüllte, und der Titel flackerte vor Ignaz' zweifarbenen

Augen. Seine Züge erstarrten, die Popcorntüte erzitterte. Beim Betreten des Zuschauerraums hatte er die beiden Ohrlaschen sorgfältig über dem Zenit der Mütze festgeknöpft, und nun brandete die Ouvertüre des Musical aus mehreren Lautsprechern zugleich gegen Ignaz' nackte Ohren. Er hörte zwei Schlagermelodien heraus, die er besonders verabscheute, und folgte aufmerksam den Namen der Mitwirkenden, um sich keinen entgehen zu lassen, dessen Träger ihn regelmäßig bis zum Brechreiz empörte.

Als die Liste zu Ende war und Ignaz vermerkt hatte, daß mehrere Schauspieler, der Komponist, der Regisseur, der Maskenbildner und der Regieassistent ihm schon bei früheren Gelegenheiten mißfallen hatten, begann eine Szene, in der eine Unzahl von Statisten rund um ein Zirkuszelt wimmelte. Gierig durchforschte Ignaz die Menge und fand vor einer Bude die Titelheldin.

„Jesus!“ schrie er. „Da ist sie!“

Die Kinder in den Sitzreihen vor ihm drehten sich um und staunten ihn an, aber Ignaz bemerkte sie nicht. Das blaue und das gelbe Auge hefteten sich an die Heldin, die frohen Mutes sich mit einem Eimer Wasser zu einem – wie sich herausstellte – Elephanten begab.

„Das wird noch schlimmer, als ich geahnt habe“, stellte Ignaz fest, als er den Elephanten erblickte.

Er preßte die leere Popcorntüte gegen seine dicken Lippen, blies hinein und wartete mit glitzernden Augen, in denen sich das Technicolor spiegelte. Ein Gong schlug an, Geigen schluchzten aus der Tonspur, simultan öffneten die Heldin und Ignaz den Mund, sie zu einem Lied, er zu einem Knurren. Zwei zitternde Hände trafen heftig im Finsteren aufeinander. Die Popcorntüte platzte mit einem Knall. Die Kinder kreischten.

„Was soll der Lärm?“ fragte die Frau an der Bonbonbar den Geschäftsführer.

„Er ist wieder da“, klärte er sie auf, indem er quer durch den Zuschauerraum auf den Schatten wies, der sich unter der Leinwand türmte. Dann ging der Geschäftsführer den Mittelgang hinunter zu den vorderen Reihen, wo sich das Gekreisch steigerte. Nachdem sie den ersten Schreck vergessen hatten, kreischten die Kinder um die Wette. Ignaz lauschte auf das markerschütternde Quietschen und Plärren, freute sich wie ein Rumpelstilz. Der Geschäftsführer beschwichtigte die Vorderreihen mit ein paar milden Drohungen, dann blickte er die Reihe entlang, wo Ignaz für sich allein wie ein ausgewachsenes Monster über die kleinen Köpfe ragte, bekam aber nicht mehr als ein pausbäckiges Profil zu sehen. Die glänzenden Augen unter dem grünen Kappenschirm folgten der Heldin und ihrem Elephanten über die Breitwand in das Zirkuszelt.

Eine Weile verhielt sich Ignaz relativ ruhig und begleitete das Fortschreiten der Handlung nur mit gelegentlichem Grunzen. Dann befand sich offensichtlich alles, was in dem Film mitspielte, oben in der Kuppel. Im Vordergrund schwang die Heldin zum Takt eines Walzers auf einem Trapez, lächelte in Nahaufnahme. Ignaz suchte ihre Zähne nach Löchern und Plomben ab. Sie streckte ein Bein aus. Ignaz untersuchte es auf Mißbildungen hin. Dann fing sie an zu singen, etwas über die Mühe und das hartnäkkige Üben, wieder und immer wieder, bis eine Nummer gelingt. Ein Schauder überlief Ignaz, als er den Sinn der Worte erfaßte. In der Hoffnung, daß nun die Kamera den Todessturz tief hinab ins Sägemehl zeigen würde, prüfte er vorsorglich die Gelenke der Finger, die das Trapez umklammerten. Nach der zweiten Strophe fiel das ganze Ensemble in den Refrain ein und besang mit strahlendem Lächeln unter vereintem Schaukeln, Baumeln, Überschlagen und Aufschwingen den Erfolg, der die Mühe lohnt.

„Gütiger Himmel!“ brüllte Ignaz, der nicht länger an sich halten konnte. Popcorn bröselte über sein Hemd und sammelte sich in den Hosenfalten. „Was für ein Kretin hat diese Mißgeburt gezeugt?“

„Halt's Maul!“ riet jemand hinter ihm.

„Diese grinsenden Idioten! Jetzt müßten alle Seile zugleich reißen!“ Ignaz rasselte mit den restlichen Popcornkrümeln in der letzten Tüte. „Aber zum Glück haben wir's überstanden –“

Am Auftakt zu einer Liebesszene wuchtete er sich aus seinem Sitz und stampfte den Mittelgang hinauf zur Bonbonbar, um Popcorn nachzukaufen, bei seiner Rückkehr setzten die beiden rosigen Gestalten aber erst zum Kuß an.

„Wahrscheinlich haben sie Mundgeruch", verkündete Ignaz über die Kinder hinweg. „Ich möchte mir nicht vorstellen, wo überall diese Lippen schon herumgeschmiert haben!"

„Sie werden etwas unternehmen müssen", sagte die Bonbonfrau zum Geschäftsführer. „So arg war es noch nie."

Der Geschäftsführer seufzte und schwenkte in den Mittelgang ein, während Ignaz brummte: „Also bitte – und jetzt lecken sie einander die Zahnlücken aus!"

Drei

Ignaz stolperte über den Ziegelweg auf das Haus zu, erklomm mühselig die Stufen und drückte die Klingel. Ein Wedel der toten Bananenstaude gab auf und fiel steif über die Kühlerhaube des Plymouth.

„Ignaz! Kind!" rief Mrs. Reilly, als sie die Tür öffnete. „Was ist dir? Du schaust aus wie der Tod!"

„In der Tram hat sich mein Pylorus verklemmt."

„Gott im Himmel! Komm schnell herein ins Warme –"

Ignaz schleppte sich nach hinten in die Küche und brach auf einem Stuhl zusammen.

„Der Personalchef bei dieser Versicherungsgesellschaft hat mich beleidigt."

„Du hast die Stelle nicht gekriegt?"

„Natürlich hab ich sie nicht gekriegt."

„Was ist passiert?"

„Ich möchte lieber nicht darüber sprechen."

„Warst du auch bei den anderen Adressen?"

„Wie sollte ich? Meinst du, daß ich in diesem Zustand einen hoffnungsvollen Dienstgeber für mich einnehmen könnte? Das wenigstens habe ich eingesehen und bin so rasch wie möglich nachhause gekommen."

„Laß die Nase nicht hängen, mein Schatz!"

„Ich lasse nie meine Nase hängen: Nimm das zur Kenntnis!"

„Sei nicht so gereizt. Du wirst bestimmt eine gute Stelle finden. Du bist doch erst ein paar Tage unterwegs", sagte seine Mutter und betrachtete ihn. „Ignaz?! Hast du bei dem Herrn von der Versicherung die Mütze aufgehabt?"

„Natürlich habe ich sie aufgehabt. Das Büro war schlecht geheizt. Ich begreife nicht, wie die Angestellten dort diese Kälte überleben, der sie sich tagtäglich aussetzen. Und dazu haben sie solche fluoreszierenden Leuchtröhren, die ihnen das Hirn schmoren und die Augen blenden. Mir hat das Büro gar nicht gefallen. Ich habe versucht, den Personalchef auf die Mängel hinzuweisen, aber er hat einen recht uninteressierten Eindruck gemacht. Gegen Ende war er richtig aggressiv." Ignaz rülpste dröhnend. „Aber ich habe dir ja vorausgesagt, daß es so kommen würde. Ich bin ein Anachronismus. Die Leute spüren das und sperren sich dagegen."

„Kopf hoch, Kind!"

„Kopf hoch?" wiederholte Ignaz böse. „Von wem beziehst du diese blöden Sprüche?"

„Von Herrn Mancuso."

„Aha! Das hätte ich mir denken können. Ist er ein Beispiel für den Erfolg der ‚Kopf hoch'-Methode?"

„Du müßtest dir einmal anhören, was für ein Leben der arme Mann hat! Er soll dir erzählen, wie der Inspektor auf der Wachstube mit ihm umspringt –"

„Ruhe!" Ignaz hielt sich das eine Ohr zu und schlug mit der Faust auf den Tisch. „Kein Wort mehr über diesen Menschen! Zu allen Zeiten sind es die Mancusos gewesen, die Krieg und Pest verbreitet haben. Jetzt geht der böse Geist Mancuso in diesem Haus um. Er ist dein Svengali!"

„Du mußt dich am eigenen Zopf herausziehen, Ignaz!"

„Ich weigere mich. Optimismus kotzt mich an. Er ist wider die Natur. Das Los des Menschen ist Jammer und Not, seit er vom Apfel gegessen hat."

„Ich jammere nicht."

„Doch!"

„Nein."

„Doch, du jammerst!"

„Ich jammere nicht, Ignaz."

„Wenn ich im Suff fremdes Eigentum beschädigt und mein Kind den wilden Tieren preisgegeben hätte, würde ich mir an die Brust schlagen! Ich würde Gott um Verzeihung bitten, bis mir die Knie bluten! Was für eine Buße hat dir eigentlich der Priester aufgegeben?"

„Drei Avemaria und ein Vaterunser."

„Das ist alles?" rief Ignaz. „Hast du ihm gestanden, was du getan hast? Daß durch deine Schuld ein bedeutendes kulturkritisches Werk ungeschrieben bleibt?"

„Ich habe gebeichtet, Ignaz. Ich habe dem Pater alles gesagt. Er glaubt nicht, daß ich schuld bin, nur weil es mich auf der nassen Straße geschleudert hat. Dann hab ich ihm von dir erzählt. ‚Mein Junge behauptet', hab ich gesagt, ‚daß ich ihn am Schreiben hindere. Fünf Jahre schreibt er schon an der Geschichte.' So wichtig kommt ihm das nicht vor, hat er gemeint, und du sollst dir lieber eine anständige Arbeit suchen."

„Und diese Kirche erwartet von mir, daß ich mich als ihr treuer Sohn fühle! Statt dich im Beichtstuhl auszupeitschen!"

„Morgen gehst du und versuchst es woanders, Ignaz. Überall brauchen sie tüchtige Leute. Ich habe mich mit Fräulein Marielouise unterhalten – der alten Dame, die bei German arbeitet. Sie hat einen verkrüppelten Bruder mit einem Hörapparat, weil er taub ist: Der hat eine gute Stelle beim Hilfswerk gefunden."

„Vielleicht sollte ich es dort probieren."

„Ignaz! Die nehmen doch nur Blinde und Blöde zum Besenbinden auf!"

„Ich bin sicher, daß in dieser Gesellschaft ein gutes Arbeitsklima herrscht."

„Komm: Wir schauen die Abendzeitung durch. Vielleicht gibt's da ein günstiges Angebot."

„Aber so früh wie heute gehe ich morgen nicht aus dem Haus. In der Stadt habe ich mich richtig verloren gefühlt."

„Du bist doch erst nach dem Mittagessen losgegangen!"

„Trotzdem: Mein Körper hat sich dagegen aufgelehnt. Schon in der Nacht habe ich mehrmals schlecht geträumt. Ich habe im Schlaf gesprochen und bin ganz zerschlagen aufgewacht."

„Da – hör zu: Diese Anzeige kommt immer wieder", sagte Mrs. Reilly, die Zeitung dicht vor den Augen: „Reinlicher, arbeitsfreudiger Gehilfe, verläßlich und rundlich –"

„‚Ruhig', heißt das! Gib her", unterbrach Ignaz die Mutter und nahm ihr die Zeitung weg. „Es ist ein Jammer, daß deine Schulbildung so unzulänglich geblieben ist."

„Pappa war sehr arm."

„Bitte! Diese rührselige Geschichte kann ich augenblicklich nicht ertragen. ‚Reinlicher, arbeitsfreudiger, verläßlicher und ruhiger Gehilfe ...' Gott behüte! Was für ein Monstrum stellen die sich darunter vor? Ich fürchte, für ein Unternehmen mit einer solchen Weltanschauung könnte ich mich nicht einsetzen."

„Lies doch zu Ende, Kind!"

„– für Büroarbeiten. 25–35 Jahre. Hosen-Levy, Werkskanal, täglich 8 bis 9.' Schon ausgeschieden: Bis um neun kann ich unmöglich dort sein."

„Liebling! Wenn du arbeiten willst, mußt du früh aufstehen!"

„Nein, Mutter." Ignaz warf die Zeitung auf das Backrohr. „Ich habe mein Ziel zu hoch gesteckt – so eine Arbeit würde mich umbringen. Zeitungsaustragen würde mir vermutlich mehr liegen."

„Aber Ignaz! Ein erwachsener Mann wie du kann doch nicht mit einem Fahrrad durch die Stadt strampeln und Zeitungen austragen!"

„Vielleicht könntest du mich mit dem Wagen herumfahren, und ich werfe die Zeitungen aus dem Heckfenster."

„Hör zu, Junge", entschied Mrs. Reilly verärgert: „Morgen gehst du und suchst weiter! Es ist mir ernst! Und als erstes gehst du zu dieser Adresse. Du willst dich nur drücken, Ignaz: Ich kenne dich!"

„Jaaah –", gähnte Ignaz und entblößte seine breite, rosige Zunge. „Hosen-Levy klingt auch nicht schlimmer als die anderen, zu denen du mich geschickt hast. Offensichtlich bewege ich mich nun bereits im Bodensatz des Arbeitsmarkts."

„Hab Geduld, Bub! Du wirst es schon machen."

„Gott helfe mir ..."

II

Ausgerechnet Ignaz Reilly hatte Wachmann Mancuso auf einen guten Gedanken gebracht. Er hatte angerufen und fragen wollen, wann Mrs. Reilly mit ihm und seiner Tante zum Kegeln gehen könnte, war jedoch an Ignaz geraten, der in die Muschel geschrien hatte: „Hören Sie auf, uns zu belästigen, Sie Mißgeburt! Wenn Sie ein Hirn im Kopf hätten, würden Sie lieber Spelunken wie die ‚Liebesnacht' filzen, in der man meine gute Mutter und mich mißhandelt und beraubt hat: Mich hat eine tückische, skrupellose Strichkatze attackiert, und die Besitzerin ist eine KZ-Hyäne. Kaum daß wir mit dem Leben davongekommen sind. Nehmen Sie sich doch diese Räuberbande vor und lassen Sie uns in Frieden, Sie Spaltpilz!"

Danach hatte Mrs. Reilly ihrem Sohn den Hörer entwunden.

Das war das Richtige für den Inspektor! Nicht auszuschließen, daß er sich zu einer Belobigung verstieg. Wachmann Mancuso stand stramm, räusperte sich und sagte: „Ich hab einen Hinweis auf ein Lokal mit Animierdamen."

„Einen Hinweis?" wiederholte der Inspektor. „Wer hat Ihnen einen Hinweis gegeben?"

Verschiedene Gründe bewogen Wachmann Mancuso, Ignaz aus dem Spiel zu lassen. Er entschied sich für Mrs. Reilly.

„Eine mir bekannte Dame", erwiderte er.

„Und woher kennt die Dame das Lokal?" fragte der Inspektor weiter. „Wer hat sie dorthin mitgenommen?"

Nun konnte Wachmann Mancuso nicht sagen, daß es ihr Sohn war. Das hätte vielleicht an Wunden gerührt, die kaum verharscht waren. Warum war es offenbar unmöglich, mit dem Inspektor ein normales Gespräch zu führen?

„Sie war allein dort", sagte Mancuso schließlich in einem verzweifelten Versuch, von der Sache zu retten, was zu retten war.

„Die Dame war allein in dem Lokal?" rief der Inspektor. „Was soll das für eine Dame gewesen sein? Wahrscheinlich selber eine Animiererin! Verschwinden Sie, Mancuso, und kommen Sie mit einem Verdächtigen wieder. Sie haben noch keinen einzigen eingebracht! Und reden Sie mir nicht von Animiererinnen. Schauen Sie in Ihren Schrank: Heut sind Sie ein Soldat. Ab durch die Mitte!"

Wachmann Mancuso verzog sich traurig in den Schrankraum und fragte sich, ob er jemals dem Inspektor etwas recht machen würde. Als er draußen war, wandte sich der Inspektor zu einem Detektiv und sagte: „Schickt einmal ein paar Leut in die ‚Liebesnacht', vielleicht war dort wirklich eine so blöd und hat zu Mancuso geschwatzt. Aber sagt ihm nichts. Ich möchte nicht, daß sich der Heini was einbildet. Der bleibt im Kostüm, bis er mir was Brauchbares anschleppt!"

„Heute hat sich schon wieder eine über Mancuso beschwert. Ein kleiner Mann mit einem Sombrero ist angeblich gestern abend in einem Bus zudringlich geworden."

„Allmählich hört der Spaß auf", meinte der Inspektor nachdenklich. „Bei der nächsten Beschwerde werden wir den guten Mancuso einbuchten."

III

Mr. Gonzalez schaltete das Licht ein und heizte den Gasofen an, der in dem kleinen Verschlag neben dem Schreibtisch stand. In den zwanzig Jahren, die er nun schon für Hosen-Levy arbeitete, war er am Morgen immer der erste gewesen.

„Es war noch finster, wie ich gekommen bin", pflegte Mr. Gonzalez zu Mr. Levy bei den seltenen Gelegenheiten zu bemerken, wenn Mr. Levy nicht umhin konnte, Hosen-Levy aufzusuchen.

„Dann gehen Sie wohl zu früh von zuhause fort", war Mr. Levys übliche Antwort.

„Ich habe mich vor der Tür mit dem Milchmann unterhalten."

„Was geht das mich an? Haben Sie für mich den Flug nach Chicago zum Match besorgt?"

„Bis die anderen zur Arbeit gekommen sind, hab ich das Büro schon ganz warm gehabt."

„Sie verschwenden mein Gas. Sitzen Sie doch im Kalten! Das tut Ihnen gut."

„Zwei Seiten im Auftragsbuch habe ich erledigt, während ich allein war. Schauen Sie: Ich hab eine Ratte erwischt – neben dem Wassertank. Sie hat nicht vermutet, daß schon wer hier ist, da hab ich sie mit dem Briefbeschwerer erschlagen."

„Verschwinden Sie mit der blöden Ratte! Diese Bude hier deprimiert mich auch ohne Ratten. Setzen Sie sich lieber ans Telephon und reservieren Sie mir das Hotel fürs Derby!"

Andererseits war der Maßstab, der bei Hosen-Levy angelegt wurde, ein sehr großzügiger. Dienstfertigkeit reichte für Beförderung. Mr. Gonzalez war zum Bürovorsteher aufgerückt, der ein Häuflein von müden Angestellten befehligte. Nie brachte er es so weit, sich an die Namen der Schreiber und Tippsen zu erinnern. Manchmal schienen sie fast täglich zu wechseln, ausgenommen nur Miss Trixie, die achtzigjährige Hilfsbuchhalterin, die seit nahezu einem halben Jahrhundert die Bücher von Hosen-Levy mit Zahlen vollschrieb, die nicht immer stimmten. Sogar auf dem Weg zum und vom Büro trug sie einen grünen Augenschirm aus Zelluloid, was Mr. Gonzalez als Bekenntnis zur Firma interpretierte. Gelegentlich trug sie den Augenschirm auch am Sonntag in der Kirche, weil sie ihn mit einem Hut verwechselte, und hatte ihn sogar beim Begräbnis ihres Bruders aufgehabt, bis ihn dessen etwas lebensnähere und jüngere Witwe ihr vom Kopf riß. Dennoch hatte Mrs. Levy angeordnet, daß Miss Trixie unter allen Umständen zu halten sei.

Mr. Gonzalez staubte den Schreibtisch ab. Wie jeden Morgen um diese Stunde, wenn das Büro noch kalt und leer war und die Hafenratten in den Zwischenmauern raschelten und quiekten, dachte er daran, wie glücklich sich doch seine Beziehung zu Hosen-Levy gestaltet hatte. Draußen lag noch der Nebel über dem Fluß, und die Frachter tuteten einander zu, die rostigen Aktenschränke im Büro vibrierten vom sonoren Dröhnen der Nebelhörner. Neben ihm der kleine Ofen knisterte und knackte, während er sich erwärmte und ausdehnte. Alle diese Geräusche, mit denen seit zwanzig Jahren sein Tag begonnen hatte, nahm Mr. Gonzalez wahr, ohne richtig hinzuhören, und zündete dabei die erste von den zehn Zigaretten an, die er jeden Tag rauchte. Wenn er beim Filter angelangt war, drückte er sie aus und entleerte den Aschenbecher in den Papierkorb. Er war immer darauf bedacht, Mr. Levy mit einem makellosen Schreibtisch zu imponieren.

Daneben stand der Schreibtisch, der Miss Trixie gehörte. Alte Zeitungen quollen aus den halboffenen Laden, und unter den einen Fuß war ein Stück Pappe zwischen das Staubgewölle gekeilt. Auf Miss Trixies Stuhl befand sich ein brauner Papiersack mit Stoffresten und ein Bindfadenknäuel. Der Aschenbecher ging über von Stummeln: Dieses Rätsel hatte Mr. Gonzalez noch immer nicht gelöst. Miss Trixie rauchte nicht. Auch bei den Verhören, die er mehrmals mit ihr vorgenommen hatte, war nichts Schlüssiges herausgekommen. Miss Trixie war von einem Magnetfeld umgeben, das alle Art Abfall, den es im Büro gab, anzog. Füllfedern, Brillen, Geldbörsen oder Feuerzeuge fanden sich gewöhnlich in oder auf ihrem Schreibtisch. Außerdem hortete Miss Trixie in irgendeiner Lade auch die Telephonbücher.

Mr. Gonzalez schickte sich eben an, Miss Trixies Magnetfeld nach seinem fehlenden Stempelkissen abzusuchen, als die Bürotür aufging und Miss Trixie selbst in ihren Tennisschuhen über den Bretterboden schlurfte. Sie schleifte einen zweiten Papiersack hinterher, der eine ähnliche Kollektion von Stoffresten und Schnüren zu enthalten schien, obenauf aber auch das vermißte Stempelkissen blicken ließ. Solche Papiersäcke führte Miss Trixie seit einigen Jahren mit sich, stapelte manchmal auch drei oder vier davon neben ihrem Schreibtisch, verriet aber nie, wozu sie ihr dienten und was sie mit dem Inhalt vorhatte.

„Guten Morgen, Miss Trixie", grüßte Mr. Gonzalez munter und lautstark. „Wie steht das Befinden?"

„Wer? Ach, Sie sind es, Gomez . . .", erwiderte Miss Trixie schwach und trieb in Richtung Damentoilette ab, als kreuze sie gegen Windstärke dreizehn. Miss Trixie war immer etwas schräg, ihr Neigungswinkel lag immer unter neunzig.

Mr. Gonzalez nützte die Gelegenheit, um sein Stempelkissen

aus dem Papiersack zu fischen, und stellte fest, daß es mit einer Substanz überzogen war, die nach Schmalz roch und sich auch so anfühlte. Er wischte es sauber und fragte sich dabei, wer von den Angestellten heute wohl auftauchen würde. Vor etwa einem Jahr war es geschehen, daß nur er und Miss Trixie zur Arbeit erschienen, aber dann hatte man die Monatsgehälter um fünf Dollar erhöht. Trotzdem kam es vor, daß Angestellte einfach fortblieben, ohne Mr. Gonzalez auch nur anzurufen. Das war eine ständige Sorge. Nach Miss Trixies Eintreffen behielt er darum die Tür im Auge, vor allem im Hinblick auf den Versand der Frühlings- und Sommerkollektion, der bereits anlaufen sollte. Tatsache war, daß das Büro dringend Hilfskräfte benötigte.

Mr. Gonzalez sah einen grünen Augenschirm vor der Tür. War Miss Trixie durch den Betrieb hinausgegangen und kam nun ein zweites Mal durch die Vordertür herein? Zuzutrauen war es ihr. Einmal war sie am Morgen auf die Damentoilette gegangen, und am späten Nachmittag hatte Mr. Gonzalez sie auf einem Stoß Versandware schlafend im Magazin gefunden. Dann öffnete sich die Tür, und herein kam einer der dicksten Männer, die Mr. Gonzalez jemals gesehen hatte.

Der Mann nahm eine grüne Mütze ab und entblößte einen Schädel, dessen Wölbung im Stil der Zwanzigerjahre mit pechschwarzem, glänzend pomadisiertem Haar bekleistert war. Als er den Mantel abgelegt hatte, bot sich Mr. Gonzalez die Aussicht auf einen Stapel von Fettwülsten, über den sich ein enges, von einer breiten Blumenkrawatte senkrecht geteiltes Hemd spannte. Vermutlich war auch der glänzende Schnurrbart mit Vaseline behandelt. Und dazu die Augen: eines blau, das andere gelb, das Weiß von feinsten, rosigen Äderchen durchzogen! Mr. Gonzalez' Stoßgebet, es möge sich um einen Bewerber handeln, stand fast hörbar im Raum. Er war zutiefst beeindruckt, ja erschüttert.

Ignaz hingegen sah sich in dem schäbigsten aller Büros, über deren Schwelle er bis dahin getreten war. Nackte Glühbirnen, die da und dort von der fleckigen Decke hingen, hoben die verquollenen Bodenbretter in ein trübgelbes Licht. Alte Aktenschränke zerlegten den Raum in mehrere kleine Abteile, die jedes einen Schreibtisch enthielten, der mit Ölfarbe in einem seltsamen Orange gestrichen war. Das graue Panorama vor den staubigen Fenstern zeigte den Kai der Poland Avenue, den Kriegshafen, den Mississippi und in der Ferne, auf der anderen Seite des Flusses, die Trockendocks und die Dächer von Algiers. Eine uralte Frau humpelte herein und stieß gegen eine Reihe von Aktenschränken. Die Atmosphäre des Raums erinnerte Ignaz an sein eigenes Zimmer. Der Pylorus tat Zustimmung kund, indem er sich hoffnungsfroh entspannte. Fast hörbar betete Ignaz, daß man ihn aufnehmen werde. Er war zutiefst beeindruckt, ja erschüttert.

„Sie wünschen?" fragte der adrette Herr an dem sauberen Schreibtisch.

„Oh –: Ich dachte, die Dame sei für mich zuständig", erwiderte Ignaz, dem von dem ganzen Ensemble nur dieser Mann mißfiel, mit Stentor-Stimme. „Ich komme wegen Ihres Inserats."

„Ausgezeichnet! Welches meinen Sie?" rief der Mann entzückt. „Wir haben zwei Inserate laufen, eines für eine Frau und das andere für einen Mann."

„Dreimal dürfen Sie raten, auf welches ich mich beziehe!" donnerte Ignaz.

„Pardon", stotterte Mr. Gonzalez. „Verzeihen Sie: Ich dachte nur – Ich wollte sagen: Das Geschlecht spielt keine Rolle. Sie könnten beide Stellen ausfüllen. Wie gesagt: Auf Ihr Geschlecht kommt es mir nicht an."

„Schon gut", gab sich Ignaz zufrieden. Mit Interesse stellte er fest, daß die alte Frau an ihrem Schreibtisch eingenickt war. Die Arbeitsbedingungen waren offenbar glänzend.

„Setzen Sie sich doch, bitte. Miss Trixie wird Ihnen den Hut und den Mantel abnehmen und in die Angestelltengarderobe bringen. Wir möchten, daß Sie sich bei Hosen-Levy wie zuhause fühlen."

„Aber wir haben noch gar nicht miteinander gesprochen!"

„Kein Problem! Wir werden uns bestimmt einigen. Miss Trixie! Miss Trixie!"

„Was!?" fuhr Miss Trixie hoch und stieß ihren vollen Aschenbecher vom Schreibtisch.

„Warten Sie: Ich werde Ihre Sachen nehmen –" Als Mr. Gonzalez nach der Mütze griff, bekam er eine auf die Pfote, durfte aber den Mantel haben. „Eine wirklich schöne Krawatte! So etwas sieht man nicht mehr alle Tage."

„Sie hat meinem seligen Vater gehört."

„Mein Beileid", sagte Mr. Gonzalez und hängte den Mantel in einen alten Blechschrank, auf dessen Boden Ignaz einen ähnlichen Papiersack sah wie die zwei Säcke, die neben dem Schreibtisch der alten Frau lagen. „Das ist übrigens Miss Trixie, eine unserer ältesten Angestellten. Sie werden sich bestimmt gut mit ihr vertragen."

Miss Trixie war wieder eingeschlafen, ihr Kopf lag zwischen den alten Zeitungen auf der Schreibtischplatte.

„Ja?" seufzte sie schließlich. „Ach, Sie sind es, Gomez . . . Ist schon Dienstschluß?"

„Miss Trixie: Das ist einer von unseren neuen Mitarbeitern."

„Ein hübscher, starker Bursche", fand Miss Trixie und hob ihre wässerigen Augen zu Ignaz. „Gut genährt . . ."

„Miss Trixie ist seit über fünfzig Jahren bei uns: Woraus Sie schließen können, wie sehr sich unsere Mitarbeiter mit der Firma verbunden fühlen. Miss Trixie hat schon für den verstorbenen Vater von Mr. Levy gearbeitet, einen sehr noblen alten Herrn."

„Ja, ein nobler alter Herr", bestätigte Miss Trixie, obwohl sie sich an Mr. Levy Senior überhaupt nicht erinnern konnte. „Er hat mich gut behandelt. Immer ein freundliches Wort . . ."

„Danke, Miss Trixie", sagte Mr. Gonzalez kurz, wie ein Zeremonienmeister, der eine total verpatzte Einlage möglichst rasch zu Ende bringen will.

„Die Firma hat mir versprochen, daß ich zu Ostern einen echten Beinschinken kriege", fuhr Miss Trixie fort. „Und das will ich auch hoffen! Auch den Truthahn zu Weihnachten haben sie überhaupt vergessen."

„Miss Trixie ist eine bewährte Stütze des Unternehmens",

erläuterte der Bürovorsteher, während die betagte Hilfsbuchhalterin weiter über den Truthahn brabbelte.

„Eine Ewigkeit warte ich jetzt schon, daß sie mich endlich in Pension schicken, aber jedesmal heißt es, daß mir noch ein Jahr fehlt. Sie schinden einen, bis man umfällt", raunzte Miss Trixie. Dann war dieses Thema für sie erschöpft, und sie fügte hinzu: „Aber der Truthahn: den hätte ich gut brauchen können . . ."

Sie begann in ihren Papiersäcken zu wühlen.

„Können Sie gleich heute anfangen?" wollte Mr. Gonzalez von Ignaz wissen.

„Sollten wir nicht noch über mein Gehalt und die übrigen Arbeitsbedingungen reden? Oder ist das hier nicht üblich?" bremste Ignaz etwas herablassend.

„Sie würden für die Aktenablage eingesetzt, weil wir da wirklich jemanden brauchen: Dafür kann ich Ihnen sechzig Dollar die Woche anbieten. Ausfälle wegen Krankheit und dergleichen werden vom Gehalt abgezogen."

„Das bleibt weit hinter dem zurück, was ich mir erwartet habe." Ignaz' Stimme war schwanger von Bedeutung. „Ich habe einen Pylorus, der hin und wieder aufbegehrt und mich zwingt, das Bett zu hüten. Es gibt derzeit mehrere Unternehmungen, die sich um meine Mitarbeit bewerben und mir günstigere Bedingungen offerieren. Ich muß ihnen einen gewissen Vorrang einräumen."

„Hören Sie", vertraute ihm der Bürovorsteher an. „Miss Trixie kriegt nur vierzig Dollar die Woche – trotz der vielen Dienstjahren, die sie hat."

„Sie wirkt ziemlich erschöpft", fand Ignaz und beobachtete Miss Trixie, die den Inhalt ihres Papiersacks auf dem Schreibtisch ausgebreitet hatte und die Lappen ordnete. „Ist sie nicht schon pensionsreif?"

„Psst!" zischte Mr. Gonzalez. „Mrs. Levy will nicht, daß wir Miss Trixie in die Rente schicken. Mrs. Levy meint, daß es besser für Miss Trixie ist, wenn sie eine Beschäftigung hat. Mrs. Levy ist eine hochgebildete Dame, sie hat einen Fernunterricht in Psychologie genommen.“ Mr. Gonzalez gab Ignaz Zeit, das zu verdauen. „Um wieder auf Ihre Zukunftsaussichten zurückzukommen: Sie haben Glück, daß Sie mit so einem Gehalt anfangen dürfen! Das ist nur deshalb möglich, weil wir ein Projekt laufen haben, das die Altersstruktur von Hosen-Levy verbessern soll. Miss Trixie ist leider schon vorher eingetreten, und das Projekt ist nicht rückwirkend, sodaß wir es nicht auf sie anwenden können.“

„Es fällt mir nicht leicht, Sie zu enttäuschen, mein Herr, aber Ihr Angebot entspricht leider nicht meinen Vorstellungen. Ich stehe derzeit in Verhandlung mit einem Ölmagnaten, der mich für eine dreistellige Summe als Privatsekretär gewinnen will. Noch zögere ich, mich mit der materialistischen Einstellung dieses Menschen abzufinden, aber ich sehe ab, daß ich ihm schließlich mein ‚Ja‘ geben werde.“

„Wir könnten täglich zwanzig Cent für Fahrtkosten dazulegen“, plädierte Mr. Gonzalez.

„Nun, das ist etwas anderes“, gab Ignaz nach. „Ich werde die Stelle auf Probe nehmen. Ich gestehe, daß Ihr Projekt mich anspricht.“

„Großartig!“ strahlte Mr. Gonzalez. „Es wird ihm sicher bei uns gefallen: Nicht wahr, Miss Trixie?“

Miss Trixie war zu sehr mit ihren Flicken beschäftigt.

„Merkwürdig finde ich allerdings, daß Sie nicht einmal meinen Namen wissen wollen“, knurrte Ignaz.

„Du meine Güte! Das habe ich ganz vergessen. Wie heißen Sie?“

An diesem Tag erschien nur noch eine Stenotypistin im Büro. Eine Frau rief an und teilte mit, daß sie kündige und zur Fürsorge gehe. Sonst meldete sich bei Hosen-Levy niemand.

III

„Nimm die Brille herunter! Wie zum Teufel willst du den Dreck auf dem Boden sehen?“

„Wozu soll ich mir den Dreck anschauen?“

„Jones! Ich hab dir gesagt, du sollst die Brille abnehmen!“

„Und ich nehm sie nicht herunter!" Jones stieß mit dem Besen gegen einen Barhocker. „Für zwanzig Dollar die Woche mach ich nicht Akkord!"

Lana Lee nahm die Geldlade aus der Kasse und fing an, die Banknoten mit Gummiringen zu bündeln und die Münzen zu kleinen Säulen zu stapeln.

„Hau nicht ständig mit dem Besen gegen die Bar!" schrie sie. „Herrgottsakrament: Du gehst mir was auf die Nerven!"

„Wenn Sie wen haben wollen, der Ihnen leise kehrt, müssen Sie sich eine alte Dame suchen. Ich kehr auf meine Art."

Noch einige Male knallte der Besen gegen die Theke, bevor er sich samt der Rauchwolke gegen die Tische hin entfernte.

„Sie sollten den Gästen sagen, daß es so was wie Aschenbecher gibt. Sagen Sie ihnen, daß Sie einen hier haben, der nicht einmal den Mindestlohn kriegt. Vielleicht, daß sie dann ein bissel rücksichtsvoll sind."

„Sei lieber froh, daß ich dir eine Chance gebe", erwiderte Lana Lee. „Von deiner Sorte laufen heutzutage genug herum, die Arbeit suchen."

„Ja: Weil sie lieber auf die Straße gehen, statt für so einen Lohn zu schuften. Für einen Schwarzen ist vielleicht Betteln noch das Gescheiteste."

„Sei froh, daß du arbeiten kannst."

„Jeden Sonntag zünd ich eine Kerze an."

Der Besen knallte gegen einen Tisch.

„Sag's mir, wenn du mit dem Aufwischen fertig bist", sagte Lana Lee. „Ich hab noch einen kleinen Weg für dich."

„Weg? So? Und ich hab gemeint, ich bin zum Putzen da." Jones türmte einen Wolkenberg. „Was für'n Scheißweg?"

„Hör mal, Jones –" Lana Lee ließ einen Stapel Münzen in die Kasse rasseln und schrieb eine Ziffer auf einen Zettel. „Wenn du willst, ruf ich die Polizei an und sag, daß du nicht mehr hier arbeitest. Verstehst du?"

„Und ich sag der Bullizei, daß die ‚Liebesnacht' in Puff ist. Ich bin Ihnen einmal hereingefallen, wie ich den Job genommen hab, aber jetzt wart ich nur solang, bis ich Beweise habe. Die werden schauen beim Kommissariat, wenn ich erst anfang Saft zu lassen!"

„Paß auf, was du redest!"

„Die Zeiten haben sich geändert", sagte Jones und rückte die Sonnenbrille zurecht. „Wir Schwarzen kuschen nicht mehr vor euch. Wenn ich meine Leute rufe, machen sie Mauer vor Ihrem Laden, verscheuchen Ihnen die Gäste – und ins Fernsehen kommen Sie damit auch noch. Wir Schwarze haben schon genug Dreck gefressen, für zwanzig Dollar in der Woche laß ich mich nicht mehr anscheißen. Ich hab's satt: Ich mag nicht mehr betteln oder unter dem Mindestlohn schuften. Suchen Sie sich wen anderen, der Ihre kleinen Wege macht!"

„Reg dich ab und schau, daß du mit dem Boden fertig wirst. Ich schicke halt Darlene."

„Armes Kind." Jones stöberte mit dem Besen durch eine Nische. „Mit Gurkenwasser muß sie hausieren, kleine Wege soll sie machen . . ."

„Ruf meinetwegen bei der Wachstube an! Sie ist eine Animiererin."

„Ich warte, bis ich die Wachstube wegen Ihnen anrufen kann. Die Darlene will keine Animiererin sein. Freiwillig ist sie das nicht. Sie möchte als eine Nummer auftreten."

„So? Mit ihrem weichen Hirn soll sie froh sein, daß sie frei herumlaufen darf."

„Bei den Deppen im Narrenhaus ging's ihr besser."

„Sie soll lieber dazuschauen, daß sie meinen Schnaps verkauft, und die blöde Hopserei aufgeben. Ich kann mir gut vorstellen, was so eine Kuh mir aufführt, wenn ich sie auf die Bühne lasse. Eine wie die Darlene bringt einem glatt das Geschäft um, wenn ich nicht aufpasse."

Die Polstertür sprang auf, ein Halbwüchsiger mit klackernden Flamencoeisen an den Schuhen trat ein.

„Reichlich spät kommst du", begrüßte ihn Lana.

„Ein neuer Putzer, was?" Er teilte die öligen Locken, um einen Blick auf Jones zu werfen. „Ist dir der alte eingegangen?"

„Zur Sache, Schätzchen", riet ihm Lana kühl.

Der Jüngling klappte eine protzige, handgenähte Brieftasche auf und gab Lana eine Handvoll Scheine.

„Und hat alles geklappt, George?" fragte sie. „Waren die Waisenkinder zufrieden?"

„Das mit der Brille auf dem Schreibtisch hat ihnen gefallen, weil es sie an eine Lehrerin oder sowas erinnert. Ich brauche heut gar keines von den anderen."

„Meinst du, daß sie gern etwas Ähnliches haben würden?" fragte Lana interessiert.

„Sicher. Warum nicht? Vielleicht eines mit einer Schultafel und einem Buch – du weißt schon: Wie sie's sich mit einem Stück Kreide macht."

Der Jüngling und Lana lächelten einander an.

„Ich beschaff's dir", versprach Lana augenzwinkernd.

„He, du –", rief der Jüngling zu Jones hin: „Bist du ein Hascher? Ausschauen tust du wie ein Hascher."

„Du wirst auch gleich ausschauen wie ein Hascher, wenn ich dir den Besen in den Arsch steck", stellte ihm Jones ganz ruhig in Aussicht. „Das Beste, was die ‚Liebesnacht' zu bieten hat: alt, fest und spießig."

„Auseinander!" schrie Lana. „Ich mag keinen Wirbel hier im Geschäft!"

„Dann raten Sie Ihrem jungen Freund, daß er sich verzieht." Jones stieß eine Rauchfahne gegen die beiden. „Beleidigen laß ich mich nicht auch noch."

„Gib's auf, George", sagte Lana. Sie öffnete den Schrank unter der Theke und gab George ein Päckchen in braunem Papier. „Das hast du wollen. Und jetzt geh: Verschwinde!"

George nickte ihr zu, verschwand durch die Polstertür.

„Hätt ich vielleicht den Waisenkindern was hinbringen sollen?" fragte Jones. „Die Waisenkinder möcht ich sehen, für die sich der Fatzke die Schuh abläuft! Von den Waisenkindern hat die Fürsorge bestimmt noch nichts gehört . . ."

„Was zum Kuckuck quatschst du da?" fuhr ihn Lana an. Ihr

prüfender Blick prallte an den Brillengläsern ab. „Niemand kann sich aufregen, wenn ich was spende. Mach weiter mit dem Boden!"

Darauf widmete sie sich den Banknoten, die ihr der Jüngling gegeben hatte. In Flüsterlauten, wie eine betende Priesterin, besprach sie die Scheine mit Zahlen und Namen, vermerkte mit geschlossenen Augen einige Ziffern auf einem Notizblock. Andächtig neigte sich ihr prächtiger Körper, seit Jahren als wertvolles Betriebskapital im Einsatz, neigten sich die Korallenlippen über die Kunststoffplatte des Altars. Wie Weihrauch kräuselte es aus dem Aschenbecher neben ihrem Ellbogen, stieg mit ihren Gebeten auf zu der Hostie, die sie nun aufhob, um das Prägedatum zu lesen: den einzelnen Silberdollar, der zwischen den Weihegaben gelegen hatte. Ihre Armreifen klingelten, riefen die Kommunikanten herbei – aber niemand befand sich im Tempel außer dem einen, der wegen seiner Herkunft aus der Gemeinschaft der wahren Gläubigen ausgeschlossen war und drauflosschrubbte. Einer von den heiligen Scheinen flatterte zu Boden, und Lana kniete nieder, um auch ihn zu verehren und einzuraffen.

„Aufgepaßt, Madame!" rief Jones und störte die heilige Handlung. „Anscheinend fällt's Ihnen schwer, das Scherflein der Waisen zu halten!"

„Hast du gesehen, wo er hin ist?" fragte Lana. „Hilf mir suchen!"

Jones lehnte sein Werkzeug gegen die Theke und spähte durch Brille und Rauch nach der Banknote.

„So eine Scheiße", brummte er vor sich hin. „Auweh . . ."

„Ich hab ihn!" rief Lana erleichtert.

„Wie mich das freut! Da könnt ja die ‚Liebesnacht' glatt eingehen, wenn Sie das Geld so am Boden verstreuen. Wie wollen Sie mir dann mein Direktorsgehalt zahlen?"

„Versuch doch einmal, dein Maul zu halten, Junge!"

„Wer heißt hier ‚Junge'?" Jones ergriff den Besenstiel und fiel heftig gegen den Altar aus: „Scarlett O'Hara werden Sie hier nicht mit mir spielen!"

V

Ignaz ließ sich in das Taxi fallen und gab dem Fahrer die Adresse in der Constantinople Street an. Dann zog er ein Blatt Firmenbriefpapier von Hosen-Levy aus der Manteltasche, borgte sich vom Fahrer eine Unterlage aus und fing, als das Taxi in den dichten Verkehr der St. Claude Avenue einbog, zu schreiben an.

Nun, da sich mein erster Arbeitstag seinem Ende nähert, bin ich in der Tat recht erschöpft. Dennoch will ich nicht behaupten, daß ich etwa entmutigt, deprimiert oder niedergeschlagen wäre. Zum ersten Mal in meinem Leben bin ich dem System Aug in Auge gegenübergetreten, fest entschlossen, innerhalb dieses Rahmens quasi inkognito als kritischer Beobachter zu agieren: Vermutlich würde die Arbeiterschaft unseres Landes ihren Aufgaben leichter gerecht werden, wenn es mehr Unternehmen vom Schlag Hosen-Levys gäbe. Wer seine Arbeit verläßlich tut, bleibt dort unbehelligt. Mr. Gonzalez, mein „Vorgesetzter", ist wohl ein rechter Kretin, nichtsdestoweniger aber ganz umgänglich. Er macht einen ständig verschüchterten Eindruck, jedenfalls zu schüchtern, um an einem viel herumzumäkeln. Tatsächlich ist er bereit, fast alles hinzunehmen, und so auf seine primitive Weise von einem gewissen demokratischen Charme. Beispielsweise verhielt er sich durchaus nachsichtig, als Miss Trixie, Mammons Urmutter, versehentlich beim Versuch, einen Gasofen anzuheizen, einige wichtige Auftragsbestätigungen in Brand setzte, obwohl die Firma in letzter Zeit einen beträchtlichen Auftragsrückgang zu verzeichnen hat und es sich bei den vernichteten Bestellungen um Waren im Wert von 500 Dollar (!) handelte, die nach Kansas City gehen sollten. Allerdings ist zu berücksichtigen, daß Mr. Gonzalez nach dem strikten Befehl von Mrs. Levy, einer angeblich nicht weniger klugen und gebildeten als geschäftstüchtigen und geheimnisumwitterten Dame, Miss Trixie gut behandeln und ihr das Gefühl geben muß, daß sie nützlich und notwendig ist. Dennoch war er auch zu mir überaus liebenswürdig und ließ mich mit den Akten meinen Willen haben.

Auf Miss Trixie möchte ich demnächst noch zurückkommen: Ich hege die Vermutung, daß diese Gorgo des Kapitalismus mir wertvolle Erkenntnisse und tiefgründige Einsichten zu bieten hat.

Der einzige Wurm – das unappetitliche Vergleichsobjekt soll den Leser auf den Charakter der Person einstimmen, die ich nicht unerwähnt lassen kann – der einzige Wurm in der schönen Frucht war die Stenotypistin Gloria, ein schamloses Flittchen voll verworrener Begriffe und einer Neigung zu verkehrten Werturteilen. Nach einigen frechen und höchst überflüssigen Bemerkungen zu meiner Person zog ich Mr. Gonzalez beiseite und teilte ihm mit, daß Gloria die Absicht habe, noch am selben Abend ohne Kündigung zu verschwinden. Die Nachricht regte Mr. Gonzalez so auf, daß er Gloria auf der Stelle feuerte, zumal er offenbar nicht oft in die Lage kommt, seine Autorität zu beweisen. Im Grund war es das gräßliche Geklapper von Glorias stelzenhohen Stöckeln, was mich so weit gebracht hatte. Noch ein Tag mit diesem Geklapper, und mein Pylorus wäre endgültig zugewachsen. Lidschatten, Lippenstift und ähnliche Gemeinheiten, die ich lieber nicht aufzähle, hatten wohl auch das Ihre beigetragen.

Ich habe große Pläne mit meiner Registratur und mir dazu einen Schreibtisch – einen von den vielen unbesetzten – nahe beim Fenster ausgesucht. Da saß ich dann den ganzen Nachmittag, den kleinen Gasofen auf vollen Touren zur Seite, und beobachtete die Schiffe, die aus weiten, bunten Fernen gekommen waren und nun durch das kalte, dunkle Wasser des Hafens pflügten. Miss Trixies leises Schnarchen und das wilde Schreibmaschingeklapper von Mr. Gonzalez versahen meine Betrachtungen mit hübschen Kontrapunkten.

Mr. Levy ist heute nicht erschienen: Man hat mir zu verstehen gegeben, daß er sich nur selten in der Firma zeigt, ja sogar, wie Mr. Gonzalez es formulierte, „die Firma abstoßen will". Vielleicht gelingt es uns dreien (jedenfalls werde ich mir Mühe geben, Mr. Gonzalez zur Kündigung der übrigen Abgestellten zu bewegen, wenn sie morgen hereinkommen; zuviel Menschen im Büro wären vermutlich nur eine Ablenkung), das Geschäft wieder in Schwung zu bringen und Mr. Levy dem Jüngeren zu neuem Glauben an sein Unternehmen zu verhelfen. Ich habe ein paar ausgezeichnete Ideen und bin sicher, daß wenigstens ich das Meine tun werde, damit auch Mr. Levy sich mit Leib und Seele unserer Firma verschreibt.

Nebenbei habe ich übrigens mit Mr. Gonzalez einen sehr guten Handel gemacht: Ich habe ihn davon überzeugt, daß es als Gegenleistung für die Einsparung von Miss Glorias Gehalt, zu der ich mitgeholfen habe, recht und billig sei, wenn ich per Taxi in die Firma und nachhause gebracht werde. Das Gefeilsche darum ließ einen Schatten über diesem sonst so freundlichen Tag, aber ich setzte mich schließlich durch, indem ich den Mann auf meinen Pylorus und meinen allgemeinen Gesundheitszustand hinwies.

So zeigt sich, daß es in dem großen Teufelskreis, wenn Fortuna uns hinabstößt, durchaus möglich ist, daß das Rad für einen Augenblick anhält und wir uns plötzlich in einem kleineren, günstigen Kreis finden. Selbstverständlich ist das Universum so angelegt, daß ein Kreis im anderen läuft. Bis auf weiteres bewege ich mich in einem von den inneren Kreisen: Was natürlich nicht ausschließt, daß auch dieser noch kleinere Kreise enthält.

Ignaz gab dem Fahrer die Unterlage zurück und belehrte ihn hinsichtlich Tempo, Richtung und der zu wählenden Gänge. Als sie endlich Constantinople Street erreichten, herrschte eisiges

Schweigen in dem Taxi, das erst gebrochen wurde, als der Fahrer sein Geld verlangte.

Ignaz wälzte sich verdrossen aus seinem Sitz, als er seine Mutter auf der Straße sah. Sie trug ihre kurze rosarote Jacke und hatte den kleinen roten Hut so über ein Auge gestülpt, daß sie an die hübschen Flüchtlingsmädchen in den *Golddigger*-Filmen erinnerte. Entgeistert vermerkte Ignaz die welke Hibiskusblüte, die dem Aufschlag der Jacke einen farbigen Akzent gab. Rot und rosa bewegte sie sich auf den holprigen Ziegeln des Bürgersteigs, und ihre braunen Keilschuhe bekannten sich knarrend zu den sensationellen Preisabschlägen, die man an ihnen vorgenommen hatte. Ignaz kannte die Garderobe seiner Mutter seit Jahren, aber ihr Anblick in voller Takelung drückte ihm jedesmal auf den Pylorus.

„Oh, mein Schatz", keuchte Mrs. Reilly, als sie sich dort trafen, wo die Stoßstange des Plymouth den Bürgersteig sperrte. „Es ist etwas Entsetzliches passiert!"

„Um Gottes willen! Was ist jetzt wieder los?"

Bei Mutter, vermutete Ignaz, lag es irgendwie in der Familie, diese Menschen zogen Gewalttäter und Unfälle magisch an: Eine alte Tante war von Rowdys wegen fünfzig Cents niedergeschlagen worden, einen Vetter hatte die Tram auf der Magazine Street überfahren, ein Onkel hatte eine verdorbene Schwedenbombe gegessen, und ein Pate hatte ein geladenes Kabel angegriffen, das vom Sturm losgerissen worden war.

„Die arme Miss Annie von nebenan! Heute früh ist sie im Durchgang ohnmächtig geworden. Wegen den Nerven, Kind: Weil du sie heute Morgen mit deinem Banjo aufgeweckt hast."

„Kein Banjo, sondern eine Laute!" protestierte Ignaz laut. „Hält sie mich für eine von den perversen Figuren, die bei Mark Twain vorkommen?"

„Ich hab sie gerade besucht. Sie ist jetzt drüben bei ihrem Sohn in der St. Mary Street."

„Ach, dieser widerliche Bengel." Ignaz stieg vor seiner Mutter die Stufen hinauf. „Seien wir dankbar, daß Miss Annie eine Weile aus dem Weg ist. Vielleicht kann ich jetzt meine Laute spielen, ohne mir ihr Gekeife anhören zu müssen."

„Vorher war ich bei Lenny und habe zwei kleine Kugeln mit Lourdeswasser gekauft."

„Bei Lenny! Soviel frommes Zauberzeug habe ich noch nie in einem einzigen Laden beisammen gesehen. Ich kann mir ohne weiteres vorstellen, daß demnächst dort irgendein Wunder stattfindet. Vielleicht fährt Lenny selber gen Himmel auf?"

„Miss Annie hat sich sehr über die Kugeln gefreut. Sie hat gleich mit einem Rosenkranz angefangen."

„Sicher hat ihr das mehr geholfen, als sich mit dir zu unterhalten."

„Nimm dir einen Stuhl, Kind – ich richte dir was zu essen."

„In der Aufregung über Miss Annies Zusammenbruch hast du anscheinend ganz darauf vergessen, daß du mich heute früh zu dem Hosen-Levy getrieben hast."

„Oh, Ignaz! Wie war es?" fragte Mrs. Reilly und hielt ein Zündholz an einen Gasbrenner, den sie einige Sekunden vorher angedreht hatte, worauf es über dem Herd zu einer kleinen Explosion kam. „Jesus! Jetzt hätte ich mich fast verbrannt!"

„Ich bin ein Angestellter bei Hosen-Levy."

„Ignaz!" rief seine Mutter und umfing den öligen Kopf mit wolligem Rosa, wobei sie ihm die Nase quetschte. „Ich bin so stolz auf dich!"

„Ich bin total kaputt. Die Atmosphäre dort ist zum Zerreißen gespannt."

„Ich hab ja gewußt, daß du es schaffst!"

„Dein Vertrauen ehrt mich."

„Und wieviel wirst du bei dem Hosen-Levy kriegen, Schatz?"

„Sechzig Dollar die Woche."

„Mehr nicht? Vielleicht solltest du dich doch noch etwas umschauen?"

„Sie bieten glänzende Aufstiegschancen, ein richtiges Karriereprogramm für quicke Jungmänner. Es ist durchaus möglich, daß mein Gehalt bald neu festgesetzt wird."

„Du meinst? Nun, ich bin auf jeden Fall stolz, mein Kind! Zieh deinen Mantel aus.“ Mrs. Reilly öffnete eine Dose Libby's Gulasch und kippte den Inhalt in den Topf. „Na – und Mädchen? Hast du fesche Kolleginnen?“

Ignaz dachte an Miss Trixie und sagte: „Ja. Eine.“

„Unverheiratet?“

„Anscheinend.“

Mrs. Reilly blinzelte Ignaz zu und warf seinen Mantel über die Anrichte.

„So, Bub: Das Gulasch steht auf dem Gas. Mach dir noch eine Dose Erbsen auf, und Brot hast du im Kühlschrank. Es gibt auch einen Kuchen, den ich bei German gekauft hab, aber ich weiß nicht mehr, wo ich ihn hingetan hab: Irgendwo in der Küche muß er sein. Ich muß jetzt gehen.“

„Wohin gehst du?“

„Herr Mancuso und seine Tante holen mich in ein paar Minuten ab. Wir gehen zu Fazzio kegeln.“

„Wie?“ schrie Ignaz. „Ist das ernst?“

„Ich komme nicht spät. Ich hab Herrn Mancuso gesagt, daß ich nicht lang ausbleiben kann. Und seine Tante ist eine alte Oma, die wird auch ihren Schlaf brauchen.“

„Also, das ist wirklich ein großartiger Empfang, den du mir nach meinem ersten Arbeitstag gibst“, stellte Ignaz wütend fest. „Du kannst ja überhaupt nicht kegeln. Du hast doch Arthritis! So etwas Lächerliches! Und wo wirst du essen?“

„Ich kauf mir was Kaltes dort am Buffet.“ Mrs. Reilly war bereits auf dem Weg in ihr Zimmer, um sich umzuziehen. „Ach ja, Schatz: Ein Brief an dich aus New York ist da. Ich habe ihn hinter die Kaffeekanne gesteckt. Schaut mir ganz nach dieser Myrna aus, der Umschlag ist voll Dreck und verschmuddelt. Wie kommt es, daß diese Myrna solche Briefe herumschickt? Hast du nicht behauptet, daß sie einen reichen Vater hat?“

„Du wirst nicht kegeln!“ befahl Ignaz. „So etwas Verrücktes ist dir noch nie eingefallen!“

Mrs. Reillys Tür knallte zu. Ignaz fand den Brief, riß den Umschlag beim Öffnen in Fetzen und entnahm ihm das Programm eines Filmfestivals, das eine Kunstschule vor gut einem Jahr veranstaltet hatte. Auf der Hinterseite des zerknitterten Programms befand sich Myrnas Brief, in ihrer charakteristischen Schrift, eckig und unregelmäßig. Wie immer verriet schon die Anrede, daß Myrna Minkoff öfter an Zeitungsredaktionen als an Freunde schrieb:

Sehr geehrte Herren!
Was hat dieser seltsame, beunruhigende Brief zu bedeuten, den Du mir geschrieben hast, Ignaz? Wie stellst Du Dir vor, daß ich mit den paar Anhaltspunkten, die Du mir gibst, die Bürgerrechtsliga belästigen soll? Warum hat ein Polizist Dich verhaften wollen? Du sitzt doch ständig in Deinem Zimmer. Vielleicht hätte ich Dir sogar die Verhaftung abgenommen, wenn da nicht die Geschichte von Deinem „Autounfall" wäre. Wie hast Du mir mit zwei gebrochenen Handgelenken schreiben können?

Ganz offen, Ignaz: Ich glaube kein Wort von dem, was Du mir schreibst. Aber ich habe Angst – um Dich. Dieses Schauermärchen von Deiner Verhaftung ist ja ein klassisches Beispiel für Paranoia. Daß nach Freud eine Beziehung zwischen Paranoia und homosexuellen Neigungen besteht, ist Dir wohl bekannt.

„Gemeinheit!" brüllte Ignaz.

Trotzdem wollen wir diesen Aspekt beiseite lassen. Ich weiß, wie radikal Du in Deiner Ablehnung jeglicher Sexualität bist. Dein emotionelles Problem ist dennoch ganz klar: Seit Du damals das Interview für den Lektorposten in Baton Rouge verhaut hast (wofür Du inzwischen den Bus und sonst noch alles mögliche verantwortlich machst – typisch Übertragungsmechanismus), leidest Du offenbar unter einem Mangel an Selbstvertrauen. Dieser „Autounfall" ist ein neuer Vorwand, um Deine sinnlose, sterile Existenz zu rechtfertigen. Du mußt Dich mit irgendeiner Aufgabe identifizieren, Ignaz, wie ich es Dir so oft zu erklären versucht habe: Du mußt Dich engagieren!

„Aaaah", gähnte Ignaz.

In Deinem Unterbewußtsein spürst Du, daß Du als Intellektueller und Kämpfer für Ideen irgendwie hinwegerklären mußt, warum Du die aktive Teilnahme an der Systemkritik verweigerst. Abgesehen davon würde eine erfüllte sexuelle

Beziehung Dir helfen, Leib und Seele zu entschlacken. Du schreist geradezu nach einer Sexualtherapie. Ich fürchte – nach allem, was ich über solche klinischen Fälle weiß –, daß Du als psychosomatischer Krüppel endest wie Elizabeth Barrett Browning.

„Infam", fauchte Ignaz.

Ich habe kein Mitleid mit Dir. Du hast Dich vor der Gesellschaft und vor der Liebe verschlossen. Ich verwende derzeit jede wache Stunde, um ein paar engagierten Freunden das Geld auftreiben zu helfen, mit dem sie einen sehr gewagten und aufrüttelnden Film über eine Mischehe drehen wollen. Er wird nicht teuer, aber dafür ist das Drehbuch voll von unbequemen Wahrheiten, Zwischentönen und Ironie. Schmul hat es geschrieben – ein Junge, den ich noch vom College her kenne. Er soll in dem Film auch den Ehemann spielen, und als Frau für ihn haben wir ein Mädchen in Harlem von der Straße weggeholt. Sie ist so lebendig und natürlich, daß sie meine beste Freundin geworden ist. Ich spreche immer mit ihr über Rassenprobleme und bringe sie auch dann zum Reden, wenn sie gerade keine Lust dazu hat – um ihr zu beweisen, wieviel ihr diese Auseinandersetzungen mit mir geben.

In dem Drehbuch haben wir auch einen degenerierten, reaktionären Schurken: einen irischen Hausherrn, der sich weigert, dem Paar, das inzwischen nach einem schlichten interreligiösen Ritus geheiratet hat, eine Wohnung zu vermieten. Der Hausherr lebt in einer kleinen Uterus-Kammer mit Papstbildern und ähnlichem Zeug an allen Wänden, sodaß die Zuschauer nur dieses Zimmer sehen müssen, um auf den Bewohner zu schließen. Den Hausherrn selbst haben wir noch nicht besetzt. Du wärst bestimmt großartig in dieser Rolle. Wenn Du Dich endlich dazu durchringen könntest, die Nabelschnur abzutrennen, die Dich mit dieser versumpften Stadt, Mutter und Bett verbindet, würden hier solche Chancen auf Dich warten! Interessierst Du Dich für die Rolle? Viel zahlen können wir nicht, aber Du kannst bei mir wohnen.

Ich werde vielleicht mit der Gitarre ein paar Blues oder Protestsongs als Untermalung spielen. Hoffentlich können wir bald mit dem Drehen anfangen, denn Leola, das zauberhafte Mädchen aus Harlem, piesakt uns schon wegen ihrer Gage. Meinen Vater, der (wie immer) das ganze Unternehmen mit einigem Mißtrauen verfolgt, habe ich schon um 1000 Dollar geschröpft.

Ignaz, jetzt habe ich Dich lange genug mit meinen Briefen aufgeheitert. Schreibe mir erst wieder, wenn Du eine klare Position bezogen hast. Ich hasse Feiglinge.
M. Minkoff
P.S. Du darfst mir auch schreiben, wenn Du den Hausherrn spielen willst.

„Diesem Trampel werd ich's zeigen", knurrte Ignaz und warf das Theaterprogramm in die Flammen unter dem Gulasch.

Vier

Hosen-Levy bestand aus zwei Teilen, die zu einer makabren Einheit verbunden waren. Auf der Straßenseite handelte es sich um einen Ziegelbau aus dem vorigen Jahrhundert mit einem Mansardendach, aus dem mehrere Rokokofenster ragten, fast alle mit zerbrochenen Scheiben. Der zweite Stock war Büro, im ersten befand sich das Lager, zu ebener Erde allerhand Gerümpel. Angegliedert an dieses Gebäude, das Mr. Gonzalez als das „Großhirn“ bezeichnete, erstreckte sich die Fabrik, der scheunenartige Prototyp eines Flugzeughangars. Zwei Rauchfänge, die aus dem Blechdach der Fabrik ragten, ließen nach dem Winkel, in dem sie voneinander abstanden, an zwei Hasenohren oder eine überdimensionierte Fernsehantenne denken, die freilich keine Signale von der Außenwelt empfing, sondern statt dessen bei Gelegenheit etwas bläßlichen Rauch ausschied. Neben den sauberen grauen Werftschuppen, die den Fluß und den Kanal entlang die Bahngleise säumten, beleidigte Hosen-Levy, verödet und rauchgeschwärzt, das Auge jedes Stadterneuerers.

Im „Großhirn“ herrschte eine Aktivität, die das gewohnte Maß sprengte. An einer Säule nächst seinen Akten befestigte Ignaz ein Pappschild, das in kühnen blaugotischen Lettern die Aufschrift trug:

FORSCHUNGS- UND EVIDENZABTEILUNG
I. J. REILLY, KUSTOS

Den ganzen Morgen hatte er, statt Akten abzulegen, auf das Schild verwandt, lag bäuchlings mit der Pappe und blauer Plakatfarbe auf dem Boden und malte sorgfältig mehr als eine Stunde. Hin und wieder war Miss Trixie auf ihren rastlosen Wanderungen durch das Büro auf das Schild getreten. Der Schaden beschränkte sich auf den unauffälligen Abdruck eines Tennisschuhs in der einen Ecke. Dennoch störte Ignaz selbst dieser kleine Makel, sodaß er ihn mit einer heraldischen Lilie abdeckte.

„Sehr hübsch", fand Mr. Gonzalez, als Ignaz den Hammer weglegte. „Ich finde, das gibt dem Büro eine ganz spezielle Atmosphäre."

„Was bedeutet das?" fragte Miss Trixie, die Nase dicht an dem Schild und völlig entgeistert.

„Es ist nur eine Art Wegweiser", erläuterte Ignaz stolz.

„Ich verstehe das alles nicht", beklagte sich Miss Trixie. „Was geht hier vor?" Sie faßte Ignaz ins Auge. „Wer ist dieser Mensch, Gomez?"

„Sie kennen doch Mr. Reilly, Miss Trixie! Er arbeitet jetzt schon seit einer Woche für uns."

„Reilly? Nicht Gloria?"

„Gehen Sie und kümmern Sie sich um Ihre Rechnungen", empfahl ihr Mr. Gonzalez. „Wir müssen diese Abrechnung noch vor zwölf zur Bank schicken."

„Ja, natürlich ... die Abrechnung muß hinaus", pflichtete Miss Trixie ihm bei und schlurfte in Richtung Damenklo.

„Ich möchte Sie nicht drängen, Mr. Reilly", meinte Mr. Gonzalez vorsichtig, „aber mir fällt auf, daß Sie einen ganzen Stoß Post auf Ihrem Schreibtisch liegen haben, die noch nicht eingeordnet ist."

„Ach ja. Selbstverständlich. Als ich heute früh die erste Lade aufmachte, saß da eine ausgewachsene Ratte und war offensichtlich dabei, den Akt ‚Abelman' aufzufressen. Ich hielt es für ratsam zu warten, bis sie satt wär. Ich würde mich nur ungern mit der Beulenpest anstecken und Hosen-Levy dafür verantwortlich machen."

„Gewiß", stimmte ihm der adrette Mr. Gonzalez verschreckt zu und zitterte beim Gedanken an einen Betriebsunfall.

„Außerdem hat mein Pylorus wieder aufgemuckt, sodaß ich mich nicht zu den unteren Laden bücken konnte."

„Dafür habe ich eine Lösung", strahlte Mr. Gonzalez und ging in den kleinen Abstellraum. Ignaz vermutete, daß ihm Mr. Gonzalez irgendein Medikament anbieten würde, aber er kehrte statt dessen mit einem der winzigsten Stahlrohrhocker zurück, die Ignaz jemals gesehen hatte. „Hier. Einer Ihrer Vorgänger hat dieses Ding benützt, um darauf an den unteren Fächern entlangzurutschen. Versuchen Sie es einmal!“

„Ich fürchte, meine spezifischen Körperproportionen werden nicht zulassen, daß ich auf dieses Modell umsteige“, meinte Ignaz nach einem prüfenden Blick auf den rostigen Hocker. Ignaz' Gleichgewichtssinn war überhaupt schwach entwickelt, schon als fettleibiges Kind hatte er eine Neigung gezeigt, allenthalben zu stolpern, zu straucheln und zu fallen. Bis er mit etwa fünf Jahren endlich soweit gewesen war, daß er sich auf annähernd normale Weise fortbewegen konnte, hatte er ständig irgendwelche Abschürfungen oder blaue Flecken an sich getragen. „Aber Hosen-Levy zuliebe will ich es versuchen.“

Er ging in Kniebeuge, tiefer und noch tiefer, bis seine mächtigen Gesäßbacken den Hocker trafen. Die Knie reichten ihm fast bis zu den Schultern, und als er endlich fest aufsaß, erinnerte er an eine Aubergine auf einem Fingerhut.

„Unmöglich. Es beengt mich.“

„Probieren Sie's!“ ermunterte ihn Mr. Gonzalez.

Sich mit den Füßen weiterstoßend rollte Ignaz ächzend die Front der Aktenschränke entlang, bis eines der winzigen Räder sich in einer Ritze verfing. Der Hocker kippte erst leicht, fiel aber dann ganz um, und Ignaz plumpste schwer auf den Boden.

„Gütiger Himmel!“ jammerte er. „Ich habe mir den Rücken gebrochen!“

„Warten Sie –“, rief Mr. Gonzalez in schrillem Tenor. „Ich helfe Ihnen!“

„Nein! Menschen mit gebrochenem Rückgrat muß man liegenlassen, bis eine Tragbahre da ist. Ich möchte nicht wegen Ihres Unverstands zeitlebens gelähmt bleiben.“

„Versuchen Sie doch aufzustehen, Mr. Reilly!“ Mr. Gonzalez sah auf den Fleischberg vor seinen Füßen, und sein Mut sank. „Ich helfe Ihnen, Mr. Reilly. Ich glaube nicht, daß Sie ernstlich verletzt sind.“

„Lassen Sie mich in Ruhe!“ schrie Ignaz. „Sie Idiot! Ich will nicht den Rest meiner Tage im Rollstuhl verbringen!“

Mr. Gonzalez spürte, wie ihm die Knie weich wurden.

Der Krach, mit dem Ignaz gestürzt war, hatte Miss Trixie aus dem Damenklo gelockt, sie kurvte um den Aktenschrank und stolperte über den ausgestreckten Kadaver.

„Oh –“, rief sie verwirrt. „Stirbt Gloria?“

„Nein“, entgegnete Mr. Gonzalez scharf.

„Nun, das freut mich zu hören“, versicherte Miss Trixie und trat auf eine von Ignaz’ Händen.

„Au!“ brüllte Ignaz und setzte sich mit einem Ruck auf. „Jetzt sind meine Handwurzelknochen zermalmt. Ich werde die Hand nie wieder verwenden können!“

„Miss Trixie ist sehr leicht“, beruhigte ihn der Bürovorsteher. „Sie kann Ihnen nicht sehr weh getan haben.“

Ignaz saß zu Füßen seiner Kollegen und betrachtete die Hand.

„Heute jedenfalls werde ich sie nicht mehr verwenden können. Am besten wird es sein, wenn ich gleich nachhaus fahre und mir einen Umschlag machen lasse.“

„Aber die Korrespondenz muß abgelegt werden! Schauen Sie doch, wie weit Sie schon im Rückstand sind!“

„In so einer Situation wagen Sie von Aktenablage zu reden? Ich werde mich an meinen Anwalt wenden, daß er sie verklagt, weil ich mich Ihretwegen auf diesen perversen Hocker gesetzt habe.“

„Wir werden Ihnen aufhelfen, Gloria.“ Miss Trixie nahm Hilfestellung ein: Sie spreizte die tennisbeschuhten Beine weit auseinander, mit auswärts gerichteten Zehen, und ging dann wie eine balinesische Tänzerin in die Hocke.

„Stehen Sie auf!“ schnauzte Mr. Gonzalez sie an. „Sie werden gleich umfallen.“

„Nein“, zischte sie aus den zusammengepreßten, dürren Lippen. „Ich werde Gloria helfen. Sie bücken sich auf der anderen Seite, Gomez: Wir werden einfach Gloria unter den Ellbogen nehmen."

Ignaz sah zu, wie sich Mr. Gonzalez auf der anderen Seite hinhockte.

„Sie verteilen Ihr Gewicht nicht richtig", belehrte er die beiden. „Wenn Sie mich aus dieser Position hochkriegen wollen, haben Sie keine Hebelwirkung. Ich fürchte, daß das für uns alle schlecht ausgehen wird. Sie sollten sich aus dem Stand zu mir herunterbeugen und mich aufziehen."

„Sei nicht nervös, Gloria", sagte Miss Trixie, in den Hüften wiegend. Darauf kippte sie vornüber auf Ignaz und warf ihn wieder auf den Rücken. Die Zelluloidkante ihres Augenschirms schlug ihm in die Kehle.

„Uuf", gurgelte es aus Ignaz' Tiefen. „Brääh –"

„Gloria!" quiekte Miss Trixie und blickte in das runde Gesicht, das unmittelbar unter dem ihren lag. „Rufen Sie einen Doktor, Gomez!"

„Miss Trixie! Gehen Sie herunter von Mr. Reilly!" fauchte der neben seinen Untergebenen kauernde Bürovorsteher.

„Brääh –"

„Was treiben Sie denn da auf dem Fußboden?" fragte ein Mann von der Tür her. Mr. Gonzalez' Gesicht verzerrte sich zu einer Maske des Entsetzens. „Guten Morgen, Mr. Levy", zwitscherte er. „ Wie schön, Sie hier zu sehen!"

„Ist das Mr. Levy?" erkundigte sich Ignaz vom Boden her. Er konnte den Mann hinter den Aktenschränken nicht sehen. „Brääh –: Ich bin begierig, ihn kennenzulernen."

Ignaz schüttelte Miss Trixie ab, ließ sie liegen, wo sie hinfiel, und arbeitete sich hoch, um einen sportlich gekleideten Herrn in den besten Jahren zu erblicken, der noch die Klinke der Bürotür in der Hand hatte, als wollte er sich so eilig, wie er eingetreten war, auch wieder zurückziehen.

„N' Morgen", grüßte Mr. Levy formlos. „Ein Neuer, Gonzalez?"

„Sehr wohl, Herr Direktor: Das ist Mr. Reilly. Er ist sehr tüchtig – ein richtiger Tausendsassa. Tatsächlich hat er es uns ermöglicht, mehrere andere Mitarbeiter einzusparen."

„Bräähh –"

„Oh – ich sehe: Der Name auf diesem Schild –" Mr. Levy warf einen seltsamen Blick auf Ignaz.

„Ihre Firma liegt mir ganz außerordentlich am Herzen", teilte Ignaz Mr. Levy mit. „Dieses Schild, das Sie beim Eintreten bemerkt haben, ist nur eine von den Verbesserungen, die ich vorhabe. Bräähh – Ich will dafür sorgen, daß Sie Ihre Meinung über diese Firma ändern, mein Herr: Das ist mein voller Ernst!"

„Wahrhaftig?" Mr. Levy betrachtete Ignaz mit einer gewißen Neugier. „Und was ist mit der Post, Gonzalez?"

„Nicht viel. Sie haben Ihre neuen Kreditkarten bekommen. Und hier ist ein Diplom von Transglobal Airlines: Sie werden zum Ehrenpiloten ernannt, weil Sie hundert Stunden mit ihnen geflogen sind." Mr. Gonzalez öffnete seinen Schreibtisch und reichte Mr. Levy die Post. „Ein Prospekt von einem Hotel in Miami ist auch gekommen."

„Sie sollten auf jeden Fall meinen Frühlingsurlaub reservieren. Ich habe Ihnen doch die Liste der Fitnesscamps gegeben, nicht wahr?"

„Gewiß. Und ein paar Briefe wären da noch für Sie zur Unterschrift. Ich mußte an Abelman schreiben, er macht uns immer wieder Schwierigkeiten."

„Ich weiß. Was will der Gauner schon wieder?"

„Abelman behauptet, daß die Hosen, die wir ihm zuletzt geliefert haben, in den Beinen nur sechzig Zentimeter lang gewesen sind. Ich versuche, die Sache auszubügeln."

„So? Nun, in diesem Haus sind schon seltsamere Dinge passiert", sagte Mr. Levy rasch. Das Büro schlug bereits auf seine Stimmung. Er mußte zusehen, daß er fortkam. „Fragen Sie erst einmal den Vorarbeiter drüben im Werk: Wie heißt er doch? Und die Briefe unterschreiben Sie wie gewöhnlich. Ich muß jetzt gehen." Mr. Levy zog die Tür auf. „Schinden Sie mir diese Leutchen nicht zu sehr, Gonzalez. Auf bald, Miss Trixie! Meine Frau hat nach Ihnen gefragt."

Miss Trixie saß auf dem Boden und schnürte den einen Tennisschuh.

„Miss Trixie!" kreischte Mr. Gonzalez. „Mr. Levy spricht mit Ihnen!"

„Wer?" bellte Miss Trixie. „Haben Sie nicht gesagt, daß er tot ist?"

„Ich hoffe, daß Sie bei Ihrem nächsten Besuch schon einige grundlegende Veränderungen bemerken werden", sagte Ignaz. „Wir werden Ihre Firma wieder auf Trab bringen."

„Schon gut. Take it easy", riet Mr. Levy und schlug die Tür zu.

„Ein wunderbarer Mann!" schwärmte Mr. Gonzalez, während er und Ignaz von einem Fenster aus Mr. Levy zuschauten, wie er unten seinen Sportwagen bestieg. Der Motor heulte auf, und einige Sekunden später war von Mr. Levy nichts mehr zu sehen als eine blaue Benzinwolke.

„Dann mache ich mich halt an die Ablage", kündigte Ignaz an, als ihm bewußt wurde, daß es auf der Straße nichts mehr gab. „Unterschreiben Sie bitte die Briefe, damit ich die Durchschläge ablegen kann. Ich hoffe, daß ich mich jetzt ohne Gefahr mit dem befassen darf, was dieses Nagetier von dem Abelman übriggelassen hat."

Hierauf kiebitzte Ignaz, während Mr. Gonzalez sorgfältig die Unterschrift *Gus Levy* fälschte.

„So, Mr. Reilly", sagte Mr. Gonzalez und schraubte die Kappe auf seinen billigen Füllhalter. „Und jetzt gehe ich in den Betrieb und rede mit dem Vorarbeiter. Halten Sie einstweilen die Stellung!"

Ignaz nahm an, daß er vor allem auf Miss Trixie aufpassen sollte, die vor dem Aktenschrank auf dem Boden lag und laut schnarchte.

„Seguro", versicherte Ignaz mit einem freundlichen Lächeln: „Ein bißchen Spanisch zu Ehren Ihrer großen Vorväter . . ."

Sowie der Bürovorsteher die Tür hinter sich geschlossen hatte, setzte sich Ignaz an Mr. Gonzalez' altmodische Schreibmaschine und zog ein Blatt Firmenpapier ein. Zunächst mußten die Verleumder in ihre Schranken gewiesen werden. Hosen-Levy mußte mehr Selbstbewußtsein und Kampfgeist zeigen, wenn die Firma im Dschungel des kapitalistischen Wettbewerbs überleben wollte. Ignaz setzte den ersten Schritt:

Abelman Kurz- und Schnittwaren
Kansas City, Missouri
U.S.A.

Allerwerteste Herren!
Hiemit bestätigen wir den Erhalt Ihrer unqualifizierten Kritik an unseren Hosen, aus der sich bestenfalls herauslesen läßt, daß Sie jeden Kontakt mit dem wirklichen Leben verloren haben: Sonst wäre Ihnen wohl klar gewesen, daß wir Ihnen die bemängelten Hosen in voller Absicht so kurz geliefert haben.

Und warum wohl? Warum? Eine dermaßen dumme Frage drängt freilich nur die Gegenfrage auf, warum Sie offenbar nicht fähig sind, in Ihrer verbockten Engstirnigkeit die Herausforderung zu begreifen und zu verarbeiten, die unserer Geschäftspolitik zugrunde liegt.

Die gegenständlichen Hosen sollten

a) Ihre Innovationsbereitschaft testen: Ein marktbewußtes, fortschrittliches Unternehmen müßte sich so einer Aufgabe stellen und unsere dreiviertellangen Hosen zum Schlager der nächsten Saison machen. Werbung und Umsatz sind offenbar für Sie zwei Fremdworte;

b) die Eignung Ihres Unternehmens zum Vertrieb unserer Qualitätserzeugnisse prüfen: Ein verläßlicher, loyaler und gutwilliger Geschäftspartner wird in der Lage sein, jede Hose abzusetzen, die unser Markenzeichen trägt, ungeachtet des Schnittes oder der Ausfertigung. Das Ergebnis zeigt, daß Sie unseres Vertrauens nicht würdig sind.

Wir dürfen höflichst ersuchen, in Zukunft von solchen überflüssigen Reklamationen Abstand zu nehmen und sich in Ihrer Korrespondenz auf die Übermittlung Ihrer Bestellungen zu beschränken. Als dynamisches und aufstrebendes Unternehmen lehnen wir es ab, uns durch derartige Winkelzüge und Quertreibereien von unseren Zielen ablenken zu lassen. Belästigen Sie uns nicht so bald wieder!
Mit dem Ausdruck unserer Geringschätzung
Gus Levy, Generaldirektor

Angriff ist immer die beste Verteidigung, dachte Ignaz zufrieden, malte mit der Feder des Bürovorstehers die Signatur Mr. Levys unter den Brief, zerriß das Schreiben von Mr. Gonzalez an Abelman und steckte sein eigenes in den Auslaufkorb. Danach umrundete er auf Zehenspitzen Miss Trixie, die sich noch immer nicht rührte. Bei der Registratur angelangt, nahm er den Stoß unbearbeiteter Korrespondenz und stopfte ihn in den Papierkorb.

II

„He, Miss Lee! Diese Wurst mit dem grünen Gox –: Geht der noch hier um?"

„Gott behüte! Bei solchen Gästen könnt ich bald zusperren."

„Und der andere, der's mit den Waisenkindern hat? Wann kommt der wieder? Das tät mich interessieren, was da mit den armen Waisenkindern gespielt wird! Sicher die ersten Waisenkinder, für die unsere Bullizei was übrig hat . . ."

„Ich hab dir doch gesagt, daß ich ihnen Spenden schicke. Sowas tut niemand weh und gibt mir ein gutes Gefühl."

„Saubere Spenden von der ‚Liebesnacht' müssen das sein, wenn die Waisenkinder so einen Haufen Geld dafür zahlen."

„Laß jetzt die Waisenkinder in Ruh: Denk lieber an meinen Boden! Mir reichen meine eigenen Probleme: Darlene will tanzen. Du willst mehr Geld. Und von dem, was noch dazukommt, will ich gar nicht reden." Lana dachte an die Kriminalbeamten in Zivil, die plötzlich zu später Stunde in der Bar auftauchten. „Lausige Zeiten!"

„Wem sagen Sie das? Mich lassen Sie in dem Puff da verhungern . . ."

„Sag, Jones: Warst du in der letzten Zeit auf der Wachstube?" fragte Lana vorsichtig. Vielleicht war es doch Jones, dem sie diese neuen Gäste zu verdanken hatte? Überhaupt legte Jones sich ihr auf den Magen, so billig er sein mochte.

„Nein. Ich seh recht wenig von meinen Freunden. Ich wart noch auf was Handfestes, was ich ihnen bringen kann." Jones blies einen Rauchring. „Was Neues von den Waisenkindern!"

Lana schürzte ihre Korallenlippen und überlegte, wer sonst es gewesen sein mochte.

III

Mrs. Reilly konnte es kaum fassen: Kein Fernsehen. Kein Geschimpfe. Das Bad frei. Sogar die Küchenschaben waren wie ausgestorben. Sie saß am Küchentisch, nippte an einem Gläschen Muskateller und blies die einzige, winzige Schabe, die eben den Tisch überqueren wollte, hinunter. „Wohl bekomm's, Kleiner", sagte sie, als das Tierchen verschwand. Sie füllte ihr Glas daumenhoch nach, und dabei fiel ihr zum ersten Mal auf, daß das Haus auch anders roch. Es war stickig wie immer, aber die spezifische Witterung ihres Sohns, die sie immer an den Geruch von ausgelaugten Teesäckchen erinnerte, schien sich verzogen zu haben. Sie hob das Glas und fragte sich, ob der Duft nach abgestandener Frühstücksmischung nun etwa Hosen-Levy durchziehe.

Plötzlich fiel ihr der entsetzliche Abend ein, als sie und der selige Mr. Reilly ins „Prytania" gegangen waren, um Clark Gable und Jean Harlow in *Red Dust* zu sehen. Nachher, noch erhitzt und verwirrt von dem Film, hatte der Gute sich ihr auf seine umständliche Weise genähert. So war Ignaz entstanden. Der arme Mr. Reilly! Für den Rest seines Lebens hatte er genug gehabt von Kinos und Filmen!

Mrs. Reilly seufzte und schaute hinunter auf den Boden, wie es der kleinen Schabe ging. Sie war zu versöhnlich gestimmt, um irgendeinem Wesen weh zu tun. Während ihre Augen noch das Linoleum absuchten, läutete in der engen Diele das Telephon. Mrs. Reilly korkte ihre Flasche zu und stellte sie in das kalte Backrohr.

„Hallo?" rief sie in die Muschel.

„Irene?" meldete sich eine heisere Stimme. „Wie geht's? Hier Santa Battaglia."

„Bestens. Und dir?"

„Total am Sand. Hab gerade hinterm Haus vier Dutzend Austern aufgemacht", teilte Santa in ihrem melodischen Bariton mit. „Harte Arbeit, das kannst du mir glauben: Felsbrocken mit einem Messer knacken ...“

„Lieber nicht“, gab Mrs. Reilly aufrichtig zu.

„Bin’s gewöhnt. Schon als kleines Mädchen hab ich Austern aufgemacht – für meine Mutter. Sie hat einen kleinen Stand mit Muscheln und Krebsen gehabt, vor der Markthalle. Arme Mamma! Kaum ein Wort Englisch hat sie können ... Aber da war ich Dreikäseding und hab die Austern aufgemacht. In die Schule bin ich nicht gegangen. Ich bin dort auf der Stufe gesessen und hab Austern geknackt. Und zwischendurch hat mir Mamma eine gerieben ... Bei unserem Stand war immer viel los ...“

„Deiner Mamma ist leicht die Hand ausgekommen, was?“

„Die Arme! Die ganze Zeit im Regen und in der Kälte herumstehen mit dem alten Strohhut auf dem Kopf – und kaum die Hälfte kapieren von dem, was die Leute reden! Ein hartes Leben war das damals, Irene ...“

„Mir brauchst du nichts erzählen“, stimmte Mrs. Reilly ein. „Wir haben es auch nicht leicht gehabt in der Dauphine Street. Unser Pappa war sehr arm. Zuerst hat er bei einem Wagner gearbeitet, aber dann sind die Autos aufgekommen, und er ist mit der Hand in einen Ventilator geraten. Wochenlang haben wir nur von Bohnen und Reis gelebt.“

„Von Bohnen krieg ich Blähungen.“

„Ich auch. Warum hast du eigentlich angerufen, Santa?“

„Oh, das hätt ich fast vergessen: Erinnerst du dich noch, wie wir damals kegeln waren?“

„Am Dienstag?“

„Nein, am Mittwoch war es, glaube ich. An dem Abend jedenfalls, an dem Angelo nicht gekommen ist, weil sie ihn verhaftet haben.“

„Ja, das war sehr peinlich: Die Polizei verhaftet einen von ihren eigenen Leuten!“

„Ja. Der arme Angelo! So ein gutes Herz! Und nichts wie Zores auf der Wachstube.“ Santa hustete rauh in den Hörer. „Auf jeden Fall war es der Abend, an dem du mich mit deinem Wagen abgeholt hast und wir zwei allein zum Kegeln gegangen sind. Heute morgen war ich drüben auf dem Fischmarkt und hab die Austern gekauft, da kommt dieser Alte auf mich zu und sagt: ‚Waren Sie nicht gestern abend beim Kegeln?' Und ich sag darauf: ‚Natürlich. Ich bin oft dort.' Und er sagt: ‚Ich war auch dort mit meiner Tochter und ihrem Mann – und da hab ich Sie gesehen mit einer rothaarigen Dame.' – ‚Ah', sag ich, ‚Sie meinen die Dame mit den hennaroten Haaren? Das ist meine Freundin Mrs. Reilly. Ich zeig ihr, wie man kegelt.' Und das war's, Irene: Kaum daß er den Hut gezogen hat, schon war er weg . . ."

„Merkwürdig. Wer kann das gewesen sein?" Mrs. Reilly war sehr interessiert. „Sehr seltsam. Wie hat er denn ausgesehen?"

„Nett: Nicht mehr ganz jung. Ich hab ihn schon ein paarmal hier herum gesehen, wie er irgendwelche Kinder in die Kirche geführt hat. Wahrscheinlich seine Enkel."

„So ein Zufall! Und was will er von mir?"

„Keine Ahnung: Ich wollte dich nur warnen. Da hat jemand ein Auge auf dich geworfen . . ."

„Nein, Santa! Dafür bin ich zu alt."

„So? Du bist noch ganz schön auf Draht, Irene! Da waren noch mehr auf der Kegelbahn, die dir nachgeschaut haben."

„Mach keine Witze!"

„Das ist die lautere Wahrheit, mein Schatz. Du bist viel zu lang mit deinem Sohn zusammengehockt."

„Ignaz sagt, daß er bei Hosen-Levy gut vorankommt", wehrte Mrs. Reilly ab. „Mit alten Männern will ich nichts zu tun haben."

„So alt ist er auch wieder nicht", meinte Santa, und ihre Stimme klang ein wenig gekränkt. „Übrigens: So um sieben kommen Angelo und ich und holen dich ab."

„Ich weiß nicht recht, Schatz. Ignaz findet, ich sollte mehr zuhause bleiben."

„Warum sollst du zuhause bleiben? Angelo sagt, er ist ein erwachsener Mann.

„Ignaz sagt, daß er sich fürchtet, wenn er im Dunkeln hier allein ist. Er hat Angst vor Einbrechern."

„Bring ihn doch mit! Angelo kann auch ihm Kegeln beibringen."

„Oh nein! Mein Ignaz ist nicht, was du dir unter einem Sportler vorstellen würdest", entgegnete Mrs. Reilly rasch.

„Aber du kommst mit, nicht wahr?"

„Meinetwegen", gab Mrs. Reilly endlich doch nach. „Mir scheint, die Bewegung tut auch meinem Ellbogen gut. Ich werde Ignaz sagen, daß er sich in seinem Zimmer einsperren soll."

„Natürlich", bestärkte Santa sie. „Niemand wird ihm etwas zuleid tun."

„Außerdem haben wir nichts, was für einen Einbrecher interessant wäre. Ich weiß gar nicht, woher mein Ignaz solche Ideen hat."

„Angelo und ich sind um sieben bei dir."

„Fein ... Und vielleicht könntest du doch auf dem Fischmarkt herausbringen, wer der alte Herr ist?"

IV

Das Haus der Levys stand, von Föhren umgeben, auf einer kleinen Anhöhe mit dem Blick auf das graue Wasser der Bucht von St. Louis. Nach außen war es ein Beispiel rustikaler Eleganz, im Inneren hingegen hatte man sich erfolgreich bemüht, alles Rustikale zu verbannen: Ein Mutterschoß, durch einen Nabelstrang aus Röhren und Ventilen von einer Klimaanlage versorgt, die ihn das Jahr hindurch auf dreiundzwanzig Grad hielt und das Kohlendioxyd, den Zigarettenrauch und die gähnende Langeweile der Levys gegen die gefilterte und angereicherte Luft des Golfs von Mexiko austauschte. Das Herz dieser umfangreichen Beatmungsmaschinerie pochte irgendwo hinter den schalldämmenden Fliesen wie ein Instruktor beim Roten Kreuz, der in einem Kurs für Atemtraining den Takt schlägt: „Gute Luft *ein*atmen, schlechte Luft *aus*atmen – gute Luft *ein*atmen ..."

Auch die Bequemlichkeit des Hauses entsprach dem, was man sich von einem Mutterschoß erwartet. Jeder Sessel schmiegte sich dem Hinterteil an, Schaumstoff und Daunen gaben jedem

Widerstand bereitwillig nach. Der Flor der Spannteppiche aus reinstem Acryl schmeichelte jedem, der auf sie trat, um die Knöchel. Ein Ding neben der Bar, das der Skala eines Radios ähnelte, dämpfte oder steigerte das Licht im ganzen Haus nach Laune auf Knopfdruck. In müheloser Reichweite über die Räume verteilt gab es körpergerechte Liegen, eine Massagebank und ein automatisches Turngerät, dessen mannigfache Glieder den menschlichen Körper auf eine Weise bewegten, die zugleich sanft und zwingend war. „Levy's Lodge" – so die Tafel an der Küstenstraße – war ein Schlaraffenland für Satte, seine isolierten Wände bargen alles, um jeden Wunsch zu erfüllen.

Mr. und Mrs. Levy betrachteten einander als die einzigen Objekte im Haus, die zu wünschen übrig ließen: Sie saßen vor dem Fernsehapparat und sahen zu, wie sich die Farben auf dem Bildschirm mischten.

„Das Gesicht von Perry Como ist ganz grün", stellte Mrs. Levy empört fest. „Er schaut aus wie eine Leiche. Du mußt den Apparat umtauschen."

„Ich habe ihn erst diese Woche aus New Orleans geholt", erwiderte Mr. Levy und blies in die schwarzen Brusthaare, die aus dem spitzen Ausschnitt seines Bademantels quollen. Er kam soeben aus dem Dampfbad und wollte sich trocknen. Auch eine Totalklimaanlage ist keine Lebensversicherung.

„Dann mußt du ihn eben wieder zurückbringen. Ich werde mir nicht mit einem kaputten Fernseher die Augen verderben!"

„Laß mich in Frieden: Der Apparat ist ganz in Ordnung."

„Er ist überhaupt nicht in Ordnung! Schau her, wie grün seine Lippen sind!"

„Das ist nur die Schminke."

„Willst du mir einreden, daß sie Perry Como die Lippen grün schminken?"

„Ich hab keine Ahnung, was die ihm draufschmieren."

„Ich hab auch von dir nichts anderes erwartet", resümierte Mrs. Levy und hob die Aquamarinlider ihrer Augen zu einem Blick auf den Gatten, der irgendwo zwischen den Kissen einer gelben Nyloncouch vergraben lag. Sie sah ein Stück Frottee und eine Badesandale aus Gummi mit dem Ansatz einer haarigen Wade.

„Gib Ruh", knurrte er. „Geh und spiel mit deiner Turnmaschine."

„Heute kann ich nicht. Ich war beim Friseur."

Sie befühlte die lackstarren Locken ihrer platinblonden Haare.

„Der Friseur hat gemeint, ich sollte auch eine Perücke haben", teilte sie mit.

„Was willst du mit einer Perücke? Bei deinem Haarwuchs?"

„Eine brünette Perücke. Um hin und wieder ein ganz anderer Mensch zu sein."

„Aber du bist doch eigentlich brünett – oder? Warum läßt du die Haare nicht wachsen, wie sie kommen, und kaufst dir eine blonde Perücke?"

„Daran hab ich noch nicht gedacht."

„Na, dann überleg es dir und sei ruhig. Ich bin müde. Heute vormittag, wie ich in der Stadt war, hab ich in die Firma geschaut. Das deprimiert mich jedesmal."

„Was geht dort vor?"

„Nichts. Absolut nichts."

„So hab ich es mir vorgestellt", seufzte Mrs. Levy. „Du hast das Geschäft, das dein Vater aufgebaut hat, verkommen lassen. Das ist die Tragödie deines Lebens."

„Herrgott, wer will schon diese alte Quetsche? Kein Mensch kauft die Hosen, die sie dort machen. Und schuld daran ist nur mein Vater. In den Dreißigern, wie die Bügelfalten aufgekommen sind, hat er nicht darauf umsteigen wollen. Er war ja der Henry Ford der Bekleidungsindustrie! In den Fünfzigern sind die Bügelfalten wieder verschwunden, aber da hat mein Vater plötzlich Hosen mit Bügelfalten gemacht. Du solltest einmal sehen, was Gonzalez unsere ‚Linie dieses Sommers' nennt! Das schaut aus wie die Hosen für einen Clown. Und der Stoff –: Ich würde das nicht einmal als Spüllappen verwenden!"

„Am Anfang unserer Ehe habe ich dich angebetet, Gus! Ich habe geglaubt, daß du den rechten Biß fürs Geschäft hast. Du hättest aus Hosen-Levy etwas machen können! Sogar mit einer Filiale in New York. Alles ist dir in den Schoß gefallen – aber du hast es einfach weggeworfen!"

„Hör bitte damit auf! Du hast alles, was du willst."

„Dein Vater war ein richtiger Mann. Vor ihm habe ich Respekt gehabt."

„Mein Vater war ein schäbiger Spießer, ein kleinkarierter Tyrann. In meinen jungen Jahren hätte ich mich schon für die Firma interessiert – sehr sogar! Aber das hat er mir mit seiner Tyrannei ausgetrieben. Für mich ist Hosen-Levy *sein* Werk. Soll es vor die Hunde gehen! Jede neue Idee hat er mir blockiert: Nur um mir zu beweisen, daß er der Vater ist und ich der Sohn bin. Wenn ich gesagt habe: ‚Bügelfalten', hat er gesagt: ‚Nein, keine Bügelfalten! Niemals!' Und wenn ich vorgeschlagen habe: ‚Versuchen wir es doch einmal mit diesen neuen Kunstfasern', hat er geschworen: ‚Nur über meine Leiche!'"

„Wie er angefangen hat, ist er als Marktfahrer herumgezogen und hat Hosen verkauft. Und was hat er daraus gemacht! Bei dem Start, den du gehabt hast, müßte heute ganz Amerika deine Hosen tragen!"

„Das wenigstens ist Amerika erspart geblieben: Ich habe meine Kindheit in diesen Hosen verbringen müssen! Ich hab genug von diesem Gerede. Pause!"

"Gut. Reden wir also nicht. Schau: Jetzt hat Perry Como rosa Lippen!"

„Du warst nie eine Vaterfigur für Susan und Sandra."

„Letztes Mal, wie Sandra hier war, hat sie in ihrer Tasche nach Zigaretten herumgewühlt – und was fällt mir vor die Füße? Eine Schachtel Präservative!"

„Eben, das wollte ich dir begreiflich machen. Du warst für deine Töchter nie ein Vorbild. Kein Wunder, daß sie sich so entwikkelt haben. Ich hab es wenigstens versucht!"

„Bitte: Streiten wir jetzt nicht über Susan und Sandra! Die zwei sind am College, und wir können froh sein, daß wir nicht wissen, wie es dort zugeht. Wenn sie genug davon haben, werden sie irgendeinen armen Kerl heiraten – und dann ist alles in bester Ordnung."

„Und wie siehst du dich als Großvater?"

„Keine Ahnung. Laß mich in Frieden! Setz dich auf deinen Heimtrainer, leg dich ins Wellenbad. Mich interessiert diese Sendung."

„Gibt es dir eigentlich etwas, daß alle Gesichter die falschen Farben haben?"

„Fang nicht schon wieder damit an!"

„Fahren wir nächsten Monat nach Miami?"

„Vielleicht. Vielleicht bleiben wir überhaupt ganz dort."

„Und geben hier alles auf?"

„Was alles? Dein Heimtrainer paßt in einen Möbelwagen."

„Aber die Firma!"

„Die hat alles hergegeben, was jemals drin war. Jetzt kannst du sie nur noch verscherbeln."

„Ein Glück, daß dein Vater nicht mehr lebt. Das ihm!" Mrs. Levy warf einen anklagenden Blick auf die Badesandale. „Ich nehme an, daß wir dann den Rest unserer Tage beim Weltcup, beim Derby oder in Daytona verbringen werden. Ein Trauerspiel ist das, Gus: Ein wahres Trauerspiel!"

„Du kannst Arthur Miller den Stoff anbieten: Aber nicht einmal der wird aus Hosen-Levy was machen."

„Ein Segen, daß wenigstens ich da bin, um auf dich aufzupassen – und daß ich an der Firma beteiligt bin! Wie geht's Miss Trixie? Sie ist doch noch immer auf Posten und macht sich nützlich?"

„Sie lebt jedenfalls."

„Mir wenigstens bedeutet sie etwas. Du hättest sie ja schon längst auf die Straße gesetzt."

„Sie gehört längst schon pensioniert."

„Ich habe dir gesagt, daß du sie umbringst, wenn du sie nicht arbeiten läßt. Man muß ihr das Gefühl geben, daß sie gebraucht und geliebt wird. Diese Frau ist ein lebender Beweis für geistige Verjüngung. Du solltest sie einmal zu uns heraus bringen. Ich möchte mich wirklich ernsthaft mit ihr beschäftigen."

„Diese Mumie hier bei uns? Spinnst du? Ihr Geschnarche würde mich den ganzen Tag an Hosen-Levy erinnern! Und dir wird sie das Sofa vollpischen! Es ist besser, wenn du mit ihr über Distanz spielst."

„Typisch", seufzte Mrs. Levy. „Nie werde ich begreifen, wie ich diese Herzlosigkeit durch all die Jahre ertragen habe . . ."

„Immerhin erlaube ich dir, daß du Trixie in der Firma hältst, obwohl sie den Gonzalez bestimmt wahnsinnig macht. Heute früh sind sie dort alle am Boden herumgelegen – Frag mich nicht, was sie dort getan haben! Du kannst es dir aussuchen." Mr. Levy pfiff durch die Zähne. „Gonzalez lebt wie immer am Mond, aber du hättest den anderen Kerl sehen sollen, der jetzt dort arbeitet! Woher sie den haben, weiß ich nicht. Du würdest deinen Augen nicht trauen! Was die drei Narren den ganzen Tag über dort in dem Büro treiben, will ich mir lieber nicht vorstellen . . . Ein Wunder, daß noch nichts passiert ist."

V

Ignaz beschloß, nicht ins „Prytania" zu gehen. Am Programm stand ein schwedischer Film, der ausgezeichnete Kritiken hatte und von einem Mann handelte, der seine Seele verliert, aber Ignaz interessierte sich dafür nicht besonders. Er sah voraus, daß er sich demnächst beim Geschäftsführer des Kinos über das langweilige Angebot beschweren mußte.

Er schaute noch einmal nach, ob die Tür verriegelt war, und fragte sich, wann wohl seine Mutter nachhause kommen werde. Seit neuestem ging sie fast jeden Abend fort. Allerdings hatte Ignaz im Augenblick Wichtigeres zu bedenken. Er öffnete seinen Schreibtisch und sah ein Bündel von Aufsätzen durch, die er seinerzeit geschrieben hatte, um sie bei Zeitschriften einzureichen. Für solche von weltanschaulicher Ausrichtung waren etwa „Boethius und Wir" oder „Roswitha: Den Zweiflern an ihrer Existenz ins Stammbuch" bestimmt. Für Familienblätter hatte er „Der Tod eines Hundes" und „Kinder, Hoffnung der Welt" geschrieben, und mit Artikeln über „Wasser – Gefahr und Herausforderung", „Der Fluch der Achtzylinder", „Enthaltsamkeit: Die sicherste Empfängnisverhütung" und „New Orleans, eine Stadt voll Romantik und Kultur" hatte er sich die Sonntagsbeilagen erschließen wollen. Als er die alten Manuskripte durchblätterte, wunderte er sich, warum er keines davon abgeschickt hatte, denn jedes war auf seine Weise ganz ausgezeichnet.

Jetzt freilich hatte er ein ganz neues Projekt im Auge, etwas strikt Marktorientiertes und Gewinnträchtiges. Ignaz legte die Schreibtischplatte frei, indem er die Zeitungsartikel und Schreibhefte kurzerhand beiseite und zu Boden fegte. Er nahm eine neue Umschlagmappe und malte sorgfältig mit einem roten Stift auf den rauhen Grund: TAGEBUCH EINES JUNGARBEITERS – ODER – JENSEITS DES MÜSSIGGANGES. Als er so weit war, riß er das Streifband von einem Stapel Linienpapier und heftete es in die Mappe ein. Dann löcherte er mit einem Bleistift die schon teilweise beschriebenen Blätter mit dem Briefkopf von Hosen-Levy und fügte sie an die Stelle von Vorsatzblättern in die Mappe. Schließlich nahm er den Kugelschreiber von Hosen-Levy und begann auf der ersten Seite des Linienpapiers:

Geneigter Leser!

> Bücher sind die unsterblichen Kinder
> ihrer sterblichen Erzeuger.
>
> – Plato

Ich stelle, geneigter Leser, mit Erstaunen fest, daß ich mich der Hektik eines Bürobetriebs so angepaßt habe, wie es mir vorher kaum möglich erschienen wäre. Freilich ist es mir während meiner noch kurzen Karriere bei der Hosen-Levy Ges. m. b. H. gelungen, einige arbeitssparende Methoden zu entwickeln. Jene von Ihnen, die sich in einer ähnlichen Lage befinden und mein ohne Schonung und Rücksichten verfaßtes Tagebuch etwa während einer Kaffeepause lesen, werden vielleicht die eine oder andere dieser Methoden auch für sich anwendbar finden; meine Ausführungen richten sich jedoch ebenso an die Steuermänner und Kapitäne unserer Wirtschaft.

Ich bin dazu übergegangen, eine Stunde später im Büro einzutreffen, als von mir verlangt wird. Folglich bin ich bei meiner Ankunft weit besser ausgeruht und erfrischt und überspringe jene unproduktive erste Stunde, in der die Trägheit von Geist und Körper jede Arbeit überhaupt zur Qual macht. Seit ich später mit ihr beginne, ist die Qualität der von mir geleisteten Arbeit merklich gestiegen.

Die Neuerungen, die ich im Bereich des Ablagesystems eingeführt habe, müssen bis auf weiteres noch geheim bleiben; sie sind einigermaßen revolutionär, und ich muß erst die Ergebnisse abwarten. Hinweisen will ich jedoch auf die Brandgefahr, die das vergilbte und brüchige Papier in den Aktenordnern darstellt. Dazu kommt – was vielleicht nicht allgemein zutrifft –, daß meine Aktenordner offenbar eine Brutstätte von allerhand Ungeziefer sind. Im Mittelalter war die Pest ein gottgewolltes Übel, aber in unserem abscheulichen Jahrhundert wäre sie für mein Gefühl nur mehr lächerlich.

Heute endlich hat unser Herr und Meister, Mr. G. Levy, das Büro mit seiner Gegenwart beehrt. Ich will offen bekennen, daß ich ihn ziemlich oberflächlich und desinteressiert gefunden habe. Zwar lenkte ich seine Aufmerksamkeit auf das Schild (Ganz recht, geneigter Leser: Es ist zu guter Letzt nun doch vollendet und an seinem Platz. Eine heraldische Lilie von imperialem Zuschnitt unterstreicht seine Bedeutung.), konnte aber nicht einmal damit besonderes Interesse bei ihm wecken. Sein Aufenthalt war kurz und durchaus nicht geschäftsgemäß – aber wer sind wir, daß wir nach den Beweggründen dieser Industriemagnaten fragen dürften, deren Launen das Wohl und Wehe unseres Landes bestimmt? Zur rechten Zeit wird er sich meines Einsatzes für sein Unternehmen, meiner Opferbereitschaft bewußt werden. Und vielleicht wird mein Beispiel wiederum ihn zu neuem Glauben an Hosen-Levy erwecken.

La Trixie zieht noch immer ihre ureigenen Kreise und erweist sich darin klüger, als ich vermutet hätte. Ich ahne, daß diese Frau vieles weiß und daß ihre Apathie nur ein fühlbares Ressentiment gegen Hosen-Levy verbergen soll. Präziser wird sie, wenn sie auf ihre Pensionierung zu sprechen kommt. Mir ist aufgefallen, daß sie ein neues Paar weiße Socken benötigt; das gegenwärtige ist schon ziemlich grau. Vielleicht werde ich sie demnächst mit schweißsaugenden Sportsocken beschenken, möglicherweise gelingt es mir, sie mit dieser Geste zum Sprechen zu bringen. Meine Mütze scheint ihr zu gefallen. Bei Gelegenheit zieht sie jedenfalls die Mütze ihrem eigenen Zelluloidschirm vor.

Wie schon an anderem Ort erwähnt, bin ich dem Vorbild des Dichters Milton gefolgt und habe meine Jugendjahre in Zurückgezogenheit verbracht, meditiert und studiert, um wie er mich im Handwerk des Schreibens zu vervollkommnen, und nur dic ungezügelte Trunksucht meiner Mutter hat mich auf eine sehr abrupte Weise in die Welt hinausgestoßen; mein Inneres ist noch immer in Aufruhr. Aus diesem Grund ist auch meine Anpassung an die Arbeitswelt noch nicht ganz vollzogen. Sobald mein Nervensystem auf das Büro eingestimmt ist, werde ich mich einen weiten Schritt weiter wagen und den Betrieb besichtigen, wo das Herz von Hosen-Levy schlägt. Durch die Tür des Maschinensaals habe ich schon einiges Zischen und Dröhnen erlauscht, aber der ein wenig angegriffene Zustand meiner Nerven verbietet es mir derzeit, den Abstieg in jenes Inferno zu wagen. Hin und wieder wankt irgendein Arbeiter ins Büro, um sich in unartikulierten Lauten über etwas zu beschweren (meist über den betrunkenen Vorarbeiter, einen unverbesserlichen Radaubruder). Wenn ich einmal mein Gleichgewicht gefunden habe, werde ich die Arbeiter besuchen: Ich habe bestimmte und wohlbegründete Vorstellungen, was soziale Maßnahmen betrifft, und ich bin sicher, daß ich etwas beitragen kann, um das Los dieser Arbeiter zu erleichtern. Ich verachte alle, die angesichts sozialer Ungerechtigkeit wie Feiglinge handeln. Ich glaube daran, daß wir uns so mutig wie energisch den aktuellen Problemen stellen müssen.

Gesellschaftliches: Mehr als einmal habe ich mich ins „Prytania" geflüchtet, verlockt von allerhand Greuel in Technicolor, Mißgeburten der Filmindustrie, die gegen jeden Geschmack und gute Sitten verstießen, Streifen auf Streifen voll Perversion und Blasphemie, vor denen mein Auge stockte, mein reines Gemüt sich empörte und mein Pylorus streikte.

Meine Mutter verkehrt derzeit mit einigen Widerlingen, bzw. Untermenschen, die regelmäßig bis zur Verblödung kegeln und aus ihr eine Art Sportsweib machen wollen. Unter so mißlichen Verhältnissen zuhause fällt es mir oft recht schwer, mich meiner Karriere als angehender Geschäftsmann zu widmen.

Gesundheitszustand: Mein Pylorus schloß sich heute Nachmittag krampfartig, als Mr. Gonzalez mich ersuchte, für ihn eine Zahlenkolonne zu addieren. Als er sah, in welchen Zustand er mich mit seiner Bitte versetzt hatte, zeigte er immerhin soviel Rücksicht, daß er die Zahlen selbst addierte. Dieser Bürovorsteher hätte durchaus das Zeug zu einem rechten Ärgernis in sich.

Auf bald!

Darryl, Euer Jungarbeiter

Befriedigt las Ignaz, was er geschrieben hatte. So ein Tagebuch bot eine ganze Palette von Möglichkeiten: Es konnte eine aktuelle, lebendige und wirklichkeitsgetreue Dokumentation der Probleme eines jungen Mannes sein. Schließlich klappte er die Heftmappe zu und überlegte sich eine Antwort auf Myrnas Brief, eine beißende, boshafte Attacke auf ihre Lebensart und Weltanschauung. Wahrscheinlich war es gescheiter, wenn er damit zuwartete, bis er den Betrieb besucht und festgestellt hatte, was sich dort an sozialen Maßnahmen aufdrängte. Solche Frechheiten verlangten eine entsprechende Erwiderung. Vielleicht konnte er mit den Arbeitern etwas tun, neben dem Myrna in sozialer Hinsicht geradezu reaktionär wirkte. Diesem ekelhaften Frätzchen mußte er seine Überlegenheit beweisen!

Danach griff er zur Laute, um sich mit einem kleinen Lied zu entspannen. Seine fleischige Zunge leckte kurz über den Schnurrbart, er griff in die Saiten und begann: „Oh, säum nicht länger/eil, oh, eil/dein Platz ist dir bereitet/zu guter, froher Weil."

„Ruhe!" schrie Miss Annie durch die geschlossenen Fensterläden.

„Was fällt Ihnen ein!" erwiderte Ignaz, riß seine Läden auf und blickte in den dunklen, kalten Durchgang. „Machen Sie gefälligst auf! Was fällt Ihnen ein, sich hinter Ihren Läden zu verstecken!"

Wutentbrannt lief er in die Küche, füllte einen Topf mit Wasser und eilte damit zurück in sein Zimmer. Als er eben das Wasser gegen Miss Annies noch immer geschlossene Läden leeren wollte, schlug draußen auf der Straße eine Wagentür zu. Leute bogen in den Durchgang. Ignaz machte seine Läden zu, drehte das Licht ab und horchte, wie seine Mutter zu jemandem sprach. Wachmann Mancuso sagte etwas, als sie unter Ignaz' Fenster vorbeikamen, und die heisere Stimme einer Frau bemerkte: „Die Luft ist rein, Irene: Bei ihm ist es finster. Wahrscheinlich ist er wieder im Kino."

Ignaz warf seinen Mantel über und lief in die Diele zur Vordertür, während die Ankömmlinge die Küchentür öffneten. Er stieg die Stufen hinunter und erkannte Wachmann Mancusos weißen Rambler, der vor dem Haus parkte, bückte sich mühsam davor und drückte mit einem Finger in das Ventil eines Reifens, bis es zu zischen aufhörte und das Rad flach auf dem Ziegelpflaster aufsaß. Dann ging er, den für ihn gerade noch passierbaren Durchgang benützend, zur Hinterseite des Hauses.

Helles Licht brannte in der Küche, er konnte Mutters billiges Radio durch das geschlossene Fenster hören. Leise trat Ignaz auf die Stufen und spähte durch das schmierige Glas der Küchentür.

Seine Mutter und Wachmann Mancuso saßen am Tisch vor einer fast vollen Whiskyflasche. Wachmann Mancuso sah noch trostloser als sonst drein, aber Mrs. Reilly klopfte mit einem Schuh auf den Linoleumboden und lachte schüchtern über das, was sie in der Mitte des Raums sah: Dort tanzte, für sich allein, eine stämmige Frau mit grauem, modisch geschnittenem Haar und hüpfendem, von einer weißen Kegelbluse zusammengehaltenem Hängebusen. Ihre Kegelschuhe stampften rhythmisch den Boden, trugen die schaukelnden Brüste und die wogenden Hüften hin und her zwischen Tisch und Herd.

Das also war Wachmann Mancusos Tante! Sowas von Tante kann nur ein Wachmann Mancuso haben, knurrte Ignaz vor sich hin.

„Hei-ho!" rief Mrs. Reilly lustig. „Santa!"

„Und jetzt paßt auf, Kinder!" kreischte die Grauhaarige wie ein Schiedsrichter bei einem Ringkampf und ging tanzend immer tiefer in die Hocke, bis sie fast den Boden berührte.

„Gott steh mir bei!" flüsterte Ignaz in den Nachtwind.

„Du wirst dir noch was verreißen, Mädchen!" lachte Mrs. Reilly. „Du brichst mir noch durch den Boden!"

„Vielleicht solltest du's genug sein lassen, Tante Santa", meinte Wachmann Mancuso verdrießlich.

„Was heißt ‚genug'? Jetzt bin ich erst in Fahrt!" erwiderte die Frau und richtete sich tanzend auf. „Wer sagt da, daß eine Oma nicht mehr tanzen kann?"

Mit ausgestreckten Armen tanzte sie quer über den Linoleumstreifen.

„Du lieber Himmel!" sagt Mrs. Reilly und füllte lachend ihr Glas nach. „Stellt euch vor, Ignaz kommt nachhaus und sieht das!"

„Dein Ignaz kann mich!"

„Santa!" schrie Mrs. Reilly auf. Sie war schockiert, aber – und Ignaz vermerkte das – nicht wirklich empört.

„Wird jetzt endlich Ruhe dort drüben!?" schrie Miss Annie durch ihre Fensterläden.

„Wer ist das?" fragte Santa.

„Ruhe! Sonst hol ich die Polizei!" rief Miss Annies gedämpfte Stimme.

„Bitte, hör auf!" flehte Wachmann Mancuso nervös.

Fünf

Darlene war dabei, die halbvollen Flaschen hinter der Bar mit Wasser aufzufüllen.

„He, Darlene, hör dir das an!“ befahl Lana Lee, streifte die Zeitung glatt und beschwerte sie mit einem Aschenbecher: ‚Frieda Club, Betty Bumper und Liz Steele, alle wohnhaft St. Peter Street 796, wurden gestern in der Caballo Lounge, Burgundy Street 570, wegen Ruhestörung und Erregung öffentlichen Ärgernisses festgenommen. Nach der Aussage des einschreitenden Polizeibeamten kam es zu dem Vorfall, als eine der drei Frauen von einem Unbekannten belästigt wurde. Die zwei Begleiterinnen der Frau schlugen auf den Mann ein, der aus dem Lokal flüchtete. Darauf schleuderte Liz Steele einen Hocker gegen den Barkeeper, während die beiden anderen mit Stuhlbeinen und Flaschenscherben die Gäste bedrohten. Der Unbekannte soll Kegelschuhe getragen haben.‘ Na? Was sagst du dazu? Solche Weiber machen das ganze Viertel kaputt: Kaum will irgendein harmloser Knabe eine von den Emmas aufreißen, schon gehen sie auf ihn los! Früher einmal hat hier jeder gewußt, wie er dran ist, jetzt gibt's nur mehr Emmas und Schwule. Kein Wunder, daß der Laden so mies geht. Ich kann die Emmas nicht schmecken!“

„Außer Zivilbullen gibt's hier am Abend überhaupt niemand mehr“, stellte Darlene fest. „Warum setzen die keine Zivilbullen auf solche Weiber an?“

„Bald wird's bei uns wie in einer verschissenen Wachstube zugehen – und ich geb dazu Benefizvorstellungen für den Polizeimassafonds“, fuhr Lana angewidert fort. „Gähnend leer bis auf ein paar Bullen, die einer dem anderen zuzwinkern. Und ich darf die halbe Zeit auf dich aufpassen, daß du ihnen keinen Drink andrehst.“

„Also bitte“, verteidigte sich Darlene: „Wie soll ich wissen, wer da ein Bulle ist? Ich seh keinen Unterschied." Sie schneuzte sich. „Ich brauch meinen Umsatz."

„Einen Bullen erkennst du an den Augen, Darlene: Alle schauen sie so selbstsicher drein. Ich bin schon lang genug im Geschäft. Ich kenn den ganzen Schmäh: den Stempel auf der Rechnung, die Faschingskostüme ... Und wenn du's ihnen nicht an den Augen ansiehst, schau dir das Geld an! Alles vollgekritzelt und gezinkt."

„Wie soll ich das Geld anschauen? In der Finsternis hier seh ich ja kaum ihre Augen."

„Irgendwas muß ich mir für dich einfallen lassen ... Ich kann's nicht brauchen, daß du da herumhockst. Ich seh dich schon, wie du dem Kommissär einen doppelten Martini einzureden versuchst."

„Dann laß mich auf die Bühne hinauf und tanzen. So eine Nummer leg ich dir hin!"

„Fang nicht wieder damit an!" schnauzte Lana. Wenn dieser Jones davon Wind bekam, daß sich die Bullen in der Bar herumtrieben, war es aus mit dem billigen Hausburschen. „Gib acht, Darlene: Sag Jones nichts davon, daß wir hier am Abend Polizeikasino spielen. Du weißt ja, wie so Schwarze zu den Bullen stehen, er könnt's mit der Angst kriegen und abhauen. Du verstehst: Ich will ihm nur helfen, damit er nicht wieder auf der Straße sitzt."

„Meinetwegen", stimmte Darlene zu. „Aber einstweilen verdien ich nichts, weil ich nie weiß, ob der Kerl neben mir nicht von der Polizei ist. Weißt du, was wir hier brauchen, damit der Rubel rollt?"

„Was?" rief Lana gereizt.

„Wir brauchen ein Tier."

„Ein was?"

„Viechern putz ich nicht den Dreck nach", verwahrte sich Jones und knallte mit seinem Mop gegen die Beine der Barhocker.

„Komm einmal hier herüber und schau unter diese Hocker!" befahl Lana.

„Ha? Hab ich was übersehen? Wo?"

„Lies doch die Zeitung, Lana", beharrte Darlene. „Fast jedes Lokal in der Straße hat irgendein Tier."

Lana blätterte zu den Anzeigen und überflog im Nebel von Jones' Zigarette die Ankündigungen der Nachtclubs.

„Sieh da: Unsere kleine Darlene ist am Ball! Möchtest du vielleicht Geschäftsführerin werden?"

„Nein danke."

„Na, überleg dir's . . ." Lana folgte der Spalte mit dem Finger. „Tatsächlich! ‚Bei Jerry' haben sie eine Schlange, im ‚104' ein paar Tauben, ein Tigerbaby, ein Schimpanse . . ."

„Und dort gehen die Leute hin", fuhr Darlene fort. „Bei der Masche mußt du einfach mitmachen."

„Sehr verbunden . . . Und weil's schon deine Idee war: Was würdest du vorschlagen?"

„Wir sollten uns erst einmal darauf einigen, daß wir aus dem Lokal keinen Zoo machen wollen."

„Bleib am Boden!"

„Wir könnten meinen Kakadu nehmen", meinte Darlene. „Ich hab eine tolle Nummer mit ihm aufgebaut. Er ist ein sehr intelligenter Vogel. Du solltest dir anhören, was der redet!"

„Bei uns Schwarzen gibt's in den Lokalen kein Gevögel."

„Versuch's mit ihm", bat Darlene.

„Ha!" rief Jones. „Da kommt gerade Ihr Freund Waisenpfleger . . . Jetzt machen wir in Nächstenliebe."

George schlängelte sich durch die Tür. Er trug einen dicken roten Pullover, weiße Jeans und hellbraune, spitze Flamencostiefel. Auf beide Handrücken hatte er mit einem Kugelschreiber Dolche tätowiert.

„Bedaure, George – Heut hab ich nichts für die Waisen", sagte Lana eilig.

„Was hör ich? Da werden die armen Waisenkinder eben bei der Caritas schnorren müssen . . ." Jones blies seinen Rauch über die Dolche. „Wir handeln gerade unseren neuen Kollektivvertrag aus. Jeder ist sich selbst der Nächste!"

„Wie?" fragte George.

„Saubere Gangster halten die sich heutzutage im Waisenhaus", bemerkte Darlene. „Ich tät ihm nichts geben, Lana, der arbeitet bestimmt für eine Erpresserbande, wenn du mich fragst. Wenn das ein Waisenkind ist, bin ich die Königin von England."

„Komm mit", sagte Lana zu George und führte ihn auf die Straße hinaus.

„Was ist?" fragte George.

„Vor den zwei Vögeln kann ich nicht reden", sagte Lana. „Der neue Putzer ist nicht so wie der alte. Seit er dich das erste Mal gesehen hat, stellt dieser Klugscheißer lästige Fragen nach den Waisenkindern. Ich traue ihm nicht. Ich hab so schon Probleme mit den Bullen."

„Dann such dir doch einen anderen Kaffer. Davon gibt's genug."

„Für das, was ich ihm zahle, krieg ich nicht einmal einen blinden Eskimo. Ich hab ihn sozusagen zum Diskontpreis. Er bildet sich ein, daß ich ihn wegen Herumtreiberei verzünden kann, wenn er mir abhaut. Das Ganze ist ein Geschäft, George, und in meiner Branche kannst du es dir nicht leisten, sowas auszulassen. Verstehst du?"

„Aber was ist mit mir?"

„Dieser Jones hat von zwölf bis halb eins Mittagspause. Komm also etwa um Viertel vor eins."

„Und was soll ich den ganzen Nachmittag über mit den Schachteln tun? Vor drei läuft da nichts. Ich will das Zeug nicht mit mir herumtragen."

„Gib's in die Gepäckaufbewahrung. Mir ist das egal. Schau nur drauf, daß sie sicher verstaut sind. Bis morgen!"

Lana ging zurück in die Bar.

„Ich hoffe, du hast ein ernstes Wort mit dem Jungen geredet", sagte Darlene. „Man sollte ihn zur Berufsberatung schicken."

„Auweh!"

„Komm, Lana: Gib mir und dem Vogel eine Chance. Wir sind Spitze!"

„Früher waren's die abgenudelten Kinderfreunde, die haben

eine fesche Katz sehen wollen, die ihren Busen schupft. Jetzt muß irgendein Viechzeug dabei sein. Weißt du, was den Leuten fehlt? Überfressen sind sie. Schwer hat man's, wenn einer sein Geld anständig verdienen will." Lana steckte eine Zigarette an und qualmte mit Jones um die Wette. „Meinetwegen. Führ mir den Vogel vor. Wahrscheinlich ist es sicherer, wenn du mit einem Vogel auf der Bühne bist, als wenn du mit einem Bullen an der Bar hockst. Bring also den verdammten Vogel her!"

II

Mr. Gonzalez saß neben seinem kleinen Öfchen und lauschte auf die Geräusche des Flusses, seine Seele schwebte friedlich in einem Nirwana hoch über den zwei Fühlhörnern von Hosen-Levy. Unbewußt genossen seine Sinne das Rascheln der Ratten, den Duft nach Altpapier und Holz und das Selbstgefühl, das aus seiner schlotterigen Levy-Hose aufstieg. Er blies eine dünne Fahne gefilterten Rauches vor sich hin und stippte die Asche mit der Präzision eines Scharfschützen in den Mittelpunkt des Aschenbechers. Das Unmögliche hatte sich ereignet: Mr. Gonzalez war bei Hosen-Levy noch glücklicher als zuvor. Der Grund dafür war Mr. Reilly. Wo war die gütige Fee, die den wunderbaren Ignaz J. Reilly auf der abgetretenen, morschen Schwelle von Hosen-Levy abgesetzt hatte?

Er arbeitete für vier. Unter seinen flinken Händen schienen sich die Akten in Luft aufzulösen. Auch war er recht nett mit Miss Trixie, im Büro gab es kaum noch Reibereien. Besonders gerührt hatte Mr. Gonzalez eine Szene, die er am vergangenen Nachmittag beobachtet hatte: Mr. Reilly auf Knien, wie er Miss Trixie die Socken wechselte. Mr. Reilly hatte ein butterweiches Herz. Natürlich hatte er auch einen Pylorus, an dieses Thema mußte man sich eben gewöhnen. Aber das war auch sein einziger Nachteil.

Mr. Gonzalez blickte zufrieden um sich und vermerkte die vielen Spuren, die Mr. Reilly dem Büro bereits eingeprägt hatte. Über Miss Trixies Schreibtisch war ein Schild mit der Aufschrift

MISS TRIXIE und einem altmodischen Blumensträußchen in einer Ecke angebracht, das Schild SR. GONZALEZ über seinem eigenen Schreibtisch war mit dem Wappen König Alfonsos geschmückt. An eine der Säulen war ein Kreuz genagelt; Mr. Reilly hatte angekündigt, daß er die zwei Aufschriften LIBBY'S TOMATO JUICE und KRAFT JELLY noch in Braun mit schwarzer Maserung überstreichen werde, um Holz vorzutäuschen. Auf den Aktenschränken standen mehrere leere Eiskremschachteln, aus denen Bohnen bereits kleine Ranken trieben. Der purpurne Jutevorhang, der das Fenster bei Mr. Reillys Schreibtisch zierte, schuf im Büro eine meditative Atmosphäre. Ein Sonnenstrahl vergoldete die meterhohe Gipsfigur des heiligen Antonius, die neben dem Papierkorb stand.

Ein Arbeiter wie Mr. Reilly war noch nie dagewesen, so gewissenhaft, mit solchem Interesse für das Geschäft. Er hatte sogar die Absicht, den Betrieb zu besichtigen, sobald sein Pylorus sich beruhigt hatte, und auch dort zu schauen, wie man die Arbeitsbedingungen verbessern könnte. Die anderen Angestellten waren immer so wurstig, so schlampig gewesen.

Langsam öffnete sich die Tür zu Miss Trixies erstem Auftritt an diesem Tag. Sie schob einen großen Sack vor sich her.

„Miss Trixie!" rief Mr. Gonzalez mit für ihn ungewöhnlicher Schärfe.

„Wer?" kreischte Miss Trixie.

Sie blickte an ihrem verdrückten Nachthemd und Schlafrock hinunter.

„Oh, du meine Güte!" stöhnte sie. „Darum habe ich es draußen so fröstlig gefunden!"

„Gehen Sie sofort nachhause!"

„Aber es ist kalt draußen, Gomez."

„So können sie bei Hosen-Levy nicht herumsitzen: Es tut mir leid!"

„Schicken Sie mich in Pension?" fragte Miss Trixie hoffnungsfroh.

„Nein!" quiekte Mr. Gonzalez. „Sie sollen nachhause gehen

und sich umziehen! Sie wohnen doch gleich um die Ecke: Machen Sie schnell!"

Miss Trixie schlurfte hinaus und schlug die Tür hinter sich zu, erschien jedoch wieder, um ihren Sack zu holen, den sie am Boden stehen lassen hatte. Abermals knallte die Tür.

Als Ignaz eine Stunde später erschien, war Miss Trixie noch nicht zurück. Mr. Gonzalez horchte auf die schweren, langsamen Schritte, die über die Treppe heraufkamen. Die Tür sprang auf, und der wunderbare Ignaz J. Reilly kam herein, ein kariertes Wolltuch von Ausmaß eines Bettüberwurfs um den Hals geschlungen, eines der Enden in den Mantel gestopft.

„Guten Morgen, Mr. Gonzalez", verkündete Ignaz majestätisch.

„Guten Morgen", dankte Mr. Gonzalez entzückt. „Haben Sie eine gute Fahrt gehabt?"

„Halbwegs. Ich glaube, der Chauffeur war ein verhinderter Rennfahrer, ich mußte ihn ständig besänftigen. Als wir uns trennten, herrschte beiderseits eine gewisse Verstimmung. Wo befindet sich die schönere Hälfte unserer Belegschaft?"

„Ich mußte sie nach Hause schicken: Sie ist heute im Nachthemd zur Arbeit erschienen."

Ignaz' Blick verfinsterte sich. „Ich verstehe nicht, warum sie deshalb fortgeschickt werden mußte", meinte er. „Immerhin sind wir hier doch ganz unter uns – eine große Familie. Ich hoffe nur, daß das ihren Arbeitswillen nicht beeinträchtigt." Er füllte ein Glas am Wasserkühler, um seine Bohnen zu gießen. „Wundern Sie sich nicht, wenn Sie mich eines Morgens hier im Nachthemd sehen. Ich finde das durchaus bequem."

„Ich will Ihnen beiden wirklich nicht vorschreiben, was Sie anzuziehen haben", versicherte Mr. Gonzalez ängstlich.

„Das hoffe ich sehr. Alles lassen wir uns nicht gefallen!"

Mr. Gonzalez tat, als ob er in seinem Schreibtisch nach etwas suchte. Er wollte nicht in diese schrecklichen Augen blicken, die Ignaz auf ihn gerichtet hatte.

„Zuerst werde ich das Kreuz fertigmachen", sagte Ignaz

endlich und holte zwei Farbdosen aus den Tiefen seiner Manteltaschen.

„Großartig."

„Für den Augenblick geht das Kreuz allem anderen vor: Ablage, Registratur – das alles kann warten, bis ich mit diesem Unternehmen fertig bin. Und nach dem Kreuz werde ich den Betrieb besichtigen. Ich fühle, daß die Leute dort nach einem mitfühlenden Ohr, nach einem Beistand lechzen. Vielleicht kann ich ihnen helfen."

„Natürlich. Ich will Ihnen keine Vorschriften machen."

„Sehr gut." Ignaz starrte auf den Bürovorsteher. „Endlich ist mein Pylorus so weit, daß er mir einen Besuch im Betrieb zu gestatten scheint. Ich darf diese Gelegenheit nicht versäumen, sonst verklemmt er sich wieder für ein paar Wochen."

„In diesem Fall müssen Sie unbedingt noch heute den Betrieb besichtigen gehen", pflichtete ihm der Bürovorsteher begeistert bei.

Mr. Gonzalez blickte erwartungsvoll auf Ignaz, erhielt aber keine Antwort. Ignaz versorgte Mantel, Halstuch und Mütze in einem der Ablagefächer und machte sich an die Arbeit. Gegen elf Uhr gab er dem Kreuz seine erste Lasur, indem er sorgfältig mit einem Aquarellpinsel die Farbe aufbrachte. Von Miss Trixie war noch immer nichts zu sehen.

Um Mittag schaute Mr. Gonzalez von dem Bündel Papier auf, das er bearbeitete, und sagte: „Wo nur Miss Trixie bleibt?"

„Wahrscheinlich haben Sie ihr die Freude an der Arbeit verdorben", meinte Ignaz kühl. Er tupfte die rauhen Kanten des Kartons mit dem Pinsel ab. „Aber vielleicht kommt sie noch zum Essen. Ich habe ihr gestern gesagt, daß ich ihr eine Wurstsemmel mitbringe. Wie ich entdeckt habe, betrachtet Miss Trixie Wurstsemmeln als eine besondere Leckerei. Ich würde gern auch Ihnen eine anbieten, aber ich fürchte, daß es dann nicht für Miss Trixie und mich reicht."

„Sehr liebenswürdig –" Mr. Gonzalez zwang sich ein Lächeln ab, als Ignaz die fettige Tüte aus braunem Papier öffnete. „Ich werde sowieso durcharbeiten müssen, um diese Auszüge und Rechnungen zu erledigen."

„Ja, tun Sie das nur: Wo es um das Überleben des Stärkeren geht, darf Hosen-Levy nicht ins Hintertreffen geraten."

Ignaz biß in seine erste Semmel, riß sie in die Hälfte und kaute eine Weile zufrieden vor sich hin.

„Hoffentlich kommt Miss Trixie", meinte er nach dem ersten Sandwich und rülpste in Serie und so laut, als befände sich sein Verdauungstrakt in voller Auflösung. „Offenbar verträgt mein Pylorus keine Wurstsemmeln."

Während er noch mit den Zähnen die Wurst aus der zweiten Semmel zog, kam Miss Trixie, den grünen Zelluloidschirm verkehrt im Nacken.

„Da ist sie ja", sagte Ignaz über ein welkes Salatblatt, das ihm aus dem Mund hing, hinweg zu Mr. Gonzalez.

„Ach ja", nahm Mr. Gonzalez zur Kenntnis. „Miss Trixie."

„Ich habe mir gedacht, daß die Wurstsemmel ihren Geist anregen würde. Hierher, Mutter Courage!"

Miss Trixie stieß gegen die Figur des heiligen Antonius.

„Irgend etwas ist mir den ganzen Vormittag im Kopf herumgegangen ... Danke, Gloria", sagte Miss Trixie, schloß ihre Klauen um die Semmel und ging an ihren Schreibtisch. Ignaz beobachtete fasziniert das komplizierte Zusammenspiel von Gaumen, Zunge und Lippen, das mit jedem Bissen neu einsetzte.

„Sie haben aber lange zum Umziehen gebraucht", sagte der Bürovorsteher zu Miss Trixie und stellte bekümmert fest, daß sie in ihrer neuen Aufmachung auch nicht viel präsentabler war als in Nachthemd und Schlafrock.

„Wer?" fragte Miss Trixie, wobei sie einen Klumpen von zerkautem Brot und Wurst vorschob.

„Ich stellte fest, daß Sie lange zum Umziehen gebraucht haben."

„Ich? Ich bin eben erst gegangen."

„Wollen Sie bitte aufhören, Miss Trixie zu sekkieren?" fuhr Ignaz gereizt dazwischen.

„Sie hat keinen Grund gehabt, so lang auszubleiben. Sie wohnt gleich drunten bei den Werften", rechtfertigte sich der Bürovorsteher und wandte sich seinen Papieren zu.

„Hat es Ihnen geschmeckt?" fragte Ignaz, als sich das Spiel von Miss Trixies Lippen beruhigt hatte.

Miss Trixie nickte und machte sich eifrig an eine zweite Semmel, aß davon aber nur eine Hälfte und lehnte sich darauf erschöpft in ihrem Stuhl zurück.

„Oh, bin ich angegessen, Gloria! Das war köstlich."

„Mr. Gonzalez? Möchten Sie das Stück Semmel, das Miss Trixie übriggelassen hat?"

„Nein. Danke."

„Sie sollten es trotzdem nehmen. Sonst setzen die Ratten zum Sturmangriff an."

„Ja, Gomez, nimm es", sagte auch Miss Trixie und legte die kleistrige Hälfte der Semmel auf Mr. Gonzalez' Papiere.

„Schauen Sie, was Sie jetzt wieder angerichtet haben, Sie alte Kuh!" schrie Mr. Gonzalez auf. „Der Teufel soll Mrs. Levy holen! Das war der Auszug für die Bank!"

„Was fällt Ihnen ein, die großmütige Mrs. Levy zu schmähen!" donnerte Ignaz. „Ich werde das höheren Ortes melden, mein Herr!"

„Eine Stunde hab ich an diesem Auszug gearbeitet! Sehen Sie nur, was sie gemacht hat!"

„Ich will einen Osterschinken!" fauchte Miss Trixie. „Und was ist mit meinem Weihnachtsputer? Einen guten Posten als Kassierin in einem Varieté habe ich aufgegeben, um für diese Firma zu arbeiten. Ich soll mich wohl hier abrackern, bis ich tot umfalle? Eine Schweinerei, wie die Leute hier behandelt werden! Ich gehe auf der Stelle in Pension!"

„Warum gehen Sie nicht sich die Hände waschen?" schlug ihr Mr. Gonzalez vor.

„Das ist eine gute Idee, Gomez", fand Miss Trixie und schlurfte in Richtung Damenklo.

Ignaz fühlte sich geprellt, die erhoffte Szene fand nicht statt.

Während der Bürovorsteher eine Abschrift des Auszugs herstellte, wandte sich Ignaz wieder dem Kreuz zu. Zunächst freilich mußte er Miss Trixie beiseiteheben: Nach ihrer Rückkehr war sie zu Füßen des Kreuzes hingekniet und betete an eben dem Platz, den Ignaz für seine Malerei brauchte. Miss Trixie hielt sich auch weiterhin in seiner Nähe und verließ ihn nur, um ein paar Briefumschläge für Mr. Gonzalez zuzukleben, aufs Klo zu gehen und zwischendurch ein Schläfchen einzulegen. Geräusch ging nur vom Bürovorsteher aus, der auf der einen Maschine schrieb, mit der anderen rechnete, beides von Ignaz als etwas ablenkend empfunden. Gegen halb zwei war das Kreuz fast fertig, es fehlten nur noch die goldenen Buchstaben für ORA ET LABORA, die Ignaz mitgebracht hatte, um sie am unteren Ende des Kreuzes anzubringen. Als auch das getan war, trat Ignaz zurück und sagte zu Miss Trixie: „Es ist vollbracht."

„Ah, Gloria – wie schön!" bekannte Miss Trixie: „Sehen Sie nur, Gomez!"

„Wirklich sehr hübsch", stimmte Mr. Gonzalez zu und betrachtete das Kreuz mit müden Augen.

„Nun zur Ablage", sagte Ignaz geschäftig. „Und dann ab in den Betrieb. Ich kann soziale Ungerechtigkeit nicht ertragen."

„Ja, Sie müssen in den Betrieb gehen, solange Ihr Pylorus mitspielt", bestärkte ihn der Bürovorsteher.

Ignaz ging hinter die Aktenschränke, nahm den angesammelten und noch nicht registrierten Einlauf und warf ihn in den Papierkorb. Als er sah, daß der Bürovorsteher mit einer Hand über den Augen an seinem Schreibtisch saß, zog Ignaz überdies das oberste Schubfach aus dem Aktenschrank und kippte auch dessen – alphabetisch geordneten – Inhalt in den Papierkorb.

Hierauf stampfte er zu der Tür, die in den Betrieb führte – vorbei an Miss Trixie, die wieder vor dem Kreuz auf die Knie gefallen war.

III

Um endlich irgend jemanden für seinen Sergeanten aufzutreiben, hatte sich Wachmann Mancuso eine kleine Fleißaufgabe gestellt. Nachdem er seine Tante von dem Kegelausflug nachhause gebracht hatte, war er ganz allein in eine Bar gegangen und hatte nachgeschaut, ob dort vielleicht etwas zu holen wäre. Dabei war er an diese drei greulichen Weiber geraten, die ihn verprügelt hatten. Er befühlte den Verband an seinem Kopf, als er die Wachstube betrat, um sich beim Inspektor, der ihn zu sich befohlen hatte, zu melden.

„Was ist Ihnen da wieder passiert, Mancuso!“ rief der Inspektor, als er den Verband sah.

„Ich bin gefallen.“

„Das schaut Ihnen ähnlich! Wenn Sie auch nur das mindeste Gespür für Ihre Arbeit hätten, würden Sie uns so was wie die drei Mädchen bringen, die wir gestern abend geschnappt haben!“

„Jawohl, Herr Inspektor.“

„Ich weiß nicht, welche Nutte Ihnen was von der ‚Liebesnacht‘ geflüstert hat, aber meine Burschen waren fast jede Nacht dort und haben keinen Schwanz zu sehen gekriegt.“

„Bitte, ich habe gedacht –“

„Schweigen Sie! Sie haben uns eine Niete geliefert. Wissen Sie auch, was wir mit Leuten tun, die uns Nieten liefern?“

„Nein.“

„Wir setzen sie in den Waschraum von der Autobusstation.“

„Jawohl.“

„Sie bleiben dort täglich Ihre acht Stunden, bis Sie jemanden aufgebracht haben!“

„Ja.“

„Nicht ‚Ja‘, sondern ‚Jawohl, Herr Inspektor‘! Und jetzt ab mit Ihnen zu Ihrem Schrank: Heute sind Sie ein Bauer.“

IV

Ignaz schlug das TAGEBUCH EINES JUNGARBEITERS bei der nächsten unbeschriebenen Seite auf und ließ die Mine des Kugelschreibers vorschnappen. Sie faßte nicht gleich, sondern schlüpfte in die Plastikhülse von Hosen-Levy zurück. Ignaz drückte kräftiger, aber wieder verweigerte sich die Mine seinen Absichten. Wütend schlug er den Kugelschreiber gegen die Schreibtischkante und hob einen von den Bleistiften auf, die auf dem Boden herumlagen, stocherte damit nach dem Wachs in seinen Ohren und begann sich zu konzentrieren, wobei er auf die Geräusche horchte, die seine Mutter bei ihren Vorbereitungen für die abendliche Kegelpartie verursachte. Die vielen raschen Schritte hin und her im Badezimmer besagten, daß mehrere Phasen ihrer Toilette parallel liefen. Dann folgten die Geräusche, aus denen er nach jahrelanger Gewöhnung heraushörte, daß Mutter das Haus verlassen wollte: der Knall, mit dem die Haarbürste in die Waschschüssel schlug, das Scheppern einer Puderdose auf dem Fußboden und gewisse unartikulierte Laute, die den chaotischen Ablauf begleiteten.

„Autsch!“ schrie Mrs. Reilly an einem kritischen Punkt.

Ignaz empfand den gedämpften Lärm in der Isolation des Badezimmers störend und wünschte, seine Mutter käme damit zu Ende. Schließlich hörte er das Klicken des Lichtschalters. Sie klopfte an seine Tür.

„Ignaz, mein Liebling! Ich gehe.“

„Bittesehr“, erwiderte Ignaz eisig.

„Mach doch auf, Kind! Gib mir einen Abschiedskuß!“

„Ich bin sehr beschäftigt, Mutter.“

„Sei nicht so, Ignaz! Mach auf!“

„Geh schon zu deinen Freunden. Bitte!“

„Oh, Ignaz!“

„Mußt du mich jedesmal herausbringen?! Ich schreibe an einer Sache, die sich großartig für einen Film eignet. Etwas für den Markt.“

Mrs. Reilly trat mit den Kegelschuhen gegen die Tür.

„Willst du dir unbedingt diese absurden Schuhe kaputtmachen, die du dir für mein schwerverdientes Geld gekauft hast?“

„Ha? Was hast du, Schatz?“

Ignaz zog den Bleistift aus dem Ohr und öffnete die Tür. Mutters dunkelrotes Haar war hoch über die Stirn toupiert; ihre Bakkenknochen waren rot von Rouge, das sie in ihrer Nervosität bis zu den Augen hinauf verschmiert hatte. Eine geballte Ladung Puder hatte Mrs. Reillys Gesicht gebleicht, aber auch ihr Kleid und ein paar lose rote Löckchen miterfaßt.

„Oh, mein Gott!“ seufzte Ignaz. „Dein Kleid ist voll Puder – Aber ich nehme an, daß du damit einen von Mrs. Battaglias kosmetischen Ratschlägen befolgst.“

„Warum beißt du immer gegen Santa, Ignaz?“

„Mir kommt vor, deine Santa nimmt selbst gern ihren Mund voll. Was dann andere hinunterschlucken müssen. Ich werde ihr zeigen, daß das auch umgekehrt funktioniert, wenn sie mir einmal in die Nähe kommt!“

„Ignaz!“

„Zu ihr fällt mir so etwas Ordinäres wie ‚ein steiler Zahn‘ ein.“

„Santa ist eine Oma! Du solltest dich schämen!“

„Zum Glück hat gestern abend das heisere Keifen Miss Annies dann doch für Ruhe gesorgt. Eine derart schamlose Orgie habe ich noch nie gesehen! Und in meiner eigenen Küche! Wenn dieser Mann tatsächlich auf der Seite des Gesetzes stünde, hätte er seine sogenannte Tante auf der Stelle verhaftet.“

„Auch gegen Angelo darfst du nicht beißen, Ignaz. Er hat kein leichtes Leben. Santa hat mir erzählt, daß er den ganzen Tag im Waschraum an der Autobusstation war.“

„Gott im Himmel! Das vor meinen Ohren? Bitte zieh jetzt mit deinen zwei Mafiosi los und laß mich in Frieden!“

„Sei doch nicht so mit deiner armen Mamma!“

„Arm? Höre ich recht? Obwohl der Lohn meiner Mühen wie ein Goldregen in deinen Schoß fällt? Allerdings fließt er nicht weniger rasch ab . . .“

„Fang nicht wieder damit an, Ignaz. Diese Woche hast du mir nur zwanzig Dollar gegeben, und sogar darum hab ich dich fast auf den Knien anbetteln müssen. Schau dir doch den ganzen Schnickschnack an, den du dir gekauft hast! Diese Filmkamera, die du erst heut dahergebracht hast –“

„Für die Filmkamera werde ich sehr bald gute Verwendung haben. Und die Harmonika war eigentlich sehr billig."

„So werden wir diesen Mann nie abzahlen können."

„Das berührt mich wenig. Ich bin kein Autofahrer."

„Nein, dir ist das egal. Du hast dich nie um irgend etwas geschert!"

„Ich hätte wissen müssen, daß es jedesmal, wenn ich diese Tür aufmache, so ist, als hätte ich die Büchse der Pandora geöffnet. Sollst du nicht draußen am Randstein auf Mrs. Battaglia und ihren verdorbenen Neffen warten, damit ihr keine von den kostbaren Sekunden für eure Kegelei versäumt?" Die von Ignaz' Pylorus zurückgestauten Gase einer Packung Lebkuchen stießen ihm dröhnend auf. „Schenk mir doch ein wenig Ruhe! Ist es nicht genug, daß ich mich den ganzen Tag in der Firma abrackere? Ich habe dir doch die Qualen, die ich täglich leiden muß, deutlich genug beschrieben!"

„Du weißt ja, wie stolz ich auf dich bin." Mrs. Reilly schluckte. „Und jetzt sei ein braver Bub und gib mir einen Abschiedskuß!"

Ignaz beugte sich zu ihr hinunter und küßte sie leicht auf die Wange.

„Pfui –" Er spuckte Puder. „Jetzt hab ich für den Rest meines Abends diesen Grus zwischen den Zähnen."

„Hab ich zuviel Puder erwischt?"

„Aber nein doch. Hast du nicht einmal sowas wie Arthritis gehabt? Wie in aller Welt kannst du da kegeln?"

„Es scheint, mir hilft die Bewegung. Ich fühl mich besser."

Draußen auf der Straße hupte es.

„Offenbar ist dein Freund seinem Waschraum entronnen", knurrte Ignaz. „In eine Autobusstation paßt er wirklich. Wahrscheinlich gibt es ihm etwas, wenn er den Überlandbussen zuschauen darf, wie sie ankommen und abfahren. Offenbar ist so ein Bus für ihn eine feine Sache: Was allerdings nur seine Rückständigkeit beweist . . ."

„Ich komme nicht spät, Liebling", versprach Mrs. Reilly und schloß die schmale Vordertür hinter sich.

„Ein Einbrecher wird mich vergewaltigen!" schrie ihr Ignaz nach.

Hierauf verriegelte er die Tür zu seinem Zimmer, packte eine leere Tintenflasche und riß die Fensterläden auf. Er steckte den Kopf hinaus, sah den Durchgang hinunter, wo sich am Randstein der kleine weiße Rambler von der Dunkelheit abhob. Mit aller Kraft holte er aus. Der Knall, mit dem die Flasche auf das Wagendach schlug, war lauter, als er zu hoffen gewagt hatte.

„Holla!" hörte er Santa Battaglia rufen, als er geräuschlos seine Fensterläden zuzog. Hochbefriedigt öffnete er abermals die Heftmappe und nahm den Bleistift zur Hand.

Geneigter Leser!

Ein großer Dichter ist ein Freund
und Wohltäter seiner Leser.
– Macaulay

Wiederum, lieber Leser, liegt ein Arbeitstag hinter mir. Wie ich dir schon berichtet habe, ist es mir gelungen, der Hektik des Bürobetriebs einen harmonischen Grundton zu unterlegen. Alle unwesentliche Betriebsamkeit wird allmählich reduziert. Derzeit bin ich damit beschäftigt, das Gehäuse, in dem wir drei (drei!) Arbeitsbienen werken, zu verschönen. Der Vergleich mit den Bienen läßt sich überdies weiterführen, um mit drei Worten meine Tätigkeit als Büroangestellter zusammenzufassen: Stachel gegen die Bösen, Honig für die Guten, Wachs für unseren Herrn und Gott. Aber auch die Umtriebe unseres lächerlichen Bürovorstehers lassen sich mit drei Worten aus dem Bereich der Bienen umschreiben: Brummen, Schwärmen, Krabbeln – und was sonst noch eine Drohne mit dem arbeitsamen Volk gemein hat, ohne dessen Nützlichkeit zu teilen. Ich bin zu dem Schluß gekommen, daß unser Bürovorsteher nur dazu gut ist, uns von der Arbeit abzuhalten und zu verwirren. Ohne ihn würden die andere Angestellte (La Dama del Comercio) und ich ein friedliches und zufriedenes Dasein haben und unseren Aufgaben in einer Atmosphäre gegenseitiger Rücksichtnahme obliegen. Ich bin sicher, daß zu einem guten Teil seine diktatorischen Allüren daran schuld sind, wenn sich Miss T. zurückziehen möchte.

Endlich kann ich dir auch unseren Betrieb schildern! Heute nachmittag, im angenehmen Bewußtsein, daß ich mein Kreuz vollendet hatte (Jawohl! Es ist fertig und verleiht nun dem Büro jene geistige Dimension, die bisher gefehlt hat), ging ich dem Stampfen, Hämmern und Brausen nach, das mich in unsere Erzeugungsstätte leitete.

Das Bild, das sich mir bot, war zugleich faszinierend und abstoßend.

Hosen-Levy hat hier die Urform der alten Tretmühle für die Nachwelt aufbewahrt. Könnte doch das Smithsonian Institut, die Mülldeponie unseres Landes, diese Fabrik unter luftdichtem Verschluß in die Hauptstadt der Vereinigten Staaten versetzen, jeder Arbeiter in charakteristischer Position erstarrt – die Besucher jenes zweifelhaften Museums würden vor Entsetzen ihre geschmacklosen Freizeitkostüme verunreinigen! Die Szene vereinigt die schlimmsten Greuel aus *Onkel Toms Hütte* und Fritz Langs *Metropolis,* Sklavenausbeutung plus Technik: Sie zeigt, welchen Weg der Negersklave vom Baumwollfeld zur Baumwollkonfektion zurückgelegt hat. (Hielten sie noch in der Phase, als die, die Baumwolle pflückten, so würden sie doch wenigstens sich in frischer Luft bewegen, singen und Wassermelonen essen [wie man sie, soweit ich mich erinnere, gruppenweise als fresco dargestellt findet]!) Mein soziales Gewissen – tief verankert und empfindlich – meldete sich alsbald, und mein Pylorus gab lautstark Antwort.

(Hinsichtlich der Wassermelonen muß ich – ohne deshalb irgendwelchen Bürgerrechtsvereinigungen nähertreten zu wollen – doch gestehen, daß ich solches Brauchtum nie selbst beobachtet habe. Vielleicht irre ich mich. Ich könnte mir ebenso vorstellen, daß ein Baumwollpflücker unserer Tage mit einer Hand nach der Wolle hascht, während er mit der anderen ein Transistorradio an sein Ohr drückt, um ja nicht die neuesten Bulletins über Gebrauchtwagen, Haarfestiger, Pomade und Billigwein zu versäumen, dazu eine Menthol-Filterzigarette im Mundwinkel – auf die Gefahr hin, daß das ganze Baumwollfeld in Flammen aufgeht. Zwar lebe auch ich an den Ufern des Mississippi [Dieser Fluß wird in abscheulichen Liedern und Versen gern besungen, besonders häufig und heftig unter dem Vorwand, ihn zu einer Art Vaterersatz zu stilisieren. In Wahrheit ist der Mississippi ein tückisches und grausames Gewässer, dessen Untiefen und Stromschnellen alljährlich viele Menschenleben fordern. Ich kenne keinen Menschen, dem es einfallen würde, freiwillig auch nur eine Zehe in seine verschmutzten bräunlichen Fluten zu stecken, die nach Fäkalien, Industrieabfall und giftigen Insektiziden stinken. Sogar die Fische sterben darin. Somit erweist sich der Mississippi als das Gegenteil jenes Vater-Gott-Moses-Phallus-Paps-und-Pops-Motivs, das nach meiner Vermutung auf Mark Twain, diesen trübseligen Scharlatan, zurückgeht. Dieses Unvermögen, sich mit der Wirklichkeit auseinanderzusetzen, ist allerdings typisch für fast alle amerikanische „Kunst". Das Verhältnis der amerikanischen Kunst zur amerikanischen Wirklichkeit ist ein durchaus zufälliges, was freilich nur daher rührt, daß auch unsere Nation insgesamt keine Beziehung zur Wirklichkeit hat. Dies ist einer der Gründe, deretwegen ich schon immer gezwungen war, an der Peripherie unserer Gesellschaft zu vegetieren, d. h. in dem Fegefeuer, das jenen bereitet ist, die der Wirklichkeit ins Auge schauen.], aber ich habe nie ein Baumwollfeld gesehen – und auch kein Bedürfnis danach. Als ich ein einziges Mal in meinem

Leben dem Weichbild von New Orleans untreu wurde, geriet ich in einen Sog, der mich in einen Maelstrom der Verzweiflung riß: Baton Rouge. In einer der künftigen Fortsetzungen, einer Rückblende, werde ich vielleicht von jener Pilgerfahrt durch die Sümpfe berichten – einer Fahrt in die Wüste, von der ich an Körper, Seele und Geist gebrochen heimkehrte. Demgegenüber ist New Orleans eine recht wohnliche Großstadt, die sich durch eine gewisse harmlose Apathie und Stagnation auszeichnet. Zumindest das Klima ist mild; außerdem bin ich hier, in dieser Stadt des Halbmonds, des Daches über meinem Kopf und eines Dr. Nut für meinen Magen sicher, obwohl mich manche Landschaften Nordafrikas [Tanger u. dgl.] von Zeit zu Zeit sehr angezogen haben. Letzteres freilich mit dem Vorbehalt, daß meine Nerven die Schiffsreise nicht durchstünden und ich bestimmt nicht so pervers veranlangt bin, daß ich, selbst wenn ich es mir leisten könnte, mich auf eine Luftreise einlassen würde. Die Autobusse der Greyhound-Linien genügen vollauf, um mich mit meinem status quo zu versöhnen. Wenn es nach mir ginge, würden diese Ungeheuer abgeschafft: Bestimmt gibt es Straßenverkehrsregeln in den betroffenen Staaten, nach denen bereits die Höhe der Autobusse im Hinblick auf die lichte Weite von Tunnels usw. verboten ist. Vielleicht findet sich unter euch, geneigte Leser, ein juristischer Kopf, der den passenden Paragraphen in seinem Gedächtnis parat hat. Solche Dinge müssen einfach aus der Welt geschafft werden. Schon der Gedanke, daß sie auch jetzt irgendwo durch diese dunkle Nacht jagen, ist für mich ein Alptraum.)

Der Betrieb ist ein geräumiges, scheunenartiges Gebäude, das Berge von Textilien, Zuschneidetische, massige Nähmaschinen und Öfen beherbergt, die den Dampf für die Bügeleisen liefern. Der Gesamteindruck ist ein recht surrealer, besonders im Hinblick auf *Les Africains*, wenn sie in dieser technoiden Kulisse ihren Pflichten nachgehen. Die darin enthaltene Ironie nahm mich – ich gestehe es – für eine Weile gefangen. Irgendein Zitat von Joseph Conrad, an das ich mich jetzt nicht mehr erinnern kann, kam mir in den Sinn. Möglicherweise habe ich mich mit Kurtz im *Herz der Finsternis* verglichen, wie er, fern von den Comptoirs der europäischen Handelsgesellschaften, in die innersten Bezirke des Schreckens eintritt. Mir fällt ein, daß ich mich in weißen Leinenhosen und Tropenhelm sah, mein Gesicht wie ein verschleiertes Bild hinter einem Moskitonetz verborgen.

Jetzt, in der kühlen Jahreszeit, halten die Öfen den Raum angenehm warm, aber ich vermute, daß im Sommer die Arbeiter hier etwa das Klima ihrer Ahnen genießen können, wobei die tropische Hitze noch durch die mächtigen, mit Kohle beheizten und Dampf ausscheidenden Apparaturen gesteigert wird. Ich sah gleichwohl, daß die Fabrik derzeit nicht auf vollen Touren läuft und nur eines dieser Ungetüme, das mit Kohle und den Bestandteilen eines Zuschneidetischs gefüttert wurde, in Betrieb war. Auch habe ich in der Zeit, die ich dort verbrachte, nur eine einzige Hose als fertiges Produkt gesehen, obwohl die Arbeiter mit allerhand Stoffteilen umhereilten. Eine Frau, die ich beobachtete, bügelte irgendwelche Säuglingskleidung, und eine andere fügte an einer der großen Nähmaschinen – offenbar mit beachtlichem Erfolg – Bahnen von glänzendem Satin zu einem Kleidungsstück aneinander, das mir ein farbenprächtiges und dabei recht gewagtes Abendkleid zu werden schien. Ich konnte dem Geschick, mit dem sie den Stoff unter der elektrischen Nadel hin und her fegte, meine Bewunderung nicht versagen. Augenscheinlich handelte es sich um eine erfahrene Arbeiterin, und daher schmerzte es mich doppelt, als ich sah, daß sie ihre Gaben nicht zur Fertigung einer Levy-Hose einsetzte... Hosen! Mir wurde klar, daß es in diesem Betrieb ein ungelöstes moralisches Problem gibt.

Ich sah nach Mr. Palermo, dem Vorarbeiter, aus, konnte ihn jedoch – obwohl er sich, nebenbei bemerkt, nie weiter als ein paar Schritte von seiner Flasche entfernt und zum Beweis dafür voll blauer Flecken ist, die er sich bei seinen Stürzen zwischen Zuschneidetischen und Nähmaschinen holt – nirgends erblicken. Wahrscheinlich genehmigte er sich eben einen Frühschoppen in einer der zahlreichen Tavernen, die es in der Umgebung unseres Unternehmens gibt und auf das klägliche Lohnniveau dieses Bezirks schließen lassen. Besonders armselige Häuserblocks weisen an jeder Kreuzung gleich drei oder vier Lokale auf.

In meiner Unschuld argwöhnte ich, daß die Apathie der Arbeiter, deren Zeuge ich wurde, von der obszönen Jazzmusik verursacht sei, die aus den an den Wänden angebrachten Lautsprechern plärrte. Wird die Seele über ein gewisses Maß hinaus mit diesen Rhythmen bombardiert, so beginnt sie sich aufzulösen und zu verkümmern. Ich suchte daher den Schalter, an dem die Musik hängt, und drehte ab. Diese Maßnahme meinerseits wurde von der gesamten Arbeiterschaft mit einem lauten und unartikuliert erbosten Protestgeheul beantwortet, und man betrachtete mich mit unfreundlichen Blicken. Also drehte ich die Musik wieder an und versuchte, das Vertrauen der Arbeiter dadurch zu gewinnen, daß ich ihnen durch ein Lächeln und entsprechende Gesten zu verstehen gab, ich habe mich geirrt. (Ihre großen weißen Augen stempelten mich bereits zu „Einem von Droben". Es wird keine leichte Aufgabe werden, sie von meiner fast psychotischen Hilfsbereitschaft zu überzeugen.)

Offensichtlich hat die ständige Musikberieselung dazu geführt, daß die Arbeiter mit einer Art Pawlow'schem Reflex auf den Lärm reagieren – einem Reflex, der für sie lustbetont ist. Nachdem ich ungezählte Stunden meines Lebens vor dem Fernsehschirm verbracht und verblödete Jugendliche beobachtet habe, wie sie zu solcher Musik tanzen, weiß ich, daß damit krampfartige Kontraktionen bewirkt werden sollen, und versuchte es auf der Stelle mit einer konservativen Variante eigener Prägung, um die Arbeiter vollends zu beschwichtigen. Ich muß gestehen, daß mein Körper überraschend willig darauf einging, zumal ich eines angeborenen Sinns für Rhythmus nicht entbehre: Meine Ahnen müssen wohl zu den feurigsten Tänzern Irlands gehört haben. Ich kehrte mich nicht an die Blicke der Arbeiterinnen, sondern tanzte unter einem der Lautsprecher herum, wobei ich zu meinen Verrenkungen wie ein Blödsinniger vor mich hinbabbelte: „Go! Go! Do it, baby, do it! Hear me talkin' to ya. Wow!" Ich wußte, daß ich auf dem rechten Weg war, als einige auf mich deuteten und lachten. Ich lachte zurück, um ihnen zu zeigen, daß ich ihre Heiterkeit teile. *De Casibus Virorum Illustrium!* Von den Fällen großer Männer! So ereignete sich auch mein Fall in des Wortes wörtlicher Bedeutung. Meine beachtliche Physis, geschwächt von dem Gewirbel (vor allem im Bereich der Knie), setzte sich schließlich zur Wehr, und ich stürzte bei dem eitlen Versuch, eine der kunstvoll-abseitigen Schrittfolgen auszuführen, die ich so oft im Fernsehen beobachtet hatte, zu Boden. Die Arbeiterinnen schienen ziemlich betroffen und halfen mir sehr liebenswürdig, indem sie mir auf die freundlichste Weise zulächelten, auf die Beine. Danach war ich sicher, daß sie mir den faux pas mit ihrer Musik vergeben hatten.

Trotz allem, was ihnen angetan worden ist, sind Neger im allgemeinen recht umgänglich. Ich hatte freilich bisher wenig Umgang mit ihnen, da ich mich strikt an meinesgleichen halte und folglich, weil es meinesgleichen nicht gibt, jeden Verkehr meide. Im Gespräch mit mehreren Arbeiterinnen, die alle begierig waren, sich mir mitzuteilen, fand ich aber heraus, daß sie sogar schlechter bezahlt sind als Miss Trixie.

In gewisser Hinsicht habe ich mich mit den Farbigen seit jeher irgendwie verwandt gefühlt. Wir befinden uns in derselben Lage: Sie und ich leben jenseits der inneren Bezirke der amerikanischen Gesellschaft. Natürlich ist mein Exil ein freiwilliges. Andererseits fällt auf, daß viele Neger bestrebt sind, sich als aktive Zugehörige der Mittelklasse zu etablieren. Den Grund dafür kann ich mir nicht vorstellen, ich muß sogar gestehen, daß mich dieses Streben veranlaßt, ihre Wertmaßstäbe in Zweifel zu ziehen. Dennoch geht es mich wirklich nichts an, wenn sie sich der Bourgeoisie verbinden wollen. Selbst wenn sie damit ihr eigenes Grab schaufeln. Ich jedenfalls würde mich mit Händen und Füßen wehren, wenn jemand es versuchen wollte, mich auf das Niveau der Mittelklasse zu heben, d. h. ich würde den Betreffenden, der es versucht, in seine Schranken weisen, und zwar ganz nach dem Vorbild vieler Protestmärsche, einschließlich der üblichen Spruchbänder und Fahnen, diesmal allerdings mit Aufschriften wie „Nieder mit der Mittelklasse!", „Bürger raus!" und dergleichen. Auch über ein paar kleine Molotow-Cocktails wäre ich nicht erhaben. Außerdem würde ich es sorgfältig vermeiden, in Restaurants und öffentlichen Verkehrsmitteln neben Angehörigen der Mittelklasse zu sitzen, und zwar aus Selbstachtung gleichermaßen wie als Bekenntnis zur Sachlage. Einem Bürger weißer Hautfarbe, der sich in selbstzerstörerischem Trieb neben mich zu setzen wagte, würde ich vermutlich mit der einen Hand obenherum vermöbeln, während die andere, nicht unbeholfen, einen meiner Molotow-Cocktails in den nächsten mit weißer Mittelklasse vollgestopften Autobus schleudert. Ob mein Kampf nun einen Monat oder ein Jahr dauert: Ich bin sicher, daß man mich zu guter Letzt, wenn alle Verluste an Menschenleben und Sachwerten einmal überblickbar sind, in Frieden lassen wird.

Ich beneide die Schwarzen um ihre Fähigkeit – dies ist ein sehr persönliches Geständnis –, gewissen Angehörigen des weißen Proletariats Angst einzuflößen. Der Neger flößt einfach deshalb Angst ein, weil er ein Neger ist, während ich doch ein wenig den wilden Mann spielen muß, um dasselbe zu erreichen. Vielleicht bin ich ein verhinderter Neger? In diesem Fall wäre ich wahrscheinlich ein besonders großes und furchteinflößendes Exemplar, ständig darauf aus, meine mächtigen Lenden in öffentlichen Verkehrsmitteln gegen die welken Hüften von alten weißen Damen zu pressen, sodaß sie vor Schreck aufschreien. Meine Mutter, eine ausgemergelte alte Negerin, wäre von den vielen Jahren als unterbezahlte Dienstmagd zu aufgerieben, als daß sie abends zum Kegeln ginge. Sie und ich könnten in irgendeiner morschen Hütte in den Slums gemütlich dahinleben, in einem Zustand bescheidenen Friedens und dem beruhigenden Wissen, daß wir niemandem abgehen, daß alles Streben sinnlos ist.

Hingegen ist mir das abscheuliche Schauspiel jener Neger verhaßt, die sich im Aufstieg zur Mittelklasse befinden. Ihre Integrität als Volk wird durch eine solche Entwicklung schwer beeinträchtigt... Aber ich gebärde mich nachgerade wie ein Sozial- und Rassenapostel und vergesse ganz auf Hosen-Levy, das Musenroß, das mich aus dem Marktgetümmel zu diesem Höhenflug entführt hat! Vielleicht werde ich einmal eine Sozialgeschichte der Vereinigten Staaten schreiben, wie sie sich aus meiner Sicht darstellt: Falls dem TAGEBUCH EINES JUNGARBEITERS ein gewisser Erfolg beschieden sein sollte, würde ich gern meine Feder für ein Konterfei unserer Nation spitzen. Unser Land braucht einen unvoreingenommenen Zeugen wie den JUNGARBEITER, der ihm den Spiegel vorhält, und ich verfüge in meinen Mappen bereits über eine recht beeindrukkende Sammlung von Notizen und Anmerkungen, in denen sich ein kritisches Panorama der Gegenwart abzeichnet.

Nun aber zurück zu der Fabrik und ihren Menschen, die mich zu dieser Abschweifung veranlaßt haben: Wie ich schon berichtete, hatten sie mich eben vom Boden aufgehoben. Meine Darbietung und der folgende Zusammenbruch hatten uns einander nahegebracht. Ich bedankte mich herzlich, während sie sich in ihrem antiquierten Englisch sehr besorgt nach meinem Wohlergehen erkundigten. Ich war unverletzt, und da ich die Todsünde des Hochmuts auch sonst zu vermeiden hoffe, trug ich keinen wie immer gearteten Schaden davon.

Hierauf fragte ich sie über ihre Arbeit aus, denn das war ja der Grund meines Besuchs gewesen. Sie gingen recht bereitwillig auf mich ein, schienen sogar starkes Interesse an meiner Person zu haben. Offensichtlich war ihnen nach den öden Stunden zwischen den Zuschneidetischen ein Besuch doppelt willkommen. Wir plauderten ganz ungezwungen, obwohl sie, was ihre Arbeit betraf, dennoch ziemlich zurückhaltend blieben. In der Tat fanden sie mich augenscheinlich interessanter als jedes andere Thema, und ich ließ mich durch ihre Neugier nicht anfechten, sondern parierte leichthin alle Fragen, bis sie schließlich sehr persönlich wurden. Einige, die hin und wieder sich in unser Büro verirrt hatten, stellten gezielte Fragen nach meinem Kreuz und den dazugehörigen Dekorationen. Eine besonders engagierte Dame bat um die – von mir selbstverständlich sofort erteilte – Erlaubnis, sich gelegentlich mit einigen Kolleginnen bei dem Kreuz zusammenzufinden und Spirituals zu singen. (Ich verabscheue Spirituals und die tristen calvinistischen Hymnen aus dem 19. Jahrhundert, will aber gern ein Opfer bringen, wenn ab und zu ein Lied zum Glück dieser Arbeiterinnen beitragen kann.) Als ich sie über ihren Lohn befragte, fand ich heraus, daß ihr Wochenlohnsäckchen im Durchschnitt weniger als dreißig (30) Dollar enthält. Es ist meine feste Überzeugung, daß jemand, der es fünf Tage in der Woche an einem Ort wie dieser Fabrik aushält, allein dafür mehr Lohn als das verdient, vor allem wenn es sich um eine Fabrik wie Hosen-Levy handelt, deren löcheriges Dach jeden Augenblick zusammenzubrechen droht. Und wer weiß? Vielleicht könnten diese Menschen weit Besseres leisten, als bei Hosen-Levy die Zeit totzuschlagen, etwa Jazz komponieren oder neue Tänze erfinden oder sonst etwas von den Dingen tun, die sie so gut können. Kein Wunder, daß in der Fabrik solche Apathie herrscht. Dennoch ist es schier unglaublich, daß so Grundverschiedenes wie diese verschlafene Erzeugungsstätte und unser hektisches Büro in ein und demselben Schoß (dem von Hosen-Levy) vereint sind. Wäre ich ein Arbeiter – und diesfalls, wie bereits ausgeführt, ein besonders großer und furchterregender –, ich hätte schon längst das Büro gestürmt und meinen gerechten Lohn gefordert.

Hierzu eine notwendige Anmerkung: In den Jahren, als ich nicht eben regelmäßig an den Doktorandenübungen teilnahm, lernte ich eines Tages in der Mensa eine junge Studentin namens Myrna Minkoff kennen, ein lautes, lästiges Mädchen aus New York. Diese Priesterin des Großen Babylon fühlte sich von meiner überragenden Persönlichkeit und ihrer magnetischen Ausstrahlung angezogen und kam an den Tisch, wo ich Hof hielt. Als sich hierauf im Gespräch die Erhabenheit und Originalität meiner Weltanschauung offenbarte, begann mich die Minkoff auf allen Ebenen anzugreifen, sogar unter dem Tisch versetzte sie mir aus gegebenem Anlaß einen recht heftigen Tritt. Ich faszinierte und verwirrte sie zugleich – kurzum: Ich war zuviel für sie. Die kleinkarierte Lebensart, wie sie in den Ghettos von Gotham gepflogen wird, hatte sie für das Einmalige eures Jungarbeiters nicht vorbereitet. Myrna glaubte nämlich, daß südlich und westlich des Hudson River nur noch analphabetische Cowboys und – noch ärger – bleichgesichtige Protestanten vorkommen, also eine Kategorie von Menschen, welche sich durch Dummheit, Grausamkeit und Brutalität hervortut. (Mir liegt nichts daran, diese Leute zu verteidigen, auch ich hege für sie keine übermäßigen Sympathien.)

Mit ihrer rücksichtslosen Art hatte Myrna sehr bald meine Schranzen von dem Tisch vertrieben, übrig blieben wir zwei bei kaltem Kaffee und hitzigen Worten. Als ich mich weigerte, in ihr Blöken und Wiehern einzustimmen, nannte sie mich einen Antisemiten. Ihre Logik war ein Mischmasch aus Halbwahrheiten und Klischees, ihre Weltanschauung ein Gebräu aus verkehrten Begriffen, aufbauend auf Vorstellungen von der Geschichte unseres Landes, wie man sie vielleicht aus der Perspektive eines Tunnels der Untergrundbahn entwickelt. Sie wühlte in ihrem großen schwarzen Koffer und attackierte mich (beinah buchstäblich) mit abgegriffenen Exemplaren von *Menschen und Massen, Jetzt!, Gebrochene Schranken, Aufstand* und *Umschwung* und allerhand Manifesten und Pamphleten von Organisationen, zu deren aktivsten Mitgliedern sie zählte: Studenten für die Freiheit, Sexualreformer, Black Muslims, die Gesellschaft der Freunde Lettlands, der Verein zur Förderung der Mischehe, der Weiße Bürgerrat. Myrna war, wie man sieht, gesellschaftlich überaus engagiert; wohingegen ich mich, meinem Alter und meiner Erfahrung entsprechend, aus jeglichem Engagement heraushielt.

Sie hatte ihrem Vater eine hübsche Stange Geld abgeschnorrt, um bei uns an der Universität zu erforschen, wie es „dort draußen" ist. Leider entdeckte sie dabei mich. Das Trauma jener ersten Begegnung nährte unseren beiderseitigen Masochismus und mündete in ein (platonisches) Verhältnis außergewöhnlicher Natur. (Myrna war eine praktizierende Masochistin. So recht glücklich war sie nur, wenn ein Polizeihund seine Zähne in ihre schwarzen Strumpfhosen schlug oder man sie bei einer Demonstration an den Füßen über irgendwelche Stufen schleifte.) Zugegebenermaßen habe ich Myrna immer im Verdacht gehabt, daß sie an mir auch sinnlich interessiert war; meine Kompromißlosigkeit in sexueller Hinsicht irritierte sie; ich wurde sozusagen zu einem ihrer Anliegen. Dennoch gelang es mir, jeden ihrer Angriffe auf meine leibseelische Integrität abzuwehren. Da sowohl Myrna als auch ich unabhängig voneinander die Mehrzahl der übrigen Studenten verwirrten, wirkten wir als Paar doppelt verwirrend auf die blöde grinsenden Südfrüchtchen, aus denen sich die Studentenschaft vorwiegend zusammensetzte. Auf dem Campus gingen Gerüchte um, die uns mit den abscheulichsten Komplotten in Verbindung brachten.

Myrnas Allheilmittel für jedes Leiden, vom Spreizfuß bis zur Depression, war Sex. Sie gab diese Philosophie an zwei südliche Schönheiten weiter, deren sie sich mit missionarischem Eifer angenommen hatte, und die Folgen waren verheerend. Die eine der beiden hübschen Törinnen, die Myrnas Ratschläge mit der bereitwilligen Assistenz einer Anzahl von Jünglingen zu verwirklichen suchte, erlitt einen Nervenzusammenbruch; die zweite versuchte – ohne Erfolg –, ihre Pulsadern mit den Scherben einer Coca-Cola-Flasche aufzuschneiden. Myrnas Erklärung dafür war, daß die Mädchen von vornherein zu reaktionär gewesen seien, und darum predigte sie nur umso eifriger in jedem Hörsaal und vor jeder Pizzabude ihr Dogma von der sexuellen Befreiung. Mit dem Ergebnis, daß sie einmal fast vom Portier des Sozialwissenschaftlichen Instituts vergewaltigt wurde. Parallel damit liefen meine Bemühungen, sie auf den Pfad der Wahrheit zu lenken.

Nach einigen Semestern verschwand Myrna vom College, nicht ohne vorher auf ihre beleidigende Art festgestellt zu haben: „Hier kann ich nichts lernen, was ich nicht schon wüßte." Der schwarze Trikotanzug, die Mähne stumpfen Haares, der monströse Koffer – alles war fort. Unter den Palmen des Campus kehrte man zur altehrwürdigen Lethargie, zum gewohnten Getändel zurück. Ich bin dieser enthemmten Zelotin noch einige Male begegnet, von Zeit zu Zeit unternimmt sie nämlich eine „Inspektionsreise" in den Süden, wobei sie auch New Orleans beehrt, um mich zu schulmeistern und mit Liedern über Kerker, Ketten und Kumpels, zu denen sie ihre Gitarre zupft, in Versuchung zu führen. Myrna ist sehr aufrichtig, nur leider auch abstoßend.

Als ich sie nach ihrer letzten „Inspektionsreise" sah, war sie recht angeschlagen. Sie hatte das flache Land kreuz und quer abgeklappert, um den Negern allerhand Volkslieder beizubringen, die sie in der Kongreßbibliothek aufgestöbert hatte. Anscheinend zogen jedoch die Neger eine mehr zeitgenössische Musik vor und drehten absichtlich ihre Transistorradios auf volle Lautstärke, wenn Myrna zu ihren Klageliedern ansetzte. Sie hatte damit zwar kein Interesse bei den Schwarzen geweckt, die ihr lieber gar nicht zuhörten, dafür aber umso mehr bei den Weißen. Rassenbewußte Rowdies jagten sie aus den Dörfern, verprügelten sie und zerschlitzten ihre Reifen. Man hatte sie mit Bluthunden gehetzt, mit Ochsenziemern bedroht und ihr Gesäß mit Schrot gepfeffert. Selbstverständlich hatte sie das alles sehr genossen und zeigte mir mit Stolz – und wohl auch anderen Hintergedanken – eine Bißwunde am Oberschenkel. Ich traute kaum meinen Augen, als ich dabei feststellte, daß sie zu diesem Anlaß schwarze Strümpfe an Stelle ihres Trikotanzugs trug. Dennoch geriet mein Blut nicht in Wallung.

Wir korrespondieren ziemlich regelmäßig, wobei sich Myrna in ihren Briefen meistens darauf beschränkt, mich für die Teilnahme an irgendwelchen sozialbewegten Happenings zu erwärmen: Einladungen, die ich schon deshalb nicht befolge, weil ich nicht unter Leute gehe. Außerdem drängt sie mich in jedem Brief, zu ihr nach Manhattan zu kommen, um mit vereinten Kräften diese Zwingburg der Technokratie zu sprengen. Vielleicht – wenn ich mich jemals wirklich wohl in meiner Haut fühle – kommt es tatsächlich irgendwann zu diesem Ausflug. Im Augenblick ist die kleine Minkoff-Moschusmaus vermutlich dabei, durch einen der Stollen tief unter den Straßen von Bronx mit der Untergrundbahn von irgendeiner Protestversammlung zu irgendeiner Volksliedorgie oder noch Schlimmerem zu eilen. Ich bin sicher, daß die für den Bestand unserer Gesellschaft Verantwortlichen sie irgendwann einfach deshalb einsperren werden, weil sie ist, was sie ist. Erst das wird ihrem Leben einen Sinn geben und sie von ihrer Frustration befreien.

Die jüngste Nachricht von ihr war noch frecher und beleidigender als sonst. Man muß sie mit ihren eigenen Waffen schlagen, und darum dachte ich auch an sie, als ich die himmelschreienden Zustände in unserem Betrieb feststellte. Zu lange bin ich in meinem Elfenbeinturm gesessen. Es ist hohe Zeit, daß ich mit kühner, starker Hand – nicht auf die lässige, lahme Weise einer Myrna Minkoff, sondern mit Stil- und Zielbewußtsein – in das Gefüge der Gesellschaft eingreife.

Ich werde euch, geneigte Leser, zu Zeugen eines mutigen, einschneidenden und zupackenden Entschlusses machen – eines Entschlusses, in dem sich der starke Wille, die tiefe Einsicht und die Opferbereitschaft des Autors offenbaren. Morgen werde ich meine Antwort an die Myrna Minkoffs der ganzen Welt in Worte fassen. Das Ergebnis wird möglicherweise (und nur zu wörtlich) Mr. Gonzalez als Machtfaktor bei Hosen-Levy aus den Angeln heben, und ich zweifle nicht, daß ich damit den Beifall der Bürgerrechtsverbände ernten werde.

Nach diesen nun bereits allzuvielen Zeilen schmerzen meine Finger wie von tausend Nadeln. Ich muß den Stift, mein Schwert der Wahrheit, niederlegen und die geschwollenen Hände in warmem Wasser baden. Der heiße Wunsch nach Gerechtigkeit war es, der mich zu diesem langen Exkurs bewogen hat, und ich fühle bereits, wie es innerhalb des kleinen Levy-Kreises, in dem ich mich bewege, aufwärts zu neuen Erfolgen, neuen Höhepunkten geht.

Gesundheitszustand: Hände geschwollen, Pylorus zeitweilig offen (halb).

Gesellschaftliches: Leermeldung. Mutter wieder aus, aufgetakelt wie eine Kurtisane. Zu verzeichnen wäre allenfalls, daß einer ihrer ständigen Begleiter die Zerrüttung seines Geistes durch eine Vorliebe für Greyhound-Busse belegt.

Ich werde zum heiligen Martin von Porres, dem Schutzpatron der Mulatten, beten, daß er sich des Betriebes annimmt: Da er überdies gegen Ratten angerufen wird, hilft er uns vielleicht auch im Büro.

Auf bald!

Gary, Euer militanter Jungarbeiter

V

Dr. Talc zündete eine Zigarette an und blickte aus dem Fenster seines Arbeitszimmers, das im Gebäude des Sozialwissenschaftlichen Instituts lag. Aus dem dunklen Universitätsgelände hoben sich in den anderen Trakten hell die Hörsäle ab, wo die Abendvorlesungen gehalten wurden. Seit Stunden durchwühlte er nun schon den Schreibtisch auf der Suche nach seinen Notizen über König Arthur, die er seinerzeit aus einem kurzen Abriß der englischen Geschichte abgeschrieben hatte. Die Vorlesung war am nächsten Tag, und jetzt war es schon halb neun. Als Vortragender war Dr. Talc für seinen schlagfertigen, trockenen Witz und leicht faßliche Verallgemeinerungen bekannt, die ihn bei den Studentinnen beliebt machten und ihm halfen, seine Unwissenheit in fast allen historischen Belangen, insbesondere der Geschichte Englands, zu kaschieren.

Sogar Dr. Talc war sich allerdings bewußt, daß sein Ruf als geistreicher und eleganter Formulierer nicht ausreichen würde, wenn ihm zu Lear und Arthur absolut nichts einfallen wollte außer der Tatsache, daß ersterer ein paar Kinder gehabt hatte. Er legte die Zigarette in den Aschenbecher und fing noch einmal am Grund der Schublade an. Ganz hinten steckte ein Bündel alter Papiere, die er beim ersten Durchgang nicht sehr gründlich angesehen hatte. Er legte sie auf seine Knie und ging sie Blatt für Blatt durch. Wie er vorausgesehen hatte, handelte es sich vor allem um zurückbehaltene Seminararbeiten, die sich über mehr als fünf Jahre hinweg angesammelt hatten. Als er einen der Aufsätze umdrehte, fiel sein Blick auf ein körniges, vergilbtes Blatt Expreßpostpapier, das in roten Bleistiftlettern folgenden Text trug:

Ihre völlige Ahnungslosigkeit in dem Fach, das Sie zu lehren vorgeben, kann nur mit dem Tod gesühnt werden.

Wahrscheinlich haben Sie noch nie davon gehört, daß der heilige Cassian von Imola von seinen Studenten mit deren Schreibgriffeln erstochen wurde. Der ehrenhafte Tod eines Märtyrers, den er so erlitt, machte ihn zum Schutzpatron der Lehrer.

Bete zu ihm, Du eitler Narr, Du Pseudopedant mit Deinen Tennis- und

Golfallüren und Deinen Cocktailwitzchen, denn Du bedarfst fürwahr eines himmlischen Fürsprechs! Obgleich Deine Tage gezählt sind, wirst Du nicht als Märtyrer sterben – Du vertrittst keine heilige Sache –, sondern wie das Rindvieh, das Du in Wahrheit bist!
Zorro

Über die letzte Zeile der Seite war ein Schwert gezeichnet.

„Ich möchte wissen, was aus ihm geworden ist", sagte Talc laut.

Sechs

Mattie's Touristenimbiß befindet sich an einer Ecke im Bezirk Carrollton, wo die St. Charles Avenue und der Mississippi, nachdem sie sechs oder sieben Meilen parallel gelaufen sind, schließlich zusammentreffen und die Avenue damit zu Ende ist. In dem Zwikkel, der auf der einen Seite von der Avenue und ihren Tramgleisen, auf der anderen vom Fluß, dem Uferdamm und den Eisenbahngleisen gebildet wird, gibt es ein kleines, in sich geschlossenes Wohnviertel. Die Luft ist hier immer mit den schweren Dämpfen der Alkoholdestillerie gesättigt, die unten am Fluß liegt, und an heißen Sommernachmittagen, wenn eine Brise vom Fluß her kommt, ist die Atmosphäre zum Ersticken. Die Häuser sind vor etwa hundert Jahren ziemlich planlos hingebaut worden; heute wirkt das Viertel kaum wie ein Teil der Stadt. Die Fortsetzung der Asphaltstraßen, die sich mit der St. Charles Avenue kreuzen und in das Viertel hineinreichen, geht allmählich in Schotterwege über. Es ist ein altes Landstädtchen, in dem es sogar noch ein paar Scheunen gibt, ein winziges, vergessenes Dorf inmitten einer großen Stadt.

Mattie's Touristenimbiß unterschied sich in nichts von den Nachbarhäusern: nieder, ohne Anstrich und windschief. Mattie's hing leicht nach rechts über, in die Richtung der Eisenbahngleise und des Flusses. Die Fassade war praktisch schußfest, gepanzert mit blechernen Reklameschildern für verschiedene Biersorten, Zigaretten und Erfrischungsgetränke. Sogar auf der Türfüllung war eine bestimmte Brotmarke angepriesen. Mattie's war halb Gastwirtschaft, halb Kramladen, wobei sich letzterer auf ein recht karges Angebot an Gemischtwaren, Getränken, Brot und Konserven beschränkte. Neben der Theke stand eine Kühltruhe, die ein paar Pfund Fleisch und Wurst enthielt. Einen Mattie gab es nicht: Mr. Watson, der Eigentümer – ruhig, die milchkaffeebraune Haut von der Sonne gegerbt –, herrschte unangefochten über sein kleines Reich.

„Wenn ich einen Beruf gelernt hätte, wär alles viel leichter", sagte Jones zu Mr. Watson. Jones hockte auf einem Holzschemel, den er mit seinen Beinen wie mit einer Zuckerzange umfaßt hatte, als wollte er ihn hochnehmen und vor Mr. Watsons alten Augen hinaustragen. „Wenn ich was gelernt hätte, müßt ich nicht bei der alten Nutte den Boden wischen."

„Laß gut sein", meinte Mr. Watson unverbindlich. „Sei höflich mit der Dame."

„Was? Wie? Du verstehst aber auch garnichts! Ich muß mit einem *Vogel* arbeiten! Möchtest du mit einem Vogel arbeiten?" Jones schickte ein paar Rauchwölkchen über die Theke. „Nicht daß ich dem Mädchen seine Chance nicht gönne, die schindet sich schon lange genug für die alte Puffmutter. Die braucht mal was anderes. Aber ich wett, daß der Vogel mehr Lohn kriegt als ich!"

„Nimm's nicht so, Jones."

„Dich haben sie scheint's wirklich kastriert", vermutete Jones. „Du hast keinen, der dir kommt und den Boden wischt. Wieso nicht? Sag mir das!"

„Leg dich lieber nicht mit was an!"

„Du hörst dich an wie die Mamma Lee. Schade, daß ihr zwei euch nicht kennt, die wär bestimmt scharf auf dich. ‚Hurra', tät sie sagen, ‚so'nen alten schwarzen Trottel hab ich schon lang gesucht: Magst du mir nicht den Boden wachsen und die Wände streichen? So was Süßes! Und wie wär's, wenn du mir das Scheißhaus und die Schuhe putzt?' Und du tätest sagen: ‚Gewiß, Gnädigste – sehr wohl, Gnädigste, ich stehe zur Verfügung.' Und dann sollst du den Kronleuchter abstauben und fällst herunter auf deinen Hintern, gerad wie eine von ihren Hurenfreundinnen reinkommt, weil sie ihre Tarife vergleichen wollen, und die Lee schmeißt dir ein paar Groschen vor die Füße und sagt: ‚Das war aber ein mieser Auftritt von dir. Heb uns sofort die Groschen auf, sonst ruf ich die Polizei.' Auweh!"

„Hat nicht die Dame gesagt, daß sie die Polizei holt, wenn du ihr Anstände machst?“

„Hat sie. Ich glaub, diese Lee hat was mit der Bullizei. Jedesmal erzählt sie mir von ihren Freunden im Kommissariat. Sie sagt, daß ihr Lokal viel zu fein ist, als daß sich ein Bulle hineinsetzen tät.“ Jones beschwor eine ganze Gewitterwolke über der schmalen Theke. „Und dann, sag ich dir, steckt auch noch was anderes hinter dem Quatsch mit den Waisen. Wenn so wer wie die Lee von Spenden redet, ist bestimmt was faul. Ich weiß, da stimmt was nicht! Auf einmal kommt der Oberwaise nicht mehr, nur weil ich neugierig war und gefragt hab. Scheiße! Ich möcht draufkommen, was da los ist! Mir stinkt's daß ich für zwanzig Dollar die Woche in dem Loch sitzen soll, mit einem Vogel so groß wie ein Adler. Ich möcht mir was anderes finden. Ich möcht was Klimatisiertes mit Farbfernsehen und in Ruhe dort sitzen und was Besseres trinken wie Bier.“

„Magst du noch eines?“

Jones sah durch seine Sonnenbrille auf den alten Mann. „Mir willst du noch ein Bier verkaufen? Einem armen kleinen Neger, der sich für zwanzig Dollar die Woche den Arsch zerreißt? Ich mein, es wär Zeit, daß du mich auf ein Bier einladest – bei dem vielen Geld, was du von uns armen Negern für dein Salzfleisch und die Limonaden kriegst. Mit dem Geld, was du hier machst, hast du deinen Sprößling auf die Universität schicken können!“

„Jetzt ist er ein Lehrer“, sagte Mr. Watson stolz und öffnete ein Bier.

„Großartig! Dafür bin ich nicht mehr als zwei Jahre in der Schule gewesen. Meine Mamma hat für andere Leute die Schmutzwäsche gewaschen, und keiner hat was von Schule geredet. Ich hab den ganzen Tag auf der Straße mit'n Reifen gespielt. Ich mit'n Reifen, die Mamma mit der Schmutzwäsche – und keiner lernt nichts. Scheiße! Wer gibt einem eine Arbeit, wenn er nichts als mit Reifen spielen kann? Und zuletzt hab ich eine sichere Stellung bei einem Vogel und eine Chefin, die den Waisenkindern spanische Fliegen andreht. Auweh!“

„Also wenn's wirklich so arg ist . . ."

„Wirklich so arg? Haha! Wie ein Sklave werd ich geschunden. Wenn ich geh, zeigt sie mich an wegen Herumtreiberei. Und wenn ich bleib, hab ich eine Arbeit, für die ich nicht einmal was krieg, was nur halbwegs einem Mindestlohn ähnlich schaut."

„Ich werd dir sagen, was du tun kannst", sagte Mr. Watson vertraulich, lehnte sich über die Theke und gab Jones das Bier. Ein zweiter Gast, der an der Theke stand, beugte sich neugierig vor; er hatte bis dahin schweigend dem Gespräch zugehört. „Versuch's mit einer kleinen Sabotage. Das ist das einzige, was dich aus so einer Scheißgasse herausbringt."

„Was meinst du mit ‚Sabotage'?"

„Na klar", flüsterte Mr. Watson. „Wie eine Köchin, der zufällig bei der Suppe der Pfeffer ausrutscht, wenn sie nicht genug gezahlt kriegt. Wie ein Parkplatzwächter, der beim Einparken auf einem Ölfleck ein bissel Gas gibt und mit'm Wagen in die Wand rutscht."

„Ah so!" begriff Jones. „Wie einer in einem Supermarkt, der nach fünf auf einmal so nasse Finger hat, daß ihm ein Dutzend Schnapsflaschen aus der Hand fallen, weil er keine Überstunden kriegt."

„Jetzt hast du's kapiert!"

„Bei uns wird's was Besseres geben", brach der andere Mann an der Theke sein Schweigen. „Was Großes. Bei uns machen wir eine große Demonstration."

„Ja?" fragte Jones. „Wo?"

„Wo ich arbeite: bei Hosen-Levy. Bei uns haben wir so einen dicken Weißen, der sagt, daß er eine Atombombe auf die Firma schmeißen möcht."

„Hört sich mehr nach Krieg an als wie Sabotage", meinte Jones.

„Keinen Wirbel machen ist gescheiter", fand Mr. Watson.

Der Mann fing an zu lachen, daß ihm die Tränen in die Augen stiegen. „Der Dicke sagt, daß er für die Mulatten und für die Ratten auf der ganzen Welt betet."

„Ratten? Gratuliere! So einen Spinner hat nicht jeder."

„Er ist ein Studierter", verteidigte ihn der Mann. „Und sehr fromm ist er auch. Er hat für sich ein großes Kreuz im Büro aufgestellt."

„Bumm!"

„Im Mittelalter, sagt er, sind wir alle besser dran gewesen, und wir sollen uns eine Kanone nehmen und ein paar Pfeile und der Fabrik eine Atombombe aufs Dach lassen." Der Mann lachte wieder. „Was Gescheiteres zu tun gibt's dort eh nicht. Wir hören ihm alle gern zu, wenn er mit seinem großen Schnurrbart daherkommt. Er hat gesagt, daß er mit uns eine große Demonstration machen wird, gegen die alle anderen wie eine Kaffeejause waren."

„Ja – und dann führt er euch geradeaus weiter ins Loch", meinte Jones und ließ etwas Rauch über die Theke treiben. „Der hat bestimmt eine Schraube los."

„Irgendwie seltsam ist er", gab der Mann zu. „Aber er arbeitet bei uns im Büro, und der Chef dort, der Mr. Gonzala, hat eine große Meinung von ihm. Er läßt ihn machen, was er will. Auch in den Betrieb läßt er ihn gehen, wie's ihm gerade einfällt. Viele bei uns möchten mit ihm demonstrieren. Er hat uns gesagt, daß er von Mr. Levy selber die Erlaubnis hat zum Demonstrieren, und daß Mr. Levy will, daß wir demonstrieren und den Gonzala hinausschmeißen. Wer weiß? Vielleicht geben sie uns eine Lohnerhöhung. Der Mr. Gonzala hat schon richtig Angst vor ihm."

„Sag mir: Wie schaut der weiße Heilige aus?" fragte Jones interessiert.

„Groß und dick ist er – und am Kopf hat er immer eine Jagdmütze."

Jones' Augen hinter der Sonnenbrille weiteten sich.

„Eine grüne Jagdmütze? Hat er eine *grüne* Jagdmütze?"

„Ja. Woher weißt du das?"

„Oweh!" seufzte Jones. „Ihr brockt euch da was Schönes ein! Ein Bulle ist schon hinter dem Dicken her. Einmal war er am Abend in der ‚Liebesnacht' und hat unserer Darlene von einem Bus erzählt."

„Wirklich?" staunte der Mann. „Bei uns hat er auch von einem

Bus geredet. Er hat uns gesagt, daß er mit einem Bus in ein Herz der Finsternis gefahren ist."

„Genau der! Verbrennt euch nicht die Finger an dem Spinner! Die Bullizei hat ihn schon auf der Liste, und euch arme Schwarze stecken sie mit ihm ins Loch."

„Ich muß ihn fragen, wie das ist", sagte der Mann. „Von einem Sträfling will ich mich nicht auf eine Demonstration schicken lassen."

II

Mr. Gonzalez war früh wie immer im Büro. Er zündete mit demselben Zündholz zuerst den kleinen Heizofen und dann die Filterzigarette an, zwei symbolische Fackeln, die einen neuen Arbeitstag einleuchteten. Hierauf richtete er seinen Sinn auf die morgendlichen Meditationsthemen. Tags zuvor hatte Mr. Reilly das Büro um eine weitere Note bereichert: Von Glühbirne zu Glühbirne hingen Girlanden aus blaßrosa, grauem und gelbbraunem Kreppapier. Das Kreuz, die Schilder und nun die Girlanden erinnerten den Bürovorsteher an Weihnachten und versetzten ihn in eine leicht rührselige Stimmung. Ein dankbarer Blick zu Mr. Reillys Schreibtisch fiel auf die Bohnenschößlinge, die sich prächtig entwickelten und bereits mit ihren Spitzen abwärts tasteten und sich um die Griffe der Schubladen schlangen. Mr. Gonzalez fragte sich, wie Mr. Reilly mit der Ablage zurechtkommen konnte, ohne die zarten Sprossen zu stören. Während er noch dieses buchhalterische Problem bedachte, platzte zu seiner Überraschung Mr. Reilly wie ein Torpedo durch die Tür.

„Guten Morgen", wünschte Ignaz kurz, und sein lakenbreiter Schal flatterte hinter ihm her wie das Banner eines schottischen Regiments. Eine billige Filmkamera hing ihm über die Schulter. Unter einem Arm trug er ein Bündel, das einem zusammengerollten Leintuch glich.

„Heute sind Sie aber wirklich früh dran, Mr. Reilly."

„Wie meinen Sie das? Ich komme immer um diese Zeit."

„Oh – natürlich", pflichtete Mr. Gonzalez ihm bei.

„Oder glauben Sie, daß ich aus einem besonderen Anlaß so früh komme?"

„Nein, ich . . ."

„Nur heraus damit, mein Herr! Woher dieses seltsame Mißtrauen? In Ihren Augen flackert ja der schiere Verfolgungswahn!"

„Wie bitte?"

„Sie haben mich sehr wohl verstanden", erwiderte Ignaz und stampfte durch die Tür, die in den Betrieb führte.

Mr. Gonzalez wollte seine Meditation fortsetzen, wurde jedoch darin von einem Geräusch wie Jubelschreien gestört, das aus dem Betrieb drang. Vielleicht, dachte er, ist einer von den Arbeitern Vater geworden oder hat etwas bei einer Tombola gewonnen. Solange die Arbeiter ihn in Frieden ließen, war er bereit, ihnen Gleiches mit Gleichem zu vergelten. Für ihn stellten sie lediglich Zellen im pflanzlichen Bereich von Hosen-Levy dar und hatten keine Beziehung zum „Hirn". Sie waren nicht seine Sorge, sondern unterstanden dem Befehl des betrunkenen Mr. Palermo. Der Bürovorsteher nahm sich vor, Mr. Reilly demnächst bei günstiger Gelegenheit auf die viele Zeit hin anzusprechen, die er im Betrieb verbrachte. Allerdings gab sich Mr. Reilly seit jüngstem irgendwie wortkarg und unzugänglich, und Mr. Gonzalez hatte keine Lust, mit ihm anzubinden. Wenn er daran dachte, daß eine dieser Bärenpranken auf seinem Kopf niedergehen, ihn womöglich wie einen Pflock durch die mürben Bodenbretter des Büros treiben könnte, kam Mr. Gonzalez um die Knie herum ein weiches Gefühl.

Vier von den männlichen Arbeitern hatten Ignaz um seine prallen Schenkel gefaßt und stemmten ihn unter beträchtlichem Kraftaufwand auf einen der Zuschneidetische. Über ihren Köpfen dirigierte Ignaz das Unternehmen mit lautstarken Befehlen, als ob er die Verladung einer besonders kostbaren und heiklen Fracht zu überwachen habe.

„Jetzt auf und nach rechts!" rief er. „Hooo – ruck! Vorsicht! Langsam! Habt ihr festen Halt?"

„Ja", antwortete einer der Stemmer.

„Fühlt sich etwas locker an. Bitte! Ich bin schon ganz schwach vor Angst.“

Die Arbeiter sahen interessiert zu, während die vier unter ihrer Last hin und her schwankten.

„Jetzt nach hinten“, befahl Ignaz nervös. „Nach hinten – bis der Tisch genau unter mir ist!“

„Keine Sorge, Mr. Reilly“, schnaufte ein Stemmer. „Wir haben ein gutes Ziel.“

„Offenbar nicht!“ erwiderte Ignaz. Sein Körper rammte einen Tragbalken. „Oh, mein Gott! Jetzt habt ihr mir die Schulter ausgerenkt!“

Die Zuschauer schrien auf.

„He! Paßt auf ihn auf!“ kreischte jemand. „Ihr schlagt ihm noch den Schädel ein!“

„Erbarmen!“ schrie Ignaz. „Helft mir! Ihr bringt mich um!“

„Sofort“, keuchte einer der Stemmer. „Jetzt ist der Tisch schon hinter uns.“

„Ich werde noch in einem von den Öfen landen, bevor dieses unselige Abenteuer zu Ende ist. Bestimmt wäre es viel gescheiter gewesen, wenn ich unten vom Boden aus zu der Versammlung gesprochen hätte.“

„Setzen Sie die Füße auf, Mr. Reilly. Der Tisch ist genau unter Ihnen.“

„Langsam“, befahl Ignaz und streckte mit großer Vorsicht eine Zehe nach unten. „Ja, so ist's richtig: Sehr gut! Sobald ich dann sicher stehe, könnt ihr mich auslassen.“

Endlich stand Ignaz senkrecht auf dem langen Tisch. Er hielt das zusammengerollte Leintuch vor seinen Bauch, um zu verbergen, daß die Hebeaktion seine Männlichkeit etwas erregt hatte.

„Freunde!“ setzte Ignaz voll Würde an und hob die andere Hand. „Endlich ist unser Tag gekommen! Ich hoffe, daß ihr nicht vergessen habt, euer Kriegsgerät mitzubringen.“ Die Umstehenden äußerten weder Bejahung noch Verneinung. „Ich meine die Stöcke, die Ketten und Prügel undsoweiter.“ Darauf allgemeines Kichern. Man schwenkte einige Zaunpfähle, Besenstangen, Fahrradketten und Ziegel. „Gütiger Himmel! Da habt ihr ja ein sehr eindrucksvolles und buntes Arsenal beisammen. Vielleicht wird die Heftigkeit unseres Angriffs meine Erwartungen noch übertreffen. Wie dem auch sei: Nur ein entscheidender Schlag führt zu entscheidenden Ergebnissen. Die Waffen, die ich so im Überblick bei euch gesehen habe, stärken meinen Glauben an den Erfolg unseres heutigen Kreuzzugs. Verwüstet und geplündert werden wir Hosen-Levy hinter uns lassen: Wir müssen den Teufel mit dem Beelzebub austreiben!"

„Was sagt er?" fragte ein Arbeiter seinen Nachbarn.

„In Kürze werden wir das Büro stürmen und den Feind überrumpeln, solang dieser noch im Nebel der Morgenfrühe befangen ist."

„He, Mr. Reilly – entschuldigen Sie bitte", rief ein Mann aus der Menge. „Ich habe gehört, daß Sie Schwierigkeiten mit der Polizei haben. Stimmt das?"

Eine Welle von ängstlicher Nervosität ging über die Versammlung.

„Was?" schrie Ignaz. „Woher hast du diese Lüge? Das ist völlig aus der Luft gegriffen. Bestimmt hat irgendein weißer Rassist, irgendeiner von den Sklavenhaltern oder sogar Gonzalez selber dieses gemeine Gerücht in die Welt gesetzt! Wie können Sie es wagen, Mister! Jeder von euch müßte begriffen haben, daß unsere Sache viele Feinde hat."

Während die Arbeiter kräftig Beifall spendeten, fragte sich Ignaz, woher dieser Arbeiter von dem Auftritt mit dem idiotischen Mancuso erfahren haben mochte. Vielleicht war er mit in der Menge vor dem Warenhaus gewesen. Dieser Wachmann war offenbar ein Haar in vielen Suppen. Aber für den Augenblick schien die Situation gerettet.

„Und das hier, meine Freunde, wird unser Feldzeichen sein!" überschrie Ignaz den verebbenden Applaus, schwang mit dramatischer Geste das Leintuch hoch und brachte es zur Entfaltung. Zwischen gelben Flecken trug es in großen, mit roter Ölkreide gemalten Blockbuchstaben die Aufschrift: VORWÄRTS! Darunter, in kunstvoll verschlungenen blauen Lettern, war „Rettet die Ehre der Mohren!“ zu lesen.

„Möcht wissen, wer auf dem Fetzen geschlafen hat“, bemerkte die engagierte Frau mit der Vorliebe für Spirituals, welche den Chor anleiten sollte. „Prost Mahlzeit!“

Mehrere andere angehende Revolutionäre bemühten sich ihrerseits, diese Frage genauer zu definieren.

„Ruhe jetzt!“ befahl Ignaz und stampfte auf den Tisch, daß es dröhnte. „Alles herhören! Zwei von den kräftigeren Damen hier werden dieses Banner vorantragen, wenn wir in das Büro einziehen.“

„Ich greif das nicht an“, antwortete eine Frau.

„Ruhe!“ schrie Ignaz wütend. „Allmählich habe ich den Eindruck, daß ihr so einen Aufwand gar nicht wert seid. Anscheinend seid ihr nicht bereit, irgendein wirkliches Opfer zu bringen.“

„Warum sollen wir das alte Leintuch herumtragen?“ fragte jemand. „Ich hab geglaubt, daß wir für bessere Löhne demonstrieren sollen.“

„Leintuch? Was nennst du hier Leintuch?“ erwiderte Ignaz. „Ich halte hier das stolzeste aller Banner, ein Symbol unseres Kampfs, ein sichtbares Zeichen für das, was wir suchen.“ Die Arbeiter besahen die Flecken noch aufmerksamer. „Wenn ihr nur wie eine Viehherde in das Büro trampeln wollt, habt ihr euch nur an einem Krawall beteiligt. Dieses Banner allein verleiht unserem Handeln seine Würde und Überzeugungskraft. Solche Dinge bedürfen gewisser Strukturen, bestimmter zu beobachtender Ritualformen. Ihr dort – die zwei Damen dort drüben! – ihr nehmt das zwischen euch, schwingt es stolz und freudig, mit erhobenen Händen etcetera.“

Die zwei Frauen, auf die Ignaz deutete, näherten sich zögernd dem Zuschneidetisch, nahmen das Spruchband vorsichtig zwischen Daumen und Zeigefinger und hielten es zwischen sich, als handelte es sich um die Wäsche eines Aussätzigen.

„Das wirkt noch besser, als ich es mir vorgestellt habe“, fand Ignaz.

„Nicht mich in das Zeug einwickeln!“ sagte jemand zu den beiden Frauen, worauf eine neue Welle von Gekicher durch die Menge ging.

Ignaz brachte seine Filmkamera in Anschlag. „Schwingt bitte noch einmal eure Stöcke und Steine!“ Die Arbeiter gehorchten munter: Bei diesem Bild würde Myrna der Espresso im Hals gefrieren. „Und jetzt noch etwas heftiger! Droht mit euren Waffen! Schneidet Gesichter! Schreit! Und vielleicht könnten ein paar von euch auf und ab hüpfen ...“

Lachend folgte man seinen Anweisungen, ausgenommen nur die beiden Frauen, die verdrossen das Banner hochhielten.

Im Büro beobachtete Mr. Gonzalez, wie Miss Trixie bei ihrem ersten Auftritt an diesem Tag in den einen Türpfosten prallte. Zugleich wunderte er sich über den heftigen Lärm, der schon wieder aus dem Betrieb herüber drang.

Ignaz filmte die Szene noch ein paar Minuten lang, dann folgte er einer Säule zur Decke hinauf – ein, wie er hoffte, gelungenes Beispiel origineller Kameraführung, in dem sich das Aufstrebende ausdrücken sollte. Myrna würde der Neid fressen! Am oberen Ende der Säule hielt die Kamera einige Quadratmeter der rostigen Dachunterseite fest. Darauf reichte Ignaz den Apparat einem Arbeiter hinunter, der ihn selbst aufnehmen sollte. Während der Mann die Linse auf ihn gerichtet hielt, grimassierte Ignaz und drohte mit der Faust, sehr zum Gaudium der Zuschauer.

„Gut also“, sagte er gnädig, als er die Kamera wieder an sich genommen und abgeschaltet hatte. „Bezähmen wir für ein Weilchen unsere Erregung, um unseren Schlachtplan zu entwickeln! Zunächst werden uns die zwei Damen hier mit dem Spruchband vorangehen. Gleich dahinter kommt der Chor und singt etwas Passendes, eine Hymne oder ein Volkslied. Die Chorleiterin soll sich etwas aussuchen; ich muß, da ich mit dem musikalischen Volksbrauch nicht vertraut bin, euch die Wahl überlassen, obwohl ich bedaure, daß ich keine Zeit gehabt habe, um euch in die Schönheiten irgendeines Madrigals einzuführen. Ich möchte nur anregen, daß ihr eine möglichst kraftvolle Melodie nehmt. Der

Rest von euch stellt die eigentliche Streitmacht dar. Ich werde dem Zug mit meiner Kamera folgen, um dieses denkwürdige Ereignis für die Nachwelt festzuhalten. Vielleicht bringt uns allen dieser Film später einmal Tantiemen ein, wenn wir ihn an Studentenverbände und ähnlich abscheuliche Organisationen vermieten.

Bitte vergeßt nicht: Wir wollen unser Anliegen zunächst ruhig und durchdacht vorbringen! Beim Einzug ins Büro tragen die zwei Damen das Spruchband bis zum Bürovorsteher. Der Chor formiert sich beim Kreuz. Die Streitmacht verhält sich im Hintergrund, bis sie benötigt wird. Da wir mit Gonzalez selbst verhandeln, nehme ich an, daß dieser Fall bald eintritt. Sollte Gonzalez sogar unter dem Eindruck dieses Schauspiels halsstarrig bleiben, so rufe ich: ‚Los!' Das ist das Signal für euren Angriff. Noch irgendwelche Fragen?"

Jemand sagte: „Alles Scheiße", aber Ignaz überging den Einwand. Die Stimmung war fröhlich und aufgeregt, fast alle Arbeiter freuten sich über die Abwechslung. Mr. Palermo, der betrunkene Betriebsleiter, tauchte für einen Augenblick zwischen zwei Öfen auf und verschwand sofort wieder.

„Demnach sind wir uns über den Schlachtplan einig", stellte Ignaz fest, als keine Fragen laut wurden. „Könnten jetzt die beiden Damen mit dem Banner ihre Position drüben bei der Tür beziehen? Hinter ihnen der Chor, und dann die Krieger." Grinsend und einander mit ihrem Kriegsgerät neckend traten die Arbeiter rasch in Reih und Glied. „Großartig! Der Chor kann schon anfangen."

Die Dame mit der spirituellen Neigung blies ein Stimmpfeifchen, und die Mitglieder des Chors begannen munter zu singen: „Oh, Jesus, geh an meiner Seit, dann fürcht ich mich vor keinem Leid."

„Das hört sich wirklich aufrüttelnd an", meinte Ignaz. Dann rief er: „Vorwärts!"

Das Gros gehorchte so prompt, daß das Spruchband bereits die Fabrikhalle durchquert hatte und die Treppe zum Büro hinanstieg, bevor Ignaz weitere Befehle geben konnte.

„Halt!" schrie er. „Jemand soll herkommen und mir vom Tisch herunterhelfen!"

„Oh, Jesus, deinen Händen
vertrau ich bis ans Ende.
In deiner Hut
ist alles gut.
Ich hör dich mit mir gehen,
und du vernimmst mein Flehen.
In Sturmgebraus und Regen
vertrau ich deinem Segen:
Oh, Jesus –"

„Bleibt!" rief Ignaz verzweifelt, als sich die letzten Demonstranten aus der Tür drängten. „Kommt sofort zurück!"

Die Tür fiel zu. Ignaz ließ sich auf Hände und Knie sinken und kroch an den Rand des Tischs. Dort wendete er und kam, nach komplizierten Manövern mit seinen Extremitäten, auf die Tischkante zu sitzen. Als er sah, daß seine Füße nur eine Handbreite über dem Boden schwangen, entschloß er sich zu springen. Er stieß sich ab und landete, wobei ihm allerdings die Kamera von der Schulter rutschte und mit einem hohlen, splitternden Knall auf dem Zementboden aufschlug. Wie ein Darm quoll der Filmstreifen aus ihrem Inneren. Ignaz hob sie auf und legte den Hebel um, der sie in Gang setzen sollte, aber sie rührte sich überhaupt nicht.

„Jesus, aus meinen Ketten
kommst du mich zu erretten.
Kein bessern Grund zum Leben
Könnt es hienieden geben."

„Was singen diese Wahnsinnigen?" fragte Ignaz in die verlassene Halle, während er sich bemühte, Elle nach Elle den Film in seine Tasche zu stopfen.

„Du belügst mich nicht,
du betrügst mich nicht.
Du hilfst die Sünden
zu überwinden."

Ignaz watschelte, den Filmstreifen hinter sich herziehend, zur Tür und betrat das Büro. Die zwei Frauen standen da wie Statuen und wiesen dem sichtlich verwirrten Mr. Gonzalez die Kehrseite ihres Spruchbands. Ihre Augen waren geschlossen, und der Chor sang wie in Trance, ganz verloren in die Melodie des Liedes. Ignaz drängte sich durch die Streitmacht, die sich locker am Rand der Szene mit Front gegen den Schreibtisch des Bürovorstehers aufgefächert hatte.

Miss Trixie erblickte ihn und fragte: „Was geht da vor, Gloria? Was machen die vielen Leute aus der Fabrik hier bei uns?"

„Fliehen Sie, solang es noch möglich ist", riet er ihr mit düsterem Ernst.

„Oh, Jesus, mach uns frei
auch von der Polizei."

„Ich kann dich nicht verstehen", schrie Miss Trixie und packte Ignaz am Arm. „Sind das Sternsinger?"

„Verschwinden Sie, wohin Sie gehören!" brüllte Ignaz: „Aufs Klo!"

Miss Trixie schlurfte hinaus.

„Nun?" wandte sich Ignaz, nachdem er die zwei Damen so umgestellt hatte, daß der Bürovorsteher die Schrift auf der anderen Seite des Leintuchs lesen konnte, zu Mr. Gonzalez.

„Was hat das zu bedeuten?" fragte Mr. Gonzalez mit dem Blick auf das Spruchband.

„Sie wollen also diesen Menschen nicht helfen?"

„Ihnen helfen?" wiederholte der Bürovorsteher verängstigt. „Wovon reden Sie, Mr. Reilly?"

„Von der Sünde wider die menschliche Gemeinschaft, deren Sie sich schuldig gemacht haben."

„Was?“ Mr. Gonzalez’ Unterlippe zitterte.

„Zum Angriff!“ rief Ignaz der Streitmacht zu. „Diesem Mann fehlt jedes Mitgefühl!“

„Sie haben ihm doch gar keine Chance gelassen, etwas zu sagen“, wandte eine von den verdrossenen Frauen ein, die das Leintuch hielten. „Lassen Sie Mr. Gonzalez reden.“

„Zum Angriff! Los!“ schrie Ignaz mit gesteigerter Wut. Das blaue und das gelbe Auge traten hervor und blitzten.

Jemand schwang lustlos eine Fahrradkette über die Aktenschränke und schlug die Bohnenpflanzung herunter.

„Paßt doch auf!“ fuhr ihn Ignaz an. „Wer hat dir gesagt, daß du die Pflanzen herunterwerfen sollst?“

„Sie haben ‚Los!‘ gesagt“, verantwortete sich der Besitzer der Fahrradkette.

„Hör sofort auf damit!“ brüllte Ignaz einen Mann an, der ohne viel Begeisterung mit einem Taschenmesser das Schild FORSCHUNGS- UND EVIDENZABTEILUNG — I. J. REILLY, KUSTOS zerschlitzte. „Was bildet ihr euch ein!?“

„Sie haben ‚Los!‘ gesagt“, erwiderten mehrere Stimmen.

„Aus diesem Jammertal
hinauf zum Himmelssaal
führt nur ein schmaler Steg:
Oh, Jesus, zeig den Weg.
Oh, Jesus, zeig uns Armen
dein göttliches Erbarmen.“

„Hört auf mit diesem grauenhaften Geplärr!“ schrie Ignaz zum Chor hin. „So eine Blasphemie ist ja unerträglich!“

Die Sänger verstummten gekränkt.

„Ich begreife nicht, was Sie wollen“, sagte der Bürovorsteher zu Ignaz.

„Halten Sie doch Ihr Schnullerloch, Sie Kretin!“

„Wir gehen jetzt zurück in den Betrieb“, teilte die intensive

Dame als Sprecherin für den Chor mit. „Sie sind kein Guter. Ich glaub's, daß die Polizei hinter Ihnen her ist."

„Ja", pflichteten mehrere Stimmen bei.

„So wartet doch!" bat Ignaz. „Jemand muß Gonzalez angreifen." Er überblickte die Streitmacht. „Du dort drüben mit dem Ziegel: Komm sofort hierher und hau ihm auf den Schädel!"

„Ich hau damit niemand nicht", lehnte der Mann mit dem Ziegel ab. „Ihre Vorstrafen möchte ich nicht auswendig lernen müssen!"

Die zwei Frauen ließen das Leintuch angeekelt fallen und folgten dem Chor, der bereits durch die Tür abrückte.

„Wohin geht ihr denn!?" schrie Ignaz mit vor Wut und Speichel halb erstickter Stimme.

Die Krieger entgegneten nichts, sondern folgten dem Chor und den zwei Bannerträgerinnen. Ignaz watschelte eilig nach und packte den letzten Krieger am Arm, aber der Mann wehrte ihn mit der flachen Hand ab wie eine Fliege und sagte: „Uns reicht's auch so, ohne daß man uns einlocht."

„Kommt zurück! Wir sind noch nicht fertig! Wenn ihr wollt, könnt ihr auch Miss Trixie haben!" schrie Ignaz verzweifelt dem entschwindenden Battaillon nach, aber die Demonstranten stiegen schweigend und entschlossen die Treppe zum Betrieb hinunter. Schließlich fiel die Tür hinter dem letzten Kreuzfahrer für die Ehrenrettung der Mohren ins Schloß.

III

Wachmann Mancuso schaute auf seine Uhr. Acht Stunden hatte er in dem Waschraum gesessen, jetzt war es Zeit, das Kostüm auf der Wachstube zurückzustellen und nachhause zu gehen. Den ganzen Tag hatte er niemanden festgenommen, dafür aber anscheinend einen Schnupfen gefangen. Die Klozelle war feucht und kalt. Er nieste und versuchte, die Tür zu öffnen, aber sie gab nicht nach. Er rüttelte an der Schnalle, schlug gegen das Schloß, das sich offenbar verklemmt hatte. Endlich, nach minutenlangem Drücken und Rütteln, rief er: „Hilfe!"

IV

„Also haben sie dich hinausgeschmissen! Ignaz!"

„Bitte, Mutter! Das streift schon die Grenze meiner Belastbarkeit." Ignaz steckte die Dr. Nut-Flasche unter seinen Schnurrbart und trank, geräuschvoll saugend und gurgelnd. „Wenn du mich unbedingt loswerden willst –: Ich stehe am Rand des Abgrunds."

„Nicht einmal einen kleinen Bürojob kannst du dir halten. Mit deiner Bildung!"

„Man hat mich abgelehnt und gehaßt", sagte Ignaz, seinen Dulderblick gegen die braune Küchenwand gerichtet. Dann zog er mit dumpfem Knall seine Zunge aus der Flaschenöffnung und stieß etwas Dr. Nut auf. „Im Grund genommen ist nur Myrna Minkoff daran schuld. Du weißt ja, daß sie immer Unruhe stiftet."

„Myrna Minkoff? Hör auf mit diesem Unsinn, Ignaz! Das Mädchen ist in New York. Ich kenne dich, Junge! Ich kann mir gut vorstellen, wie du dich bei Hosen-Levy aufgeführt hast!"

„Ich war zu groß für diese Banausen."

„Gib mir die Zeitung, Ignaz. Wir müssen die Stellenangebote durchschauen."

„Ist das dein Ernst?" donnerte Ignaz. „Soll ich noch einmal den wilden Tieren vorgeworfen werden? Sind wirklich alle menschlichen Regungen deiner Seele verkümmert? Ich brauche mindestens eine Woche Bettruhe und Pflege, bevor ich wieder zu mir finde."

„Apropos Bett: Wo ist eigentlich dein Leintuch?"

„Keine Ahnung. Vielleicht hat es wer gestohlen? Ich habe dich immer vor Einbrechern gewarnt."

„Du meinst, daß sich ein Einbrecher die Mühe macht, deine schmutzigen Leintücher zu stehlen?"

„Wenn du dich mit etwas mehr Liebe meiner Wäsche annehmen wolltest, würde mein Leintuch dieses Adjektiv nicht verdienen."

„Schon gut: Gib mir jetzt die Zeitung, Ignaz."

„Hast du etwa vor, mir das Zeug laut vorzulesen? Ich fürchte, meine Nerven würden das im Augenblick nicht aushalten. Außerdem bin ich gerade bei einem hochinteressanten Artikel über Mollusken."

Mrs. Reilly riß ihm die Zeitung aus den Händen, sodaß ihm nur zwei kleine Papierfetzen zwischen den Fingern blieben.

„Mutter! Hast du diese rüden Manieren von den Sizilianern, mit denen du dich herumtreibst?"

„Halt den Mund, Ignaz!" verbat sich die Mutter und blätterte wütend die Zeitung bis zum Anzeigenteil durch. „Morgen stellst du dich in der St. Charles bei dem Vogelstand vor!"

„Wie?" fragte Ignaz geistesabwesend. Er überlegte, was er nun an Myrna schreiben sollte. Anscheinend war auch der Film kaputt, und in einem Brief ließ sich das Debakel des Kreuzzugs nicht erklären. „Was hast du gesagt, Mutter?"

„Ich habe gesagt, daß du zu diesem Stand mit den Vögeln gehen sollst."

„Das klingt durchaus angemessen."

„Und du kommst mir erst wieder, wenn du einen Job hast!"

„Das Rad rollt weiter: Fortuna will, daß ich sinke."

„Wie?"

„Nichts."

V

Mrs. Levy lag ausgestreckt auf dem Heimtrainer, seine metallenen Glieder liebkosten ihren fülligen Körper, streichelten und kneteten ihr weiches, weißes Fleisch wie die Hände eines Zuckerbäckers. Sie legte die Arme um das Liegebrett, preßte sich hinein.

„Oooh", seufzte sie entzückt und begegnete dem Teil, der sich zu ihrem Gesicht aufwölbte, mit den Lippen.

„Dreh das Möbel ab!" befahl die Stimme ihres Gatten aus dem Hintergrund.

„Was?" Mrs. Levy hob den Kopf und blickte traumverloren um sich. „Was machst du hier? Ich habe geglaubt, du bleibst in der Stadt und gehst zum Rennen."

„Ich hab mir's anders überlegt – wenn du nichts dagegen hast."

„Warum soll ich was dagegen haben? Mach, was du willst. Ich werde dir nicht sagen, was du tun sollst. Nimm dir einen Drink: Mir ist alles eins!"

„Verzeih. Es tut mir leid, daß ich dich von dem Möbel heruntergeholt habe."

„Ich wäre dir dankbar, wenn du das Möbel aus dem Spiel lassen würdest."

„Oh. Tut mir leid, wenn ich es beleidigt haben sollte."

„Ich habe dich nur gebeten, daß du das Möbel aus dem Spiel lassen sollst. Mehr nicht. Ich bemühe mich ja: Du bist es, der immer wieder anfängt."

„Stell den idiotischen Schragen an und sei still. Ich geh unter die Dusche."

„Siehst du? Über nichts und wieder nichts regst du dich auf! Du mußt nicht unbedingt deine Schuldgefühle an mir abreagieren . . ."

„Was für Schuldgefühle? Was habe ich getan?"

„Das weißt du selbst am besten, Gus. Du weißt, wie du dein Leben verplemperst, eine ganze Fabrik vor die Hunde gehen läßt. Wie du deine Chance, dieses Land zu erobern, verspielst, obwohl man dir den Schweiß und das Blut deines Vaters auf einem Silbertablett serviert hat."

„Äh."

„Ein blühendes Unternehmen verkümmert."

„Ich habe heute vesucht, dieses Unternehmen zu retten, und davon tut mir der Kopf weh: Darum bin ich nicht zum Rennen gegangen!"

Nachdem die Auseinandersetzung mit seinem Vater an die fünfunddreißig Jahre gedauert hatte, war Mr. Levy entschlossen gewesen, für den Rest seines Lebens jedem Ärger aus dem Weg zu gehen. Das Ergebnis war jedoch, daß seine Frau ihm jeden Tag in „Levy's Lodge" vergällte, nur weil er es ablehnte, sich über Hosen-Levy zu ärgern, und Hosen-Levy ärgerte ihn umso mehr, je seltener er sich dort zeigte, weil ständig irgend etwas schief ging. Alles wäre einfacher und weniger ärgerlich gewesen, wenn er sich überwunden und täglich seine acht Stunden der Leitung von Hosen-Levy gewidmet hätte. Aber schon beim Namen „Hosen-Levy“ kam ihm das Sodbrennen. Hosen-Levy und sein Vater waren für ihn ein und dasselbe.

„Was hast du getan, Gus? Ein paar Briefe unterschrieben?“

„Jemanden hinausgeschmissen hab ich.“

„Tatsächlich? Eine tolle Leistung. Wen? Einen von den Heizern?“

„Erinnerst du dich an den dicken Spinner, von dem ich dir erzählt habe: Diesen Elephanten, den der Esel von Gonzalez angeheuert hat?“

„Oh. Der!“ Mrs. Levy wand sich auf ihrem Heimtrainer.

„Du hättest sehen sollen, wie der die Bude zugerichtet hat! Papierschlangen von der Decke, ein großes Kreuz mitten im Büro ... Heute, wie ich ins Büro komme, geht er mich sofort an und beklagt sich darüber, daß irgendwer aus dem Betrieb seine Bohnenpflanzen heruntergeworfen hat.“

„Bohnenpflanzen? Hat er Levy-Hosen für eine Gemüsegärtnerei gehalten?“

„Was weiß ich, was in seinem Kopf vorgegangen ist. Er hat von mir wollen, daß ich den einen, der seine Blumentöpfe umgeschmissen hat, und einen zweiten, der angeblich sein Namensschild zerschlitzt hat, auf der Stelle feuere. Dann hat er behauptet, daß die Arbeiter ein Haufen übler Rowdies seien und vor ihm keinen Respekt haben. Also geh ich hinüber in den Betrieb, um mir Palermo vorzuknöpfen, der natürlich nicht da ist – und was finde ich? Überall liegen Ziegelsteine und Ketten herum, und die Arbeiter sind alle ganz aus dem Häuschen und erzählen mir, daß dieser Reilly – so heißt der Fettwanst – ihnen eingeredet hat, daß sie das Zeug mitbringen sollen, um einen Angriff auf das Büro zu unternehmen und Gonzalez zu verprügeln.“

„Was?“

„Er hat ihnen weisgemacht, daß sie zuwenig Lohn für zuviel Arbeit kriegen.“

„Für mein Gefühl hat er recht“, meinte Mrs. Levy. „Gestern

erst haben Susan und Sandra etwas darüber in ihrem Brief geschrieben. Ihre Collegefreunde haben ihnen gesagt, daß ihr Vater nach dem, was sie über ihn erzählt haben, offenbar eine Art Plantagenbesitzer ist, der von Sklavenarbeit lebt. Die Mädels waren sehr aufgeregt. Ich wollte es dir vorlesen, aber der neue Haardesigner hat mich so in Anspruch genommen, daß ich darauf vergessen habe. Sie wollen, daß du diesen armen Leuten eine Lohnerhöhung gibt, sonst kommen sie überhaupt nicht mehr nachhaus."

„Was bilden sich die zwei Gören ein?"

„Daß sie so etwas wie deine Töchter sind: Falls du darauf vergessen haben solltest. Sie wollen Respekt vor dir haben können. Sie schreiben, daß du die Arbeitsbedingungen bei Hosen-Levy verbessern mußt, wenn du sie wiedersehen willst."

„Warum interessieren sie sich plötzlich so sehr für die Schwarzen? Sind ihre Knaben schon müde?"

„Jetzt gehst du schon wieder auf die Mädels los. Begreifst du, was ich sagen will? Das ist auch der Grund, weshalb ich keinen Respekt vor dir haben kann. Wenn die eine Tochter ein Pferd und die andere ein Baseballspieler wäre, würdest du dich vor Fürsorge überschlagen."

„Wenn die eine ein Pferd und die andere ein Baseballspieler wäre, könnten wir froh sein, das sag ich dir. Dann würden sie vielleicht sogar was abwerfen."

„Tut mir leid", sagte Mrs. Levy und schaltete den Heimtrainer wieder ein. „Ich kann mir so etwas nicht länger anhören, ich brauche keine weiteren Enttäuschungen. Ich weiß nicht einmal, wie ich ihnen das Bisherige beibringen soll."

Mr. Levy hatte die Briefe gelesen, die seine Frau an die Töchter schrieb: Hektische Rhetorik mit viel Herz und wenig Hirn – emotionelles Gewäsch, auf das hin die Kinder, wenn sie in den Ferien heimkamen, jedesmal voll Haß auf den Vater geladen waren wegen all der Gemeinheiten, die er ihrer Mutter angetan hatte. Und jetzt er als Protagonist des Ku-Klux-Klan, der einen jungen Bürgerrechtskämpfer hinausschmeißt ... In der Feder von

Mrs. Levy war das reines Dynamit. So etwas konnte sie nicht ungenützt lassen.

„Der Kerl war ein echter Psychopath", verteidigte sich Mr. Levy.

„Für dich ist Charakter soviel wie eine Psychose. Anständigkeit ist ein Komplex. Das alles kenne ich schon auswendig."

„Wahrscheinlich hätte ich ihn nicht hinausgeschmissen – aber einer von den Arbeitern hat mir erzählt, daß dieser Spinner von der Polizei gesucht wird. Und da habe ich dann sehr rasch geschaltet. Ich hab schon genug Zores mit der Firma – auch ohne Spinner, die sich mit der Polizei anlegen."

„Also das nehm ich dir nicht ab! Für einen wie dich sind Bürgerrechtler und Idealisten gleich Randalierer und Kriminelle, das ist deine Art, dich gegen sie zu wehren. Aber danke für den Hinweis, das wird sehr zum Realismus meines Briefs beitragen."

„Ich hab noch nie in meinem Leben jemand entlassen", plädierte Mr. Levy, „aber ich kann nicht einen Menschen halten, hinter dem die Polizei her ist. Auch wir könnten da in die Klemme kommen."

„Bitte!" Mrs. Levy hob warnend eine Hand von ihrer Turnmaschine. „Der junge Idealist sitzt jetzt irgendwo auf der Straße, und den Mädchen bricht das Herz. Mir auch. Ich bin eine Frau mit Charakter, Prinzipien und Geschmack: Das hast du bis heute nicht begriffen. Das Leben mit dir ist für mich entwürdigend. Was du angreifst, wird schäbig, ich eingeschlossen."

„Das heißt also, daß ich dich kaputt gemacht habe?"

„Es hat eine Zeit gegeben, da war ich ein gefühlvolles, liebevolles Mädchen voll großer Hoffnungen. Das wissen auch deine Töchter. Ich habe daran geglaubt, daß du aus Hosen-Levy etwas Großes machen wirst." Mrs. Levys Kopf bewegte sich auf und nieder – auf und nieder. „Jetzt ist es nichts als eine heruntergekommene Quetsche mit ein paar Kunden. Deine Töchter sind von dir enttäuscht. Ich bin enttäuscht. Und der junge Mensch, den du gefeuert hast, ist auch enttäuscht."

„Soll ich mich jetzt vielleicht umbringen?"

„Tu, was du willst: Etwas anderes hast du ja nie getan. Ich war immer nur zu deinem Vergnügen da, wie einer von deinen alten Sportwagen. Wenn's dir einfällt, werde ich benützt. Spaß macht mir das keinen."

„Ach, sei doch still! Niemand will dich für irgend etwas benützen."

„Siehst du? Schon wieder gehst du auf mich los! Unsicherheit, schlechtes Gewissen – Haß. Wenn du mit dir selbst und deiner Art, wie du mit den anderen Menschen umgehst, zufrieden wärst, würdest du dich liebenswürdig benehmen. Nimm zum Beispiel Miss Trixie und denk darüber nach, was du ihr angetan hast."

„Ich habe diesem Weib nie etwas angetan."

„Eben das! Sie ist einsam und verängstigt."

„Sie ist fast tot."

„Seit Susan und Sandra fort sind, entwickle auch ich schon einen Schuldkomplex. Was leiste ich? Was für Ziele habe ich? Ich bin eine Frau mit Interessen und Idealen." Mrs. Levy seufzte. „Ich fühle mich so nutzlos. Du hast mich mit einem Haufen Spielzeug, das mein wahres Ich nicht befriedigt, in einen Käfig gesperrt." Auf und ab: Ihre Augen blieben kalt auf den Gatten gerichtet. „Ich werde den Brief nicht schreiben, wenn du mir Miss Trixie bringst!"

„Was? Dieses senile Huhn kommt mir nicht ins Haus! Was ist eigentlich mit deinem Bridgeklub? Für den letzten Brief, den du nicht geschrieben hast, hast du ein neues Kostüm gekriegt. Wie wär's damit? Ich kaufe dir ein Ballkleid!"

„Es ist nicht genug, daß ich es dieser Frau ermöglicht habe, am aktiven Leben teilzunehmen. Sie braucht persönliche Ansprache."

„Du hast sie schon als Meerschweinchen für deinen Fernkurs genommen. Warum willst du sie nicht in Frieden lassen? Gonzalez soll sie pensionieren."

„Mach das und du bringst sie um! Dann fühlt sie sich wirklich überflüssig. Und du bist für ihren Tod verantwortlich."

„Gott im Himmel!"

„Ich muß nur an meine Mutter denken: Jeden Winter in San Juan am Strand. In der Sonne. Im Bikini. Tanzt, schwimmt und unterhält sich. Jede Menge Verehrer."

„Und jedesmal, wenn eine Welle sie umwirft, hat sie einen Herzknacks. Was sie nicht im Kasino anbringt, kriegt der Hausarzt im Caribe Hilton."

„Du kannst meine Mutter nicht leiden, weil sie dich nicht mag. Recht hat sie gehabt: Ich hätte einen Arzt heiraten sollen, irgend jemanden mit Idealen." Traurig ließ sich Mrs. Levy schaukeln. „In Wahrheit macht es mir nicht mehr so viel aus. Meine Leiden haben mich gestärkt."

„Und was würdest du sagen, wenn dir jemand die Federn aus diesem Scheißmöbel rupft?"

„Hab ich dich nicht gebeten, daß du den Heimtrainer nicht hineinziehen sollst?" verwahrte sich Mrs. Levy gereizt. „Deine Aggressionen sind stärker als du! Warum gehst du nicht zu dem Analytiker im Kurzentrum, der Lenny geholfen hat, sein Schmuckgeschäft wieder flott zu machen? Er hat Lenny von den Hemmungen befreit, die er wegen der Rosenkränze gehabt hat. Lenny schwört auf ihn, jetzt hat er eine Art Exklusivvertrag mit einem Rudel Nonnen, die für ihn die Rosenkränze in gut vierzig Schulen in der ganzen Stadt verscheuern. Der Rubel rollt, und alle sind glücklich: Lenny, die Nonnen und die Kinder."

„Hört sich großartig an."

„Und jetzt hat er auch eine schöne Kollektion von Figuren und religiösem Zubehör im Angebot."

„Bestimmt ist er glücklich."

„Ist er auch. Ich wollte, du wärst so glücklich wie er. Geh zu diesem Doktor, bevor es zu spät ist, Gus! Um der Mädchen willen solltest du dir helfen lassen. Mir ist es egal."

„Das glaube ich aufs Wort."

„Du bist voll von Komplexen. Auch Sandra fühlt sich viel besser, seit sie analysiert worden ist. Irgendein Doktor im College hat sich ihrer angenommen."

„Das kann ich mir gut vorstellen."

„Es ist leicht möglich, daß Sandra einen Rückfall kriegt, wenn sie hört, wie du dich mit diesem jungen Aktivisten benommen hast. Du wirst es so weit bringen, daß du die Mädchen völlig gegen dich aufbringst. Sie sind warmherzige und mitleidige Geschöpfe: So wie ich eines war, bevor man mich brutalisiert hat."

„Brutalisiert?"

„Bitte! Keine sarkastischen Bemerkungen!" Fünf aquamarinblaue Nägel drohten, während der Heimtrainer zuckte und wogte. „Wer kriegt was? Ich Miss Trixie oder die Mädchen den Brief?"

„Du kriegst Miss Trixie", gab Mr. Levy endlich nach. „Dann kannst du sie auf deinen Schragen legen, damit sie sich die Hüfte bricht."

„Du sollst meinen Heimtrainer nicht hineinziehen!"

Sieben

Die Paradies Vertriebs Ges.m.b.H. hatte ihren Sitz im düsteren Erdgeschoß eines im übrigen leerstehenden Geschäftshauses in der Poydras Street. Früher war dort eine Autoreparaturwerkstatt gewesen. Die Garagentüren standen gewöhnlich offen, sodaß der Passant eine Nase voll von den beizenden Dämpfen kochender Würstel, scharfem Senfgeruch und den Ausdünstungen des Betons mitbekam, den jahrelang das Schmierfett und die Öle von Automotoren getränkt hatten. Manchmal veranlaßte der kräftige Hautgoût, den die Paradies Vertriebs Ges.m.b.H. ausströmte, einen davon betroffenen und irritierten Spaziergänger, einen Blick durch die offene Tür in die finstere Garage zu werfen. Sein Auge fiel dann auf eine ganze Flotte von monströsen Würsten aus Blech, montiert auf Lafetten, die mit Fahrradreifen ausgestattet waren. Der Eindruck, den dieser Fuhrpark machte, war trotzdem nicht überwältigend. Einige von den fahrbaren Würsten waren arg zerschrammt und verbeult. Ein zerquetschtes Würstchen lag mit totaler Schlagseite auf dem Boden, sein einziges Rad waagrecht nach oben gerichtet: Ein Opfer des Verkehrs.

Zwischen den Fußgängern, die an jenem Nachmittag an der Paradies Vertriebs Ges.m.b.H. vorübereilten, bewegte sich gemächlichen Schrittes eine imposante Gestalt: Ignaz. Vor der engen Garage blieb er stehen und schnüffelte den Paradiesesdunst mit genießerischem Interesse; die Haare in seinen Nasenlöchern analysierten, identifizierten, kategorisierten und klassifizierten die unterschiedlichen Elemente dieses Geruchs – Würstel, Senf und Schmiermittel. Er schaute auf die weißbehandschuhten Zeiger seiner Mickymausuhr und stellte fest, daß er erst vor einer Stunde zu Mittag gegessen hatte. Dennoch bewirkte der verführerische Duft reichlichen Speichelfluß.

Er trat in die Garage und blickte um sich. In einer Ecke stand ein alter Mann und kochte Würstel in einem faßgroßen Kessel, unter dem der Gasrechaud wie ein Spielzeug aussah.

„Verzeihen Sie", rief Ignaz. „Geben Sie hier auch en detail ab?"

Der Mann wandte seine wässerigen Augen zu dem imposanten Besucher.

„Was wollen Sie?"

„Ich würde gern eines von Ihren Würstchen kaufen. Sie riechen so lecker ... Ich wollte nur fragen, ob Sie mir ein einziges davon verkaufen."

„Klar."

„Darf ich es mir aussuchen?" fragte Ignaz und spähte über den Kesselrand. In dem kochendem Wasser wimmelten und wanden sich die Würstchen wie künstlich kontrastgefärbte Kleinlebewesen unter einem Mikroskop. Ignaz zog den beißenden, sauren Dampf ein. „Ich werde so tun, als wäre der Topf das Aquarium mit den Hummern in einem schicken Restaurant."

„Da, nehmen Sie die Gabel", sagte der Mann und reichte Ignaz ein Gerät, das an eine rostige und verbogene Harpune erinnerte. „Und greifen Sie nicht ins Wasser, das ist die reine Säure. Sehen Sie nur, wie es der Gabel zugesetzt hat!"

„Donnerwetter!" rief Ignaz nach dem ersten Biß. „Die sind aber kräftig! Was ist da alles drin?"

„Gummi, Mehl, Kutteln: Was weiß ich? Ich rühr das Zeug nicht an."

„Eine irgendwie aparte Geschmacksnote", fand Ignaz und räusperte sich. „Schon draußen war mir, als hätten die Sensorellen in meiner Nase etwas sehr Eigenartiges gemeldet."

Ignaz kaute voll seliger Gier, betrachtete dabei eine Narbe auf der Nase des Mannes und hörte seinem Pfeifen zu.

„War das Scarlatti?" erkundigte sich Ignaz schließlich.

„Für mich war's ‚Der Truthahn im Stroh'."

„Ich hatte schon gehofft, daß Sie Scarlatti kennen. Er war der letzte wirkliche Musiker", sagte Ignaz und beschäftigte sich intensiv mit dem langen Würstchen. „Mit Ihrer offensichtlichen musikalischen Begabung sollten Sie etwas Besseres anfangen."

Ignaz kaute, während der Mann sein unmelodisches Gepfeife wieder aufnahm. „Vielleicht bilden Sie sich ein, daß ‚Der Truthahn im Stroh' so etwas wie ein amerikanischer Klassiker ist? Mitnichten. Es ist nichts als eine mißtönende Beleidigung des menschlichen Ohrs!"

„Und wenn schon."

„Ich bitte Sie, mein Herr!" schrie Ignaz. „‚Der Truthahn im Stroh' ist einer von den Götzen, die an unserer miserablen Situation schuld sind."

„Wer zum Teufel sind Sie eigentlich? Was wollen Sie?"

„Wie würden Sie eine Gesellschaft beurteilen, die ihre Kultur auf solchem Mist wie ‚Der Truthahn im Stroh' aufbaut?"

„Wer denkt schon daran?" fragte der alte Mann besorgt.

„Alle! Vor allem die Volksliedermacher und die Volksschullehrer. Ungewaschene Studenten und Gymnasiasten plärren das wie eine Beschwörungsformel." Ignaz rülpste. „Ich glaube, ich könnte noch so ein delikates Ding vertragen."

Nach dem vierten Würstchen leckte sich Ignaz mit seiner prächtigen, rosenfarbenen Zunge über Lippen und Schnurrbart und sagte zu dem Alten: „Ich kann mich nicht erinnern, daß mich in letzter Zeit etwas so vollkommen befriedigt hätte. Ein glücklicher Zufall hat mich zu Ihnen geführt. Vor mir liegt ein Tag, von dem ich nicht absehen kann, was er mir Schlimmes bringen wird. Ich bin derzeit ohne Beschäftigung und auf der Suche nach Arbeit, aber ich könnte mir ebensogut den heiligen Gral als Ziel gesteckt haben. Seit einer Woche klappere ich jetzt schon die Gegend ab. Offenbar fehlt mir irgendeine besondere Mißbildung, die heutzutage auf dem Arbeitsmarkt verlangt wird."

„Pech gehabt, was?"

„Allerdings habe ich in dieser Woche nur bei zwei Adressen vorgesprochen. An manchen Tagen bin ich mit den Nerven total herunter, wenn ich in der Canal Street ankomme, und ich darf von Glück reden, wenn ich mich noch in ein Kino schleppen kann. Allerdings habe ich jetzt schon alle Filme gesehen, die sie hier in der Stadt spielen, und alle waren so abscheulich, daß sie bestimmt noch eine Ewigkeit laufen. Für die nächste Woche sehe ich darum noch schwärzer."

Der Alte sah zu Ignaz, dann zu dem riesigen Kessel, dem Gasrechaud und den verbeulten Wägelchen. „Sie könnten gleich bei mir anfangen", sagte er schließlich.

„Vielen Dank", erwiderte Ignaz herablassend. „Hier könnte ich nicht arbeiten. Diese Garage ist besonders feucht, und ich bin unter anderem auch anfällig für katarrhalische Erkrankungen."

„Nicht hier herinnen, mein Sohn: Als Verkäufer."

„Was?" donnerte Ignaz. „Den ganzen Tag in Regen und Schnee?"

„Schnee gibt's hier keinen."

„Es ist schon gelegentlich vorgekommen. Und bestimmt wird es sofort zu schneien anfangen, wenn ich mit so einem Wagen losziehe. Vermutlich würde man mich in irgendeinem Rinnstein finden, mit Eiszapfen an allen Leibesöffnungen, während verwilderte Katzen auf mir herumklettern, um sich an meinen letzten Atemzügen zu wärmen. Besten Dank, mein Herr: Ich muß jetzt gehen. Mir scheint, ich habe eine Verabredung."

Ignaz warf einen beiläufigen Blick auf seine Uhr und stellte fest, daß sie schon wieder stehengeblieben war.

„Es muß nicht für lange sein", bat der Alte. „Versuchen Sie es mit einem Tag. Wie wär's damit? Ich brauche dringend einen Verkäufer."

„Ein Tag?" wiederholte Ignaz wenig überzeugt. „Ein ganzer Tag? Ich kann es mir nicht leisten, einen wertvollen Tag zu verlieren. Ich habe Verpflichtungen."

„Auch recht", schloß der alte Mann die Verhandlung. „Dann krieg ich von Ihnen einen Dollar für die Würstel."

„Auf die werden Sie mich leider einladen müssen, Sie oder die Garage oder wer immer. Meine Mutter hat gestern abend mit ihrer Spürnase ein paar alte Kinokarten in meinen Taschen aufgestöbert und mir heute nur das Fahrgeld gegeben."

„Dann hol ich die Polizei."

„Um Himmels willen!"

„Entweder Sie zahlen oder ich zeige Sie an."

Der Alte nahm die lange Gabel und richtete ihre zwei rostigen Zinken gegen Ignaz' Kehle.

„Sie zerreißen meinen teuren Schal!" schrie Ignaz.

„Geben Sie mir Ihr Fahrgeld!"

„Ich kann nicht zu Fuß bis in die Constantinople Street gehen."

„Nehmen Sie sich ein Taxi. Jemand bei Ihnen zuhause soll den Fahrer zahlen."

„Meinen Sie im Ernst, daß meine Mutter mir glauben wird, wenn ich ihr erzähle, daß mich ein alter Mann mit einer Gabel bedroht und mir meine zwei Groschen weggenommen hat?"

„Ich laß mich nicht ausrauben!" schrie der Alte, daß seine Spucke über Ignaz sprühte. „Dafür bin ich schon zu lang im Wurstgeschäft: Immer sind's die Wurstverkäufer und die Tankwarte, die eins drauf kriegen! Zusammengeschlagen und ausgeplündert – als ob ein Wurstverkäufer niemand wäre!"

„Ganz im Gegenteil, mein Herr! Niemand hat mehr Respekt vor einem Wurstverkäufer als ich, der genau weiß, welchen wertvollen Dienst er der Gesellschaft leistet. Wenn ein Wurstverkäufer beraubt wird, ist das ein symbolischer Akt, es geschieht nicht aus Habgier, sondern als Ausdruck des Hasses der Kleinen gegen das Große."

„Halten Sie Ihr fettes Maul und geben Sie mir mein Geld!"

„Für einen Menschen Ihres Alters sind Sie sehr starrköpfig, aber deshalb werde ich nicht zu Fuß durch die halbe Stadt nachhause gehen. Lieber laß ich mich mit einer rostigen Gabel totstechen."

„Also gut: Paß auf, ich werd mit dir ein Geschäft machen: Du nimmst dir einen von den Wagen, gehst mir eine Stunde lang hinaus – und wir sind quitt."

„Brauche ich dafür ein Attest vom Gesundheitsamt oder etwas dergleichen? Ich könnte doch etwas unter den Fingernägeln haben, das für den menschlichen Körperhaushalt sehr schädlich ist? Kriegen Sie eigentlich alle Ihre Verkäufer mit diesem Trick? Ich bezweifle, daß Ihre Personalpolitik mit den arbeitsrechtlichen Vorschriften vereinbar ist, solche Werbemethoden hat es vielleicht vor zweihundert Jahren bei der königlich britischen Kriegsmarine gegeben! Ich will lieber nicht fragen, was einer zu gewärtigen hat, den Sie feuern wollen."

„Vielleicht überlegst du dir's das nächste Mal, bevor du einen Wurstverkäufer bestiehlst."

„Gut – das Spiel gehört Ihnen, Sie haben den Stich gemacht. Oder vielmehr zwei Stiche, buchstäblich mir in die Kehle und den Schal. Überlegen Sie sich einstweilen, wie Sie mir den Schal ersetzen wollen. Zu kaufen gibt es das nicht mehr: Dieser Schal ist von einer kleinen Weberei in England hergestellt, die im Krieg von der deutschen Luftwaffe zerstört worden ist. Angeblich hat die Luftwaffe ausdrücklich Befehl gehabt, diese Fabrik zu vernichten, um den Durchhaltewillen der Engländer zu erschüttern, nachdem die Deutschen in einer konfiszierten Wochenschau Churchill mit einem solchen Schal gesehen hatten. Es spricht viel dafür, daß mein Schal derselbe war, den Churchill in diesem Film getragen hat. So ein Schal ist heute ein paar Tausender wert. Man kann ihn auch offen tragen: Schauen Sie her!"

„Gott befohlen", seufzte der alte Mann schließlich, nachdem Ignaz ihm den Schal als Leibbinde, Bandelier, Wetterfleck, Kilt, Turban und Schlinge für einen gebrochenen Arm vorgeführt hatte: „Allzuviel Schaden wirst du in einer Stunde hoffentlich nicht anrichten."

„Wenn Sie mir den Schuldturm oder einen durchbohrten Adamsapfel als Alternativen bieten, werde ich mit Vergnügen für Sie einen Wagen herumschieben. Wie weit ich damit komme, kann ich allerdings nicht voraussagen."

„Mißversteh mich nicht, mein Sohn: Ich bin ein durchaus umgänglicher Mensch, aber das hat auch bei mir seine Grenzen. Zehn Jahre lang bemühe ich mich jetzt, aus der Paradiesgesellschaft etwas zu machen, aber so leicht ist das nicht. Die Leute schauen auf einen Wurstverkäufer herunter. Sie glauben, daß das ein Zeitvertreib für Tagediebe ist. Es ist nicht leicht für mich, einen anständigen Verkäufer zu finden – und wenn ich einmal einen habe, bindet er mit irgendwelchem Gesindel an und kriegt eine aufs Dach. Manchmal frag ich mich, woher es kommt, daß unser Herrgott es manchen Menschen so schwer macht . . .“

„Seine Pläne sind nicht unsere Pläne“, meinte Ignaz.

„Vielleicht – aber begreifen kann ich's trotzdem nicht.“

„Sie sollten Boethius lesen.“

„Ich lese jeden Tag Pater Keller und Billy Graham in der Zeitung.“

„Um Himmels willen!“ schrie Ignaz auf. „Kein Wunder, daß Sie sich nicht auskennen!“

„Hier“, sagte der Alte und öffnete einen Schrank, der neben dem Rechaud stand. „Zieh das an.“

Er nahm etwas wie einen weißen Ärztekittel aus dem Schrank und reichte es Ignaz.

„Was ist das?“ fragte Ignaz entzückt. „Das sieht ja aus wie ein akademischer Talar!“

Er zog das Ding über den Kopf. Mit dem Mantel darunter sah er in dem Kittel aus wie ein kleiner Saurier, der aus seinem Ei schlüpft.

„Bind's mit dem Gürtel fest.“

„Kommt nicht in Frage! So etwas muß locker den Körper umspielen. Allerdings läßt mir der hier nicht viel Bewegungsfreiheit. Haben Sie nicht vielleicht eine größere Nummer? Außerdem – wenn ich ihn genau betrachte, fällt mir auf, daß er unten um die Ärmel ziemlich gelb ist . . . Und diese Flecken auf der Brust? Hoffentlich nur Ketchup – nicht Blut? Oder ist der letzte Träger dieses Talars von Bravos erstochen worden?“

„Da: Setz auch die Kappe auf.“ Der Mann gab Ignaz ein kleines Rechteck aus weißem Papier.

„Fällt mir nicht ein, daß ich eine Papiermütze aufsetze. Meine Mütze ist durchaus präsentabel und viel gesünder.“

„Aber du kannst keine Jagdmütze tragen. Die hier gehört zur Uniform der Paradiesverkäufer.“

„Ich trage keine Papiermützen! Ich werde mir nicht eine Lungenentzündung holen, nur weil es Ihnen Spaß macht. Stechen Sie zu mit Ihrer Gabel, wenn Sie wollen, aber diese Mütze trage ich nicht. Lieber den Tod als Spott und Krankheit!"

„Also gut – lassen wir das", seufzte der Alte. „Und jetzt nimm diesen Wagen hier."

„Wollen Sie mir tatsächlich zumuten, daß ich mich mit so einer ruinösen Badewanne auf der Straße sehen lasse?" protestierte Ignaz wütend, während er seinen Kittel zurechtzupfte. „Geben Sie mir den glänzenden dort mit den Weißwandreifen!"

„Gut, gut", gestand ihm der Alte widerwillig zu. Dann hob er den Deckel von dem kleinen Kessel ab, der in den Wagen eingebaut war, und übertrug bedächtig mit seiner Gabel ein heißes Würstchen nach dem anderen von dem großen Kessel in den kleinen Kessel. „So: Das ist ein Dutzend." Er hob einen zweiten Dekkel ab. „Und hier hinein gebe ich die Semmeln. Verstanden?" Er schloß den Deckel und öffnete ein Seitentürchen in der glänzenden roten Blechwurst: „Und da drin ist der Spiritusbrenner, der die Würstel warm hält."

„Donnerwetter!" staunte Ignaz. „Wie ein chinesischer Zauberwürfel. Ich fürchte, ich werde nie das richtige Loch finden."

Der Alte hob einen weiteren Deckel vom Hinterende der Wurst.

„Und was ist da drin? Ein Maschinengewehr?"

„Senf und Ketchup."

„Na, ich will mein Bestes tun, obwohl ich für nichts garantieren kann. Vielleicht verkaufe ich an der nächsten Ecke schon den Spiritus."

Der alte Mann rollte den Karren zur Garagentür und sagte: „Mach's gut, mein Sohn. Glück auf!"

„Vielen Dank", erwiderte Ignaz und schob die große Blechwurst auf den Bürgersteig. „Pünktlich in einer Stunde bin ich wieder hier."

„Geh vom Trottoir hinunter!"

„Soll das heißen, daß ich mich mit diesem Ding in den Verkehr werfen soll?"

„Wenn du's auf dem Trottoir schiebst, können sie dich verhaften."

„Fein", meinte Ignaz. „Wenn die Polizei hinter mir her ist, verscheucht sie die Räuber."

Gemächlich schob Ignaz die Wurst durch den dichten Fußgängerverkehr, der sich vor ihr teilte wie Wogen am Kiel eines Schiffes. Das war, dachte Ignaz, als Zeitvertreib doch wesentlich besser als die Besuche bei Personalchefs, von denen ihm nicht nur einer in den letzten Tagen mit ausgesprochener Bosart begegnet war. Ohne Geld für eine Kinokarte wäre er gezwungen gewesen, ziellos und gelangweilt im Geschäftsviertel herumzustreunen, bis er sich zuhause wieder zeigen durfte. Die Passanten streiften Ignaz mit ihren Blicken, aber keiner wollte kaufen. Auf halbem Weg zur nächsten Kreuzung fing er an zu rufen: „Heiße Würstchen! Heiße Paradieswürstchen!"

„Geh runter auf die Straße, Junge!" rief irgendwo hinter ihm der alte Mann.

Ignaz schwenkte um die Ecke und stellte den Karren an einer Hauswand ab. Dann öffnete er die diversen Deckel, machte sich ein Würstchen zurecht und verschlag es heißhungrig. Seine Mutter war die ganze Woche über unleidlich gewesen, hatte sich geweigert, ihm auch nur ein Dr. Nut zu kaufen, und jedesmal, wenn er schreiben wollte, an seine Tür getrommelt und gedroht, daß sie das Haus verkaufen und in ein Altersheim ziehen werde. Sie rühmte vor Ignaz den unverzagten Wachmann Mancuso, der unter widrigsten Umständen *kämpfte,* um seinen Job zu behalten, der arbeiten *wollte* und selbst aus dem demütigenden Exil im Waschraum der Autobuszentrale noch das Beste machte. Die Lage Wachmann Mancusos erinnerte Ignaz an Boethius, als dieser vom Kaiser eingekerkert war und auf seine Hinrichtung wartete. Um seine Mutter zu besänftigen und die häusliche Atmosphäre zu entspannen, hatte er ihr eine Übersetzung des *Trosts der Philosophie* – jenes Werks, das Boethius während seiner Kerkerhaft geschrieben hatte – zur Weiterleitung an Wachmann Mancuso gegeben, damit er es in seiner Zelle studieren könne. „Dieses

Buch lehrt uns hinzunehmen, was wir nicht ändern können. Es handelt von den Leiden eines Gerechten in einer ungerechten Gesellschaft und ist die Grundlage der ganzen mittelalterlichen Philosophie. Bestimmt wird es deinem Wachmann helfen, wenn seine Situation scheinbar auswegslos ist", hatte Ignaz sie wohlwollend belehrt. „Wirklich?" hatte Mrs. Reilly dankbar gestaunt. „Oh, das ist wirklich lieb von dir. Der arme Angelo wird sich gewiß freuen." Zumindest für einen Tag hatte das Geschenk für Wachmann Mancuso der Constantinople Street einen kurzen Frieden gebracht.

Nach Vertilgung des ersten Würstchens genehmigte sich Ignaz ein zweites und überlegte, was es sonst noch an kleinen Aufmerksamkeiten geben könnte, die geeignet wären, ihn für eine Weile vor der Arbeit zu retten. Als ihm eine Viertelstunde später bewußt wurde, daß sich sein Vorrat an Würstchen sichtbar verringert hatte, entschloß er sich, vorläufig seinen Appetit zu bezähmen. Er schob den Karren weiter die Straße entlang und rief wieder: „Heiße Würstchen!"

George, der eben mit einer Ladung von kleinen, in braunes Packpapier gewickelten Päckchen unter dem Arm daherkam, vernahm den Lockruf und wandte sich an den monströsen Wurstverkäufer.

„He – Sie! Geben Sie mir so ein Ding."

Ignaz blickte streng auf den Knaben herab, der sich ihm in den Weg gestellt hatte, und sein Pylorus protestierte sogleich heftig gegen das sauertöpfische Gesicht, das wie angeklebt unter dem pomadisierten Haar hing, gegen die Pickel, gegen die Zigarette hinter dem Ohr, die himmelblaue Jacke, die spitzen Stiefel und die enge Hose, die sich wider alle Regeln der Theologie und Geometrie im Schritt auftrumpfend bauschte.

„Tut mir leid", schnaubte Ignaz. „Mit den paar Würstchen, die ich noch übrig habe, muß ich sparsam umgehen. Bitte lassen Sie mich vorbei."

„Sparsam umgehen? Wer soll die kriegen?"

„Das geht dich nichts an, du Schnösel! Warum bist du nicht in der Schule? Sei nicht lästig: Abgesehen davon hab ich kein Geld zum Herausgeben."

„Ich hab einen Vierteldollar", höhnten die dünnen Lippen.

„Ich gebe sie nur paarweise ab. Verstanden?"

„Was haben Sie denn, Mann?"

„Was *ich* habe? Denk lieber darüber nach, wo's bei dir fehlt! Woher kommt dir dieser widernatürliche Wunsch, am frühen Nachmittag eine Wurst zu essen? Mein Gewissen erlaubt mir nicht, dir eine zu verkaufen: Schau dir doch deinen Teint an! Du bist ein Junge, der noch wächst und für den Aufbau seines Körpers Gemüse braucht – und Orangensaft und Vollkornbrot und Spinat. Ich lasse mich nicht auf eine Verführung von Minderjährigen ein!"

„Was soll das? Verkaufen Sie mir eines von Ihren Würstchen: Ich bin hungrig. Ich habe nichts zu Mittag gehabt."

„Nein!" brüllte Ignaz so wütend, daß die Passanten sich nach ihm umwandten. „Und jetzt verschwinde, bevor ich dich über den Haufen fahre!"

George hob den Deckel von der Semmelwanne und sagte: „Na bitte! Da gibt's doch die Menge! Geben Sie mir eins mit einer Semmel –"

„Zu Hilfe!" schrie Ignaz, der sich plötzlich daran erinnerte, daß ihn der alte Mann vor Überfällen gewarnt hatte. „Ein Dieb stiehlt meine Semmeln! Polizei!"

Ignaz nahm den Karren hoch und stieß ihn in George's Weichteile.

„Au! Paß doch auf, du Trottel!"

„Zu Hilfe! Haltet den Dieb!"

„Sei schon still", fauchte George und knallte den Deckel zu. „Du bist es, der eingesperrt gehört, du dicker Arschficker: Hast du verstanden?"

„Was?" kreischte Ignaz. „Was hast du da gesagt?"

„Dicker Arschficker", wiederholte George lauter und trat beiseite. Die Eisen seiner Absätze klirrten auf dem Bürgersteig. „Und überhaupt: Wer nimmt schon in den Mund, was du in deinen Arschfickfingern gehabt hast?"

„Was fällt dir ein, mich zu beleidigen! Haltet den Buben!“ rief Ignaz wutentbrannt als George in der Menge der Fußgänger untertauchte. „Ist hier niemand mit einem Funken Ehrgefühl, der diesen Jugendkriminellen beim Kragen nimmt? Diesen dreckigen minderjährigen Zwerg! Ohne jeden Respekt vor einem Erwachsenen? Geprügelt gehört so ein Rotzlöffel, bis er nicht mehr sitzen kann!“

„Unglaublich“, bemerkte eine Frau in der Gruppe, die sich um den Karren gebildet hatte. „Ich möchte wissen, wo die heutzutage ihre Wurstverkäufer herkriegen!“

„Gesindel. Alles Gesindel“, antwortete ihr jemand.

„Das macht das Saufen. Alle sind so deppert vom Saufen: Das sag ich Ihnen ... Solche Figuren sollte man gar nicht auf die Straße lassen.“

„Trügt mich mein Verfolgungswahn?“ fragte Ignaz in die Runde. „Redet ihr Idioten tatsächlich über mich?“

„Laßt ihn in Ruhe“, riet jemand. „Schaut nur seine Augen an!“

„Was paßt euch nicht an meinen Augen?“ zischte Ignaz böse.

„Kommt – Gehen wir!“

„Ich bitte darum“, schloß sich auch Ignaz mit zitternden Lippen an und fischte ein Würstchen aus dem Kessel, um seine gestörten Nerven zu besänftigen. Mit fliegender Hand führte er das ellenlange rote Ding zwischen den Semmelhälften zum Mund und stieß es tief hinein. Die Kaubewegung wirkte auf seinen dröhnenden Kopf wie eine Massage.

Als er die Wurst bis auf den Zipfel drinnen hatte, fühlte er sich viel ruhiger.

Er faßte wieder die Griffstange und schob die Carondelet Street hinauf, langsam hinter seinem Karren watschelnd. Getreu seinem Vorsatz, den Häuserblock zu umrunden, bog er um die nächste Ecke und blieb an der altersgrauen Granitmauer der Gallier Hall stehen, um sich an zwei weiteren Würstchen zu stärken, bevor er mit der letzten Etappe seiner Wanderung begann. Als er schließlich in die Poydras Street einschwenkte und wieder das Schild PARADIES VERTRIEBS GES.M.B.H. schräg über dem Bürgersteig hängen sah, verfiel er in einen fast munteren Trab, sodaß er ganz außer Atem die Garage erreichte.

„Hilfe!" keuchte Ignaz erbarmenswürdig, als er den rumpelnden Karren über die niedere Betonschwelle stieß.

„Was gibt's denn? Du solltest doch eine volle Stunde draußen bleiben?"

„Danken wir beide Gott, daß ich überhaupt zurückgekommen bin: Sie haben schon wieder zugeschlagen!"

„Wer?"

„Das Syndikat, die Mafia – wer immer: Schauen Sie meine Hände an!" Ignaz hielt seine zwei Pranken dem Mann vors Gesicht. „Nach diesem traumatischen Erlebnis ist mein ganzes Nervensystem am Rand des Zusammenbruchs. Wundern Sie sich nicht, wenn ich plötzlich in ein Koma verfalle."

„Was zum Kuckuck ist denn passiert?"

„In der Carondelet Street hat mich ein Kerl attackiert, der zu einer von diesen zahllosen Teenager-Banden gehört."

„Er hat dich ausgeraubt?" fragte der alte Mann aufgeregt.

„Auf brutalste Weise! Er hat mir eine große, rostige Pistole an die Schläfe gesetzt – anscheinend genau auf die Schläfenader, denn für eine ganze Weile war die Blutzirkulation völlig unterbunden."

„In der Carondelet Street? Zu dieser Tageszeit? Und niemand hat etwas getan?"

„Natürlich hat niemand etwas getan, so etwas wird ja sogar noch gefördert! Vermutlich genießen die Leute den Anblick eines armen, zappelnden Wurstverkäufers, der vor aller Öffentlichkeit gedemütigt wird. Vermutlich haben sie gefunden, daß der Bursche ein toller Draufgänger ist."

„Wie hat er ausgesehen?"

„Wie tausend andere: Pickel, Schmachtlocke, Polypen – die Standardausgabe eines heranwachsenden Jünglings. Vielleicht hat er auch noch irgendein Muttermal oder eine künstliche Kniescheibe gehabt – ich kann es wirklich nicht beschwören. Als ich so plötzlich in die Mündung der Pistole sah, fiel ich in Ohnmacht –

aus Angst und wegen der mangelnden Blutzufuhr zum Hirn. Und während ich wie tot dort am Bürgersteig lag, plünderte offenbar er den Wagen aus."

„Wieviel Geld hat er erwischt?"

„Geld? Geld überhaupt keines. Es war überhaupt kein Geld da, das er hätte stehlen können, denn es war mir nicht möglich gewesen, zuvor auch nur eine dieser Köstlichkeiten abzusetzen. Er hat die heißen Würstchen gestohlen! Ja. Allerdings nicht alle. Als ich mich erholt hatte, prüfte ich die Bestände. Ein paar dürften noch da sein."

„So etwas hab ich in meinem Leben noch nie gehört!"

„Vielleicht hat ihn der Hunger getrieben? Vielleicht hat sein im Wachstum begriffener Körper an einem Vitaminmangel gelitten, der nach sofortiger Abhilfe schrie? Beim Menschen sind der Nahrungstrieb und der Geschlechtstrieb ungefähr gleich stark, sodaß es nicht einzusehen wäre, warum es zwar Vergewaltigungen, aber keinen bewaffneten Würstelraub geben soll. Ich sehe darin nichts Ungewöhnliches."

„Scheißquatsch!"

„Wieso? Das Ereignis als solches ist ein soziologisches Faktum. Schuld daran ist unsere Gesellschaftsordnung. Dieser Bursche – aufgegeilt durch einschlägige Fernsehsendungen und obszöne Illustrierte – war vermutlich an ein paar Mädchen des konventionelleren Typs geraten, die sich weigerten, ihre Rolle in seinem sexuellen Wunschprogramm zu spielen. Daher hat der unbefriedigte Trieb eine Sublimation auf dem Nahrungssektor gesucht: Und ich war zu meinem Unglück das Opfer. Danken wir Gott, daß es nur ein paar Würstchen waren, an denen sich der Knabe schadlos gehalten hat! Ebensogut hätte er mich vergewaltigen können."

„Vier hat er übriggelassen", stellte der Alte durch einen Blick in den Würstchenkessel fest. „So ein Schwein! Wissen möchte ich nur, wie er die vielen Würste hat tragen können."

„Keine Ahnung", gestand Ignaz. Dann fügte er empört hinzu: „Als ich zu mir kam, stand der Deckel offen. Und natürlich war niemand da, der mir aufgeholfen hätte. In meinem weißen Kittel war ich eben nichts als ein Wurstverkäufer, ein Paria."

„Wie wär's mit noch einem Versuch?"

„Was!? Wollen Sie mir wirklich im Ernst zumuten, in meiner augenblicklichen Verfassung mit Ihren Würstchen hausieren zu gehen? Meine zehn Cent werde ich jetzt vertrauensvoll in die Hände des Tramschaffners legen, und den Rest des Tages werde ich in einem heißen Bad zubringen, damit ich wenigstens äußerlich wie ein normaler Mensch wirke."

„Und morgen? Wollen Sie's nicht doch morgen noch einmal probieren?" fragte der alte Mann voll Hoffnung. „Ich brauche unbedingt einen Verkäufer."

Ignaz überdachte das Angebot eine Weile, wobei er die Narbe auf der Nase des alten Mannes betrachtete und heftig rülpste. Auf jeden Fall würde es sich auch hier um Arbeit handeln, das sollte seiner Mutter genug sein. Man wurde wenig beaufsichtigt, kaum belästigt. Als Ergebnis seiner Überlegungen räusperte er sich und stieß hervor: „Gut. Wenn ich morgen wieder auf den Beinen bin, werde ich vielleicht wiederkommen. Ich kann nicht auf die Stunde voraussagen, wann das sein wird, aber ich würde doch meinen, daß Sie mehr oder weniger mit mir rechnen können."

„Freut mich, mein Sohn", sagte der alte Mann. „Sie können Mr. Clyde zu mir sagen."

„Gern", erwiderte Ignaz, wobei er eine Krume, die er in einem Mundwinkel entdeckt hatte, mit der Zunge einholte. „Und noch eines, Mr. Clyde: Ich werde jetzt in diesem Kittel nachhause gehen, um meiner Mutter zu beweisen, daß ich eine Beschäftigung gefunden habe. Sie ist leider eine recht starke Trinkerin, und ich möchte ihr die Gewißheit geben, daß ich als Lohn für meine Mühen genug Geld heimbringen werde, um ihren Alkoholnachschub zu sichern. Mein Leben ist ein recht hartes – vielleicht werde ich Ihnen eines Tages mehr davon erzählen. Für heute möchte ich es bei ein paar Worten über meinen Pylorus belassen."

„Pylorus?"

„Ja."

II

Jones wischte, ohne hinzuschauen, mit einem Schwamm über die Theke. Lana Lee war einkaufen gegangen, zum ersten Mal seit langem, und hatte zuvor unter anzüglicher Lärmentwicklung die Kassa abgesperrt. Als die Theke zumindest etwas befeuchtet war, ließ Jones den Schwamm in den Eimer fallen und setzte sich in eine der Logen, um die Illustrierte, die ihm Darlene gegeben hatte, durchzublättern. Er zündete eine Zigarette an, aber durch ihren Rauch sah er nur noch weniger von der Illustrierten. Am besten ließ sich in der „Liebesnacht" bei der kleinen Lampe an der Kassa lesen, also ging Jones hinüber zur Theke und schaltete das Licht an. Er hatte eben angefangen, die Einzelheiten einer Cocktailparty auf einer Anzeige für Seagram's Whisky zu studieren, als Lana Lee in die Bar fegte.

„Hab ich mir doch gedacht, daß ich dich nicht allein lassen kann", sagte sie, indem sie aus einer Papiertüte eine Schachtel Tafelkreide nahm und in das Schränkchen unter der Bar schob. „Was fummelst du da an der Kassa herum? Geh und putz den Boden!"

„Ich hab den Boden schon fertig. Ich bin schon'n Fachmann in Bodenputz. Wir Schwarze haben, glaub ich, das Kehren und Wischen im Blut, von der Geburt her. Für einen Schwarzen ist das wie Essen und Schlafen. Wenn Sie'm kleinen Negerkind einen Besen in die Hand geben, fängt es an zu wischen, daß ihm der Arsch platzt: Wetten?"

Jones widmete sich wieder der Seagram's-Anzeige, und Lana versperrte wieder das Schränkchen. Dann besah sie die langen Staubzeilen auf dem Fußboden, die vermuten ließen, daß Jones nicht so sehr aufgewischt als gepflügt hatte. Die Striche, wo der Boden freigelegt war, standen für die Furchen, der Staub an ihren Rändern für die aufgeworfenen Schollen. Lana wußte freilich nicht, daß dies bereits ein erster Sabotageversuch war. Für die Zukunft hatte Jones größere Pläne.

„He – du! Schau dir diesen verdammten Boden an!"

Jones blickte widerwillig durch seine Sonnenbrille und sah

überhaupt nichts. „Pickfeiner Fußboden. Alles in der ‚Liebesnacht' ist erste Klasse."

„Siehst du den Dreck?"

„Für zwanzig Dollar die Woche müssen Sie schon mit'n bißchen Dreck rechnen. Bei sechzig oder siebzig verschwindet der Dreck ganz von selber."

„Für mein Geld erwarte ich eine entsprechende Leistung", fuhr ihn Lana an.

„Na, hören Sie mal: Haben Sie schon versucht, wie einer von meinem Lohn lebt? Bilden Sie sich ein, daß wir Schwarze eigene Geschäfte fürs Essen und fürs Anziehen haben, wo alles billiger ist? Was denken Sie eigentlich, wenn Sie hier auf Ihrem Geld sitzen? Wo ich zuhause bin – wissen Sie, wie sie dort Zigaretten kaufen? Die können sich nicht einmal ein ganzes Päckchen leisten, die kaufen die Zigaretten einzeln – um zwei Cent das Stück! Und meinen Sie, eine schwarze Frau hat's leichter? Scheißdreck! Betteln oder für Sie arbeiten: Viel Unterschied ist da nicht."

„Wer hat dich von der Straße hereingeholt, wie die Bullen wegen Herumtreiberei hinter dir her waren, und hat dir eine Arbeit gegeben? Überleg dir das hin und wieder, bevor du hinter deiner idiotischen Brille einschläfst!"

„Ich einschlafen? Scheiß! Ich möcht Ihnen zeigen, wie der Boden ausschaut, wenn ich's erst einmal im Schlaf mach. Und einer muß ja da sein, der den ganzen Scheißdreck aufwischt, den Ihre armen Trottel von Gästen unter sich gehen lassen. Mir tun sie ja leid, wenn sie hier reinkommen und sich einbilden, daß sie hier'n bißchen Spaß haben werden, und dann kriegen sie'n Doping in'n Drink und holen sich'n Tripper von den Eiswürfeln. Und wenn wir schon bei Ihrem Geld sind, da sollten wir vielleicht drüber reden, ob Sie sich jetzt, wo Ihr Waisenkind nicht mehr kommt, nicht'ne kleine Zulage für mich leisten könnten. Wenn Sie schon mit der Wohltäterei aufgehört haben, wird ja vielleicht was übrig bleiben?"

Lana sagte nichts. Sie heftete die Quittung über die Schulkreide in ihr Ausgabenbuch, um die Rechnungssumme wie die übrigen Abzugsposten bei der Einkommensteuer geltend zu machen. Auch einen gebrauchten Globus hatte sie schon gekauft und ebenfalls in dem Schränkchen verstaut. Jetzt fehlte nur noch ein Buch, darum wollte sie George bitten, wenn sie ihn das nächste Mal sah. Bestimmt hatte er irgendein Buch übrig aus der Zeit, als er noch mehr oder weniger regelmäßig ins Gymnasium gegangen war.

Es hatte eine Weile gedauert, bis der kleine Requisitenfundus beisammen war. Solange die Zivilbullen jeden Abend im Lokal herumgesessen hatten, war Lana zu sehr mit anderen Problemen beschäftigt gewesen, um sich dem Projekt für George zu widmen: Vor allem mit dem Problem Darlene, dieser Schwachstelle in dem Sperrgürtel, den Lana gegen die Bullen um die „Liebesnacht" gelegt hatte. Aber nun waren sie so plötzlich verschwunden, wie sie gekommen waren. Lana hatte jeden einzelnen schon bei der Tür erkannt, und als dann Darlene nicht mehr an der Theke hockte, sondern mit ihrem Vogel übte, fanden die Zivilbullen keinen Angriffspunkt mehr. Lana hatte dafür gesorgt, daß man sie möglichst auffällig ignorierte. Es bedarf einer gewissen Erfahrung, um einen Bullen als solchen zu erkennen, aber jemand, der es begriffen hat, kann sich viele Unannehmlichkeiten ersparen.

Zwei Dinge mußten noch geregelt werden. Eines davon war das Buch: Wenn George unbedingt ein Buch wollte, sollte er es ihr beschaffen. Lana dachte nicht daran, ein Buch zu kaufen – nicht einmal ein gebrauchtes. Zweitens mußte sie jetzt, da die Zivilbullen nicht mehr um die Wege waren, Darlene wieder auf ihren Hocker bringen. Eine wie Darlene hielt man sich besser auf Prozentbasis als mit einer Gage. Außerdem hatte Lana gesehen, was Darlene auf der Bühne mit ihrem Vogel trieb, und vermutete, daß sie lieber doch etwas zuwarten sollte, bevor sie mit der „Liebesnacht" in den Tierhandel einstieg.

„Wo ist Darlene?" fragte sie Jones. „Ich hab ihr und dem Vogel was auszurichten."

„Sie hat angerufen und läßt sagen, daß sie später am Nachmittag hereinkommt und mit dem Vogel ihre Probe macht", erwiderte Jones, ohne von der Whiskyanzeige aufzublicken. „Und erst geht sie noch mit dem Vogel zum Tierarzt, weil sie glaubt, daß er Federn verliert."

„So?"

Lana hatte ihre Gedanken wieder bei Globus, Kreide und Buch: Wenn bei dem Unternehmen etwas herausschaute, lohnte es sich auch, mit Raffinesse und Stil vorzugehen. Lana erwog verschiedene Möglichkeiten des Arrangements, in denen sich Charme und Obszönität vereinen sollten. Nicht zu schweinisch natürlich. Die Kunden, die sie ansprechen wollte, waren immerhin Kinder.

„So: Da sind wir!" rief Darlene munter, als sie in das Lokal trippelte. Sie trug Hosen, eine erbsengrüne Jacke und einen verhüllten Vogelkäfig.

„Richtet euch nicht zu häuslich ein", entgegnete Lana. „Ich hab dir und deinem Freund was zu sagen."

Darlene stellte den Käfig auf der Theke ab und enthüllte einen riesigen, skrofulösen rosaroten Kakadu. Er sah aus, als sei er – wie ein Gebrauchtwagen – bereits durch viele Hände gegangen. Der Vogel legte seinen Schopf zurück und kreischte mißtönend: „Arrrrk!"

„In Ordnung, Darlene. Trag ihn nachhause. Ab heute abend sitzst du wieder an der Bar."

„Lana?!" jammerte Darlene. „Was hast du auf einmal? Wir waren so gut bei den Proben, nur ein paar Kleinigkeiten müssen wir noch ausbügeln. Du wirst sehen: Unsere Nummer wird Spitze!"

„Ehrlich gesagt, Darlene: Ich hab Angst vor dir und dem Vogel."

„Paß auf, Lana." Darlene legte die Jacke ab und zeigte der Chefin die kleinen Ringe, die sie mit Sicherheitsnadeln entlang der Hose und auf der Bluse befestigt hatte. „Siehst du diese Dinger? Die geben unserer Nummer erst den richtigen Pfiff. Ich hab's bei mir zuhaus probiert: Was ganz Neues! Der Vogel hakt sich mit seinem Schnabel in die Ringe ein und reißt mir die Kleider herunter! Die Ringe da sind natürlich nur zum Üben. Wenn ich mir mein Kostüm machen lasse, werden die Ringe über Druckknöpfen aufgenäht, sodaß das Zeug aufplatzt, wenn er daran zupft. Ich verspreche dir, Lana: Das wird die Sensation des Jahres!"

„Solang das Vieh dir nur um den Kopf herumgeflogen ist, war's für mein Gefühl nicht ganz so riskant."

„Aber jetzt hat er eine wirkliche Funktion. Er wird *zupfen*..."

„Ja – und wenn du Pech hast, zupft er dir die Titten weg. Mehr brauch ich nicht als so einen Betriebsunfall, daß mir die Rettung die Gäste verscheucht und das Geschäft umbringt. Oder der Vogel dreht plötzlich durch, fliegt unter die Zuschauer und hackt einem ein Aug aus. Nein, Darlene, ich trau dir und so einem Vogel nicht. Sicherheit hat Vorrang."

„Oh, Lana!" Darlene war völlig gebrochen. „Gib uns eine Chance! Wir werden von Tag zu Tag besser."

„Nein. Vergiß drauf! Und nimm das Vieh von der Bar herunter, bevor es alles vollscheißt." Lana warf das Tuch über den Käfig. „Die gewissen Herren sind wieder fort, und du kannst dich auf dein Stühlchen setzen."

„Dann werde ich mir überlegen, ob nicht ich zu den gewissen Herren gehe und ihnen etwas über gewisse Dinge erzähle, die einer gewissen Dame unangenehm werden könnten."

Jones schaute von einer seiner Reklamen auf. „Wenn die beiden Damen sich gewisse Sachen an den Kopf werfen, kann ich nicht lesen. Was sind das für gewisse Herren und Dinger?"

„Nimm deinen Arsch hoch und tu mit dem Boden weiter!"

„Kommt so ein Vogel in die ‚Liebesnacht', trainiert jeden Tag und bemüht sich...", grinste Jones aus seiner Wolke. „Scheiße! Sie müssen ihm eine Chance geben. Sie können doch nicht einen Vogel behandeln wie einen Schwarzen!"

„Das stimmt", pflichtete ihm Darlene sofort bei.

„Vielleicht reicht's für'n armes Prozentmädchen, was sich die Dame an den Waisenkindern erspart und auch nicht an ihren schwarzen Dreckputzer weitergibt? Wie?"

Jones hatte zugeschaut, wie der Vogel Darlene bei ihren Tanzversuchen umflatterte. Etwas Kläglicheres konnte er sich kaum vorstellen: Darlene und der Vogel waren zusammen soviel wert wie eine wohlausgekochte Sabotage. „Vielleicht braucht's da und dort noch'n bißchen Schliff – 'n bißchen mehr Dreh und Schub – 'n bißchen mehr in die Knie und hinten raus, aber mir gefällt die Nummer."

„Siehst du?" sagte Darlene zu Lana. „Und der Jones kennt sich aus! Die Schwarzen haben das Tanzen im Blut."

„Haben wir", bestätigte Jones.

„Ich möchte auch keine Geschichten erzählen müssen, die jemandem unangenehm werden könnten."

„Wirst du dein Maul halten, Darlene?!" schrie Lana.

Jones hüllte die beiden in ein zartes Rauchgespinst. „Ich find Darlene und den Vogel prima. Bestimmt bringen die zwei eine Menge neue Gäste ins Lokal. Was für ein anderer Klub hat schon so'n Salonadler auf der Bühne?"

„Ihr Deppen glaubt wirklich, daß sich mit Vögeln ein Geschäft machen läßt?" fragte Lana.

„Aber sicher. Die Weißen haben sich schon immer Papageien gehalten und Kanaris: Warten Sie nur, bis die Leute rauskriegen, was für'n Vogel es in der ‚Liebesnacht' für sie gibt! 'n Portier mit Uniform werden Sie vor die Tür stellen müssen für die feinen Herrschaften!" Jones zauberte einen milchblauen Heiligenschein, der zu zerreißen drohte. „Sie werden sehen, wie glatt das läuft, wenn die Darlene und der Vogel in Fahrt sind! Das Mädchen fängt ja erst an im Showbusiness. Sie braucht wen, der ihr'n Startschuß gibt."

„Recht hat er", unterstützte ihn Darlene. „Ich fang erst an im Showbusiness. Ich brauche wen, der mir'n Startschuß gibt."

„Hör auf, du Idiotin! Und du meinst wirklich, du kannst den Vogel dazu kriegen, daß er dich auszieht?"

„Gewiß doch, Chefin!" versicherte Darlene begeistert. „Ganz plötzlich ist mir die Idee gekommen: Ich bin bei mir im Zimmer gesessen und hab ihm zugeschaut, wie er mit seinen Ringen gespielt hat, und da hab ich mir auf einmal gesagt: ‚Darlene, warum nähst du dir nicht ein paar solche Ringe an?'"

„Stell den Quatsch ab", sagte Lana. „Wir werden ja sehen, was er kann."

„So ist's recht!" lobte Jones. „Das wird eine Nummer, die läßt keiner aus."

II

„Verzeih, Santa: Ich hab dich anrufen müssen."

„Wo fehlt's, Irene-Schatz?" erkundigte sich Mrs. Battaglias quäkender Bariton voll Mitgefühl.

„Es geht um Ignaz."

„Was hat er denn schon wieder angestellt, Herzchen? Sag's mir."

„Warte – Ich muß nur schauen, ob er noch in der Wanne sitzt." Mrs. Reilly horchte mißtrauisch nach dem entfesselten Geplantsche, das sich aus dem Badezimmer vernehmen ließ, und fing in der Diele ein dröhnendes Walfischprusten auf, bei dem sich die schilferige Ölfarbe der Badezimmertür kräuselte. „Die Luft ist rein: Er ist noch drin . . . Ich will dich nicht anlügen, Santa, aber heut hat er mir das Herz gebrochen –"

„Oh."

„Vor ungefähr einer Stunde ist er nachhaus gekommen, in einem Aufzug wie ein Metzger!"

„Ausgezeichnet. Hat er sich also doch eine Arbeit gefunden, der dicke Faulpelz!"

„Aber nicht bei einem Metzger, Liebste", dämpfte Mrs. Reilly den Beifall mit Grabesstimme. „Er verkauft heiße Würstchen!"

„Was sagst du?" krächzte Santa. „Er verkauft heiße Würstchen? Du meinst: Auf der Straße?"

„Auf der Straße, Liebste. Wie irgendein Strolch."

„Strolch ist das rechte Wort. Oder noch was Ärgeres. Du brauchst nur den Polizeibericht in der Zeitung lesen: Alles Gauner!"

„Ist das nicht schrecklich?"

„Dem fehlt ein Vater, der ihm den fetten Hintern versohlt!"

„Wie er hereingekommen ist, Santa, hat er mich raten lassen, was für eine Arbeit er gefunden hat. Ich sag zuerst: ‚Metzger' – du verstehst?"

„Klar."

„Drauf er, richtig frech: ‚Rat noch einmal, du bist weit daneben.' Ich rate und rate, gut fünf Minuten lang, bis mir keine Arbeit mehr einfällt, zu der man einen weißen Kittel tragen könnte. Und dann sagt endlich er: ‚Alles falsch. Ich bin ein Würstelmann.' Ich bin fast in Ohnmacht gefallen, Santa – so wie ich war: auf den Küchenboden. Ein schöner Tod wär es für mich gewesen, wenn ich mir den Kopf auf dem Linoleum eingeschlagen hätt . . ."

„Ihm hätte das nichts ausgemacht: Dem nicht!"

„Ihm bestimmt nicht."

„Einfach liegen lassen hätt er dich!"

„Weil er überhaupt nie an seine alte Mutter denkt", bestätigte Mrs. Reilly. „Und das bei der Bildung, die er hat! Verkauft am hellichten Tag Würstel auf der Straße!"

„Und was hast du ihm darauf gesagt?"

„Ich bin nicht dazu gekommen. Bevor ich den Mund aufgemacht hab, war er schon ab ins Badezimmer. Jetzt hat er sich dort eingesperrt und spritzt alles an."

„Ein Moment, Irene: Ich hab eines von den Enkeln über den Tag hier", sagte Santa und schrie am anderen Ende des Drahts jemanden an: „Geh sofort vom Ofen weg, Charmaine! Verschwind jetzt und spiel draußen, sonst hau ich dir den Hintern voll!"

Eine Kinderstimme erwiderte etwas.

„So", wandte sich Santa wieder ganz ruhig an Mrs. Reilly. „Süß sind die Fratzen, aber manchmal gehen mir die Nerven durch. Charmaine! Sofort gehst du jetzt hinaus und spielst mit deinem Fahrrad, sonst knallt's, daß dir die Ohren auf der anderen Seite herauskommen! Wart einen Augenblick, Irene –"

Es knackte, Santa hatte den Hörer hingelegt. Dann brüllte ein Kind, eine Tür schlug zu, und Santa war wieder da.

„Gott, dieses Kind ist manchmal wie taub. Ich will ihr ein paar Spaghetti mit Gulasch kochen, und sie spielt ständig im Topf herum. Ich wollt, die Schwestern in der Schule täten ihr gelegentlich die Hosen runterlassen. Du kennst ja Angelo: Das hättest du sehen sollen, wie den die Schwestern damals in der Schule geprügelt haben! Eine hat ihn richtig in die Tafel hineingeschmissen ... Und darum ist der Angelo jetzt so ein netter, rücksichtsvoller Mann."

„In meinen Ignaz waren die Schwestern ganz verliebt. Er war so ein süßes Kind! Immer hat er die kleinen Heiligenbilder gekriegt, weil er seinen Katechismus auswendig gewußt hat."

„Die Schwestern hätten ihm lieber den Schädel einschlagen sollen."

„Wenn er dann mit seinen Heiligenbildern nachhaus gekommen ist", schluchzte Mrs. Reilly, „da hätt ich wirklich nie gedacht, daß er einmal am hellen Tag als ein Würstelmann enden wird." Mrs. Reilly hustete nervös und laut in die Muschel. „Aber erzähl du mir, Schatz: Wie geht's Angelo?"

„Gerade vorhin hat mich seine Frau angerufen – die Rita – und hat mir gesagt, daß sie meint, er hat sich eine Lungenentzündung geholt, weil er die ganze Zeit in dem Klo sitzt. Ich übertreib nicht, Irene, aber der Angelo schaut aus wie der Tod! Sie behandeln den Jungen nicht richtig bei der Polizei. Er hat den Dienst gern. Wie er mit der Polizeischule fertig war, hättest du meinen können, er hat einen Doktor gemacht, so stolz war er . . ."

„Ja, der arme Angelo schaut nicht gut aus", pflichtete ihr Mrs. Reilly bei. „Einen argen Husten hat er, der Junge. Aber vielleicht hilft es ihm, wenn er das Ding liest, das mein Ignaz mir für ihn gegeben hat. Ignaz sagt, es ist was Erleuchtetes."

„So? Also den Erleuchtungen, die von deinem Ignaz kommen, würd ich nicht trauen. Lauter schweinische Geschichten, stell ich mir vor."

„Wenn ihn jemand mit so einem Würstelwagen sieht . . .!"

„Mach dir nichts draus, Schatz. Deine Schuld ist es nicht, wenn der Balg nichts taugt", grunzte Santa. „Was du wirklich brauchst, ist ein Mann im Haus, der dem Buben den Kopf zurechtsetzt. Ich werd mich einmal nach dem netten alten Herrn umschauen, der sich nach dir erkundigt hat."

„Ich brauch keinen alten Herrn. Ich möcht ein nettes Kind, das ist alles!"

„Zerbrich dir nicht den Kopf. Überlaß es nur mir, ich werd das schon richten. Der Mensch vom Fischgeschäft behauptet, daß er nicht weiß, wie der alte Herr heißt, aber ich find's schon noch heraus. Ich glaub sogar, ich hab ihn erst vor kurzem in der St. Ferdinand Street gesehen."

„Und er hat nach mir gefragt?"

„Nein, das nicht – ich meine: Ich bin gar nicht so weit gekommen, daß ich mit ihm geredet hätte. Ich bin nicht einmal sicher, daß es derselbe gewesen ist."

„Siehst du? Der alte Herr denkt überhaupt nicht an mich."

„Sprich nicht so, Mädchen! Jetzt frag ich einmal in der Stehbierhalle und schau mich am Sonntag bei der Messe um. Ich krieg schon heraus, wie er heißt."

„Dem alten Herrn bin ich ganz egal."

„Aber es ist doch nichts Schlimmes, wenn du ihn kennenlernst."

„Ich hab schon genug Probleme mit meinem Ignaz. Es ist so eine Schande, Santa! Stell dir vor, die Miss Annie – unsere Nachbarin – sieht ihn mit so einem Würstelwagen! Wo sie sowieso drauf aus ist, daß wir unter Polizeiaufsicht gestellt werden sollen! Die ganze Zeit sitzt sie hinter ihren Fensterläden und spioniert uns nach."

„Hör nicht auf die Leute, Irene", riet ihr Santa. „Die bei uns im Block haben auch ein dreckiges Maul, und wie's hier in der Pfarre St. Oda von Cluny ist, so ist's überall. Die Leute sind bösartig von Natur, glaub's mir. Ein Weibsbild gibt's da bei uns, die hau ich bald einmal in die Gosche, wenn sie noch lang über mich redet. Jemand hat mir erzählt, daß sie mich eine ‚Lustige Witwe' nennt! Aber ich werd mich schon revanchieren: Ich hab einen starken Verdacht, daß sie was mit einem hat, der unten auf der Werft arbeitet. Vielleicht schreib ich einmal einen anonymen Brief an ihren Mann, daß er ihr beibringen soll, wo Gott wohnt."

„Ich weiß genau, wie das ist, Schatz! Du weißt ja, als junges Mädchen hab ich in der Dauphine Street gewohnt. Diese anonymen Briefe, die mein Pappa gekriegt hat – über *mich*! Bösartig. Ich hab immer vermutet, daß meine Cousine sie geschrieben hat, diese arme alte Jungfer."

„Was für eine Cousine meinst du?" fragte Santa interessiert, denn die blutrünstigen Biographien von Mrs. Reillys Verwandten hatten sich immer als hörenswert erwiesen.

„Die mit dem kochenden Wasser, das sie sich als Kind über den Arm geschüttet hat. Sie hat irgendwie verbrüht gewirkt: Verstehst du, wie ich es meine? Immer seh ich sie vor mir, wie sie zuhause bei ihrer Mamma am Tisch sitzt und schreibt. Möglich, daß sie was über mich geschrieben hat. Wie es zwischen mir und meinem Seligen angefangen hat, war sie sehr eifersüchtig."

„So ist das Leben", bemerkte Santa. Eine Verbrühte nahm sich in Irenes Familienalbum relativ armselig aus. Dann fügte Santa heiser und munter hinzu: „Ich werd für dich, Angelo und seine Frau – wenn sie kommt – eine Party organisieren."

„Ach, Santa, das ist wirklich reizend von dir, aber mir ist augenblicklich wenig nach Parties zumute."

„Wird dir gut tun, wenn du'n bißchen rauskommst, Kind! Und wenn ich den alten Herrn auftreibe, lade ich ihn dazu ein. Dann kannst du mit ihm tanzen."

„Laß den alten Herrn von mir grüßen, wenn du ihn siehst."

Hinter der Badezimmertür lag Ignaz schlaff im lauwarmen Wasser, steuerte mit einem Finger die Seifenschale aus Plastik kreuz und quer durch die trüben Fluten und horchte gelegentlich nach seiner Mutter, die sich am Telephon unterhielt. Ab und zu ließ er die Seifenschale kentern, daß sie sich mit Wasser füllte und sank, tastete dann am Wannenboden nach ihr, leerte sie und ließ sie abermals in See stechen. Das blaue und das gelbe Auge ruhten auf dem Klodeckel, wo ungeöffnet ein brauner Briefumschlag lag. Seit einer Weile schon rang er mit dem Entschluß, ob er den Umschlag öffnen sollte oder nicht. Der Schock, eine Arbeit gefunden zu haben, hatte den Pylorus angegriffen, und während er sich wie ein rosiges Nilpferd suhlte, wartete er darauf, daß das warme Wasser einen Beruhigungseffekt haben würde. Vor der Arbeit bei der Paradies Vertriebs Ges.m.b.H. fürchtete er sich nicht; die meiste Zeit wollte er den Karren unten beim Fluß abstellen und Notizen für das Tagebuch zusammenstellen. Mr. Clyde hatte eine gewisse väterliche Ausstrahlung, die Ignaz sympathisch fand. Außerdem ließ er sich als Figur – der Alte Mann, der narbige und wettergegerbte Wurstbaron – ausgezeichnet für das Tagebuch verwenden.

Zu guter Letzt fühlte sich Ignaz hinlänglich entspannt, hob seinen triefenden Rumpf aus dem Wasser und griff nach dem Umschlag.

„Warum sie immer diese Umschläge nehmen muß?" fragte er sich gereizt, während er den Poststempel auf dem dicken lohfarbenen Papier entzifferte: PLANETARIUM STATION, NEW YORK. „Den Brief hat sie wahrscheinlich mit Waschblau oder noch was Ärgerem geschrieben."

Er riß den Umschlag auf, ohne darauf zu achten, daß er samt Inhalt naß wurde, und zog ein gefaltetes Plakat heraus, auf dem in großen Lettern zu lesen war:

VORTRAG! VORTRAG!
M. Minkoff
spricht ohne Blatt vor dem Mund über
Sex und Politik:
Die Befreiung des Eros als Waffe gegen die Reaktion
Donnerstag, 28. Februar, 20 Uhr
C.V.J.M. – Großer Saal

Eintritt 1 Dollar – oder deine Unterschrift auf M. Minkoffs Forderungsprogramm: Mehr Sex für alle – Mehr Recht für Minderheiten! (Zur Einreichung in Washington vorgesehen) Rette Amerika mit deiner Unterschrift vor sexueller Repression, Keuschheitswahn und Angstkomplexen! Bist du bereit, mit uns für dieses hohe Ziel zu kämpfen?

„Gütiger Heiland!" schnaubte Ignaz durch seinen tropfenden Schnurrbart. „Jetzt darf sie schon öffentliche Reden halten! Was soll dieser absurde Vortragstitel?" Angeekelt las er den Text ein zweites Mal. „Also, auf jeden Fall wird sie ohne Blatt vor dem Mund sprechen . . . So pervers es ist: Ich würde gern hören, was das Gör den Leuten da verzapft. Das schlägt nun wirklich allem ins Gesicht, was Scham und Sitte heißt."

Ignaz folgte der mit einem Pfeil unterstrichenen Aufforderung in der unteren Ecke: BITTE WENDEN! und nahm sich die von Myrna beschriebene Kehrseite des Plakats vor:

Sehr geehrte Herren!
Was ist los mit Dir, Ignaz? Du hast mir nicht geantwortet! Allerdings kann ich Dir nicht wirklich einen Vorwurf daraus machen. Ich bin Dich vielleicht in meinem letzten Brief etwas zu scharf angegangen. Trotzdem war es nur Sorge wegen Deiner paranoiden und wahrscheinlich in Deinem ungesunden Verhältnis zur Sexualität begründeten Wahnvorstellungen, die mir die Hand geführt hat. Du wirst Dich erinnern, daß ich Dir seit unserer ersten Begegnung mit gezielten Fragen zugesetzt habe, um Dir Deine Sexualstruktur bewußt zu machen. Kein anderer Wunsch hat mich dabei bewegt, als Dir zu helfen, Dich selbst und Dein Glück im vollkommenen, natürlichen Orgasmus zu finden. Ich achte Deine intellektuelle Qualitäten und habe auch immer für Deine exzentrischen Neigungen viel Verständnis aufgebracht, aber gerade darum möchte ich es erleben, daß Du Dich auf jenes Niveau erhebst, wo Sexus und Intellekt in ein vollendetes Gleichgewicht einpendeln. (Ein ordentlicher, richtig explosiver Orgasmus würde eine purgierende Wirkung für Dein ganzes Wesen haben und Dich aus Deinen düsteren Träumen befreien.) Bitte sei mir nicht bös wegen des Briefs!

Auf das Plakat werde ich noch eingehen, weil ich annehme, daß es Dich interessiert, wie es zu diesem kühnen Vortrag gekommen ist. Zunächst muß ich Dir aber melden, daß aus dem Film nichts wird, also auch nichts mit Dir in der Hausherrenrolle, wenn Du je daran gedacht hast. Gescheitert ist das Projekt vor allem am Geld. Aus meinem Vater konnte ich keinen lausigen Rubel mehr herausmelken, und die Folge war, daß Leola, unsere Entdeckung aus Harlem, wegen ihrer Gage (die wir nicht zahlen konnten) aufbegehrte und dabei ein paar Bemerkungen fallen ließ, die mir einen leicht antisemitischen Unterton zu haben schienen. Aber was sollen wir schon mit einem Mädchen anfangen, das nicht einmal genug Idealismus besitzt, um auch ohne Gage an einem Projekt mitzuarbeiten, das ihrer ganzen Volksgruppe zugut kommt? Samuel hat beschlossen, als Forstadjunkt nach Montana zu gehen, weil er ein allegorisches Stück schreiben will, das in einem finsteren Wald (Unwissenheit und milieubestimmtes Verhalten) spielt, und darum ein Gefühl für Wald kriegen will. Wie ich Samuel kenne, wird er einen miserablen Förster abgeben, aber dafür ein Stück liefern, das die Leute herausfordert, aufrüttelt und mit vielen unbequemen Wahrheiten konfrontiert. Halt ihm die Daumen – er ist großartig.

Jetzt aber zu dem Vortrag: Endlich sieht es so aus, als ob ich ein Forum für meine Philosophie etc. gefunden hätte. Es ergab sich aus einer merkwürdigen Verkettung von Zufällen. Vor ein paar Wochen war ich auf einer Party, die einige Freunde für einen unglaublich lebendig-wirklichen Knaben gaben, der gerade aus Israel zurückgekommen war. Er war fabelhaft. Mehr kann ich nicht sagen.

Ignaz ließ etwas Paradiesgas ab.

Stunden und Stunden hat er uns Volkslieder vorgesungen, die er von dort mitgebracht hat – Lieder voll echtem Ausdruck, ein schlagender Beweis für meine Theorie, daß sich in der Musik vor allem Gefühl und sozialer Protest äußern soll. Seinetwegen sind wir Stunden und Stunden dort sitzen geblieben, haben ihm zugehört und immer noch etwas wollen. Dann haben wir angefangen zu diskutieren – auf sehr verschiedenen Ebenen –, und ich habe ihm erzählt, was mir so im allgemeinen am Herzen liegt.

„Äaah", gähnte Ignaz heftig.

Darauf sagte er: „Warum frißt du das alles in dich hinein, Myrna? Warum stellst du dich nicht den Leuten?" Ich habe ihm erwidert, daß ich oft darüber in Diskussionsgruppen und bei der Gruppentherapie gesprochen habe. Auch von meinen Leserbriefen habe ich ihm erzählt, die in der *New Democracy* und in *Man and Masses* und in *Now!* abgedruckt worden sind.

„Komm jetzt endlich aus der Wanne, Bub!" unterbrach Mrs. Reilly die Lektüre ihres Sohns.

„Warum?" fragte er durch die Tür. „Willst du baden?"

„Nein."

„Dann laß mich bitte in Ruhe."

„Du bist schon zu lang drin."

„Ich versuche gerade, einen Brief zu lesen."

„Einen Brief? Wer hat dir einen Brief geschrieben?"
„Meine liebe Freundin Minkoff."
„Aber du hast mir gesagt, daß sie dich ihretwegen bei Hosen-Levy gefeuert haben."
„Ja, das stimmt. Vielleicht bin ich ihr dafür sogar zu Dank verpflichtet. Es ist durchaus möglich, daß mir meine neue Arbeit gefällt."
„Es ist wirklich ein Elend mit dir", stellte Mrs. Reilly traurig fest. „Erst feuern sie dich aus einem Zwanzig-Dollar-Job in einer Fabrik – und jetzt verkaufst du Würstel auf der Straße. An deiner Stelle würde ich aber sehr aufpassen, Ignaz, daß dich der Würstelmann nicht auch noch feuert. Weißt du, was Santa gesagt hat?"
„Bestimmt etwas sehr Tiefgründiges und Erhellendes, was immer es war. Allerdings dürfte es nicht leicht sein, ihr zu folgen, wenn sie unsere teure Muttersprache vergewaltigt."
„Sie hat gesagt, daß dir jemand fehlt, der dir den Hintern versohlt."
„Soviel Artikulationsvermögen hätte ich ihr gar nicht zugetraut."
„Und was macht diese Myrna jetzt?" erkundigte sich Mrs. Reilly mißtrauisch. „Warum schreibt sie so viel? Der hätt ein ausgiebiges Bad gut getan!"
„Auf Wasser ist Myrnas Seele nur in oralen Zusammenhängen eingerichtet."
„Was?"
„Bitte hör auf zu schreien wie ein Fischweib und geh! Hast du nicht eine Muskatellerflasche in der Röhre? Laß mich jetzt in Frieden. Ich bin nervös."
„Nervös? Über eine Stunde sitzst du schon in dem heißen Wasser!"
„Heiß kannst du es nicht mehr nennen."
„Dann geh heraus!"
„Warum legst du soviel Wert darauf, daß ich aus der Wanne gehe? Mir fehlt da wirklich jedes Verständnis für dich, Mutter. Gibt es nicht irgend etwas im Haushalt, das du unbedingt gerade

jetzt tun willst? Heute früh ist mir aufgefallen, daß der Staub in der Diele sich schon zu Kugeln verdichtet, die groß wie ein Fußball sind. Putz das Haus! Ruf die Zeit an! Mach irgend etwas! Mach ein Schläfchen! Du schaust in den letzten Tagen sowieso recht überdreht aus."

„Wie sollte ich nicht, Bub? Du brichst deiner armen Mamma das Herz. Was würdest du tun, wenn ich tot umfalle?"

„Also ich hab genug von dieser blöden Unterhaltung. Wenn du willst, kannst du ohne mich weiterreden. Aber leise! Ich muß mich auf die Bosheiten konzentrieren, die sich Miss Minkoff für diesen Brief ausgedacht hat."

„Ich halt's nicht mehr aus, Ignaz! Du wirst sehen: Demnächst trifft mich der Schlag, und du findest mich in der Küche liegen. Wart's nur ab, Kind! Und dann stehst du ganz allein in der Welt. Auf die Knie wirst du fallen und Gott für alles um Vergebung bitten, was du deiner Mutter angetan hast!"

Im Badezimmer war es still. Mrs. Reilly wartete auf ein Plantschen oder Papiergeraschel, aber hinter der Badezimmertür hätte ebensogut ein Grab liegen können. Nachdem sie ein paar Minuten vergeblich gewartet hatte, ging sie aus der Diele zum Backrohr. Als Ignaz das Knarren der Backrohrtür hörte, wandte er sich wieder dem Brief zu.

Er sagte: „So wie du bist und redest, müßtest du zu den Leuten in die Gefängnisse gehen." Dieser Bursche war wirklich erstaunlich, von seiner Intelligenz abgesehen ein wirklicher *Mensch.* Außerdem so liebenswürdig und taktvoll, daß ich ganz verwirrt war. (Vor allem nach Samuel, der zwar sehr engagiert und tapfer ist, aber auch ein bißchen gar zu laut und irgendwie ein Rüpel.) Nie vorher ist mir jemand über den Weg gelaufen, der sich so vorbehaltlos wie dieser Volksliedsänger dem Kampf gegen Reaktion und Vorurteile verschrieben hätte. Sein bester Freund ist ein schwarzer Abstrakter, sagte er, der seinen Protest und Ekel in tollen Schmierereien auf der Leinwand ausdrückt, wobei er sie manchmal auch noch mit einem Messer zu Fetzen zerschlitzt. Dann hat er mir auch noch dieses brillante Memorandum gegeben, in dem bis in alle Einzelheiten nachgewiesen wird, daß der Papst versucht, ein Arsenal von Atomwaffen aufzubauen: Mir hat das wirklich die Augen geöffnet, ich habe es an den Chefredakteur der *New Democracy* weitergeschickt als Munition für seinen Krieg gegen die Kirche.

Davon abgesehen hatte er aber auch noch ein tolles Pamphlet gegen den „Protestantischen Herrenmenschen“: Und wie er gegen die geschimpft hat! Ein Supertyp, sag ich Dir.

Am nächsten Tag schon ruft er mich an: Ob ich nicht einen Vortrag vor der Basisgruppe halten will, die er irgendwo in Brooklyn Heights aufgebaut hat? Ich war überwältigt. In dieser Welt, wo der Mensch dem Menschen ein Wolf ist, begegnet man selten einem Freund – so habe ich jedenfalls gedacht. Um die Sache so kurz als möglich zu machen: Ich habe von der Pike auf gelernt, daß die Vortragerei auch so etwas ist wie das Schauspielen. Vom Bett zur Bühne … Du verstehst?

„Will sie tatsächlich, daß ich ihr diese Geschmacklosigkeiten abnehme?“ fragte Ignaz die im Wasser treibende Seifenschale. „Dieses Mädchen hat auch nicht das geringste Schamgefühl!“

Wieder einmal mußte ich mich damit abfinden, daß offenbar mein Körper manche Menschen mehr anspricht als mein Geist.

„Ähem“, seufzte Ignaz.

Eigentlich würde es mir viel geben, diesen Scharlatan von Volksliedsänger, der vermutlich auch jetzt wieder hinter irgendeinem Mädchen mit liberalen Idealen her ist, vor aller Öffentlichkeit bloßzustellen. Jemand hat mir gesagt, daß der „Volksliedsänger“ angeblich in Wahrheit ein Wiedertäufer aus Alabama ist. So was von Hochstapler! Ich habe mir sogar die Mühe genommen, diesem Memorandum nachzugehen – nur um herauszufinden, daß es vom Ku-Klux-Klan gedruckt worden ist! Vielleicht kannst Du daraus ahnen, wie schwer es heutzutage ist, seinen Weg durch diesen ideologischen Sumpf zu finden. Ich hatte tatsächlich geglaubt, daß es sich um ein anständiges liberales Memorandum handelt. Darauf mußte ich natürlich einen Canossagang zu dem Chefredakteur der *New Democracy* antreten und ihm gestehen, daß das Memorandum, das ich ihm geschickt hatte, zwar durchaus brisant ist, aber von den falschen Leuten stammt … Der protestantische Herrenmensch hat zurückgeschlagen und mich diesmal auch erwischt … Irgendwie erinnert mich das an diese Geschichte damals, als sich herausstellte, daß das Eichhörnchen, das ich im Poe Park fütterte, in Wahrheit eine Ratte war – obwohl sie auf den ersten Blick ganz wie ein echtes Eichhörnchen ausgesehen hatte. Wir lernen nur durch Erfahrung … Weil man aber immer von seinen Irrtümern profitieren soll, hat mich dieser Scharlatan auf eine Idee gebracht: Ich bin einfach zum CVJM gegangen und habe gefragt, ob sie mich für einen Abend in ihren Vortragssaal lassen, und nach einigem Palavern haben sie nachgegeben. Das Publikum hier in Bronx wird zwar etwas spießig sein, aber wenn die Sache gut läuft, arbeite ich mich vielleicht bis ins CVJM an der Lexington Avenue hinauf, wo wirklich bedeutende Denker wie Norman Mailer und Seymour Krim ihren Dampf ablassen. Zumindest den Versuch ist es wert.

Ich hoffe sehr, daß Du weiter an Deiner Individuation arbeitest, Ignaz. Ist die Paranoia schlimmer geworden? Wenn Du mich fragst, ist die Ursache Deiner Paranoia darin zu suchen, daß Du ständig in diesem Zimmer steckst und Dich darum vor der Außenwelt fürchtest. Ich begreife auch nicht, warum Du unbedingt dort unten zwischen den Alligatoren leben mußt. Abgesehen davon, daß Deine ganze Psyche nach einem Generalservice schreit, verfügst Du über eine Intelligenz, die hier in N. Y. wirklich aufblühen würde. Bei meinem letzten Besuch, als ich auf dem Weg von Mississippi durchkam, warst Du in einer recht schlechten Verfassung. Vermutlich gibst Du Dich jetzt, wo Du in dieser Bruchbude mit Deiner Mutter als einziger Gesellschaft haust, völlig Deinen regressiven Neigungen hin. Schreien Deine natürlichen Instinkte nicht nach Befriedigung? Ein schönes und erfülltes Verhältnis würde Dich verwandeln, Ignaz! Ich weiß das. Du bist total in ödipalen Komplexen befangen, die Deinen Geist ersticken!

Ich kann mir auch nicht vorstellen, daß sich in Deinen Ansichten über Gesellschaft und Politik irgendein Fortschritt zeigt. Hast Du Deinen Plan fallen gelassen, eine Partei zu gründen oder einen Kandidaten aufzustellen, der Präsident von Gottes Gnaden werden soll? Ich kann mich erinnern, daß Du mir mit dieser Idee gekommen bist, als ich Dich endlich aufstöberte und Dir Deine politische Apathie vorwarf. Natürlich war es ein durchaus reaktionäres Projekt, aber es ließ doch annehmen, daß Du etwas wie politisches Bewußtsein entwickelst. Bitte schreib mir auch darüber! Ich bin sehr besorgt. Wir brauchen in diesem Land ein Dreiparteiensystem, und der Einfluß der Faschisten nimmt von Tag zu Tag zu. Diese Gottesgnadenpartei wäre genau das, um Randgruppen anzusprechen und einen guten Teil von den potentiellen Anhängern der Faschisten zu neutralisieren.

Ich muß jetzt aufhören. Hoffentlich wird der Vortrag ein Erfolg. Vor allem Du würdest von dem, was ich zu sagen habe, profitieren. Wenn Du übrigens wirklich einmal Deine Gottesgnadenbewegung aufziehst, bin ich gern bereit, hier heroben eine Basisgruppe zu organisieren. Bitte, Ignaz: Laß Dich aus diesem Haus in die Welt locken! Ich sehe sonst sehr schwarz für Deine Zukunft. Du hast immer zu meinen wichtigsten Projekten gehört, und ich interessiere mich brennend für Deinen gegenwärtigen Geisteszustand. Erheb Dich also aus Deinem Pfuhl und schreib!
M. Minkoff

Später saß Ignaz, seine rosige, rotfleckige Nacktheit in den alten, mit einer Sicherheitsnadel um die Hüften zusammengehaltenen Flanellschlafrock gehüllt, in seinem Zimmer am Schreibtisch und füllte seine Füllfeder. In der Diele telephonierte Mrs. Reilly nun mit jemand anderem und sagte: „Und dabei hab ich das ganze Geld von der Versicherung, das von seiner armen Oma Reilly da war, bis auf den letzten Cent für ihn ausgegeben, damit er im College bleiben kann. Ist das nicht schrecklich? Das viele Geld – einfach zum Fenster hinausgeschmissen!" Ignaz rülpste, öffnete eine Schublade und suchte nach dem Briefpapier, das er noch vorhanden glaubte, fand allerdings zunächst nur das Jo-Jo, das er vor ein paar Monaten dem Filipino abgekauft hatte, der damit von Haus zu Haus gegangen war. Auf der einen Seite trug das Jo-Jo das Relief einer Palme, das der Filipino auf Ignaz' Bitte hineingeschnitzt hatte. Ignaz ließ das Jo-Jo an seiner Schnur ablaufen, aber die Schnur riß und das Jo-Jo schlitterte über den Boden unter das Bett, wo es auf einem Haufen Expreßpostpapier und alten Illustrierten landete. Ignaz zupfte den Rest der Schnur von seinem Finger, tauchte noch einmal in die Schublade und fand ein Blatt mit dem Briefkopf von Hosen-Levy.

Geliebte Myrna:
Hiemit bestätige ich den Empfang Deiner abgeschmackten Auslassungen. Bildest Du Dir im Ernst ein, daß ich mich für Deine billigen Affären mit solchen Untermenschen wie Volksliedsängern interessiere? In jedem Deiner Briefe finde ich irgendeinen Hinweis auf Dein unappetitliches Privatleben: Bitte beschränke Dich gefälligst auf etwas wesentlichere Themen! Dann gelingt es Dir vielleicht, Obszönitäten und Geschmacklosigkeiten zu vermeiden. Den Vergleich mit der Ratte und dem Eichhörnchen bzw. dem Rattenhörnchen oder der Hörnchenratte finde ich allerdings sehr bildhaft und wirklich ganz ausgezeichnet.

Wenn Du in finsterer Nacht Deinen dubiosen Vortrag hältst, wird Dein Publikum vermutlich aus einem einzigen, einsamen und alten Bibliothekar bestehen, der zufällig das Licht in den Fenstern des Vortragssaals gesehen hat und von der Hoffnung angelockt worden ist, der Kälte und den Schrecken seines privaten Höllenpfuhls zu entrinnen. Wenn er dann im Vortragssaal so allein vor dem Podium hockt, Deine näselnde Stimme zwischen den leeren Stuhlreihen hallt und Du den armen Krüppel erst anödest, dann verwirrst und ihm schließlich Deine vaginalen Anspielungen Satz für Satz in den kahlen Schädel treibst, bis er völlig durchdreht, wird er sich plötzlich entblößen und verzweifelt sein Schrumpelschwänzchen wie eine Keule schwingen, um das Geräusch, von dem ihm schon die Ohren sausen, abzuwehren. An Deiner Stelle würde ich den Vortrag sofort absagen, und ich bin sicher, daß die Verantwortlichen des CVJM darüber nur froh sein werden, besonders wenn sie Gelegenheit gehabt haben, dieses geschmacklose Plakat zu sehen, das jetzt vermutlich an jedem Telegraphenmast von Bronx klebt.

Deine Kommentare zu meinem Innenleben sind völlig überflüssig und beweisen nur einen beklagenswerten Mangel an Takt und Schamgefühl.

Tatsache ist, daß ich mich einer Metamorphose unterzogen habe: Ich befasse mich seit kurzem sehr aktiv mit dem Vertrieb von Nahrungsmitteln und bezweifle daher, daß ich in Zukunft viel Zeit für die Korrespondenz mit Dir erübrigen kann.

In Eile
Ignaz

Acht

Laß sie!“ sagte Mr. Levy. „Du siehst doch, daß sie schlafen will.“

„Sie allein lassen?“ Mrs. Levy setzte Miss Trixie auf der gelben Nyloncouch zurecht. „Du verstehst anscheinend nicht, Gus, daß eben das die Tragödie dieser armen Frau ist. Immer war sie allein. Sie braucht jemanden. Sie braucht Liebe.“

„Pah.“

Mrs. Levy war eine Frau mit Interessen und Idealen, die im Lauf der Jahre gewechselt, sie aber immer voll in Anspruch genommen hatten: Bridge, Usambaraveilchen, Susan und Sandra, Golf, Miami, Fanny Hurst und Hemingway, Fernstudium, Haarpflege, Sonne, erlesene Kochrezepte, Kunsttanz und – in den letzten Jahren – Miss Trixie. An Miss Trixie war sie nie wirklich herangekommen, was sich auch im Zusammenhang mit dem Programm, das ihr in dem Fernkurs für Psychologie vorgeschrieben worden war, als sehr mißlich erwiesen hatte. Sie war bei dem Kurs kläglich abgestunken, das Fernlehrinstitut hatte sich geweigert, ihr auch nur die Note F zu geben. Nun aber, nachdem Mrs. Levy bei der Partie um den hinausgeschmissenen jungen Idealisten ihre Karten so klug ausgespielt hatte, war Miss Trixie da – Runzeln, Augenschirm, Tennisschuhe und all das wenige, was sonst noch zu ihr gehörte. Mr. Gonzalez hatte mit Freuden seiner Hilfsbuchhalterin einen Urlaub von unbestimmter Dauer gewährt.

„Miss Trixie“, sagte Mrs. Levy sanft. „Wachen Sie auf!“

Miss Trixie schlug die Augen auf und krächzte: „Bin ich in Pension?“

„Aber nein, Liebste.“

„Was?“ fauchte Miss Trixie. „Ich hab gemeint, ich bin in Pension!“

„Sie halten sich für alt und müde, Miss Trixie. Das ist sehr schlimm.“

„Wer?"
„Sie."
„Oh. Ja. Ich bin sehr müde."
„Sehen Sie?" sagte Mrs. Levy. „Es ist alles nur Ihre Einbildung. Sie haben eine Alterspsychose, aber in Wahrheit sind Sie noch immer eine sehr anziehende Frau. Sie müssen zu sich selbst sagen: ‚Ich bin noch immer sehr anziehend. Ich bin eine begehrenswerte Frau.'"
Miss Trixie kippte schnarchend in Mrs. Levys gelackte Frisur.
„Laß sie doch in Ruhe, Madame Freud!" schaltete sich Mr. Levy, ärgerlich von *Sport und Bild* aufschauend, ein. „Fast wär's mir lieber, ich hätte Susan und Sandra da, sodaß du mit ihnen spielen könntest. Was ist eigentlich mit deiner Canastarunde?"
„Sei still, du Niete! Wie soll ich Canasta spielen, wenn ich hier einen akuten psychologischen Fall habe?"
„Psychologischer Fall? Senil ist sie. Bis wir hier waren, habe ich bei wenigstens dreißig Tankstellen stehenbleiben müssen. Zuletzt war ich's satt, jedesmal auszusteigen und ihr zu zeigen, wo's zu den Herren und wo's zu den Damen geht, und hab's ihr überlassen, wo sie hin will. Ich hab's von der wissenschaftlichen Seite genommen und mir von ihr das Gesetz der Wahrscheinlichkeit beweisen lassen. Ich hab auf sie gewettet, und sie ist pari herausgekommen."
„Mehr will ich gar nicht wissen", verwarnte ihn Mrs. Levy: „Kein Wort mehr! Es ist zu typisch für dich, deine anale Phantasie unter wirklich jedem Vorwand auszuleben!"
„Ist jetzt Lawrence Welk im Fernsehen?" fragte Miss Trixie plötzlich.
„Nein, Liebste: Ruhig – ganz ruhig . . ."
„Es ist aber Samstag!"
„Keine Sorge: Ich werde ihn bestimmt einschalten. Aber jetzt möchte ich von Ihnen wissen, was Sie träumen."
„Ich hab's vergessen."
„Versuchen Sie es", beharrte Mrs. Levy, nahm ihren versilberten Kugelschreiber und trug etwas in ihren Kalender ein. „Sie

müssen es versuchen, Miss Trixie! Ihre Denkfähigkeit ist ganz verkümmert. Sie sind wie ein Krüppel!“

„Ich bin vielleicht alt, aber ein Krüppel bin ich nicht!“ widersprach Miss Trixie empört.

„Du regst sie doch nur auf mit deiner milden Seele“, meinte Mr. Levy. „Mit dem, was du von Psychoanalyse weißt, verkorkst du ihr noch den Rest von Hirn, den sie im Schädel hat. Sie will in Pension gehen und schlafen, sonst nichts.“

„Du hast schon dein eigenes Leben kaputt gemacht: Tu ihr nicht dasselbe an! Das ist kein Fall für eine Pensionierung. Sie muß das Gefühl haben, daß sie gebraucht und begehrt und geliebt wird . . .“

„Leg dich auf dein verdammtes Möbel und laß sie schlafen!“

„Wir waren uns doch einig, daß wir meinen Heimtrainer aus dieser Sache herauslassen.“

„Laß sie in Ruhe – und mich auch! Setz dich auf dein Strampolin.“

„Nicht so laut, bitte!“ krächzte Miss Trixie und rieb sich die Augen.

„Wir dürfen einander in ihrer Gegenwart nicht so anfahren“, flüsterte Mrs. Levy. „Geschrei und Streiterei macht sie nur noch unsicherer.“

„Ausgezeichnet. Sei also bitte still. Und verschwinde mit dieser Mumie aus meinem Spielzimmer.“

„So ist's recht! Denk nur immer an dich allein . . . Wenn dein armer Vater dich sehen könnte!“ Mrs. Levys blaue Lidschatten hoben sich angewidert. „Ein übertragener Playboy, der seinen Appetit anregen will.“

„Appetit?“

„Jetzt haltet doch endlich den Mund!“ verwahrte sich Miss Trixie. „Das war schon ein Unglückstag, an dem ihr mich hierher gebracht habt, bei Gomez war es viel angenehmer. Nett und ruhig. Vielleicht soll das ein Aprilscherz sein, aber ich finde es nicht lustig.“ Ihre entzündeten Augen richteten sich auf Mr. Levy. „Sie sind der Kerl, der meine Freundin Gloria gefeuert hat! Die arme Gloria! Der netteste Mensch, der je in diesem Büro gearbeitet hat."

„Oh", stöhnte Mrs. Levy. Dann wandte sie sich an ihren Gatten. „Du hast doch nur einen einzigen hinausgeschmissen – oder? Was ist mit dieser Gloria? Ein Mensch, der Miss Trixie wie einen Menschen behandelt. Ihre einzige Freundin. Hast du das gewußt? Hast du einen Gedanken darauf verschwendet? Nein, natürlich nicht! Hosen-Levy könnte für dich ebensogut irgendwo am Mond sein. Aber dann platzt du eines Tages hinein und schmeißt die Gloria hinaus."

„Gloria?" fragte Mr. Levy. „Ich habe keine Gloria gefeuert."

„Doch, das haben Sie!" keifte Miss Trixie. „Mit meinen eigenen Augen hab ich es gesehen. Gloria war eine Seele von einem Menschen! Ich weiß noch, daß sie mir Socken und Wurstsemmeln gegeben hat."

„Socken und Wurstsemmeln?" Mr. Levy pfiff durch die Zähne. „Gratuliere . . ."

„Nur so weiter!" schrie ihn Mrs. Levy an. „Mach dich nur lustig über dieses arme Geschöpf. Ich will gar nicht hören, was du alles in der Firma angerichtet hast! Ich werde den Mädchen nichts von Gloria erzählen, sie würden in ihrer Unschuld einen Menschen wie dich nie verstehen."

„Ja, von der Gloria solltest du lieber schweigen", bestärkte sie Mr. Levy erbittert. „Wenn du jetzt nicht sofort mit diesem Unsinn aufhörst, schicke ich dich nach San Juan zu deiner Mutter, dort kannst du dann lachen und schwimmen und tanzen."

„Willst du mir drohen?"

„Ruhe jetzt!" befahl Miss Trixie mit erhobener Stimme. „Ich will auf der Stelle zurück in die Firma!"

„Siehst du?" fragte Mrs. Levy ihren Gatten. „Du hörst selbst, wie es sie zu ihrer Arbeit zieht. Und du willst sie umbringen, indem du sie in Pension schickst! Bitte, Gus, laß auch dir helfen! Es wird schrecklich mit dir enden . . ."

Miss Trixie streckte die Hand nach dem Lumpensack aus, den sie als Gepäck mitgebracht hatte.

„Brav, Miss Trixie", sagte Mr. Levy, als ob er ein Haustier zu sich riefe. „Gehen wir also zum Wagen."

„Gott sei Dank", seufzte Miss Trixie.

„Rühr sie nicht an!" schrie Mrs. Levy.

„Ich bin ja noch nicht einmal aus meinem Sessel heraußen", erwiderte Mr. Levy.

Mrs. Levy drängte Miss Trixie auf die Couch zurück und sagte: „Bleiben Sie: Sie brauchen Hilfe."

„Nicht von euch zweien", schnaubte Miss Trixie. „Lassen Sie mich aufstehen!"

„Laß sie aufstehen!"

„Bitte!" Mrs. Levy hob warnend eine plumpe, beringte Hand. „Kümmere dich nicht um dieses hilflose Geschöpf, das ich unter meine Fittiche genommen habe. Und mach dir auch über mich keine Sorgen! Vergiß auch deine kleinen Töchter: Steig in deinen Sportwagen und fahr los – heute nachmittag ist Regatta: Schau doch! Du kannst die Segel sehen, wenn du aus dem Panoramafenster schaust, das ich um das hartverdiente Geld deines Vaters einbauen lassen habe."

„Euch beiden zeig ich's noch", fauchte Miss Trixie auf der Couch. „Keine Angst! Ihr werdet schon noch sehen . . ."

Sie wollte sich erheben, aber Mrs. Levy hielt sie auf dem gelben Nylon fest.

II

Der Schnupfen wurde immer ärger, und jedes Husten gab ihm in der Lunge einen Stich, der noch fortschmerzte, wenn auch das Gerassel in Kehle und Brust zu Ende war. Wachmann Mancuso wischte den Speichel aus den Mundwinkeln und versuchte, den Schleim aus seinem Hals hochzuräuspern. Eines Nachmittags hatte er einen richtigen Anfall von Zellenpsychose, fast wäre er in seinem Klo ohnmächtig geworden. Jetzt schien es eher so, daß ihn der mit der Grippe zusammenhängende Schwindel zu Boden strecken werde. Für Sekunden lehnte er seinen Kopf an die Zellenwand und schloß die Augen. Rote und blaue Wolken trieben hinter seinen Lidern. Es mußte ihm gelingen, irgendeinen Gauner zu stellen und aus diesem Waschraum herauszukommen, bevor sich sein Zustand so verschlimmerte, daß ihn der Inspektor täglich her und wieder zurück tragen mußte! Immer hatte er gewünscht, sich im Dienst auszuzeichnen, aber was für eine Auszeichnung war es, an Lungenentzündung im Waschraum einer Buszentrale zu sterben? Sogar seine Familie würde ihn auslachen. Was sollten die Kinder ihren Freunden in der Schule sagen?

Wachmann Mancuso blickte auf die Kacheln am Boden. Sie verschwammen vor seinen Augen. Panik stieg in ihm hoch. Dann sah er genauer hin und erkannte, daß es sich bei dem grauen Schleier nur um die Feuchtigkeit handelte, die sich fast überall in dem Waschraum niederschlug. Er wandte sich wieder dem *Trost der Philosophie* zu, der offen auf seinen Knien lag, und blätterte eine der welken, feuchten Seiten um. Das Buch machte ihn nur noch deprimierter. Der König war im Begriff, den Kerl, der das Buch geschrieben hatte, zu foltern. So wenigstens stand es im Vorwort: Während der Bursche da schrieb, stand schon fest, daß man ihm zum Schluß irgend etwas in den Schädel hämmern würde. Aus Mitleid mit ihm fühlte sich Wachmann Mancuso verpflichtet, das Buch zu lesen, war allerdings bisher nicht weiter gekommen als etwa zwanzig Seiten und fragte sich nachgerade, ob dieser Boethius nicht vielleicht eine Art Berufsspieler gewesen war. Ständig redete er von Schicksal, Zufall und einem Rad der Fortuna. Jedenfalls war es keines von den Büchern, die einen Menschen aufheitern können.

Nach ein paar Sätzen begannen Wachmann Mancusos Gedanken abzuschweifen. Er spähte aus dem Türspalt, den er immer offen ließ, um die Benützer der Pißmuscheln, der Waschbecken und des Kästchens mit den Papierhandtüchern beobachten zu können. Bei den Waschbecken stand schon wieder derselbe Junge, den Wachmann Mancuso täglich dort gesehen hatte. Er schaute zu, wie sich die spitzen Stiefel zwischen dem Waschbekken und dem Handtuchkästchen hin und her bewegten. Der Junge lehnte sich gegen ein Waschbecken und begann, mit einem

Kugelschreiber etwas auf seinen Handrücken zu zeichnen. Vielleicht ist da was dran, dachte Wachmann Mancuso.

Er kam aus der Zelle und ging zu dem Jungen. Bemüht, trotz seines Hustens liebenswürdig aufzutreten, sagte er zu ihm: „Na, was schreibst du'nn da auf deiner Hand?"

George warf einen Blick auf das Monokel und den Bart an seinem Ellbogen und erwiderte: „Schleich dich, bevor ich dir in die Eier steig!"

„Dann ruf ich die Pfolizei", drohte Wachmann Mancuso.

„Nein", zog George vor. „Ich will nur, daß du verschwindest, sonst nichts."

„Angft vor der Pfolizei?"

George überlegte, was für ein Narr das sein mochte. Fast so schlimm wie der Würstelmann.

„Geh weiter, Bubi. Ich brauch die Bullen nicht."

„Kannft's allein?" fragte Wachmann Mancuso tastend weiter.

„Nein", sagte George. „Und schon garnicht mit einem Kretin wie dir." Er sah angewidert auf das tränende Auge hinter dem Monokel und die feuchten Spuren um den bärtigen Mund.

„Fie find verhaftet!"

„Was? Du spinnst wohl?"

„Waffmann Mancufo. Im Dienft." Ein Abzeichen blitzte vor Georges pickeligem Gesicht auf. „Kommen Fie mit!"

„Warum zum Teufel wollen Sie mich verhaften? Nur weil ich hier stehe?" protestierte George nervös. „Ich hab nichts getan."

„Fie find verdächtig."

„Was soll ich getan haben?"

„Aha!" sabberte Wachmann Mancuso. „Fie fürften fif!"

Er packte George am Arm, um ihm Handschellen anzulegen, der aber faßte nach dem *Trost der Philosophie*, zog das Buch unter Wachmann Mancusos Arm hervor und schlug es ihm um den Schädel. Ignaz hatte eine großformatige Luxusausgabe der englischen Übersetzung gewählt, und der Schlag, der Wachmann Mancuso traf, war gewiß die fünfzehn Dollar wert, die Ignaz gezahlt hatte. Wachmann Mancuso bückte sich, um das Monokel aufzuheben, das ihm aus dem Auge gefallen war. Als er sich wieder aufrichtete, sah er, wie der Junge mit dem Buch in der Hand zur Tür hinausflitzte. Er wollte ihm nachlaufen, aber der Kopf brummte ihm zu sehr. Also begab er sich wieder in seine Zelle, um sich zu erholen und seinen Depressionen noch hingebungsvoller zu widmen: Was sollte er nun Mrs. Reilly über das Buch sagen?

So schnell er konnte, öffnete George das Schließfach im Warteraum der Buszentrale und nahm die braunen Päckchen heraus, die er darin hinterlegt hatte. Er ließ die Schließfachtür offenstehen, lief hinaus auf die Canal Street und joggte absatzklirrend in Richtung des Geschäftsviertels, wobei er sich von Zeit zu Zeit über die Schulter nach einem Verfolger mit Bart und Monokel umschaute. Aber hinter ihm war kein Bart zu sehen.

Das war wirklich Pech! Bestimmt schnüffelte der Bulle jetzt den ganzen Nachmittag in der Buszentrale nach ihm. Und morgen? Die Buszentrale war nicht mehr sicher. Ganz im Gegenteil.

„Soll die Lee der Teufel holen!“ sagte George laut vor sich hin. Noch immer ging er so rasch er konnte. Wenn sie nicht so geizig wäre, hätte so etwas nicht passieren können, dann würde sie den Neger hinausgeschmissen haben, und er wäre wie immer zur üblichen Zeit, um zwei Uhr, hingekommen und hätte seine Päckchen abgeholt. So war er fast verhaftet worden, und nur deshalb, weil er nach dem Zeug in der Buszentrale gesehen hatte, nur weil er jetzt jeden Nachmittag zwei Stunden lang nicht wußte, wo er das Zeug hintun sollte. Wo sollte man auch so etwas verstecken? Mit sich herumtragen konnte er es nicht den ganzen Nachmittag. Und nachhause, wo Mutter die ganze Zeit um die Wege war, konnte er es schon gar nicht nehmen.

„Nur weil die Kuh so geizig ist“, brummte George. Er schob die Päckchen unter seinem Arm höher und bemerkte dabei, daß er noch immer das Buch mittrug, das er dem Bullen abgenommen hatte. Einen Bullen abkassieren! Das war auch nicht übel. Miss Lee hatte ein Buch von ihm haben wollen. George blickte auf den Titel: *Der Trost der Philosophie*. Nun, da hatte sie es.

III

Santa Battaglia kostete einen Löffel Kartoffelsalat, leckte den Löffel sauber ab und legte ihn an seinen Platz auf der Papierserviette neben der Salatschüssel. Dann nickte sie dem Photo ihrer Mutter auf dem Kaminsims zu, saugte ein paar Scherflein Petersilie und Schnittlauch aus den Zähnen und sagte: „Der wird ihnen schmekken. So einen Kartoffelsalat wie bei Santa gibt's nirgends."

Die gute Stube war fast fertig für die Party. Auf dem alten Musikschrank standen zwei große Flaschen Early Times und ein Karton mit sechs Flaschen Seven-Up. Mitten im Zimmer, auf dem Linoleum, stand der Plattenspieler, den Santa von ihrer Nichte geborgt hatte. Das Kabel führte senkrecht nach oben zur Lampe. Zwei Riesenpackungen Kartoffelchips lehnten in den beiden Ecken des roten Plüschsofas. Aus dem offenen Olivenglas, das Santa mit einem blechernen Untersetzer auf die Kopfleiste des in sich zusammengeschobenen Klappbetts gestellt hatte, ragte der Griff einer Gabel.

Santa nahm das Bild vom Kaminsims, das eine alte, böse dreinschauende Frau in schwarzem Kleid und schwarzen Strümpfen zeigte, die in einer düsteren, mit Austernschalen gepflasterten Passage stand.

„Arme Mamma", sagte Santa mitleidig und gab dem Photo einen lauten, feuchten Kuß. Die Fettschicht auf dem Glas, das über dem Photo lag, bewies die Häufigkeit solcher Gefühlsbezeugungen. „Leicht war dein Leben nicht." Kohlschwarz wie lebendig starrten die Sizilianeraugen des Photos auf Santa. „Das einzige, das ich von dir habe, Mamma – und da stehst du in dem Dreckzeug. Eine Schande ist das."

Santa seufzte ob der Ungerechtigkeit der Welt und stellte das Photo wieder zu der Schüssel mit den Wachsfrüchten, der Vase mit den Papierzinnien, der Muttergottesfigur und dem Jesulein von Prag auf den Sims. Dann ging sie in die Küche, um die Eiswürfel und einen Küchenstuhl zu holen. Nach ihrer Rückkehr baute sie auf dem Kamin, vor dem Photo der Mutter, die guten kristallenen Dessertschüsselchen auf. Weil sie dabei dem Bild so nahe war, nahm sie die Gelegenheit wahr, es nochmals zu küssen, wobei der Eiswürfel, den sie im Mund hatte, gegen das Glas klirrte.

„Jeden Tag bete ich für dich", teilte Santa dem Photo ohne besonderen Anlaß mit, den Eiswürfel hinter der aufgewölbten Zungenspitze. „Und drüben in Sankt Oda brennt immer für dich eine Kerze."

Jemand klopfte an den Fensterladen. Santa stellte das Photo eilig ab, sodaß die Mutter aufs Gesicht fiel.

„Irene!" rief Santa, als sie die Tür öffnete und vor sich auf den Stufen die etwas verlegene Mrs. Reilly erblickte. Wachmann Mancuso, Santa Buttaglias Neffe, stand weiter unten auf dem Fußweg.

„Komm herein, mein Schatz! Du schaust fabelhaft aus!"

„Danke, Liebste", entgegnete Mrs. Reilly. „Uff! Ich habe ganz vergessen, wie weit es hierher ist. Angelo und ich haben fast eine Stunde gebraucht."

„Feuflifer Verkehr heutzutag", erläuterte Wachmann Mançuso.

„Dein Schnupfen wird ja immer ärger!" fand Santa. „So geht das nicht weiter, Angelo. Du solltest diesen Leuten bei dir in der Wachstube sagen, daß sie dich aus dem Klo herauslassen müssen. Wo ist Rita?"

„Fühlt sif nift wohl. Hat Migräne."

„Kein Wunder, wenn die den ganzen Tag mit den Kindern angehängt ist und nicht aus dem Haus kommt", meinte Santa. „Aber sie sollte sich trotzdem dazu aufraffen, Angelo. Was fehlt ihr eigentlich?"

„Nerven", antwortete Angelo betrübt. „Fie hat'f mit den Nerven."

„Nerven sind scheußlich", pflichtete Mrs. Reilly bei. „Weißt du schon das Neueste, Santa? Angelo hat das Buch verloren, das ihm Ignaz geschickt hat. So ein Pech! Das Buch ist mir egal, aber Ignaz darf nichts davon erfahren, sonst gibt's einen Riesenkrach." Sie legte ihren Zeigefinger an die Lippen.

„Na, gib mir deinen Mantel", rief Santa munter und riß

Mrs. Reilly den alten purpurroten Überzieher förmlich vom Leib. Der Geist von Ignaz J. Reilly, der auf so vielen Kegelpartien gespukt hatte, sollte ihr die Party nicht verderben.

„Schön hast du es hier, Santa", stellte Mrs. Reilly beeindruckt fest. „Sehr sauber."

„Ja, aber im Wohnzimmer könnte ich ein neues Linoleum brauchen. Hast du schon einmal diese Papierrouleaus ausprobiert? Die machen sich recht hübsch. Ich hab ein paar aparte Muster in der Maison Blanche gesehen."

„Einmal hab ich hübsche Papierrouleaus für meinen Ignaz gekauft, aber er hat sie vom Fenster herunter gerissen und behauptet, daß Papierrouleaus eine Ausgeburt sind. Ist das nicht schrecklich?"

„Über Geschmäcker läßt sich nicht streiten", blockte Santa rasch ab.

„Ignaz weiß nicht, daß ich heute abend hier bin. Ich hab ihm gesagt, daß ich zu einem Rosenkranz gehe."

„Angelo, gib Irene einen Drink. Und nimm dir selber einen Whisky, der ist gut gegen die Verkühlung. In der Küche sind auch noch ein paar Flaschen Cola."

„Ignaz ist auch gegen Rosenkränze. Ich weiß überhaupt nicht mehr, was der Junge eigentlich mag. Nachgerade habe ich wirklich genug von ihm, obwohl er mein Kind ist . . ."

„Ich hab einen prima Kartoffelsalat für uns gemacht, Schatz. Der alte Herr hat mir gesagt, daß er gern Kartoffelsalat ißt."

„Du solltest einmal diese großen Kittel sehen, die ich für ihn waschen muß! Und dann schreibt er mir ganz genau vor, wie ich sie waschen soll, als ob er im Fernsehen Reklame für Seifenpulver machen würde. Er gibt an wie ein Generaldirektor, nur weil er einen Würstelwagen in der Stadt herumschiebt."

„Schau lieber Angelo auf die Finger, der mixt uns was Anständiges."

„Hast du vielleicht ein Aspirin im Haus, Liebste?"

„Pfui, Irene! Spiel doch nicht den Partymuffel! Nimm dir einen Drink und wart, bis der alte Herr da ist. Wir werden uns einen fröhlichen Abend machen. Du kannst mit dem alten Herrn rund um den Plattenspieler tanzen."

„Tanzen? Ich bin gar nicht in der richtigen Stimmung, um mit alten Herren zu tanzen. Meine Füße sind ganz angeschwollen, weil ich so lang an diesen Kitteln gebügelt hab."

„Du darfst ihn doch nicht enttäuschen, Irene! Du hättest sein Gesicht sehen sollen, wie ich ihn vor der Kirche eingeladen habe. Ich wette, so was ist dem armen Kerl schon lang nicht passiert."

„Er hat sich gefreut?"

„Gefreut? Er hat mich gefragt, ob er im dunklen Anzug kommen soll."

„Und was hast du ihm darauf gesagt?"

„Ich bitte Sie, hab ich gesagt: Ziehen Sie einfach an, was Ihnen bequem ist."

„Sehr gut." Mrs. Reilly blickte an ihrem Cocktailkleid aus grünem Taft hinunter. „Ignaz hat mich schon gefragt, warum ich ein Cocktailkleid anziehe, wenn ich zu einem Rosenkranz gehe . . . Jetzt sitzt er in seinem Zimmer und schreibt irgendeinen Unsinn. ‚Was schreibst du denn?' hab ich gefragt, und er hat mir darauf geantwortet: ‚Ich schreibe über das Leben eines Würstelmannes'. Ist das nicht schrecklich? Wer wird so etwas lesen wollen? Und weißt du, wieviel er heute von dieser Würstelfirma nachhaus gebracht hat? Vier Dollar! Wie soll ich damit diesen Mann abzahlen?"

„Schau: Angelo hat uns einen prima Martini gemixt!"

Mrs. Reilly nahm Angelo ein Glas ab und trank es in zwei Zügen halbleer.

„Wo hast du das schicke Heivieh her, Schatz?"

„Was meinst du?"

„Den Plattenspieler da auf dem Boden."

„Der gehört meiner kleinen Nichte. Die ist ein wahrer Engel: Hat gerade in Sankt Oda ihren Abschluß gemacht und schon einen Job als Verkäuferin."

„Siehst du?" erregte sich Mrs. Reilly. „Die ist bestimmt tüchtiger als mein Ignaz."

„Ich bitt dich, Angelo!" sagte Santa. „Hör mit der Husterei auf! Leg dich hin und ruh dich aus, bis der alte Herr kommt."

„Der arme Angelo", meinte Mrs. Reilly, als Wachmann Mancuso das Zimmer verlassen hatte. „So ein lieber Kerl. Überhaupt seid ihr zwei so nett zu mir! Und dabei haben wir uns nur kennengelernt, weil er versucht hat, meinen Ignaz zu verhaften."

„Ich frage mich, warum der alte Herr noch nicht da ist."

„Vielleicht kommt er überhaupt nicht, Santa." Mrs. Reilly trank ihr Glas aus. „Ich werd mir noch einen mixen, wenn du nichts dagegen hast ... Ich hab Sorgen."

„Nur zu, Mädchen. Ich trag deinen Mantel in die Küche und schau nach, wie's Angelo geht. Zwei besonders lustige Gäste hab ich mir für meine Party ausgesucht! Hoffentlich rutscht nicht auch noch der alte Herr unterwegs aus und bricht sich ein Bein."

Als Santa draußen war, füllte Mrs. Reilly ihr Glas mit Bourbon und fügte einen Schuß Seven-Up hinzu. Dann nahm sie den Löffel, kostete von dem Kartoffelsalat, leckte den Löffel danach sauber und legte ihn zurück auf die Papierserviette. Bei den Leuten, die in der anderen Hälfte des Zweifamilienhauses wohnten, schien ein Streit auszubrechen. Mrs. Reilly nippte von ihrem Drink und versuchte mit einem Ohr an der Wand zu verstehen, was dort gebrüllt wurde.

„Angelo hat Hustensaft genommen", teilte Santa mit, als sie in die gute Stube zurückkehrte.

„Wirklich gute Wände hast du", stellte Mrs. Reilly fest. Es war ihr nicht möglich gewesen zu verstehen, worüber nebenan gestritten wurde. „Ich wollte, Ignaz und ich könnten hierher ziehen, dann hätte Miss Annie keinen Anlaß mehr, sich zu beschweren."

„Wo bleibt nur der alte Herr?" fragte sich Santa mit dem Blick auf die Fensterläden.

„Vielleicht kommt er überhaupt nicht."

„Vielleicht hat er's vergessen."

„Das passiert so, wenn man alt wird, Schatz."

„So alt ist er auch wieder nicht, Irene."

„Wie alt denn?"

„Gegen Ende Sechzig, würde ich sagen."

„Nein, das ist nicht zu alt. Meine arme alte Tante Marguerite – die, von der ich dir erzählt habe, daß die Kinder sie prügeln, um ihr einen halben Dollar aus der Geldbörse zu mausen – wird demnächst achtzig." Mrs. Reilly trank ihr Glas aus. „Vielleicht ist er in ein Kino oder sonstwohin gegangen? Hast du was dagegen, wenn ich mir noch einen Drink nehme?"

„Irene! Du säufst dich ja unter den Tisch! Wenn du blau bist, kann ich dich nicht dem alten Herrn vorstellen."

„Ich mach mir einen kleinen. Mich hat's heut mit den Nerven."

Mrs. Reilly versorgte sich ausgiebig. Beim Hinsetzen zerquetschte sie den einen Sack mit Kartoffelchips.

„Gott, was hab ich jetzt wieder angestellt?"

„Du hast dich auf die Chips gesetzt", teilte ihr Santa etwas gereizt mit.

„Oh, jetzt sind es nur mehr Brösel", bedauerte Mrs. Reilly und zog den Sack unter sich hervor. Sie betrachtete das plattgedrückte Zellophan. „Du, Santa – wie spät ist es? Mein Ignaz hat gesagt, daß heute nacht die Einbrecher kommen, und da muß ich früh zuhaus sein."

„Ich bitt dich, Irene! Du bist doch gerade erst gekommen."

„Um ganz ehrlich zu sein, Santa: Ich glaube, ich möchte den alten Herrn gar nicht kennenlernen."

„Also, dazu ist es jetzt zu spät."

„Ja, schon ... Aber was soll ich mit dem alten Herrn anfangen?" fragte Mrs. Reilly mißtrauisch.

„Reg dich ab, Irene. Jetzt machst du mich nervös. Es tut mir leid, daß ich dich eingeladen hab." Santa hielt für ein paar Sekunden Mrs. Reillys Glas fest. „Paß einmal auf: Du hast doch eine sehr arge Artheritis gehabt, nicht wahr? Und das Kegeln hat dir geholfen. Stimmt's? Und bist du nicht jeden Abend mit diesem verrückten Buben zuhause herumgesessen, bis ich gekommen bin? Jetzt paß einmal auf, was ich dir sag, mein Schatz: Du willst doch noch etwas mehr vom Leben haben als diesen Ignaz, nicht wahr? Der alte Herr schaut aus, als wär er ganz gut gestellt. Er ist anständig angezogen. Er kennt dich von irgendwoher. Er mag dich." Santa blickte Mrs. Reilly in die Augen. „Der alte Herr kann dir deine Schulden abzahlen!"

„Meinst du?" Daran hatte Mrs. Reilly noch nicht gedacht. Der alte Herr wurde plötzlich interessanter. „Ist er reinlich?"

„Natürlich wäscht er sich!" versicherte Santa ärgerlich. „Du wirst doch nicht glauben, daß ich dich mit einem Landstreicher zusammenspanne!"

Jemand klopfte leicht an die Läden der Eingangstür.

„Ah, das ist er jetzt!" vermutete Santa aufgeregt.

„Sag ihm, daß ich fortmüssen hab."

„Fort? Wohin denn, Irene? Er steht vor der Tür!"

„Wirklich?"

„Laß mich einmal schauen."

Santa öffnete die Tür und stieß die Läden auf.

„Guten Abend, Mr. Robichaux", sagte sie zu jemandem draußen in der Nacht, den Mrs. Reilly nicht sehen konnte. „Wir haben schon auf Sie gewartet. Meine Freundin Miss Reilly hat sich nicht denken können, wo Sie bleiben. Kommen Sie doch herein ins Warme . . ."

„Bitte um Verzeihung, Miss Battaglia. Es tut mir leid, daß ich ein bißchen spät dran bin, aber ich hab meine Enkel begleiten müssen. Sie verkaufen in der Nachbarschaft Rosenkranzlose für die Schwestern."

„Ich weiß", erwiderte Santa. „Erst gestern hab ich zufällig einem Kleinen so ein Los abgekauft. Wirklich schön sind die Rosenkränze! Letztes Jahr hat eine Bekannte von mir den Außenbordmotor gewonnen, den die Schwestern verlost haben."

Mrs. Reilly saß wie erstarrt auf dem Sofa und stierte in ihr Glas, als ob sie einen Kakerlaken darin entdeckt hätte.

„Irene!" rief Santa. „Was ist mit dir, Schatz? Willst du nicht Mr. Robichaux begrüßen?"

Mrs. Reilly hob den Blick und erkannte den alten Herrn, den Wachmann Mancuso vor D. H. Holmes verhaftet hatte.

„Sehr erfreut", sagte Mrs. Reilly zu ihrem Glas.

„Vielleicht hat Miss Reilly darauf vergessen", sagte Mr. Robichaux zu der freudestrahlenden Santa, „aber wir haben uns schon einmal gesehen."

„So etwas! Zwei alte Freunde!" rief Santa entzückt. „Die Welt ist wirklich ein Dorf!"

„Jaja. Jaja", pflichtete ihr Mrs. Reilly mit vor Kummer erstickter Stimme zu. „Lauter Dörfer."

„Sie erinnern sich doch?" sagte Mr. Robichaux zu ihr. „Drinnen in der Stadt vor Holmes: Der Polizist hat Ihren Jungen verhaften wollen und dann an seiner Stelle mich mitgenommen."

Santas Augen weiteten sich.

„Ja, natürlich", entgegnete Mrs. Reilly. „Ich glaube, ich kann mich erinnern. Irgendwie."

„Sie haben sich nichts vorzuwerfen, Miss Reilly. Schuld war nur dieser Polizist. Lauter Kommunisten sind das."

„Nicht so laut!" riet ihm Mrs. Reilly. „Hier haben die Wände Ohren." Sie stieß mit dem Ellbogen ihr leeres Glas von der Armlehne des Sofas. „Du meine Güte! Santa? Vielleicht solltest du Angelo sagen, daß er lieber gleich nachhause gehen soll. Ich kann mir ein Taxi nehmen. Laß ihn bei der Küchentür hinaus, das ist einfacher für ihn. Du verstehst?"

„Ja – ich versteh dich schon, Schatz." Santa wandte sich zu Mr. Robichaux. „Wissen Sie noch, ob damals, wie Sie meine Freundin und mich in der Kegelbahn gesehen haben, ein Herr mit uns dort war?"

„Die Damen waren nur zu zweit."

„War das nicht der Abend, an dem sie A. verhaftet haben?" flüsterte Mrs. Reilly in Santas Ohr.

„Ja, gewiß. Du hast mich mit deinem Wagen abgeholt. Das war doch der Abend, an dem du direkt vor der Kegelbahn die Stoßstange verloren hast."

„Ich weiß. Ich hab sie noch immer auf dem Rücksitz liegen. Nur wegen Ignaz hab ich den Wagen zuschanden gefahren. Er macht mich immer so nervös, wenn er hinter mir sitzt."

„Nein", meinte Mr. Robichaux. „Wenn ich was nicht aussteh, sind es Leute, die nicht mit Anstand verlieren können."

„Wenn mir jemand Böses tut", fügte Santa hinzu, „halte ich ihm die andere Backe hin. Sie verstehen, wie ich es meine? So gehört es sich für einen Christen. Hab ich nicht recht, Irene?"

„Sicher hast du recht, Liebste", stimmte Mrs. Reilly wenig überzeugt zu. „Gibt's bei dir nicht doch irgendwo ein Aspirin, Santa?"

„Irene!" verwies ihr Santa ärgerlich. Dann wandte sie sich wieder an den alten Herrn: „Nehmen wir einmal an, Mr. Robichaux, daß Sie dem Bullen, der Sie da festgenommen hat, begegnen würden . . ."

„Ich hoffe sehr, daß das nie geschieht", sagte Mr. Robichaux sehr bewegt. „So ein dreckiger Kommunist! Die wollen sich hier einen Polizeistaat einrichten."

„Ja. Aber wenn wir einmal annehmen . . ."

„Santa", unterbrach Mrs. Reilly sie. „Ich geh schnell mal hinüber in die Küche und schau nach, ob du ein Aspirin hast."

„Eine Schande war das", sagte Mr. Robichaux zu Santa. „Meine ganze Familie weiß davon. Die Polizei hat bei meiner Tochter angerufen!"

„Ach, das ist doch kaum der Rede wert", meinte Santa. „Einmal im Leben wird jeder eingelocht. Sehen Sie diese Frau?" Santa nahm das Photo, das mit dem Gesicht nach unten auf dem Kaminsims lag, und zeigte es ihren beiden Gästen. „Meine arme alte Mamma. Viermal hat die Polizei sie wegen Erregung von öffentlichem Ärgernis vom Lautenschlägermarkt abgeführt." Santa machte eine Pause, um dem Bild einen feuchten Kuß aufzudrükken. „Und glaubt ihr, sie hat sich darum geschert? Nicht die Bohne!"

„Das ist deine Mamma?" fragte Mrs. Reilly interessiert. „Die hat's auch nicht leicht gehabt, was? Jede Mutter trägt eine Dornenkrone."

„Also, wie gesagt", fuhr Santa fort: „Ich würde mich wegen so einer Festnahme nicht aufregen. Auch so ein Polizist hat's schwer, und manchmal greift einer halt daneben. Irren ist menschlich, nicht wahr?"

„Ich war immer eine unbescholtene Staatsbürgerin", stellte Mrs. Reilly fest. „Ich will nur rasch mein Glas auswaschen."

„Jetzt bleib schon sitzen, Irene! Ich möcht mit Mr. Robichaux reden."

Mrs. Reilly ging hinüber zu dem alten Musikschrank und schenkte sich ein Glas Early Times voll.

„Ich werde diesen Wachmann Mancuso nie vergessen", hörte sie Mr. Robichaux sagen.

„Mancuso?" wiederholte Santa sehr überrascht. „Ich habe viele Verwandte, die so heißen. Einer davon ist sogar bei der Polizei. Er ist sogar hier im Haus."

„Ich glaube, mein Ignaz ruft mich. Ich sollte lieber gehen."

„Er ruft dich?" wiederholte Santa befremdet. „Wie meinst du das, Irene? Von hier bis zu Ignaz sind es sechs Meilen! Sieh doch: Wir haben Mr. Robichaux nicht einmal einen Drink angeboten! Sorg du für ihn, Mädchen, und ich hole inzwischen Angelo." Mrs. Reilly starrte verzweifelt in ihr Glas, ob sich nicht doch ein Kakerlake oder wenigstens eine Fliege zeigen wollte. „Geben Sie mir Ihren Mantel, Mr. Robichaux. Wie werden Sie von Ihren Freunden genannt?"

„Claude."

„Sehr gut: Claude. Ich heiße Santa. Und das hier ist Irene. Sag ‚Guten Tag', Irene!"

„Guten Tag", sagte Mrs. Reilly automatisch.

„Macht euch bekannt, während ich draußen bin", befahl Santa und verschwand in den Raum nebenan.

„Wie geht es Ihrem prächtigen großen Jungen?" brach Mr. Robichaux endlich das Schweigen.

„Wem?"

„Ihrem Sohn."

„Oh – der! Dem geht es gut." Mrs. Reillys Gedanken schweiften zur Constantinople Street, wo bei ihrem Aufbruch Ignaz in seinem Zimmer geschrieben und etwas über diese Myrna

Minkoff gebrummt hatte. Durch die Tür hatte Mrs. Reilly ihn zu sich sagen gehört: „Ausgepeitscht gehört sie, bis sie nicht mehr sitzen kann."

Hierauf trat eine lange Pause ein, unterbrochen nur von den Geräuschen, die Mrs. Reilly erzeugte, wenn sie heftig über den Rand ihres Glases schlürfte.

„Mögen Sie ein paar Kartoffelchips?" fragte Mrs. Reilly schließlich, denn allmählich fand sie das Schweigen nur noch schlimmer.

„Ja doch. Gern."

„Sie sind in dem Sack neben Ihnen." Mrs. Reilly beobachtete, wie Mr. Robichaux den Zellophansack aufriß. Sein Gesicht machte einen nicht weniger gebügelten und sauberen Eindruck als sein grauer Gabardineanzug. „Vielleicht sollte ich nachsehen, ob ich Santa helfen kann. Vielleicht ist sie hingefallen."

„Sie ist doch noch gar nicht lange fort. Bestimmt kommt sie gleich wieder."

„Aber diese Böden sind gefährlich", bemerkte Mrs. Reilly, indem sie aufmerksam das glänzende Linoleum studierte. „Man kann leicht ausrutschen und sich das Genick brechen."

„Vorsicht kann nie schaden."

„Sehr richtig! Ich bin immer vorsichtig."

„Ich auch. Es steht sich dafür."

„Das tut es. Mit genau denselben Worten hat es letzthin auch mein Ignaz gesagt", log Mrs. Reilly. „‚Mamma', hat er zu mir gesagt, ‚es steht sich dafür, wenn man vorsichtig ist, nicht wahr?' Und ich hab darauf geantwortet: ‚Recht hast du, mein Sohn. Sei vorsichtig!'"

„Das ist ein guter Rat."

„Ich versuche immer, meinem Ignaz zu raten und zu helfen. Ich kann gar nicht anders."

„Bestimmt sind Sie ihm eine gute Mutter. Ich hab Sie und Ihren Jungen schon oft in der Stadt gesehen, und jedesmal hab ich mir gedacht, was für ein hübscher, großer Bub das doch ist. Er sticht irgendwie hervor, wenn Sie mich verstehen . . ."

„Ich tu halt mein Bestes. ‚Sei vorsichtig, Bub', sag ich. ‚Paß auf, daß du nicht ausrutschst und dir das Genick oder den Arm brichst'." Mrs. Reilly leckte ein wenig an den Eiswürfeln. „Auf meinem Schoß hat mein Ignaz gelernt, was Vorsicht heißt. Und dafür ist er mir auch immer dankbar gewesen."

„Das macht die gute Erziehung."

„Wie oft hab ich meinem Ignaz gesagt: ‚Gib acht, Ignaz, wenn du über die Straße gehst'."

„Im Verkehr kann man gar nicht genug aufpassen, Irene: Sie haben doch nichts dagegen, wenn ich Sie mit Ihrem Vornamen anrede?"

„Wie es Ihnen beliebt."

„Irene ist ein hübscher Name."

„Finden Sie? Mein Ignaz mag ihn nicht." Mrs. Reilly bekreuzigte sich und trank das Glas aus. „Ich hab kein leichtes Leben gehabt, Mr. Robichaux, das will ich gar nicht vor Ihnen verheimlichen . . ."

„Nennen Sie mich doch Claude."

„Gott ist mein Zeuge, daß ich mein Kreuz zu tragen habe. Möchten Sie einen Drink?"

„Ja, gern. Aber nicht zu stark. Ich bin's nicht gewöhnt."

„Oh, Jesus!" seufzte Mrs. Reilly und füllte zwei Gläser randvoll mit Whisky. „Ich darf gar nicht daran denken! Oft wünsche ich mir nichts, als mich einmal richtig ausweinen zu dürfen."

Nach diesem Geständnis brach Mrs. Reilly hemmungslos in Tränen aus.

„Nein: Weinen Sie doch nicht!" bat Mr. Robichaux, völlig verwirrt von der Wendung ins Tragische, die der Abend offenbar nahm.

„Ich muß etwas tun! Ich werd beim Jugendamt sagen, daß sie kommen und den Buben mitnehmen sollen", schluchzte Mrs. Reilly. Sie unterbrach sich nur, um einen Schluck Early Times zu nehmen. „Vielleicht stecken sie ihn in eine Erziehungsanstalt oder so."

„Ist er nicht schon dreißig?"

„Er hat mir das Herz gebrochen ..."

„Schreibt er nicht irgend etwas?"

„Irgendeinen Unsinn, den nie jemand freiwillig lesen wird. Jetzt schreiben sich er und diese Myrna lauter Briefe voll Beleidigungen. Und dabei behauptet er mir gegenüber, daß er das Mädchen erziehen will! Ist das nicht schrecklich? Die arme Myrna!"

„Warum bitten Sie nicht einen Pfarrer, daß er mit ihm redet?" schlug Mr. Robichaux, dem nichts anderes einfiel, vor.

„Einen Pfarrer?" Mrs. Reilly weinte drauflos. „Mein Ignaz hört auf keinen Pfarrer. Er sagt, daß unser Pfarrer ein Ketzer ist. Wie meinem Ignaz der Hund gestorben ist, sind er und der Pfarrer schrecklich aneinandergeraten." Mr. Robichaux fühlte sich außerstande, zu dieser rätselhaften Bemerkung einen Kommentar abzugeben. „Es war entsetzlich. Ich hab schon geglaubt, daß er mich exkommuniziert. Wo nur der Bub diese Ideen herhat? Nur gut, daß sein armer Pappa das nicht mehr erlebt. Jetzt gar mit seinem Würstelwagen hätt er seinem armen Vater das Herz gebrochen."

„Mit was für einem Würstelwagen?"

„Er zieht jetzt mit einem Würstelwagen in der Stadt herum."

„Oh. Also hat er sich doch eine Arbeit gefunden."

„Eine Arbeit?" Mrs. Reilly schluchzte. „Alle Nachbarn wissen es schon. Die Frau von nebenan stellt mir ständig lauter Fragen. Überall in der Constantinople Street reden sie über ihn. Wenn ich an das viele Geld denke, das ich für seine Erziehung ausgegeben hab! Früher einmal hab ich geglaubt, daß Kinder so etwas wie ein Trost im Alter sind ... Mir ist mein Ignaz alles andere!"

„Vielleicht ist er zu lang in den Schulen gewesen", gab Mr. Robichaux zu bedenken. „Auf den Universitäten wimmelt es nur so von Kommunisten."

„Wirklich?" fragte Mrs. Reilly interessiert. Sie tupfte sich die Augen mit dem Saum des grüntaftenen Cocktailkleids, ohne zu bemerken, daß sie Mr. Robichaux damit den Ausblick auf die breiten Laufmaschen ihrer Strümpfe bis hinauf zum Knie eröffnete. „Vielleicht ist es das, was bei meinem Ignaz nicht stimmt. Einem

Kommunisten wär es zuzutrauen, daß er seine Mutter so schlecht behandelt."

„Fragen Sie ihn einmal, was er von der Demokratie hält."

„Das werd ich bestimmt", griff Mrs. Reilly eifrig die Anregung auf. Ignaz war wie zum Kommunisten geschaffen. Er sah sogar ein bißchen wie ein Kommunist aus. „Vielleicht macht das einen Eindruck auf ihn."

„Es ist nicht recht, daß Ihnen der Bub solche Sorgen macht! Sie haben einen sehr schönen Charakter, so etwas imponiert mir an einer Dame. Wie ich Sie damals mit Miss Battaglia auf der Kegelbahn gesehen hab, hab ich zu mir gesagt: ‚Das wär schön, wenn ich die Dame einmal kennenlernen täte'."

„Das haben Sie gesagt?"

„Mir hat Ihr Mut imponiert, wie Sie sich da gegen diesen drekkigen Polizisten für Ihren Buben eingesetzt haben – und umso mehr, als Sie zuhause mit ihm solche Sorgen haben. Das tut nicht jede."

„Ich wollt, ich hätt Angelo ihn mitnehmen lassen. Dann wär nichts von dem passiert, was dann passiert ist, und Ignaz wär hinter Schloß und Riegel und könnt keinen Schaden anrichten."

„Wer ist Angelo?"

„Oh, je: Jetzt hab ich mich verplappert. Was hab ich gesagt, Claude?"

„Etwas von einem Angelo."

„Nein, ich muß jetzt wirklich schauen, wo Santa bleibt. Vielleicht hat sie sich am Herd verbrannt? Das tut sie immer wieder. Sie ist so unvorsichtig, wenn sie mit Feuer umgeht, wissen Sie ..."

„Da hätten wir sie bestimmt schreien gehört."

„Nicht Santa! Das ist ein wirklich tapferes Mädchen, die macht keinen Pieps. Das kommt von dem starken italienischen Blut."

„Himmlischer Herrgott!" schrie Mr. Robichaux und sprang hoch. „Das ist er!"

„Was ist?" fragte Mrs. Reilly in Panik, blickte sich um und sah Santa und Angelo auf der Schwelle. „Da hast du's, Santa. Ich hab gewußt, daß es so kommen wird. Gott, meine Nerven sind total hin . . . Ich hätt lieber zuhaus bleiben sollen."

„Wenn Sie nicht ein dreckiger Polizist wären, tät ich Ihnen eine herunterhauen!" brüllte Mr. Robichaux.

„Bitte, beruhigen Sie sich, Claude", sagte Santa gelassen. „Unser Angelo hat Ihnen nichts Böses tun wollen."

„Ruiniert hat er mich, der Kommunist!"

Wachmann Mancuso hustete zum Erbarmen. Er fragte sich, was für ein Unheil denn nun als nächstes über ihn hereinbrechen sollte.

„Ich geh lieber", sagte Mrs. Reilly verzweifelt. „Eine Rauferei ist das Letzte, was ich jetzt brauche. Dann stehen wir alle in der Zeitung. Mein Ignaz wird sich freuen . . ."

„Was ist Ihnen eingefallen, mich hierher zu holen?" wandte sich Mr. Robichaux, vor Wut zitternd, an Santa. „Was soll das?"

„Santa? Bist du so gut und rufst mir ein Taxi?"

„Halt den Mund, Irene", befahl ihr Santa. „Hören Sie mir einmal zu, Claude: Angelo sagt, es tut ihm sehr leid, daß er Sie verhaftet hat."

„Das hilft mir einen Dreck! Dafür ist es jetzt zu spät! Ich bin vor meinen Enkelkindern gedemütigt worden!"

„Schimpfen Sie nicht mit Angelo!" bat Mrs. Reilly. „Schuld war nur mein Ignaz: Er ist mein leibhaftiger Sohn, aber er macht wirklich einen komischen Eindruck, wenn er ausgeht. Angelo hätte ihn einsperren sollen."

„Das stimmt", sagte auch Santa. „Hören Sie doch auf Irene, Claude! Und geben Sie acht, daß Sie mir nicht auf das Grammophon steigen, das meiner armen kleinen Nichte gehört."

„Wenn mein Ignaz etwas höflicher zu Angelo gewesen wäre, wär's nie so weit gekommen", versicherte Mrs. Reilly ihrem Publikum. „Und der Schnupfen, den sich der arme Angelo geholt hat! Sein Beruf ist nicht leicht, Claude."

„Erklär's du ihm", nahm Santa den Faden auf: „Angelo hat sich nur deshalb so verkühlt, weil er Sie hoppgenommen hat, Claude!" Santa hob in mildem Vorwurf ihren Zeigefinger gegen Mr. Robichaux. „Und jetzt sitzt er in einem Klo fest! Es fehlt nur, daß sie ihn bei der Polizei rausschmeißen . . ."

Wachmann Mancuso hustete mitleiderregend.

„Vielleicht hab ich mich ein bißchen zu sehr aufgeregt", gab Mr. Robichaux zu.

„Ich hätt Sie nich mitnehm sollen", ächzte Angelo. „'ch bin nervös geworden."

„Mein Fehler war es", beschuldigte sich Mrs. Reilly: „Weil ich meinen Ignaz beschützen wollte. Ich hätt dich ihn einsperren lassen sollen, Angelo." Mrs. Reilly wandte ihr puderweißes Gesicht zu Mr. Robichaux. „Mr. Robichaux, Sie kennen meinen Ignaz nicht: Wo er hinkommt, bringt er alles durcheinander."

„Der braucht einmal eine anständige Ohrfeige", stimmte Santa eifrig ein.

„Eine anständige Tracht Prügel braucht er", fügte Mrs. Reilly hinzu.

„Er braucht jemand, der ihm einmal Saures gibt", zog Santa den gemeinsamen Nenner. „Worauf warten wir noch? Vertragt euch!"

„Gut", gab Mr. Robichaux nach. Er nahm Angelos weißlichblaue Hand und schüttelte sie vorsichtig.

„Ist das nicht schön!" stellte Mrs. Reilly fest. „Kommen Sie zu mir aufs Sofa, Claude! Santa soll uns was mit dem tollen Heivieh von ihrer Nichte vorspielen."

Während Santa einen Fats Domino auflegte, setzte sich Angelo, schniefend und etwas verwirrt dreinblickend, gegenüber von Mrs. Reilly und Mr. Robichaux auf den Küchenstuhl.

„Ist das nicht schön!" überschrie Mrs. Reilly den ohrenbetäubenden Lärm von Klavier und Kontrabaß. „Santa, Schatz! Kannst du's ein bißchen leiser drehen?"

Das rhythmische Gestampfe wurde etwas erträglicher.

„Gut so?" schrie Santa. „Und jetzt unterhaltet euch alle, bis ich mit den Tellern für meinen prima Kartoffelsalat komme. Irene – Claude: Los! Legt uns was aufs Parkett!"

Vom Kaminsims her folgten ihr die zwei scharfen, kohlschwarzen Äuglein, als sie fröhlich aus dem Zimmer tanzte. Mundtot gehämmert vom Schlagzeug saßen die drei Gäste da und starrten auf die rosaroten Wände und die Blumen des Bodenbelags. „Wißt ihr was?“ schrie Mrs. Reilly unvermittelt zu den beiden Herren: „Wie ich fort bin, hat Ignaz das Wasser im Bad laufen lassen – und ich wette, er hat vergessen, daß er es abdreht!“ Als keiner ihr darauf antwortete, fügte sie hinzu: „Jede Mutter trägt eine Dornenkrone.“

Neun

„Vom Gesundheitsamt ist eine Beschwerde über Sie da, Reilly."

„Ach, sonst nichts? Aus Ihrer Miene hätte ich schon auf eine Art epileptischen Anfall geschlossen", erwiderte Ignaz, der gerade seinen Karren in die Garage steuerte. Er schob den Brei aus Wurst und Semmel, mit dem er beschäftigt war, in die Backe ab. „Woran sollte das Gesundheitsamt Anstoß genommen haben? Ich habe mich einer fast übertriebenen Reinlichkeit befleißigt. Meine Körperpflege ist über jeden Verdacht erhaben, und da ich auch nicht mit einer ansteckenden Krankheit behaftet bin, kann ich mir nicht vorstellen, daß durch mich etwas in ihre Würstchen gerät, das nicht bereits darin enthalten wäre. Prüfen Sie meine Fingernägel!"

„Hören Sie auf mit dem Quatsch, Sie fetter Klugscheißer!" Mr. Clyde sah über die zwei Pranken hinweg, die ihm Ignaz vor die Nase hielt. „Andere arbeiten seit Jahren für mich und haben nie einen Anstand gehabt, und Sie sind erst seit ein paar Tagen hier!"

„Ich bezweifle nicht, daß die anderen schlauer sind."

„Einer vom Gesundheitsamt hat Sie kontrolliert."

„Ach so", begriff Ignaz und legte gelassen eine Pause ein, um sich das Wurstende, das er wie einen Zigarrenstummel zwischen den Lippen hielt, einzuverleiben. „Jetzt wird mir klar, wer dieser Kretin mit den amtlichen Allüren war! Tatsächlich hat er ganz so ausgeschaut wie ein reingezüchteter Amtsschimmel. Beamte erkennt man immer gleich an der Leere zwischen Kragen und Hut, wo andere Menschen ein Gesicht haben."

„Maul halten, Sie Untam! Haben Sie für das Würstel gezahlt, das Sie da gerade essen?"

„Mittelbar. Sie dürfen es mir von meinem Hungerlohn abziehen." Ignaz sah Mr. Clyde zu, wie er auf einem Block einige Zahlen notierte. „Aber verraten Sie mir bitte, welches hygienische Tabu ich verletzt haben soll? Wahrscheinlich handelt es sich um irgendeine plumpe Verleumdung."

„Das Gesundheitsamt behauptet, daß der Wurstverkäufer mit der Nummer sieben – und das sind Sie! –"

„Gewiß. Die Glückszahl sieben! Nach dieser Zählung kann ich nicht anders als schuldig sein. Ich war von vornherein auf der schwarzen Liste. Aber ich habe schon geahnt, daß der Siebener mir zum Hohn ein Unglückswagen sein wird. Offenbar schiebe ich da eine Wurst, auf der ein Fluch lastet. Bestimmt wird es mir mit einem anderen Wagen besser gehen."

„Wollen Sie mich endlich anhören?"

„Wenn es unbedingt sein muß... Aber ich will Sie vorher doch warnen, daß ich in dem Zustand allgemeiner Depression und Angst, in dem ich mich befinde, zu Ohnmachten neige. Der Film, den ich gestern abend gesehen habe, war ein besonders schwerer Schlag, ein Musical mit Teenagern an einem Strand. Bei der einen Szene, in der sie auf dem Surfbrett gesungen haben, bin ich fast zusammengebrochen. Außerdem war mir die letzte Nacht durch zwei Alpträume vergällt: In dem einen kam ein Überlandbus vor, in dem anderen spielte ein mir bekanntes Mädchen eine gewisse Rolle. Brutal und obszön! Ich will es vermeiden, Sie mit den Details zu schockieren."

„Man hat sie beobachtet, wie Sie in der St. Joseph Street eine Katze aus dem Rinnstein gehoben haben!"

„Etwas Gescheiteres fällt den Leuten nicht ein? Was für eine absurde Lüge!" erwiderte Ignaz und sog mit der Zunge den letzten noch sichtbaren Zipfel der Wurst ein.

„Was haben Sie in der St. Joseph Street gesucht? Dort sind doch nur Lagerhäuser und Werften – kein Mensch geht durch die St. Joseph Street, die gibt's nicht einmal auf unserem Plan."

„Bitte, das habe ich nicht gewußt. Ich habe mich hingeschleppt, um mich ein wenig auszuruhen. Hin und wieder bin ich selbst dort auf Fußgänger getroffen, wenn sie auch leider wenig Appetit auf unsere Würstchen zeigten."

„Also waren Sie tatsächlich da unten? Kein Wunder, daß Sie nichts anbringen! Und ich will wetten, daß Sie auch wirklich mit dieser Dreckskatze gespielt haben."

„Wenn Sie mich so darauf ansprechen, glaube ich mich zu entsinnen, daß ich dort ein paar zahme Tierchen gesehen habe."

„Sie haben also mit der Katze gespielt?"

„Nein, ich habe nicht mit ihr ‚gespielt'. Ich habe sie nur hochgenommen, um sie ein wenig zu streicheln, und ihr ein Würstchen angeboten. Allerdings hat sie es abgelehnt. Offenbar hat es sich dabei um eine Katze von Geschmack und Grundsätzen gehandelt."

„Begreifen Sie eigentlich, was Sie da angerichtet haben, Sie Orang-Utan?"

„Leider nein", erwiderte Ignaz gereizt. „Anscheinend ist man von der Voraussetzung ausgegangen, daß die Katze unrein war. Woher diese Gewißheit? Es ist allgemein bekannt, daß gerade Katzen besonders reinlich sind und ständig an sich herumlecken, wenn sie dazu auch nur den geringsten Anlaß zu haben meinen. Dieser Beamte muß ein Vorurteil gegen Katzen haben. Gegen ihn hat die Katze von vornherein keine Chance gehabt."

„Wir reden jetzt nicht von der Katze!" stellte Mr. Clyde mit solchem Nachdruck fest, daß Ignaz beobachten konnte, wie die purpurnen Adern rund um die weißliche Nasennarbe anschwollen. „Wir reden von Ihnen!"

„Nun, was mich betrifft: Ich bin ganz gewiß sauber. Das haben wir ja bereits geklärt. Ich wollte nur, daß man auch der Katze Gerechtigkeit widerfahren läßt. Haben Sie die Absicht, noch weiter an mir herumzunörgeln? Meine Nerven stehen schon dicht am Zusammenbruch. Vorhin, als Sie meine Nägel prüften, habe ich gehofft, daß Ihnen auch das Zittern meiner Hände nicht entgehen würde. Es sollte mir leid tun, wenn ich die Paradies Vertriebs Ges.m.b.H. auf Übernahme der Kosten eines Psychiaters klagen müßte. Vielleicht habe ich Ihnen noch nicht mitgeteilt, daß ich keine Krankenversicherung habe, ganz abgesehen davon, daß ein so antiquiertes Unternehmen wie der Paradiesvertrieb seinen

Dienstnehmern natürlich keine solchen Sozialleistungen zu bieten hat. Nachgerade finde ich, daß die Arbeitsbedingungen in dieser Jammerfirma einiges zu wünschen übriglassen."

„Was paßt Ihnen nicht?" fragte Mr. Clyde.

„Leider alles. Und dazu kommt noch, daß man meine Qualitäten hier überhaupt nicht zu schätzen scheint."

„Sie kommen regelmäßig: Das ist zumindest ein Punkt für Sie."

„Und selbst dazu verstehe ich mich nur, weil man mich mit einer überbackenen Weinflasche bewußtlos schlüge, wenn ich zuhause zu bleiben wagte! Dort herrschen Zustände wie in einer Löwengrube. Meine Mutter wird von Tag zu Tag unduldsamer und bösartiger."

„Verstehen Sie mich, Reilly: Ich will Sie nicht feuern", lenkte Mr. Clyde in väterlichem Ton ein. Er kannte bereits die traurige Geschichte des Wurstverkäufers Reilly: Die betrunkene Mutter; der zu leistende Schadenersatz; die bittere Not, von der Mutter und Sohn bedroht waren; die üble Gesellschaft, in der die Mutter verkehrte. „Ich gebe Ihnen noch eine Chance: Sie kriegen eine andere Strecke, und dann hab ich da auch noch ein paar Artikel, die ihnen vielleicht aushelfen werden."

„Schicken Sie einen Stadtplan mit der neuen Strecke in die psychiatrische Abteilung bei den Barmherzigen Brüdern. Vielleicht helfen mir ein paar gütige Nonnen und die Ärzte, ihn zwischen den Schockbehandlungen zu entziffern."

„Halten Sie den Mund!"

„Sehen Sie? Schon haben Sie meinen Arbeitswillen untergraben!" Ignaz rülpste. „Hoffentlich haben Sie eine Strecke in Aussicht genommen, die einige landschaftliche Reize zu bieten hat, womöglich auch einen Park mit genügend Sitzgelegenheiten für Menschen mit müden, geschwollenen Füßen. Heute früh beim Aufstehen sind mir plötzlich die Knöchel umgeknickt. Zum Glück habe ich mich eben noch am Fußende meines Bettes gefangen, sonst wäre ich hilflos auf dem Boden gelandet. Meine Fersenbeine kann ich überhaupt abschreiben."

Zum Beweis humpelte Ignaz mühselig, mit schleifenden Stiefeln, im Kreis um Mr. Clyde.

„Hören Sie auf, Sie dicker Schleimer! Sie sind doch kein Krüppel."

„Noch nicht ganz, obwohl sich manche von den feineren Knochen und Bindegeweben schon zur Kapitulation bereit machen. Überhaupt scheint es, als wollte mein Körper zu einer Art Waffenstillstand gelangen. Der Verdauungsapparat funktioniert fast gar nicht mehr. Vielleicht hat eine Zellschicht meinen Pylorus überwuchert und für immer verstopft."

„Ich werde Sie ins Franzosenviertel schicken."

„Was?!" schrie Ignaz. „Bilden Sie sich ein, daß ich für Sie in diesem Sündenpfuhl herumwaten werde? Nein, das Viertel kommt leider nicht in Frage. Meine seelische Substanz würde sich in dieser Atmosphäre zersetzen. Abgesehen davon könnte ich bei dem Verkehr dort leicht umgestoßen oder an einer Mauer zerquetscht werden."

„Entweder oder, du fetter Kapaun! Das ist mein letztes Angebot." Mr. Clydes Narbe begann wieder zu erbleichen.

„Im Ernst? Bitte, ich möchte Ihnen einen nächsten Anfall ersparen, Sie fallen sonst noch in den Wurstkessel und verbrühen sich . . . Wenn Sie darauf bestehen, wird mir wohl nichts anderes übrigbleiben, als mich mit meinen Würstchen in dieses Sodom und Gomorrha zu wagen."

„Gut, dann sind wir uns einig. Sie kommen morgen früh herein, und ich werde Sie dann aufputzen."

„Ich kann Ihnen nicht versprechen, daß ich im Viertel viele Würstchen verkaufen werde. Wahrscheinlich werde ich genug damit zu tun haben, mich vor den eindeutigeren Angeboten meiner Kunden zu retten."

„Im Franzosenviertel läuft das meiste Geschäft mit den Touristen."

„Umso schlimmer. Nur vollends entartete Menschen reisen zum Vergnügen. Ich, für meine Person, habe die Stadt nur ein einziges Mal verlassen. Habe ich Ihnen übrigens schon einmal von dieser Wallfahrt nach Baton Rouge erzählt? Die Stadt ist nur eine Insel in einem Meer voll Greuel und Schrecken."

„Danke. Ich will davon nichts wissen."

„Nun, das tut mir leid für Sie. Vielleicht hätten Sie aus meinem Bericht über dieses traumatische Erlebnis einiges lernen können. Trotzdem bin ich froh, daß Sie so leicht darauf verzichten, denn die psychologischen und symbolischen Feinheiten dieser Reisebeschreibung würden vermutlich das Fassungsvermögen eines Paradiesvertreibers übersteigen. Zum Glück habe ich alles schriftlich niedergelegt, sodaß dereinst die Hellhörigeren unter den Lesern aus dem Logbuch dieses Abstiegs durch die Sümpfe bis in den innersten Höllenkreis einen Nutzen ziehen können."

„Passen Sie mal auf, Reilly –"

„In diesem Zusammenhang verwende ich auch den besonders sinnfälligen Vergleich eines Überlandbusses mit der Achterbahn in einem surrealistischen Vergnügungspark."

„Maul halten!" brüllte Mr. Clyde und schwang drohend seine Forke. „Wir machen jetzt die Abrechnung für heute: Wieviel haben Sie verkauft?"

„Gott sei mir gnädig", stöhnte Ignaz. „Ich wußte ja, daß es so weit kommen mußte."

Minutenlang stritten sie über die Einnahmen. In Wahrheit hatte Ignaz den Vormittag an der Eads Plaza verbracht, wo er von einem bequemen Sitz aus den Hafenverkehr beobachtet und einige Gedanken über die Geschichte der Seefahrt und Marco Polo notiert hatte. Zwischendurch hatte er auch Überlegungen angestellt, wie er Myrna Minkoff endgültig vernichten könnte, war aber zu keinem befriedigenden Ergebnis gelangt. Am meisten versprach noch der Plan, sich in der Stadtbibliothek ein Handbuch über Sprengstoffe zu beschaffen, eine Bombe zu bauen und sie, in schlichtes Papier verpackt, an Myrna zu schicken. Dann erinnerte er sich aber, daß seine Leihkarte eingezogen worden war. Den Nachmittag hatte er mit der Katze totgeschlagen. Er hatte versucht, die Katze in die Semmelwanne zu sperren und nachhause mitzunehmen. Leider war sie entwischt.

„Ich finde, Sie sollten zumindest soviel Großmut aufbringen, um Ihren eigenen Angestellten einen Rabatt zu gewähren“, plädierte Ignaz hoheitsvoll, nachdem die Prüfung der Tageslosung ergeben hatte, daß ihm nach Abzug der Würste, die er selbst gegessen hatte, nicht mehr als ein Dollar und fünfundzwanzig Cent verblieb. „Immerhin entwickle ich mich zu Ihrem besten Kunden.“

Mr. Clyde stach mit der Gabel in Verkäufer Reillys Schal und befahl ihm, sich aus der Garage zu scheren. Außerdem drohte er ihm für den Fall, daß er am nächsten Tag sich nicht zeitig zur Arbeit im Franzosenviertel einstellen sollte, mit sofortiger Entlassung.

Ignaz latschte düsteren Mutes zum Obus. Auf der Fahrt stadtauswärts gab er solche Ladungen von Paradiesgas von sich, daß trotz des Gedränges im Wagen niemand neben ihm sitzen wollte.

Als er die Küche betrat, begrüßte seine Mutter ihn, indem sie auf die Knie fiel und flehte: „Oh, Gott, warum läßt du mich dieses schwere Kreuz tragen? Sag es mir! Sende mir ein Zeichen! Ich bin mir keiner Schuld bewußt.“

„Hör sofort auf, Gott zu lästern!“ schrie Ignaz, worauf sich Mrs. Reilly bemühte, mit verdrehten Augen eine Antwort aus den Flecken und Sprüngen der Decke abzulesen. „Das ist fürwahr ein erhebender Empfang für einen, der den ganzen langen Tag auf den Straßen dieser erbarmungslosen Stadt um seine nackte Existenz gekämpft hat!“

„Wer hat dir an der Hand weh getan?“

Ignaz blickte auf die Kratzer, die ihm die Katze zugefügt hatte, als er sie in der Semmelwanne zurückzuhalten versucht hatte.

„Ich hatte einen fast apokalyptischen Streit mit einer hungrigen Dirne auszufechten“, rülpste Ignaz. „Nur dank meiner körperlichen Überlegenheit habe ich verhindern können, daß sie meinen Wagen plünderte. Schließlich zog sie sich hinkend, die bunten Lumpen zerfetzt, vom Schlachtfeld zurück.“

„Ignaz!“ wehklagte Mrs. Reilly. „Das wird ja mit jedem Tag noch schlimmer! Wie soll das mit dir weitergehen?“

„Hol dir die Flasche aus der Röhre: Das war ja wohl das Stichwort ..."

Mrs. Reilly behielt ihren Sohn im Auge und fragte: „Ignaz! Bist du nicht vielleicht doch ein Kommunist?"

„Oh, Gott!" rief Ignaz. „Jeden Tag lande ich in dieser morschen Hütte vor einem Inquisitionstribunal! Nein! Das hab ich dir schon oft gesagt. Nein! Ich bin kein Sympathisant! Was in aller Welt bringt dich auf solche Ideen?"

„Irgendwo in der Zeitung hab ich gelesen, daß es auf der Universität so viele Kommunisten gibt."

„Na, die können von Glück reden, daß sie mir nicht über den Weg gelaufen sind: Sonst hätte ich sie wahrscheinlich kurz und klein gehaut. Kannst du dir vorstellen, daß ich mit Leuten wie deiner Battaglia in einem Kollektiv zusammenleben, Straßen kehren und Steine klopfen möchte – oder was immer das Volk in diesen Ländern tut? Was ich mir wünsche, ist eine anständige, starke Monarchie mit einem anständigen und dekorativen König, der etwas von Theologie und Geometrie versteht und seinen Untertanen ein erfülltes Innenleben ermöglicht."

„Einen König? Du wünschst dir einen König?"

„Bitte, hör jetzt mit diesem Geschwätz auf!"

„Ich weiß von niemandem, der sich einen König wünscht."

„Bitte!" Ignaz schlug mit der Faust auf das Wachstuch des Küchentischs. „Kehr die Veranda, besuch Miss Annie, ruf deine kupplerische Battaglia an, spiel in der Passage mit deiner Kegelkugel; aber laß mich in Frieden! Ich bin in einem sehr miesen Zyklus."

„Was meinst du mit ‚Zyklus'?"

„Wenn du mich weiter belästigst, nehme ich die Flasche aus der Röhre und taufe dir damit das Wrack von deinem Plymouth", schnaubte Ignaz.

„Jetzt prügelt er sich schon mit Mädchen auf der Straße!" beklagte Mrs. Reilly. „Ist das nicht schrecklich? Und vor einem Würstelwagen! Ignaz: Ich glaube, du brauchst jemanden, der dir hilft."

„Also ich gehe jetzt fernsehen“, teilte Ignaz verärgert mit. „Sonst versäume ich den Yogi Bär.“

„Warte, Bub –“ Mrs. Reilly erhob sich vom Boden und zog aus einer Tasche ihrer Strickjacke einen Umschlag aus braunem Papier. „Da. Das ist heute für dich gekommen.“

„So?“ nahm Ignaz interessiert zur Kenntnis und griff nach dem Brief. „Hoffentlich hast du inzwischen schon auswendig gelernt, was drinsteht.“

„Steck lieber die Hände ins Waschbecken und wasch dir die Kratzer aus!“

„Das hat Zeit“, meinte Ignaz und riß den Umschlag auf. „Fräulein Minkoff hat sich offenbar bemüßigt gefühlt, mein Handschreiben postwendend zu beantworten. Obwohl ich es mir sehr nachdrücklich verbeten habe.“

Mrs. Reilly setzte sich, und ihre gekreuzten Beine in weißen Strümpfen mit den alten schwarzen Lederpumps pendelten traurig hin und her, während das blaue und das gelbe Auge ihres Sohns über die glattgestreifte Papiertüte liefen, auf die der Brief geschrieben war.

Sehr geehrte Herren!
Endlich höre ich etwas von Dir, Ignaz! Aber was für ein bestürzender, kranker Brief! Auf den Briefkopf von „Hosen-Levy“ will ich gar nicht eingehen. Ich nehme an, daß es als Judenwitz gemeint ist, aber zum Glück bewege ich mich nicht auf einem Niveau, wo mir solche Anspielungen weh tun könnten. Von Dir hätte ich freilich nicht vermutet, daß Du Dich so tief erniedrigst. Aber man lernt nie aus.

Deine Bemerkungen über meinen Vortrag haben einen kleinbürgerlich-eifersüchtigen Unterton, den ich bei einem Menschen, der angeblich so tolerant und unvoreingenommen ist, nicht erwartet hätte. Ich will nur erwähnen, daß sich schon mehrere engagierte Leute für den Vortrag interessieren, unter anderem hat mir ein besonders brillanter Neuerwerb, den ich neulich im U-Bahngedränge gemacht habe, fest versprochen, daß er kommen und auch gleich ein paar scharfe Freunde mitbringen wird. Er heißt Ongah und ist ein Austauschstudent aus Kenia, der hier an der Uni eine Dissertation über die französischen Symbolisten im 19. Jahrhundert schreibt. Du natürlich würdest so einen brillanten und engagierten Burschen wie Ongah nie verstehen. Ich könnte ihm stundenlang zuhören. Was er sagt, hat Hand und Fuß – mit Deinem überkandidelten Geschwafel überhaupt nicht zu vergleichen. Ongah steht mit beiden Füßen im Leben, er packt zu wie ein richtiger Mann, dringt unter die Oberfläche und legt die Tatsachen bloß.

„Heiliger Gott!" stammelte Ignaz: „Jetzt hat ein Mau-Mau das Gör genotzüchtigt!"

„Was?" fragte Mrs. Reilly mißtrauisch.

„Dreh den Fernseher an, damit er sich aufwärmt", trug ihr Ignaz geistesabwesend auf und wandte sich wieder dem Brief zu.

Wie Du Dir denken kannst, hat er mit Dir auch schon gar nichts gemein. Überdies ist er auch Musiker und Bildhauer, immer irgendwie lebensnah und sinnvoll beschäftigt, kreativ und wach. Seine Plastiken springen Dich förmlich an, so voll Vitalität und Ausdruck sind sie.

Deinem Brief habe ich wenigstens entnehmen können, daß Du noch lebst – wenn Du Deinen Zustand „Leben" nennen willst. Was soll dieses Gefasel über einen „Vertrieb von Nahrungsmitteln"? Soll das eine Anspielung auf meinen Vater und die Restaurants sein, die er beliefert? Auch das würde mich freilich nicht treffen, da ich seit Jahren die Ansichten meines Vaters nicht teile. Sehen wir doch der Wahrheit ins Gesicht, Ignaz! Seit ich Dich das letzte Mal gesehen habe, liegst Du in Deinem Zimmer herum und faulst vor Dich hin! Wenn Du mich wegen meines Vortrags anflegelst, ist das nur ein Beweis mehr für Dein Selbstmitleid, das Bewußtsein Deines Scheiterns und die geistige (?) Impotenz, in der Du Dich suhlst.

„Einen besonders starken Hengst müßte man dazu bringen, daß er seinen Schwanz in diese gottlose Hetäre treibt!" knurrte Ignaz wütend.

„Was? Was sagst du da, Bub?"

Dein Ende zeichnet sich schon ab, Ignaz! Du mußt etwas unternehmen! Wenn Du wenigstens etwas wie freiwilligen Spitaldienst tun würdest, das könnte Dich aus Deiner Apathie herausreißen und sich womöglich auch vorteilhaft auf Deinen Pylorus und alles andere auswirken. Geh an die frische Luft, Ignaz! Schau Dir Bäume und Vögel an! Begreife doch endlich, daß rund um Dich alles lebt! Dein Pylorus verklemmt sich nur, weil er glaubt, daß er in einem toten Organismus west. Öffne Dein Herz, Ignaz, und auch der Pylorus wird sich auftun!

Solltest Du sexuelle Zwangsvorstellungen haben, so beschreibe sie mir möglichst genau in Deinem nächsten Brief, vielleicht kann ich sie für Dich interpretieren und Dir helfen, die psycho-sexuelle Krise, in der Du steckst, zu bewältigen. Schon auf der Uni habe ich Dir immer wieder vorausgesagt, daß Du in eine solche psychotische Phase geraten wirst.

Vielleicht interessiert Dich, daß laut einer Statistik, die ich gerade in der *Social Revulsion* gelesen habe, Louisiana von allen Staaten den höchsten Prozentsatz an Analphabeten hat. Befreie Dich aus diesem Sumpf, bevor es zu spät ist! Ich nehme Dir wirklich nicht übel, was Du über meinen Vortrag geschrieben hast. Ich verstehe Deine Situation, Ignaz. Meine Kollegen in der Gruppentherapie verfolgen Deine Entwicklung mit großem Interesse (ich habe ihnen jede der einzelnen Etappen beschrieben, angefangen mit Deinen paranoiden Vorstellungen, und ihnen auch die Hintergründe skizziert), und sie alle lechzen nach Dir. Wenn mich der Vortrag nicht so in Anspruch nähme, würde ich eine längst fällige Inspektionstour einlegen und Dich persönlich heimsuchen. Halte durch, bis wir uns wiedersehen!
M. Minkoff

Ignaz falzte heftig den Brief, knüllte hierauf die Tüte zu einer Kugel und feuerte sie in den Mülleimer. Mrs. Reilly blickte auf das gerötete Gesicht ihres Sohns und fragte: „Was will das Mädchen? Was ist eigentlich aus ihr geworden?"

„Sie schmeißt sich an einen unglücklichen Afrikaner an. In aller Öffentlichkeit."

„Schrecklich! Schöne Bekanntschaften sind das, Ignaz! Dabei haben es die armen Schwarzen schon schwer genug. Die lecken auch keinen Honig. Das Leben ist hart, Ignaz! Du wirst es schon noch lernen . . ."

„Besten Dank", erwiderte Ignaz distanziert.

„Du erinnerst dich doch an die arme alte Negerin, die vor dem Friedhof Bonbons verkauft? Letzthin hab ich sie in einem ganz dünnen Mäntelchen gesehen, voll Löcher, und draußen war es sehr kalt. ‚Ich bitt Sie', hab ich zu ihr gesagt, ‚Sie werden sich noch den Tod holen in dem dünnen Mäntelchen.' Und darauf sagt sie –"

„Bitte!" unterbrach Ignaz sie wütend. „Ich hab jetzt keine Lust auf Anekdoten!"

„Hör mir zu, Ignaz! Die alte Frau greift einem wirklich ans

Herz. ‚Ach', sagt sie, ‚mich stört die Kälte nicht. Ich bin daran gewöhnt.' Ist das nicht tapfer?" Mrs. Reilly blickte bewegt zu Ignaz, der jedoch nur den Schnurrbart sträubte. „Das heißt schon viel! Und weißt du, was ich darauf getan hab? Ich hab ihr einen Vierteldollar gegeben und ihr gesagt: ‚Da – nehmen Sie das, gute Frau, und kaufen Sie irgend etwas zum Spielen für Ihre Enkelkinder.'"

„Wie!" explodierte Ignaz. „So also wirfst du unser Erspartes hinaus! Während ich fast als Bettler herumziehen muß, verschleuderst du unser Geld an professionelle Schwindler! Das Kostüm, das diese Frau trägt, ist doch nichts als Masche. Sie hat einen erstklassigen, einträglichen Standplatz dort beim Friedhof. Bestimmt verdient sie zehnmal mehr als ich!"

„Ignaz! Sie ist arm und alt", verwies ihn Mrs. Reilly betrübt. „Ich wollte, du wärst auch so tapfer wie sie."

„Großartig: Jetzt werde ich schon mit einer heruntergekommenen Berufsbettlerin verglichen! Nein – noch ärger: Der Vergleich zu meinen Ungunsten! Und meine leibliche Mutter ist es, die mich so beschimpft!" Ignaz schlug auf das Wachstuch. „Jetzt reicht es mir – ich geh hinein und schau mir den Yogi Bär an. Wenn du zwischen zwei Gläsern einmal Pause machst, darfst du mir etwas zu essen bringen. Mein Pylorus schreit nach einem Sühneopfer."

„Ruhe dort drüben!" kreischte Miss Annie durch ihre Läden, als Ignaz seinen Kittel um sich raffte und im Gedanken an das nächstdringliche Problem – Wie sollte er den Frechheiten der Göre Einhalt gebieten? – in die Diele stampfte. Das Bürgerrechtsprojekt war an der Desertion der Bürger gescheitert. Er mußte sich etwas Neues ausdenken, etwas Politisches oder etwas mit Sex. Vorzugsweise etwas Politisches, und zwar ein perfektes Projekt, dessen Planung mit allergrößter Sorgfalt angegangen werden mußte.

II

Lana Lee saß, die in braunes Wildleder geschneiderten Beine überkreuz, auf einem Barhocker und stemmte ihn mit ihren kräftigen Gesäßbacken so gegen den Boden, daß er ihren Körper in perfekter Vertikale hielt. Jahrelanges Training und einschlägiger Gebrauch hatten diese Körperpartie zu einem ungewöhnlich vielseitigen und verläßlichen Werkzeug gemacht.

Immer wieder setzte sie ihr Körper in Erstaunen. Er war ihr gratis mitgegeben worden, und dennoch hatte sie ihm mehr zu verdanken als allem, wofür sie gezahlt hatte. In solchen seltenen Augenblicken wurde Lana Lee richtig gefühlsselig oder sogar fromm und dankte Gott, der ihr in Seiner Güte einen Körper geschenkt hatte, der zugleich ihr bester Freund war. Sie dankte Ihm dafür, indem sie das Geschenk mit der Präzision eines Automaten wartete, es hegte, pflegte und liebte.

Heute war Darlenes erste Kostümprobe. Vor einigen Minuten war sie mit einer großen Hutschachtel eingetroffen und hinter den Kulissen verschwunden. Lana betrachtete Darlenes Bühnenrequisit: Ein Tischler hatte ein Ding angefertigt, das einem Kleiderständer glich, oben aber an Stelle von Haken große Ringe trug. Außerdem hingen daran weitere drei Ringe an Ketten unterschiedlicher Länge. Was Lana bisher von der Nummer gesehen hatte, war nicht eben vielversprechend, aber Darlene versicherte, daß es mit dem Kostüm ganz anders sein werde. Alles in allem, fand Lana, war es gar nicht so dumm, daß sie sich von Darlene und Jones überreden lassen hatte. Die Nummer kostete sie nicht viel, und sie mußte zugeben, daß zumindest der Vogel ein sehr begabter Akteur von durchaus professionellen Qualitäten war, der zu einem guten Teil ausgleichen konnte, was menschliche Unzulänglichkeit zu wünschen übrigließ. Mochten die anderen Klubs in der Straße mit Tigern, Affen und Schlangen hausieren, die „Liebesnacht" hatte ihren Vogel im Köcher, und Lanas Wissen um einen sehr spezifischen Aspekt menschlichen Verhaltens sagte ihr, daß das Geschäft mit Vögeln in der Tat recht einträglich werden könnte.

„So, Lana: Wir sind fertig", rief Darlene hinter dem Vorhang.

Lana sah zu Jones, der in einer Wolke von Zigarettenrauch die Logen putzte, und befahl: „Leg die Platte auf!"

„Tut mir leid. Diskjockeys gibt's erst ab dreißig die Woche."

„Stell den Besen weg und geh zum Plattenspieler, bevor ich die Wachstube anrufe!" brüllte ihn Lana an.

„Steigen Sie doch von Ihrem Thron und gehen Sie selber zum Plattenspieler, bevor ich die Wachstube anrufe und die Bullen bitte, daß sie sich einmal nach den verschwundenen Waisenkindern umschauen sollen."

Lana maß ihn mit mißtrauischem Blick, aber seine Augen waren durch den Rauch und die dunklen Gläser nicht zu erkennen.

„Was willst du damit sagen?" fragte sie schließlich.

„Daß die Waisenkinder von Ihnen nie was gekriegt haben außer vielleicht einen Tripper. Und daß ich mich nicht von Ihnen wegen dem beschissenen Plattenspieler anrotzen laß. Wenn ich erst einmal hinter die Waisenkinder gekommen bin, ruf ich selber die Bullizei. Ich hab's satt, daß ich unter dem Mindestlohn in diesem Puff arbeiten und mich ständig beschimpfen lassen soll."

„He, wo bleibt die Musik?" rief Darlene munter.

„Was kannst du den Bullen beweisen?" wollte Lana von Jones hören.

„Aha! Also stinkt doch was mit den Waisenkindern! Ich hab's ja gewußt! Wenn Sie Ihren Bullen anrufen, ruf ich meinen Bullen an: Verstanden? Das Telephon bei der Bullizei wird richtig heißlaufen. Und jetzt lassen Sie mich gefälligst in Ruhe kehren. Plattenspielen ist für einen Schwarzen schon was Höheres. Wahrscheinlich würd ich den Apparat kaputtmachen."

„Das möcht ich erst noch sehen, ob die Polizei einem Galgenvogel wie dir glaubt, wenn ich ihnen erzähle, daß du in meiner Kassa herumgrapschst!"

„Was gibt's denn!" fragte Darlene hinter dem schmalen Vorhang.

„Grapschen tu ich hier nur in meinem Dreckwasserkübel."

„Dann steht mein Wort gegen deines – und auf dich hat die Polizei schon ein Auge! Da muß nur eine alte Bekannte wie ich bei ihnen was fallen lassen. Wem, meinst du, werden sie glauben?" Lana blickte auf Jones und nahm sein Schweigen als Antwort. „Und jetzt geh zum Plattenspieler!"

Jones warf seinen Besen in eine Loge und legte *Stranger in Paradise* auf.

„Augen geradeaus! Ich komme!" rief Darlene und stolperte, mit ihrem Kakadu im Arm, auf die Bühne. Sie trug ein tief ausgeschnittenes orangerotes Abendkleid aus Satin, und im Zenit ihrer hochtoupierten Frisur schaukelte eine große, künstliche Orchidee: So bewegte sie sich in plumpen, aber eindeutigen Verrenkungen auf den Kleiderständer zu. Der Kakadu schwankte heftig. Dann klammerte sie sich mit der einen Hand oben an den Ständer, machte mit dem Unterleib einen grotesken Ausfall gegen die Stange und stöhnte: „Oooh!"

Der Kakadu wurde auf dem untersten Ring abgesetzt und begann mit Schnabel und Klauen zum nächsten Ring hochzuklettern. Darlene kurvte und wackelte in orgiastischer Ekstase um die Stange, bis der Vogel etwa auf der Höhe ihrer Hüften angelangt war, worauf sie ihm den Ring anbot, der dort an das Kleid genäht war. Der Vogel hackte mit dem Schnabel danach, und das Kleid platzte auf.

„Oooh", stöhnte Darlene und wankte an den vorderen Bühnenrand, um dem Publikum die Unterwäsche vorzuweisen, die durch den Spalt blitzte. „Oooh! Oooh!"

„Hoha!" wieherte Jones.

„Aus! Aus!" schrie Lana, sprang von ihrem Hocker und stoppte die Platte.

„He? Was ist jetzt wieder los?" fragte Darlene gekränkt.

„Du stinkst zum Himmel: Das ist alles! Erstens bist du aufgetakelt wie eine Straßenhure. Ich will für meinen Klub was Kultiviertes, Attraktives: Das ist ein anständiges Lokal, du Trampel!"

„Hoha!" wieherte Jones.

„In dem orangenen Kleid könntest du aus einem Puff ausgekommen sein! Und was soll dieses schweinische Gegrunze? – Wie eine besoffene Nymphomanin, die in einem Durchhaus kotzt!"

„Aber, Lana –"

„Der Vogel ist in Ordnung. Du bist letztklassig." Lana nahm eine Zigarette zwischen ihre Korallenlippen und gab sich Feuer. „Wir müssen die ganze Nummer anders aufbauen. Du schaust aus, als ob du einen Achter oder sonst ein paar lockere Schrauben hättest. Ich kenne das Geschäft: Strippen ist für jede Frau eine Entwürdigung. Meine Kundschaft will nicht zuschauen, wie eine ungewaschene Nutte heruntergemacht wird."

„He!?" Jones ließ seine Wolke gegen Lanas Wolke los. „Hör ich recht, daß wir hier am Abend immer so nette, kultivierte Leute haben?"

„Halt's Maul", befahl Lana. „Und jetzt hör zu, Darlene: Irgendeine Nutte kann jeder heruntermachen. Was die sehen wollen, ist ein süßes, unberührtes Mädchen, das in den Dreck gezogen und gestrippt wird. Streng doch bitte dein Hirn an, Darlene! Unberührt mußt du sein! Ich will, daß du wie ein nettes, kultiviertes Mädchen ausschaust, das sehr überrascht ist, wenn der Vogel auf einmal an ihr herumzupft."

„Wer behauptet, daß ich nicht kultiviert bin?" protestierte Darlene.

„Meinetwegen: Du bist kultiviert. Aber dann sei auch auf meiner Bühne kultiviert. Das gibt erst die dramatische Spannung: Kapierst du?"

„Klar", warf Jones ein. „Für die Nummer muß doch die ‚Liebesnacht' 'n Akademiepreis kriegen. Und der Vogel auch."

„Scher dich um deinen Boden!"

„Sehr wohl, gnädiges Fräulein."

„Moment", schrie Lana plötzlich entrückt, als führte sie Regie in einem Ballettfilm. Sie hatte seit jeher das theatralische Element ihres Berufs geliebt: Spiel, Pose, Szenen. „Das ist es!"

„Das ist was?" fragte Darlene.

„Die Idee, du Idiotin!" Lana hielt die Zigarette vor die Lippe und benützte die hohle Hand als Megaphon. „Deine Nummer!

Paß auf: Du bist eine ländliche Schönheit, eine süße, üppige Pflanzerstochter auf einer Plantage im tiefen Süden, die einen Vogel hat."

„Das hört sich prima an", fand Darlene.

„Ist es auch. Und jetzt gib acht!" Lanas Phantasie überschlug sich. Diese Nummer mußte ein dramatisches Meisterwerk werden. Der Vogel war sowieso ein Naturtalent. „Wir kaufen dir ein schönes, altmodisches Kleid mit einer Krinoline und Spitzen. Auch einen großen Hut. Und einen Sonnenschirm: Sehr kultiviert. Und dazu trägst du Korkzieherlocken. Du kommst gerade von einem großen Ball, auf dem die Pflanzerssöhne rudelweise versucht haben, sich zwischen Brathühnchen und Schweinsrüssel an dich heranzumachen. Aber du hast sie alle abblitzen lassen. Und warum? Weil du, zum Kuckuck, eine Dame bist! Du kommst also auf die Bühne: Der Ball ist vorbei, aber du hast dir deine Unschuld bewahrt. Du hast deinen Vogel bei dir, um ihm eine gute Nacht zu wünschen, und sagst zu ihm: ‚Die schönsten Herren waren hinter mir her, aber ich hab meine Unschuld bewahrt.' Und dann fängt der Malefizvogel an, an deinem Kleid zu grapschen. Du bist schockiert – überrascht: Du weißt nicht, was dir da geschieht. Aber du bist zu wohlerzogen, um den Vogel zu verscheuchen. Kapiert?"

„Großartig!" fand Darlene.

„Das ist dramatische Aktion", präzisierte Lana. „Versuchen wir's einmal: Musik, Maestro!"

„Auweh! Jetzt sind wir endgültig bei Onkel Tom gelandet." Jones ließ die Nadel über die ersten Rillen schleifen. „Ein schöner Trottel bin ich, daß ich in dem miesen Puff überhaupt den Mund aufmach!"

Darlene trippelte auf die Bühne, knickste bescheiden, schürzte die Lippen zu einem Rosenknöspchen und flötete: „Ich habe meine Unschuld hinter mir, aber die schönsten Herren bewahrt."

„Stop!" brüllte Lana.

„Hab Geduld!" bat Darlene. „Es ist doch das erste Mal. Ich hab eine exotische Nummer geübt, kein Theaterstück."

„Kannst du dir nicht einmal einen einzigen, einfachen Satz merken?"

„Die ‚Liebesnacht' schlägt sich ihr auf die Nerven." Jones hüllte die Bühne in Wolken. „Das kommt vom schlechten Lohn und bösen Worten. Bald wird's auch der Vogel kriegen und vom Ständer fallen."

„Du bist doch gut mit Darlene, nicht wahr?" hielt ihm Lana gereizt vor. Nachgerade ging ihr dieser Jones unter die glattgeölte Haut. „Sie gibt dir doch immer die Illustrierten? Die Nummer war vor allem deine Idee, Jones! Du willst bestimmt auch, daß ich ihr eine Chance auf der Bühne geb?!"

„Klar. Wenigstens einer in dem Lokal, der hochkommt. Die Nummer ist Klasse, und wenn sie was reinbringt, krieg auch ich was drauf: Hurra!" Jones bleckte sein Gebiß zu einem grinsenden, gelblichen Mond. „Ich setz alle Hoffnung auf den Vogel."

Lana fiel etwas ein, das der Sache dienen und Jones treffen konnte. Sie hatte ihm schon zuviel durchgehen lassen.

„Gut", sagte Lana. „Du willst also Darlene helfen und findest, daß die Nummer gut ist – oder? Ich erinnere mich, daß du behauptet hast, Darlene und der Vogel würden mir soviel Geschäft ins Haus bringen, daß ich einen Portier anstellen muß. Dabei hab ich schon einen Portier: Dich!"

„He! Unter dem Mindestlohn komm ich am Abend nicht her."

„Zur Première wirst du kommen", verfügte Lana gelassen. „Du wirst draußen auf dem Trottoir stehen. Wir leihen ein Kostüm aus, in dem du ausschauen wirst wie ein Türsteher auf einer echten, alten Plantage, und du bittest die Leute ins Lokal herein. Verstanden? Ich möchte ein volles Haus haben, wenn deine Freundin und ihr Vogel auftreten."

„Einen Scheißdreck werd ich! Und ich komm erst gar nicht wieder! Kann sein, daß Sie die Scarla O'Horror und ihren Ballvogel auf die Bühne kriegen, aber mit einem bunten Affen vor der Tür ist nichts!"

„Unter diesen Umständen werde ich wohl das Kommissariat verständigen müssen."

„Vielleicht erfahren sie dann dort auch was von den Waisenkindern."

„Das glaube ich nicht."

Jones wußte, daß sie recht hatte. „Meinetwegen", sagte er schließlich. „Zur Eröffnung bin ich hier und sorg dafür, daß ein paar Leute hereinkommen, nach denen Sie die Bude gleich ganz zusperren können. Sowas wie den fetten Kerl mit der grünen Mütze werd ich für Sie auftreiben!"

„Möcht wissen, wohin der verschwunden ist", meinte Darlene.

„Halt's Maul und laß mich deinen Text hören!" brüllte Lana sie an. „Dein schwarzer Freund möchte sehen, wie du Karriere machst! Er ist einer von deinen Gönnern, Darlene: Zeig ihm, was du kannst!"

Darlene räusperte sich und artikulierte präzise: „Die schönsten Herren hinter mir haben meine Unschuld bewahrt."

Lana packte Darlene und schob sie samt Vogel von der Bühne ab in die Passage. Jones hörte zu, wie Lana keifte und Darlene flehte. Zuletzt knallte eine Ohrfeige.

Jones ging hinter die Bar, um sich ein Glas Wasser zu nehmen und darüber nachzudenken, wie er Lana endgültig fertigmachen könnte. Draußen kreischte der Kakadu, und Darlene schluchzte: „Ich bin eben keine Schauspielerin, Lana. Ich hab dir's doch gesagt!"

Jones' Blick fiel plötzlich auf die Tür des Schränkchens: Über den Vorbereitungen für Darlenes Kostümprobe hatte Lana vergessen, das Schränkchen zu schließen. Jones ging auf die Knie und nahm zum ersten Mal in der „Liebesnacht" die Sonnenbrille ab. Es brauchte eine Weile, bis sich seine Augen auf das hellere, aber doch nicht besonders helle Licht hinter der Bar eingestellt hatten. Zuerst sah er nur verkrusteten Schmutz. Dann schaute er in das Schränkchen und registrierte etwa zehn Päckchen, in neutrales Papier gewickelt und säuberlich übereinander gestapelt. In einer Ecke stand ein Globus, daneben eine Schachtel mit Schulkreide und ein großes, luxuriös gebundenes Buch.

Jones hatte nicht die Absicht, seine Entdeckung zu entwerten, indem er etwas aus dem Schränkchen herausnahm: Lana Lee mit ihren Falkenaugen und der Witterung eines Bluthunds hätte das sofort bemerkt. Er überlegte einen Augenblick, dann nahm er den Bleistift von der Kassa und schrieb, so gut er konnte, auf die Schmalseite eines jeden Päckchens die Adresse der „Liebesnacht“. Vielleicht, dachte er, würde das eine Antwort bringen – eine Antwort von einem wirklichen, erfahrenen Saboteur. Wie eine Flaschenpost. Eine Adresse auf schlichtem braunem Packpapier kann so verräterisch sein wie ein Fingerabdruck auf einer Mordwaffe. Es war etwas, das es eigentlich nicht geben durfte. Jones rückte den Stapel wieder Kante auf Kante, dann legte er den Bleistift auf die Kasse und trank sein Wasser aus. Die Tür des Schränkchens stand im selben Winkel offen, wie er sie vorgefunden hatte.

Gerade zur rechten Zeit kam Jones hinter der Theke hervor und begann zu kehren, als Lana, Darlene und der Vogel in kleinem, aber wirrem Haufen aus der Passage hereinplatzten. Darlenes Orchidee baumelte schlaff, das Gefieder des Vogels war zerrauft, nur Lana Lee wirkte so gepflegt wie immer, als hätte sie allein sich im Auge eines Taifuns gehalten.

„Also: Darlene“, zischte Lana und packte Darlene bei den Achseln: „Was, beim Teufel, wirst du sagen?“

„Ho! Das nennt man Regie mit Gefühl! Wenn Sie ’n wirklichen Film machen täten, wär am Ende jeder zweite tot.“

„Halt’s Maul und mach deinen Boden“, fauchte Lana zu Jones hin und schüttelte Darlene: „Jetzt sag’s noch einmal, du Trampel – aber richtig!“

Darlene seufzte und sagte: „Die schönsten Herren waren mir am Hintern, aber ich habe meine Unschuld bewahrt.“

III

Wachmann Mancuso klammerte sich an den Schreibtisch des Inspektors und keuchte: „Fie müffen mif auf dem Waffraum laffen. If krieg keine Luft mehr.“

„Wie?“ Der Inspektor musterte die jämmerliche Gestalt, die tränenden, blutunterlaufenen Augen hinter den dicken Brillengläsern, die trockenen Lippen über dem weißen Spitzbart. „Was fehlt Ihnen eigentlich, Mancuso? Warum benehmen Sie sich nicht wie ein Mann? Schnupfen! Ein Polizist hat keinen Schnupfen! Ein Polizist läßt sich nicht anstecken!“

Wachmann Mancuso hustete rasselnd in seinen Spitzbart.

„Sie haben noch immer niemanden in der Buszentrale hoppgenommen! Erinnern Sie sich, was ich gesagt habe? Sie bleiben dort, bis Sie mir wen bringen!“

„If hab Lungenenpfündung.“

„Nehmen Sie Aspirin. Und jetzt ziehen Sie ab und kommen Sie erst wieder, wenn Sie mir jemand vorzuweisen haben!“

„Meine Tante fagt, if hol mir den Tod, wenn if in dem Waffraum bleiben muff.“

„Ihre Tante? Ein erwachsener Mann wie Sie richtet sich nach seinen Tanten? Jesus! Mit welchen Leuten verkehren Sie eigentlich, Mancuso? Mit alten Damen, die allein in Striplokalen herumsitzen – mit Tanten . . .? Anscheinend bewegen Sie sich in einem Damenstift. Stehen Sie gefälligst stramm!“ Der Inspektor maß Mancuso, der von seinem Husten völlig geschwächt war und hilflos zitterte, mit finsterem Blick. Für einen Todesfall wollte er nicht verantwortlich sein, da war es gescheiter, Mancuso eine Bewährungsfrist zu geben und ihn nach deren Ablauf zu feuern. „Meinetwegen“, sagte er. „Gehen Sie also nicht in die Buszentrale. Gehen Sie an die frische Luft auf die Straße. Ich gebe Ihnen zwei Wochen: Wenn Sie mir bis dahin niemanden bringen, sind Sie Polizist gewesen. Haben Sie mich verstanden, Mancuso?“

Wachmann Mancuso nickte schniefend.

„If foll’f verfufen. If foll wen bringen.“

„Lehnen Sie sich nicht so über mich!“ schrie ihn der Inspektor an. „Ich möcht’ mir nicht Ihren Schnupfen anhängen lassen! Stehen Sie stramm – und verschwinden Sie! Und nehmen Sie ein paar Pulver und Limonade. Herr Jesus!“

„If foll Ihnen wen bringen“, keuchte Wachmann Mancuso

noch einmal, freilich noch weniger überzeugend als zuvor. Dann entfernte er sich in seinem neuesten Kostüm, das sich der Inspektor als besonders teuflischen Scherz ausgedacht hatte: Ein Weihnachtsmann mit einer Baseballkappe.

IV

Mrs. Reilly trommelte gegen Ignaz' Tür und ereiferte sich über die fünfzig Cent, die er als Tageslohn nachhause gebracht hatte, aber er reagierte nicht. Er fegte die Expreßpostblocks, das Jo-Jo und den Gummihandschuh vom Tisch, schlug das Tagebuch auf und begann zu schreiben:

Lieber Leser!

> Ein gutes Buch ist Lebensblut
> eines überragenden Geistes,
> gekeltert und mit Sorgfalt
> für ein anderes Leben aufbewahrt.
> – Milton

Das verschrobene (und vermutlich nicht ungefährlich bösartige) Hirn Clydes hat etwas Neues ausgekocht, um mein stählernes Rückgrat zu beugen. Zunächst dachte ich, ich hätte vielleicht in diesem Wurstbaron und Fleischmagnaten einen Vaterersatz gefunden, aber er wird von Tag zu Tag feindseliger und eifersüchtiger, und ich zweifle nicht, daß letztlich seine bösen Triebe die Oberhand gewinnen und ihn zerstören werden. Mein majestätischer Körperbau, meine komplexe Weltanschauung, der Anstand und Stil meines Gebarens und die Anmut, die ich in dem Sumpf unserer Zivilisation zu bewahren weiß – all das verwirrt und entsetzt Clyde. Jetzt hat er mich dazu verurteilt, meine Arbeit ins Franzosenviertel zu verlegen, einen Stadtteil, wo alle Laster zuhause sind, die sich die Menschheit in ihren wüstesten Träumen ausgedacht hat, einschließlich einiger zeitgenössischer Varianten, die durch den Fortschritt der Naturwissenschaft möglich geworden sind. Vermutlich ließe sich das Viertel mit Soho und gewissen Bezirken in Tanger oder Casablanca vergleichen, da aber seine Bewohner mit dem typisch amerikanischen Leistungswillen gesegnet sind, bemühen sie sich, die Attraktionen, welche den in jenen anderen Niederungen Beheimateten geboten werden, an Phantasie und Vielfalt noch zu übertreffen.

Ganz offensichtlich ist eine Gegend wie das Franzosenviertel nicht der rechte Nährboden für einen nüchternen, keuschen, klugen und wissensdurstigen Jungarbeiter. Mußten etwa Edison, Ford oder Rockefeller sich gegen solche widrigen Umstände behaupten?

Clydes teuflisches Hirn war jedoch nicht mit einer so primitiven Erniedrigung zufrieden. Weil ich angeblich in das von Clyde so genannte „Touristengeschäft" eingestiegen bin, bin ich zudem in eine Art Theaterkostüm gezwängt worden.

(Nach meinen am ersten Tag gewonnenen Erfahrungen handelt es sich bei den „Touristen" meines neuen Tätigkeitsbereichs um dasselbe Gesindel, mit dem ich im Geschäftsviertel zu tun hatte. Offenbar sind sie, von den Massenmedien verblödet, in das Franzosenviertel herübergestolpert, und das genügt bereits, daß Clyde sie in seiner senilen Demenz zu „Touristen" qualifiziert. Ich frage mich, ob Clyde jemals Gelegenheit gehabt hat, den menschlichen Ruinen und Rudimenten zu begegnen, die als Käufer der Paradiesprodukte auftreten und sich offenbar davon ernähren. Zwischen den übrigen Verkäufern – Jammergestalten, die sich unter Namen wie Buddy, Pal, Sport, Top, Buck und Ace herumtreiben – und meinen Kunden bin ich augenscheinlich in einer für verlorene Seelen bestimmten Vorhölle gefangen. Dennoch verleiht die Tatsache, daß ihre Anpassung an unsere Gegenwart so eindrucksvoll mißlungen ist, ihnen eine gewisse spirituelle Qualität. Es scheint durchaus möglich, daß sie – dieses klägliche Strandgut – die wahren Heiligen unserer Zeit sind: Malerisch gebeugte alte Neger mit feuchten braunen Augen; abgemergelte Wanderarbeiter aus der Ödnis von Texas oder Oklahoma; bankrotte Kleinpächter, die nach einem Unterschlupf in den rattenverseuchten Zinskasernen der Stadt suchen.

Nichtsdestoweniger hoffe ich, daß ich an meinem Lebensabend nicht auf heiße Würstchen angewiesen sein werde. Vielleicht bringt der Verkauf meiner Schriften doch einigen Gewinn. Wenn alle anderen Stricke reißen, kann ich mich auch noch immer im Kielwasser der gräßlichen M. Minkoff, deren Verstöße gegen Geschmack und Sitte ich meinen Lesern bereits in allen Einzelheiten geschildert habe, auf Tournee begeben, um die Steine des Anstoßes und den Schlamm der Unwissenheit, die sie in den Vortragssälen des Landes zurückläßt, auszuräumen. Vielleicht findet sich aber doch unter ihrer ersten Zuhörerschaft eine Person von Prinzipien, die sie vom Katheder zerrt und mit einigen kräftigen Hieben auf ihre erogenen Zonen bedenkt. Trotz aller spiritueller Qualitäten liegt dieses Elendsquartier in den Belangen physischen Komforts beträchtlich unter dem Durchschnitt, und ich hege begründete Zweifel, daß mein umfänglicher und wohlgeformter Körper sich daran gewöhnen könnte, die Nacht in Durchhäusern zu verbringen. Eher würde ich dazu neigen, auf Parkbänken zu schlafen. So sind schon meine Dimensionen ein hinlänglicher Schutz davor, daß ich jemals zu tief in dem Sumpf unserer Zivilisation versinke. [Ich kann nicht glauben, daß man wirklich bis in die tiefsten Niederungen eintauchen muß, um einen objektiven Blick auf unsere Gesellschaft zu gewinnen. Ratsamer als der senkrechte Abstieg ist ein Abrücken zur Peripherie in eine Zone, wo die erstrebenswerte Distanz nicht unbedingt auch einen Verzicht auf gewisse Annehmlichkeiten bedingt. Eben dort – am äußersten Rand unserer Zivilisation – hatte ich mich befunden, als mich, wie schon erwähnt, die fatale Trunksucht meiner Mutter in das hektische Getriebe meiner gegenwärtigen Daseinsform schleuderte. Ich will nicht verhehlen, daß sich meine Lage seither nur verschlechtert hat. Der Himmel hat sich verdüstert. Minkoff, meine platonische Flamme, hat sich gegen mich gekehrt. Sogar meine Mutter, die Ursache meines Niedergangs, geht bereits so weit, die Hand ihres Ernährers zu beißen. Mein Zyklus bewegt sich dem Tiefpunkt zu. Oh, Fortuna, du launenhaftes Weib!] Für meine Person habe ich festgestellt, daß der Mangel an Nahrung und Bequemlichkeit keineswegs die Seele erhebt, sondern nur Ängste in der menschlichen Psyche auslöst, die alle höheren Triebe dem einen, einzigen Zweck dienstbar machen: Etwas zu essen zu finden. Trotz meines reichen Innenlebens brauche ich Nahrung und etwas Komfort.)

Aber zurück zum Tagesgeschehen: Clydes Rache. Der Verkäufer, der vor mir das Franzosenviertel bearbeitete, hatte dazu ein absurdes Piratenkostüm getragen, ein Zugeständnis des Paradiesvertriebs an die Lokalhistorie von New Orleans – ein Clyde'scher Versuch, eine Beziehung zwischen Würstchen und kreolischer Anekdotik herzustellen. Clyde zwang mich, es in der Garage anzuprobieren, aber natürlich war das Kostüm auf die Maße meines tuberkulösen und ausgehungerten Vorgängers zugeschnitten, und kein Ziehen, Drücken, Atemanhalten und Quetschen half, es auf meinen muskulösen Körper zu passen. So gelangten wir zu einer Art Kompromiß: Um meine Mütze wand ich ein rotseidenes Piratenkopftuch; in mein linkes Ohrläppchen schraubte ich einen goldenen Ohrring, d. h. einen Riesenreifen von Ohrring aus einem Juxbasar; an die Seite meines weißen Verkäuferkittels heftete ich mir mit einer Sicherheitsnadel einen kurzen, schwarzen Säbel aus Plastik. Kein besonders eindrucksvoller Pirat, werdet ihr sagen ... Dennoch mußte ich, als ich mich im Spiegel sah, doch zugeben, daß ich recht attraktiv wirkte. Ich fiel mit dem Plastiksäbel gegen Clyde aus und rief: „Hände hoch, Admiral!" Ich sollte freilich gewußt haben, daß so etwas das Fassungsvermögen seines primitiven Wursthirns überstieg. Er war sehr beunruhigt und ging mit seiner harpunenartigen Gabel zum Gegenangriff über. Ein paar Augenblicke fochten wir in der Garage wie zwei Prahlhänse in einem besonders vertrottelten historischen Film, Gabel gegen Säbel. Als ich einsah, daß ich mit meiner Plastikwaffe schwerlich gegen die lange Gabel in der Hand eines rasenden Methusalem aufkommen würde, und begriff, daß Clyde wirklich ganz außer sich war, wollte ich unser kleines Duell beenden. Ich versuchte es mit beschwichtigenden Worten; ich flehte; schließlich ergab ich mich. Trotzdem griff Clyde weiter an: Offenbar war mein Piratenkostüm so überzeugend, daß er sich in die gute alte Zeit von New Orleans zurückversetzt fühlte, als Herren von Stand einen Disput über heiße Würstchen auf solche

Weise zu entscheiden pflegten. Plötzlich dämmerte es mir: Clyde wollte mich umbringen! Er hatte ein großartiges Argument: Notwehr. Ich hatte ihm in die Hand gespielt. Zu meinem Glück stürzte ich. Ich war im Zurückweichen über einen Wurstkarren gestolpert, verlor mein seit jeher prekäres Gleichgewicht und fiel zu Boden. Obwohl mein Kopf recht schmerzhaft gegen den Karren geschlagen hatte, rief ich munter: „Der Sieg ist Euer, Herr!" Hierauf widmete ich meiner lieben Fortuna ein stilles Dankgebet, daß sie mich vor dem jähen Tod durch eine rostige Gabel gerettet hatte.

Eilig schob ich meinen Wagen aus der Garage und machte mich auf den Weg ins Franzosenviertel, wobei ich in meinem Halbkostüm bei vielen Passanten ein wohlwollendes Aufsehen erregte. Säbel an der Seite, Ohrring am Läppchen, das Tuch am Kopf so rot und glänzend, daß jeder Stier mich mit einem Torero verwechselt hätte – derart durchquerte ich stracks die Stadt, dankte dem Schöpfer für mein Leben und wappnete mich gegen die Greuel, die im Viertel auf mich warten sollten. Mehr als ein lautes Gebet floß mir von den keuschen Lippen, sei es zum Dank, sei es um Fürbitte. So wandte ich mich etwa an den heiligen Mathurin, der gegen Epilepsie und Wahnsinn angerufen wird, daß er Mr. Clyde beistehen wolle (Mathurin ist zufällig auch der Patron der Clowns), und für mich selbst richtete ich einen demütigen Gruß an den heiligen Eremiten Medericus, der bei Verdauungsbeschwerden hilft. Indem ich über den Tod meditierte, der mich so nah gestreift hatte, geriet ich auf meine Mutter, von der ich schon immer gern gewußt hätte, wie sie darauf reagieren würde, wenn ich mit meinem Leben für ihre Missetaten bezahlen sollte. Ich sehe sie bei der Trauerfeier – einer schäbigen, billigen Abfertigung im Souterrain eines anrüchigen Leichenbestatters –, wie sie, wahnsinnig vor Schmerz, die geröteten Augen voll heißer Tränen, meinen Leichnam aus dem Sarg reißt und betrunken schreit: „Nein, nehmt ihn mir nicht! Wie darf so eine zarte Blüte welk zur Erde sinken?" Hierauf wird das Begräbnis in eine Zirkusvorstellung ausarten, bei der meine Mutter immer wieder ihre Finger in die zwei Löcher an meinem Hals bohrt, die Mr. Clydes rostige Gabel mir zugefügt hat, und in unartikuliertem Griechisch Flüche und Racheschwüre ausstößt. Das Schauspiel hätte wohl auch eine gewisse tragische Note, würde aber mit meiner Mutter in der weiblichen Hauptrolle bald ins Melodramatische abrutschen. Sie würde die weiße Lilie meinen leblosen Händen entreißen, die Blume zerpflücken und den Trauergästen, Zelebranten und Neugierigen zurufen: „Wie diese Blume war mein Ignaz! Jetzt sind sie beide geknickt!" und darauf die Lilie zurück in den Sarg fallen lassen, mir mitten ins bleiche Gesicht.

Für meine Mutter sandte ich ein Gebet zur heiligen Zita von Lucca, die ihr Leben als Magd in strenger Buße verbrachte, und flehte zu ihr, daß sie meiner Mutter helfe, den Kampf gegen den Alkohol und ihre nächtlichen Ausschweifungen zu bestehen.

Das Gemüt durch solche fromme Intermezzi gestärkt, lauschte ich auf das rhythmische Klatschen des Säbels an meiner Seite. Wie ein Stachel meines Gewissens schien er mich voranzutreiben, dem Franzosenviertel zu, und mit jedem Klatschen zu mahnen: „Faß dir ein Herz, Ignaz! Dein Schwert ist schnell und scharf!" Allmählich fühlte ich mich in der Tat wie ein Kreuzfahrer.

Endlich querte ich die Canal Street – wobei ich mich bemühte, über die Neugier der Leute, die mir begegneten, hinwegzusehen. Nun sollte ich mich in die engen Straßen des Viertels wagen! Ein Strolch ersuchte mich um ein Würstchen, ich winkte ab und schritt weiter. Leider vermochten meine Füße nicht mit meiner Seele Schritt zu halten, vom Knöchel abwärts verlangte es nach einer kurzen Rast, und so stellte ich den Wagen am Rinnstein ab und setzte mich. Über meinem Kopf hingen die Balkone der alten Häuser wie das dunkle Gezweig eines bösen Zauberwaldes. Symbolträchtig schnaubte ein Vergnügungsbus vorbei und erstickte mich fast mit seinen Dieseldämpfen. Für Sekunden schloß ich die Augen, um mich durch eine kurze Meditation zu stärken, muß aber wohl dabei eingeschlafen sein, denn ich erinnere mich, daß ich auf rohe Weise von einem Polizisten geweckt wurde, der neben mir stand und mich mit der Spitze seines Schuhs in die Rippen stieß. Anscheinend erzeugt mein Körper eine Ausdünstung, die besonders aufreizend auf die Vertreter der Obrigkeit wirkt. Wer sonst wäre etwa, während er in aller Unschuld vor einem Warenhaus auf seine Mutter wartete, von einem Polizisten belästigt worden? Wer sonst wird beobachtet und angezeigt, weil er ein hilfloses Kätzchen aus der Gosse aufgehoben hat? Wie eine läufige Hündin scheine ich Polizisten und Sanitätspersonal anzuziehen, und ich sehe voraus, daß mich eines Tages, unter irgendeinem lächerlichen Vorwand, das Schicksal ereilen wird: Dann werden sie mich in irgendein klimatisiertes Verließ werfen, damit ich zwischen schalldichten Wänden unter Neonlicht den Preis dafür zahle, daß ich zu verachten wagte, was sie in ihren kleinen, dumpfen Dutzendherzen heilig halten.

Indem ich mich in voller – als solcher allein schon eindruckvoller – Größe aufrichtete, blickte ich auf den Polizisten herab und sagte ihm meine Meinung. Zum Glück verstand er mich nicht. Dann schob ich meinen Wagen weiter hinein in das Viertel. So früh am Nachmittag waren nur wenig Menschen auf den Straßen, die dort Wohnenden lagen vermutlich noch im Bett und erholten sich von den Exzessen der vorangegangenen Nacht. Zweifellos bedurften viele einer ärztlichen Fürsorge: Ein paar Klammern oder ein Pflaster über ein geknicktes Glied oder einen Riß in einer Leibesöffnung. Ich vermochte nur zu ahnen, wieviele hohle, hungrige Augen hinter den Läden mich beobachteten, und war bemüht, nicht daran zu denken. Nachgerade fühlte ich mich wie ein besonders leckerer Braten in einem Fleischerladen. Dennoch war da niemand, der durch die Sparren der Jalousien einen Lockruf an mich gerichtet hätte, vermutlich handelte es sich bei den Wesen, die dort in ihren dunklen Behausungen brüteten, um listigere Verführer. Ich hatte erwartet, daß zumindest ein Billet zu mir herabflattern würde. Nur einmal kam aus einem der Fenster eine Orangensaftdose geflogen, die mich fast getroffen hätte. Ich bückte mich und las sie auf, um zu sehen, ob die leere Blechhülse vielleicht eine Botschaft an mich enthielte, aber nur der klebrige Rückstand des Saftkonzentrats lief mir über die Hand. Sollte dies ein öbszöner Hinweis sein? Während ich dies bedachte und zu dem Fenster hinaufschaute, aus dem die Dose gekommen war, näherte sich ein alter Strotter meinem Karren und flehte um ein Würstchen. Unwillig verkaufte ich ihm eines, wobei ich bedauernd feststellte, daß sich einmal mehr erwiesen hatte, wie Arbeit jeden kritischen Punkt verwischt.

Danach war natürlich das betreffende Fenster schon geschlossen. Ich bewegte mich weiter die Straße entlang und sah nach einem Zeichen aus. Aus mehr als einem Haus, das ich passierte, drang wüstes Lachen, wahrscheinlich gaben sich die entmenschten Bewohner irgendeinem zweideutigen Zeitvertreib hin, der sie erheiterte. Ich bemühte mich, meine keuschen Ohren vor dem abscheulichen Kichern zu verschließen.

Eine Gruppe Touristen kam mir mit gezückten Kameras und glitzernden Sonnenbrillen entgegen. Als sie meiner gewahr wurden, blieben sie stehen und baten mich in ihrem schrillen Mittelwestdialekt, der auf mein Trommelfell wie der Lärm einer Dreschmaschine (wie immer so etwas klingen mag) eindrang, ich möge ihnen Modell für ein Photo stehen. Ihr liebenswürdiges Interesse rührte mich, sodaß ich ihnen den Willen tat und mich während einiger Minuten in verschiedenen dekorativen Posen photographieren ließ. In einer besonders eindrucksvollen stand ich mit erhobenem Säbel vor meinem Karren wie vor einem Piratenschiff und hielt mit der anderen Hand den Kiel der Blechwurst. Als Höhepunkt wollte ich mich gar auf den Karren stellen, aber das Gefährt erwies sich als zu schwach, um mein Gewicht zu tragen. Es begann unter mir wegzurollen, die zu der Gruppe gehörenden Herren waren jedoch so gütig, den Karren anzuhalten und mir herunterzuhelfen. Schließlich nahm die muntere Gesellschaft von mir Abschied. Als sie, nach allen Seiten wie wild photographierend, die Straße weitergingen, hörte ich eine mitleidige Dame bemerken: „Wie traurig! Hätten wir ihm nicht etwas geben sollen?“ Leider griff keiner ihrer Begleiter (zweifellos durchwegs faschistoide Konservative) diese Anregung auf, weil sie vermutlich dachten, daß eine Gabe von einigen Cents bereits ein weil sie vermutlich dachten, daß eine Gabe von einigen Cents bereits ein Bekenntnis zum Wohlfahrtsstaat wäre. „Bestimmt würde er es nur versaufen“, wandte eine von den anderen Damen, deren runzeliges Altweibergesicht deutlich genug ihre Mitgliedschaft beim Bund konservativer Frauen verriet, voll nasaler Weltweisheit und mit stark rollenden R-Lauten ein. Offensichtlich schlugen sich die übrigen auf ihre Seite, denn die Gruppe setzte sich alsbald wieder in Bewegung.

Ich gestehe offen, daß ich einen greifbaren Beweis ihrer Erkenntlichkeit nicht verschmäht hätte. Ein Jungarbeiter kann jeden Heller brauchen, der in seine schwielige Hand fällt. Abgesehen davon war nicht auszuschließen, daß diese Mistbauern mit ihren Photos bei einem Preisausschreiben ein Vermögen gewinnen würden. Einen Augenblick lang erwog ich, ob ich der Gruppe nachlaufen sollte, als mir ein schmächtiges Männchen in Bermudashorts einen Gruß entbot. Es keuchte unter der Last eines monströsen Apparats, bei dem es sich nach dem Format der Linsen zumindest um eine Cinemascopekamera handelte. Ich besah diese Karikatur eines Touristen näher und stellte fest, daß es niemand anderer war als ausgerechnet Wachmann Mancuso! Selbstverständlich versuchte ich das blöde Grinsen dieses Mephisto zu übersehen, indem ich so tat, als befestige ich meinen Ohrring. Offenbar hat man ihn aus seinem Waschraum herausgelassen. „Wie geht's?" insistierte er. „Wo ist mein Buch?" erwiderte ich mit Stentorstimme. „Ich bin noch nicht fertig, aber es ist sehr lehrreich", antwortete er erschrocken. „Ziehen Sie Nutzen daraus", mahnte ich. „Wenn Sie es zu Ende gelesen haben, werde ich Sie ersuchen, mir eine schriftliche Zusammenfassung Ihrer Eindrücke und eine Analyse des Inhalts zu liefern!" Während der Nachhall meiner Worte noch in der Luft lag, ging ich erhobenen Hauptes meines Wegs, bemerkte dann allerdings, daß ich den Karren vergessen hatte, und kehrte zurück, um ihn zu holen. (Dieser Karren ist eine arge Belastung. Ich komme mir vor, als müßte ich auf ein schwachsinniges Kind aufpassen, das man keine Sekunde aus den Augen lassen darf – oder wie eine Henne, die ein besonders großes Blechei ausbrüten soll.)

Es war nun fast zwei Uhr, und ich hatte bis dahin nicht mehr als ein einziges Würstchen verkauft: Das bedeutete, daß sich euer Jungarbeiter ins Zeug legen mußte, wenn er das ihm gesetzte Ziel erreichen wollte. Offensichtlich stehen Würstchen bei den Bewohnern des Franzosenviertels nicht besonders hoch im Kurs, und auch die Touristen kommen nicht in die malerischen Winkel der Altstadt, um sich an Paradiesprodukten vollzuschlemmen. Im Jargon der Geschäftswelt würde man sagen, daß ich mich im Bereich des Marketing vor schwierige Fragen gestellt sehe. Der tückische Clyde hat sich eine rechte Route für „Weiße Elephanten" – als solchen bezeichnete er mich im Verlauf einer unserer Sitzungen – für mich ausgedacht. Haß und Eifersucht haben mich in den Staub gezwungen . . .

Davon abgesehen muß ich mir etwas einfallen lassen, um den jüngsten Frechheiten Fräulein Minkoffs wirksam zu begegnen. Möglicherweise wird mir das Franzosenviertel eine Gelegenheit bieten: Vielleicht ein Kreuzzug für Zucht und Sitte, Theologie und Geometrie?

Gesellschaftliches: Demnächst läuft in einem großen Stadtkino ein neuer Film mit meinem weiblichen Lieblingsstar an, dessen Exzesse mich erst vor kurzem in jenem Zirkusmusical so beeindruckt haben. Irgendwie muß ich dort hineinkommen. Hinderlich ist nur der dumme Karren. Der Film wird als „raffiniertes Lustspiel“ angepriesen, und ich bin sicher, daß sich die Dame darin zu neuen Gipfeln der Geschmacklosigkeit und Perversion aufschwingt.

Gesundheitszustand: Erstaunliche Gewichtszunahme, an der zweifellos die Sorge schuld ist, welche mir die zunehmende Unverträglichkeit meiner Mutter bereitet. Es ist eine Binsenwahrheit, daß Wohltat keinen Dank erntet. So hat sich auch meine Mutter gegen mich gekehrt.
In Bedrängnis
Lance, Euer Jungarbeiter

V

Das hübsche Mädchen lächelte Dr. Talc hoffnungsfroh an und hauchte: „Ich liebe Ihr Seminar! Es ist großartig!“

„Oh, das freut mich“, erwiderte Dr. Talc aufrichtig. „Leider ist das Seminar etwas sehr allgemein gehalten . . .“

„Aber Ihr Verhältnis zur Geschichte ist so lebendig, so gegenwartsnah und so erfrischend unorthodox.“

„Ja, ich finde wirklich, daß man sich über manche veraltete Formen und Methoden hinwegsetzen muß.“ Talcs Feststellung klang sehr bedeutsam, etwas pedantisch. Sollte er dieses reizende Geschöpf zu einem Drink einladen? „Auch die Geschichtswissenschaft unterliegt der Evolution.“

„Oh, ich weiß . . .“, versicherte das Mädchen und blickte Talc mit so großen Augen an, daß er sich für ein paar Sekunden in ihrer Bläue verlor.

„Ich möchte bei meinen Studenten das Interesse dafür wekken. Seien wir doch ehrlich: Der durchschnittliche Student interessiert sich nicht besonders für die keltische Periode Britanniens. Und ich mich auch nicht. Darum finde ich – trotz dieses Eingeständnisses – immer guten Kontakt zu meinen Hörern.“

„Ich weiß . . .“ Das Mädchen griff nach ihrem Täschchen und streifte dabei leicht an den Ärmel von Talcs teurem Tweedsakko. Talc erschauerte unter der Berührung. Das war die Sorte Mädchen, die auf eine Universität paßte, sie hatte nichts mit jener fürchterlichen Minkoff gemein, dem ungebärdigen und ungewaschenen Ding, das beinahe von einem Pedell vor Talcs Büro vergewaltigt worden war. Beim bloßen Gedanken an Miss Minkoff überlief Dr. Talc eine Gänsehaut. Im Seminar hatte sie ihn jedesmal attackiert, beleidigt und bloßgestellt – und dazu noch das Monstrum Reilly angestiftet, bei dem bösen Spiel mitzumachen. Nie würde er die zwei vergessen können. Aber das galt auch für die übrige Fakultät. Minkoff & Reilly waren wie zwei Hunnen über Rom hereingebrochen. Dr. Talc fragte sich beiläufig, ob die beiden inzwischen verheiratet waren. Einander verdient hatten sie sich zweifellos. Vielleicht waren sie zusammen nach Kuba abgehauen. „Manche geschichtliche Größen sind schrecklich langweilig."

„Sehr wahr", stimmte Talc zu. Er war jederzeit bereit, über die Helden der englischen Geschichte herzuziehen, die ihm so viele Jahre schon das Leben sauer machten. Die bloße Evidenzhaltung genügte bereits, daß ihm der Schädel brummte. Er legte eine Pause ein, um eine Benson-and-Hedges anzuzünden und seine Kehle vom Schleim der Historie freizuräuspern. „Alle haben sie so idiotische Fehler gemacht."

„Ich weiß . . ." Das Mädchen warf einen Blick in ihren Taschenspiegel. Darauf wurde das Blau ihrer Augen etwas kühler, ihr Ton ein wenig ungeduldig. „Ich will Ihre Zeit nicht mit diesem historischen Geplauder vergeuden: Eigentlich wollte ich nur fragen, wie es um die Seminararbeit steht, die ich vor etwa zwei Monaten abgegeben habe. Ich würde gern einmal erfahren, mit welcher Note ich bei Ihnen zu rechnen habe."

„Oh, natürlich", erwiderte Dr. Talc unverbindlich. Die Seifenblase seiner Hoffnung platzte. Unter der Oberfläche waren alle Studenten gleich, plötzlich war aus dem reizenden Mädchen eine stahläugige Geschäftsfrau geworden, die ihre Noten bilanzierte. „Sie haben eine Seminararbeit eingereicht?"

„Genau das habe ich getan. In einem gelben Umschlag."

„Dann werde ich einmal nachsehen, wo sie steckt." Dr. Talc erhob sich und begann Stöße von alten Vorlesungstexten, Aufsätzen, Seminar- und Prüfungsarbeiten, die sich auf dem Bücherkasten stapelten, zu durchwühlen. Als er sie wieder ordnete, glitt aus einem Umschlag ein Flieger aus Linienpapier hervor und segelte zu Boden. Talc hatte ihn nicht bemerkt – es war nur einer von vielen, die vor ein paar Jahren während eines Semesters durch das Fenster hereingeflogen waren. Als der Flieger landete, bückte sich das Mädchen danach und faltete ihn, als sie etwas darauf geschrieben sah, auseinander.

Talc! Du bist der Verführung und aktiven Verblödung von Minderjährigen schuldig befunden und wirst daher bis zum Eintritt des Todes an Deinen mickrigen Eiern aufgehängt.
Zorro

Das Mädchen las die mit rotem Farbstift geschriebene Botschaft noch einmal durch, öffnete hierauf, als Talc auf dem Bücherkasten weitersuchte, ihr Täschchen, ließ den Flieger hineinfallen und drückte die Schließe zu.

Zehn

Gus Levy war ein umgänglicher, verläßlicher Mensch. Er hatte quer durchs Land Freunde unter den Sportveranstaltern, Trainern, Mannschaftsführern und Funktionären. Es gab keine Arena, kein Stadion und keinen Rennplatz, wo Gus Levy nicht auf irgend jemanden zählen konnte, den er kannte, seien es Organisatoren, Kartenverkäufer oder Spieler. Jedes Jahr zu Weihnachten kam sogar eine Glückwunschkarte von einem Erdnußverkäufer, der seinen Stand am Parkplatz vor dem Memorial Stadion in Baltimore hatte. Gus Levy war allgemein beliebt.

In „Levy's Lodge" hielt er sich nur in der Zwischensaison auf. Dort hatte er keine Freunde. Weihnachten in „Levy's Lodge" bedeutete nur, daß Gus Levys Töchter über ihn hereinbrachen und die Forderung nach einer Aufstockung ihres Monatswechsels mit der Drohung verbanden, daß sie ihn als ihren Vater hinfort verleugnen würden, wenn er nicht aufhörte, ihre Mutter zu mißhandeln. Als Vorbereitung für Weihnachten stellte Mrs. Levy nicht etwa eine Wunschliste zusammen, sondern verfaßte einen Katalog aller Niederträchtigkeiten und Beleidigungen, die sie seit dem Ende der Sommerferien erlitten hatte.

Mrs. Levy wünschte sich von ihren Töchtern nichts anderes, als daß sie ihren Vater angriffen. Mrs. Levy liebte das Weihnachtsfest.

Im Augenblick wartete Mr. Levy in der Lodge auf den Beginn der Frühjahrsaison. Gonzalez hatte alle Buchungen für Florida und Arizona vorgenommen, aber in „Levy's Lodge" ging es zu, als ob Weihnachten noch vor der Tür stünde, und Mr. Levy wünschte nichts sehnlicher, als diese Ereignisse so lang aufzuschieben, bis er sich in die Trainingslager abgesetzt hatte.

Mrs. Levy hatte Miss Trixie auf seine Lieblingscouch – jene aus gelbem Nylon – gebettet und behandelte das Gesicht der

Alten mit Hautcreme. Hin und wieder stieß Miss Trixies Zunge hervor und leckte ein wenig Creme von der Oberlippe.

„Mir wird schlecht bei dem Anblick", sagte Mr. Levy. „Kannst du sie nicht in die frische Luft setzen? Es ist schön draußen."

„Sie mag die Couch", erwiderte Mrs. Levy. „Laß ihr doch die Freude! Warum gehst nicht du hinaus und putzst deinen Sportwagen?"

„Ruhe!" grollte Miss Trixie mit der blitzenden Prothese, die ihr Mrs. Levy soeben besorgt hatte.

„Hör dir das an!" rief Mr. Levy. „Als ob es ihr Haus wäre!"

„Sie entwickelt Selbstbewußtsein. Stört dich das? Die Zähne geben ihr ein wenig Selbstvertrauen. Aber mir ist klar, daß du der Frau sogar das neidest. Allmählich begreife ich, warum sie so unsicher ist. Ich habe herausgefunden, daß Gonzalez sie den ganzen Tag einfach ignoriert und ihr zu verstehen gibt, daß sie überflüssig ist. In ihrem Unterbewußtsein haßt sie Hosen-Levy."

„Wer tut das nicht?" warf Miss Trixie ein.

„Traurig – sehr traurig", war alles, was Mrs. Levy dazu bemerkte. Miss Trixie grunzte.

„Irgendwo müssen wir einen Punkt machen", fand Mr. Levy. „Ich habe dir hier wirklich alles Mögliche angehen lassen, aber das ist nur mehr blödsinnig. Wenn du eine Leichenbestattung auftun willst, werd ich dir das Geld dafür geben. Aber nicht in meinem Zimmer! Wisch ihr den Papp aus dem Gesicht und laß mich sie zurück in die Stadt fahren. Solange ich in diesem Haus bin, will ich meinen Frieden haben!"

„Aha! Auf einmal bist du richtig wütend. Endlich eine normale Reaktion! Das ist bei dir sehr ungewöhnlich!"

„Tust du das alles nur, um mich wütend zu machen? Das kannst du auch einfacher haben. Laß sie jetzt endlich in Ruhe! Sie will doch nur pensioniert werden. Was du treibst, ist nichts als Tierquälerei."

„Ich bin eine sehr begehrenswerte Frau", murmelte Miss Trixie im Schlaf.

„Hast du gehört?!" rief Mrs. Levy entzückt. „Und du willst sie in die Kälte hinausschicken! Ich bin eben dabei, zu ihr durchzukommen. Sie ist ein Symbol für alles, was du versäumt hast."

Plötzlich schnellte Miss Trixie hoch und fauchte: „Wo ist mein Augenschirm?"

„Das wird ja großartig", meinte Mr. Levy. „Ich warte nur ab, bis sie dich mit ihren Fünfhundertdollarzähnen beißt."

„Wer hat mir meinen Augenschirm weggenommen?" beharrte Miss Trixie böse. „Wo bin ich? Nehmen Sie Ihre Hände weg!"

„Liebste", begann Mrs. Levy, aber Miss Trixie war wieder eingeschlafen, sank zurück und verschmierte die Couch mit Gesichtscreme.

„Also bitte! Wieviel hast du bis jetzt schon in dieses Puppenspiel investiert? Der Polsterer für die Couch ist jedenfalls nicht mehr drin!"

„So ist's recht! Gib nur das ganze Geld für deine Rösser aus! Ein Mensch zählt ja bei dir nicht."

„Nimm ihr lieber die Zähne aus dem Mund, bevor sie sich die Zunge abbeißt. Dann wär sie wirklich bedient."

„Apropos Zunge: Du hättest hören sollen, was sie mir heute vormittag alles über die Gloria erzählt hat!" Mit einer entsprechenden Geste gab Mrs. Levy zu verstehen, daß sie nach wie vor bereit war, Leid und Unrecht hinzunehmen. „Gloria war die Güte in Person, der erste Mensch seit Jahren, der sich um Miss Trixie gekümmert hat. Und dann kommst du wie ein Blitz aus heiterem Himmel und feuerst Gloria aus Miss Trixies Leben! Ich habe den Eindruck, daß das eine wirklich traumatische Erfahrung für sie war. Die Mädchen werden sich freuen, wenn sie von Gloria hören! Da kannst du dich auf ein paar Fragen gefaßt machen..."

„Zweifellos. Ich glaub, jetzt schnappst du tatsächlich über: Es gibt nämlich überhaupt keine Gloria! Wenn du dich weiter mit dieser Mumie abgibst, wirst du über kurz oder lang in demselben Dämmerzustand landen, in dem sie vegetiert. Und wenn dann Susan und Sandra zu Ostern heimkommen, wirst du die beiden mit einem Sack voll Lumpen im Arm auf deinem Möbel empfangen!"

„Ah, ich verstehe: Nichts als Schuldgefühle wegen dieser Gloria! Verdrängungsversuche. Das alles wird ein sehr böses Ende nehmen, Gus! Bitte laß irgendeines von deinen sportlichen Ereignissen ohne dich stattfinden und geh zu Lennys Doktor! Glaub mir, der Mann wirkt Wunder."

„Dann bitte ihn, daß er uns einen Käufer für die Firma schickt. Diese Woche habe ich mit drei Vermittlern gesprochen: Jeder für sich hat gesagt, daß ihm so etwas total Unverkäufliches noch nie untergekommen ist."

„Gus! Höre ich recht? Du willst dein Erbe verkaufen?" heulte Mrs. Levy auf.

„Ruhe!" fauchte Miss Trixie. „Euch werd ich's noch lehren! Wartet nur! Euch werd ich's heimzahlen!"

„Oh, halten Sie den Mund!" schrie Mrs. Levy und stieß sie auf die Couch zurück, wo sie prompt wieder einschlief.

„Nur einer war dabei", fuhr Mr. Levy gelassen fort, „ein ganz aggressiver Typ, der mir ein wenig Hoffnung gemacht hat. Zuerst hat er wie die anderen gesagt: ‚Kein Mensch will heutzutage einen Konfektionsbetrieb. Der Markt ist kaputt, und der Platz ist auch tot, Instandsetzung und Modernisierung würden ein Vermögen verschlingen. Gleisanschluß ist zwar da, aber Leichtgut wie Konfektionsware geht heutzutage per Straße, und für Laster ist die Zufahrt schlecht, von den Autobahnabfahrten quer durch die Stadt. Überhaupt ist die ganze Bekleidungsindustrie im Süden am Eingehen. Nicht einmal das Grundstück ist viel wert, die Gegend ist fast schon ein Notstandsgebiet.' Undsoweiter. Immerhin hat dieser eine Vermittler fallen lassen, daß er vielleicht eine Warenhauskette dafür interessieren könnte, die Fabrik zu einem Supermarkt umzubauen. Das hört sich ganz gut an – hat aber auch wieder einen Haken: Rundherum gibt's nicht genug Parkplätze, das Kaufkraftpotential des Einzugsgebiets trägt kein großes Geschäft. Undsoweiter. Die einzige Chance sei, das Gebäude als Lagerhaus zu vermieten, nur ist da wieder die Ertragslage miserabel und der Platz für ein Lagerhaus ungünstig. Wieder die Autobahnen. Du brauchst dir also keine Sorgen zu machen: Hosen-Levy bleibt uns erhalten – wie ein alter Nachttopf."

„Nachttopf?! Der Schweiß und das Blut deines Vaters klebt an einem Nachttopf? Ich sehe dein Motiv: Du willst das Denkmal, das sich dein Vater geschaffen hat, endgültig zerstören."

„Hosen-Levy soll ein Denkmal sein?"

„Nie werde ich begreifen, warum ich dort arbeiten wollte", knurrte Miss Trixie aus den Kissen hervor, zwischen die Mrs. Levy sie eingeklemmt hatte. „Zum Glück ist die arme Gloria noch zur rechten Zeit davongekommen."

„Wollen mich die Damen bitte entschuldigen?" sagte Mr. Levy und pfiff durch die Zähne. „Beim Gespräch über Gloria möchte ich nicht stören."

Er stand auf und begab sich in das Wellenbad. Während das Wasser um ihn wirbelte und toste, dachte er darüber nach, wie er es anstellen sollte, um Hosen-Levy irgendeinem armen Idioten von Käufer anzuhängen. Total unverwendbar konnte das Ding doch nicht sein. Eine Kunsteislaufhalle? Turnsaal? Bethaus für eine Negersekte? Dann überlegte er kurz, was geschehen würde, wenn er den Heimtrainer auf den Damm hinausbrächte und im Golf versenkte. Schließlich trocknete er sich sorgfältig, zog seinen Frotteemantel an und ging zurück ins Wohnzimmer, um das Blatt mit den Angebotsdaten zu holen.

Miss Trixie saß aufrecht auf der Couch, ihr Gesicht gesäubert, die Lippen orangerot geschminkt, die kurzsichtigen Augen mit Schatten unterlegt. Mrs. Levy arrangierte soeben eine kunstvoll frisierte schwarze Perücke über dem schütteren Greisinnenhaar.

„Was in aller Welt soll das nun?" schnauzte Miss Trixie ihre Wohltäterin an. „Dafür werden Sie noch zahlen!"

„Hältst du das für möglich?" fragte Mrs. Levy voll Stolz ihren Gatten in einem Ton, der nichts Feindseliges mehr hatte. „Schau dir das an!"

Mr. Levy traute kaum seinen Augen: Miss Trixie glich aufs Haar seiner Schwiegermutter.

II

In Mattie's Touristenimbiß füllte Jones sein Glas mit Bier und tauchte die langen Zähne tief in den Schaum.

„Was diese Lee mit dir tut, ist nicht recht", sagte Mr. Watson zu ihm. „Sowas mag ich schon gar nicht: Ein Schwarzer, der verspottet wird, weil er schwarz ist. Und genau das tut sie, wenn sie dich wie einen Plantagensklaven aufputzt."

„Wir haben's schwer genug, ohne daß die Leute über uns lachen, weil wir schwarz sind. Scheiße ... Mein Fehler war, daß ich der Lee von dem Bullen erzählt hab, der mich auf Arbeit geschickt hat. Ich hätt ihr sagen sollen, daß mich das Arbeitsinspektorat geschickt hat, dann hätt sie's mit der Angst gekriegt."

„Das Beste ist, du gehst zur Polizei und sagst ihnen, daß du dort kündigst, dir aber einen anderen Job suchst."

„Nein! Ich geh in kein Wachzimmer und red mit keinem Bullen nicht. Die brauchen mich nur anzuschauen, und schon lochen sie mich ein. Nein! Ein Schwarzer kann vielleicht keinen Job finden, aber im Loch ist für ihn immer noch was frei. Wenn du regelmäßig essen willst, ist's dort gar nicht schlecht, aber ich krepier lieber draußen. Lieber wisch ich einer Hur den Boden, als daß ich mich ins Loch setz und Tüten kleb. Ich war nur eben blöd genug, daß ich auf dieses Leimpapier von ‚Liebesnacht' gegangen bin. Jetzt muß ich auch selber rausfinden."

„Trotzdem sag ich dir: Geh zur Polizei und sag ihnen, daß du jetzt eine Weile zwischen dem letzten und dem nächsten Job hängst."

„Ja: Vielleicht für die nächsten fünfzig Jahre! Wer braucht schon einen schwarzen Hilfsarbeiter? Niemand. Und so eine wie die Lee kennt eine Menge Bullen, sonst hätten die ihr längst dieses miese Puff zugesperrt. Ich möcht's nicht riskieren, daß ich zu einem von ihren Bullenfreunden komm und sag: ‚Herr Inspektor, darf ich mit Verlaub eine Weile auf der Straße sitzen'? und er sagt: ‚Na, das kannst du gerade so gut bei uns.' Dankeschön!"

„Und wie geht's mit der Sabotage?"

„Schlecht. Gestern hat sie mich Überstunden machen lassen,

weil der Dreck schon bald so hoch liegt, daß ihre blöden Kunden drin steckenbleiben. Scheiße. Ich habe dir gesagt, daß ich ihre Adresse auf die Geschenke für die Waisenkinder geschrieben hab: Wenn sie das Zeug noch immer vertreibt, kommt vielleicht eine Antwort herein. Vielleicht gar von der Bullizei . . ."

„Ich seh nicht, wie das mit dir weitergehen soll. Sprich doch mit der Polizei, die verstehen dich schon!"

„Ich hab Angst vor Bullen, Watson! Du hättest bestimmt auch Angst, wenn du nur so im Woolsworth herumgestanden wärst, und plötzlich kommt einer und nimmt dich mit! Und dazu die Lee, die's mit jedem zweiten Bullen hat!" Jones türmte ein Rauchgebilde, das einem Atompilz glich, der die Theke und das Fleisch im Tiefkühler mit seinem Niederschlag bedrohte. „Was ist eigentlich mit dem Stockfisch, der vor ein paar Tagen hier war? Der Kerl, der bei Hosen-Levy arbeitet? Hast du ihn wieder gesehen?"

„Meinst du den, der von der Demonstration erzählt hat?"

„Ja, der mit dem weißen Spinner, der sie anleiten will und den armen Schwarzen sagt, daß sie eine Atombombe auf die Fabrik schmeißen sollen, damit dann alle hin sind und der Rest ins Loch kommt."

„Hab ihn seither nicht gesehen."

„Scheiße. Ich möcht rausfinden, wo der dicke Spinner steckt. Vielleicht geh ich zu Hosen-Levy und frag nach ihm? Den tät ich gern auf die ‚Liebesnacht' loslassen wie eine Atombombe! Dem trau ich's zu, daß sich die Lee seinetwegen vollscheißt bis zur Halskrause. Wenn ich schon den Türsteher spielen soll, wird die Lee einen Saboteur von Türsteher erleben, wie's ihn noch auf keiner Plantage gegeben hat! Ich wälz ihr das Baumwollfeld glatt, bevor ich geh!"

„Gib acht, Jones! Steig nicht in was rein!"

„Pah!"

III

Ignaz fühlte sich zunehmend schlechter. Sein Pylorus war wie zugeschweißt, die heftigsten Verrenkungen genügten nicht, um ihn zu öffnen. Gewaltige Winde lösten sich aus den Gaskammern seines Magens und pflügten durch den Verdauungstrakt. Manche befreiten sich geräuschvoll; andere, von der schleichenden Art, setzten sich unter dem Zwerchfell fest und verursachten abscheuliches Sodbrennen.

Die Ursache dafür war, wie er sich ausrechnen konnte, im allzu häufigen Genuß der Paradiesprodukte zu suchen. Aber es gab auch andere, nicht so offen auf der Hand liegende Gründe. Seine Mutter wurde immer kühner und richtig streitlustig; es wurde nachgerade unmöglich, sie unter Kontrolle zu halten. Vielleicht hatte sie sich irgendeiner Splittergruppe auf der äußersten Rechten angeschlossen und war deshalb so kriegerisch und bösartig? Fest stand jedenfalls, daß sie erst kürzlich in der Küche mit ihm ein regelrechtes Kreuzverhör vorgenommen und alle möglichen Fragen nach seiner politischen Ausrichtung gestellt hatte. Das war sehr merkwürdig. Mrs. Reilly war immer völlig unpolitisch gewesen und hatte jeweils die Kandidaten gewählt, von denen anzunehmen war, daß sie ihre Mütter nett behandelten. Vier Wahlperioden hindurch war sie auf Franklin Roosevelt eingeschworen gewesen – aber nicht etwa wegen des New Deal, sondern weil er den Eindruck machte, daß er seiner Mutter, Mrs. Sarah Roosevelt, Achtung und Liebe entgegenbrachte. Ebenso hatte Mrs. Reilly eigentlich nicht Harry Truman ihre Stimme gegeben, sondern seiner Frau, wie sie vor ihrem viktorianischen Haus in Independence, Missouri, gestanden hatte. Die Vornamen von Nixon und Kennedy waren für Mrs. Reilly hie Hannah und dort Rose. Mutterlose Kandidaten verwirrten sie, bei Wahlen ohne Mütter blieb sie deshalb lieber zuhause. Ignaz konnte sich nicht vorstellen, wieso sie sich plötzlich auf so grobschlächtige Art bemüßigt fühlte, für das amerikanische Lebensideal einzutreten.

Dazu gab es auch noch Myrna, die ihm in einer ganzen Serie von Träumen erschienen war, in denen sie als Figur aus den Batman-Filmen auftrat, die Ignaz als kleiner Junge im „Prytania“ gesehen hatte. Ein Kapitel folgte auf das andere. In einer besonders abscheulichen Fortsetzung war Ignaz als Wiedergeburt von St. Jakob dem Jüngeren, der als Märtyrer von den Juden getötet worden war, auf einer Plattform der Untergrundbahn gestanden. Myrna war durch ein Drehkreuz gekommen, hatte ein Plakat mit der Aufschrift SEX AUF EINEN STREICH geschwungen und angefangen, ihn wüst zu beschimpfen. „Jesus kommt nicht nur zu den Vorhäutern!" hatte Ignaz-Jakob großartig verkündet, aber Myrna hatte ihn verhöhnt und mit dem Plakat auf die Schienen vor den heranrasenden Zug gestoßen. Eben wollte der Zug ihn zermalmen, als er zum Glück erwachte. Die Minkoffträume wurden bereits schlimmer als die seinerzeitigen Alpträume, in denen Ignaz, wie ein Feldherr auf dem Oberdeck eines Überlandbusses stehend, feindliche Busse über die Geländer von Brücken oder gegen Düsenflugzeuge gejagt hatte, die ihnen auf Landebahnen entgegenbrausten.

Nachts litt er unter seinen Träumen, tagsüber unter der Route, die Mr. Clyde ihm zugewiesen hatte. Anscheinend hatte kein Mensch im Franzosenviertel Appetit auf Würstchen, sodaß sein Taglohn noch geringer und seine Mutter, als Reaktion darauf, noch unverträglicher wurde. Wann und wie sollte dieser qualvolle Zyklus enden?

In der Morgenzeitung hatte er gelesen, daß ein Verein von malenden Damen in der Piratengasse eine Ausstellung veranstaltete, und so schob er in der Annahme, daß die Bilder in ihrer Abscheulichkeit vielleicht für eine Weile sehenswert sein könnten, den Wurstwagen auf die Kunstwerke zu, die an dem eisernen Gitterzaun hinter der Kathedrale hingen. Auf den Kiel der Blechwurst hatte Ignaz in der Hoffnung, damit die Aufmerksamkeit der Viertelbewohner auf sich zu ziehen, ein Blatt Expreßpostpapier geklebt, auf das er mit Farbstift geschrieben hatte: 30 (DREISSIG!) ZENTIMETER PARADIES. Bislang hatte allerdings niemand auf die Botschaft angesprochen.

Die Piratengasse war voll gutgekleideter Damen mit großen Hüten. Ignaz visierte mit dem Kiel der Wurst in die Menge und fuhr los. Eine Dame las die Ankündigung, schrie auf und bedeutete ihren Gefährtinnen, von der gräßlichen Erscheinung, die ihre Ausstellung heimsuchte, abzurücken.

„Heiße Würstchen gefällig?“ erkundigte sich Ignaz höflich.

Die Damen lasen den Werbetext, sahen Ohrring, Kopftuch und Säbel und ersuchten ihn, nicht weiter zu stören. Schon Regen wäre schlimm für die Ausstellung gewesen: Aber das!

„Heiße Würstchen! Heiße Würstchen!“ wiederholte Ignaz etwas gereizt. „Leckerbissen aus der blitzsauberen Paradiesküche!“

Das Schweigen, das darauf folgte, unterbrach er mit einem heftigen Rülpsen. Die Damen gaben vor, den Himmel und den kleinen Garten hinter der Kathedrale zu betrachten.

Ignaz gab den aussichtslosen Versuch auf, ließ den Karren stehen und wälzte sich zu dem Eisengitter hinüber, um die Ölgemälde, Pastellzeichnungen und Aquarelle, die dort hingen, in Augenschein zu nehmen. Sie unterschieden sich voneinander nach dem Grad an Unbeholfenheit, aber die Motive waren ziemlich ähnlich: Kamelien in bauchigen Glasvasen, zu ambitiösen Arrangements gezwirbelte Azaleen und Magnolien, die wie weiße Windmühlen aussahen. Ignaz musterte eine Weile diese Kunstprodukte finsteren Blicks für sich allein, denn die Damen waren von dem Zaun zurückgetreten und hatten sich zu einer Art Karree eingeigelt. Einsam stand auch der Karren auf den Pflastersteinen, mehrere Schritte von dem jüngsten Vereinsmitglied entfernt.

„Großer Gott!“ stieß Ignaz schließlich hervor, nachdem er die Front zweimal abgeschritten hatte. „Wie können Sie es wagen, solche Abscheulichkeiten öffentlich herzuzeigen?“

„Bitte gehen Sie weiter, mein Herr“, ersuchte eine mutige Dame.

„Magnolien schauen anders aus“, stellte Ignaz fest, indem er mit seinem Säbel auf die bemängelte Pastellmagnolie deutete. „Was Sie brauchen, ist etwas Nachhilfe in Botanik. Und vielleicht auch in Geometrie.“

„Niemand zwingt Sie, unsere Bilder anzusehen“, entgegnete

eine gekränkte Stimme aus der Gruppe: Es war jene der Damen, welche die Magnolie gezeichnet hatte.

„Oh doch!“ schrie Ignaz. „Sie brauchen jemanden mit Geschmack und Anstand, der Ihre Arbeit beurteilt. Gütiger Himmel! Wer von Ihnen hat bloß diese Kamelie verbrochen? Die Täterin möge sich melden! Das Wasser in der Schüssel schaut aus wie Motoröl.“

„Lassen Sie uns in Frieden!“ bat eine schrille Stimme.

„Sie sollten sich lieber einmal hinsetzen und zeichnen lernen, anstatt Tee und Brötchen zu servieren!“ donnerte Ignaz. „Vor allem müssen Sie lernen, wie man mit einem Pinsel umgeht. Ich würde vorschlagen, daß Sie sich alle zusammentun und zur Übung jemandem das Haus anstreichen.“

„Verschwinden Sie!“

„Wenn man ‚Künstlerinnen‘ wie Sie auf die Sixtinische Kapelle losgelassen hätte, würde die jetzt aussehen wie eine besonders scheußliche Bahnhofshalle“, schnaubte Ignaz.

„Wir haben nicht die Absicht, uns von einem primitiven Verkäufer beleidigen zu lassen“, teilte ihm eine der Großbehüteten namens ihrer Kolleginnen hoheitsvoll mit.

„Ah, jetzt verstehe ich!“ brüllte Ignaz. „Leute von Ihrem Schlag sind es, die den guten Ruf der Wurstverkäufer untergraben!“

„Er ist wahnsinnig.“

„So vulgär.“

„So primitiv.“

„Fordert ihn nicht heraus!“

„Wir brauchen Sie hier nicht“, stellte die Wortführerin kurz und bündig fest.

„Das kann ich mir vorstellen!“ Ignaz schnaufte heftig. „Offenbar haben Sie Angst vor einem Menschen, der eine unmittelbare Beziehung zum wahren Leben hat und Ihnen sagen kann, was Sie hier auf der Leinwand verbrochen haben!“

„Bitte gehen Sie!“

„Das werde ich.“ Ignaz faßt die Griffstange seines Wagens und schob los. „Aber Sie alle sollten für das, was ich an diesem Zaun gesehen habe, auf Knien um Vergebung bitten!“

„Mit dieser Stadt geht es wirklich abwärts, wenn so etwas frei herumlaufen darf“, bemerkte eine der Damen, als er die Piratengasse hinunter schlurfte.

Unangenehm berührt war Ignaz, als ein kleiner Stein seinen Hinterkopf traf. Grollend stieß er den Karren über das Pflaster, bis er fast am Ende der Gasse angelangt war. Dort parkte er den Karren in einem schmalen Durchgang zwischen zwei Häusern, sodaß er außer Sicht war. Ignaz' Füße schmerzten, und während seiner Ruhepause wollte er nicht wegen eines heißen Würstchens belästigt werden. Wenn auch der Geschäftsgang kaum schlechter sein konnte, gab es Situationen, in denen man vor allem sich selbst treu sein und auf das eigene Wohl bedacht sein mußte. Bei dem Vertrieb waren seine Füße bald nur noch blutige Stümpfe.

Ignaz hockte sich schwerfällig auf die Seitentreppe der Kathedrale. Seine Gewichtszunahme und die durch den streikenden Pylorus verursachten Blähungen verleideten ihm alle anderen Stellungen als Stehen und Liegen. Er zog die Stiefel aus und untersuchte seine großen Füße.

„Du meine Güte!“ rief jemand ihm zu Häupten. „Was sehe ich? Da komme ich hierher, um diese schreckliche, verschmockte Ausstellung zu sehen, und was finde ich als Exponat eins? Den Geist von Kapitän Schwarzbart! Nein – es ist Fatty Arbuckle. Oder Marie Dressler? Oh bitte, lassen Sie mich nicht unwissend sterben!“

Ignaz blickte auf und erkannte den jungen Mann, der Mrs. Reilly in der „Liebesnacht“ den Hut abgekauft hatte.

„Verschwinden Sie, Sie Fatzke! Wo haben Sie den Hut meiner Mutter?“

„Ach, der ...“, seufzte der junge Mann. „Leider kann ich nur berichten, daß er bei einem wirklich ganz wüsten Umtrieb auf der Strecke geblieben ist. Alle sind von ihm entzückt gewesen.“

„Das kann ich mir vorstellen. Ich spare mir die Frage nach den Umständen seiner Entweihung.“

„Ich könnte darauf ohnedies nicht antworten. Der Martinis waren in jener Nacht mehr, als meine zarte Konstitution vertrug."

„Das auch noch!"

„Aber was um Himmels willen tun Sie hier in diesem bizarren Aufzug? Sie sehen ja aus wie Charles Laughton als Transvestit in der Rolle der Carmen. Was stellen Sie vor? Ich möchte das wirklich gern wissen."

„Gehen Sie, Sie Schnösel!" rülpste Ignaz so gewaltig, daß die Eruptionen von den Mauern widerhallten. Auch die kunstbeflissenen Damen wandten ihre Hüte nach dem Ursprung des vulkanischen Geräuschs. Ignaz maß den Jüngling mit finsterem Blick: Maulwurffarbenes Samtjacket, malvenfarbener Kaschmirpullover, dazu eine blonde Locke, die in ein scharfgeschnittenes, hektisch bewegtes Gesicht fiel. „Scheren Sie sich fort, bevor ich Sie niederschlage!"

„Du liebes bißchen!" lachte der junge Mann in raschen Stößen, fröhlich und kindisch, daß sein flaumiges Jäckchen bebte. „Sie sind tatsächlich geistesgestört, nicht wahr?"

„Was fällt Ihnen ein?!" brüllte Ignaz, knöpfte den Säbel los und schlug damit nach den Waden des Jünglings, der kichernd vor ihm herumtanzte, um den Schlägen auszuweichen, und in der Tat schwer zu treffen war. Schließlich tanzte er quer über die Gasse und winkte Ignaz zu. Ignaz packte einen seiner monströsen Stiefel und schleuderte ihn nach der herumwirbelnden Gestalt.

„Oh!" jubelte der junge Mann, fing den Schuh und warf ihn zurück auf Ignaz, den er mitten ins Gesicht traf.

„Mein Gott!" schrie Ignaz auf. „Ich bin für immer entstellt!"

„Ach was!"

„Ich könnte Sie wegen Körperverletzung belangen!"

„An Ihrer Stelle würde ich einen weiten Bogen um jeden Polizisten machen. Was meinen Sie, auf was für Gedanken ein Polizist käme, wenn er Sie in diesem Kostüm sehen würde, holde Zigeunerin? Mich wegen Körperverletzung belangen? Halten wir uns doch lieber an Tatsachen. Ich wundere mich, daß man Sie in dieser Wahrsagermontur auf der Straße duldet." Der junge Mann nahm sein Feuerzeug und zündete sich eine Salem an. „Mit bloßen Füßen und diesem Spielzeugschwert? Soll das ein Witz sein?"

„Die Polizei wird mir jedes Wort glauben."

„Worauf warten Sie dann?"

„Auf Körperverletzung steht zumindest Zuchthaus."

„Ach, Sie leben wirklich am Mond!"

„Jedenfalls zwingt mich nichts, hier zu sitzen und Ihnen zuzuhören", stellte Ignaz fest, indem er die Stiefel anzog.

„Oh!" kreischte der junge Mann entzückt. „Dieses Gesicht! Wie Bette Davis mit Bauchweh!"

„Sprechen Sie nicht mit mir, Sie Kastrat! Gehen Sie spielen zu Ihren kleinen Freunden: Ich bin sicher, daß das Viertel davon wimmelt."

„Wie geht es Ihrer reizenden Mama?"

„Ich wünsche nicht, daß Sie den Namen dieser Heiligen in Ihren schmutzigen Mund nehmen."

„Da es nun aber schon passiert ist: Geht es ihr gut? Eine so unverdorbene Frau, so lieb und gütig. Sie sind ein Glückskind."

„Ich lehne es ab, mit Ihnen über meine Mutter zu sprechen."

„Wenn das Ihr letztes Wort ist: Bittesehr. Ich hoffe nur, sie weiß nicht, daß Sie sich als Csardasfürstin in der Stadt herumtreiben. Dieser Ohrring! Er gibt Ihnen so etwas Magyarisches."

„Kaufen Sie sich auch so ein Kostüm, wenn es Ihnen gefällt", riet ihm Ignaz. „Aber lassen Sie mich in Ruhe."

„Mir ist klar, daß man so etwas nirgends kaufen kann: Leider... Das wäre der Knüller jeder Party!"

„Ich vermute, daß der Heilige von Patmos solche Parties vor Augen gehabt hat, als er die Apokalypse schrieb. Das mußte wohl so kommen. In ein paar Jahren werden Sie und Ihre Freunde dieses Land regieren."

„Gewiß, das haben wir vor", versicherte der Jüngling mit einem Unschuldslächeln. „Wir haben Verbindungen auf höchster Ebene: Sie würden staunen!"

„Nein, das würde ich nicht. Roswitha hätte das schon längst vorausgewußt."

„Wer in aller Welt ist das?"

„Eine mittelalterliche Nonne und Prophetin, deren Rat ich mein Leben lang gefolgt bin."

„Oh, Sie sind wahrhaft kostbar!" stellte der junge Mann fest. „Und Sie haben sogar noch zugenommen, obwohl ich das nicht für möglich gehalten hätte. Ihre Beleibtheit hat so etwas unglaublich Zoomorphes."

Ignaz erhob sich und stieß seinen Plastiksäbel dem Jüngling in die Brust.

„Da hast du, Mißgeburt!" rief Ignaz und bohrte den Säbel in den Kaschmirpullover. Die Säbelspitze brach ab und fiel auf das Pflaster.

„Was soll das?" kreischte der junge Mann. „Zerreißen Sie nicht meinen Pulli, Sie närrisches Ungetüm!"

Weiter unten in der Gasse nahmen die kunstsinnigen Damen ihre Bilder vom Zaun und klappten die Gartenstühle zusammen wie Beduinen, die ihr Lager abbrechen. Die Freiluftausstellung dieses Jahres war ihnen verdorben.

„Ich bin der Rächer von Geschmack und Sitte!" brüllte Ignaz.

Als er den Pullover mit dem Stumpf seines Säbels zerfetzte, traten die Damen die Flucht in Richtung Royal Street an. Die Nachhut raffte noch hastig die Magnolien und Kamelien an sich.

„Warum hab ich mich je mit dir abgegeben, du Kretin?!" zischte der junge Mann atemlos und böse. „Das war mein schönster Pulli!"

„Ferkel!" schrie Ignaz und kratzte den jungen Mann mit dem Säbel quer über die Brust.

„Vandale!"

Der junge Mann wollte fliehen, aber Ignaz hielt ihn mit der freien Hand am Arm fest. Schließlich hakte der junge Mann einen Finger in Ignaz' Ohrring, zog daran und keuchte: „Laß den Säbel aus!"

„Oh Gott!“ Ignaz ließ den Säbel fallen. „Jetzt ist mein Ohr kaputt!“

Der junge Mann gab den Ohrring frei.

„Jetzt haben Sie's erreicht!“ sabberte Ignaz. „Jetzt werden Sie für den Rest Ihres Leben hinter Gittern sitzen!“

„Schauen Sie meinen Pulli an, Sie ekelhaftes Monstrum!“

„Wer sonst als so eine angeberische Mißgeburt würde sich in solcher Ausschußware zeigen? Haben Sie denn überhaupt kein Schamgefühl – oder wenigstens Sinn für Kleider?“

„Untam! Rindvieh!“

„Wahrscheinlich werde ich mehrere Jahre im Hals-, Nasen- und Ohrenspital verbringen, bis das ausgeheilt ist“, vermutete Ignaz, indem er sein Ohr befühlte. „Erschrecken Sie nicht über die Arztrechnungen, die ich Ihnen monatlich übermitteln werde! Morgen früh werden meine versammelten Anwälte bei Ihnen vorsprechen, wo immer Sie Ihren zweifelhaften Beschäftigungen nachgehen: Ich werde sie vorher warnen, daß sie auf alles gefaßt sein müssen. Sie sind durchwegs glänzende Juristen und Säulen der Gesellschaft, kreolische Aristokraten und Gelehrte, deren Wissen um die peripheren Varianten menschlichen Daseins allerdings begrenzt ist. Vielleicht werden sie es sogar ablehnen, Sie aufzusuchen, und an ihrer Stelle irgendeinen minderen Vertreter schicken, irgendeinen Juniorpartner, den sie aus Mitleid aufgenommen haben.“

„Widerliches, abscheuliches Tier!“

„Wenn Sie sich allerdings die bösen Stunden ersparen wollen, in denen Sie dem Aufgebot von Staranwälten in Ihrer windigen Bruchbude von Behausung entgegenbangen, bin ich bereit, schon jetzt mit Ihnen zu einem Vergleich zu gelangen. Fünf oder sechs Dollar würden genügen.“

„Mein Pulli hat vierzig gekostet“, sagte der junge Mann und tastete die Spuren ab, die der Säbel darauf hinterlassen hatte. „Sind Sie bereit, für den Schaden aufzukommen?“

„Natürlich nicht. Es lohnt sich nie, mit einem Bettler zu streiten.“

„Ich könnte Sie ohne weiteres verklagen!"

„Vielleicht wäre es besser, wenn wir beide von solchen Erwägungen Abstand nähmen. Ein so feierlicher Anlaß wie eine Gerichtsverhandlung würde Ihnen wahrscheinlich vollends zu Kopf steigen, sodaß Sie im Abendkleid mit Diadem erscheinen und den betagten Richter ganz verwirren. Am Ende würden wir bestimmt beide irgendeines absurden Vergehens schuldig befunden."

„Scheusal!"

„Warum gehen Sie jetzt nicht weiter? Suchen Sie doch Ihr zweifelhaftes Vergnügen, wo immer Sie es zu finden meinen!" Ignaz rülpste. „Schauen Sie: Dort in der Chartres Street geht ein Matrose! Er macht einen recht verlassenen Eindruck."

Der junge Mann sah die Gasse hinauf zur Einmündung in die Chartres Street.

„Ach, der!" sagte er. „Das ist nur Timmy."

„Timmy?" fragte Ignaz aufgebracht. „Sie kennen ihn?"

„Natürlich", bestätigte der junge Mann zutiefst gelangweilt. „Das ist einer von meinen liebsten, ältesten Freunden: Er ist gar kein Matrose."

„Was?" schrie Ignaz auf. „Wollen Sie damit sagen, daß er zu Unrecht das Ehrenkleid unserer Kriegsmarine trägt?!"

„Oft trägt er auch was anderes."

„Erschütternd!" Ignaz drückte wie im Schmerz die Augen ein, sodaß das rote Kunstseidentuch an der Jagdmütze abwärts nickte. „Also kann jeder Soldat oder Matrose, dem wir begegnen, einfach irgendein verrückter Schwuler in Verkleidung sein! Mein Gott! Vielleicht sind wir alle bereits die Opfer einer entsetzlichen Verschwörung, und die Vereinigten Staaten haben überhaupt niemanden mehr, der mit der Waffe für sie einträte!"

Der junge Mann und der Matrose winkten einander freundschaftlich zu, dann verschwand der Matrose hinter der Fassade der Kathedrale. Einige Schritte hinter dem Matrosen erschien hierauf am Ende der Piratengasse Wachmann Mancuso mit Barett und Ziegenbärtchen.

„Oh!" jubelte der junge Mann. „Das ist der fabelhafte Polizist! Die haben noch immer nicht begriffen, daß ihn nachgerade jeder im Viertel kennt!"

„Den kennen Sie auch?" fragte Ignaz mißtrauisch. „Das ist ein sehr gefährlicher Mensch!"

„Den kennt jeder. Fein, daß er wieder da ist, wir haben uns schon gefragt, was mit ihm passiert sein könnte. Wir lieben ihn alle! Ich kann es jedesmal kaum erwarten, was für ein Kostüm sie ihm angezogen haben. Sie hätten ihn ein paar Wochen vor seinem Verschwinden sehen sollen, als Cowboy war er einfach Spitze!" Den jungen Mann schüttelte es vor Lachen. „Er hat kaum in seinen Stiefeln gehen können, immer sind ihm die Knöchel umgeknickt. Einmal hat er mich auf der Chartres Street angehalten, weil ich mit dem Schutenhütchen Ihrer Mama herumgelaufen bin. Ein anderes Mal ist er mir auf der Dumaine Street nachgelaufen und wollte mit mir plaudern: Damals hat er eine Hornbrille und einen Sportpulli getragen und behauptet, daß er ein Student aus Princeton auf Ferien sei. Er ist einfach fabelhaft! Ich bin so froh, daß ihn die Polizei wieder hierher versetzt hat, wo man ihn wirklich zu schätzen weiß – anderswo wäre er nur sinnlos vergeudet. Und erst sein Akzent! Manche Leute haben ihn am liebsten als englischen Touristen. Das ist Geschmackssache: Ich schwöre auf seinen Kolonialoberst. Zweimal haben wir ihn angezeigt, weil er angeblich jemandem ein zweideutiges Angebot gemacht hat. So etwas bringt die Polizei immer ganz durcheinander. Hoffentlich haben sie ihm trotzdem nicht zu arg zugesetzt, er steht uns wirklich sehr nahe ..."

„Er ist ein abgrundböser Mensch", bemerkte Ignaz. Dann fügte er hinzu: „Ich würde gern wissen, wie viele von unseren ‚Soldaten' in Wahrheit nur verkleidete Strichjungen wie Ihr Freund sind."

„Wer weiß? Wenn es nach mir ginge: Alle."

„Andererseits", fuhr Ignaz bedeutsam fort, „könnte es sich durchaus um ein weltweites Täuschungsmanöver handeln, und der nächste Krieg würde einfach eine gigantische Schwulenorgie.

Heiliger Himmel! Wer weiß, wie viele Generäle und Marschälle in Wahrheit nichts anderes sind als geistesgestörte alte Sodomiten, die uns ein Theater vorspielen? Für unsere Welt müßte das kein Schaden sein, es könnte das Ende jeglichen Kriegs bedeuten. Vielleicht ist das der Schlüssel zum ewigen Frieden?"

„Warum nicht?" meinte der junge Mann liebenswürdig. „Frieden um jeden Preis."

Zwei Nervenenden in Ignaz' Hirn berührten einander und stellten einen sofortigen Kontakt her: Möglicherweise war hier die Lösung, wie er die Exzesse Miss Minkoffs überbieten könnte!

„Die machttrunkenen Fürsten dieser Welt wären bestimmt sehr überrascht, wenn sich ihre Offiziere und Mannschaften als verkleidete Sodomiten herausstellten, die nur zu begierig wären, den verkleideten Sodomitenheeren anderer Länder zu begegnen, um mit ihnen Feste zu feiern und ein paar neue Tanzschritte zu lernen!"

„Großartig! Reisekosten zahlt der Staat. Gottvoll! Alles Morden wäre zu Ende – Glaube, Hoffnung und Liebe würde die Welt regieren."

„Mag sein, daß Sie und Ihresgleichen die Menschheit retten werden!" rief Ignaz und klatschte dramatisch in die Hände. „Tatsächlich läßt sich ja in weitem Umkreis nichts anderes blicken, das uns noch Hoffnung geben könnte."

„Auch der Bevölkerungsexplosion würden wir abhelfen."

„Wahrhaftig!" Das blaue und das gelbe Auge blitzten. „Und Ihre Methode wäre vermutlich wirksamer und akzeptabler als die rigorosen Maßnahmen zur Geburtenkontrolle, die ich bisher vertreten habe. Ich muß darauf in meinen Schriften noch genauer Bezug nehmen, dieses Thema verdient es, daß sich ein berufener Kulturhistoriker und -kritiker gründlich damit befaßt. Ich bin Ihnen für diesen wertvollen Hinweis sehr verpflichtet."

„Was für ein Tag! Sie sind ein Zigeuner, Timmy ist ein Matrose – und unser fabelhafter Polizist ein Künstler." Der junge Mann seufzte. „Wie Faschingsdienstag – und ich bin nicht dabei. Ich werde jetzt heimgehen und mir etwas Lustiges anziehen."

„Warten Sie noch einen Augenblick!" bat Ignaz. Diese Gelegenheit durfte er sich nicht durch die geschwollenen Finger schlüpfen lassen.

„Auf jeden Fall werde ich die Stöckelschuhe nehmen, ich fühle mich heute wie Ruby Keeler", teilte der junge Mann fröhlich mit. Dann fing er zu singen an: „You go home and get your scanties, I'll go home and get my panties, and away we'll go. Oh-ho-ho. Off we're gonna shuffle, shuffle off to Buffalo-ho-ho . . ."

„Hören Sie auf mit diesem widerlichen Geplärr!" befahl Ignaz ärgerlich. Diese Burschen mußte man wohl erst auf Vordermann bringen.

Der junge Mann tanzte auf leichten Sohlen um Ignaz und schwatzte: „Ruby war sooo süß! Ich geh in jeden Film von ihr wie in die Kirche. ‚And just for a silver quarter, we can tip the pullman porter, turn lights down low, oh-ho-ho, off we're gonna shuffle, shuffle off to . . .'"

„Jetzt seien Sie doch bitte eine Sekunde lang ernst! Hopsen Sie nicht ständig um mich herum."

„*Moi*? Hopsen? Was wünschest du, schöne Zigeunerin?"

„Habt ihr jemals daran gedacht, eine Partei zu gründen und einen Kandidaten aufzustellen?"

„Politik? Oh, heilige Jungfrau von Orleans! Wie öd!"

„Aber sehr wichtig!" rief Ignaz besorgt: Myrna sollte nur sehen, wie man Sex und Politik auf einen Nenner bringt! „Ich habe zwar bisher nie daran gedacht, aber vielleicht hängt von euch unsere Zukunft ab."

„Und was haben Sie nun in dieser Richtung vor, Zarin aller Reußen?"

„Wir müssen eine Partei organisieren. Wir müssen einen Stufenplan entwickeln."

„Oh, bitte –", seufzte der junge Mann. „Solche Begriffe machen mich ganz schwach im Kopf."

„Vielleicht werden wir die Welt retten!" donnerte Ignaz wie ein Volksredner. „Herr im Himmel! Warum ist mir das nicht schon früher eingefallen?"

„Sie ahnen gar nicht, wie sehr mich so ein Gespräch deprimiert“, gestand ihm der junge Mann. „Allmählich erinnern Sie mich an meinen Vater, und das ist wohl das Deprimierendste, was es gibt.“ Der junge Mann seufzte. „Ich muß mich leider beeilen: Es ist Zeit zum Umziehen.“

„Nein!“ Ignaz hielt ihn am Kragen des Samtjäckchens fest.

„Oh, Gott!“ stöhnte der junge Mann und faßte nach seiner Kehle. „Ohne Tabletten werde ich diesen Abend nicht überleben.“

„Wir müssen uns sofort organisieren!“

„Sie machen mich ganz krank.“

„Wir müssen eine große Versammlung organisieren, um unsere Kampagne zu starten!“

„Wäre das nicht eine Art Party?“

„Ja – in gewisser Hinsicht. Nur müssen eure Ziele dabei zum Ausdruck kommen.“

„Das klingt nicht unlustig. Sie können sich nicht vorstellen, wie entsetzlich öd die letzten Parties waren.“

„Eine Party wird es nicht, Sie Esel!“

„Ja, natürlich: Alles sehr, sehr ernst.“

„Gut. Und jetzt hören Sie zu: Bei dieser Versammlung muß ich eine Rede halten und die Marschroute darlegen, die wir nehmen müssen. Ich habe einige Erfahrung mit politischen Veranstaltungen.“

„Wunderbar. Und Sie müssen unbedingt dieses phantastische Kostüm tragen! Ich verspreche Ihnen, daß niemand sich diese Rede entgehen lassen wird“, rief der junge Mann begeistert: „Oh, das könnte ein richtig wildes Fest werden!“

„Es ist keine Zeit zu verlieren“, sagte Ignaz streng. „Das Jüngste Gericht steht vor der Tür.“

„Wir machen es nächste Woche bei mir daheim.“

„Wir werden etwas Fahnenstoff in Rot, Weiß und Blau brauchen“, gab Ignaz zu bedenken. „Das ist bei politischen Veranstaltungen so üblich.“

„Ich hab ganze Ballen davon liegen! Ich werde mir eine fabelhafte Dekoration ausdenken und ein paar von meinen besten Freunden bitten, mir zu helfen."

„Ja, tun Sie das!" stimmte Ignaz hingerissen zu. „Die Basisgruppenbildung muß auf jeder Ebene erfolgen!"

„Ach, ich hätte nie vermutet, daß Sie so lustig sein können. Damals in dieser schrecklichen, schmutzigen Bar waren Sie so abweisend."

„Ich bin eine vielseitige Natur."

„Erstaunlich." Der junge Mann betrachtete Ignaz' Kostüm. „Daß man so etwas frei herumlaufen läßt ... Irgendwie imponieren Sie mir."

„Sehr liebenswürdig von Ihnen." Ignaz' Stimme klang sanft und geschmeichelt. „Die meisten Narren sind nicht fähig, meine Weltanschauung zu begreifen."

„Das kann ich mir gar nicht vorstellen."

„Ich ahne, daß Sie unter Ihrem aufdringlichen und so vulgär unmännlichen Äußeren tatsächlich eine Seele verbergen. Haben Sie Boethius gelesen?"

„Wen? Himmel – nein. Ich lese nicht einmal die Zeitung."

„Dann haben Sie einiges an Pflichtlektüre nachzuholen, wenn Sie die Krise unserer Zeit verstehen wollen", teilte ihm Ignaz feierlich mit. „Fangen Sie mit den späten Römern an, vor allem natürlich Boethius. Danach sollten Sie sich möglichst gründlich mit dem frühen Mittelalter befassen. Renaissance und Aufklärung dürfen Sie überspringen, das ist sehr gefährliche Propaganda. Und die Klassiker und Romantiker brauchen Sie eigentlich auch nicht. Zum Verständnis der Gegenwart sollten Sie sich ein paar ausgewählte Comics vornehmen."

„Sie sind phantastisch!"

„Ich empfehle Ihnen besonders Batman, weil er gewissermaßen die korrupte Zivilisation, in die er geraten ist, hinter sich läßt. Auch seine moralischen Qualitäten sind durchaus solid. Ich habe großen Respekt vor Batman."

„Oh, schauen Sie: Da kommt Timmy schon wieder!" sagte der junge Mann. Der Matrose passierte den Ausschnitt der Chartres

Street in entgegengesetzter Richtung. „Daß er nicht müd wird, immer auf demselben Strich zu gehen? Hin und her, her und hin ... Sehen Sie nur! Mitten im Winter trägt er eine weiße Sommeruniform! Und dann wundert er sich, wenn ihn die Streife schnappt. Sie haben keine Ahnung, wie vernagelt dumm der Bub ist."

„Seine Miene schien mir etwas umdüstert", meinte Ignaz. Einige Schritte hinter dem Matrosen tauchte wieder der Künstler mit dem Barett und dem Ziegenbärtchen auf. „Oh, Gott! Dieser lächerliche Gesetzeshüter wird uns alles verpatzen! Er ist die Fliege in allen Suppen. Vielleicht sollten Sie diesem verrückten Matrosen nachlaufen und ihn von der Straße scheuchen? Wenn die Marine auf ihn aufmerksam wird, finden sie heraus, daß er ein Hochstapler ist, und unsere politische Strategie verrät sich selbst. Schaffen Sie diesen Popanz fort, bevor er den teuflischsten Anschlag gegen die westliche Zivilisation, den die Welt je gesehen hat, vorzeitig auffliegen läßt."

„Oh!" jubelte der junge Mann. „Ich werde ihm alles erzählen! Wenn er hört, was er beinahe angerichtet hätte, fällt er glatt um."

„Werden Sie nicht nachlässig bei unseren Vorbereitungen!" warnte Ignaz.

„Ich will arbeiten, bis ich zusammenbreche", versprach der junge Mann fröhlich. „Blocktreffen, Wählerlisten, Programme, Ausschüsse ... So um acht lassen wir's losgehen: Ich wohne in der St. Peter Street, in dem gelben Haus hinter dem Royal – Sie können es nicht verfehlen. Hier ist meine Karte."

„Gütiger Heiland!" stammelte Ignaz, indem er auf die nüchterne, kleine Visitenkarte blickte. „Sie heißen tatsächlich Dorian Greene?"

„Ja. Komisch, was?" erwiderte Dorian gelassen. „Wenn ich Ihnen meinen wahren Namen verrate, reden Sie kein Wort mehr mit mir: Er ist so banal, daß ich mich für ihn zu Tod schämen müßte. Ich komme von einer Weizenfarm in Nebraska: Das sagt alles."

„Wie auch immer: Ich bin Ignaz J. Reilly."

„Das ist nicht so schlimm. Ich hätte vermutet, daß Sie Horace oder Humphrey oder so ähnlich heißen. Also, bitte, enttäuschen Sie uns nicht! Bereiten Sie Ihre Rede vor: Ich garantiere Ihnen ein volles Haus – alle sind halbtot vor Langeweile und Depressionen, sodaß sie sich um die Einladungen prügeln werden. Rufen Sie mich an, damit wir das genaue Datum ausmachen können."

„Aber seien Sie darauf bedacht, daß die historische Bedeutung des Anlasses gewahrt werden muß", trug ihm Ignaz auf. „In dieser Basisgruppe können wir keine Bummelanten brauchen!"

„Vielleicht werden ein paar Kostüme dabei sein, aber das ist eben das Wunderbare an New Orleans: Wenn's einem Spaß macht, kann sich jeder anziehen, was er will, und das ganze Jahr durch Faschingsdienstag spielen. Manchmal geht es im Viertel zu wie bei einem großen Kostümfest, sodaß keiner sagen könnte, wer was ist. Wenn Sie aber grundsätzlich gegen Kostüme sind, werd ich das weitersagen – auf die Gefahr hin, daß ihnen das Herz vor Enttäuschung bricht. Wir haben seit Monaten keine wirklich gute Party gehabt."

„Ein paar geschmackvolle, diskrete Masken würden mich nicht stören", gestand ihm Ignaz schließlich doch zu. „Sie könnten sogar zur internationalen Atmosphäre der Versammlung beitragen. Politiker brauchen anscheinend immer irgendwelche Idioten in Trachten oder Federschmuck, um ihnen die Hand zu schütteln. So bedacht wäre ich sogar dafür, daß Sie den einen oder anderen entsprechend anregen. Nur, bitte, keine Damen in Hosenrollen! Ich glaube nicht, daß so etwas zu einem Politiker passen würde, und vor allem bei den ländlichen Wählern könnte es leicht Mißtrauen wecken."

„So: Aber jetzt muß ich mich hinter den dummen Timmy klemmen. Dem werd ich Angst einjagen!"

„Hüten Sie sich vor diesem satanischen Polizisten! Wenn er Wind von unseren Plänen bekommt, ist alles verloren."

„Oh, wenn ich nicht so froh wäre, daß wir ihn wiederhaben, würde ich bei der Polizei anrufen und verlangen, daß sie ihn auf der Stelle einlochen, weil er mich belästigt hat. Sie haben nicht gesehen, was er für ein herrlich blödes Gesicht gemacht hat, wie plötzlich der Einsatzwagen dahergekommen ist und ihn mitgenommen hat! Und erst die anderen Polizisten! Unbezahlbar! Trotzdem werden alle froh sein, daß wir ihn wiederhaben, und niemand wird jetzt wagen, ihm etwas anzutun. Auf bald, Csardasfürstin!"

Dorian eilte dem schwulen Matrosen nach. Ignaz blickte zur Royal Street hinauf und fragte sich, was aus den Malweibern geworden war. Dann schlurfte er zu dem Durchhaus, wo er seinen Karren abgestellt hatte, genehmigte sich ein Würstchen und hoffte, daß noch einige Kunden auftauchen würden. Trauer überkam ihn, wenn er bedachte, wie übel ihm Fortuna mitgespielt hatte. Nie wäre ihm in den Sinn gekommen, daß er einmal von ihr nicht mehr als ein paar hungrige Kunden erbitten würde. Aber wenigstens hatte er eine wahre Wunderwaffe gegen Mademoiselle Minkoff in petto, der Gedanke an die Gründungsversammlung erfüllte ihn mit neuer Zuversicht. Diesmal wollte er das Gör zumindest in ein Patt manövrieren.

IV

Im Grund war es eine Frage der Lagerhaltung. Jeden Nachmittag von eins bis drei wußte George nicht, wo er die Päckchen anbringen sollte. An einem Nachmittag war er in ein Kino gegangen, wo ein Film über eine FKK-Kolonie gespielt wurde: Nicht einmal dort hatte er sich wohl gefühlt. Er hatte Angst gehabt, die Päckchen auf dem Nebensitz abzulegen – gerade in so einem Kino ... Also hatte er das Zeug auf seinem Schoß behalten und ständig daran denken müssen, während die dreistündige Fleischbeschau über die Leinwand flimmerte. An den übrigen Tagen hatte er die Päckchen auf langen, langweiligen Wanderungen durch das Geschäftsviertel und das Franzosenviertel mit sich herumgeschleppt. Um drei war er dann von dem Gehatsche so müde gewesen, daß ihm jede Lust auf das eigentliche Geschäft vergangen war; außerdem war in den zwei Stunden die Verpackung feucht geworden und teilweise aufgegangen. Wenn eines der Päckchen auf offener Straße platzte, durfte er darauf gefaßt sein, die nächsten Jahre in einer Erziehungsanstalt zu verbringen. Warum hatte ihn dieser Bulle dort im Waschraum festnehmen wollen? Er hatte doch überhaupt nichts getan! Der Mensch mußte so etwas wie einen sechsten Sinn haben.

Endlich fiel George ein Ort ein, wo er eine Weile in Frieden sitzen und warten konnte: Die St. Louis-Kathedrale. Er ließ sich in einer der Bänke beim Ewigen Licht nieder, stapelte die Päckchen neben sich auf und bekritzelte seine Handrücken. Als er damit fertig war, nahm er ein Gesangbuch, das vor ihm lag, blätterte es durch und frischte seine Erinnerung an den Ablauf der Messe auf, indem er die Zeichnungen betrachtete, die den Priester in den verschiedenen Stadien der heiligen Handlung darstellen. Eigentlich, dachte George, war so eine Messe ganz einfach. Als es endlich soweit war, nahm er seine Päckchen und ging hinaus in die Chartres Street.

Ein Matrose, der an einem Laternenpfahl lehnte, winkte ihm zu. George erwiderte den Gruß mit einer entsprechend zweideutigen Geste und schlenderte weiter. Als er bei der Piratengasse vorbeikam, hörte er lautes Geschrei: In der Gasse versuchte ein verrückter Würstelmann, einen Schwulen mit einem Plastikmesser zu erstechen. Der Würstelmann war tatsächlich eine reife Nummer. George blieb kurz stehen und besah den Ohrring und das Kopftuch, die in heftiger Bewegung waren, während der Schwule kreischte. Anscheinend hatte der Würstelmann vergessen, auf den Kalender zu schauen, und bildete sich ein, daß Faschingsdienstag sei.

Eben noch rechtzeitig bemerkte George den Bullen aus dem Waschraum, der hinter dem Matrosen herkam. Diesmal sah er aus wie ein Maler. George flüchtete hinter einen der Laubenbögen des alten Spanischen Rathauses, des Cabildo, und rannte dann hinaus auf die St. Peter Street, wo er weiterlief, bis er das Royal erreichte und stadtwärts zu den Autobussen einbog.

Jetzt schnüffelte also der Bulle bei der Kathedrale herum! Hut ab vor der braven Polizei! Die waren tatsächlich am Ball.

George kam daher wieder auf die Sache mit der Lagerhaltung

zurück. Allmählich war ihm zumute wie einem entsprungenen Sträfling, der sich vor den Bullen versteckt. Wohin jetzt? Er stieg in den nächsten Bus und dachte darüber nach, während er in die Bourbon Street einschwenkte und an der „Liebesnacht" vorüberfuhr. Lana Lee stand auf dem Trottoir und gab ihrem Neger irgendwelche Anweisungen im Zusammenhang mit einem Plakat, das er in dem Aushangkasten vor der Bar befestigte. Der Neger schnippte einen Zigarettenstummel von sich, der um ein Haar Miss Lees Frisur in Brand gesteckt hätte. Aber es handelte sich um einen Meisterschützen: Der Stummel segelte in Daumenabstand über Miss Lees Kopf hinweg. Diese Schwarzen wurden nachgerade wirklich übermütig. George nahm sich vor, demnächst einmal am Abend ins Negerviertel zu fahren und ein paar Eier loszulassen. Es war lange her, daß er und seine Freunde an Regentagen mit einem ausgeborgten Wagen im Negerviertel durch die Pfützen geprescht waren und die Leute am Trottoir eingewässert hatten.

Aber zurück zur Lagerhaltung: Der Bus querte die Champs Elysées, bevor George etwas dazu einfiel. Dann aber hatte er es – die ganze Zeit über war es ihm vor der Nase gehangen, und er hatte nicht daran gedacht! Am liebsten hätte er sich selbst mit den Spitzen seiner Flamencostiefel in die Schienbeine getreten. Was er vor sich sah, war ein sauberes, geräumiges, wetterfestes Metallgehäuse, sozusagen ein mobiles Schließfach, in das auch der listigste Bulle der Welt nicht hineinschauen würde – ein Panzerschrank, der von dem unwahrscheinlichsten Gralshüter der Welt bewacht wurde: Die Semmelwanne in der Blechwurst dieses kuriosen Verkäufers!

Elf

Ah, schau!“ sagte Santa, mit der Zeitung dicht vor den Augen. „Gleich nebenan spielen sie einen tollen Film mit der Debbie Reynolds.“

„Ah, die ist süß!“ fand Mrs. Reilly. „Gefällt sie Ihnen auch so?“

„Wen meinen Sie?“ erkundigte sich Mr. Robichaux höflich.

„Die kleine Deborah Reynolds“, erläuterte Mrs. Reilly.

„Sagt mir leider nichts. Ich geh nicht oft ins Kino.“

„Sie ist entzückend“, versicherte Santa. „So was Niedliches! Hast du sie in dem tollen Film gesehen, in dem sie die Tammy gespielt hat, Irene?“

„War das der Film, in dem sie blind geworden ist?“

„Aber nein, Mädchen! Das muß ein anderer gewesen sein.“

„Natürlich – ich weiß schon, an was ich gedacht habe: Das war June Wyman. Die war auch sehr süß.“

„Ja, die war sehr gut“, stimmte ihr Santa zu. „Ich kann mich an den Film erinnern, in dem sie ein Mannequin gespielt hat, das vergewaltigt worden ist.“

„Bin ich froh, daß ich den versäumt hab!“

„Aber nein: Das war großartig – sehr bewegend. Nie werde ich ihre Augen vergessen, wie sie dabei dreingeschaut hat!“

„Wer mag noch einen Kaffee?“ fragte Mr. Robichaux.

„Gern, Claude“, sagte Santa, faltete die Zeitung zusammen und warf sie auf den Kühlschrank. „Schade, daß Angelo nicht gekommen ist. Der arme Junge! Er hat mir erzählt, daß er jetzt Tag und Nacht allein draußen sein muß, bis er jemanden festnimmt. Wahrscheinlich ist er heute abend wieder unterwegs. Rita hat mir verraten, daß er sich jetzt einen ganzen Haufen teure Kleider gekauft hat, damit ihn vielleicht irgendwer ankeilt. Schrecklich! Daran sieht man, wie sehr der Junge an seiner Polizei hängt. Wenn die ihn feuern sollten, bricht es ihm das Herz. Ich wünsche ihm wirklich, daß er doch einmal irgendeinen Gauner kriegt.“

„Angelo hat ein schweres Leben", bestätigte Mrs. Reilly geistesabwesend. Sie dachte an das Plakat mit der Aufschrift FRIEDE DEN MENSCHEN, DIE GUTEN WILLENS SIND, das Ignaz, als er von der Arbeit gekommen war, an die Hauswand geklebt hatte. Miss Annie hatte sofort hinter ihren Läden hervorgeschrien, was das nun wieder zu bedeuten habe. „Was halten Sie davon, wenn jemand Frieden haben möchte, Claude?"

„Hört sich nach einem Kommunisten an."

Mrs. Reillys schlimmste Befürchtungen wurden greifbar.

„Wer möchte Frieden?" erkundigte sich Santa.

„Ignaz hat ein Plakat ans Haus geklebt, auf dem was von Frieden steht."

„Hätte ich mir denken können", meinte Santa gereizt. „Erst will der Bub einen König, jetzt will er Frieden. Ich rate dir in deinem Interesse, Irene: Der Bub gehört fort."

„Ohrring trägt er keinen. Ich hab ihn danach gefragt, und er hat mir versichert: ‚Nein, Mamma, ich trag keinen Ohrring.'"

„Aber Angelo lügt bestimmt nicht."

„Vielleicht war es nur ein ganz kleiner?"

„Ohrring ist für mich Ohrring. Nicht wahr, Claude?"

„So ist's", bestätigte Claude.

„Oh, Santa, das ist eine süße Heilige Jungfrau, die du auf dem Fernseher stehen hast", sagte Mrs. Reilly, um das Gespräch von den Ohrringen abzulenken.

Darauf wandten sich alle zu dem Fernseher, der neben dem Kühlschrank stand, und Santa sagte: Hübsch, nicht wahr? Unsere Liebe Frau vom Fernsehen in der kleineren Ausgabe. Am Sockel hat sie einen Saugnapf, sodaß sie mir nicht herunterfällt, wenn ich in der Küche herumfuhrwerke. Ich hab sie bei Lenny gekauft."

„Bei Lenny gibt's wirklich alles", meinte Mrs. Reilly. „Sieht auch nach gutem Plastik aus – bruchsicher."

„Na, wie hat euch das Essen geschmeckt?"

„Vorzüglich", antwortete Mr. Robichaux.

„Wunderbar war es", schloß sich Mrs. Reilly an. „Sowas Gutes hab ich schon lang nicht gehabt."

„Hfff", rülpste Santa. „Ich fürchte, ich habe zu viel Knoblauch in die Melanzani getan, aber beim Knoblauch rutscht mir leicht die Hand aus. Sogar meine Enkel sagen: ‚Bei dir, Oma, schmeckt immer alles nach Knoblauch.'"

„Süß", lobte Mrs. Reilly die kleinen Feinschmecker.

„Die Melanzani waren prima", fand Mr. Robichaux.

„Glücklich bin ich nur, wenn ich meine Böden aufwasche oder kochen darf", verriet Santa ihren Gästen. „Am liebsten einen großen Topf Ravioli oder Omeletten mit Scampi."

„Ich koche auch gern", bemerkte Mr. Robichaux. „Manchmal ist meine Tochter ganz froh darüber."

„Das kann ich mir vorstellen", meinte Santa. „Ein Mann, der kochen kann, ist eine große Hilfe im Haushalt." Sie stieß Mrs. Reilly unter dem Tisch mit dem Fuß an. „Das ist ein Glücksfall für jede Frau, wenn sie einen Mann kriegt, der gern kocht."

„Kochen Sie auch gern, Irene?" fragte Mr. Robichaux.

„Sprechen Sie mit mir, Claude?" Mrs. Reilly hatte sich auszumalen versucht, wie Ignaz mit einem Ohrring aussehen mochte.

„Paß doch auf, Mädchen", befahl Santa. „Claude hat dich gefragt, ob du gern kochst."

„Oh, ja", log Mrs. Reilly. „Nicht ungern. Nur wird es bei mir in der Küche manchmal so heiß, besonders im Sommer, und auch vom Durchlaß kommt keine Luft herein. Und mein Ignaz legt sowieso keinen Wert darauf, dem muß ich nur ein paar Flaschen Dr. Nut und viel Kuchen oder Krapfen hinstellen, dann ist er schon zufrieden."

„Sie sollten sich einen Elektroherd zulegen", sagte Mr. Robichaux. „Ich hab einen für meine Tochter gekauft. Der gibt nicht soviel Hitze ab wie ein Gasherd."

„Woher haben Sie soviel Geld, Claude?" fragte Santa interessiert.

„Ich krieg eine recht anständige Pension von der Eisenbahn, wo ich fünfundvierzig Jahre gearbeitet hab. Wie ich in Pension gegangen bin, haben sie mir eine goldene Anstecknadel gegeben."

„Sehr nett von ihnen“, fand Mrs. Reilly. „Sie haben Ihr Schäfchen ins Trockene gebracht – nicht wahr, Claude?“

„Außerdem“, fuhr Mr. Robichaux fort, „hab ich auch noch ein paar Zinsobjekte in der Nachbarschaft. Ich hab mir immer etwas von meinem Lohn auf die Seite gelegt und Realitäten dafür gekauft. Realitäten sind eine gute Anlage.“

„Das will ich meinen!“ rief Santa und warf Blicke zu Mrs. Reilly. „Da sind Sie ja jetzt richtig wohlhabend!“

„Mir geht's nicht schlecht. Nur macht es mich manchmal nervös, daß ich mit meiner Tochter und ihrem Mann zusammenwohne. Sie sind eben jung und haben ihre eigene Familie. Ich vertrag mich gut mit ihnen, aber lieber hätt ich doch ein eigenes Zuhaus. Verstehen Sie mich?“

„An Ihrer Stelle“, entgegnete Mrs. Reilly, „würde ich bleiben, wo ich bin. Wenn Ihre Tochter nichts dagegen hat, daß Sie bei ihr leben, ist das doch eine gute Lösung. Ich wollte, ich hätte so ein gutes Kind. Seien Sie dankbar für das, was Sie haben, Claude.“

Santa trat mit dem Absatz ihres Schuhs gegen Mrs. Reillys Knöchel.

„Au!“ schrie Mrs. Reilly auf.

„Entschuldige, Kind . . . Ich mit meinen großen Füßen! Die waren schon immer mein Problem, im Schuhgeschäft haben sie kaum etwas für meine Größe. Wenn ich dort hineinkomme, sagt der Verkäufer: ‚O weh, da kommt die Miss Battaglia! Was nun?‘“

„So groß sind deine Füße auch wieder nicht“, meinte Mrs. Reilly nach einem Blick unter den Tisch.

„Das täuscht dich nur, weil ich sie in die kleinen Schuhe hineingequetscht hab. Du solltest sie einmal sehen, wenn ich nichts anhabe!“

„Die meinigen sind ganz kaputt“, teilte Mrs. Reilly mit. Santa deutete ihr, daß sie ihre Mängel besser bei sich behalten sollte, aber Mrs. Reilly war nicht zu bremsen. „An manchen Tagen kann ich kaum gehen. Ich glaub, das kommt davon, weil ich meinen Ignaz soviel herumgetragen hab, wie er noch klein war. Er hat so lang gebraucht, bis er gegangen ist. Und ständig ist er hingefallen.

Schwer war er auch. Kann sein, daß ich davon auch die Artheritis gekriegt hab."

„Also, ihr zwei", schaltete sich Santa rasch ein, bevor Mrs. Reilly mit weiteren abscheulichen Leiden herausrücken konnte. „Warum gehen wir uns nicht die herzige Debbie Reynolds anschauen?"

„Ja, das wäre nett", fand Mr. Robichaux. „Ich geh sonst nie ins Kino."

„Einen Film wollt ihr euch anschauen?" zögerte Mrs. Reilly. „Ich weiß nicht recht – meine Füße . . ."

„Sei doch nicht so, Mädchen! Gehen wir hinaus: Hier stinkt's nur nach Knoblauch."

„Ich erinnere mich, daß mein Ignaz gesagt hat, der Film ist nichts wert. Der Bub schaut sich jeden neuen Film an."

„Irene!" mahnte Santa. „Ständig denkst du an diesen Buben, der dir solche Sorgen macht. Mach doch die Augen auf, Kind! Wenn du vernünftig wärst, hättest du ihn schon lang bei der Charité in die Anstalt einweisen lassen. Die hätten ihn mit kaltem Wasser geduscht und an den elektrischen Strom angeschlossen. Dort wissen sie, was dein Ignaz braucht, damit er sich benimmt."

„Ja?" ging Mrs. Reilly interessiert darauf ein. „Wieviel kostet so etwas?"

„Alles gratis, Irene!"

„Verstaatlichte Mediziner", bemerkte Mr. Robichaux. „Bestimmt sind dort lauter Kommunisten und Sympathisanten."

„Die Charité wird von geistlichen Schwestern geführt, Claude! Wieso sehen Sie eigentlich überall nur Kommunisten?"

„Vielleicht haben sie die Schwestern hinters Licht geführt?" erwog Mr. Robichaux.

„Schrecklich", fand Mrs. Reilly. „Die armen Schwestern! Lassen sich von den Kommunisten ausnützen . . ."

„Egal, wer bei der Charité das Sagen hat", meinte Santa: „Narren werden dort gratis eingesperrt, und darum gehört dein Ignaz hin!"

„Wenn erst Ignaz mit ihnen zu reden anfängt, werden sogar

die Ärzte verrückt und lassen ihn überhaupt nie mehr heraus", sagte Mrs. Reilly, aber dann sah sie noch schwärzer. „Vielleicht hört er ihnen auch gar nicht zu."

„Das überlaß nur den Charitéleuten! Die geben ihm eine Holznarkose, stecken ihn in eine Zwangsjacke und schütten ihn mit kaltem Wasser an", stellte Santa ein wenig zu eilig in Aussicht.

„Sie müssen einmal auch an sich selbst denken, Irene", sagte Mr. Robichaux. „Dieser Sohn bringt Sie ja noch ins Grab."

„So ist es. Sagen Sie es ihr nur, Claude!"

„Wir müssen ihm noch eine Chance geben", steckte Mrs. Reilly zurück. „Vielleicht wird doch noch etwas aus ihm."

„Als Würstelmann?" rief Santa. „Oh, Gott!" Sie schüttelte den Kopf. „Ich stell nur schnell das Geschirr in die Abwäsche, und dann gehen wir und schauen uns die Debbie Reynolds an."

Ein paar Minuten später war es soweit, Santa kam noch einmal ins Wohnzimmer und gab ihrer Mutter einen Kuß, dann brachen sie ins Kino auf. Der Tag war frühlingsmild gewesen, stetig hatte der Südwind vom Golf herein geweht, und auch der Abend war noch warm. Aus den offenen Küchenfenstern der Nachbarhäuser drang der kräftige Duft mediterraner Kochkünste. Es schien, daß jeder Bewohner seinen persönlichen Beitrag an Geräuschen, und sei er noch so gering, zu der allgemeinen Kakophonie aus Topfgeschepper, Fernsehgeplärr, Geschimpfe, Kindergeschrei und Türenknallen leistete.

„In Sankt Oda geht's heut wirklich rund", bemerkte Santa gelassen, als die drei den schmalen Bürgersteig zwischen dem Randstein und den Treppen der schnurgerade aneinanderschließenden Doppelhäuser entlanggingen. Die Straßenlampen beleuchteten baumlose Flächen von Asphalt, Beton und alte Schieferdächer. „Im Sommer ist es noch ärger, da ist alles bis zehn oder elf Uhr draußen."

„Mir brauchst du nichts erzählen, Schatz", erwiderte Mrs. Reilly, die etwas theatralisch zwischen ihren beiden Freunden humpelte. „Du weißt ja, daß ich aus der Dauphine Street komme. Wir haben die Küchenstühle aufs Trottoir hinausgestellt und dort manchmal bis Mitternacht darauf gewartet, daß das Haus abkühlt. Und wie die Leute dort reden!"

„Bösartig sind sie", pflichtete ihr Santa bei. „Wetzen an allem ihr Maul."

„Mein armer Pappa", fuhr Mrs. Reilly fort. „Er war so arm! Und wie er dann mit der Hand in den Ventilator geraten ist, haben die Leute nichts Gescheiteres zu behaupten gewußt, als daß er betrunken war. Sogar in anonymen Briefen haben sie es uns geschrieben! Auch bei meiner armen alten Tante Bubu war es so: Achtzig war sie, und einmal, wie sie eine Kerze für ihren armen seligen Mann angezündet hat, ist sie ihr vom Nachttisch gefallen, sodaß die Matratze zu brennen angefangen hat: Weil sie immer im Bett raucht, hat es geheißen."

„Für mich ist jeder Mensch unschuldig, solang nicht das Gegenteil bewiesen ist."

„Das ist auch mein Standpunkt, Claude", sagte Mrs. Reilly. „Neulich erst habe ich meinem Ignaz versichert: ‚Ignaz, für mich ist jeder unschuldig, bis man mir das Gegenteil beweist.'"

„Irene!"

Sie kreuzten die St. Claude Avenue, als sich eine Furt durch den Verkehr zeigte, und gingen auf der anderen Seite unter den Neonleuchten weiter. Als sie bei einer Bestattungsfirma vorbeikamen, blieb Santa stehen, um sich mit einem der Trauergäste, die auf dem Bürgersteig herumstanden, zu unterhalten.

„Darf ich fragen, wen Sie da heute begraben?" fragte sie den Mann.

„Die alte Frau Lopez."

„Nicht möglich! Die Frau von dem Lopez, der den kleinen Gemischtwarenladen in der Frenchman Street gehabt hat?"

„Genau die."

„Oh, das tut mir aber leid", meinte Santa. „Woran ist sie denn gestorben?"

„Herzleiden."

„So etwas!" rief Mrs. Reilly bewegt. „Die Arme!"

„Wenn ich was Besseres anhätte", sagte Santa zu dem Mann,

„würde ich gern einen Sprung hinein zum Sarg machen, aber meine Freunde und ich sind gerade am Weg ins Kino. Vielen Dank.“

Während sie weitergingen, beschrieb Santa die Verkettung von Schicksalsschlägen und traurigen Ereignissen, die das Leben der alten Frau Lopez ausgemacht hatten. Zuletzt sagte Santa: „Ich glaube, ich werde eine Messe für sie lesen lassen.“

„Gott sei uns gnädig“, sagte Mrs. Reilly, ganz überwältigt von der Geschichte der alten Frau Lopez. „Ich glaube, ich werde auch eine Messe für ihre arme Seele lesen lassen.“

„Irene!“ rief Santa. „Du kennst doch die Leute überhaupt nicht!“

„Ja, das stimmt eigentlich“, gab Mrs. Reilly zu.

Als sie beim Kino angelangt waren, entspann sich ein kurzer Disput zwischen Santa und Mr. Robichaux, wer für die Karten zahlen sollte. Mrs. Reilly warf ein, daß auch sie gern dazu bereit wäre, wenn nicht noch vor Ablauf der Woche eine Monatsrate für Ignaz' Trompete fällig wäre. Mr. Robichaux war jedoch nicht zu erweichen, und endlich ließ ihm Santa seinen Willen.

„Immerhin“, sagte Santa zu ihm, als er den beiden Damen ihre Karten aushändigte, „haben Sie von uns dreien das meiste Geld.“

Sie blinzelte Mrs. Reilly zu, deren Gedanken wieder zu diesem Plakat abgeschweift waren, das Ignaz ihr nicht erklären wollte. Auch während des Films dachte Mrs. Reilly vor allem an den immer geringeren Lohn, den Ignaz nachhause brachte, an die Raten für die Trompete, die Raten für den beschädigten Balkon, an den Ohrring und das Plakat. Nur Santas begeisterte Aufschreie – „Ist sie nicht entzückend!“ oder „Schau dir nur ihr fabelhaftes Kleid an, Irene!“ – brachten Mrs. Reilly hin und wieder zu den Geschehnissen auf der Leinwand zurück. Dann jedoch lenkte sie etwas anderes von den Betrachtungen über ihren Sohn und ihren Problemen, die im Grund ein und dasselbe waren, ab: Mr. Robichaux' Hand hatte sich sanft über ihre Hand gelegt und hielt sie nun fest. Mrs. Reilly war zu erschrocken, als daß sie sich bewegt hätte. Warum nur wurden alle Männer, die sie kannte – Mr. Reilly und jetzt Mr. Robichaux –, ausgerechnet im Kino so anschmiegsam? Sie starrte mit blinden Augen auf die Leinwand und meinte nicht Debbie Reynolds in Technicolor tanzen zu sehen, sondern Jean Harlow, schwarz-weiß in einer Badewanne.

Mrs. Reilly fragte sich, ob sie ihre Hand aus Mr. Robichaux' Umklammerung befreien und aus dem Kino flüchten könnte, als Santa aufschrie: „Schau genau hin, Irene! Ich wett mit dir, die Debbie kriegt ein Baby!"

„Ein was?!" kreischte Mrs. Reilly entsetzt und brach in hemmungsloses, lautes Schluchzen aus, das sich erst beruhigte, als der erschrockene Mr. Robichaux ihren Kopf mit den roten Haaren behutsam auf seine Schulter bettete.

II

Geneigter Leser!

> Die Natur bringt gelegentlich
> einen Namen hervor;
> aber nur der Mensch weiß,
> wie man sich einen Kamm schwellen läßt.
> – Addison

Wieder war ich dabei, die Sohlen meiner Stiefel auf dem alten Katzenkopfpflaster des Franzosenviertels zu löcherigen Gummihäutchen abzutreten, um inmitten einer gedankenlosen und gefühllosen Gesellschaft zu überleben, als mich ein guter, wenngleich abwegig veranlagter Bekannter anrief. Nach einigen Minuten unseres Gesprächs hatte ich nicht nur mühelos meine moralische Überlegenheit bewiesen, sondern bedachte einmal mehr die Krise unserer Zivilisation. Meine innere Stimme, unkontrollierbar und einfallsreich wie immer, gab mir einen Plan von solcher Größe und Kühnheit ein, daß ich kaum hinzuhören wagte. „Schweig!" rief ich dieser Gottesstimme zu. „Erbarme dich! Das ist Wahnwitz!" Aber dennoch lauschte ich weiter auf das, was sie mir riet. Es handelte sich um nichts Geringeres als DIE RETTUNG DER MENSCHHEIT DURCH IHRE ENTARTUNG! Und schließlich geschah es, daß ich mich auf jenen ausgetretenen Stufen des Viertels der Hilfe dieses welken Jünglings versicherte: Er soll mir seine perversen Artgenossen unter dem Banner einer großen Bruderschaft vereinen!

Unser erster Schritt wird es sein, einen aus ihren Reihen in ein möglichst hohes Amt zu wählen – etwa zum Präsidenten, wenn Fortuna uns wohl will. Dann werden sie das Militär durchsetzen. Als Soldaten werden sie hierauf so eifrig damit beschäftigt sein, einander schön zu tun, ihre Uniformen an den Leib zu schneidern, schicke neue Kampfanzüge zu entwerfen, Cocktailparties zu veranstalten etc., daß sie zum Kriegführen gar keine Zeit haben werden. Der eine, den wir schließlich zum Stabschef ernennen, wird nur seine modische Garderobe im Kopf haben – eine Garderobe, die alles enthält, um ihn je nach Laune als Stabschef oder Balletteleve auftreten zu lassen. Wenn sie den Erfolg sehen, den ihre Freunde hier mit vereinten Kräften errungen haben, werden sich auch die Schwulen in allen anderen Ländern zusammentun, um bei sich zuhause das Militär zu vereinnahmen. Sollte es in reaktionären Ländern zu Komplikationen bei der Machtergreifung durch das Dritte Geschlecht kommen, werden wir Freiwillige hinschicken, die als Rebellen beim Sturz der Regierung mitwirken. Haben wir endlich alle derzeit vorhandenen Regierungen hinweggefegt, wird es auf der Erde keinen Krieg mehr geben, nur noch weltumspannende Orgien, die nach einem korrekten Protokoll und in wahrhaft internationalem Geist ablaufen, denn diese Menschen stehen über allen nationalen Unterscheidungen. Ihr Sinn ist auf ein einziges Ziel gerichtet, sie bilden eine große Bruderkette, in der nichts die Menschen trennt.

Natürlich wird keiner der regierenden Päderasten sich mit so praktischen Erfindungen wie Atombomben abgeben wollen: Diese Todeswaffen werden irgendwo in ihren Gewölben verrotten. Von Zeit zu Zeit werden der Stabschef, der Präsident und die übrigen Bonzen ihre sodomitischen Pendants aus den anderen Ländern belitzt, betreßt und mit Federhüten empfangen und für sie allerhand Bälle und Parties veranstalten. Meinungsverschiedenheiten aller Art könnten auf einfachste Weise auf der Herrentoilette des entsprechend neudekorierten UNO-Sitzes bereinigt werden. Überall werden Ballette und Musicals und ähnliche Belustigungen veranstaltet, was dem gemeinen Volk bestimmt mehr Freude macht als das Säbelgerassel, die Paraden und faschistischen Parolen ihrer früheren Machthaber.

Bisher hat fast jede Menschenart bereits eine Chance gehabt, die Welt in Ordnung zu bringen. Ich sehe nicht ein, warum wir nicht auch diesen Leuten eine Gelegenheit bieten sollen, sie haben lange genug die Rolle der Unterdrückten spielen müssen. Wenn sie an die Macht kommen, wird das in gewisser Hinsicht nur ein weiterer Schritt in Richtung einer gerechten und gleichen Verteilung der Chancen sein. (Können Sie mir beispielsweise auch nur einen einzigen bekennenden und praktizierenden Transvestiten nennen, der im Senat säße? Nein! Diese Menschen sind lange genug ohne einen Vertreter ihrer Interessen gewesen. Ihre bedrängte Lage ist eine nationale, eine weltweite Schande!)

Homosexuelle Veranlagung ist nicht mehr, wie ehedem, ein Symptom für den Niedergang einer Kultur, sondern eröffnet uns eine realistische Hoffnung auf einen dauerhaften Weltfrieden. Neue Probleme brauchen neue Lösungen.

Ich werde eine Art Mentor und Ideologe der Bewegung sein und ihr mein nicht unbeträchtliches Wissen auf den Gebieten der Weltgeschichte, der Religion und der politischen Strategie als eine Art Gedankenfundus zur Verfügung stellen, auf den diese Leute bei ihren taktischen Entschlüssen zurückgreifen können. Boethius hat im entarteten späten Rom eine ähnliche Rolle gespielt. Chesterton sagt über ihn: „Auf diese Weise hat er vielen Christen als Führer, philosophischer Ratgeber und Freund gedient; eben deshalb, weil seine Zeit so korrupt war, konnte er seine eigene kulturelle Bewußtheit zum Äußersten steigern."

Diesmal werde ich dieses Myrna-Gör endgültig aus den Angeln heben: Mein Projekt geht weit über den Horizont ihres liberal-intellektuellen Görenhirns und seine klaustrophobe Befangenheit in Klischées hinaus. Schon mein Kreuzzug zur Ehrenrettung der Mohren wäre eine großartige und umwälzende Sache geworden, wenn er nicht an der fundamental bürgerlichen Weltanschauung der einfachen Leute gescheitert wäre, die seine Kerntruppe bilden sollten. Diesmal jedoch arbeite ich mit Menschen, welche die hohle Ideologie des Kleinbürgertums ablehnen und bereit sind, eine Gegenposition einzunehmen und ihre Ziele selbst dann zu verfolgen, wenn sie sich damit unbeliebt machen und die selbstgefällige Scheinwelt der Bürger bedrohen.

Fräulein Minkoff möchte mehr Sex in der Politik? Ich werde ihr politischen Sex liefern – mehr als ihr lieb ist! Zweifelsohne übersteigt mein Plan ihr Fassungsvermögen, sodaß sie seine Originalität nicht begreifen wird. Aber zumindest vor Neid wird sie schäumen. (Dieses Mädchen braucht eine Abreibung. Solche Frechheiten dürfen nicht ungerochen bleiben.)

In meinem Gehirn tobt ein Kampf zwischen Pragmatismus und Ethik. Ist der Frieden als unser hohes Ziel geeignet, die Entartung als Mittel zu heiligen? Wie zwei Figuren aus einem mittelalterlichen Mysterienspiel umkreisen Pragmatismus und Ethik einander in der Arena meines Geistes. Ich kann das Ende ihres Duells nicht abwarten: Der Frieden brennt mir auf den Nägeln. (Für Filmproduzenten, die vielleicht die Rechte an diesem Tagebuch erwerben wollen, möchte ich hier eine Anmerkung dazu machen, wie sich diese Szene filmisch umsetzen läßt: Starke Symbolik kann durch eine Überblendung des Streites mit dem Auge des Helden erzielt werden, und eine Singende Säge würde die passende Geräuschkulisse abgeben. Bestimmt wäre in Gemischtwarenhandlungen, Motels oder ähnlichen Etablissements, wo Weltstars entdeckt zu werden pflegen, ein geeigneter Darsteller für die Rolle des Jungarbeiters zu finden. Der Film könnte in Spanien, Italien oder sonst einem interessanten Land – etwa Nordamerika – gedreht werden, das die Mitwirkenden gern kennenlernen wollen.)

Ich bitte um Vergebung, falls ich jene Leser enttäuscht haben sollte, die auch diesmal von mir das Neueste vom Wurstmarkt erwarteten – mein Geist ist zu sehr mit diesem grandiosen Projekt beschäftigt. Ich muß jetzt M. Minkoff verständigen und einige Notizen für meinen Vortrag bei der Gründungsversammlung machen.

Gesellschaftliches: Meine treulose Mutter ist wieder einmal fort, was durchaus seine Vorteile hat. Ihre ständigen Attacken und kränkenden Anwürfe haben sich sehr nachteilig auf meinen Pylorus ausgewirkt. Sie hat behauptet, daß sie in irgendeine Kirche zur Krönung der Maienkönigin gehe, aber da wir nicht im Mai stehen, hege ich einigen Zweifel an ihrer Aufrichtigkeit.

Das „raffinierte Lustspiel" mit meinem weiblichen Lieblingsstar wird demnächst in einem der prächtigen Stadtkinos anlaufen. Irgendwie muß es mir gelingen, bei der Première dabeizusein, die Greuel ihres letzten Films, dieser massive Angriff vulgärer Instinkte auf Theologie und Geometrie, Zucht und Sitte sind mir noch zu gut in Erinnerung. (Ich begreife selbst nicht, warum es mich so ins Kino treibt; fast scheint es, als sei es mir „im Blut".)

Gesundheitszustand: Mein Bauch schwillt noch immer; in den Nähten meines Verkäuferkittels knirscht es schon bedenklich.

Bis auf weiteres
Tab, Euer pazifistischer Jungarbeiter

III

Mrs. Levy half der generalüberholten Miss Trixie über die Stufen und stieß die Tür auf.

„Das ist Hosen-Levy!" fauchte Miss Trixie.

„Sie sind wieder dort, wo man Sie braucht und sehr vermißt hat, Liebste", sagte Mrs. Levy zu ihr, als ob sie ein Kind zu beschwichtigen hätte. „Und wie sehr Sie den Leuten hier abgegangen sind! Jeden Tag hat Mr. Gonzalez angerufen und wissen wollen, wo Sie denn bleiben. Ist es nicht wunderbar, wenn jemand so unersetzlich für einen Betrieb ist?"

„Ich habe geglaubt, daß ich pensioniert bin!" Die blitzende Prothese schnappte zu wie eine Bärenfalle. „Ihr habt mir einen bösen Streich gespielt!"

„Bist du jetzt zufrieden?" fragte Mr. Levy seine Gattin. Er ging hinter den beiden und trug einen von Miss Trixies Lumpensäcken. „Wenn sie jetzt ein Messer bei sich hätte, könnte ich dich vom Fleck weg in die Ambulanz fahren."

„Dieses Feuer in ihrer Stimme!“ begeisterte sich Mrs. Levy. „Diese Energie! Es ist nicht zu glauben!“

Miss Trixie hatte sich von Mrs. Levy befreien wollen, als sie das Büro betraten, aber die Stöckelschuhe gaben ihr nicht die Standfestigkeit, die sie von ihren Tennisschuhen gewohnt war, sodaß sie nur in Mrs. Levys Arm schwankte.

„Sie ist wieder da?“ rief Mr. Gonzalez entsetzt.

„Können Sie noch Ihren Augen trauen?“ fragte ihn Mrs. Levy.

Mr. Gonzalez wurde gezwungen, Miss Trixie in Augenschein zu nehmen: Ihre wässerigen Augen waren mit blauen Schatten unterlegt; die Lippen waren mit oranger Schminke verbreitert, sodaß sie fast bis zu den Nasenlöchern reichten; in der Gegend der Ohrringe kräuselten ein paar graue Strähnen unter der ein wenig schief sitzenden Perücke hervor; das kurze Röckchen entblößte die mageren, krummen Beine und kleine Füße, auf denen die Pumps wie Bergschuhe wirkten. Tagelanges Dösen unter der Höhensonne hatte Miss Trixie goldbraun gebraten.

„Sie schaut wirklich gut aus“, stellte Mr. Gonzalez fest. Es klang nicht sehr überzeugend, trotz seines bemühten Lächelns. „Sie haben an ihr Wunder gewirkt, Mrs. Levy.“

„Ich bin eine sehr begehrenswerte Frau“, babbelte Miss Trixie.

Mr. Gonzalez lachte nervös.

„Hören Sie mich an“, sagte Mrs. Levy zu ihm: „Genau dieses Benehmen ist eine der Ursachen für den Zustand, in dem sich die arme Frau befunden hat. Spott ist das letzte, was sie braucht.“

Mr. Gonzalez bemühte sich vergeblich, Mrs. Levy die Hand zu küssen.

„Sie müssen ihr das Gefühl geben, daß sie gebraucht wird, Gonzalez! Diese Frau hat noch immer einen wachen Verstand. Geben Sie ihr eine Arbeit, die ihre Fähigkeiten nicht verkümmern läßt! Lassen Sie ihr mehr Entscheidungsfreiheit! Sie muß sich unbedingt aktiv an dem Leben hier beteiligen dürfen.“

„Selbstverständlich“, stimmte ihr Mr. Gonzalez zu. „Ich habe das selbst immer gesagt. Nicht wahr, Miss Trixie?“

„Wer?“ fauchte Miss Trixie.

„Ich habe immer wollen, daß Sie mehr Verantwortung und Entscheidungsfreiheit übertragen erhalten“, schrie der Bürovorstand. „Habe ich nicht recht?“

„Ach, halten Sie den Mund, Gomez.“ Miss Trixies Zähne klapperten wie Kastagnetten. „Haben Sie mir schon den Osterschinken gebracht? Wie steht's damit?“

„Also gut – du hast deinen Spaß gehabt. Gehen wir jetzt“, sagte Mr. Levy zu seiner Gattin. „Komm schon: Ich krieg Depressionen.“

„Einen Augenblick“, hielt ihn Mr. Gonzalez zurück. „Ich habe noch etwas Post für Sie.“

Als der Bürovorstand sich zu seinem Schreibtisch begab, ertönte im Hintergrund ein lautes Krachen. Alle – abgesehen von Miss Trixie, die an ihrem Schreibtisch eingeschlafen war – wandten sich um und blickten zur Registraturabteilung, wo ein außergewöhnlich großer Mann mit langen Haaren einen Karteikasten aufhob, der ihm hinuntergefallen war. Er stopfte den Inhalt achtlos hinein und schob den Kasten geräuschvoll in sein Fach zurück.

„Das ist Mr. Zalatimo“, flüsterte Mr. Gonzalez. „Er ist erst seit ein paar Tagen bei uns und wird, fürchte ich, nicht sehr lange bleiben. Ich glaube nicht, daß wir das Vorrückungsschema auf ihn anwenden sollten.“

Mr. Zalatimo schaute verwirrt auf die Aktenschränke und kratzte sich. Dann öffnete er ein anderes Schubfach und kratzte sich, während er mit der einen Hand in den Akten wühlte, mit der anderen unter der Achsel seines verschlissenen Trikothemds.

„Wollen Sie, daß ich ihn vorstelle?“ fragte der Bürovorsteher.

„Nein danke“, sagte Mr. Levy. „Wo kriegen Sie eigentlich die Leute her, die hier arbeiten, Gonzalez? Solche Typen sehe ich sonst nirgends.“

„Er schaut aus wie ein Gangster“, meinte Mrs. Levy. „Sie haben doch hoffentlich kein Bargeld hier?“

„Ich halte Mr. Zalatimo für einen recht ehrlichen Menschen“, flüsterte der Bürovorsteher. „Er hat nur Schwierigkeiten beim Buchstabieren." Er übereichte Mr. Levy ein Bündel Briefe. „Das meiste sind ihre Hotelbuchungen für das Frühjahrstraining. Und dann ist da ein Brief von Abelman: Er ist nicht an die Firma, sondern an Sie zu eigenen Händen adressiert, darum habe ich ihn nicht aufgemacht. Er liegt schon seit ein paar Tagen hier."

„Was will der Fatzke schon wieder?" brummte Mr. Levy ärgerlich.

„Vielleicht fragt er sich, was wohl aus diesem aufstrebenden Unternehmen geworden sein mag", bemerkte Mrs. Levy. „Vielleicht möchte er wissen, wie es hier seit dem Tod von Leon Levy weitergegangen ist. Vielleicht hat der Abelman ein paar gute Ratschläge für Playboys. Lies nur, Gus! Dann hast du wenigstens dein Wochenpensum für Hosen-Levy geleistet."

Mr. Levy besah den Umschlag, auf dem mit rotem Kugelschreiber gleich dreimal „Persönlich" stand, riß ihn auf und entnahm ihm einen Brief, an den eine Beilage geheftet war.

Sehr geehrter Gus Levy!
Mit Befremden und Empörung haben wir Ihren beiliegenden Brief zur Kenntnis genommen. Seit dreißig Jahren haben wir uns beim Absatz Ihrer Ware als verläßliche Partner erwiesen und sind Ihrer Firma bisher immer mit aufrichtiger Sympathie entgegengekommen. Vielleicht erinnern Sie sich an die großzügige Kranzspende, die wir Ihnen beim Tod Ihres Vaters übermittelt haben.

Ich will mich jedoch kurz fassen: Nach vielen schlaflosen Nächten haben wir das Original der Beilage unserem Anwalt übergeben, der gegen Sie eine Klage wegen Ehrenbeleidigung und Geschäftsschädigung auf $ 500.000,– einbringen wird. Vielleicht wird mir so ein Ausgleich für mein tief verletztes Gefühl verschafft.

Verständigen Sie Ihren Anwalt. Wir werden uns vor Gericht wiedersehen. Bis dahin darf ich bitten, uns weitere Drohbriefe zu ersparen.
Mit den besten Wünschen
I. Abelman
(Direktor)

Eine Gänsehaut überlief Mr. Levy, als er hierauf die angeheftete Photokopie des Briefs an die Firma Abelman las: Das war nicht zu fassen! Wem in aller Welt war es zuzutrauen, daß er sich so etwas einfallen ließ? „Jeden Kontakt mit der Wirklichkeit verloren" – „dumme Frage" – „verbockte Engstirnigkeit" – „Belästigen Sie uns nicht so bald wieder!" – „Mit dem Ausdruck unserer Geringschätzung"! Und zur Krönung des Ganzen sah auch noch die Unterschrift „Gus Levy" ziemlich echt aus. Mr. Levy sah Mr. Abelman vor sich, wie er gerade das Original küßte und sich die Lippen leckte. Für jemanden wie Abelman war dieser Brief soviel wie ein Blankoscheck.

„Wer hat das geschrieben?" verlangte Mr. Levy von Mr. Gonzalez zu wissen und hielt ihm den Brief hin.

„Was gibt's, Gus? Ein Problem? Hast du ein Problem? Das ist auch eines von deinen Problemen, daß du dich nie mit mir über deine Probleme aussprichst!"

„Oh, Gott!" ächzte Mr. Gonzalez. „Das ist ja entsetzlich!"

„Ruhe!" befahl Miss Trixie.

„Was ist es, Gus? Hast du etwas nicht richtig gemacht? Geht es darum, daß du jemandem eine Vollmacht gegeben hast?"

„Ja, ich hab ein Problem! Das Problem ist, daß wir vielleicht demnächst die Hosen verlieren und mit bloßem Hintern dastehen!"

„Was?" Mrs. Levy riß Mr. Gonzalez den Brief aus der Hand. Sie las ihn und verfiel. Ihre gelackten Löckchen verwandelten sich zu Vipern. Ein Medusenhaupt schleuderte seinen Blick auf Mr. Levy. „Endlich hast du's so weit! Nur um deinem Vater eins auszuwischen, um sein Werk zu zerstören. Ich habe dieses Ende kommen gesehen!"

„Oh, sei doch still! Ich hab noch nie hier einen Brief geschrieben."

„Susan und Sandra werden das College aufgeben müssen, um sich an Matrosen oder an Gangster wie den dort zu verkaufen!"

„Wie bitte?" fragte Mr. Zalatimo in der Vermutung, daß man über ihn redete.

„In eine Anstalt gehörst du!" schrie Mrs. Levy ihren Gatten an.

„Ruhe!"

„Und was hab ich davon?“ Mrs. Levys aquamarinblaue Lider zitterten. „Was wird aus mir werden? Mein Leben hast du schon ruiniert! Aber wie soll das weitergehen? Mein Essen werde ich aus dem Mülleimer stöbern, für mein Bett wird irgendein Soldat zahlen. Meine Mutter hat recht gehabt!“

„Ruhe!“ forderte Miss Trixie, diesmal schon sehr gereizt. „Sowas von Krawall wie bei euch hab ich noch nirgends erlebt.“

Mrs. Levy war auf ihrem Stuhl zusammengebrochen und kündigte schluchzend an, daß sie mit billigen Parfümeriewaren hausieren werde.

„Was wissen Sie darüber, Gonzalez?“ fragte Mr. Levy den bis in die Lippen erbleichten Bürovorsteher.

„Nichts – gar nichts!“ fiepte Mr. Gonzalez. „Ich hab diesen Brief heut zum ersten Mal gesehen.“

„Aber Sie machen doch hier die Korrespondenz.“

„Das da hab ich nicht geschrieben!“ Seine Lippen bebten. „Ich würde Hosen-Levy nie so etwas antun.“

„Nein, das nehme ich auch nicht von Ihnen an.“ Mr. Levy versuchte zu denken. „Irgend jemand hat uns einen bösen Streich spielen wollen.“

Mr. Levy ging zu den Aktenschränken, schob den sich kratzenden Mr. Zalatimo beiseite und zog die Schublade mit dem Anfangsbuchstaben A heraus. Ein Faszikel Abelman war nicht vorhanden. Die Schublade war völlig leer. Er öffnete andere Laden, aber auch da war jede zweite leer. Sein Anwalt würde ihm gratulieren . . .

„Wo steckt ihr eigentlich die Akten hin?“

„Das hab ich mich auch schon gefragt“, war die kryptische Antwort Mr. Zalatimos.

„Gonzalez! Wie hat eigentlich dieser dicke Spinner geheißen, der hier gearbeitet hat – der große Dicke mit der grünen Mütze?“

„Mr. Ignaz Reilly. Er hat den Brief abgefertigt. Aber wer hat ihn geschrieben?“

Das Telephon auf Mr. Gonzalez’ Schreibtisch schrillte, er nahm mechanisch den Hörer ab.

„Hallo?" meldete sich Jones' Stimme. „Haben Sie dort bei Hosen-Levy so einen Dicken mit einer grünen Mütze, der bei Ihnen arbeitet? Ein dicker Weißer mit einem Schnurrbart?"

„Nein, den gibt's nicht mehr", antwortete Mr. Gonzalez im Diskant und knallte den Hörer auf die Gabel.

„Wer war das?" fragte Mr. Levy.

„Ach, keine Ahnung. Jemand für Mr. Reilly." Der Bürovorsteher wischte sich mit dem Taschentuch über die Stirn. „Denselben, der unsere Arbeiter anstiften wollte, mich umzubringen."

„Reilly?" schaltete sich Miss Trixie ein. „Der hat nicht Reilly geheißen. Der hat –"

„Der junge Idealist?" schluchzte Mrs. Levy. „Wer hat ihn sprechen wollen?"

„Ich weiß es nicht", erwiderte der Bürovorsteher. „Der Stimme nach war es ein Neger."

„Ja, das wird wohl stimmen", meinte Mrs. Levy. „Er ist auch jetzt wieder unterwegs, um irgendwelchen Unglücklichen beizustehen. Es beruhigt mich zu wissen, daß sein Idealismus ungebrochen ist."

Mr. Levy war seinen eigenen Gedankengängen gefolgt und fragte nun den Bürovorseher: „Wie, sagen Sie, hat dieser Spinner geheißen?"

„Reilly. Ignaz J. Reilly."

„Wirklich?" wunderte sich Miss Trixie. „Sehr merkwürdig! Ich habe immer geglaubt –"

„Miss Trixie: Bitte!" unterbrach Mr. Levy sie gereizt. Dieser Reilly hatte also zu der Zeit, als der Brief an Abelman geschrieben worden war, in der Firma gearbeitet. „Könnten Sie sich vorstellen, daß dieser Reilly imstand gewesen wäre, so einen Brief zu schreiben?"

„Vielleicht", entgegnete Mr. Gonzalez. „Ich weiß es nicht. Ich hatte große Hoffnungen in ihn gesetzt, bis er dann die Arbeiter aufgehetzt hat."

„So ist's recht!" höhnte Mrs. Levy. „Schieb es nur auf den jungen Idealisten! Spiel ihm eine Rolle zu, in der er dich nicht stören kann! Aber Menschen wie dieser junge Idealist operieren nicht so hinterlistig. Warte nur, bis Susan und Sandra davon erfahren!" Mrs. Levy deutete mit einer entsprechenden Geste den Schock an, den die beiden Mädchen erleiden würden. „Neger rufen hier an, um seinen Rat einzuholen, und du bist im Begriff, ihm diesen Brief in die Schuhe zu schieben! Ich kann das nicht mehr aushalten, Gus! Ich kann nicht – ich kann es nicht!"

„Dann sag mir doch bitte du, wer diesen Brief geschrieben hat!"

„Was weiß ich!" brüllte Mrs. Levy zurück. „Soll ich im Armenhaus enden? Wenn der junge Idealist ihn geschrieben hat, kommt er wegen Urkundenfälschung ins Zuchthaus."

„Bitte, was ist eigentlich los?" fragte Mr. Zalatimo. „Wollen Sie die Bude jetzt endgültig zusperren oder was? Ich würde es nur gern wissen."

„Schweigen Sie, Sie Gangster!" befahl ihm Mrs. Levy wütend. „Sonst lassen wir Sie dafür gradstehen!"

„Wie?"

„Sei bitte jetzt still – du bringst alles durcheinander", sagte Mr. Levy zu seiner Gattin. Dann wandte er sich an den Bürovorsteher: „Geben Sie mir Reillys Telephonnummer."

Mr. Gonzalez weckte Miss Trixie und bat sie um das Telephonbuch.

„Ich bin für die Telephonbücher zuständig", schnauzte ihn Miss Trixie an. „Ich lasse niemanden an meine Telephonbücher!"

„Dann suchen Sie uns die Nummer von Reilly in der Constantinople Street heraus."

„Meinetwegen, Gomez", grollte Miss Trixie. „Und machen Sie mich nicht nervös!" Sie grub die drei kostbaren Telephonbücher aus einem Versteck in ihrem Schreibtisch, ging mit einem Vergrößerungsglas die Seiten durch und las eine Nummer vor.

Mr. Levy wählte. Eine Stimme meldete sich: „Guten Morgen, hier Feinputzerei ‚Royal'."

„Geben Sie mir das Telephonbuch!" brüllte Mr. Levy.

„Nein", zischte Miss Trixie und grub ihre frischlackierten

Klauen in den Stapel. „Sie werden es nur verlegen. Ich werde Ihnen schon die richtige Nummer heraussuchen, aber ich muß sagen, ihr zwei seid besonders ungeduldig und reizbar. Die Tage in eurem Haus haben mich zehn Jahre meines Lebens gekostet. Warum wollen Sie den armen Reilly nicht in Frieden lassen? Genügt es Ihnen nicht, daß Sie ihn hinausgeworfen haben, obwohl er gar nichts getan hat?"

Mr. Levy wählte die nächste Nummer, die sie ihm gab. Eine Frau hob ab. Sie klang leicht beschwipst und teilte ihm mit, daß Mr. Reilly erst am späten Nachmittag zuhause sein werde. Dann begann sie zu schluchzen, worauf Mr. Levys Wut verrauchte. Er dankte ihr und legte auf.

„Er ist nicht zuhause", teilte er seinem Publikum mit.

„Mr. Reilly hat immer den Eindruck gemacht, daß er für Hosen-Levy nur das Beste wollte", stellte der Bürovorsteher betrübt fest. „Ich weiß nicht, warum er damals diesen Wirbel vom Zaun gebrochen hat."

„Unter anderem deshalb, weil er bei der Polizei schon vorgemerkt war."

„Wie er sich vorstellen gekommen ist, hätte ich das wirklich nie vermutet." Der Bürovorsteher schüttelte den Kopf. „Er war so gebildet und höflich."

Mr. Gonzalez beobachtete Mr. Zalatimo, der mit seinem langen Zeigefinger in der Nase bohrte. Was würde der nun anstellen? Mr. Gonzalez' Zehen kribbelten vor Angst.

Die Tür zum Betrieb sprang mit einem Knall auf, und einer der Arbeiter schrie herein: „He, Mr. Gonzalez! Mr. Palermo hat sich gerade die Hand an einer Ofentür verbrannt!"

Aus dem Betrieb drang wirrer Lärm. Ein Mann fluchte laut.

„Um Gottes willen!" rief Mr. Gonzalez. „Beruhigen Sie die Leute! Ich komme sofort."

„Gehen wir", sagte Mr. Levy zu seiner Gattin. „Ich halte das nicht länger aus. Ich krieg Sodbrennen."

„Einen Augenblick", Mrs. Levy deutete auf Mr. Gonzalez. „Noch ein Wort über Miss Trixie: Ich wünsche, daß Sie sie jeden

Morgen, wenn sie kommt, freundlich begrüßen. Geben Sie ihr eine sinnvolle Arbeit. Wahrscheinlich war sie bisher zu unsicher und verängstigt, um eine verantwortungsvolle Aufgabe zu übernehmen, aber ich glaube, das ist jetzt behoben. Meine Analyse hat ergeben, daß sie sehr tiefsitzende Haßgefühle gegen Hosen-Levy hegt, die auf Angst zurückzuführen sind. Unsicherheit und Angst sind bei ihr in Haß umgeschlagen."

„Natürlich", sagte der Bürovorsteher, der allerdings nur mit einem halben Ohr zugehört hatte. Was aus dem Betrieb herüberdrang, war sehr beunruhigend.

„Schauen Sie in den Betrieb, Gonzalez", sagte Mr. Levy. „Ich versuche, diesen Reilly zu erreichen."

„Sehr wohl, Herr Direktor", Mr. Gonzalez machte eine tiefe Verbeugung und eilte hinaus.

„Also gut." Mr. Levy hielt die Tür auf. Es genügte schon, wenn er in die Nähe von Hosen-Levy kam, um alle möglichen Ärgernisse und deprimierenden Einflüsse auszulösen. Nicht eine Minute durfte man den Laden allein lassen. Ein Mensch, der allen Sorgen aus dem Weg gehen und ein leichtes Leben haben will, hält sich so etwas besser vom Hals. Gonzalez hatte nicht einmal einen Überblick über die Post, die hinausging. „Kommen Sie, Professor Freud: Wir gehen!"

„Deine Gelassenheit ist bewundernswert! Als ob es dich überhaupt nicht berühren würde, daß der Abelman uns bis aufs Hemd ausziehen kann." Die Aquamarinlider zitterten. „Wolltest du nicht den jungen Idealisten auftreiben?"

„Ein anderes Mal. Für heute habe ich genug."

„Und inzwischen setzt uns Abelman das Messer an die Kehle!"

„Er ist jetzt nicht zuhause." Mr. Levy hatte keine Lust, noch einmal mit der weinenden Frau zu sprechen. „Ich werde ihn heute abend von zuhause anrufen. Es kann überhaupt nichts passieren, Abelman kann mich nicht wegen eines Briefes belangen, den ich gar nicht geschrieben habe."

„So? Kann er nicht? Ich bin überzeugt, daß einer wie Abelman das fertigbringt. Ich sehe geradezu seinen Anwalt vor mir: Durch alle Feuer gegangen, für die's was bei der Versicherung zu kassieren gibt, und hinter jedem Rettungswagen her ..."

„Wenn du dich nicht beeilst, kannst du mit dem Bus nachkommen. Ich spür die Firma schon im Magen."

„Gut, schon gut! Offenbar ist dir diese Frau nicht einmal eine Minute deines sinnlosen Lebens wert." Mrs. Levy deutete auf die laut schnarchende Miss Trixie. Sie schüttelte Miss Trixies Schulter. „Ich gehe jetzt, Liebste, aber es wird alles gut. Ich habe mit Mr. Gonzalez gesprochen, und er ist sehr froh, daß Sie wieder hier sind."

„Ruhe!" befahl Miss Trixie. Ihre Zähne schnappten gefährlich.

„Komm schon, bevor ich dich gegen Tollwut impfen lassen muß", sagte Mr. Levy ungeduldig und faßte seine Gattin am Ärmel des Pelzmantels.

„Schau dir doch die Situation hier an!" Eine behandschuhte Geste umschrieb das schäbige Mobiliar, die verquollenen Böden, die noch aus Ignaz' Kustodentagen stammenden Kreppapiergirlanden und Mr. Zalatimo, der seine Schwierigkeiten mit dem Alphabet durch Fußtritte gegen den Papierkorb abreagierte. „Traurig – traurig! Ein Unternehmen geht vor die Hunde, und ein junger Idealist muß sich zu Fälschungen erniedrigen, wenn er sich wehren will."

„Hinaus mit euch!" grollte Miss Trixie und schlug mit der flachen Hand auf die Schreibtischplatte.

„Dieses Selbstbewußtsein!" bemerkte Mrs. Levy stolz, als sie in ihrer pelzigen Rundlichkeit durch die Tür abgeschoben wurde. „Ich habe ein Wunder gewirkt!"

Die Tür fiel zu, und Mr. Zalatimo näherte sich, ohne sein geistesabwesendes Gekratze zu unterbrechen, Miss Trixie, klopfte ihr auf die Schulter und bat: „Können Sie mir vielleicht sagen, was zuerst kommt: WILLIS oder WILLIAMS?"

Miss Trixie starrte ihn sekundenlang an. Dann grub sie ihre Zähne in seine Hand. Nebenan im Betrieb hörte Mr. Gonzalez den Aufschrei Mr. Zalatimos. Er wußte nicht, ob er den versengten Mr. Palermo verlassen und nachschauen sollte, was im Büro passiert war, oder besser im Betrieb blieb, wo inzwischen die Arbeiter unter den Lautsprechern zu tanzen begonnen hatten. Hosen-Levy forderte totalen Einsatz.

Als sie mit dem Sportwagen durch die Salzmarschen zurück zur Küste fuhren, rückte Mrs. Levy ihren windzerzausten Pelzkragen zurecht und sagte: „Ich werde eine Stiftung ins Leben rufen."

„Prima. Sobald uns erst einmal Abelman das Geld abgeknöpft hat."

„Das wird er nicht. Der junge Idealist sitzt in der Klemme", erwiderte sie ruhig. „Vorstrafen hat er schon – und dazu Anstiftung zum Aufruhr: Mit dem Leumund kommt er nicht durch."

„Oh! Du teilst also plötzlich meine Ansicht, daß dein junger Idealist ein Krimineller ist."

„Er ist allein auf verlorenem Posten gestanden."

„Du hast dir doch Miss Trixie gewünscht."

„Das stimmt."

„Dann wird aber nichts aus der Stiftung."

„Susan und Sandra werden nicht sehr begeistert sein, wenn sie erfahren, daß du sie mit deiner Wurstigkeit fast ruiniert hast und uns jemand auf eine halbe Million klagt, weil du dich nicht herabläßt, in deinem eigenen Unternehmen nach dem Rechten zu sehen! Die Mädchen werden entsetzt sein. Das Mindeste, was du ihnen bisher immer gegeben hast, war eine gewisse materielle Sicherheit. Susan und Sandra werden nicht gern hören, daß sie um ein Haar auf dem Strich oder noch schlimmer geendet hätten."

„Vielleicht hätten sie damit wenigstens etwas Geld hereingebracht. Bisher sind sie ja reiner Luxus gewesen."

„Bitte, Gus! Nicht ein Wort mehr! Selbst in mir gibt es noch Gefühle zu verletzen. Ich dulde nicht, daß du so über meine Töchter sprichst." Mrs. Levy seufzte zufrieden. „Diese Geschichte mit Abelman ist das Riskanteste, was du dir an Fehlern, Irrtümern und Ausflüchten in all den Jahren geleistet hast. Die Mädchen wird fast der Schlag treffen, wenn ich ihnen davon schreibe. Aber wenn du es nicht möchtest, bin ich natürlich bereit, ihnen diesen Schreck zu ersparen."

„Wieviel willst du für die Stiftung?"

„Das weiß ich noch nicht genau. Ich bin gerade dabei, die Satzung zu entwerfen."

„Und darf ich vielleicht erfahren, wie die Stiftung heißen soll, Mrs. Guggenheim? Susan & Sandra Schmiergeldstiftung?"

„Leon Levy Stiftung: Zu Ehren deines Vaters. Ich muß etwas unternehmen, um den guten Namen deines Vaters, den du mit Füßen trittst, zu ehren. Die Stipendien, die von der Stiftung vergeben werden, sollen das Andenken an deinen armen Vater bewahren."

„Ich verstehe. Mit anderen Worten: Du willst einen alten Knacker, an dem nur sein Geiz außergewöhnlich war, mit Lorbeer kränzen."

„Bitte, Gus!" Mrs. Levy hob die behandschuhte Rechte. „Die Mädchen haben sich sehr für meine Berichte über Miss Trixie interessiert. Die Stiftung wird ihnen den rechten Stolz auf ihren Namen geben. Ich muß alles tun, um deine Versäumnisse als Vater auszugleichen."

„Ein Preis von der Leon Levy Stiftung wird eine glatte Ehrenbeleidigung sein! Dann kannst du dich vor Gericht mit deinen Preisträgern herumstreiten. Vergiß darauf! Was ist eigentlich aus deinem Bridge geworden? Andere Leute spielen noch immer Bridge. Oder Golf in Lakewood? Du könntest auch noch ein paar Ballettstunden nehmen, zusammen mit Miss Trixie."

„Aufrichtig gesagt: Miss Trixie hat mich in den letzten Tagen schon gelangweilt."

„Also darum hast du die Verjüngungskur so plötzlich abgebrochen!"

„Ich habe für diese Frau getan, was ich konnte. Susan und Sandra sind stolz darauf, daß es mir gelungen ist, Miss Trixie so lang aktiv zu halten."

„Auf jeden Fall wird es nie eine Leon Levy Stiftung geben."

„Paßt es dir nicht? Ich höre etwas wie Widerwillen aus deiner

Stimme. Vielleicht sogar Haß. Gus, sei doch vernünftig! Geh zu diesem Doktor im Ärztezentrum, der Lenny gerettet hat, bevor es zu spät ist! Jetzt werde ich wieder hinter dir her sein müssen, damit du auch wirklich so rasch als möglich diesen jungen Idealisten aufstöberst. Ich kenne dich! Du schiebst es auf, bis Abelman bei uns mit dem Möbelwagen vorfährt und alles davonschleppt."

„Einschließlich Heimtrainer."

„Wie oft habe ich es dir nicht gesagt?!" schrie ihn Mrs. Levy an: „Den Heimtrainer lassen wir aus dem Spiel!" Sie strich den zerzausten Pelz glatt. „Und jetzt treib diesen verrückten Reilly auf, bevor Abelman daherkommt und dir die Radkappen von deinem Sportwagen schraubt! Wenn wir ihm Reilly vorsetzen können, geht Abelman mit seiner Klage baden. Lennys Doktor kann Reilly analysieren, und dann wird er vom Staat irgendwo hingesteckt, wo er keinen Schaden anrichten kann. Und Susan und Sandra werden zum Glück nie erfahren, daß es ihnen beinahe geblüht hätte, mit Mottenpulver und Seife von Haus zu Haus gehen zu müssen. Das Herz würde ihnen brechen, wenn sie jemals erfahren sollten, wie leichtfertig du ihre Zukunft aufs Spiel gesetzt hast!"

IV

George saß in der Poydras Street auf Anstand, gegenüber der Garage der Paradies Vertriebs Ges.m.b.H. Er hatte sich an den Namen erinnert, der auf dem Wurstwagen stand, und die Adresse aus dem Telephonbuch herausgesucht. Den ganzen Vormittag wartete er schon auf den dicken Verkäufer, aber der kam einfach nicht daher. Vielleicht war er gefeuert worden, weil er den Schwulen in der Piratengasse angestochen hatte? Um Mittag hatte George seinen Posten verlassen und war ins Viertel gegangen, um bei Miss Lee die Päckchen zu holen. Jetzt war er wieder zurück in der Poydras Street und fragte sich, ob er überhaupt noch mit diesem Verkäufer rechnen durfte. George hatte sich für die liebenswürdige Tour entschieden, er wollte ihm sofort ein paar Dollar in die Hand drücken. Ein Wurstverkäufer war bestimmt arm und würde die Kröten zu schätzen wissen. Als Strohmann war der

Dicke perfekt, nie würde der spannen, was da vorging, trotz seiner durchaus vorhandenen Bildung.

Endlich – etwas nach eins schon – quetschte sich ein weißer Kittel aus dem Bus und verschwand eilig in der Garage. Einige Minuten später erschien der komische Verkäufer und schob seinen Wagen auf den Bürgersteig. Er trug, wie George feststellte, nach wie vor Ohrring, Kopftuch und Säbel, hatte das Zeug somit in der Garage angelegt. Offensichtlich wollte er damit Kunden anlocken. Schon seine Sprechweise verriet, daß er viel gelernt hatte. Wahrscheinlich war das sein Leiden. George war so gescheit gewesen, die Schule bei der erstbesten Möglichkeit aufzugeben. Er hatte nicht die Absicht, wie dieser arme Kerl zu enden.

George beobachtete ihn, wie er den Karren ein Stück den Häuserblock entlangschob, stehenblieb und ein Stück Papier vorn an den Wagen klebte. George wollte die Sache psychologisch angehen, indem er an die Bildung des Verkäufers appellierte. Das und das Geld sollten ihn überreden, daß er die Semmelwanne vermietete.

Dann schaute ein alter Mann aus der Garage, lief dem Verkäufer nach und schlug ihn mit einer langen Gabel über den Rücken.

„Los, du Affe!" schrie der Alte. „Du bist schon spät dran! Wenn du heute nichts vorweisen kannst, raucht es!"

Der Verkäufer antwortete ihm ganz gelassen. George konnte ihn nicht verstehen, aber es dauerte ziemlich lange.

„Mir ist es scheißegal, daß deine Mutter süchtig ist", erwiderte der Alte. „Und ich will auch nichts mehr von diesem Unfall und deinen Träumen und diesem Mädchen hören! Mach jetzt endlich, du Nilpferd: Ich will heute mindestens fünf Dollar von dir sehen!"

Der Alte gab ihm einen Stoß, worauf sich der Verkäufer in Bewegung setzte und in Richtung der St. Charles Street verschwand. Nachdem der Alte in die Garage zurückgekehrt war, nahm George die Verfolgung des Wurstwagens auf.

Ignaz ahnte nicht, daß jemand hinter ihm her war, er schob seinen Karren gegen den Verkehr der St. Charles Street dem Franzosenviertel zu. Bis spät in die Nacht hatte er an seiner Rede für die Gründungsversammlung gearbeitet, erst gegen Mittag war er soweit gewesen, daß er sich von seinen vergilbten Laken erheben konnte, und selbst das war nur seiner Mutter zu verdanken, die ihn mit ihrem lauten Poltern und Schreien aufgeweckt hatte. Als er nun durch die Straßen zog, gab es ein besonderes Problem, das ihn beschäftigte: Heute sollte im „Orpheum" das raffinierte Lustspiel anlaufen. Es war ihm gelungen, seiner Mutter zehn Cent für die Heimfahrt abzupressen, obwohl sie ihm selbst dies mißgönnte, und jetzt mußte er möglichst rasch fünf oder sechs Würstchen verkaufen, damit er irgendwo seinen Wagen abstellen und sich ins „Orpheum" setzen konnte, um seine Augen an dem lästerlichen Streifen zu weiden.

Während er darüber grübelte, wie er das Geld auftreiben sollte, bemerkte Ignaz nicht, daß er bereits eine ganze Weile mit seinem Karren einen schnurgeraden Kurs steuerte. Als er nun versuchte, dichter an den Randstein zu lenken, erwies es sich unmöglich, nach rechts auszuscheren, er blieb daher stehen und stellte fest, daß er mit dem einen Reifen in die Fuge des Straßenbahngleises geraten war. Er versuchte, den Karren hochzukippen, aber das Ding war zu schwer. Darauf bückte er sich, um den Karren von einer Seite zu heben. Als er unter die Blechwurst griff, hörte er durch den leichten Nebel das Schleifen einer herankommenden Tram. Seine Hände bedeckten sich mit Quaddeln, und nach einem bangen Augenblick, in dem sein Herz aussetzen wollte, verklemmte sich der Pylorus. Ignaz riß verzweifelt an der Blechwurst, der Reifen sprang aus der Gleisfuge, kam hoch, schwankte sekundenlang und legte sich hierauf, als der Karren dröhnend umstürzte, in die Horizontale. Einer der kleinen Deckel öffnete sich und entließ ein paar dampfende Würstchen auf die Straße.

„Oh, Gott!" stammelte Ignaz. Einen halben Häuserblock vor ihm wuchs die Tram aus dem Nebel. „Was für einen bösen Streich hat Fortuna diesmal wieder ausgeheckt!"

Ignaz ließ das Wrack liegen und warf sich der Tram mit

wehendem Kittel entgegen. Langsam, schaukelnd und schwankend, bewegte sich der olivgrün-kupferbraune Wagen ihm entgegen. Der Fahrer sah den weißen Schemen eines keuchenden Riesen mitten auf dem Gleis, bremste ab und kurbelte das eine Vorderfenster herunter.

„Einen Augenblick, bitte!“ rief der Riese, der einen blitzenden Ring an einem Ohr trug, zu ihm hinauf. „Gedulden Sie sich eine Sekunde, bis ich mein gekentertes Fahrzeug aus Ihrer Bahn beseitigt habe.“

George erkannte seine Chance, er lief zu Ignaz hin und sagte munter: „Komm, Sportsfreund: Heben wir zusammen das Ding aus dem Weg.“

„Gütiger Himmel!“ schrie Ignaz. „Mein pubertärer Würgeengel! Wahrhaftig ein Glückstag: Von einer Straßenbahn überfahren und dann auch noch ausgeraubt – das ist selbst im Paradiesvertrieb ein Rekord! Heb dich hinweg, du Rotzlöffel!“

„Nimm das Ende dort – ich pack ihn am anderen!“

Die Tram klingelte.

„Meinetwegen“, gab Ignaz endlich nach. „Obwohl es mir nichts ausmachen würde, dieses lächerliche Dingsbums hier einfach liegen zu lassen.“

George nahm das eine Ende und sagte: „Machen Sie lieber den Deckel zu, bevor noch mehr Würstchen herausfallen.“

Ignaz gab dem Deckel einen Tritt, als ob er ein Fußballmatch ankicken sollte, und teilte damit ein heraushängendes Würstchen säuberlich in zwei spannenlange Hälften.

„Nicht so wild, Kollege! Du schlägst sonst noch den Wagen kaputt!“

„Sei still, Schulschwänzer! Mit dir rede ich nicht!“

„Gut“, erwiderte George achselzuckend. „Ich hab Ihnen nur helfen wollen.“

„Wie willst du mir helfen können?“ schnaubte Ignaz und bleckte seine gelblichen Zähne. „Mit deiner stinkenden Pomade ziehst du nur die Polizei an! Woher kommst du? Warum verfolgst du mich?“

„Soll ich Ihnen also helfen, diesen Schrotthaufen aufzuklauben?"

„Schrotthaufen? Meinst du etwa dieses Paradiesvehikel?"

Der Tramführer trat wieder auf die Klingel.

„Komm schon" sagte George: „Ho-ruck!"

„Ich hoffe", keuchte Ignaz atemlos, während er den Karren anhob, „du bist dir klar darüber, daß ich nur unter dem Zwang der Gegebenheiten bereit bin, mit dir zusammenzuarbeiten."

Der Wurstwagen fiel auf seine zwei Räder zurück, der Inhalt lärmte aufgerührt hinter den Blechflanken.

„So, Kollege, da haben wir ihn! Es war mir ein Vergnügen."

„Paß auf, du Schnösel, sonst rasiert dir der Expreß noch den Hemdzipfl!"

Die Tram rollte so langsam an ihnen vorbei, daß Fahrer und Schaffner Ignaz' Kostüm mit Muße betrachten konnten.

George packte eine von Ignaz' Pranken und steckte ihm zwei Dollar zu.

„Geld?" rief Ignaz entzückt. „Dank sei Gott!" Er ließ die zwei Scheine rasch in seiner Tasche verschwinden. „Ich will lieber nicht wissen, was dich dazu veranlaßt, sondern nehme an, daß du mir auf deine schlichte Weise für das ungehörige Benehmen Abbitte leisten willst, an das ich mich von meinem ersten bitteren Tag mit diesem absurden Karren erinnere."

„Genau das, Kollege. Ich hätte es nie so ausdrücken können. Du bist wirklich sehr gebildet."

„Oh?" Ignaz war sehr geschmeichelt. „So bist du vielleicht noch nicht ganz verloren? Ein Würstchen vielleicht?"

„Nein, Danke."

„Dann verzeih, wenn ich mir eines genehmige. Ich muß meinen Magen besänftigen." Ignaz warf einen Blick in den Wurstkessel. „Oh, weh! Die Würstchen sind ganz durcheinander!"

Während Ignaz die Deckel zuschlug und mit seinen Pranken in den Wurstkessel tauchte, sagte George: „Jetzt war ich es, der dir geholfen hat, Kollege. Vielleicht kannst auch du etwas für mich tun . . ."

„Vielleicht", entgegnete Ignaz uninteressiert und biß in sein Würstchen.

„Siehst du das hier?" George deutete auf die braunen Päckchen, die er unter dem Arm trug. „Das sind Lehrmittel. Aber ich habe ein Problem damit: Ich muß das Zeug zu Mittag bei der Auslieferung holen, kann es aber erst nach Unterrichtsschluß in den Schulen abgeben. So muß ich die Päckchen fast zwei Stunden lang mit mir herumschleppen. Du verstehst? Ich brauche einen Platz, wo ich diese Sachen den Nachmittag über verstauen kann. Und da hab ich mir gedacht, daß ich dich jeweils um eins herum treffen könnte, die Päckchen in deinen Semmelkasten stecke und sie irgendwann vor drei wieder herausnehme."

„Du hältst mich wohl für blöd?" rülpste Ignaz. „Erwartest du im Ernst von mir, daß ich so eine Geschichte glaube? Nach Unterrichtsschluß willst du die Lehrmittel in den Schulen abgeben?"

„Für zwei Dollar am Tag?"

„Oho!" rief Ignaz interessiert. „In diesem Fall müßtest du mir eine Wochenmiete vorauszahlen. Ich gebe mich nicht mit kleinen Beträgen ab."

George öffnete seine Brieftasche und gab Ignaz acht Dollar. „Hier. Mit den zweien, die du schon hast, macht das zehn."

Ignaz steckte beglückt die neuen Scheine ein und zog hierauf eines der Päckchen unter Georges Arm hervor. „Aber ich muß mir anschauen, was ich da verwahre. Wahrscheinlich verkaufst du Haschlutscher an Säuglinge."

„He!" schrie George auf. „Ich kann das Zeug nicht weitergeben, wenn die Packung angebrochen ist!"

„Tut mir leid." Ignaz stieß den Jungen zurück und riß das braune Papier auf. Der Inhalt sah aus wie ein Stapel Ansichtskarten. „Was ist das? Anschauungsmaterial für Heimatkunde oder sonst eines von den Fächern, mit denen man die armen Kinder verblödet?"

„Gib her, du Trottel!"

„Oh! Mein Gott!" Die Augen traten Ignaz hervor, als er sah, was er in der Hand hielt. Als man ihm einmal im Gymnasium ein

Pornophoto gezeigt hatte, war er ohnmächtig umgefallen und hatte sein Ohr an einem Wasserkrug verletzt. Dieses Photo war freilich von besserer Qualität: Eine nackte Frau saß neben einem Globus auf der Kante eines Katheders, in der Hand ein Stück Kreide. Die angedeutete Masturbation irritierte Ignaz. Das Gesicht der Frau war von einem großen Buch verdeckt, und während er George mit ungezielten Schlägen seiner freien Hand von sich abhielt, entzifferte Ignaz den Titel: Anicius Manlius Severinus Boethius, *Der Trost der Philosophie.* „Darf ich meinen Augen trauen? Ein Wunder! Und in solchem Zusammenhang! Gott sei mir gnädig!"

„So gib's mir schon!" bat George.

„Das hier gehört mir", verkündete Ignaz feierlich und steckte das oberste Bild ein. Den restlichen Stapel händigte er George aus. Dann fiel sein Blick auf den Fetzen Umschlagpapier, den er noch zwischen den Fingern hielt: Eine Adresse stand darauf! Er steckte ihn zu dem Bild. „Woher in aller Welt hast du das? Wer ist diese phantastische Frau?"

„Das geht dich nichts an."

„Ah, ich verstehe! Eine Geheimaktion." Ignaz dachte an die Adresse auf dem Papier: Also würde er seine eigenen Nachforschungen anstellen. Offenbar handelte es sich um ein gebildetes, aber mittelloses weibliches Wesen, das sich für einen Schandlohn zu so etwas hergeben mußte. Aus ihrer Lektüre war immerhin zu schließen, daß sie sich auf höchstem Niveau bewegte. Vielleicht befand sie sich in einer ähnlichen Lage wie der Jungarbeiter – eine Prophetin und Philosophin, welche die Laune des Schicksals in diese Unzeit versetzt hatte. Vielleicht verfügte sie über neue und wichtige Einsichten. „Gut. Besonders wohl ist mir nicht dabei, aber ich will dir meinen Wagen überlassen. Heute nachmittag mußt allerdings du auf ihn aufpassen. Ich habe eine sehr dringende Verabredung."

„He? Wie meinst du das? Wie lang wirst du brauchen?"

„Ungefähr zwei Stunden."

„Ich muß um drei in der Stadt sein."

„Nun, so kommst du eben heute ein bißchen später", entgegnete Ignaz ärgerlich. „Dafür erniedrige ich mich so tief, daß ich mit dir zusammenarbeite und dich meine Semmelwanne verdrekken lasse. Sei froh, daß ich dich nicht anzeige! Ich habe einen Freund bei der Polizei, einen brillanten Detektiv: Wachmann Mancuso. Er sucht genau so eine Chance, wie sie dein Fall bieten würde. Geh also lieber in die Knie und bedanke dich bei mir für meine gütige Nachsicht."

Mancuso? Hieß nicht so dieser Zivilbulle, der ihn in dem Waschraum angegangen war? George wurde sehr nervös.

„Wie schaut denn dein Detektiv aus?" bemühte sich George um Fassung.

„Klein und unauffällig", erwiderte Ignaz wie ein listiger Märchenonkel. „Er kommt in vielen Masken, wie ein Irrlicht taucht er da und dort auf und sucht nach Übeltätern. Eine Weile hat er sich in einem Waschraum versteckt gehalten, aber jetzt streift er wieder durch die Stadt, sodaß ich ihn rufen kann, wann immer ich ihn brauche."

Ein dicker Kloß stieg in Georges Kehle hoch.

„Das ist eine Falle!" schluckte er.

„Jetzt reicht's aber, du Kanalratte. Als ob es nicht genug wäre, eine angehende Philosophin in den Schmutz zu ziehen!" schnaubte ihn Ignaz an. „Den Saum meines Kittels solltest du mir dafür küssen, daß ich Sherlock Mancuso nichts von deiner üblen Fracht verrate. In zwei Stunden vor dem ‚Orpheum'!"

Ignaz schritt erhobenen Hauptes die Common Street hinunter. George steckte seine zwei Päckchen in die Semmelwanne und setzte sich auf den Randstein. Ausgerechnet einem Freund dieses Mancuso hatte er über den Weg laufen müssen! Jetzt war er diesem dicken Würstelmann ausgeliefert. Wütend betrachtete er den Karren. Jetzt hatte er zu den Päckchen auch noch einen ganzen Wurstwagen auf dem Hals.

Ignaz warf dem Kassier das Geld hin und stürzte sich förmlich in das „Orpheum". Eilig watschelte er den Mittelgang hinab zu den vorderen Sitzreihen. Er war genau zur rechten Zeit gekommen, die zweite Vorstellung fing eben an. Diesen Knaben mit den großartigen Photos hatte der Himmel gesandt! Ignaz überlegte, ob er ihn vielleicht soweit erpressen konnte, daß er nun jeden Nachmittag auf den Wagen aufpaßte. Der Hinweis auf den Freund bei der Polizei hatte ganz offensichtlich bei dem Rotzer eingeschlagen.

Der Vorspann veranlaßte Ignaz zu empörtem Grunzen, da war auch nicht ein einziger Name, der vor ihm Gnade gefunden hätte. Vor allem der Ausstatter hatte ihn nur allzuoft schon schokkiert, und die Heldin war sogar noch widerlicher als in dem Zirkusfilm. Diesmal spielte sie ein munteres Bürokätzchen, an das sich ein ältlicher Lebemann heranmachte. Er flog mit ihr im Privatjet auf die Bermudas und quartierte sie in einer Hotelsuite ein. In der ersten Nacht, als der Wüstling ihre Schlafzimmertür aufdrückte, bekam sie einen Schreikrampf.

„Schweinerei!" rief Ignaz und gab eine Ladung nasses Popcorn von sich, die über den vorderen Reihen niederging. „So zu tun, als ob sie eine Jungfrau wäre! Diese lasterhafte Larve! Leg sie aufs Kreuz!"

„Seltsame Leute kommen in die Nachmittagsvorstellung", bemerkte eine Dame mit einer Einkaufstasche zu ihrer Begleiterin. „Schau den dort an: Er trägt einen Ohrring!"

Dann folgte eine breit ausgespielte Liebesszene, und Ignaz spürte, daß er sich nicht länger beherrschen konnte. Er wollte sich zurückhalten, aber es ging nicht.

„Da haben sie offenbar Löschpapier vor die Linse geklebt", platzte es aus ihm heraus. „Heiliger Gott! Als ob niemand wüßte, wie unappetitlich und voll Falten die zwei sind! Ich fürchte, mir wird schlecht. Hat niemand Mitleid und dreht den Projektor ab? Bitte!"

Er schlug laut mit dem Säbel gegen seine Armlehne. Eine alte Platzanweiserin kam und wollte ihm das Ding abnehmen, aber Ignaz wehrte sich so heftig, daß sie auf den Teppichboden stürzte. Sie rappelte sich auf und hinkte ab.

Die Heldin, die ihre Unschuld bedroht glaubte, verfiel hierauf in paranoide Wachträume, in denen sie sich mit ihrem Wüstling in einem Bett sah, das durch die Straßen geschleift wurde und schließlich quer durch den Swimmingpool des Hotels schwamm.

„Du meine Güte! Das soll ein Lustspiel sein?“ fragte Ignaz in den dunklen Raum. „Ich hab noch kein einziges Mal gelacht. Dieses farblose Schmalz ist zuviel für meine Augen: Das Weib gehört ausgepeitscht, bis sie nicht mehr stehen kann! Sie ist eine Gefahr für die westliche Kultur – vermutlich eine chinesische Agentin! Bitte! Gibt es keinen anständigen Menschen, der die Sicherungen herausschrauben kann? Hunderte von Kinobesuchern werden hier demoralisiert. Warum hat das ‚Orpheum‘ nicht vergessen, die Stromrechnung zu zahlen?“

Als der Film endlich aus war, rief Ignaz: „Unter ihrem amerikanischen Dutzendgesicht verbirgt sich die Rote Rose von Peking!“

Eigentlich wollte er noch über die nächste Vorstellung bleiben, aber er erinnerte sich an den Knaben. Ignaz hatte nicht die Absicht, sich diese Chance zu verderben. Er konnte den Rotzer brauchen. Erschöpft stieg er über die vier leeren Popcornschachteln, die sich vor seinem Sitz angesammelt hatten. Er war völlig gebrochen, keines Gefühls mehr fähig. Keuchend stolperte er auf die sonnenhelle Straße hinaus. Dort, beim Taxistand neben dem Hotel Roosevelt, stand George und bewachte verdrossen den Wurstwagen.

„Jesus“, maulte er. „Ich hab schon geglaubt, du läßt mich sitzen. Was war das für eine Verabredung? Du bist nur im Kino gewesen!“

„Bitte“, stöhnte Ignaz. „Ich habe Fürchterliches erlebt... Geh jetzt! Morgen Punkt eins an der Ecke Canal Street–Royal Street.“

„In Ordnung, Kollege.“ George nahm seine Päckchen und schickte sich zum Gehen an. „Und du hältst gefälligst den Mund, ja?“

„Ich will es mir überlegen“, erwiderte Ignaz von oben herab.

Mit zitternder Hand aß er ein Würstchen und schielte dabei in seine Tasche nach dem Photo. Aus diesem Blickwinkel machte die Figur der Frau einen noch mütterlicheren und durchaus vertrauenerweckenden Eindruck. Vielleicht eine gescheiterte Professorin für Römische Geschichte? Oder eine bankrotte Mediävistin? Wenn sie nur ihr Gesicht zeigen würde! Aber auch so umgab sie eine Aura von Einsamkeit, von Weltabkehr und ganz auf sich bezogenem sinnlich-geistigem Genießen, die Ignaz sehr zusagte. Er besah den Papierfetzen mit der in primitiven Zügen hingekritzelten Adresse. Bourbon Street. Die Frau war in die Fänge von kommerziellen Ausbeutern geraten. Was für eine Figur für das Tagebuch! Es war bisher, wie Ignaz nun bedachte, im Sinnlichen ohnedies etwas mager bestückt. Ein Schuß Zweideutigkeit, bei der dem Leser das Wasser im Mund zusammenrann, würde ihm nur gut tun. Vielleicht könnte er es mit den Bekenntnissen dieser Schönen ein wenig aufmöbeln.

Während Ignaz in Richtung des Viertels abschob, kam ihm ein neuer Gedanke, kühn und noch ganz unausgereift: Myrna würde vor Neid ihre Espressotasse zerbeißen! Jede Phase seiner Begegnung mit der Philosophin wollte er Myrna bis ins intimste Detail schildern. Bei ihrer Vorbildung und Sympathie für Boethius war zudem zu erwarten, daß sie Ignaz' Tolpatschigkeit in Liebesdingen mit stoischer Würde über sich ergehen ließe. Sie würde ihn verstehen. „Sei nicht grausam", wollte Ignaz seufzen. Myrna betrachtete Sex als eine Aufgabe, die sie mit derselben vehementen Sturheit anging wie ein soziales Problem. Wie mußte es sie treffen, wenn Ignaz ihr seine zarten Freuden beschreiben würde!

„Soll ich es wagen?" fragte sich Ignaz und rammte geistesabwesend mit dem Karren ein parkendes Auto, stieß sich die Griffstange in den Magen und rülpste. Er würde der schönen Unbekannten nicht verraten, wie er ihr auf die Spur gekommen war, sondern gleich mit Boethius anfangen und sich an ihrem Staunen weiden.

„Oh, Gott! Die arme Frau ist in den Klauen von Teufels Großmutter!" stellte er fest, als er die Hausnummer gefunden hatte. Er betrachtete die Front der „Liebesnacht", trat hierauf an den Aushangkasten und las das Plakat:

ROBERTA E. LEE
präsentiert
Harlett O'Hara
die Perle aus dem Süden
(und ihren gefiederten Liebling)

Wer war Harlett O'Hara? Und – noch wichtiger: Was sollte der Vogel? Ignaz war beunruhigt. Er entschloß sich zu warten, weil er nicht den Zorn der SS-Amazone, der die Bar gehörte, herausfordern wollte, und ließ sich schwerfällig auf dem Randstein nieder.

Lana Lee schaute Darlene und dem Vogel zu. Bald mußte es losgehen. Wenn Darlene nur endlich diesen idiotischen Satz behalten wollte: Lana trat von der Bühne zurück, gab Jones ein paar zusätzliche Anweisungen, die den Boden unter den Hockern betrafen, und ging dann zu der gepolsterten Tür, um durch das Guckloch hinauszusehen. Für diesen Nachmittag hatte sie von der Nummer genug, sie war auf ihre Weise wirklich recht gut gelungen. Und auch George machte mit der neuen Kollektion keinen schlechten Umsatz. Die Zukunft schien durchaus rosig, sogar Jones hatte offenbar klein beigegeben.

Lana stieß die Tür auf und schrie auf die Straße hinaus: „He – du da! Verschwind von meinem Randstein, du Sandler!"

„Bitte", antwortete eine sonore Stimme. „Ich will nur meinen wehen Füßen eine kurze Rast vergönnen."

„Mach das woanders! Und zieh mit dem Dreckskarren von meinem Lokal ab!"

„Ich darf Ihnen versichern, daß ich keineswegs freiwillig vor Ihrer Folterkammer zusammengebrochen bin. Aus Eigenem wäre ich bestimmt nicht hierher zurückgekommen. Es ist einfach so, daß mir meine Füße den Dienst aufgesagt haben. Ich bin gelähmt."

„Laß dich ein paar Häuser weiter weg lähmen. Ich kann's nicht brauchen, daß du hier herumhängst und mir das Geschäft verdirbst. Mit dem Ohrring schaust du aus wie ein Warmer. Die Leute werden glauben, ich hab hier einen Schwulentreff. Verschwind!"

„Nie werden die Leute auf so etwas verfallen. Ihre Bar ist ja zweifellos das mieseste Loch in der ganzen Stadt. Darf ich Ihnen vielleicht ein Würstchen anbieten?"

Darlene kam an die Tür und rief: „Oh, Sie sind's! Wie geht es Ihrer armen Mamma?"

„Um Gottes Willen!" stöhnte Ignaz. „Warum hat mich Fortuna ausgerechnet hierher führen müssen?"

„He, Jones!" rief Lana Lee. „Leg den Besen weg und treib diese Type fort!"

„Bedaure. Gorillas gibt's ab fünfzig die Woche."

„Sie behandeln Ihre arme Mamma wirklich sehr schlecht", sagte Darlene durch die Tür.

„Ich darf wohl nicht annehmen, daß sich eine der Damen für Boethius interessiert?" seufzte Ignaz.

„Sprich nicht mit ihm", sagte Lana zu Darlene. „Die Art Klugscheißer kenn ich. Jones! Wenn du nicht in zwei Sekunden rauskommst, laß ich dich zusammen mit dem Burschen da abführen! Ich hab nachgerade genug von Klugscheißern."

„Hetzen Sie nur Ihren Bluthund auf mich", erwiderte Ignaz gelassen. „Sie können mich nicht schrecken: Ich habe heute schon Schlimmeres erlebt."

„Oh je!" stellte Jones fest, als er aus der Tür blickte. „Der Dicke mit der grünen Mütze! Höchstpersönlich!"

„Wie ich sehe, haben Sie sich einen besonders furchterregenden Negersklaven zugelegt, um sich vor der Wut Ihrer betrogenen Gäste zu schützen", bemerkte der Dicke mit der grünen Mütze zu Lana Lee.

„Mach ihm Beine!"

„Was? Einem Elephanten Beine machen?"

„Und diese dunklen Gläser! Bestimmt ist er randvoll mit Rauschgift."

„Geh sofort ins Lokal!" sagte Lana zu Darlene, die Ignaz mit großen Augen bestaunte, gab ihr einen Stoß und befahl Jones: „Los jetzt! Nimm ihn!"

„Nur herbei mit den Glasscherben!" rief Ignaz, als Lana und

Darlene sich zurückzogen. „Schüttet mir Salzsäure ins Gesicht! Stecht mich mit Messern! Natürlich liegt euch nichts daran, daß ich im Kampf für Recht und Freiheit zu einem Krüppel geworden bin, der Würstchen verkaufen muß. Mein Einsatz für die farbigen Minderheiten hat mich eine besonders aussichtsreiche Stellung gekostet. Meine kaputten Füße sind mittelbar die Folge meines Engagements für dich und Deinesgleichen."

„Ha! Haben sie dich bei Hosen-Levy rausgeschmissen, weil du fast die armen Neger ins Loch gebracht hast?"

„Was wissen Sie darüber?" fragte Ignaz vorsichtig. „Waren auch Sie in diesen mißglückten Handstreich verwickelt?"

„Nein. Ich hab's erzählen gehört."

„Tatsächlich?" nahm Ignaz interessiert zur Kenntnis. „Ohne Zweifel hat meine Figur ein gewisses Aufsehen erregt. Man weiß bereits, wer ich bin. Ich hätte nicht gedacht, daß ich so rasch zur Legende werde. Vielleicht habe ich mich zu voreilig von dieser Aktion zurückgezogen." Ignaz war entzückt, nach so vielen trüben Tagen brach plötzlich die Sonne durch. „Wahrscheinlich bin ich inzwischen zu einer Art Märtyrer geworden." Er rülpste. „Möchten Sie ein Würstchen? Ich leiste meine Dienste ohne Ansehen der Person, der Farbe oder des Bekenntnisses. Auf dem Gebiet der öffentlichen Versorgung haben die Paradiesverkäufer sich als wahre Pioniere erwiesen."

„Wie kommt's, daß ein Weißer wie du, der so reden kann, Würstel verkaufen muß?"

„Blasen Sie mich bitte nicht mit Ihrem Rauch an. Bedauerlicherweise sind meine Atmungsorgane etwas schonungsbedürftig. Ich vermute, daß mein Vater, als er mich zeugte, seinem Samen nicht die volle Manneskraft mitgeteilt hat."

Glück muß der Mensch haben, dachte Jones. Eben als er ihn brauchte, war der Dicke wie vom Himmel gefallen.

„Irgendwas stimmt bei dir nicht. Du müßtest einen tollen Posten haben, einen großen Buick und den ganzen übrigen Dreck. Ha! Klimaanlage, Farbfernseher . . ."

„Ich habe eine durchaus angenehme Beschäftigung", erwiderte Ignaz sehr kühl. „Frische Luft, keine Aufsicht. Nur die Füße werden über Gebühr beansprucht."

„Wenn ich auf ein College gegangen wär, tät ich bestimmt nicht mit einem Wurstwagen herumfahren und den Leuten einen solchen stinkenden Scheißdreck andrehen."

„Ich bitte! Die Paradiesprodukte sind erstklassig." Ignaz klatschte mit dem Säbel auf den Randstein. „Ein Mensch wie Sie, der für so ein zweifelhaftes Etablissement arbeitet, hat wirklich kein Recht, den Beruf eines anderen in Frage zu stellen."

„Glauben sie vielleicht, daß ich gern in der ‚Liebesnacht' arbeite? Ohje! Ich tät lieber woanders unterkommen, an irgendeinem guten Platz mit einem anständigen Lohn für anständige Arbeit."

„Das habe ich vermutet", entgegnete Ignaz verächtlich. „Mit anderen Worten: Sie streben nach totaler Bürgerlichkeit! Man hat euch allen den Kopf verdreht. Ich nehme an, daß du dich im Traum als Angehörigen der Erfolgsgeneration oder etwas ähnlich Perverses siehst?"

„He, jetzt machen Sie sich über mich lustig. Ha!"

„Ich habe leider keine Zeit, Ihnen die Unzulänglichkeit Ihrer Wertvorstellungen zu beweisen, aber ich wäre Ihnen sehr verpflichtet, wenn Sie mir eine bestimmte Auskunft geben könnten: Gibt es möglicherweise in dieser Lasterhöhle ein weibliches Wesen, das gern liest?"

„Doch. Ständig steckt sie mir was zum Lesen hin und sagt mir, daß ich mich bilden soll. Sie ist recht nett."

„Gütiger Heiland!" Das blaue und das gelbe Auge blitzten. „Wie kann ich dieses Wunderwesen kennenlernen?"

Jones fragte sich, was all das zu bedeuten hatte. „Wenn Sie das Mädchen sehen wollen", sagte er schließlich, „kommen Sie irgendwann am Abend her und schauen ihr zu, wie sie mit dem Vogel tanzt."

„Du meine Güte! Wollen Sie damit sagen, daß es sich um Harlett O'Hara handelt?"

„Genau. Das ist die Harlett O'Hara."

„Boethius plus Vogel", murmelte Ignaz. „Was für eine Entdekkung . . ."

„In drei Tagen hat sie Première: Kommen Sie doch her! Die beste Nummer, die ich kenne."

„Ich versuche, es mir vorzustellen", entgegnete Ignaz respektvoll. Vermutlich eine funkelnde Satire auf den Alten Süden, mit der sich die Perle den Schweinen der „Liebesnacht" vorwarf. Arme Harlett. „Sagen Sie mir: Was für einen Vogel hat sie?"

„Ah! Das darf ich nicht verraten. Die Nummer wird eine große Überraschung. Die Harlett muß auch was reden. Das wird nicht nur ein Striptease: Sie redet!"

Himmel! Ätzend scharfsinnige Kommentare, die niemand im Publikum verstehen würde. Er mußte Harlett sehen. Irgendwie mußte er mit ihr in Verbindung treten.

„Eines noch möchte ich gern wissen", sagte Ignaz: „Treibt sich diese Nazihyäne, der die Bar gehört, jeden Abend hier herum?"

„Wer? Miss Lee? Nein." Jones verbiß sich ein Grinsen. Diesmal lief die Sabotage wie geschmiert. Der Dicke wollte tatsächlich in die „Liebesnacht" kommen. „Sie sagt, Harlett O'Hara ist so tüchtig, so prima, daß sie am Abend gar nicht herkommen braucht. Wenn die Harlett ihre Première hat, fährt Miss Lee nach Kalifornien auf Urlaub."

„Eine göttliche Fügung!" jauchzte Ignaz. „Ich werde also nicht versäumen, mir die Nummer der Miss Harlett anzuschauen. Reservieren Sie bitte für mich einen Tisch ganz vorn bei der Bühne. Ich will sie aus der Nähe sehen und jedes Wort verstehen."

„Natürlich. Es wird uns ein Vergnügen sein. Kommen Sie nur – wir werden Sie behandeln wie einen Ehrengast."

„Jones! Was quatschst du da mit dem Typ?" fragte Lana von der Tür her.

„Seien sie unbesorgt!" rief Ignaz. „Ich gehe schon: Ihr Prügelknecht hat mich völlig eingeschüchtert. Ich werde nie mehr den Fehler machen, mich auch nur in Sichtweite dieses Pissoirs zu wagen."

„Freut mich", sagte Lana und ließ die Tür zufallen.

Ignaz blinzelte Jones verschwörerisch zu.

„Noch was!" fügte Jones hinzu. „Vielleicht können Sie mir noch eines sagen, bevor Sie gehen: Was kann ein Schwarzer wie ich tun, wenn er nicht betteln und auch nicht unter dem Mindestlohn arbeiten will?"

„Bitte!" Ignaz tastete in den Falten des Kittels nach dem Randstein, um sich zu erheben. „Sie haben ja keine Ahnung, wie sehr Sie alles durcheinander bringen! Sie gehen von völlig verkehrten Wertbegriffen aus. Wenn Sie jemals nach oben kommen – oder wo immer Sie sonst hinwollen –, kriegen Sie doch nur einen Nervenzusammenbruch oder noch Schlimmeres. Sind Sie je einem Neger mit Magengeschwüren begegnet? Natürlich nicht. Leben Sie zufrieden in Ihrer Hütte! Und danken Sie Fortuna, daß Sie keine weißen Eltern haben, die Ihnen im Genick sitzen. Lesen Sie Boethius!"

„Wen? Was soll ich lesen?"

„Boethius wird Ihnen beweisen, daß alles Streben im Grund sinnlos ist, daß wir lernen müssen, unser Schicksal anzunehmen. Fragen Sie doch Miss O'Hara nach Boethius!"

„Was würden Sie sagen, wenn Sie Ihr halbes Leben ohne Arbeit herumsitzen?"

„Ich würde mich glücklich preisen. Einst, in besseren Tagen, bin auch ich ohne Arbeit herumgesessen. Einmal im Monat bin ich aus meinem Zimmer bis zum Briefkasten gegangen, um den Fürsorgescheck herauszuholen. Seien Sie dankbar für alles, was Ihnen in den Schoß fällt!"

Der Dicke war wirklich nicht normal. Die armen Leute bei Hosen-Levy hatten noch Glück gehabt, daß sie nicht in Angola gelandet waren.

„Also, vergessen Sie nicht auf die Première!" Jones stieß eine Rauchwolke gegen den Ohrring. „Harlett mit ihrer Nummer!"

„Ich werde zum Glockenschlag gestellt sein", versicherte Ignaz begeistert. Myrna Minkoff würde sich vor Wut in den Popo beißen.

„Ha!" Jones umschritt den Wurstwagen und studierte den von

Ignaz angebrachten Zettel. „Da hat Ihnen wer einen Streich gespielt."

„Das ist nur zur Reklame."

„Ohje! Schauen Sie es lieber noch einmal genauer an!"

Ignaz wälzte sich um den Kiel der Blechwurst und sah, daß George die Ankündigung „30 (dreißig!) Zentimeter Paradies" mit einer Girlande von Genitalien umgeben hatte.

„Oh Gott!" Ignaz riß das Papier herunter. „Und damit bin ich herumgezogen?!"

„Ich werde auf Sie warten", versprach Jones. „Auf bald!"

Ignaz winkte ihm freundlich nach und schob weiter. Endlich sah er einen triftigen Grund, um Geld zu verdienen: Harlett O'Hara. Er steuerte die ihres Schmucks beraubte Wurst gegen den Anlegeplatz der Algierfähre, wo sich am Nachmittag die Hafenarbeiter treffen, fuhr mitten in die Menge hinein, rief seine Würstchen aus und verzierte jede Portion reichlich mit Ketchup und Senf. Bald war sein Kessel leer.

Ein wahrer Glückstag! Fortuna zeigte sich von ihrer gnädigsten Seite. Überrascht nahm Mr. Clyde zehn Dollar entgegen, und Ignaz, den Kittel vollgestopft mit den köstlichen Scheinen, die er von George und dem Wurstmagnaten empfangen hatte, bestieg geschwellten Herzens die Straßenbahn.

Als er zu Hause ankam, sprach gerade seine Mutter am Telephon.

„Ich hab mir überlegt, was du gesagt hast", flüsterte Mrs. Reilly in die Muschel. „Vielleicht ist es wirklich keine so schlechte Idee: Du weißt, was ich meine . . ."

„Es ist bestimmt das Gescheiteste", bestärkte Santa sie. „In der Charité soll sich dein Ignaz einmal gründlich ausruhen. Und du kannst sicher sein, daß Claude ihn nicht um die Wege haben will."

„Er hat was für mich übrig?"

„Etwas übrig? Heute vormittag hat er mich angerufen, nur um mich zu fragen, ob ich glaube, daß du noch einmal heiraten möchtest. Na bitte! ‚Claude', hab ich gesagt, ‚das mußt du sie schon selber fragen.' Der geht's scharf an! Lange Verlobungszeit wird's bei euch bestimmt nicht geben. Der arme Kerl ist ganz krank vor Einsamkeit."

„Er ist wirklich sehr nett", hauchte Mrs. Reilly. „Nur macht er mich manchmal nervös mit seinen Kommunisten."

„Was nuschelst du da?" rief Ignaz in die Diele.

„Jesus!" sagte Santa. „Das hört sich nach Ignaz an!"

„Pst!" zischte Mrs. Reilly.

„Paß auf, Schatz: Wenn Claude erst einmal eine Frau hat, wird er bestimmt nicht mehr an seine Kommunisten denken. Es fehlt ihm nur die geistige Beschäftigung. Er braucht deine Liebe."

„Santa!"

„Gütiger Himmel!" rief Ignaz. „Sprichst du mit diesem ordinären Weib?"

„Halt den Mund, Bub!"

„Hau ihm lieber eine herunter", riet Santa.

„Ich wollte, ich hätte die Kraft dazu", seufzte Mrs. Reilly.

„Ach, Irene – fast hätte ich etwas vergessen: Angelo war heute vormittag bei mir auf eine Tasse Kaffee. Ich hab ihn kaum wiedererkannt. Du solltest ihn in diesem Kammgarnanzug sehen! Er schaut aus wie ein Rennpferd. Der arme Angelo! Er versucht wirklich alles. Jetzt geht er in die stinkfeinsten Bars, hat er mir erzählt. Wenn er nur endlich irgendeinen Gauner erwischen würde!"

„Schrecklich", entgegnete Mrs. Reilly bekümmert. „Was wird er denn tun, wenn sie ihn bei der Polizei entlassen? Mit drei Kindern, die er erhalten muß!"

„Beim Paradiesvertrieb gibt es noch offene Stellen für Männer mit Initiative und gutem Geschmack", warf Ignaz ein.

„Der spinnt total", versicherte Santa. „Wirklich, Irene: Du solltest bei der Charité anrufen."

„Eine Chance will ich ihm noch geben. Vielleicht geht ihm der Knopf auf."

„Ich weiß wirklich nicht, warum ich noch mit dir rede", seufzte Santa heiser. „Heute abend um sieben! Claude hat gesagt, daß er auch kommt. Hol uns ab, und dann machen wir einen hübschen

Ausflug an den See und essen ein paar Krabben. Ihr zwei könnt wirklich von Glück reden, daß ihr mich habt, um auf euch aufzupassen!“ Santa lachte noch tiefer als sonst und legte auf.

„Was tuschelst du da mit dieser alten Kupplerin?“ fragte Ignaz.

„Halt den Mund!“

„Sehr wohl. Die häusliche Atmosphäre ist also offenbar heiter wie gehabt.“

„Wieviel hast du heut gebracht? Fünfundzwanzig Cent?“ schrie Mrs. Reilly. Sie sprang auf und griff in eine Tasche des Kittels, fand darin aber nur das fabelhafte Photo. „Ignaz!“

„Gib her!“ brüllte Ignaz. „Wie kannst du es wagen, dieses Götterbild mit deinen Fuselfingern zu entweihen!“

Mrs. Reilly besah noch einmal das Photo und schloß darauf die Augen. Eine Träne stahl sich unter dem einen Lid hervor. „Wie du mit den Würsteln angefangen hast, ist mir schon klar gewesen, daß du in solche Gesellschaft geraten wirst.“

„Was meinst du mit ‚solcher Gesellschaft‘?“ erwiderte Ignaz wütend und steckte das Photo ein. „Das ist eine wunderbare Frau, die hier mißbraucht wird. Ich will, daß du von ihr mit Respekt und Achtung sprichst.“

„Ich will überhaupt nicht sprechen“, schniefte Mrs. Reilly, ohne die Augen zu öffnen. „Geh nur in dein Zimmer und schreib weiter an deinen Narreteien.“ Das Telephon läutete. „Das wird dieser Mr. Levy sein. Er hat heut schon zweimal angerufen.“

„Mr. Levy? Was will dieses Ungeheuer?“

„Hat er mir nicht sagen wollen. Geh du hin, Unglückswurm: Nimm den Hörer!“

„Aber ich habe nicht die geringste Lust, mit ihm zu reden!“ brüllte Ignaz. Dann nahm er den Hörer und sagte mit verstellter, nobel-näselnder Stimme hinein: „Jaaah?“

„Mr. Reilly?“ fragte eine Männerstimme.

„Mr. Reilly ist nicht zugegen.“

„Hier ist Gus Levy.“ Im Hintergrund wurde eine Frauenstimme vernehmbar: „Ich bin gespannt, was du jetzt sagen wirst: Wieder eine Chance dahin – der Psychopath ist über alle Berge.“

„Es tut mir schrecklich leid", versicherte Ignaz. „Mr. Reilly mußte heute nachmittag in einer sehr wichtigen Angelegenheit die Stadt verlassen: Er befindet sich jetzt in der Nervenheilanstalt Mandeville. Seit er von Ihrer Firma auf so rücksichtslose Weise entlassen wurde, muß er regelmäßig nach Mandeville zur Behandlung fahren. Seine psychische Verfassung ist sehr schlecht. Unter Umständen wird er Ihnen demnächst die Honorarnote des Psychiaters zugehen lassen. Die Kosten sind bereits exorbitant."

„Hat er durchgedreht?"

„Total. Er hat uns hier einiges aufzulösen gegeben. Als er das erste Mal nach Mandeville fuhr, mußten wir einen Arrestantenwagen anfordern: Sie wissen ja, wie kräftig er gebaut ist. Heute genügte immerhin schon ein Krankenauto."

„Kann man ihn in Mandeville besuchen?"

„Natürlich. Fahren Sie nur hin! Und bringen Sie ihm ein paar Kekse."

Ignaz knallte den Hörer auf die Gabel, drückte seiner noch immer blind vor sich hinschluchzenden Mutter einen Vierteldollar in die Hand und zog sich in sein Zimmer zurück. Vor der Tür blieb er stehen, um das Schild mit der Botschaft „Friede allen Menschen, die guten Willens sind" geradezurichten.

Alle Zeichen deuteten nach oben, das Rad trug ihn himmelwärts.

Zwölf

Kurze Aufregung in der Constantinople Street: Die Expreßpost hielt mit kreischender Bremse, der Zustellbeamte blies schrill sein Pfeifchen, Miss Annie protestierte, weil das Pfeifen sie erschreckt hatte – Ignaz, der sich eben für die Gründungsversammlung umzog, schnob hervor, unterschrieb den Empfangsschein, eilte wieder zurück in sein Zimmer und versperrte die Tür.

„Was ist es, Bub?" fragte Mrs. Reilly in der Diele.

Ignaz besah den Stempel LUFTPOST – EXPRESS auf dem braunen Umschlag und die handschriftlichen Zusätze „Dringend" und „Eilt sehr!".

„Du meine Güte!" brummte er glücklich. „Das Minkoffgör muß außer sich sein."

Er riß den Umschlag auf und zog den Brief hervor.

Sehr geehrte Herren!
Hast wirklich Du mir dieses Telegramm geschickt, Ignaz?

BILDE SOFORT PARTEIZENTRALKOMITEE FUER NORDOST STOP ANWERBE AUSSCHLIESSLICH SODOMITEN ALLER RAENGE STOP EINZELHEITEN FOLGEN SCHRIFTLICH STOP IGNAZ VORSITZENDER STOP

Was hat das zu bedeuten, Ignaz? Erwartest Du wirklich von mir, daß ich Schwule anwerbe? Wer will schon ein eingeschriebener Homo sein? Ignaz, ich bin sehr besorgt! Treibst Du Dich jetzt mit Schwulen herum? Allerdings hätte ich mir ausrechnen können, daß es einmal dazu kommt. Diese paranoiden Wahnvorstellungen mit der Verhaftung und dem Unfall waren schon die ersten Symptome, und jetzt bricht es eben durch. Du hast dich so lange dagegen gesperrt, Deinen Geschlechtstrieb wie jeder normale Mensch zu befriedigen, daß der aufgestaute Überdruck jetzt verkehrt abgeleitet wird. Seit diesen Wahnvorstellungen, mit denen das alles angefangen hat, steckst Du in einer Krise, die jetzt in sexueller Verirrung mündet. Ich hätte Dir voraussagen können, daß Du früher oder später durchdrehen wirst. Und jetzt ist es also soweit! Meine Therapiegruppe wird es sehr bedauern, wenn sie von mir hören, daß

Dein Fall eine so schlimme Wendung genommen hat. Bitte schüttle den Staub dieser verkommenen Stadt von Deinen Füßen und setz Dich nach Norden ab! Ruf mich, wenn Du willst, mit Rückantwort an, damit wir über das Problem der sexuellen Desorientierung reden können, in dem Du befangen bist! Wenn Du nicht ein lächerlicher Tanterich werden willst, brauchst Du dringend eine Therapie!

„Was fällt dieser Gans ein?" knurrte Ignaz.

Was ist eigentlich aus Deiner Gottesgnadenpartei geworden? Ein paar von meinen Freunden wären gern beigetreten. Ob ich mich für diese Sodomitengeschichte einsetzen will, weiß ich nicht, obwohl so eine Partei vielleicht ganz nützlich wäre, um faschistische Randgruppen zu neutralisieren. Vielleicht könnten wir sogar den rechten Flügel halbieren? Trotzdem glaube ich nicht, daß es ein guter Einfall ist. Was soll passieren, wenn ein Nicht-Sodomit beitreten will und wir ihn ablehnen? Dann heißt es sofort, daß wir Vorurteile haben, und die Sache geht in die Binsen. Mein Vortrag war leider nicht eben ein durchschlagender Erfolg. Er ist nicht schlecht gelaufen – nur leider über die Köpfe der Leute hinweg. Zwei oder drei Figuren mittleren Alters haben mich mit Zwischenrufen aus dem Konzept bringen wollen, aber ein paar Freunde aus meiner Therapiegruppe haben ihnen sofort Saures gegeben und die Reaktionäre schließlich aus dem Saal getrieben. Wie ich von vornherein befürchtet habe, war ich für das biedere Volk aus der Umgebung etwas zu hoch. Ongah, diese Wanze, hat sich gedrückt, meinetwegen sollen sie ihn gleich nach Afrika zurückschicken. Ich habe wirklich daran geglaubt, daß der Knabe was vorzuweisen hat, aber offensichtlich lebt er in einem politischen Dämmerzustand. Dabei hat mir dieser Schnösel hochheilig versprochen, daß er kommen wird! Ignaz: Dein Sodomitenprojekt scheint mir nicht auf sehr festen Beinen zu stehen. Davon abgesehen zeigt es nur, wie sehr Dein Geisteszustand gefährdet ist. Ich weiß gar nicht, wie ich diese makabre Entwicklung meiner Therapiegruppe beibringen soll – obwohl sie für mich nicht überraschend kommt. Alle in der Gruppe sind immer hinter Dir gestanden, ein paar haben sich sogar mit Dir identifiziert. Wenn Du jetzt ausläßt, drehen sie vielleicht auch durch. Ich muß unbedingt sofort von Dir hören! Bitte ruf irgendwann nach 18 Uhr an. Ich bin sehr, sehr besorgt!
M. Minkoff

„Sie ist völlig durcheinander", stellte Ignaz zufrieden fest. „Jetzt braucht sie nur noch das Protokoll meiner apokalyptischen Begegnung mit Miss O'Hara."

„Ignaz! Was hast du?“

„Einen Brief von Myrna.“

„Was will das Mädchen?“

„Sie droht mit Selbstmord, wenn ich nicht schwöre, daß ich keine andere als sie liebe.“

„Schrecklich! Ich wette, du hast dem armen Kind lauter Lügen erzählt. Ich kenne dich, Ignaz!“

Hinter der Tür hörte man, wie Ignaz sich umzog. Einmal klirrte es metallen, als ob etwas zu Boden gefallen wäre.

„Wohin gehst du?“ fragte Mrs. Reilly die abblätternde Ölfarbe.

„Bitte, Mutter –“, erwiderte es in tiefem Baß. „Ich habe es eilig. Halt mich bitte nicht auf!“

„Für die paar Pfifferlinge, die du heimbringst, kannst du gleich den ganzen Tag hierbleiben“, schrie Mrs. Reilly gegen die Tür. „Wie soll ich die Rechnung zahlen, die mir dieser Mensch schickt?“

„Mir wäre lieb, wenn du mich in Frieden lassen würdest. Ich muß mich sammeln, weil ich heute Abend in einer politischen Versammlung spreche.“

„Eine politische Versammlung? Ignaz! Das ist ja großartig! Vielleicht wirst du noch ein Politiker? Du hast eine schöne Stimme. Was für eine Versammlung ist es, Schatz? Die Demokratische Front? Die Konservative Union?“

„Vorläufig handelt es sich noch um einen Geheimbund.“

„Was für eine Partei ist ein Geheimbund?“ fragte Mrs. Reilly mißtrauisch. „Gehst du zu einer Kommunistenversammlung?“

„Mhm.“

„Jemand hat mir Bücher über die Kommunisten gegeben, Junge! Ich weiß alles über die Kommunisten: Du brauchst erst gar nicht versuchen, mich hinters Licht zu führen!“

„Ja, ich habe heute nachmittag eines von diesen Heftchen in der Diele gesehen: Entweder hast du es absichtlich hingelegt, damit ich es mir zu Gemüt führe, oder du hast es im Verlauf eines deiner regelmäßigen Bacchanalien dorthin gestreut, weil du geglaubt hast, es handle sich um einen besonders dicken Confettischnitzel. So gegen zwei Uhr, fürchte ich, hast du gewisse Schwierigkeiten, deine Pupillen zu zentrieren. Aber bitte: Ich habe das Ding durchgelesen. Es ist völlig schwachsinnig. Woher beziehst du solchen Mist? Vermutlich von dem alten Weib beim Friedhof, wo du deine Pralinen kaufst. Wie dem auch sei: Ich bin kein Kommunist – und so laß mich bitte in Ruhe!"

„Ignaz? Meinst du nicht, daß es dir gut täte, wenn du dich einmal in der Charité ein wenig ausruhen würdest?"

„Spielst du etwa auf die Abteilung für Nervenkranke an?" fragte Ignaz voll Wut. „Glaubst du, daß ich verrückt bin? Bildest du dir ein, daß ich jemals irgendeinen idiotischen Psychiater auch nur versuchen ließe, meiner Seele auf den Grund zu gehen?"

„Du könntest dich etwas ausruhen, Schatz. Und du hättest viel Zeit, in deinen kleinen Heften zu schreiben."

„Sie würden nur aus mir einen Trottel machen wollen, der für Fernsehen, Autos und Tiefkühlkost lebt. Begreifst du das nicht? Die Psychiatrie ist noch viel schlimmer als Kommunismus! Ich will keine Gehirnwäsche. Ich lasse mich nicht zu einem Roboter erniedrigen."

„Aber, Ignaz, sie helfen dort vielen Leuten, die Probleme haben."

„Soll das heißen, daß ich Probleme habe?" donnerte Ignaz. „Und überhaupt haben auch diese Leute kein anderes Problem, als daß sie sich nicht für neue Autos und Haarsprays interessieren. Darum sperrt man sie ein. Sie ängstigen die übrigen Mitglieder der Gesellschaft. Jedes Narrenhaus in diesem Land ist voll von armen Menschen, die es mit Lanolin, Zellophan, Plastik, Fernsehen und Siedlungshäuschen nicht aushalten können."

„Das ist nicht wahr, Ignaz! Erinnerst du dich an den alten Mr. Becnel, der ein paar Häuser weiter gewohnt hat? Ihn haben sie eingesperrt, weil er nackt auf der Straße herumgelaufen ist."

„Natürlich ist er nackt auf der Straße herumgelaufen. Seine Haut hat dieses Dacron- und Nylonzeug, das alle Poren verstopft, nicht ausgehalten. Für mich war Mr. Becnel schon immer ein Beispiel für einen Märtyrer des Industriezeitalters. Der arme Mensch ist unter die Räder geraten. Und jetzt geh bitte zur Tür und schau nach, ob mein Taxi schon da ist!"

„Woher hast du das Geld für ein Taxi?"

„Ich habe ein paar Groschen in meiner Matratze versteckt", erwiderte Ignaz. Er hatte dem Rotzlöffel weitere zehn Dollar abgepreßt und ihn überdies gezwungen, auf den Wurstwagen aufzupassen, während Ignaz sich in Loew's Palastkino einen Film über rennfahrende Halbwüchsige angesehen hatte. Der Rotzlöffel war tatsächlich eine Gottesgabe, ein Geschenk Fortunas, das ihn für ihre bösen Launen entschädigte. „Sieh einmal durch den Laden!"

Die Tür sprang auf: Ignaz erschien in seinem Piratenkostüm.

„Ignaz!"

„Diese Reaktion habe ich vorausgesehen! Aus diesem Grund habe ich auch das Zubehör immer im Paradiesvertrieb aufbewahrt."

„Angelo hat recht gehabt!" rief Mrs. Reilly. „Die ganze Zeit bist du wie am Faschingsdienstag herumgelaufen!"

„Ein Kopftuch – ein Säbel: Nur einige diskrete und geschmackvolle Andeutungen. Das ist alles. Aber der Gesamteffekt ist recht beeindruckend."

„So kannst du nicht auf die Straße gehen!" schrie Mrs. Reilly ihn an.

„Bitte! Nicht schon wieder eine hysterische Szene! Du bringst alles durcheinander, was ich mir für den Vortrag zurechtgelegt habe."

„Geh sofort in dein Zimmer, Bub!" Mrs. Reilly schlug Ignaz gegen die Brust. „Geh sofort hinein, Ignaz! Diesmal ist es mir ernst, Bub! Du kannst mir nicht so eine Schande machen!"

„Mein Gott, Mutter! Hör doch auf! Wenn du dich derart benimmst, kann ich meine Rede nicht halten."

„Was soll das für eine Rede werden, Ignaz? Wohin willst du gehen? Sag es mir!" Mrs. Reilly schlug ihrem Sohn mit der flachen Hand ins Gesicht. „So verläßt du mir nicht das Haus, du Narr!"

„Um Himmels willen! Bist du wahnsinnig? Laß mich auf der

Stelle los! Hast du den Krummsäbel übersehen, den ich an der Seite trage?"

Ein Schlag traf Ignaz auf die Nase, ein zweiter das rechte Auge. Ignaz floh durch die Diele, riß die Türflügel auf und stolperte in den Vorgarten.

„Komm zurück!" kreischte Mrs. Reilly aus der Tür. „So gehst du mir nirgends hin, Ignaz!"

„Dann trau dich doch in deinem zerfetzten Nachthemd aus dem Haus und fang mich!" erwiderte Ignaz trotzig und streckte ihr seine dicke, rosige Zunge heraus.

„Komm herein, Ignaz!"

„Aufhören, ihr zwei!" schrie Miss Annie hinter ihren Läden. „Das halten meine Nerven nicht durch!"

„Schauen Sie ihn doch an – meinen Ignaz!" rief Mrs. Reilly zurück. „Ist das nicht schrecklich?"

Ignaz winkte seiner Mutter vom Bürgersteig her zu. Der Ohrring blitzte im Schein der Straßenlampe.

„Ignaz! Sei ein braver Bub und komm her!" flehte Mrs. Reilly.

„Zuerst der Briefträger mit seinem Gepfeife! Ich hab Kopfweh: Ich ruf jetzt die Polizei an!" drohte Miss Annie laut.

„Ignaz!" schrie Mrs. Reilly – aber es war zu spät. Ein Taxi kam die Straße herunter, und Ignaz hielt es an, als eben seine Mutter, ohne Rücksicht auf ihr zerschlissenes Nachthemd, auf die Straße lief. Ignaz schlug die Wagentür vor ihrer Nase zu, daß die roten Haare zurückstoben, und stach, während er dem Fahrer eine Adresse zurief, mit dem Plastiksäbel nach Mrs. Reillys Händen. Das Taxi fuhr los, wobei es Mrs. Reillys Beine durch die löchrige Kunstseide mit Schotter pfefferte. Sie schaute den roten Hecklichtern einen Augenblick nach, dann eilte sie ins Haus zurück, um Santa anzurufen.

„Gehen Sie auf einen Maskenball?" fragte der Fahrer, als er mit Ignaz in die St. Charles Avenue bog.

„Passen Sie auf den Verkehr auf und stellen Sie keine Fragen!" schnauzte ihn Ignaz an.

Darauf sagte der Fahrer nichts mehr, Ignaz aber memorierte

auf der Hinterbank laut seine Rede und schlug an den Stellen, die er hervorheben wollte, mit dem Säbel gegen die Rücklehne des Vordersitzes.

Als er in der St. Peter Street ausstieg, vernahm er bereits das gedämpfte, aber doch sehr muntere Singen und Lachen, das aus dem gelben, dreistöckigen Gebäude kam. Irgendein wohlhabender Franzose hatte es gegen Ende des 18. Jahrhunderts für seine Familie – Frau, Kinder und ein paar unverheiratete Tanten – gebaut. Die Tanten waren dabei mit anderem überflüssigen und schäbigen Mobiliar in die Mansarde gesteckt worden und hatten aus den beiden Dachfenstern nicht eben viel von der Welt gesehen, deren Existenz sie jenseits ihres von bösem Tratsch, Stickerei und Rosenkränzen ausgefüllten Horizonts vermuteten. Seither hatte jedoch die Hand eines geschickten Innenarchitekten alle Geister gebannt, die vielleicht noch aus jenen Tagen in den dicken Ziegelmauern steckten. Das Äußere war in leuchtendem Kanariengelb gehalten, zu beiden Seiten der Auffahrt brannte mildes Gaslicht in neu-alten Messinglaternen und spielte in honigfarbenen Reflexen auf dem schwarzen Lack der Gitter und Läden. Unter den Laternen standen antike Keramiktöpfe, aus denen Agaven ihre dolchscharfen Spitzen spreizten.

Ignaz betrachtete das Gebäude mit tiefer Mißbilligung, das blaue und das gelbe Auge wanderten verächtlich über die schmucke Fassade, und seine Nase rümpfte sich gegen den beizenden Geruch frischer Ölfarbe. Die Ohren sträubten sich vor dem Tohuwabohu von Singen, Schwatzen und Gelächter, das hinter den Rolläden aus schwarzem Glanzleder wogte.

Ignaz räusperte sich anzüglich und las die weißen Kärtchen über den drei Messingklingeln:

Billy Truehead	
Raoul Frayle	– 3 A
Frieda Club	
Betty Bumper	
Liz Steele	– 2 A
Dorian Greene	– 1 A

Er drückte auf den unteren Klingelknopf und wartete. Das Toben hinter den Rolläden flaute etwas ab. Eine Tür bei der Auffahrt öffnete sich, und Dorian Greene kam zum Tor.

„Meine Güte!" rief er, als er sah, wer da auf der Straße stand. „Wo in aller Welt haben Sie gesteckt? Ich fürchte, die Gründungsversammlung ufert nachgerade aus. Ich habe ein paarmal versucht, das Publikum zur Raison zu bringen, aber die Leute sind anscheinend sehr aufgeregt."

„Hoffentlich haben Sie ihre Begeisterung nicht zu sehr gedämpft", erwiderte Ignaz bedeutsam und stocherte ungeduldig mit dem Säbel zwischen den Gittersprossen des Tors. Mit Unmut stellte er fest, daß Dorian etwas schwankte: Das hatte er nicht erwartet.

„Oh, was für ein wilder Haufen!" lachte Dorian, als er das Tor aufschloß. „Alle sind völlig entspannt." Er stellte pantomimisch dar, was er darunter verstand.

„Pfui Teufel!" rief Ignaz. „Hören Sie auf mit diesem Geferkel!"

„Morgen früh werden ein paar total am Boden zerstört sein, dann gibt's eine Massenflucht nach Mexico City. Aber Mexico City ist ja auch so herrlich wild."

„Ich will doch sehr hoffen, daß niemand gewagt hat, der Gründungsversammlung irgendwelche militante Resolutionen aufzudrängen?"

„Um Himmels willen — Nein."

„Das beruhigt mich. Gott weiß, wer aller sich uns am Anfang entgegenstellen wird. Vielleicht haben wir sogar Feinde in den eigenen Reihen! Es wäre auch möglich, daß die Rüstungsindustrie schon davon erfahren hat – nicht nur hier, sondern auf weltweiter Ebene!"

„Los, Csardasfürstin: Kommen Sie herein."

Als sie die Auffahrt entlangschritten, bemerkte Ignaz: „So ein widerlicher Protz!" Er warf einen Blick auf die bunten Lampen, die hinter den Palmen an der Mauer installiert waren. „Wer ist für die Geschmacksverirrung zuständig?"

„Ich natürlich, oh, schöne Ungarin! Das Haus gehört mir."

„Das hätte ich mir denken können. Darf ich fragen, woher Sie das Geld haben, um diesen entarteten Launen zu frönen?"

„Von meiner lieben Verwandtschaft, die dort den Weizen scheffelt", seufzte Dorian. „Sie schicken mir jeden Monat einen dicken Scheck. Als Gegenleistung mußte ich mich verpflichten, den Boden Nebraskas nie mehr zu betreten. Mein Abgang war nämlich nicht besonders rühmlich. Aber ständig dieser Weizen und diese endlosen Ebenen! Sie können nicht ahnen, wie deprimierend das ist. Ich bin nach Osten aufs College gegangen und dann hierher gekommen. In New Orleans ist man noch wahrhaft frei."

„Nun, wenigstens haben wir einen Ort, an dem wir unseren Coup vorbereiten können. Wenn ich diese Lustbude vorher gesehen hätte, würde ich allerdings vorgeschlagen haben, einen Saal von der Amerikanischen Legion oder sonst etwas Geeigneteres zu mieten. Das hier sieht eher wie eine Kulisse für Fünfuhrtees, Gartenfeste oder derlei Perversitäten aus."

„Vielleicht überrascht es Sie, daß demnächst eine Zeitschrift für Innenarchitektur über dieses Haus eine vierseitige Farbreportage bringen wird?" fragte Dorian.

„Wenn Sie etwas Hirn im Kopf hätten, würden Sie begreifen, daß das wirklich das Letzte ist!" schnaubte Ignaz.

„Ach, Schönste mit dem Goldring, du machst mich noch ganz verrückt! Hier ist die Tür."

„Moment!" hielt ihn Ignaz zurück. „Was ist das für ein schreckliches Geräusch? Es hört sich an, als ob jemand gefoltert würde."

Sie standen im sanften Licht der Auffahrt und lauschten. Irgendwo im Hof schluchzte es herzzerreißend.

„Was ist da schon wieder los?" Dorians Stimme klang ungeduldig. „Diese kleinen Narren! Nie werden sie lernen, sich zu benehmen."

„Wir müssen der Sache auf den Grund gehen", flüsterte Ignaz verschwörerisch. „Vielleicht hat sich irgendein fanatischer Militarist eingeschlichen und foltert soeben ein treues Parteimitglied, um ihm unsere Geheimnisse herauszupressen. Ein fanatischer

Militarist ist zu allem fähig! Vielleicht handelt es sich sogar um einen ausländischen Agenten . . ."

„Ja, das wird lustig!" jubelte Dorian.

Auf Zehenspitzen schlichen die beiden in den Hof. Aus dem Flügel, in dem früher die Sklaven untergebracht gewesen waren, rief jemand um Hilfe. Die Tür stand halb offen, aber Ignaz warf sich dennoch dagegen. Mehrere Glasscheiben splitterten.

„Oh, Gott!" schrie Ignaz, als er sah, was zu sehen war. „Sie haben zugeschlagen!" Ihm zu Füßen saß, mit Ketten an die Wand gefesselt, ein kleiner Matrose. Es war Timmy.

„Ist Ihnen aufgefallen, wie Sie meine Tür zugerichtet haben?" fragte Dorian hinter Ignaz' Rücken.

„Der Feind ist unter uns!" keuchte Ignaz erregt. „Wer hat da geschwatzt? Sagen Sie es mir! Jemand hat uns eine Falle gestellt!"

„Laßt mich heraus!" flehte der kleine Matrose. „Es ist so entsetzlich dunkel!"

„Idiot!" Dorian spuckte den Matrosen an. „Wer hat dich hier angehängt?"

„Billy und Raoul, diese Unholde! Die zwei sind so gemein: Erst haben sie mich hereingelockt, um mir zu zeigen, wie du den Sklavenflügel hergerichtet hast, und dann haben sie mich plötzlich mit diesen schmutzigen Ketten gefesselt und sind zurück zur Party gelaufen."

Der kleine Matrose rasselte mit den Ketten.

„Ich hab diesen Teil eben renoviert", sagte Dorian zu Ignaz. „Meine arme Tür!"

„Wo sind die Agenten?" wollte Ignaz wissen. Er fuchtelte mit dem Säbel. „Wir müssen sie festnehmen, bevor sie das Haus verlassen!"

„Bitte! Laßt mich heraus! Diese Finsternis halte ich nicht aus."

„Du bist schuld, daß die Tür kaputt ist", fauchte Dorian das jämmerliche Seemännchen an. „Warum mußt du mit den zwei Schmuddelbuben spielen?"

„Die Tür hat der da kaputtgemacht."

„Was kannst du schon von dem erwarten? Schau ihn doch an!"

„Redet ihr zwei Aftermenschen von mir?“ fragte Ignaz gereizt. „Wenn ihr euch bereits wegen einer Tür aufregt, zweifle ich sehr daran, daß ihr das rauhe Klima der Politik lange aushaltet.“

„Laßt mich endlich heraus! Ich fang an zu schreien, wenn ich diese schmierigen Ketten nicht bald loswerde.“

„Ach, halt den Mund, Nellie!“ schnauzte Dorian ihn an und schlug ihm über die rosigen Wangen. „Scher dich hinaus auf die Straße, wo du hingehörst!“

„Oh!“ schrie der Matrose. „Wie kannst du so etwas Schreckliches sagen?“

„Bitte“, mahnte Ignaz. „Unsere Bewegung darf nicht durch internen Zwist gespalten werden.“

„So verrät mich der einzige Freund, an den ich noch geglaubt habe“, sagte der Matrose zu Dorian. „Ich habe mich getäuscht: Nur zu! Schlag mich nur, wenn es dir solchen Spaß macht!“

„Nicht einmal anrühren würde ich dich, du Strolch!“

„Ich bezweifle, daß der mieseste Schmierenschreiber, selbst unter arger Nötigung, sich so ein fürchterliches Melodram ausdenken könnte“, bemerkte Ignaz. „Hört jetzt sofort auf damit, ihr Perverslinge! Wahrt wenigstens den Anschein menschlicher Würde!“

„Schlag zu!“ kreischte der Matrose. „Ich weiß, daß es dir in den Fingern juckt! Du willst mir doch weh tun, nicht wahr?“

„Offensichtlich wird er sich erst beruhigen, wenn Sie ihm zumindest eine kleine körperliche Züchtigung gewähren“, sagte Ignaz zu Dorian.

„Keinen Finger lege ich an diese unappetitliche Kreatur.“

„Aber irgend etwas müssen wir tun, damit er zu schreien aufhört, sonst bricht mein Pylorus unter den Neurosen dieses abseitigen Seebären zusammen. Wir werden ihn auf diskrete Weise ausscheiden müssen, er besitzt nicht das erforderliche Gardemaß und dünstet einen Masochismus aus, der gegen den Wind stinkt. Mir benimmt es bereits den Atem. Außerdem dürfte er betrunken sein.“

„Auch du haßt mich, du Ungetüm!“ schrie der Matrose.

Ignaz versetzte Timmy einen kräftigen Säbelhieb, worauf er einen schwachen Seufzer von sich gab.

„Gott weiß, was er sich jetzt wieder einbildet", kommentierte Ignaz.

„Oh, schlagen Sie ihn noch einmal!" quiekte Dorian entzückt. „Was für eine köstliche Szene!"

„Nehmt mir doch bitte diese schrecklichen Ketten ab!" bat Timmy. „Mein Matrosenanzug wird ganz rostig."

„Fesseln und Ketten", bemerkte Ignaz, während Dorian die Handschellen mit einem Schlüssel, der über der Tür hing, löste, „haben heutzutage einen Anwendungsbereich, von dem ihre Erfinder bestimmt nichts träumten. Wenn ich ein Architekt wäre, würde ich in jedem neuen Landhaus und in jeder Ferienwohnung zumindest eine Garnitur anbringen, sodaß die Bewohner, wenn sie nicht mehr fernsehen, Tischtennis spielen oder den sonst bei ihnen üblichen Unfug treiben wollen, einander für eine Weile anketten können. Und alle wären begeistert. Frauen würden sagen: ‚Mein Mann hat mich gestern in Ketten gelegt. Es war wunderbar! Tut das auch der Ihre hin und wieder?' Die Kinder würden fröhlich von der Schule nach Hause zu ihren Müttern eilen, um sich von ihnen anketten zu lassen. Bestimmt würde es die durch das Fernsehen blockierte kindliche Phantasie freisetzen und die Jugendkriminalität erheblich eindämmen. Und wenn dann der Vater von der Arbeit kommt, wirft sich die gesammelte Familie über ihn und kettet ihn an, zur Strafe dafür, daß er so blöd war und den ganzen Tag für sie geschuftet hat. Lästige alte Verwandte könnten in der Garage angekettet werden, wobei man ihnen einmal im Monat die Handschellen abnimmt, damit sie den Pensionsscheck unterschreiben. Fesseln und Ketten als familiäre Bindeglieder! Ich darf nicht vergessen, mir darüber eine Notiz zu machen."

„Du liebes bißchen!" stöhnte Dorian. „Machen Sie nie einen Punkt?"

„Sogar meine Arme sind rostig!" stellte Timmy fest. „Billy und Raoul können sich auf etwas freuen, wenn ich sie erwische!"

„Unsere kleine Zusammenkunft scheint auszuarten", meinte Ignaz zu dem wüsten Lärm, der aus Dorians Wohnung drang. „Offenbar erhitzt unser Programm bereits die Gemüter."

„Ich schau lieber gar nicht hin", sagte Dorian und stieß einen Flügel der altmodischen Glastür auf.

Ignaz sah in eine brodelnde Menschenmasse. Eine Symphonie aus Geschwätz, Geschrei, Gesang und Gelächter tobte, an Stelle von Taktstöcken wurde mit Zigaretten und Gläsern gefuchtelt. Aus den Eingeweiden einer riesigen Stereoanlage quoll die Stimme von Judy Garland als Generalbaß. Eine kleine Gruppe von jungen Männern – die einzigen im Raum, die sich nicht bewegten – stand vor dem Plattenspieler wie vor einem Hausaltar. „Gottvoll!" – „Phantastisch!" – „So menschlich!" priesen sie die Stimme, die aus dem elektrischen Tabernakel kam.

Das blaue und das gelbe Auge wandten sich von diesem Ritual und erfaßten den übrigen Raum, in dem jeder gegen jeden konversierte. Fischgräten, Hahnentritt, Rohseide und Kaschmir verschlangen sich zu komplizierten Mustern. Fingernägel, Manschettenknöpfe, Ringe, Zähne, Augen – alles blitzte und funkelte. Mitten in einem Häufchen von eleganten Herren stand ein Cowboy mit einer kurzen Reitgerte und schnalzte spielerisch nach einem seiner Bewunderer, was allgemeinen Jubel und Heiterkeit auslöste. Eine andere Gruppe hatte sich um einen Muskelprotz in schwarzer Lederjacke gebildet, der zum Entzücken seiner hermaphroditischen Jünger Judogriffe zeigte. „Oh! Das mußt du mir beibringen!" schrie einer, der neben dem Ringkämpfer stand, als dieser einen der eleganten Gäste zunächst in eine recht obszöne Position zwang und dann mit lautem Klirren der Manschettenknöpfe und übrigen Kleinodien auf dem Boden landen ließ.

„Ich habe nur die besseren Leute eingeladen", bemerkte Dorian zu Ignaz.

„Gütiger Himmel!" stammelte Ignaz. „Mir schwant, daß wir mit den bigotten Konservativen aus den Hinterwäldern einige Schwierigkeiten haben werden, wenn wir sie für uns gewinnen wollen. Auf jeden Fall werden wir uns ein Image aufbauen müssen, das einigermaßen von dem abweicht, was ich hier sehe."

Timmy, der dem Muskelprotz zuschaute, wie er seine willigen Gegner aushob und hinlegte, seufzte: „Zum Schießen . . ."

Innenarchitekten würden die Ausstattung des Raums als „streng" bezeichnet haben. Die Wände und die hohe Decke waren weiß gestrichen, das Mobiliar beschränkte sich auf wenige antike Stücke. Üppigkeit zeigte sich nur in den Draperien aus champagnerfarbenem Samt, die mit weißen Kordeln gerafft waren. Die paar antiken Stühle waren offenbar nicht so sehr als Sitzgelegenheiten als wegen ihrer bizarren Formen ausgewählt, sozusagen Phantasiemöbel, auf deren winzigen Kissen kaum ein Kind Platz gefunden hätte. Offenbar erwartete man, daß Menschen in diesem Raum nicht saßen oder es sich gar gemütlich machten: Sie sollten darin als lebendes Mobiliar posieren und die übrige Ausstattung so gut als möglich ergänzen.

Nachdem Ignaz das Dekor studiert hatte, bemerkte er zu Dorian: „Der einzige funktionelle Gegenstand hier ist der Plattenspieler, und sogar mit dem wird Mißbrauch getrieben. Das ist ein Raum ohne Seele." Er grunzte laut, um sein Urteil zu bekräftigen und zugleich dagegen aufzubegehren, daß niemand Notiz von ihm genommen hatte, obwohl er in diesen Raum hineinpaßte wie etwa eine zweistöckige Kühltruhe. Die Teilnehmer an der Gründungsversammlung schienen sich weit mehr für ihre eigenen Angelegenheiten als für die Zukunft der Welt zu interessieren. „Ich stelle fest, daß niemand in dieser weißen Gruft uns bisher auch nur eines Seitenblicks gewürdigt hat. Nicht einmal dem Gastgeber haben sie zugenickt, obwohl sie seine Schnäpse trinken und die Klimaanlage mit ihren Duftwässern belasten. Ich komme mir vor wie ein Zuschauer bei einem Gebalge von Katzen."

„Machen Sie sich keine Sorgen! Die haben nur seit Monaten keine anständige Party gehabt. Kommen Sie! Ich muß Ihnen mein Blumenarrangement zeigen." Er führte Ignaz zum Kamin, auf dessen Sims eine Vase stand, die eine rote, eine weiße und eine blaue Rose enthielt. „Ist das nicht toll? Besser als alles schäbige Krepppapier. Ich habe etwas Kreppapier gekauft, bin aber damit zu keiner Lösung gekommen, die mich befriedigt hätte."

„Das ist eine botanische Mißgeburt", stellte Ignaz fest und klopfte mit dem Säbel an die Vase. „Gefärbte Blumen sind hybrid, pervers und vermutlich auch obszön. Ich sehe schon, daß mich hier einige Aufgaben erwarten."

„Jaja, nehmen Sie sich nur kein Blatt vor den Mund", seufzte Dorian. „Und jetzt gehen wir in die Küche. Ich möchte Ihnen unser Amazonenkorps vorstellen."

„Ein weibliches Hilfskorps?" fragte Ignaz aufgeregt. „Also dieses Maß an Voraussicht hätte ich Ihnen gar nicht zugetraut!"

In der Küche war es – abgesehen von zwei jungen Männern, die in einer Ecke stritten – ganz ruhig. An einem Tisch saßen drei Frauen und tranken Dosenbier. Sie betrachteten Ignaz prüfend. Eine, die gerade eine Bierdose in ihrer Hand zerdrückte, hielt ein und warf die Dose in einen Blumentopf neben dem Ausguß.

„Na, ihr Mädchen", begrüßte Dorian sie. Die drei Biertrinkerinnen erwiderten in heiserem Alt. „Das ist Ignaz Reilly – ein Neuer."

„Gib Pfötchen, Dicker", sagte das Mädchen, das die Bierdose zerdrückt hatte. Sie nahm Ignaz' Tatze und quetschte sie, als ob sie damit ebenso verfahren wollte.

„Au!" schrie Ignaz.

„Das ist Frieda", erläuterte Dorian. „Und das Betty und Liz."

„Sehr erfreut", sagte Ignaz und steckte seine Hände in die Kitteltaschen, um weiteren Kraftproben auszuweichen. „Ich bin sicher, daß sie unsere Schlagkraft sehr erhöhen werden."

„Wo hast du den aufgeklaubt?" erkundigte sich Frieda bei Dorian, während ihre beiden Kolleginnen Ignaz beäugten und einander anstießen.

„Mr. Greene und ich wurden durch meine Mutter bekanntgemacht", antwortete Ignaz würdevoll an Dorians Stelle.

„Allerhand", meinte Frieda. „Ihre Mutter muß eine interessante Persönlichkeit sein."

„Nicht sehr", entgegnete Ignaz.

„Na, nimm dir'n Bier, Dicker", forderte ihn Frieda auf. „Schade, daß wir keines in Flaschen haben. Betty kann eine Bierflasche mit den Zähnen knacken. Sie hat ein Gebiß wie ein Schraubstock." Betty erwiderte ihr mit einer zweideutigen Geste. „Bis ich ihr einmal so'n Ding bis in'n Magen runtertreib."

Betty warf Frieda eine leere Dose an den Kopf.

„Du brauchst wohl eine Abreibung?!" rief Frieda und hob einen der Küchenstühle.

„Aufhören!" schnauzte Dorian. „Wenn ihr drei euch nicht benehmen könnt, verschwindet ihr am besten gleich!"

„Wenn du mich fragst", brummte Frieda: „Uns stinkt's nachgerade, daß wir hier nur in der Küche herumsitzen sollen."

„Ja!" schrie Betty. Sie packte eine Sprosse des Stuhls, den Frieda über ihren Kopf hielt, und versuchte, ihn ihr aus der Hand zu winden. „Warum müssen wir hier heraußen sitzen?"

„Stell sofort den Stuhl hin!" befahl Dorian.

„Ja, bitte", schloß sich Ignaz ihm an. Er hatte sich in eine Ecke zurückgezogen. „Sonst wird noch jemand verletzt."

„Vielleicht sogar du!" meinte Liz und zielte mit einer vollen Bierdose auf Ignaz, der in Deckung ging.

„Gütiger Heiland!" keuchte Ignaz. „Ich werde lieber in den anderen Raum zurückgehen."

„Mach schon, du Fettsteiß!" empfahl ihm Liz. „Du schluckst uns die ganze Luft weg!"

„Auseinander!" schrie Dorian Frieda und Betty an, die weiter um den Stuhl rangen. Ihre T-Shirts wurden bereits feucht. Sie stießen und drängten einander mit dem Stuhl durch die Küche gegen die Wand und den Ausguß.

„Gut, macht Schluß!" sagte Liz zu ihren Freundinnen. „Die Herren glauben sonst, ihr seid ungehobelt."

Sie nahm einen zweiten Stuhl und keilte sich zwischen die Kämpfenden, hieb mit ihrem Stuhl auf den anderen, um den Frieda und Betty rangen, und stieß die beiden Mädchen zur Seite. Die Stühle polterten zu Boden.

„Wer hat dir gesagt, daß du dich einmischen sollst?" Wandte

sich Frieda an Liz und packte sie bei ihren kurzgeschnittenen Haaren.

Dorian stieg über die Stühle, um die Mädchen zurück an den Tisch zu bugsieren, und fauchte: „Setzt euch hin und benehmt euch anständig!“

„So eine miese Party!“ knurrte Betty. „Wann geht's endlich los?“

„Was ladest du uns ein, wenn wir dann die ganze Zeit in der blöden Küche hocken sollen?“ wollte Frieda wissen.

„Weil ihr drüben nur Krach schlagen würdet: Das wißt ihr genau! Ich hab mir gedacht, daß ihr es als eine nette, nachbarliche Geste auffaßt, wenn ich euch einlade. So eine gute Party haben wir seit Monaten nicht gehabt.“

„Also gut“, knurrte Frieda. „Wir werden also hier sitzen und Dame spielen. „Die Mädchen hakten einander unter. „Schließlich sind wir ja nur deine Mieter. Geh nur hinüber und streichle diesen Saloncowboy: Ich meine den, der wie Jeanette MacDonald redet und neulich in der Chartres Street versucht hat, uns anzurempeln.“

„Das ist ein sehr kultivierter und netter Mensch“, versicherte Dorian. „Er hat euch bestimmt nicht gesehen.“

„Natürlich hat er uns gesehen“, widersprach Betty. „Wir haben ihm eine auf die Glatze gegeben!“

„Am liebsten würde ich ihm seine Eier eintreten“, meinte Liz.

„Bitte!“ schaltete sich Ignaz ein. „Rund um mich sehe ich nur Zwist und Streit: Wir müssen unsere Reihen schließen und eine gemeinsame Front bilden.“

„Was hat er eigentlich?“ fragte Liz und öffnete die Bierdose, die sie nach Ignaz geworfen hatte. Eine Schaumschlange sprang hervor und tränkte Ignaz' von den Paradieswürstchen geschwollenen Bauch.

„Jetzt reicht es aber!“ stellte Ignaz verärgert fest.

„Gut“, meinte Frieda. „Dann schieb ab!“

„Diese Küche gehört heut abend uns“, fügte Betty hinzu. „Wir entscheiden, wen wir hier haben wollen.“

„Auf den ersten Damentee, den unser Hilfskorps gibt, bin ich schon sehr neugierig“, brummte Ignaz und bewegte sich türwärts. Als er hinausging, knallte neben seinem Ohrring eine leere Bierdose an den Türrahmen. Dorian folgte ihm und schloß hinter sich. „Ich verstehe nicht, wie Sie unsere Bewegung in ein schiefes Licht bringen können, indem Sie solche Hyänen dazu einladen.“

„Ich konnte nicht anders“, erklärte Dorian. „Wenn wir sie nicht zu der Party eingeladen hätten, wären sie trotzdem gekommen. Und dann hätten sie sich noch ärger benommen. Bei guter Laune sind sie recht nett, aber erst vor kurzem haben sie irgendeinen Wickel mit der Polizei gehabt, und das lassen sie jetzt an jedem aus, der ihnen in den Weg kommt.“

„Sie müssen sofort aus der Bewegung ausgeschlossen werden!“

„Wie beliebt, o Rose der Puszta“, seufzte Dorian. „Obwohl sie mir auch ein bißchen leid tun. Früher haben sie in Kalifornien gelebt und es dort großartig gehabt. Aber dann war da ein Zwischenfall mit einem Bodybuilder, den sie attackiert haben. Angeblich haben sie ihn zu einem griechisch-römischen Ringkampf herausgefordert, sich aber nicht ganz strikt an die Regeln gehalten, so daß sie dann in ihrem prächtigen deutschen Wagen buchstäblich quer durch die Wüste flüchten mußten. Ich habe ihnen Asyl gewährt, und in vieler Hinsicht sind sie ideale Mieter. Sie beschützen mir das Haus besser als jeder Wachhund. Außerdem haben sie einen Haufen Geld von irgendeinem älteren Filmstar.“

„Tatsächlich?“ fragte Ignaz interessiert. „Vielleicht war ich zu rasch in meinem Entschluß. Eine politische Bewegung braucht Geld, egal woher. Und die Mädchen haben wohl einen Charme, der von ihren Jeans und Stiefeln verdeckt wird.“ Er überblickte die tobende Menge der Gäste. „Jetzt müssen Sie mir irgendwie Ruhe verschaffen. Wir müssen die Leute zur Tagesordnung rufen, ohne noch mehr Zeit zu verlieren.“

Der Saloncowboy kitzelte einen der eleganten Gäste mit seiner Reitgerte. Der Muskelprotz in schwarzem Leder legte einen anderen Gast aufs Kreuz. Man schrie, seufzte oder kreischte, nur war es mittlerweile Lena Horne, deren Stimme aus den Lautsprechern quoll. „So gekonnt", „unverdorben", „raffiniert", kommentierten die Gläubigen vor dem Plattenspieler. Der Cowboy löste sich von seiner Gruppe und fing an, mit den Lippen den Text des Lieds zu imitieren und dazu wie eine Soubrette in Stiefeln und Stetson zu tanzen. Die Meute heulte begeistert auf und sammelte sich um ihn. Der Muskelprotz stand plötzlich verlassen da.

„Das muß sofort aufhören!" schrie Ignaz Dorian, der eben dem Cowboy zuwinkte, ins Ohr. „Abgesehen davon, daß es ebenso geschmacklos wie unanständig ist, was sich hier vor meinen Augen tut, schwindelt mir bereits von all den Ausdünstungen und Parfums."

„Ach, seien Sie doch kein Muffel! Gönnen Sie ihnen doch ihren Spaß."

„Tut mir leid", meinte Ignaz in geschäftsmäßigem Ton. „Ich bin heute abend in einer ernsten und dringlichen Mission hier: Es gibt da ein gewisses Mädchen, auf das ich Rücksicht nehmen muß, eine zügellose und freche Person. Drehen Sie also bitte jetzt diese schauerliche Musik ab und bringen Sie Ihre Sodomiten zur Ruhe! Wir müssen endlich Nägel mit Köpfen machen."

„Ich hab gehofft, daß Sie amüsant sein würden! Wenn sie uns nur den Abend verderben wollen, gehen Sie lieber gleich!" maulte Dorian.

„Ich werde nicht gehen! Niemand kann mich von meinem Weg abbringen: Frieden! Frieden! Frieden!"

„Meine Güte! Sie nehmen das tatsächlich ernst?"

Ignaz riß sich von Dorian los, pflügte quer durch die eleganten Gäste und riß das Kabel des Plattenspielers heraus. Als er sich umdrehte, begrüßte ihn die Versammlung mit wildem, wenngleich nicht sehr männlichem Kriegsgeschrei.

„Rüpel!" – „Wahnsinniger!" – „Soll das die Überraschung sein, die uns Dorian versprochen hat?" – „Lena so abwürgen?!" – „Was soll dieses alberne Kostüm?" – „Und dieser Ohrring!" – „Das war mein Lieblingslied!" – „Entsetzlich!" – „Was für ein Monstrum!" – „So ein Ungetüm!" – „Wie aus einem Alptraum ..."

„Ruhe!" überbrüllte Ignaz ihren wütenden Protest. „Meine Freunde! Ich bin heute abend hierher gekommen, um euch zu zeigen, wie ihr der Welt Frieden und Heil bringen könnt!"

„Er spinnt tatsächlich." – „Dorian! Das ist ein schlechter Witz!" – „Wo in aller Welt ist er ausgebrochen?" – „Eher abstoßend, würde ich sagen." – „Dreckig." – „Deprimierend." – „Jemand soll diese wunderbare Platte wieder auflegen!"

„Die Entscheidung", fuhr Ignaz mit voller Lautstärke fort, „liegt bei euch: Wollt ihr eure außergewöhnlichen Gaben für die Rettung der Welt einsetzen – oder wollt ihr einfach euren Mitmenschen den Rücken kehren?"

„Schauerlich!" – „Überhaupt nicht lustig." – „Wenn der Blödsinn so weitergeht, hau ich ab." – „Wie geschmacklos!" – „Bitte schaltet doch den Plattenspieler an! Meine göttliche Lena!" – „Wo ist mein Mantel?" – „Gehen wir in ein nettes Lokal!" – „Schau! Jetzt hab ich mir den Martini über mein sündteures Sakko geschüttet!" – „Gehen wir in ein nettes Lokal!"

„Die Welt befindet sich heute in einer Phase gefährlicher Unrast", schrie Ignaz gegen die Buhrufe an. Hierauf legte er eine kurze Atempause ein, um einen Blick in seine Tasche auf das Expreßpostpapier zu werfen, auf das er seine Notizen gekritzelt hatte, zog aber statt dessen das Photo der Miss O'Hara hervor. Einige Gäste sahen es und kreischten laut auf. „Wir müssen den Weltuntergang verhindern! Wir müssen Feuer mit Feuer bekämpfen: Das ist es, weshalb ich mich an euch wende!"

„Worüber, zum Teufel, redet er?" – „Ich werd ganz krank davon." – „Diese Augen machen einem richtig Angst." – „Gehen wir in ein schickes Lokal!" – „Gehen wir nach San Francisco!"

„Ruhe, ihr Entarteten!" rief Ignaz. „Hört mich an!"

„Dorian!" flehte der Cowboy in lyrischem Sopran. „Mach bitte, daß er still ist! Wir haben es so lustig gehabt, alle haben wir uns so gut unterhalten. Er ist ja nicht einmal komisch!"

„Genau", schloß sich ein besonders eleganter Gast an, dessen markante Züge von Make-up tief gebräunt waren. „Er ist wirklich schrecklich. So deprimierend!"

„Was soll uns das alles?“ fragte ein anderer Gast und gestikulierte mit seiner Zigarette, als ob sie ein Zauberstab wäre, mit dem er Ignaz hinweghexen könnte. „Soll das ein Streich sein, den du uns spielen willst, Dorian? Du weißt, daß ich Parties mit einem erkennbaren Anlaß zu schätzen weiß – aber das? Ich meine: Für mich, der nie auch nur die Nachrichten im Fernsehen anschaut? Ich hab den ganzen Tag über in meinem Laden gearbeitet und keine Lust, zu einer Party zu kommen, wo ich mir so etwas anhören soll. Laß ihn später reden, wenn er sich nicht zurückhalten kann. Was er sagt, ist so völlig stillos!“

„So fehl am Platz“, seufzte der Muskelprotz in schwarzem Leder und welkte plötzlich dahin.

„Meinetwegen“, stimmte Dorian zu. „Steckt den Plattenspieler wieder an. Ich hab mir gedacht, daß es euch vielleicht Spaß machen wird.“ Er warf einen Blick auf Ignaz, der laut grunzte. „Tut mir leid, ihr Lieben, wenn es ein Rohrkrepierer war.“

„Großartig.“ – „Dorian ist prima.“ – „Da ist der Stecker.“ – „Ich liebe Lena.“ – „Ich finde, das ist die allerbeste von ihren Platten.“ – „So intelligent – ich meine: die Texte.“ – „Ich hab sie einmal in New York gesehen: Grandios!“ – „Als nächstes dann *Gipsy*. Ich steh wahnsinnig auf Ethel.“ – „Ja, gut – es läuft schon . . .“

Ignaz stand da wie der Kapitän auf einem sinkenden Schiff. Das Tabernakel gab wieder Lena Horne von sich. Dorian setzte sich in eine Gruppe von Gästen ab und ignorierte Ignaz so betont wie alle übrigen Anwesenden. Ignaz fühlte sich allein wie an jenem schrecklichen Tag im Gymnasium, als im Chemielabor seine Eprouvette explodiert war und ihm die Augenbrauen abgesengt hatte. Aus Schreck hatte er in die Hose gemacht, aber niemand im Labor hatte Notiz von dem Unfall genommen, nicht einmal der Professor, der ihn bereits wegen ähnlicher Explosionen nicht leiden konnte. Für den Rest des Tages hatten sie alle getan, als ob sie ihn nicht sähen, wie er mit seinen feuchten Hosen herumging. Ignaz kam sich vor wie nicht vorhanden und fing, um sich seiner Existenz zu versichern, mit dem Säbel gegen einen unsichtbaren Gegner zu fechten an.

Viele Gäste sangen nun mit Lena Horne im Chor. Zwei begannen vor dem Plattenspieler zu tanzen und lösten damit eine wahre Kettenreaktion aus. Bald war das Parkett voll von tanzenden Paaren, die Ignaz, als einziges Mauerblümchen, wie ein Fels in der Brandung, umwogten. Als Dorian in den Armen des Cowboys an ihm vorüberwirbelte, versuchte Ignaz vergeblich, seine Aufmerksamkeit auf sich zu ziehen. Er wollte sogar mit dem Säbel gegen den Cowboy vorgehen, aber die zwei waren sehr geschickte Tänzer. Schließlich, als Ignaz bereits meinte, sich völlig zu verflüchtigen, platzten Frieda, Liz und Betty herein.

„Wir haben es in der Küche nicht mehr ausgehalten", sagte Frieda zu Ignaz. „Immerhin sind auch wir Menschen." Sie boxte Ignaz beiläufig in den Bauch. „Hast du den Anschluß verpaßt, Dikker?"

„Wie meinen Sie das?" fragte Ignaz von oben herab.

„Dein Kostüm scheint ihnen nicht zu gefallen", vermutete Liz.

„Darf ich mich empfehlen? Ich muß jetzt gehen."

„Nein, bleib doch, Dicker!" sagte Betty. „Einer wird dich bestimmt auffordern. Die wollen dich nur zur Sau machen. Gib's noch nicht auf! Die würden ihre eigenen Mütter zur Sau machen."

In diesem Augenblick erschien Timmy, der sich zwischendurch in der Hoffnung, sein verlorenes Bettelarmband zu finden und vielleicht weitere Abenteuer mit den Ketten zu erleben, noch einmal in den Sklavenflügel gestohlen hatte. Er kam auf Ignaz zu und fragte schüchtern: „Wollen Sie mit mir tanzen?"

„Na? Da ist er schon", bemerkte Frieda zu Ignaz.

„Das muß ich mir anschauen!" schrie Liz. „Führt uns einen Limbo vor! Ich besorg einen Besen."

„Um Gottes willen!" protestierte Ignaz. „Bitte! Ich kann nicht tanzen."

„Macht nichts", beruhigte ihn Timmy. „Ich zeig's Ihnen. Ich werde Sie führen."

„Los, du Mastsau!" drohte Betty.

„Nein – es geht wirklich nicht. Mein Kittel – und der Säbel: Ich könnte jemanden verletzen. Ich bin als Redner hier, nicht als Tänzer. Ich kann nicht tanzen. Ich habe noch nie getanzt. Ich habe noch nie in meinem ganzen Leben getanzt."

„Na, dann fängst du eben jetzt damit an", befahl Frieda. „Du kannst doch den Matrosen nicht beleidigen!"

„Ich tanze nicht!" brüllte Ignaz. „Ich habe noch nie getanzt, und ich werde bestimmt nicht mit diesem betrunkenen Schwulen tanzen!"

„Ach, seien Sie doch nicht so stur!" seufzte Timmy.

„Mein Gleichgewichtssinn war nie sehr gut entwickelt", erläuterte Ignaz. „Bestimmt werde ich stürzen und diesem schwachsinnigen Matrosen alle Knochen brechen."

„Unser Dicker sieht mir aus wie'n Spaßverderber", sagte Frieda zu ihren Freundinnen. „Nicht wahr?"

Auf ein Zeichen Friedas griffen die drei Mädchen Ignaz an: Eine schlang ein muskulöses Bein um das seine; die zweite trat ihm in die Kniekehle; die dritte stieß ihn gegen den Cowboy, der eben heranwirbelte. Ignaz fing sich, indem er an dem Cowboy Halt suchte, ihn dabei aus den Armen des entsetzten Dorian riß und zu Boden warf. Als der Cowboy auf dem Parkett aufschlug, sprang die Nadel von der Platte. Die Musik verstummte, dafür schrien und kreischten die Gäste.

„Oh, Dorian! Schaff ihn fort!" quiekte ein verschreckter Herr.

Ringe, Armbänder und Manschettenknöpfe klingelten metallen, als sich einige Gäste in einer Ecke zusammendrängten.

„Ho, den Kretin von Cowboy hast du umgelegt wie'n Zehnerwürstchen", schrie Frieda bewundernd zu Ignaz, der noch immer mit rudernden Armen um sein Gleichgewicht kämpfte.

„Reife Leistung, Dicker!" lobte Liz.

„Lassen wir ihn auf wen anderen los", sagte Betty zu ihren Begleiterinnen.

„Was hast du da wieder angestellt, du abscheuliches Monstrum?!" schrie Dorian.

„Frechheit!" brüllte Ignaz. „Nicht genug, daß man mich in dieser Versammlung überhaupt nicht zur Kenntnis nimmt – jetzt werde ich in dieser Puppenstube auch noch tätlich angegriffen!

Ich hoffe für Sie, daß Sie eine Haftpflichtversicherung haben, sonst könnte es sein, daß Sie diese Protzbude sehr bald los sind, wenn erst einmal meine Anwälte sich Ihrer annehmen!"

Dorian kniete neben dem Cowboy und fächelte ihm, bis seine Lider zuckten.

„Mach, daß er fortgeht, Dorian!" schluchzte der Cowboy. „Er hat mich fast umgebracht!"

„Und ich hab geglaubt, Sie seien vielleicht originell und amüsant!" zischte Dorian zu Ignaz hin. „Statt dessen sind Sie das Abscheulichste, das ich jemals im Haus gehabt habe. Schon vorhin, wie Sie die Tür kaputt gemacht haben, hätte ich mir denken können, daß es so enden wird! Was haben sie dem armen Jungen getan?"

„Meine Hose ist ganz schmutzig!" heulte der Cowboy.

„Man hat mich bösartig attackiert und gegen diesen lächerlichen Hirtenknaben geworfen."

„Erzähl keine Märchen, Dicker", sagte Frieda. „Wir haben alles gesehen! Er war eifersüchtig, Dorian: Er hat mit dir tanzen wollen."

„Abscheulich!" – „Mach, daß er fortkommt!" – „Unsere schöne Party macht er kaputt!" – „So ein Ungetüm!" – „Richtig gefährlich!" – „Totale Pleite!"

„Verschwinden Sie!" schrie Dorian.

„Wir besorgen das schon", versprach Frieda.

„Also gut!" gab Ignaz nach, als die drei Mädchen ihn mit ihren kräftigen Händen am Kittel packten und zur Tür drehten. „Ihr habt die Wahl gehabt! Lebt also weiter in einer Welt voll Krieg und Blutvergießen, aber kommt nicht zu mir, wenn euch die Bomben auf den Kopf fallen: Dann werde ich in meinem Bunker sein!"

„Stink ab!" sagte Betty.

Die drei Mädchen stießen Ignaz durch die Tür und die Auffahrt hinunter.

„Dankt Fortuna, daß ich mich von diesem Unternehmen zurückziehe!" donnerte Ignaz. Die Mädchen hatte ihm das Kopftuch über das eine Auge gezogen, sodaß er nicht genau sehen konnte, wo er sich befand. „Mit euch Wahnsinnigen hätten wir schwerlich eine Wahl gewonnen."

Sie schoben ihn durch das Tor auf den Bürgersteig. Die Spitzen der Agaven stachen ihn schmerzhaft in die Waden, als er vorwärts stolperte.

„So, Sportsfreund", rief ihm Frieda nach, als sie das Tor hinter Ignaz schloß. „Wir geben dir zehn Minuten Vorsprung, um aus dem Viertel zu verschwinden: Dann starten wir!"

„Wird besser für dich sein, wenn du deinen dicken Arsch einziehst", riet ihm Liz.

„Beeil dich, Dicker!" fügte Betty hinzu. „Wir haben schon lang nichts Rechtes geknackt, uns juckt's in den Fingern!"

„Eure Bewegung hat keine Zukunft", schrie Ignaz den Mädchen nach, die einander die Auffahrt entlangboxten. „Hört ihr mich? Kei-ne Zu-kunft! Ihr habt keine Ahnung von Politik und Wahlwerbung. Keinen einzigen Sitz im Kongreß werdet ihr machen! Nicht einmal bis in die Bezirksvertretung kommt ihr!"

Die Tür schlug hinter den Mädchen zu, und dem Lärm war zu entnehmen, daß die Party wieder auf Touren kam. Die Musik plärrte wieder, das Gequiek und Gekreisch war lauter als zuvor. Ignaz schlug mit dem Säbel gegen die schwarzen Läden und schrie: „Verlieren werdet ihr!" Das Scharren und Tappen vieler tanzender Füße antwortete ihm.

Ein Herr in seidenem Anzug und Homburg trat für einen Augenblick aus dem Schatten eines benachbarten Hauseingangs und überzeugte sich, daß die Mädchen fort waren. Dann barg er sich wieder im Dunkel und beobachtete Ignaz, wie er wütend vor dem Haus hin und her watschelte.

Als Antwort auf die Gefühle, die Ignaz bewegten, schnappte der Pylorus zu. Die Hände schlossen sich dem Protest an, bedeckten sich dicht mit kleinen weißen Quaddeln, die abscheulich juckten. Was sollte er jetzt Myrna über die Friedensbewegung sagen? Nach dem Kreuzzug für die Mohren war das nun schon das zweite Debakel. Oh, Fortuna, du gemeine Hure! Der Abend war kaum angebrochen, Ignaz konnte auch nicht zurück in die Constantinople Street zu seiner zänkischen Mutter fahren, nicht in dieser Verfassung, in der seine Gefühle mit ihm durchgingen. Seit fast einer Woche hatte er sich für diese Gründungsversammlung vorbereitet, und da stand er nun, von drei zweifelhaften Weibern aus der politischen Arena vertrieben, frustriert und wütend auf dem feuchten Pflaster der St. Peter Street.

Er warf einen Blick auf seine Mickymausuhr: Sie war, wie so oft, stehengeblieben. Er versuchte zu raten, wie spät es sein könnte. Vielleicht war es noch so früh, daß er zur ersten Vorstellung in der „Liebesnacht" zurechtkam. Vielleicht trat Miss O'Hara bereits auf. Wenn es ihm und Myrna nicht bestimmt sein sollte, einander in der Politik auszustechen, mußte es auf dem Gebiet des Sexus geschehen. Miss O'Hara war möglicherweise die Waffe, mit der er diese widerwärtige Myrna schlagen konnte! Ignaz betrachtete abermals das Photo und spürte, wie ihm das Wasser im Mund zusammenlief. Was war mit dem Vogel gemeint? Vielleicht war der Abend doch nicht ganz verloren.

Er kratzte mit einer Hand die andere und gelangte zu dem Schluß, daß es ein Gebot der Vorsicht war, diesen Platz zu verlassen. Den drei rabiaten Mädchen war es zuzutrauen, daß sie mit ihrer Drohung ernst machten. Schwankend schritt er die St. Peter Street hinunter in Richtung Bourbon Street. Der Herr in Seidenanzug und Homburg löste sich aus dem Schatten und folgte ihm. Von der Bourbon Street, wo Ignaz im abendlichen Corso der Touristen und Vierteltypen nicht besonders auffiel, bog er gegen die Canal Street hin ab. Er pflügte durch das Gedränge auf dem schmalen Bürgersteig, brach sich mit den Hüften freie Bahn, fegte zur Seite, wer ihm in den Weg kam. Myrna sollte an ihrem Espresso ersticken, wenn sie den Bericht über Miss O'Hara las!

Als er den Häuserblock ansteuerte, in dem die „Liebesnacht" lag, hörte er schon diesen süchtigen Neger plärren: „Ha! Hereinspaziert! Wir zeigen Ihnen heute Miss Harlett O'Hara mit ihrem Vogel in einem Original-Plantagentanz! Und in jedem Drink ist garantiert was drin, was den stärksten Bullen aufs Kreuz legt. Ha! Kein Glas ohne Tripperwanze! Ha! Versäumen Sie nicht Miss

Harlett O'Hara und ihren Vogel! Heute Welturaufführung! Vielleicht Ihre letzte Chance, diese Nummer zu sehen! Auweh –"

Ignaz sah ihn in der Menge, die am Eingang zur „Liebesnacht" vorbeiströmte. Offensichtlich hörte niemand auf seine Lockrufe. Dann legte der Neger eine Atempause ein, um eine Mandorla von Rauch um sich zu hüllen. Er trug einen Frack und einen Zylinder, der schräg über seiner dunklen Sonnenbrille saß, und grinste durch das Gewölk die Leute an, die seinem Werben widerstanden.

„He! Wenn ihr schon nichts Gescheiteres zu tun habt, könnt ihr ja auch eure dicken Ärsche in der ‚Liebesnacht' schnarchen lassen", begann er wieder. „In der ‚Liebesnacht' seht ihr waschechte Neger, die unter dem Mindestlohn arbeiten. Ha! Garantiert wie in Onkel Toms Hütte, die Bühne voll echter Baumwolle und ein Bürgerrechtskämpfer, der in der Pause verprügelt wird! He!"

„Ist Miss O'Hara noch zu sehen?" stammelte Ignaz.

„Hei-ho!" Der Dicke war da. Höchstpersönlich. „Wieso eigentlich tragen Sie noch immer diesen Ohrring und das Kopftuch? Was ist das überhaupt für ein Kostüm?"

„Bitte." Ignaz rasselte kurz mit dem Säbel. „Ich habe jetzt keine Zeit zu plaudern. Ich kann Ihnen leider heute abend auch mit keinem totsicheren Tip aufwarten. Hat Miss O'Hara schon angefangen?"

„In ein paar Minuten. Schieben Sie Ihren Hintern rein und setzen Sie sich vor die Bühne. Ich hab dem Oberkellner gesagt, daß er für Sie einen Tisch reservieren soll."

„Im Ernst?" fragte Ignaz aufgeregt. „Und die Nazichefin ist, hoffe ich, über alle Berge?"

„Heut nachmittag nach Kalifornien abgeflogen. Harlett O'Hara ist so gut, sagt sie, daß sie lieber dort ihren Arsch ins Wasser hängt, statt an ihren Klub zu denken."

„Ausgezeichnet, ausgezeichnet."

„Los, Mensch! Gehen Sie rein, bevor es anfängt. Ha! Sie werden doch nichts davon versäumen wollen! In ein paar Sekunden kommt Harlett raus: Setzen Sie sich ganz vorn an diese Scheißbühne hin, dann sehen Sie die Gänsehaut auf ihrem Hintern wie unter'm Vergrößerungsglas!"

Jones stieß Ignaz durch die Polstertür.

Ignaz stürzte sich mit solchem Elan in die „Liebesnacht", daß ihm der Kittel um die Knöchel wirbelte. Das schmutzige Dunkel war licht genug für die Feststellung, daß das Lokal etwas schmutziger war als bei seinem letzten Besuch. Auf dem Boden trieben sich genug Staubfusseln herum, um eine kleine Baumwollernte zu veranstalten, aber von wirklicher Baumwolle sah er nichts. Das gehörte wohl zur Bauernfängerei, wie sie in der „Liebesnacht" betrieben wurde. Er schaute nach dem Oberkellner aus, sah aber niemanden, stolperte also zwischen den paar alten Männern durch, die da und dort an den Tischen im Finsteren saßen, und ließ sich an einem kleinen Tisch unmittelbar vor der Bühne nieder. Seine Mütze leuchtete wie ein einsamer grüner Scheinwerfer. Vielleicht würde es möglich sein, sich aus solcher Nähe mit irgendeinem Zeichen bemerkbar zu machen oder sogar Miss O'Hara ein Zitat von Boethius zuzuraunen. Welche Überraschung für sie, wenn sie erfaßte, daß sich eine verwandte Seele unter dem Publikum befand! Ignaz ließ seinen Blick über die stumpfen Gesichter der anderen Gäste wandern. Lauter unappetitliche Greise, die im Kino kleine Mädchen belästigen. Wahrlich, Miss O'Hara warf ihre Perlen vor die Säue!

Ein Trio am Rand der kleinen Bühne begann *You Are My Lucky Star* zu dudeln. Auf der Tanzfläche, die auch ein wenig schmutzig wirkte, befanden sich keine Bacchanten. Ignaz schaute zur Bar hinüber und erkannte den Barkeeper, der ihn und seine Mutter bedient hatte. Der Barkeeper tat, als sehe er Ignaz nicht. Darauf winkte Ignaz heftig einer mediterranen Mittvierzigerin, die an der Theke stand und zur Antwort mit ein paar Goldzähnen blinkte. Sie stieß sich von der Theke ab, bevor der Barkeeper sie aufhalten konnte, und kam zu Ignaz, der sich an den Bühnenrand schmiegte, als handle es sich um einen warmen Ofen.

„Du was trinken, Chico?" Ihr Mundgeruch filterte durch Ignaz' Schnurrbart.

Er nahm das Kopftuch von der Mütze und hielt es sich vor die Nase. „Ja, bitte", erwiderte er hinter dem Tuch hervor. „Ein Dr. Nut, bitte. Aber sorgen Sie dafür, daß es eiskalt ist."

„Ich schau mal, was es gibt", teilte die Dame kryptisch mit und stöckelte zurück zur Bar.

Ignaz beobachtete ihre pantomimische Auseinandersetzung mit dem Barkeeper, wobei sie beide abwechselnd auf ihn deuteten. Zumindest, dachte Ignaz, bin ich in dieser Höhle vor den kriegerischen Mädchen sicher. Der Barkeeper und die Dame gestikulierten weiter, dann stakte sie mit zwei Champagnerflaschen und zwei Gläsern heran.

„Wir nicht haben Dr. Nut", sagte sie und knallte das Tablett auf den Tisch. „*Mira,* jetzt Sie mir geben vierundzwanzig Dollar für diese Champagner!"

„Frechheit!" Ignaz fiel mit dem Säbel gegen die Dame aus. „Bringen sie mir ein Cola!"

„Cola aus. Alles aus. Nur Champagner." Die Dame zog einen Stuhl an den Tisch. „Mach schon, Süßer! Mach die Flasche auf. Ich bin sehr durstig."

Wieder brandete ihr Atem gegen Ignaz, der das Kopftuch so fest an die Nase preßte, daß er fast zu ersticken meinte. Wenn er sich mit diesen Bazillen ansteckte, war nicht auszuschließen, daß sie in sein Hirn gelangen und ihn in einen lallenden Idioten verwandeln würden. Oh, geschändete Miss O'Hara! Mit halbtierischen Weibern in einen Pferch gesperrt! Miss O'Hara mußte sehr weit in ihrem Boethius vorgedrungen sein. Die Spanierin ließ die Rechnung in Ignaz' Schoß fallen.

„Rühren Sie mich nicht an!" schnaubte er durch das Tuch.

„*Ave Maria! Que pato!*" sagte die Dame zu sich. Dann fuhr sie, zu Ignaz gewandt, fort: „*Mira,* du jetzt sofort zahlen, *maricon!* Sonst wir dich rauswerfen auf dicken *culo!*"

„Reizend", murmelte Ignaz. „Ich bin nicht hier, um mit Ihnen zu trinken. Verlassen Sie meinen Tisch!" Er atmete tief durch den Mund ein. „Und nehmen Sie den Champagner mit!"

„*Oye, loco,* du sein –"

Die Fortsetzung wurde von dem Trio übertönt, das in eine Art Tusch ausbrach. Auf der Bühne erschien Lana Lee in einem Overall aus Goldlamé.

„Oh, Gott!" stieß Ignaz hervor. Der süchtige Neger hatte ihn hereingelegt! Seine erste Reaktion war, sofort aus dem Lokal zu flüchten, aber dann sagte er sich, daß es wahrscheinlich klüger war zu warten, bis Lana Lee von der Bühne abtrat. Zunächst einmal verkroch er sich am Bühnenrand. Über seinem Kopf rief die Nazichefin: „Willkommen, meine Damen und Huren!" Schon dieser Beginn war so schrecklich, daß Ignaz beinahe den Tisch umgeworfen hätte.

„Du mir jetzt sofort zahlen!" forderte die Spanierin und suchte unter dem Tisch nach ihrem Kunden.

„Halt's Maul, du Trampel", zischte Ignaz.

Das Trio setzte zu einer Variation von *Sophisticated Lady* im Viervierteltakt an. Das Naziweib schrie: „Und nun unser süßes, unschuldiges Mädchen aus dem Süden: Miss Harlett O'Hara!" Einer der Greise klatschte schwach. Ignaz spähte über den Bühnenrand und sah, daß die Chefin fort war. An ihrer Stelle stand da ein mit Ringen geschmücktes Gerät. Was hatte Miss O'Hara vor?

Und dann wogte auch schon Darlene in einem Ballkleid mit einer meterlangen Schleppe aus Nylontüll auf die Bühne. Auf ihrem Kopf saß ein Wagenrad von Hut, auf ihrem Arm ein monströser Vogel. Wieder klatschte jemand.

„Mira, wenn du nicht jetzt sofort zahlen –"

„Die schönsten Herren waren mir hinten am Hintern, aber ich habe meine Unschuld bewahrt", teilte Darlene Silbe für Silbe dem Vogel mit.

„Gütiger Himmel!" schrie Ignaz, der sich nicht länger beherrschen konnte. „Diese Kreatur soll Harlett O'Hara sein?"

Der Kakadu bemerkte ihn noch vor Darlene, in der Tat waren die schwarzen Knopfaugen des Vogels schon vorher auf Ignaz' Ohrring fixiert gewesen. Als Ignaz nun laut wurde, flatterte der Kakadu von Darlenes Arm herunter auf die Bühne und schoß kakelnd und kreischend auf Ignaz los.

„Holla!" rief Darlene. „Das ist ja der Spinner!"

Als Ignaz zur Flucht ansetzte, hüpfte der Vogel von der Bühne herunter und ihm auf die Schulter, grub seine Krallen in den Kittel und schnappte mit dem Schnabel nach dem Ohrring.

„Herrjesus!" Ignaz sprang auf und schlug mit seinen juckenden Händen nach dem Vogel. Was für eine Harpyie hatte Fortuna da auf ihn losgelassen? Die Champagnerflaschen und die Gläser zerschellten auf dem Boden, als Ignaz sich zur Tür hin kämpfte.

„Geben Sie meinen Kakadu her!" rief Darlene.

Lana Lee stürzte brüllend auf die Bühne. Das Trio verstummte. Die greisen Gäste wichen vor Ignaz zurück, der zwischen den Tischchen herumirrte, vor Schmerz röhrend und gegen das Ding aus rosa Federn schlagend, das ihm wie an Ohr und Schulter geschweißt war.

„Wie zum Teufel ist der Typ hereingekommen?" schrie Lana Lee die verstörten Opas an. „Wo ist Jones? Hol mir einer diesen Jones!"

„Hierher, du Spinner!" brüllte Darlene. „Ausgerechnet zur Première: Warum hast du ausgerechnet zur Première kommen müssen?"

„Gott erbarme", keuchte Ignaz, nach der Tür tastend. Eine Schneise von umgestürzten Tischen bezeichnete seinen Weg. „Was fällt euch ein, einen tollwütigen Vogel auf arglose Kunden loszulassen? Morgen früh klage ich auf Schmerzensgeld!"

„Dableiben! Du mir schulden vierundzwanzig Dollar: Du jetzt sofort zahlen!"

Ignaz stieß, während er mit dem Kakadu vorwärts taumelte, einen weiteren Tisch um. Dann spürte er, wie sich der Ohrring löste, und der Kakadu, den Ring fest im Schnabel, fiel ihm von der Schulter. In Panik warf sich Ignaz um Nasenlänge vor der Spanierin, die verbissen ihren Rechnungszettel schwenkte, aus der Tür.

„Ha! He!"

Ignaz stolperte an Jones vorbei, der nie erwartet hatte, daß seine Sabotage so dramatische Dimensionen annehmen könnte. Keuchend, die eine Hand gegen den verklemmten Pylorus gepreßt, lief Ignaz die Straße entlang – geradewegs auf einen heranrollenden Touristenbus zu. Erst hörte er noch, wie die Leute auf dem Bürgersteig schrien, darauf das Quietschen der Reifen und die kreischenden Bremsen. Als er aufblickte, blendeten ihn die Scheinwerfer, dicht vor seinen Augen. Dann trübte sich das grelle Licht und verschwamm. Ohnmächtig sank er hin.

Ignaz wäre unmittelbar vor den Bus gefallen, wenn ihm nicht Jones auf die Fahrbahn nachgesprungen wäre und mit zwei kräftigen Händen den weißen Kittel gepackt hätte. So fiel er nach hinten, und der Bus donnerte in einer Wolke von Dieseldämpfen eine knappe Handbreite an Ignaz' Stiefeln vorüber.

„Ist er hin?" fragte Lana Lee hoffnungsvoll, als sie den weißen Haufen auf der Straße liegen sah.

„Besser nicht. Er mir schulden vierundzwanzig Dollar, der *maricon.*"

„He, wach auf!" sagte Jones und blies etwas Rauch über die leblose Gestalt.

Der Herr im Seidenanzug trat aus einem Durchhaus, wo er sich versteckt hatte, als Ignaz in der „Liebesnacht" verschwunden war. Sein Abgang aus dem Lokal war so plötzlich und überstürzt gewesen, daß der Herr vorerst zu verblüfft war, um handelnd einzuschreiten.

„Lassen Sie mich zu ihm", sagte der Herr mit dem Homburg nun, beugte sich zu Ignaz hinab und legte das Ohr an sein Herz. Es klopfte dumpf und heftig, mithin war noch Leben in dem weißen Kittel. Der Herr fühlte Ignaz' Puls. Die Mickymausuhr war eingeschlagen. „Ihm fehlt nichts. Er ist nur ohnmächtig."

Eine Menschentraube sammelte sich. Der Bus war nach einigen weiteren Metern stehengeblieben und blockierte den Verkehr. Auf einmal wirkte die Bourbon Street wirklich wie an einem Faschingsdienstag.

Durch seine dunklen Gläser betrachtete Jones den Fremden. Irgendwie kam er Jones bekannt vor, wie das Luxusmodell eines Typs, den er schon einmal gesehen hatte. Jones erinnerte sich an dieselben müden Augen im Zusammenhang mit einem roten

Bart, und dann fiel ihm ein, daß ihm eben diese Augen, nur mit einer blauen Kappe darüber, damals in der Wachstube begegnet waren, als er den Anstand mit den Cashews gehabt hatte. Er sagte nichts. Polizist bleibt Polizist. Das Gescheiteste ist, man ignoriert sie, solang sie nichts von einem wollen.

„Wo ist er hergekommen?" fragte Darlene in die Menge. Der rosarote Kakadu saß wieder auf ihrem Arm, den Ohrring wie einen goldenen Wurm im Schnabel. „Eine schöne Première ist das! Was tun wir jetzt, Lana?"

„Nichts", knurrte Lana böse. „Laßt den Kerl da liegen, bis die Müllabfuhr kommt. Aber mit dem Herrn Jones habe ich ein Hühnchen zu rupfen!"

„Ha! Das Schwein hat sich nicht abhalten lassen. Ich hab getan, was ich können hab, aber er war nicht zu bremsen. Ich hab Angst gehabt, daß ich ihm das Kostüm zerreiß – und dann müssen Sie dafür zahlen und die ‚Liebesnacht' geht ein. Ha!"

„Denk dir was Besseres aus! Ich geh jetzt auf die Wachstube – die warten nur, daß ich mich über dich beschwere. Du bist entlassen! Und du auch, Darlene! Ich hätte dich nie auf die Bühne lassen dürfen. Und steh nicht mit dem dreckigen Vogel vor meinem Lokal herum!" Lana wandte sich an die Menge. „Na? Worauf wartet ihr noch? Hinein in die ‚Liebesnacht'! Wir haben eine prima Vorstellung."

„Mira, Lee." Die Spanierin wurde ruchbar. „Wer zahlen jetzt vierundzwanzig Dollar für Champagner?"

„Du bist auch gefeuert, du Trampel!" Lana lächelte in die Runde. „Auf, Leute! Kommt rein und probiert, was sich unser Chefmixologe für Sie ausgedacht hat!"

Die Menge jedoch verharrte um den weißen Haufen, der nun laut zu stöhnen begann, und überhörte die Einladung zu Höherem.

Lana war nahe daran, den Haufen noch einmal bewußtlos zu treten und aus ihrem Rinnstein zu entfernen, als sich der Herr mit dem Homburg sehr höflich an sie wandte: „Darf ich Ihr Telephon benützen? Vielleicht sollte ich doch die Rettung anrufen?"

Lana warf einen Blick auf den seidenen Anzug, den Hut, die müden, unsicheren Augen. Nicht umsonst hatte sie gelernt, die Schafe von den Böcken zu unterscheiden. Ein reicher Arzt? Ein Anwalt? Vielleicht ließ sich aus diesem Debakel doch noch etwas herausschlagen.

„Natürlich", flüsterte sie. „Aber Sie werden sich doch nicht von diesem Kretin den schönen Abend verderben lassen?! Der ist's bestimmt nicht wert. Sie schauen drein, als ob Sie was Lustigeres brauchen könnten." Sie trat auf die andere Seite des Kittelbergs, der wie ein Vulkan stöhnte und schnarchte. In der anderen Welt, in die Ignaz' Geist entrückt war, stand Myrna Minkoff vor einem Gericht, das sie soeben des Mangels an Sitte und Anstand für schuldig befunden hatte. Ein schreckliches Urteil sollte verhängt werden, irgendeine fürchterliche Körperstrafe, die zugleich als Buße für ihre zahllosen Verfehlungen gedacht war. Lana Lee trat dicht neben den Herrn und griff in ihren Overall aus Goldlamé. Dann hockte sie sich neben ihn und ließ heimlich in der hohlen Hand das Boethiusphoto aufblinken. „Na, Kleiner? Wie wär's mit so einer Nummer?"

Der Herr mit dem Homburg wandte seine Augen von Ignaz' bleichem Gesicht und blickte auf die nackte Frau, das Buch, den Globus und die Kreide, räusperte sich hierauf und sagte: „Ich bin Wachmann Mancuso – im Dienst: Ich verhafte Sie wegen Prostitution und Besitz von unzüchtigem Bildmaterial."

Ausgerechnet in diesem Augenblick stießen die drei Amazonen aus dem aufgelösten Hilfskorps – Frieda, Betty und Liz – zu der Menge, die Ignaz umgab.

Dreizehn

Ignaz öffnete die Augen und sah etwas Weißes, Weiches über sich. Der Kopf schmerzte, ein Ohr war verlegt. Allmählich erst fanden das blaue und das gelbe Auge zusammen, sodaß er trotz des schmerzenden Kopfs begriff, daß er gegen eine Decke schaute.

„Endlich wachst du auf, Bub“, sagte neben ihm die Stimme seiner Mutter. „Sieh erst mal das an! Das ist nun das Ende.“

„Wo bin ich?“

„Spiel dich nicht schon wieder auf, Bub! Fang nicht schon wieder an, Ignaz! Ich warne dich. Ich hab genug – und jetzt ist es mir Ernst: Wie soll ich nach all dem noch den Leuten in die Augen schauen?“

Ignaz wandte den Kopf und sah um sich. Er lag in einer kleinen, aus Vorhängen gebildeten Zelle. Am Fußende des Bettes ging eine Krankenschwester vorüber.

„Gütiger Heiland! Ich bin im Spital! Wo ist mein Arzt? Ich darf doch hoffen, daß du nicht zu sparsam warst, um einen Spezialisten beizuziehen? Und einen Priester – laß einen Priester kommen! Ich werde ja sehen, ob er einigermaßen tragbar ist.“ Ignaz speichelte nervös und besprühte das gletscherweiße Leinen, das die Kuppe seines Bauchs bedeckte. Er befühlte seinen Kopf und spürte einen Verband, unter dem der Schmerz wühlte. „Oh, mein Gott! Sag mir ruhig die Wahrheit, Mutter! Nach den Schmerzen zu schließen muß es sehr schlimm sein.“

„Halt den Mund und sieh dir das an!“ stieß Mrs. Reilly fast schreiend hervor und warf eine Zeitung über Ignaz' Verband.

„Schwester!“

Mrs. Reilly riß die Zeitung fort und schlug ihm über den Schnurrbart.

„Halt sofort den Mund, du Narr, und schau dir die Zeitung an!“ Ihre Stimme kippte über. „Das Ende –“

Unter der Schlagzeile SKANDAL IN DER BOURBON STREET sah Ignaz nebeneinander drei Photos: Auf dem rechten Photo stand Darlene in ihrem Ballkleid, mit dem Kakadu auf dem Arm, und lächelte wie ein Filmstar; auf dem linken Photo verdeckte Lana Lee das Gesicht mit den Händen, während sie auf dem Hintersitz eines Streifenwagens Platz nahm, in dem bereits die kurzgeschorenen Köpfe der drei Amazonen von der Friedensbewegung zu erkennen waren. Wachmann Mancuso, in einem zerfetzten Anzug und zerbeultem Homburg, hielt einladend die Wagentür auf. Auf dem Mittelphoto grinste der süchtige Neger auf einen Gegenstand hinunter, der auf der Straße lag und wie eine tote Kuh aussah. Ignaz beäugte das Mittelphoto mit halbgeschlossenen Lidern.

„Empörend!" brüllte er auf. „Was für einen Trottel von Photographen hat die Redaktion da wieder hingeschickt! Mein Gesicht ist kaum zu erkennen."

„Du mußt lesen, was daruntersteht, Bub!" Mrs. Reilly stach mit dem Finger in die Zeitung, als ob sie das Photo durchbohren wollte. „Lies es nur, Ignaz! Was, glaubst du, werden die Leute in der Constantinople Street dazu sagen? Los: Lies es mir laut vor! Prügelei auf offener Straße, unanständige Photos, gewisse Damen: Alles da! Lies es, Bub!"

„Lieber nicht. Bestimmt ist alles erstunken und erlogen. Die zweideutigen Anspielungen der Journaille kann ich mir auch so vorstellen."

Nichtsdestoweniger unterzog Ignaz den Artikel einer flüchtigen Lektüre.

„Ah! Und du nimmst ihnen ab, daß dieser verrückte Bus mich nicht angefahren hat?" fragte er erbost. „Schon das ist eine glatte Lüge. Ruf das Bürgerservice an! Wir müssen klagen!"

„Halt den Mund! Lies es bis zum Ende!"

Der Vogel einer Stripperin hatte einen kostümierten Wurstverkäufer angegriffen. Detektiv A. Mancuso hatte Lana Lee wegen Geheimprostitution, Besitz und Herstellung von unzüchtigem Bildmaterial verhaftet. Der Türsteher Burma Jones hatte A.

Mancuso zu einem Schrank unter der Bartheke geführt, wo die pornographischen Photos versteckt waren. A. Mancuso hatte den Reportern eröffnet, daß er bereits seit längerem an dem Fall arbeite und schon mit einem von den Komplizen der Lee Kontakt hergestellt habe. Die Polizei vermutete, daß es gelungen sei, mit der Verhaftung von Lana Lee ein Syndikat zu sprengen, das sich mit dem Vertrieb von Pornographie in den höheren Schulen von New Orleans befaßt hatte. Nach Mitteilung von A. Mancuso war auch der Komplice zur Verhaftung ausgeschrieben. Während der Amtshandlung A. Mancusos hatten sich drei Frauen – Club, Steele und Bumper – aus der Menge vorgedrängt und ihn behindert, worauf sie gleichfalls verhaftet worden waren. Ignaz Jacques Reilly, 30, wurde mit Schock in die Unfallstation überführt.

„Und so ein Pech, daß ein Nichtsnutz von Photograph dort herumlungern muß, den sie ein Bild von dir machen lassen, auf dem du daliegst wie ein Besoffener!“ Mrs. Reilly begann zu schluchzen. „Aber das hat ja so kommen müssen mit deinen unanständigen Photos und dem Faschingskostüm, in dem du fortgelaufen bist.“

„Es war die schlimmste Nacht meines Lebens“, seufzte Ignaz. „Fortuna in trunkener Laune: Viel tiefer kann ich wohl nicht mehr sinken.“ Er rülpste. „Darf ich fragen, was dieser kretinöse Racheengel von einem Polizisten dort zu tun gehabt hat?“

„Gestern abend, nachdem du fortgelaufen warst, hab ich Santa angerufen und ihr gesagt, sie soll Angelo auf der Wachstube verständigen, daß er dir nachgehen und schauen soll, was du in der St. Peter Street tust. Ich hab gehört, wie du dem Taxifahrer die Adresse gesagt hast.“

„Sehr schlau!“

„Ich hab gedacht, du gehst dich mit irgendwelchen Kommunisten treffen. Aber im Gegenteil! Angelo hat mir erzählt, daß du mit sehr merkwürdigen Leuten zusammenwarst.“

„Mit anderen Worten: du hast einen Detektiv auf mich angesetzt!“ schrie Ignaz. „Meine leibliche Mutter!“

„Von einem Vogel gebissen!“ weinte Mrs. Reilly. „Sowas kann

auch nur dir passieren. Kein vernünftiger Mensch wird von Vögeln gebissen."

„Wo ist dieser Busfahrer? Man muß sofort Anzeige gegen ihn erstatten!"

„Du bist nur ohnmächtig geworden, Dummkopf!"

„Warum habe ich dann diesen Verband? Ich fühle mich alles andere als wohl. Bestimmt habe ich mir bei meinem Sturz irgendein lebenswichtiges Organ verletzt."

„Nur ein paar Kratzer am Kopf. Dir fehlt überhaupt nichts. Sie haben ein Röntgen von dir gemacht."

„Das heißt, man hat mit meinem leblosen Körper Schindluder getrieben, und du hast nicht genug Anstand gehabt, um dagegen einzuschreiten: Weiß der Himmel, wo überall diese geilen Medikaster an mir herumgefummelt haben." Jetzt erst wurde Ignaz bewußt, daß er, abgesehen von den Schmerzen im Kopf und am Ohr, seit seinem Erwachen eine Erektion hatte. Dieser Aspekt verlangte genauere Prüfung. „Würdest du mich fünf Minuten allein lassen, damit ich nachsehe, ob ich Spuren von Mißhandlung an mir feststellen kann?"

„Schau, Ignaz –" Mrs. Reilly erhob sich von ihrem Stuhl und packte Ignaz am Kragen des grotesk getupften Pyjamas, den man ihm angezogen hatte. „Wenn du mir jetzt wieder was vormachen willst, hau ich dich windelweich: Angelo hat mir alles erzählt. Ein Bub mit deiner Erziehung, der sich im Viertel mit merkwürdigen Leuten herumtreibt und in eine Bar zu gewissen Damen geht..." Mrs. Reilly heulte wieder los. „Dabei ist es noch ein Glück, daß nicht alles in der Zeitung steht! Sonst könnten wir uns überhaupt nirgends mehr blicken lassen."

„Du warst es selbst, die mich Unschuldslamm in diese Lasterhöhle von einer Bar mitgenommen hat! Aber im Grund ist nur Myrna an allem schuld, dieses Unglücksweib. Sie darf der gerechten Strafe nicht entgehen!"

„Myrna?" schluchzte Mrs. Reilly. „Die ist ja gar nicht hier! Ich hab genug von deinen verrückten Geschichten, wie sie dich bei Hosen-Levy feuern lassen hat. Ich nehm dir das nicht mehr ab: Du bist verrückt, Ignaz! Einmal muß ich es wohl sagen: Mein Kind ist wahnsinnig!"

„Du schaust sehr mitgenommen aus. Warum sagst du nicht einem hier, daß er dir Platz machen soll, und legst dich auf ein Schläfchen in eines von den Betten? Nach einer Stunde kannst du wiederkommen."

„Ich bin die ganze Nacht aufgewesen. Wie Angelo mich angerufen und mir gesagt hat, daß du im Spital bist, hat mich fast der Schlag getroffen! Mit dem Kopf auf den Küchenboden bin ich gefallen! Den Schädel einschlagen hätte ich mir dabei können. Dann bin ich in mein Zimmer gerannt, um mich anzuziehen, und hab mir den Knöchel verstaucht. Und bei der Fahrt her hab ich fast einen Unfall gehabt."

„Nicht schon wieder ein Unfall!" stöhnte Ignaz. „Ich möchte nicht, daß du mich auf die Galeeren verkaufst."

„Da, Dummkopf: Angelo hat mir gesagt, ich soll dir das geben –"

Mrs. Reilly griff unter ihren Stuhl, hob vom Boden die Luxusausgabe des *Trosts der Philosophie* auf und kantete den Band mit einer Ecke in Ignaz' Bauch.

„Arff", gurgelte er.

„Angelo hat es gestern in der Bar gefunden", teilte ihm Mrs. Reilly mit. „Jemand hat es ihm auf dem Klo gestohlen."

„Mein Gott! Alles war also gestellt!" schrie Ignaz und schüttelte das dicke Buch in seinen Tatzen. „Jetzt sehe ich klar! Ich habe dir doch längst gesagt, daß dieser schwachsinnige Mancuso unser Racheengel ist. Jetzt hat er mir den Todesstreich versetzt. Und ich in meiner Naivität leihe ihm dieses Buch! Sauber hat man mir mitgespielt . . ." Er schloß seine blutunterlaufenen Augen und babbelte eine Weile unzusammenhängend. „Auf eine KZ-Kommandeuse hineinzufallen, die ihre Fratze hinter dem Buch, hinter meinem Buch verbirgt, das die Grundlage meiner Weltanschauung ist . . . Ach, Mutter, wenn du wüßtest, wie grausam mich hier eine ganze Verschwörung von Untermenschen genasführt hat! Und wie zum Hohn ist es ausgerechnet das Buch, welches von Fortuna handelt, das mir Unglück bringt. Oh, Fortuna, du entartete Hure!"

„Halt den Mund!" schrie ihn Mrs. Reilly an, das gepuderte Gesicht vor Wut verzerrt. „Willst du, daß das ganze Spital hier zusammenläuft? Was wird Miss Annie nun dazu wieder sagen? Wie soll ich mich noch vor den Leuten zeigen, du dummer, verrückter Ignaz? Jetzt verrechnet das Spital zwanzig Dollar, damit ich dich hier herauskriege. Der Mann von der Rettung hat nicht einmal soviel Rücksicht gehabt, daß er mit dir in die Charité gefahren ist. Nein. Hier in diesem Privatspital muß er dich abladen! Woher, glaubst du, soll ich zwanzig Dollar nehmen? Morgen muß ich die Rate für deine Trompete bezahlen. Und der Mann mit dem Balkon will auch sein Geld . . ."

„Also das geht zu weit! Du wirst auf keinen Fall zwanzig Dollar zahlen, das ist ja Erpressung. Geh jetzt nachhause und laß mich hier liegen. Es ist angenehm ruhig hier, vielleicht werde ich mich doch wieder erholen. Wenn du eine Gelegenheit findest, bring mir bitte ein paar Bleistifte und den Heftordner, der auf meinem Schreibtisch liegt. Ich muß diese Katastrophe protokollieren, solange ich sie noch frisch im Gedächtnis habe. Ich erlaube dir, mein Zimmer zu betreten. Aber jetzt, wenn du gestattest, muß ich schlafen."

„Schlafen? Und noch einmal zwanzig Dollar für einen zweiten Tag zahlen? Steh sofort auf! Ich habe Claude angerufen: Er kommt jetzt her und zahlt für dich."

„Claude? Wer in aller Welt ist Claude?"

„Ein Herr, den ich kenne."

„Was geht hier vor?" entsetzte sich Ignaz. „Bitte, nimm hiermit zur Kenntnis: Kein fremder Mann wird meine Spitalrechnung bezahlen! Ich werde hierbleiben, bis ich um ehrliches Geld losgekauft werde."

„Raus aus dem Bett!" brüllte Mrs. Reilly ihn an. Sie zerrte an dem Pyjama, aber Ignaz' Körper steckte tief wie ein Meteor in der Matratze.

„Steh auf, bevor ich dir die Zähne einschlage!"

Als er sah, wie Mrs. Reilly die Handtasche über seinem Kopf schwang, setzte sich Ignaz auf.

„Um Gottes willen! Du trägst die Kegelschuhe!“ Das gelbe und das blaue Auge streiften den schrägen Rocksaum und die schrumpeligen Socken. „Kegelschuhe am Krankenbett deines Kindes: Das bist auch nur du imstand!“

Aber seine Mutter nahm die Herausforderung nicht an. Sie hatte jene überlegene Entschlossenheit, wie nur kalte Wut sie verleiht. Ihre Augen waren stählern, die Lippen dünn und bleich.

Alles ging schief.

II

Mr. Clyde las die Morgenzeitung und feuerte Reilly. Die Wurstkarriere des fetten Affen war zu Ende. Warum mußte der Idiot auch sein Kostüm tragen, wenn er nicht im Dienst war? Ein Untam wie Reilly war fähig, den Erfolg von zehn Jahren, in denen Mr. Clyde den guten Ruf der Firma gefestigt hatte, zunichte zu machen. Wurstverkäufer haben ein gewisses Imageproblem, auch ohne vor einem Bordell das Bewußtsein zu verlieren.

In Mr. Clyde und seinem Kessel kochte es. Wenn dieser Reilly sich jemals wieder bei der Paradies Vertriebs Ges. m.b.H. zeigen sollte, mußte er gefaßt sein, daß es ihm wirklich mit der Gabel an die Gurgel ging. Nur waren da noch die Kittel und das Piratenzubehör. Reilly mußte das Zeug am Abend vorher aus der Garage geschmuggelt haben. Irgendwie mußte also Mr. Clyde doch einmal noch mit dem dicken Affen reden, und wenn es lediglich dazu geschah, daß er ihm die Garage verbot. Von einem Vieh wie Reilly konnte man nicht erwarten, daß er die Uniformen zurückerstatten werde.

Mr. Clyde wählte mehrmals die Nummer in der Constantinople Street, es hob aber niemand ab. Vielleicht hatten sie ihn anderswohin geführt, und die Mutter des dicken Affen lag wahrscheinlich betrunken herum. Der Himmel mochte wissen, was das für eine Person war! Jedenfalls eine seltsame Familie.

III

Dr. Talc hatte eine scheußliche Woche hinter sich. Irgendwie hatten die Studenten einen der Drohbriefe gefunden, mit denen ihn dieser wahnsinnige Assistent vor ein paar Jahren bombardiert hatte. Wie der Brief in ihre Hände gelangt war, blieb mysteriös, aber die Folgen waren schlimm. Wie ein Pilz wucherte das Gerede durch das Grundgeflecht des Campus, Dr. Talc war plötzlich eine Art komische Figur. Bei einem Cocktail hatte ihm endlich ein Kollege erklärt, warum in den Klassen, die bis dahin so voll Respekt gewesen waren, auf einmal gelacht und gewispert wurde.

Das mit der „Verführung und aktiven Verblödung von Minderjährigen" hatte man gründlich mißverstanden und falsch ausgelegt, sodaß Dr. Talc sich fragte, ob er sich darauf gefaßt machen mußte, demnächst im Rektorat eine Rechtfertigung zu geben. Und dazu die „unterentwickelten Eier"! Dr. Talc krümmte sich. Vielleicht wäre es das Gescheiteste, wenn er die ganze Geschichte an die Öffentlichkeit brächte, aber das hieße auch, daß er vorher diesen Assistenten finden mußte – der natürlich alles ableugnen würde. Vielleicht sollte er versuchen, eine Beschreibung Reillys vorzulegen. Dr. Talc sah Reilly vor sich, samt seinem dicken Schal und dieser gräßlichen Anarchistin mit dem Koffer, die mit ihm herumzog und überall im Campus Flugblätter verstreute. Zum Glück waren sie nicht allzulang geblieben, obwohl Reilly den Eindruck gemacht hatte, daß er im Campus Wurzeln schlagen wollte wie die Palmen oder die Bänke.

Dr. Talc hatte sie beide ein düsteres Semester lang in verschiedenen Vorlesungen erlebt, während deren sie ihn mit allerhand Geräuschen und impertinenten, bösartigen Fragen störten, auf die niemand als Gott selbst eine Antwort gewußt hätte. Ihm schauderte. Trotz allem mußte er Reillys irgendwie habhaft werden und ihm eine Erklärung und ein Geständnis abfordern. Ein Blick auf Mr. Reilly würde genügen, um die Studenten von der Haltlosigkeit dieser irren Behauptungen zu überzeugen. Vielleicht konnte er Mr. Reilly sogar im Rektorat vorführen. Die

Lösung des Problems war daher eine durchaus konkrete: Mr. Reilly mußte in all seiner Fülle aufgetrieben werden.

Dr. Talc nippte an der Mischung aus Wodka und Orangensaft, die er nach einem alkoholreichen Abend bevorzugte, und blätterte durch die Zeitung. Wenigstens im Viertel ging es zwar rauh, aber lustig zu. Dr. Talc nahm einen nächsten Schluck und erinnerte sich daran, wie Mr. Reilly die ganzen Prüfungsarbeiten aus dem Fenster des Fakultätsgebäudes auf die demonstrierenden Studenten hinuntergeworfen hatte. Daran würde sich auch das Rektorat erinnern. Dr. Talc lächelte selbstzufrieden und schaute wieder in die Zeitung. Die drei Photos waren köstlich! Auf Distanz hatten ihn solche Figuren von zweideutiger Komik schon immer amüsiert. Er las den Artikel und verschluckte sich, daß er von dem Wodka- und Orangen-Gemisch über seine Hausjacke hustete.

Wie konnte Reilly so tief gesunken sein? Als Student war er ein Exzentriker gewesen, aber jetzt ... Und was würde erst losgehen, wenn man herausfand, daß der Drohbrief von einem Wurstverkäufer stammte?! Reilly war es durchaus zuzutrauen, daß er mit seinem Wurstwagen auf den Campus kam und vor dem Sozialwissenschaftlichen Institut seine Würstchen verkaufte, er würde absichtlich die ganze Geschichte in eine Clownerie verkehren, eine beschämende Farce, in der er, Dr. Talc, sich als Dummer August wiederfände.

Dr. Talc legte die Zeitung beiseite, setzte das Glas ab und vergrub das Gesicht in den Händen. Er würde lernen müssen, mit diesem Drohbrief zu leben – und alles zu leugnen.

IV

Miss Annie blickte in ihre Morgenzeitung und sah rot. Sie hatte sich schon gewundert, warum es drüben bei den Reillys diesmal so still war. Aber das schlug dem Faß den Boden aus! Da kam ja nun auch schon die Nachbarschaft ins Gerede! Mit so etwas konnte sie sich nicht länger abfinden: Diese Menschen mußten fort! Miss Annie beschloß, sich an die Nachbarn zu wenden und mit ihnen eine Petition bei der Bezirksbehörde einzubringen.

V

Wachmann Mancuso sah noch einmal in die Zeitung, dann hielt er sie sich vor die Brust. Das Blitzlicht flammte auf. Er hatte seine eigene alte Kamera in die Wachstube mitgebracht und den Inspektor gebeten, ihn mit ärarischem Hintergrund zu photographieren: vor dem Schreibtisch des Inspektors, auf den Stufen zur Wachstube, vor einem Einsatzwagen, mit einer Verkehrspolizistin, die auf Geschwindigkeitsüberschreitungen vor Schulen spezialisiert war.

Als nur mehr ein Bild auf dem Film übrig war, wollte Wachmann Mancuso dafür zwei der Requisiten zu einem dramatischen Finale kombinieren. Während die Verkehrspolizistin als Lana Lee auf den Hintersitz des Einsatzwagens kletterte und wütend mit der Faust drohte, stellte sich Mancuso mit strenger Miene frontal zur Kamera und hielt die Zeitung hoch.

„Okay, Angelo. Ist das alles?" erkundigte sich die Verkehrspolizistin, die es eilig hatte, zur nächsten Schule zu kommen, bevor der Morgenverkehr abflaute.

„Vielen Dank, Gladys", sagte Wachmann Mancuso. „Meine Kinder haben nur noch ein paar zusätzliche Photos haben wollen, um sie ihren Freunden zu zeigen."

„Klar", erwiderte Gladys und eilte, ihre Schultertasche voll von Strafzetteln, aus dem Hof der Wachstube. „Die sollen nur stolz auf ihren Pappa sein. War mir ein Vergnügen, dir auszuhelfen: Wenn du wieder ein paar Bilder brauchst, mußt du es mir nur sagen."

Der Inspektor warf das letzte Blitzlicht in den Mülleimer und schlug Wachmann Mancuso mit breiter Hand auf die schmale Schulter.

„Sprengt der Kerl die aktivste Pornobande, die unsere Schulen beliefert hat!" Er stieß Mancuso begeistert in den Rücken. „Ausgerechnet Mancuso überführt dieses Weibsbild, das unseren besten Detektiven durchgerutscht ist! Ganz still und heimlich rollt unser Mancuso den Fall auf, indem er einen von ihren Mittelsmännern stellig macht. Und wer in aller Welt ist Tag und

Nacht hinter solchen Typen wie diesen drei Mädchen her? Unser Mancuso!"

Die olivenfarbene Haut Wachmann Mancusos nahm einen rötlichen Schimmer an, ausgenommen nur die Zonen, wo ihn die Amazonen zerkratzt hatten. Dort war sie einfach rot.

„Glück gehabt, sonst nichts", entgegnete Wachmann Mancuso bescheiden und räusperte sich ohne ersichtlichen Grund. „Jemand hat mir den Tip gegeben, daß ich einmal in diese Bar schauen soll. Und dann hat mir dieser Burma Jones den Schrank unter der Theke gezeigt."

„Das war eine Razzia im Alleingang, Angelo!"

Angelo? Mancusos Farbe wechselte zwischen Orange und Violett.

„Würde mich nicht wundern, wenn sie dich daraufhin befördern", fuhr der Inspektor fort. „Wachmann bist du ja schon ziemlich lang. Und erst vor ein paar Tagen habe ich noch geglaubt, daß du ein völlig unbrauchbarer Trottel bist. So täuscht sich der Mensch! Was meinst du dazu, Mancuso?"

Wachmann Mancuso räusperte sich besonders heftig.

„Kann ich meinen Photoapparat haben?" fragte er recht unzusammenhängend, als seine Kehle endlich frei war.

VI

Santa Battaglia hielt die Zeitung vor das Bild ihrer Mutter und sagte: „Na, Mamma, wie findest du das? Wie findest du deinen tüchtigen Enkel? Gefällt er dir?" Sie deutete auf ein anderes Photo. „Und was sagst du zu dem verrückten Buben von der armen Irene, wie er da im Dreck liegt wie ein weißer Walfisch? Ist das nicht traurig? Jetzt wird sie den Buben endlich doch fortgeben müssen. Oder meinst du, daß Irene einen Mann kriegt, solang sie diesen fetten Nichtsnutz im Haus hat? Natürlich nicht."

Santa nahm das Bild und gab ihm einen feuchten Kuß. „Mach's gut, Mamma. Ich bete für dich."

VII

Claude Robichaux' Herz wurde schwer, als er in der Tram, auf der Fahrt ins Spital, die Zeitung las. Wie konnte dieser erwachsene Junge einer so anständigen, lieben Frau das antun? Irene sah ohnedies schon ganz blaß und müde aus, weil sie sich solche Sorgen um ihren Sohn machte. Santa hatte recht: Für diesen Burschen mußte man eine Lösung finden, bevor er seiner großartigen Mutter noch mehr Schande brachte.

Diesmal waren es nur zwanzig Dollar, aber das nächste Mal vielleicht viel mehr. Selbst mit einer hübschen Pension und einigem Vermögen könnte man sich so einen Stiefsohn nicht leisten.

Aber am schwersten wog die Schande.

VIII

George klebte den Artikel in das Zeichenheft, das er als eines der wenigen Erinnerungen an seine Schulzeit aufbewahrt hatte, auf eine leere Seite zwischen einer Zeichnung, welche die Hauptschlagader einer Ente darstellte, und einer Arbeit, welche die Geschichte der Verfassung behandelte. Eines mußte er diesem Mancuso zugestehen: Der Kerl verstand sein Geschäft. George fragte sich, ob auch sein Name auf der Liste stand, die die Bullen in dem Schränkchen gefunden hatten. In diesem Fall wäre es vielleicht doch empfehlenswert, wenn er seinen Onkel unten an der Küste besuchte. Aber seinen Namen hätten sie trotzdem, und in Wahrheit hatte er gar nicht genug Geld, um sich irgendwohin abzusetzen. Am gescheitesten war es, eine Weile nicht aus dem Haus zu gehen. Sonst lief er noch in der Stadt diesem Mancuso in die Arme.

Georges Mutter, die gerade auf der anderen Seite des Wohnzimmers mit dem Staubsauger unterwegs war, beobachtete voll Hoffnung, wie ihr Sohn sich mit dem Zeichenheft beschäftigte. Vielleicht hatte er doch wieder Lust auf die Schule? Sie und sein Vater wußten wirklich nicht mehr, was sie mit ihm anfangen sollten. Was sollte heutzutage aus einem Burschen werden, der nicht einmal die Mittelschule hinter sich gebracht hatte?

Es läutete. Sie schaltete den Staubsauger ab und ging zur Tür. George betrachtete die Photos und überlegte, was dieser Wurstverkäufer in der „Liebesnacht" gesucht haben mochte. Ein Polizeispitzel konnte er nicht gewesen sein, und George hatte ihm ja auch nicht gesagt, wo er die Bilder herhatte. Trotzdem hatte er ein komisches Gefühl.

„Polizei?" George hörte die erstaunte Frage seiner Mutter. „Sie müssen sich in der Tür geirrt haben."

George wollte in die Küche laufen, aber zugleich fiel ihm ein, daß es keinen Sinn hatte. Die Wohnungen in dem Block hatten keine Hintertür.

IX

Lana Lee riß die Zeitung in Fetzen, dann nahm sie die Fetzen und riß sie zu Schnitzeln. Als die Aufseherin vor der Zelle stehenblieb und ihr befahl, das Papier vom Boden aufzuheben, erwiderte eine der Amazonen, die zu dritt mit Lana die Zelle teilten: „Hau ab! Hier sind wir zu Haus. Wir mögen Papier auf dem Boden."

„Schleich dich!" fügte Liz hinzu.

„Verschwind!" fiel Betty ein.

„Ich werde euch noch Ordnung beibringen!" versprach die Aufseherin. „Seit gestern abend habt ihr nichts wie Krach gemacht."

„Laßt mich aus diesem verdammten Loch raus!" schrie Lana Lee. „Ich halt's nicht mehr aus mit diesen Emmas!"

„Hört ihr?" sagte Frieda zu ihren Kumpeln. „Die Puppe mag uns nicht."

„Solche wie ihr haben das Viertel kaputtgemacht!" stellte Lana fest.

„Halt's Maul!" riet ihr Liz.

„Stink ab!" forderte Betty sie auf.

„Laßt mich raus!" schrie Lana durch die Gitterstäbe. „Die ganze Nacht haben mich diese drei Schreckschrauben nicht in Ruhe gelassen! Das ist gegen das Gesetz! Ihr könnt mich nicht einfach hier reinsperren!"

Die Aufseherin grinste nur zurück und ging weiter.

„Reg dich nicht so auf, Schatz", empfahl Frieda. „Mach keinen solchen Wirbel. Zeig uns lieber die Photos von dir, die du im Busenhalter stecken hast."

„Ja", schloß Liz sich an.

„Her mit den Photos, Puppe!" befahl Betty. „Wir haben's satt, nur die kahlen Wände anzuschauen."

Wie ein Mann stürzten sich die drei Mädchen auf Lana.

X

Dorian Greene drehte eine von seinen seriösen Visitenkarten um und schrieb auf die Hinterseite: „Luxusappartement zu vermieten. Auskunft unter 1 A". Er trat auf den gepflasterten Bürgersteig hinaus und klebte die Karte an den unteren Rand des einen Rolladens aus schwarzem Kunstleder. Diesmal würden die Mädchen wohl länger ausbleiben, bei Wiederholungstätern war die Polizei immer sehr stur. Es war ein Pech, daß sich die Mädchen nie besonders gut mit den anderen Bewohnern des Viertels vertragen hatten, sonst hätte ihnen bestimmt jemand diesen fabelhaften Wachmann gezeigt und sie davon abgehalten, ein Organ der öffentlichen Ordnung zu attackieren.

Aber die Mädchen waren so reizbar und aggressiv. Ohne sie, fand Dorian, waren er und sein Haus nun ohne jeden Schutz. Er versperrte das Schmiedeeisentor mit besonderer Sorgfalt. Dann ging er zurück in seine Wohnung, um sie vom Strandgut der Gründungsversammlung zu säubern. Es war die phantastischste Party seines Lebens gewesen: Auf dem Höhepunkt war Timmy von einem Lüster heruntergefallen und hatte sich den Fuß verstaucht.

Dorian hob einen Cowboystiefel mit gebrochenem Absatz auf und ließ ihn in den Papierkorb fallen, wobei er sich fragte, wie es wohl diesem unmöglichen Ignaz J. Reilly gehen mochte. Manche Menschen sprengten einfach das Maß des Erträglichen. Dieser Zeitungsrummel um die Csardasfürstin mußte seiner süßen Mama das Herz brechen.

XI

Darlene schnitt ihr Bild aus der Zeitung und legte es auf den Küchentisch. So was von einer Première: Aber das Bild in der Zeitung war immerhin ein Erfolg.

Sie nahm ihr Harlett-O'Hara-Kleid vom Sofa und hängte es in den Schrank, während der Kakadu sie von seiner Stange aus beobachtete und ein wenig krächzte. Jones war bestimmt zu weit gegangen, als er diesem Bullen das Schränkchen unter der Theke gezeigt hatte. Jetzt saßen sie beide auf der Straße. Mit der „Liebesnacht" war es aus. Lana war aus dem Verkehr gezogen. Diese Lana! Läßt sich nackt photographieren! Für Geld war von der alles zu haben.

Darlene besah den goldenen Ohrring, den der Kakadu heimgebracht hatte. Lana hatte völlig recht gehabt: Dieser dicke Spinner war soviel wie ein Todeskuß. Und wie gemein er mit seiner armen Mamma gewesen war!

Darlene setzte sich nieder, um darüber nachzudenken, was sie nun tun sollte. Der Kakadu flatterte und krächzte, bis sie ihm diesen Ohrring, der sein Lieblingsspielzeug geworden war, in den Schnabel steckte. Dann läutete das Telephon. Darlene nahm den Hörer ab, und ein Mann sagte: „Sie haben doch jetzt sowas wie einen Namen, nicht war? Ich führ da ein Lokal in der Bourbon Street, und . . ."

XII

Jones breitete die Zeitung auf der Theke von Mattie's Touristenimbiß aus und blies etwas Rauch darüber.

„Ha!" sagte er zu Mr. Watson. „Einen guten Rat haben Sie mir gegeben mit der Sabotage! Jetzt hab ich mich so sabotiert, daß ich mit dem Hintern auf der Straße sitze."

„Diesmal hat die Sabotage, scheint's, wirklich gezündet wie eine Atombombe."

„Sowas von Atombombe wie den dicken Spinner wünsch ich mir nicht nochmal. Wenn du den wo ansetzst, geht rundherum alles mit hoch. Scheiße! In der ‚Liebesnacht' war's gestern wie im

Zoo. Zuerst der Vogel, den wir gehabt haben, dann kommt der Dicke und zum Schluß noch die drei Katzen, wie direkt vom Karatetraining. Alle haben herumgeprügelt und geschrien und gekratzt, und der dicke Spinner ist da im Dreck gelegen wie ein Toter, und alle haben sie sich um ihn rumgewälzt. Wie in einer Bar in einem Cowboyfilm war's, und Zuschauer waren da wie am Fußballplatz. Dann sind die Bullen mit der arschigen Lee abgerauscht. He! Und dabei kommt raus, daß sie überhaupt keinen Freund nicht hat bei den Bullen! Vielleicht holen sie jetzt auch noch ein paar von den Waisenkindern, die sie versorgt hat. Ha! Lauter Leute von der Zeitung sind gekommen und haben rumphotographiert und mich alles gefragt. Wer sagt, daß ein Schwarzer nie auf die erste Seite kommt? Ha? Jetzt bin ich der berühmteste Arbeitslose in der ganzen Stadt. Ich hab's dem Wachmann Mancuso gesagt: ‚He', hab ich gesagt, ‚wenn jetzt das Puff da gesperrt ist, könnten Sie vielleicht Ihren Freunden sagen, daß ich Ihnen geholfen hab und daß sie mich in Ruh lassen sollen?' Ich möcht nicht mit der Lana Lee nach Angola verschickt werden. Die hat mir schon hier gereicht. Scheiße."

„Hast du schon drüber nachgedacht, was du jetzt tun wirst, Jones?"

Jones gab eine wahre Gewitterwolke von sich. „Nach dem, was ich jetzt für unter dem Mindestlohn gearbeitet hab, müßt ich einen bezahlten Urlaub kriegen. Wo soll ich mir jetzt eine Arbeit suchen? Stehen sowieso schon so viele Schwarze herum und haben nichts zu tun. Ha! Sowas wie eine sichere Arbeit ist nicht leicht aufzutreiben. Aber ich bin wenigstens nicht der einzige, bei dem das so ist. Die Darlene wird's auch nicht leicht haben, bis sie für sich und den Geier was findet. Wenn die Leute draufkommen, was passiert ist, wie sie das erste Mal auf der Bühne war, werden sie das Mädchen dankend rausschmeißen. Verstehen Sie mich? Ich mach mit dem Dicken sowas wie Sabotage, und lauter unschuldige Leute wie die Darlene kriegen's aufs Dach. Wie Miss Lee die ganze Zeit gesagt hat: Der Dicke bringt jedes Geschäft um. Jetzt sitzt wahrscheinlich die Darlene mit ihrem Geier da und sagt zu ihm: ‚Na? Wie haben wir da unsere Première geschmissen? He? Ganz groß rausgekommen sind wir!‘ Mir tut's wirklich leid, daß es die Darlene erwischt hat, aber wie ich den Dicken gesehen hab, da hab ich mich einfach nicht zurückhalten können, obwohl ich's gewußt habe, daß irgendwas in der ‚Liebesnacht‘ hochgehen wird, wenn ich ihn reinlaß. He! Und wie der gezündet hat!"

„Hast noch Glück gehabt, daß die Polizei dich nicht auch mitgenommen hat, weil du in dem Lokal arbeitest."

„Der Wachmann Mancuso hat gesagt, er ist mir dankbar dafür, daß ich ihm den Schrank gezeigt hab. ‚Wir bei der Bullizei‘, hat er gesagt, ‚wir brauchen so Leute wie dich, die einem helfen.‘ – ‚Sehr schön‘, sag ich, ‚dann sagen Sie doch bitte Ihren Freunden in der Wachstube, daß sie mich nicht wieder wegen Herumtreiben einlochen.‘ – ‚Das werd ich bestimmt‘, hat er gesagt. ‚Ein jeder bei der Bullizei wird anerkennen, was du getan hast.‘ Mich soll die Bullizei anerkennen! He! Vielleicht geben sie mir gar eine Belohnung?" Jones zielte mit einem Rauchwölkchen über Mr. Watsons braunen Kopf. „Und dieses Aas von einer Lee hat doch tatsächlich ein paar Photos von sich in dem Schrank versteckt! Wie die der Wachmann Mancuso gesehen hat, sind ihm fast die Augen rausgefallen. ‚Allerhand!‘ hat er gesagt. ‚Mit dem komm ich jetzt wirklich weiter.‘ – ‚Vielleicht gibt's welche, die kommen weiter‘, sag ich. ‚Dafür gibt's andere, die sitzen wieder auf der Straße. Und dann gibt's auch welche, die jetzt nicht mehr unter dem Mindestlohn arbeiten, und andere, die in der Stadt rumziehen und alles kaufen, was ihnen in die Nase sticht, und Klimaanlagen und Farbfernseher haben sie auch.‘ Scheiße. Gerad war ich noch'n erstklassiger Besenfachmann – und jetzt bin ich'n Herumtreiber."

„Es könnt alles noch schlimmer sein."

„Das schon. Du hast gut reden! Du hast'n schönes Geschäft und'n Sohn mit'n Griller und'n Buick, mit Air Condition und'n Farbfernseher. Ha! Ich hab nicht einmal'n Transistor! Wenn einer für die ‚Liebesnacht‘ arbeitet, kann er sich niemals keine Air Condition nicht leisten." Jones formte eine philosophische Wolke. „Aber irgendwie hast du schon recht, Watson. Es könnt alles noch schlimmer sein. Zum Beispiel: Wenn ich der Dicke wär. Ha! Was dem noch alles passieren wird?“

XIII

Mr. Levy ließ sich auf der gelben Nyloncouch nieder und schlug die Zeitung auf, die für einen Portozuschlag täglich auch an die Küste geliefert wurde. Es war herrlich, die Couch so für sich allein zu haben, aber das Verschwinden von Miss Trixie genügte nicht, um ihn aufzuheitern. Er hatte eine schlaflose Nacht hinter sich.

Mrs. Levy lag auf ihrem Heimtrainer und überließ ihre Fülle der Morgengymnastik. Sie schwieg, innerlich mit irgendwelchen Plänen für die Stiftung beschäftigt, die sie auf einem Papier auf dem schaukelnden Vorderteil des Möbels notierte. Dann legte sie den Bleistift kurz aus der Hand, um aus der Schachtel, die unten auf dem Boden stand, einen Keks auszusuchen. Diese Kekse waren der Grund, weshalb Mr. Levy eine schlaflose Nacht verbracht hatte. Er war mit seiner Frau durch die Föhrenwälder nach Mandeville hinüber gefahren, hatte aber dort nicht nur keinen Mr. Reilly gefunden, sondern war von dem Chefarzt, der ihr Anliegen für einen schlechten Witz hielt, überdies sehr grob abgefertigt worden. Tatsächlich hatte Mrs. Levy mit ihren weißgoldenen Haaren, der Sonnenbrille mit den blauen Gläsern und den aquamarinblauen Lidschatten, die wie ein Strahlenkranz um die blauen Gläser lagen, keinen besonders seriösen Eindruck gemacht. Wie sie da vor dem Verwaltungsgebäude mit der riesigen Keksschachtel auf dem Schoß in dem Sportwagen saß, mußte sie eigentlich diesem Chefarzt verdächtig vorkommen, dachte Mr. Levy. Aber sie hatte es ganz ruhig hingenommen. Die Suche nach Mr. Reilly belastete offenbar Mrs. Levy nicht besonders. Allmählich kam es ihrem Gatten vor, als wünsche sie gar nicht, daß er diesen Reilly finde, weil sie vielmehr in irgendeinem Winkel ihres Hirns darauf hoffte, daß er vor Gericht in der Sache mit Abelman den Kürzeren zöge und sie sich dann vor Susan und Sandra in der Märtyrerglorie der von ihm verschuldeten Armut produzieren könnte. Die vertrackten Gedankengänge dieser Frau waren nur dann durchschaubar, wenn sie sich mit der Demütigung ihres Gatten beschäftigten. Nun mußte er sich schon fragen, ob sie auf seiner oder auf Abelmans Seite war.

Er hatte Gonzalez aufgetragen, seine Buchungen für das Führjahrstraining zu stornieren. Die Sache mit Abelman mußte bereinigt werden. Mr. Levy strich die Zeitung glatt und sagte sich wieder einmal, daß nur die Wirkung von Hosen-Levy auf seinen Verdauungsapparat es entschuldigte, wenn er die Aufsicht über die Firma so vernachlässigt hatte. Wenn er dort gewesen wäre, hätte so etwas nicht geschehen können, und sein Leben wäre jetzt viel angenehmer. Aber schon der Name – diese vier Silben von „Hosen-Levy" – brachten den Säurehaushalt seines Magens durcheinander. Vielleicht hätte er den Namen ändern sollen? Vielleicht hätte er Gonzalez austauschen sollen? Andererseits war der Bürovorsteher so loyal und ehrlich. Er liebte diesen ruhmlosen, schlecht bezahlten Job. Man konnte ihn nicht einfach hinauswerfen. Wo sollte er einen anderen Posten finden? Und – noch wichtiger: Wer würde ihn ersetzen wollen? Man mußte Hosen-Levy allein schon deshalb weiterführen, weil Gonzalez sonst arbeitslos würde. Trotz allen Bemühens fiel Mr. Levy kein anderer Grund ein, weshalb er die Bude nicht zusperrte. Vielleicht beginge Gonzalez Selbstmord. Ein Menschenleben stand auf dem Spiel. Abgesehen davon gab es niemanden, der das Ding kaufen wollte.

Warum hatte Leon Levy die Firma nicht etwa „LL-Bekleidung" genannt? Das wäre nicht so schlimm gewesen. Als Kind schon, und dann in der Schule, hatten sie jedesmal, wenn das Wort „Hosen-Levy" fiel, Gus Levy mitleidig angeblickt und sich erkundigt, ob das tatsächlich sowas Beschissenes sei, wie es sich anhörte. Als Zwanzigjähriger hatte Gus Levy seinem Vater klarzumachen versucht, daß ein anderer Firmenname vielleicht umsatzfördernd sein könnte, aber dieser hatte ihm vorgeworfen: „Anscheinend ist Hosen-Levy nicht mehr gut genug für dich? Das Brot, das du ißt, ist Hosen-Levy! Der Wagen, mit dem du fährst, ist Hosen-Levy! Ich bin Hosen-Levy! Ist das dein Dank? Ist das kindliche Ehrerbietung? Soll ich demnächst auch noch meinen eigenen Namen ändern? Halt den Mund, du Strolch! Geh mit deinen Autos und Mädchen spielen! Ich muß mit einer Weltwirtschaftskrise fertig werden, dazu brauch ich deine Ezzes nicht. Gib sie dem Herbert Hoover und sag ihm, er soll sich künftig *Schlemiel* nennen. Raus!"

Gus Levy überblickte die Photos und den Artikel auf der ersten Seite und pfiff durch die Zähne.

„Was hast du, Gus? Ein Problem? Hast du ein Problem? Die ganze Nacht hast du nicht geschlafen. Ich hab dich gehört, wie du die ganze Nacht im Wellenbad warst. Du wirst einen Nervenzusammenbruch kriegen. Bitte, geh zu Lennys Doktor, bevor du tobsüchtig wirst!"

„Ich habe gerade den Mr. Reilly entdeckt."

„Das freut dich, nehme ich an."

„Dich nicht? Schau, da in der Zeitung ist er."

„Tatsächlich? Bring sie mir rüber. Ich habe mich immer gefragt, was aus diesem jungen Idealisten geworden sein könnte. Wahrscheinlich hat er irgendeine Auszeichnung bekommen."

„Vor ein paar Tagen hast du gesagt, daß er verrückt ist."

„Wenn er schlau genug war, uns zwei Idioten nach Mandeville hinüber zu schicken, kann er nicht ganz so verrückt sein. Sogar von einem Idealisten läßt du dich auf den Arm nehmen!"

Mrs. Levy betrachtete die zwei Frauen, den Vogel, den grinsenden Jones.

„Wo ist er? Ich sehe da keinen Idealisten." Mr. Levy deutete auf den gestrandeten Walfisch. „Das ist er? In der Gosse? Wie tragisch: Ein menschliches Wrack. Du kannst ihn nach Miss Trixie und mir auf die Liste deiner Opfer schreiben."

„Ein Vogel soll ihn ins Ohr gebissen haben. Total verrückt. Und da: Schau dir dieses Rudel von Polizisten an! Ich hab dir ja gesagt, daß er mit der Polizei schon was gehabt hat. Das hier sind die Leute, mit denen er sich herumgetrieben hat: Stripperinnen, Zuhälter und Aktphotomodelle."

„Aber es hat eine Zeit gegeben, da hat er für höhere Ziele gekämpft! Und wie steht er jetzt da? Keine Sorge: Du wirst irgendwann für alles zahlen müssen. In ein paar Monaten, wenn der Abelman dich fertig gemacht hat, wirst du wie dein Vater mit einem Handwagen in der Stadt herumziehen. Du wirst schon sehen, was herauskommt, wenn du dich mit jemandem wie Abelman anlegst und deine Geschäfte wie ein Playboy betreibst! Und der Schock für Susan und Sandra, wenn sie draufkommen, daß für sie auch nicht ein Penny mehr übrig ist! Für die beiden wirst du ein Niemand sein, der Exvater Gus Levy ..."

„Auf jeden Fall fahre ich jetzt in die Stadt und rede mit diesem Reilly. Diese Geschichte mit dem verrückten Brief muß ich aufklären."

„Hoho! Gus Levy, der große Detektiv! Mach mich nicht lachen. Wahrscheinlich hast du selber diesen Brief im Überschwang nach einem guten Rennen geschrieben und bist dir dabei großartig vorgekommen. Ich hab gewußt, daß es einmal so enden wird."

„Ich hab den Eindruck, daß du dich geradezu diebisch auf die Abelmanklage freust. Du möchtest sogar, daß ich draufgehe – obwohl du dabei mitschlitterst."

Mrs. Levy gähnte. „Wie kann ich verhindern, worauf du dein ganzes Leben angelegt hast? Es wird für die Mädchen nur der Beweis dafür sein, daß ich mit allem, was ich über dich immer sage, recht gehabt habe. Je länger ich über diese Abelmanklage nachdenke desto klarer wird mir, daß du ihr nicht ausweichen kannst, Gus. Zum Glück hat meine Mutter ein bißchen Geld. Ich habe immer gewußt, daß du noch einmal auf sie zurückkommen wirst. Allerdings wird sie San Juan aufgeben müssen ... Du kannst nicht erwarten, daß Susan und Sandra von Luft und Liebe satt werden."

„Jetzt sei endlich still!"

„Du sagst mir, daß ich still sein soll?" Mrs. Levy schaukelte auf und nieder, auf und nieder. „Soll ich schweigend zuschauen, wie du vor die Hunde gehst? Ich muß wenigstens für mich und meine Töchter sorgen. Denn das Leben wird dennoch weitergehen, Gus! Ich will nicht mir dir in der Gosse enden. Seien wir dankbar dafür, daß dein Vater schon tot ist. Wenn er hätte mitansehen müssen, wie du Hosen-Levy mit einem blöden Witz umbringst, wär's dir wirklich an den Kragen gegangen. Glaub mir! Leon Levy hätte dich über alle Berge gejagt, das war ein Mann mit Mut und Entschlußkraft. Und was auch kommt: Die Leon Levy Stiftung stell ich auf die Beine! Selbst wenn Mutter und ich dafür hungern müssen, werde ich diese Stipendien aufbringen. Ich werde darauf schauen, daß Menschen, die so mutig und tüchtig sind, wie ich es bei deinem Vater erlebt habe, ausgezeichnet und belohnt werden. Ich lasse es nicht zu, daß du mit dir auch seinen Namen in den Dreck ziehst. Wenn du die Abelmangeschichte hinter dir hast, wirst du froh sein können, wenn einer von den Vereinen, für die du dich so erhitzst, dich mit einem Eimer Wasser und einem Schwamm herumlaufen läßt wie irgendeinen Strolch. Aber tu dir dann nur ja nicht leid. Du hast es nicht anders wollen."

Mr. Levy wußte also jetzt, daß die vertrackte Logik seiner Frau seinen Ruin verlangte. Sie wollte, daß Abelman siegte, und würde in diesem Sieg eine besondere Art von Genugtuung erblicken. Seit sie den Brief von Abelman gelesen hatte, war ihr Hirn offenbar damit beschäftigt gewesen, die Sache von allen Seiten her durchzudenken. Je länger sie auf dem Pedalofit strampelte und sich von ihrem Heimtrainer bearbeiten ließ desto klarer war ihr geworden, daß Abelman in dem Verfahren gewinnen mußte. Zugleich mit Abelman würde auch sie gewinnen. Alle ihre Prophezeiungen und Unkereien, mit denen sie die Mädchen gefüttert hatte, liefen darauf hinaus, daß der endgültige, totale Zusammenbruch ihres Vaters unvermeidlich war. Mrs. Levy konnte es sich nicht leisten, daß die Wirklichkeit sie desavouierte. Sie brauchte diese 500 0000-Dollar-Klage. Sie wollte darum nicht einmal, daß er mit diesem Reilly sprach. Der Fall Abelman hatte sich für sie von einer rein materiellen und pragmatischen Ebene auf eine ideologisch-geistige verlagert, auf der überirdische, kosmische Gewalten forderten, daß Gus Levy, von seinen Kindern und allen guten Geistern verlassen, auf ewig mit Eimer und Schwamm herumlief.

„Ich fahre jetzt zu diesem Reilly", sagte Mr. Levy am Ende seiner Überlegungen.

„Welche Entschlossenheit! Ich traue meinen Augen nicht. Aber keine Sorge: Du wirst dem jungen Idealisten nichts aufs Zeug flicken können. Der ist viel zu klug. Er wird dir nur wieder einen Streich spielen – wart's nur ab! Er wird dich wieder in den April schicken, zurück nach Mandeville. Aber diesmal werden sie dich dortbehalten: einen Herrn in den besten Jahren, der wie ein Student mit einem Spielzeugauto herumkurvt."

„Ich fahre direkt zu ihm."

Mrs. Levy faltete ihre Stiftungsnotizen zusammen und schaltete den Heimtrainer ab. „Wenn du wirklich in die Stadt fährst, kannst du mich mitnehmen", sagte sie. „Ich mache mir um Miss Trixie Sorgen, seit ich von Gonzalez weiß, daß sie diesen Gangster in die Hand gebissen hat. Ich muß sie sehen. Offenbar sind ihre alten Haßgefühle gegen Hosen-Levy wieder durchgebrochen."

„Hast du diese alte Schachtel noch immer nicht satt? Mußt du sie noch weiter quälen?"

„Nicht einmal so eine kleine gute Tat gönnst du mir! Sowas wie dich gibt's nicht einmal in der psychologischen Literatur. Du solltest Lennys Doktor wenigstens um seinetwillen besuchen, vielleicht bekommt er sogar eine Einladung nach Wien für einen Vortrag, wenn er deinen Fall in den psychiatrischen Zeitschriften veröffentlicht. Du könntest einen berühmten Mann aus ihm machen – wie das verkrüppelte Mädchen, mit dem Freud ins Gerede gekommen ist."

Während sich Mrs. Levy mit aquamarinblauen Lidschatten auf ihren Samaritergang vorbereitete, holte er seinen Sportwagen aus der für drei Autos angelegten, in ländlichem Fachwerkstil erbauten Garage. Sodbrennen kam ihm in kurzen Stößen hoch. Reilly mußte irgendein Geständnis ablegen, sonst war Abelman nicht aufzuhalten – und dieses Vergnügen wollte er Mrs. Levy nicht bereiten. Wenn Reilly gestand, daß er den Brief geschrieben hatte, und Gus Levy mit einem blauen Auge davonkam, wollte er sich wirklich ändern. Er wollte geloben, ein neuer Mensch zu werden, vielleicht sogar hin und wieder in der Firma nach dem Rechten zu sehen. So dumm und unklug wäre das gar nicht. Ein vernachlässigter Hosen-Levy war wie ein vernachlässigtes Kind: Plötzlich wird daraus ein Krimineller, obwohl man einer solchen Entwicklung mit etwas Zuneigung, Pflege und gutem Futter hätte vorbeugen können. Je mehr man sich von dem Betrieb fernhielt desto lästiger wurde er. Hosen-Levy war wie eine ererbte Krankheit – wie ein Fluch, der auf Gus Levy lastete.

„Jeder vernünftige Mensch, den ich kenne, hat einen anständigen, großen Wagen", stellte Mrs. Levy fest, als sie sich in Gus Levys Flitzer quetschte. „Du nicht. Du natürlich nicht. Du mußt ein Spielzeugauto haben, das mehr kostet als ein Cadillac und mir jedesmal die Frisur durcheinanderbringt."

Zum Beweis für ihren Vorwurf bemächtigte sich der Fahrtwind einer gelackten Strähne, während sie auf der Küstenstraße dahinbrausten. Auf der Fahrt durch die Marschen schwiegen sie beide. Mr. Levy dachte beunruhigt an seine Zukunft. Mrs. Levy sah der ihren mit Zuversicht entgegen, ihre aquamarinblauen Lider bewegten sich ohne Hast. Dann brausten sie endlich über die Stadtgrenze hinein, wobei Mr. Levy um so schneller fuhr je näher er sich dem närrischen Reilly wußte. Trieb sich mit solchen Figuren im Viertel herum! Was für ein Leben! Wahrscheinlich eine Wahnsinnstat nach der anderen, eine Folge von absurden Ereignissen.

„Jetzt ist es mir endlich gelungen, dein Problem zu analysieren", sagte Mrs. Levy, als der Stadtverkehr schließlich ihren Gatten zwang, etwas langsamer zu fahren. „Diese blödsinnige Raserei hat mich darauf gebracht. Jetzt ist mir ein Licht aufgegangen! Ich weiß jetzt, warum du dich so gehenläßt, warum du keinen Ehrgeiz hast, warum du die Firma zugrunde gerichtet hast." Mrs. Levy legte eine Kunstpause ein. „Es ist der Todestrieb in dir!"

„Einmal noch: Sei gefälligst still!"

„Haßgefühle, Aggressionen und Idiosynkrasie", vermerkte Mrs. Levy zufrieden. „Das wird alles sehr übel enden, Gus."

Es war Samstag, und Hosen-Levy hatte daher die Unterminierung des Wettbewerbprinzips über das Wochenende eingestellt. Die Levys fuhren an der Fabrik vorüber, die, ob in Betrieb oder geschlossen, von der Straße her immer gleich waidwund wirkte. Aus einem der fühlhornähnlichen Abzugsrohre kräuselte ein wenig Rauch wie von totem Laub, wahrscheinlich hatte ein Arbeiter am Freitag noch einen von den Zuschneidetischen in den Ofen gesteckt. Oder es gab wirklich jemanden, der totes Laub verbrannte: Da waren schon viel seltsamere Dinge passiert. Einmal, in ihrer Töpferphase, hatte sogar Mrs. Levy selbst einen der Öfen zum Brennen ihrer Vasen verwendet.

„Traurig, sehr traurig“, stellte Mrs. Levy fest, als sie an der Fabrik vorbeifuhren. Sie folgten noch ein Stück dem Fluß und hielten schließlich in der Desire Street, gegenüber der Werft, vor einem heruntergekommenen Zinshaus aus Holz. Jemand hatte mit Papierschnitzeln eine Fährte gelegt, die den Passanten über die rohe Eingangstreppe zu irgendeinem Ziel innerhalb des Gebäudes lockte.

„Brauch nicht zu lang“, sagte Mrs. Levy während der Verrenkungen und Klimmzüge, die das Aussteigen aus dem Sportwagen erfordert. Sie nahm die Dose mit holländischen Keksen mit, die ursprünglich für den Patienten in Mandeville bestimmt gewesen war. „Von dieser Geschichte habe ich nachgerade genug. Vielleicht kann ich sie mit den Keksen soweit beschäftigen, daß ich nicht zuviel reden muß.“ Sie lächelte ihrem Gatten zu. „Viel Glück mit deinem Idealisten! Laß dir nicht wieder einen Bären von ihm aufbinden.“

Mr. Levy schwenkte in Richtung der Außenbezirke. Bei einer Verkehrsampel nahm er noch einmal die Morgenzeitung, die zusammengefaltet in dem Trog zwischen den Schalensitzen lag, und vergewisserte sich der Adresse. Dann fuhr er am Fluß weiter, die Tchoupitoulas Street entlang bis zur Einmündung der Constantinople Street, bog dort ab und schaukelte durch die Schlaglöcher der Constantinople Street, bis er das winzige Haus entdeckte. War es möglich, daß so ein Monstrum in diesem Puppenhaus lebte? Wie kam er da auch nur durch die Eingangstür?

Mr. Levy stieg die Stufen hinauf und las „Frieden um jeden Preis" auf einem Schild, das an einen Verandapfosten geheftet war, und „Friede den Menschen, die guten Willens sind" auf dem Schild an der Tür. Die Adresse stimmte. Im Inneren des Hauses läutete ein Telephon.

„Die sind nicht zu Haus!" schrie eine weibliche Stimme hinter einem Fensterladen des Nachbarhauses. „Das Telephon ratscht schon seit Stunden."

Die Türladen des nächsten Hauses wurden aufgestoßen, eine verhärmt wirkende Frau trat auf die Veranda und stützte sich mit den roten Ellbogen auf die Brüstung.

„Können Sie mir sagen, wo Mr. Reilly ist?" fragte Mr. Levy.

„Die ganze Morgenzeitung ist voll von ihm: Mehr weiß ich nicht. In Wahrheit gehört er ins Narrenhaus. Ich bin mit meinen Nerven am Ende! Wie ich neben diesen Menschen eingezogen bin, hab ich mein Todesurteil unterschrieben."

„Lebt er ganz allein hier? Einmal habe ich eine Frau ans Telephon bekommen."

„Das muß seine Mamma gewesen sein. Die ist auch mit ihren Nerven am Ende. Wahrscheinlich holt sie ihn gerade aus dem Spital heraus."

„Kennen Sie Mr. Reilly gut?"

„Seit er ein Bub war. Was war seine Mutter nicht stolz auf ihn! Und alle Schwestern in der Schule haben ihn angebetet, weil er so süß war. Na – und jetzt liegt er auf der Straße im Dreck ... Ich hoff nur, daß sie jetzt endlich von hier fortziehen. Ich halt's nicht mehr länger aus. Jetzt wird der Krach erst recht losgehen."

„Wenn Sie Mr. Reilly so gut kennen, hätte ich eine Frage: Glauben Sie, daß er im Kopf nicht ganz richtig oder sogar gefährlich ist?"

„Was wollen Sie von ihm?" Miss Annies stumpfe Augen verengten sich. „Hat er noch etwas angestellt?"

„Mein Name ist Levy. Er hat einmal für mich gearbeitet."

„Tatsächlich? So ein Zufall! Der verrückte Kerl hat was angegeben mit dem Job, den er dort gehabt hat! Ich habe gehört, wie er seiner Mamma davon erzählt hat, was er dort alles leistet. Hat sich was gehabt mit Leisten! Nach ein paar Wochen haben sie ihn gefeuert. Aber wenn Sie es sind, bei dem er gearbeitet hat, kennen Sie ihn wohl am besten."

War dieser arme Narr von Reilly wirklich stolz darauf gewesen, bei Hosen-Levy zu arbeiten? Zumindest hatte er das immer behauptet: Gar nicht so übel als Symptom für seine Unzurechnungsfähigkeit.

„Und hat er nicht irgendwelche Schwierigkeiten mit der Polizei gehabt? Ist er nicht wegen irgend etwas vorbestraft?"

„Manchmal ist einer von der Polizei zu seiner Mamma gekommen – ein richtiger Detektiv. Aber mit dem Ignaz hat das nichts zu tun. Seine Mamma trinkt manchmal ganz gern ihre paar Viertel. In den letzten Wochen hab ich ihr nichts angemerkt, aber vorher, da hat's eine Zeit gegeben, in der war sie ganz schön unter Dampf. Einmal, wie ich hinten in den Hof hinausschau, hat sie sich von oben bis unten in ein nasses Leintuch verwickelt. Mindestens zehn Jahre, lieber Herr, hat's mich gekostet, daß ich neben diesen Leuten wohne! Und der Lärm! Banjos und Trompeten und Schreien und Brüllen und der Fernseher! Die Reillys sollten irgendwohin aufs Land hinaus, auf eine Farm ziehen. Jeden Tag schlucke ich ihretwegen meine sechs oder sieben Aspirin." Miss Annie griff in den Ausschnitt ihres Hauskleids, um irgendeinem Träger nachzuspüren, der ihr von der Schulter gerutscht war. „Ich will aber nicht ungerecht sein: Dieser Ignaz war ganz in Ordnung, bis der große Hund, den er gehabt hat, gestorben ist. Der Hund hat immer unter meinem Fenster herumgebellt. Damals sind mir zum ersten Mal die Nerven durchgegangen. Und dann war er auf einmal tot – der Hund. Na, denke ich, jetzt wird endlich Ruhe sein. Aber nein! Der Ignaz hat den Hund im Vorderzimmer von seiner Mamma richtig aufgebahrt, mit ein paar Blumen zwischen den Pfoten! Darum haben dann auch die beiden zu streiten angefangen. Ich glaub – wenn ich ganz ehrlich bin –, daß sie damals angefangen hat zu trinken. Auf jeden Fall ist der Ignaz zum Pfarrer gegangen und hat von ihm wollen, daß er herüberkommt und etwas für den Hund tut. Sie verstehen? Der Ignaz hat sich so eine Art Begräbnis vorgestellt. Natürlich hat der Pfarrer ihn rausgeschmissen, und das war dann, glaub ich, auch der Grund dafür, daß der Ignaz aus der Kirche ausgetreten ist. Auf jeden Fall hat er selber das Begräbnis gemacht, als ob so ein großer, dicker Student sich nichts Gescheiteres ausdenken könnte! Sehen Sie das Kreuz dort?" Mr. Levy blickte niedergeschlagen auf das verrottete Keltenkreuz im Vorgarten. „Dort ist es passiert. Er hat gut zwei Dutzend Kinder dabeigehabt, die ihm zugeschaut haben, er selber hat sich so einen Umhang wie der Superman angezogen, und überall haben Kerzen gebrannt. Und die ganze Zeit ist seine Mamma unter der Haustür gestanden und hat geschrien, daß er den toten Hund auf den Mist werfen und ins Haus kommen soll. Ja – damit hat es eigentlich angefangen ... Dann war der Ignaz ungefähr zehn Jahre auf der Universität, das hat der Mamma fast alles Geld gekostet. Sogar das Klavier haben sie verkaufen müssen. Na, darum ist mir nicht leid ... Aber das Mädchen hätten Sie sehen sollen, das er sich auf der Universität aufgerissen hat! ‚Sehr gut', sag ich mir. ‚Vielleicht wird der Ignaz jetzt doch heiraten und ausziehen.' Aber im Gegenteil! Die ganze Zeit sind die zwei in seinem Zimmer herumgesessen. Was ich mir da hab anhören müssen! Jeden Abend ist's bei den beiden erst richtig losgegangen. ‚Laß den Rock an!' und ‚Geh von meinem Bett runter!' Und ‚Was fällt dir ein? Ich bin unberührt!' Es war schrecklich. Ich hab Tag und Nacht nur Aspirin geschluckt. Aber dann ist das Mädchen endlich abgezogen. Ich kann's ihr nicht verdenken. Obwohl sicher irgendwas bei ihr nicht gestimmt hat, sonst hätt sie's nicht so lang mit ihm ausgehalten." Miss Annie tastete in der Gegenrichtung nach einem anderen Träger. „Können Sie mir sagen, warum ich ausgerechnet in dieses Haus hier eingezogen bin?"

Mr. Levy sah sich nicht in der Lage, ihr dafür eine Erklärung anzubieten, aber die Geschichte des Ignaz Reilly hatte ihn sehr deprimiert. Er wünschte sich weit fort.

„Na ja", fuhr die Frau, die den Zuhörer für ihre eigene Leidensgeschichte nicht verlieren wollte, nach kurzem Atemholen fort.

„Die Sache jetzt mit der Zeitung macht das Maß voll. Die ganze Umgebung kommt damit in Verruf. Wenn sie jetzt wieder anfangen, geh ich zur Polizei und mach eine Anzeige wegen Ruhestörung. Mir reicht's jetzt endgültig, meine Nerven sind total durch. Sogar wenn der Ignaz nur in die Badewanne steigt, hört es sich an, als ob bei mir herüben ein Rohrbruch wär! Ich bin zu alt dafür. Ich hab diese Leute lang genug aushalten müssen." Miss Annie blickte über Mr. Levys Schulter. „Es war mir ein Vergnügen, lieber Herr: Auf Wiedersehen!"

Sie schoß in ihr Haus zurück und schlug die Tür hinter sich zu. Ihr plötzliches Verschwinden verwirrte Mr. Levy nicht minder als der seltsame Lebenslauf des Mr. Reilly. Was für Menschen! Nur in „Levy's Lodge" war man sicher davor, daß man solche Leute kennenlernte. Dann sah Mr. Levy den alten Plymouth, wie er sich in eine Parklücke quälte. Die Radkappen schrammten am Randstein, bevor er endlich zum Stillstand kam. Auf der hinteren Sitzbank erkannte Mr. Levy den dicken Spinner. Eine Frau mit roten Haaren schwang sich vom Fahrersitz und rief: „Steig aus, Bub!"

„Erst, wenn du mich über die Natur deines Verhältnisses zu diesem Tattergreis aufgeklärt hast", erwiderte der Schemen. „Ich hatte gehofft, daß wir diesem perversen Altfaschisten entkommen seien. Offensichtlich war ich in einem Irrtum befangen: Die ganze Zeit hast du hinter meinem Rücken mit ihm getechtelt! Wahrscheinlich warst du es, die ihn damals vor Holmes postiert hat. Jetzt erst komme ich darauf, daß es vermutlich auch niemand anderer war, der den schwachsinnigen Mancuso dort aufgebaut hat, damit er mich in diesen Teufelskreis hineinkurbelte. Seit Wochen bin ich nun das unschuldige Opfer einer Verschwörung. Alles war geplant!"

„Raus aus dem Wagen!"

„Sehen Sie?" empfahl sich Miss Annie hinter ihren Läden. „Es geht schon wieder los."

Die hintere Wagentür schwang quietschend auf, ein unförmiger Stiefel tastete nach dem Trittbrett. Der Kopf des Spinners war bandagiert. Er sah müde und blaß aus.

„Ich weigere mich, mit einer Dirne unter einem Dach zu leben! Ich bin zutiefst erschüttert. Meine leibliche Mutter! Kein Wunder, daß du so blindwütig gegen mich rast. Vermutlich soll ich als Sündenbock dienen, um dich von deinen Schuldgefühlen zu entlasten."

Was für eine Familie! dachte Mr. Levy. Die Mutter wirkte tatsächlich sehr halbseiden. Er fragte sich, warum sich dieser Detektiv für sie interessiert hatte.

„Halt dein dreckiges Maul!" schrie die Frau. „Einen netten, anständigen Menschen wie Claude so zu beleidigen!"

„Netter Mensch!" schnaubte Ignaz. „Damals schon, wie du dich mit diesem Untermenschen eingelassen hast, habe ich so etwas kommen gesehen."

Auf den Treppen der Nachbarhäuser erschienen einige Zuschauer. Das konnte ja schön werden! Wer garantierte, daß es nicht zu einer öffentlichen Szene kam, wenn Mr. Levy jetzt mit diesen zwei rabiaten Figuren anband? Das Sodbrennen drohte ihm bereits die Brust zu sprengen.

Inzwischen war die Frau mit den roten Haaren auf die Knie gesunken. „Was hab ich denn Schlimmes getan, oh, Gott?" fragte sie himmelwärts. „Sag es mir, Herr! Ich hab keine Schuld!"

„Du kniest auf Rex' Grab!" brüllte Ignaz. „Gesteh mir jetzt, was du mit diesem versoffenen Kommunistenfresser getrieben hast? Wahrscheinlich gehört ihr beide zu derselben Untergrundbewegung. Jetzt ist mir auch klar, warum ich mit diesen sektiererischen Pamphleten bombardiert worden bin, und ich begreife auch, warum man mir gestern nacht nachgespürt hat. Wo ist deine Battaglia, diese Kupplerin? Wo ist sie? Auspeitschen müßte man sie! Diese ganze Geschichte ist ein Anschlag auf mich, ein teuflischer Plan, um mich aus dem Weg zu schaffen. Mein Gott! Auch dieser Vogel ist zweifellos von einer Faschistenbande abgerichtet worden. Vor nichts schrecken die zurück?"

„Claude verehrt mich", hielt ihm Mrs. Reilly trotzig entgegen.

„Was?" donnerte Ignaz. „Willst du damit sagen, daß du einem wildfremden alten Mann erlaubt hast, dich abzuknutschen?"

„Claude ist ein hochanständiger Mensch. Er hat nur ein paarmal meine Hand gehalten."

Das blaue und das gelbe Auge schielten vor Wut. Ignaz preßte die Fäuste gegen die Ohren, um nicht noch mehr zu hören.

„Der Himmel weiß, was für tierische Triebe diesen Mann bewegen! Bitte erspar mir die volle Wahrheit. Ich möchte nicht total zusammenbrechen."

„Ruhe!" schrie Miss Annie hinter ihren Läden hervor. „Eure Tage hier sind sowieso gezählt!"

„Claude ist kein Filmstar, aber er ist ein netter Mensch. Er ist gut zu seiner Familie, und darauf kommt es an. Santa hat mir versichert, daß er es nur deshalb mit den Kommunisten hat, weil er sich einsam fühlt. Er hat sonst keine Beschäftigung. Wenn er mich hier und jetzt fragt, ob ich ihn heiraten will, werde ich sagen: ‚Ja, Claude.' Das würde ich tun, Ignaz! Ich würde es mir nicht zweimal überlegen. Auch ich hab ein Recht auf jemanden, der mich nett behandelt, bevor's mit mir aus ist. Ich hab ein Recht darauf, daß ich mich nicht ständig sorgen muß, wo der nächste Dollar herkommt. Wie Claude und ich wegen deinen Kleidern bei der Oberschwester gewesen sind und ich in deiner Brieftasche fast dreißig Dollar gefunden habe –: Das hat dem Faß den Boden ausgeschlagen! Deine Verrücktheiten waren schon arg genug, aber daß du auch noch dieses Geld vor deiner armen Mutter versteckst . . ."

„Ich habe das Geld für einen ganz konkreten Zweck gebraucht."

„Für was? Um mit dreckigen Weibern herumzuschmusen?" Mrs. Reilly erhob sich mühsam von Rex' Grab. „Du bist nicht nur verrückt, Ignaz. Du bist einfach gemein."

„Glaubst du im Ernst, daß dieser Herzensbrecher Claude dich heiraten will?" wechselte Ignaz das Thema. „Er wird dich von einem stinkenden Motel zum anderen schleifen, bis du genug hast und dir ein Ende machst."

„Ich werde heiraten, wenn es mir paßt, Bub. Du kannst mich nicht aufhalten. Jetzt nicht mehr."

„Dieser Mensch ist ein gefährlicher Fanatiker", versicherte

Ignaz düster. „Ich möchte wissen, was für politische und ideologische Greuel er in seinem Hirn ausbrütet. Er wird dich foltern – oder noch Ärgeres."

„Wer, zum Teufel, bist du, daß du mir vorschreiben willst, was ich zu tun habe, Ignaz?" Mrs. Reilly betrachtete ihren unkenden Sohn. Sie fühlte sich angewidert und ausgepumpt, auf nichts mehr neugierig, was Ignaz noch sagen mochte. „Claude ist nicht besonders gescheit: Zugegeben. Claude redet mir ständig die Ohren voll mit seinen Kommunisten: Zugegeben. Vielleicht versteht er überhaupt nichts von Politik. Aber mir ist die Politik egal. Mir geht's darum, daß ich einmal halbwegs anständig sterben kann. Claude weiß, wie man einen anderen Menschen nett behandelt, und das ist mehr, als du mit deiner ganzen Politik und deinem Studium verstehst. Für alles, was ich für dich getan habe, hab ich von dir nur einen Tritt gekriegt. Ich möcht von irgend jemandem eine Spur von Liebe haben, bevor es mit mir zu Ende geht. Alles hast du gelernt, Ignaz – nur nicht, wie man sich als Mensch benimmt."

„Dir ist es nicht bestimmt, nett behandelt zu werden!" rief Ignaz. „Du bist eine lupenreine Masochistin. Bei netter Behandlung wirst du nur kopfscheu und gehst schließlich ein."

„Scher dich zum Teufel, Ignaz! Du hast mir schon so oft das Herz gebrochen, daß ich es gar nicht mehr zählen kann."

„Solang ich hier bin, wird dieser Mensch unser Haus nicht betreten! Wenn er dich erst einmal satt hat, würde er wahrscheinlich seine perversen Neigungen an mir ausleben wollen."

„Was soll das wieder, du Narr? Halt endlich dein dummes Maul! Mir reicht's jetzt. Ich werd mit dir schon noch fertig! Du hast doch gesagt, daß du Ruhe brauchst? Ich werde dafür sorgen, daß du deine Ruhe kriegst."

„Wenn ich an meinen armen, toten Vater denke, wie er fast noch warm in seinem Grab liegt", murmelte Ignaz und tat, als ob er eine Träne aus den Augen wischte.

„Dein Vater ist seit zwanzig Jahren tot."

„Seit einundzwanzig Jahren!" höhnte Ignaz. „Bittesehr! Sogar deinen geliebten Gatten hast du vergessen."

„Verzeihung", schaltete sich Mr. Levy schüchtern ein. „Haben Sie auf ein Wort für mich Zeit, Mr. Reilly?"

„Wie?" fragte Ignaz, der erst jetzt den Herrn bemerkte, der auf der Veranda stand.

„Was wollen Sie von Ignaz?" fragte auch Mrs. Reilly. Mr. Levy stellte sich vor. „Bitte: Da haben Sie ihn in voller Größe. Ich hoffe nur, daß Sie ihm das Märchen nicht abgenommen haben, das er Ihnen letzthin am Telephon erzählt hat. Ich war zu erschöpft, um ihm den Hörer wegzunehmen."

„Können wir nicht ins Haus gehen?" schlug Mr. Levy vor. „Es handelt sich um eine private Angelegenheit."

„Mir ist das egal", meinte Mrs. Reilly großzügig. Sie blickte zu den Nachbarn, die sie beobachteten. „Es gibt nichts, was die Leute hier noch nicht wüßten."

Dennoch öffnete sie die Haustür. Die drei traten in die winzige Diele. Mrs. Reilly stellte den Papiersack hin, der das Kopftuch und den Säbel ihres Sohns enthielt. „Was wollen Sie, Mr. Levy?" fragte sie. „Ignaz! Komm sofort her und sprich mit dem Herrn!"

„Ich muß meine Eingeweide entleeren, Mutter. Die Ereignisse der letzten vierundzwanzig Stunden sind in sie gefahren."

„Komm heraus aus dem Klo, Bub! Hierher! Was wollen Sie also von diesem Verrückten, Mr. Levy?"

„Wissen Sie vielleicht etwas über das hier, Mr. Reilly?"

Ignaz blickte auf die zwei Briefe, die Mr. Levy aus der Tasche zog. „Natürlich nicht", sagte er ohne Zögern. „Das ist Ihre Unterschrift. Verlassen Sie sofort das Haus! Mutter: Das ist der Unmensch, der mich auf so brutale Weise entlassen hat!"

„Sie haben das nicht geschrieben?"

„Mr. Gonzalez war immer sehr selbstherrlich. Er hat mich nie an eine Schreibmaschine gelassen. Einmal hat er mich sogar geschlagen, weil ich mir herausgenommen hatte, meine Augen über ein paar Briefe wandern zu lassen, die in einem recht abenteuerlichen Stil verfaßt waren. Ich mußte schon dankbar sein, wenn ich ihm nur die Schuhe putzen durfte. Sie wissen doch selbst: Er tut so, als ob dieser verrückte Betrieb ihm gehört."

„Ich weiß. Aber er behauptet, daß er das nicht geschrieben hat."

„Dann lügt er eben. Dieser Mensch ist ein Gewohnheitslügner!"

„Der Empfänger des Briefs will uns auf eine Menge Geld verklagen."

„Ignaz war es", schaltete sich Mrs. Reilly ziemlich brüsk ein. „Wo immer etwas schiefgeht, war es Ignaz. Überall stiftet er Unfug. Los, Ignaz! Sag dem Herrn die Wahrheit! Sag's schon, du Kerl, bevor ich dir den Schädel einschlag!"

„Mutter! Mach, daß dieser Mann fortgeht!" schrie Ignaz und versuchte, seine Mutter gegen Mr. Levy vorzuschieben.

„Mr. Reilly, man will uns auf 500 000 Dollar verklagen! Das kann mein Ruin sein."

„Entsetzlich!" stieß Mrs. Reilly hervor. „Ignaz! Was hast du diesem armen Mann angetan?"

Als Ignaz sich darüber verbreiten wollte, mit welcher Hingabe er sich für Hosen-Levy eingesetzt hatte, läutete das Telephon.

„Hallo?" antwortete Mrs. Reilly. „Ich bin seine Mutter. Natürlich bin ich nicht betrunken." Sie blickte zu Ignaz hinüber. „Ist er? Hat er? Was? Nein!" Sie starrte ihren Sohn an, der eben mit einer Hand den juckenden Rücken der anderen zu kratzen begann. „Gut, mein Herr, Sie kriegen alles, was Ihnen gehört, bis auf den Ohrring. Den hat dieser Vogel. Gut. Natürlich kann ich behalten, was Sie mir gesagt haben. Ich bin nicht betrunken!" Mrs. Reilly knallte den Hörer auf die Gabel und wandte sich zu ihrem Sohn: „Das war der Würstelmann. Du bist gefeuert."

„Gott sei Dank", seufzte Ignaz. „Ich hätte auch so nicht wieder mit dem Karren losziehen können."

„Was hast du ihm über mich erzählt, Bub? Hast du ihm erzählt, daß ich mich betrinke?"

„Natürlich nicht. Was für ein Unsinn! Ich rede nicht mit anderen Menschen über dich. Wahrscheinlich hat er dich schon einmal angerufen, wie du gerade in Stimmung warst. Wahrscheinlich hast du mit ihm sogar ein Rendezvous gehabt, eine Sauftour durch Wurstlokale."

„Nicht einmal Würstel auf der Straße verkaufen kannst du! Und wütend war der Mann! Er hat mir gesagt, daß er mit dir mehr Ärger gehabt hat als je zuvor mit irgendeinem Verkäufer."

„Meine Weltanschauung war im verhaßt."

„Oh, halt den Mund, bevor ich dir wieder eine herunterhau!" kreischte Mrs. Reilly. „Und jetzt sag diesem Mr. Levy die Wahrheit."

Was für ein gräßliches Leben, dachte Mr. Levy. Daß diese Frau ihren Sohn tyrannisierte, war tatsächlich nicht zu leugnen.

„Bitte, ich sage doch die Wahrheit", versicherte Ignaz.

„Lassen Sie mich den Brief anschauen, Mr. Levy."

„Zeigen Sie ihn ihr nicht! Sie kann kaum lesen. Wenn sie ihn liest, ist sie tagelang nicht ansprechbar."

Mrs. Reilly schlug Ignaz mit ihrer Handtasche ins Gesicht.

„Nicht schon wieder!" schrie Ignaz.

„Schlagen Sie ihn nicht", bat Mr. Levy. Der Spinner hatte sowieso schon den Kopf eingebunden. Gewalttätigkeiten konnte Mr. Levy nur ertragen, wenn sie innerhalb eines Boxrings stattfanden. Dieser spinnige Reilly war ein kläglicher Anblick. Die Mutter zog mit irgendeinem alten Mann herum, trank und wollte ihren Sohn aus dem Weg haben. Bei der Polizei war sie schon vorgemerkt. Der Hund war vermutlich das einzige gewesen, was der Spinner in seinem Leben für sich gehabt hatte. Manchmal ist es notwendig, einen Menschen in seiner Umgebung zu erleben, um ihn zu verstehen. Auf seine Weise hatte sich Reilly sehr für Hosen-Levy eingesetzt. Mr. Levy bedauerte jetzt, daß er ihn gefeuert hatte. Dieser Spinner war auf seine Position bei Hosen-Levy richtig stolz gewesen. „Lassen Sie ihn nur, Mrs. Reilly. Wir werden es auch so herausbringen."

„Helfen Sie mir, Herr!" sabberte Ignaz und klammerte sich theatralisch an die Aufschläge von Mr. Levys Sportsakko. „Fortuna allein weiß, was sie mir noch antun wird. Ich weiß zuviel von ihren schmutzigen Geschäften. Ich muß aus der Welt geschafft werden. Haben Sie schon daran gedacht, Miss Trixie zu fragen? Sie weiß viel mehr, als Sie vielleicht vermuten."

„Das behauptet auch meine Frau, aber ich habe ihr nie geglaubt. Miss Trixie ist doch so alt! Ich würde bezweifeln, daß sie auch nur einen Einkaufszettel für den Greisler schreiben kann."

„Alt?" fragte Mrs. Reilly. „Ignaz! Du hast mir weisgemacht, daß irgendein schickes Mädchen bei Hosen-Levy so heißt! Du hast mir gesagt, daß ihr euch mögt. Und jetzt kommt heraus, daß es eine Oma ist, die kaum schreiben kann! Ignaz!"

Es war noch schlimmer, als Mr. Levy zunächst angenommen hatte. Der arme Spinner hatte seiner Mutter einreden wollen, daß er ein Mädchen habe.

„Bitte", flüsterte Ignaz Mr. Levy zu. „Kommen Sie in mein Zimmer. Ich muß Ihnen etwas zeigen."

„Glauben Sie kein Wort, das Ignaz sagt!" rief ihnen Mrs. Reilly nach, als ihr Sohn den Besucher in das stickige Zimmer zog.

Als die Tür hinter ihnen zugefallen war, überkam Mr. Levy ein plötzlicher Brechreiz: Der Geruch nach fauligen Teeblättern, der in dem Raum herrschte, erinnerte Mr. Levy an die Teekanne, die Leon Levy ständig in Reichweite gehabt hatte, eine Porzellankanne mit feinen Sprüngen, in der immer ein Bodensatz von ausgelaugten Teeblättern war. Er ging zum Fenster und öffnete den Laden, aber als er hinausschaute, trafen seine Augen auf jene Miss Annies, die zwischen den Sprossen ihrer Jalousie zu ihm herüberstarrte. Er wandte sich vom Fenster ab und beobachtete Reilly, der in einem Heftordner blätterte.

„Hier ist es", sagte Ignaz. „Das sind einige Aufzeichnungen, die ich damals, als ich für Ihre Firma arbeitete, gemacht habe. Sie werden Ihnen beweisen, daß ich an Hosen-Levy mit geradezu abgöttischer Liebe gehangen bin, daß ich Tag und Nacht darüber gegrübelt habe, wie man der Firma helfen könnte. In der Nacht habe ich sogar richtige Erscheinungen gehabt, wie ein Paradies ist Hosen-Levy mir vor den Augen gestanden. Ich habe Hosen-Levy geliebt! Hier: Lesen Sie das, Herr!"

Mr. Levy nahm den Ordner und las an der Stelle, auf die Ignaz' dicker Zeigefinger wies. „Heute endlich hat unser Herr und Meister, Mr. G. Levy, das Büro mit seiner Gegenwart beehrt. Ich will offen bekennen, daß ich ihn ziemlich oberflächlich und desinteressiert gefunden habe." Der Zeitgefinger übersprang einige Zeilen. „Zur rechten Zeit wird er sich meines Einsatzes für sein Unternehmen, meiner Operbereitschaft bewußt werden. Und vielleicht wird mein Beispiel wiederum ihn zu neuem Glauben an Hosen-Levy erwecken." Der Zeigefinger lenkte Mr. Levys Blick zum nächsten Absatz. „La Trixie zieht noch immer ihre ureigenen Kreise und erweist sich darin klüger, als ich vermutet hätte. Ich ahne, daß diese Frau vieles weiß, und daß ihre Apathie nur ein fühlbares Ressentiment gegen Hosen-Levy verbergen soll. Präziser wird sie, wenn sie auf ihre Pensionierung zu sprechen kommt."

„Da haben Sie den Beweis, Herr", sagte Ignaz, indem er Mr. Levy den Ordner aus der Hand riß. „Fragen Sie doch diese alte Hexe! Ihre Senilität ist nur Verstellung, um sich gegen ihre Arbeit und den Betrieb abzuschirmen. In Wahrheit haßt sie Hosen-Levy, weil man sie nicht pensioniert hat. Und wer kann ihr das verdenken? Oft, wenn wir zusammen allein waren, hat sie stundenlang davon geredet, daß sie es Hosen-Levy ‚heimzahlen' werde. Und dann ist ihr Haß eben in einem solchen tückischen Anschlag auf den Bestand Ihres Unternehmens durchgebrochen."

Mr. Levy versuchte, die Indizien abzuwägen. Er wußte, daß Reilly tatsächlich die Firma geliebt hatte: Mr. Levy selbst hatte es mit eigenen Augen gesehen, die Nachbarin hatte es ihm erzählt, und jetzt hatte er es auch noch gelesen. Trixie hingegen haßte die Firma. Obwohl seine Frau und der Spinner behaupteten, daß Trixies Senilität nur gespielt sei, bezweifelte er allerdings, daß sie fähig wäre, einen solchen Brief zu schreiben. Vor allem aber mußte er jetzt aus diesem qualvoll engen Schlafzimmer hinauskommen, bevor er über alle die Zettel kotzte, die auf dem Boden herumlagen. Als Mr. Reilly neben ihm gestanden war und ihm die einschlägigen Sätze gewiesen hatte, war der Geruch kaum mehr zu ertragen gewesen. Er griff nach dem Türknopf, aber der Spinner stellte sich ihm in den Weg.

„Sie müssen mir glauben", ächzte er. „Die Trixie hatte eine fixe Idee: Truthahn oder Schinken. Oder war es Braten? Auf jeden Fall mit starken Aggressionen verbunden und manchmal recht verwirrend. Sie schwor, sich dafür zu rächen, daß man sie nicht in angemessenem Alter pensioniert hatte. Sie war von ihrem Haß wie besessen."

Mr. Levy schob ihn beiseite und gelangte in die Diele, wo wie ein Türsteher die rothaarige Mutter wartete.

„Vielen Dank, Mr. Reilly", sagte Mr. Levy. Er mußte so rasch wie möglich aus diesem beklemmenden Zwergenhaus herauskommen. „Wenn ich Sie wieder brauche, werde ich anrufen."

„Sie werden ihn bestimmt wieder brauchen", rief Mrs. Reilly, als er an ihr vorüber die Eingangstreppe hinuntereilte. „Egal, was es ist: Ignaz ist schuld daran."

Was sie sonst noch sagte, ging im Aufheulen von Mr. Levys Wagen unter. Blauer Dunst kräuselte über den verbeulten Plymouth, dann war der Spuk vorbei.

„Jetzt hast du's erreicht", sagte Mrs. Reilly zu Ignaz und hielt ihn an dem weißen Kittel fest. „Jetzt wird's wirklich ernst, Bub! Weißt du, was auf Unterschriftenfälschung steht? Zuchthaus! Der arme Mensch hat eine Klage auf eine halbe Million am Hals – und nur wegen dir Ignaz! Jetzt sitzen wir wirklich in der Tinte."

„Bitte", flüsterte Ignaz. Seine Blässe spielte bereits ins Gräuliche, er fühlte sich wirklich schlecht. Der Pylorus schlug bisher unbekannte Volten. „Damals, als du mich arbeiten schicktest, habe ich dir vorausgesagt, daß es so kommen würde."

Mr. Levy nahm den kürzesten Weg zurück zur Desire Street: Napoleon Street, Broad-Überführung und dann die Schnellstraße, angetrieben von einer Hochstimmung, die von echter Entschlußkraft zwar noch entfernt, aber doch unleugbar damit verwandt war. Wenn es Haß gewesen war, der Miss Trixie zu diesem Brief veranlaßt hatte, dann lag die Verantwortung für die Abelmanklage bei Mrs. Levy. Aber war Miss Trixie überhaupt fähig, so einen artikulierten Brief zu schreiben? Mr. Levy hoffte es. Er fuhr rasch durch Miss Trixies Bezirk, die Bars und die Schilder, auf denen

FISCH UND KRABBEN und FRISCHE AUSTERN angepriesen wurden, zischten nur so an ihm vorüber. Bei dem Zinshaus folgte er der Schnitzelspur die Stiege hinauf zu einer braunen Tür. Auf sein Klopfen öffnete Mrs. Levy.

„Schau, da ist er ja wieder!“ stellte sie fest: „Der Idealistenjäger. Hast du deinen Fall gelöst?“

„Vielleicht.“

„Das hört sich an wie in einem Wildwestfilm: Ein karges, einziges Wort als Antwort von Sheriff Gus Levy.“ Sie zupfte an einer aquamarinblauen Wimper. „Gehen wir also: Trixie pampft sich mit den Keksen voll. Mir wird nachgerade übel.“

Mr. Levy drängte an seiner Frau vorbei. Die Szene, die sich ihm bot, hätte er nie auch nur zu träumen vermocht. „Levy's Lodge“ hatte ihn nicht darauf vorbereitet, daß es so etwas wie Constantinople Street – oder das hier gab. Miss Trixies Wohnung quoll über von Fetzen, Ramsch aus Holz und Metall und alten Schachteln. Darunter verborgen gab es allerhand Mobiliar, aber die sichtbare Oberfläche war eine Landschaft, die sich aus alten Kleidern, Kisten und Zeitungen ergab. Das Gebirge war von einem Paß durchschnitten, einer schmalen Lichtung in dem Gerümpel, wo man auf freiem Boden zu einem Fenster gelangte, an dem Miss Trixie in einem Sessel saß und Kekse knabberte. Mr. Levy passierte die schwarze Perücke, die auf einer Obstkiste hing, und die Stöckelschuhe, die zwischen alten Zeitungen lagen. Die Zähne waren das einzige, was Miss Trixie von ihrer Verjüngungskur beibehalten hatte: Sie gleißten zwischen ihren dünnen Lippen.

„Du bist auf einmal so schweigsam“, bemerkte Mrs. Levy. „Was hast du, Gus? Steckst du wieder in einer Sackgasse?“

„Miss Trixie!“ schrie Mr. Levy in Miss Trixies Ohr. „Haben Sie einen Brief an das Konfektionshaus Abelman geschrieben?“

„So ein Unsinn!“ stellte Mrs. Levy fest. „Der Idealist hat dich anscheinend schon wieder ausgetrickst. Der versteht's offenbar mit dir.“

„Miss Trixie!“

„Was?" grollte Miss Trixie. „Bei euch kann man wirklich lernen, wie man Leute in Pension schickt."

Mr. Levy gab ihr den Brief. Sie fischte ein Vergrößerungsglas vom Boden auf und begann zu lesen. Der grüne Augenschirm gab ihrem Gesicht, einschließlich der Kekskrümel auf den Lippen, eine fahle Leichenfarbe. „Da seid ihr aber jetzt im Eck!" quiekte sie entzückt, als sie das Vergrößerungsglas endlich absetzte.

„Haben Sie das an Abelman geschrieben? Mr. Reilly, behauptet, daß Sie es gewesen sind."

„Wer?"

„Mr. Reilly. Der große Mann mit der grünen Mütze, der einmal bei Hosen-Levy gearbeitet hat." Mr. Levy zeigte Miss Trixie das Photo in der Morgenzeitung. „Der hier."

Miss Trixie betrachtete das Photo durch ihre Lupe. „Ach, du meine Güte! Das ist ihm zugestoßen?" Arme Gloria. Anscheinend war er verletzt. „Ist das Mr. Reilly?"

„Ja. Sie erinnern sich bestimmt an ihn. Er hat gesagt, daß Sie den Brief geschrieben haben."

„Hat er das gesagt?" Gloria Reilly log gewiß nicht. Auf ihn konnte sie sich verlassen. Gloria war immer ihr Freund gewesen. Miss Trixie versuchte sich zu erinnern. Vielleicht hatte sie diesen Brief geschrieben? Es geschah so vieles, woran sie sich nicht erinnern konnte. „Wahrscheinlich war ich es. Ja. Da Sie es mir jetzt sagen, glaube ich mich daran zu erinnern. Und recht geschieht es euch! Wie ihr es mit mir die Jahre hindurch getrieben habt! Keine Pension. Kein Schinken. Nichts. Ich würde mir wünschen, daß man euch bis aufs Hemd auszieht."

„Sie haben das geschrieben?" fragte Mrs. Levy. „Nach allem, was ich für Sie getan habe, wollen Sie so etwas geschrieben haben? Eine Natter an unserer Brust! Hosen-Levy haben Sie das letzte Mal gesehen, falsches Weib! Auf dem Müllhaufen werden Sie landen!"

Miss Trixie lächelte. Jetzt wurde diese lästige Person richtig wütend. Gloria war immer ihr Freund gewesen. Und jetzt stand diese lästige Person vor dem Armenhaus – vielleicht. Vorerst allerdings ging sie zum Angriff über, die aquamarinblauen Klauen stießen vor. Miss Trixie begann zu schreien.

„Laß sie in Ruhe", empfahl Mr. Levy seiner Gemahlin. „Wie interessant! Susan und Sandra werden bestimmt entzückt sein, wenn sie hören, daß ihre Mutter eine alte Frau quält, bis die Mädchen deshalb beinahe ihre Höselchen und Blüselchen verlieren."

„Meinetwegen. Gib nur mir die Schuld!" Mrs. Levy sah rot. „Ich hab das Papier in die Maschine gespannt. Ich hab den Brief in den Umschlag gesteckt."

„Haben Sie den Brief geschrieben, weil Sie sich an Hosen-Levy dafür rächen wollten, daß Sie keine Pension gekriegt haben?"

„Ja, ja", bestätigte Miss Trixie vage.

„Und ich habe Ihnen mein Vertrauen geschenkt!" Mrs. Levy spuckte vor Miss Trixie aus. „Geben Sie mir wenigstens die Zähne zurück!"

Ihr Gatte hielt sie davon ab, das Gebiß aus Miss Trixies Mund zu reißen.

„Ruhe!" grollte Miss Trixie, die weiße Pracht bleckend. „Nicht einmal in meiner eigenen Wohnung bin ich vor euch sicher!"

„Wenn du nicht mit deinen hirnverbrannten Experimenten gewesen wärst, hätte ich diese Frau schon längst in Pension geschickt", sagte Mr. Levy zu seiner Gemahlin. „Jahrelang hast du mir alles Mögliche vorausgesagt, und jetzt stellt sich heraus, daß du es warst, die beinahe die Firma umgebracht hat!"

„Ah, ich verstehe! Ihr machst du keinen Vorwurf. Lieber beschimpfst du eine Frau mit Grundsätzen und Idealen. Wenn jemand bei Hosen-Levy was klaut, bin ich daran schuld. Du mußt dir wirklich helfen lassen, Gus! Dringend!"

„Natürlich. Und das am besten von Lennys Doktor."

„Großartig, Gus. Endlich!"

„Ruhe!"

„Ich möchte von dir, daß du Lennys Doktor herholst", fuhr Mr. Levy, zu seiner Frau gewandt, fort. „Er soll Miss Trixie für senil und unzurechnungsfähig erklären und ihre Motive für diesen Brief erläutern."

„Das ist dein Problem“, erwiderte Mrs. Levy wütend. „Den kannst du holen.“

„Susan und Sandra werden sich bestimmt nicht freuen, wenn sie erfahren, was ihre Mama für Schnitzer macht.“

„Auch noch Erpressung!“

„Ich bin immerhin lang genug verheiratet, um ein paar Sachen von dir gelernt zu haben.“ Mr. Levy beobachtete, wie im Ausdruck seiner Gemahlin Wut und Furcht wechselten. Diesmal war sie um eine Antwort verlegen. „Wir wollen doch nicht, daß die Mädchen wissen, wie blöd ihre Mutter war. Denk dir jetzt aus, wie du Miss Trixie zu Lennys Doktor bringst! Mit ihrem Geständnis und einem ärztlichen Gutachten können wir Abelman ganz kalt abstinken lassen. Wir müssen sie nur bei Gericht vorführen.“

„Ich bin eine begehrenswerte Frau“, plapperte Miss Trixie automatisch.

„Natürlich“, sagte Mr. Levy und beugte sich zu ihr hinunter. „Wir werden Sie in Pension schicken, Miss Trixie: Mit einer Gehaltserhöhung. Man hat Sie sehr schäbig behandelt.“

„Pension?“ jubelte Miss Trixie auf. „Das hab ich kaum noch zu hoffen gewagt. Gott sei Dank!“

„Und Sie werden eine Bestätigung unterschreiben, daß der Brief von Ihnen stammt, nicht wahr?“

„Selbstverständlich!“ rief Miss Trixie. Gloria hatte sie nicht vergessen. Gloria hatte gewußt, wie man ihr helfen konnte. Gloria war gewieft. Was für ein Glück, daß sich Gloria an diesen Zauberbrief erinnert hatte! „Ich unterschreibe alles!“

„Jetzt ist mir ein Licht aufgegangen“, hörte man Mrs. Levy hinter einem Berg von alten Zeitungen. „Du mißbrauchst meine Mutterliebe, um mich zu erpressen. Ich werde aus dem Weg geräumt, damit du noch ungestörter als bisher den Playboy spielen kannst. Jetzt geht Hosen-Levy endgültig vor die Hunde. Du denkst, du hast einen schwachen Punkt bei mir gefunden.“

„Sehr wohl! Und Hosen-Levy wird vor die Hunde gehen. Allerdings nicht als Opfer von einer deiner Machloikes.“ Mr. Levy warf einen Blick auf die zwei Briefe. „Dieser Abelman hat mich doch etwas nachdenklich gemacht. Wieso will kein Mensch unsere Hosen kaufen? Weil sie mies sind. Weil der Schnitt noch immer derselbe ist, den mein Vater vor zwanzig Jahren eingeführt hat – mit demselben Material. Weil der alte Tyrann immer darauf bestanden hat, daß im Betrieb alles bleibt, wie es ist. Weil er mir jede Initiative, die ich vielleicht gehabt hätte, ausgetrieben hat."

„Dein Vater war ein bewundernswürdiger Mann. Sag nichts gegen ihn!"

„Sei still! Der verrückte Brief dieser Trixie hat mich auf eine Idee gebracht: Von jetzt an verlegen wir uns auf Bermudas. Weniger Umstände, dafür mehr Gewinn bei geringeren Kosten. Ich laß mir sofort die neue Musterkollektion in waschbarer Baumwolle schicken. Aus ‚Hosen-Levy' wird ‚Spiel & Spaß mit Levy'!"

„Spiel und Spaß! Prost Mahlzeit! Daß ich nicht lache: In einem Jahr bist du pleite. Aber du tust ja alles, um den Namen deines Vaters auszulöschen. Du kannst kein Geschäft führen. Du bist eine Niete, ein Playboy, ein geborener Schlachtenbummler."

„Mit Hosen-Levy hab ich nichts anfangen können, das stimmt. Aber ‚Spiel & Spaß' könnte mir liegen."

„Du bist auf einmal so selbstsicher." Der hysterisch schrille Unterton war nicht zu überhören. Gus Levy als Geschäftsmann? Gus Levy als großer Wirtschaftsführer? Was sollte sie Susan und Sandra sagen? Was sollte sie Gus Levy sagen? Was sollte aus ihr werden? „Und die Stiftung geht vermutlich auch in die Binsen."

„Aber nein!" Mr. Levy unterdrückte ein Grinsen. Endlich war seiner Frau das Steuer entglitten, sie tastete im Nebel nach irgendeiner Art Kurs und fragte ihn, Gus Levy, wo es hingehen sollte. „Wir werden einen Preis stiften. Wofür hast du ihn denn geben wollen? Verdienst um das Vaterland und Tapferkeit vor dem Feind?"

„Ja", bestätigte Mrs. Levy demütig.

„Hier: Das ist Verdienst und Tapferkeit!" Er nahm die Zeitung und deutete auf den Neger, der über dem gefallenen Idealisten stand. „Der kriegt den ersten Preis!"

„Was? Ein Verbrecher mit dunklen Brillen? Einer aus der Bourbon Street? Bitte, Gus? Das nicht! Leon Levy ist noch nicht so lang tot. Laß ihn in Frieden ruhen!"

„Es ist ein sehr sinnvoller Entschluß, genau auf der Linie des alten Leon. Die meisten Arbeiter bei uns sind Neger. In der Öffentlichkeit macht sowas den besten Eindruck. Außerdem werde ich über kurz oder lang noch mehr und bessere Arbeiter brauchen. Auf diese Weise sorge ich von vornherein für ein gutes Betriebsklima."

„Aber doch nicht für so etwas!" Es hörte sich an, als ob Mrs. Levy sich übergeben wollte. „Die Preise sollen an anständige Leute vergeben werden."

„Wo bleibt denn plötzlich dein Idealismus? Hast du dich nicht immer für die Minderheiten interessiert? So getan hast du wenigstens. Wie dem auch sei: Daß er den Reilly gerettet hat, war verdienstvoll. Reilly hat mich auf die richtige Spur gebracht."

„Du kannst dein künftiges Leben nicht auf Hohn und Haß bauen."

„Wer baut auf Hohn und Haß? Ich tu endlich was Vernünftiges. Wo ist Ihr Telephon, Miss Trixie?"

„Wer?" Miss Trixie beobachtete einen Frachter aus Monrovia, der mit einer Ladung Traktoren in See stach. „Ich hab keines. Der Greisler an der Ecke hat ein Telephon."

„Gut. Sie, Mrs. Levy, werden also jetzt zum Greisler gehen und telephonieren. Zuerst rufst du Lennys Doktor an, und dann versuchst du bei der Zeitung herauszukriegen, wie wir an diesen Jones herankommen. Solche Leute haben allerdings selten ein Telephon. Versuch's daher auch bei der Polizei, vielleicht weiß die etwas. Und die Nummer gib mir: Ich setze mich persönlich mit ihm in Verbindung."

Mrs. Levy glotzte ihren Gemahl an. Die blauen Lider waren wie gelähmt.

„Wenn Sie schon zum Greisler gehen, können Sie mir gleich meinen Osterschinken mitbringen", fand Miss Trixie. „Ich möchte, daß mir der Schinken hier in die Hand geliefert wird! Mit

Ausreden lasse ich mich diesmal nicht abspeisen. Wenn ihr von mir ein Geständnis wollt, könnt ihr euch das schon was kosten lassen."

Sie grollte mit gefletschten Zähnen gegen Mrs. Levy.

„Bittesehr", sagte Mr. Levy zu seiner Gemahlin. „Jetzt hast du also drei Gründe, um zu dem Greisler zu gehen." Er gab ihr eine Zehndollarnote. „Ich werde hier auf dich warten."

Mrs. Levy nahm das Geld. „Jetzt bist du wohl glücklich", vermutete sie. „Jetzt bin ich dein Trampel, den du dafür büßen läßt, daß er sich ein einziges Mal geirrt hat."

„Ein einziges Mal geirrt? Immerhin hat man uns deshalb auf eine halbe Million verklagt. Und Buße? Du gehst für mich nur bis zum Greisler an der Ecke."

Mrs. Levy entfernte sich durch die Schneise, die Tür fiel krachend ins Schloß, Miss Trixie hingegen in säuglingshaft-seligen Schlummer, als ob sie von einer schweren Last befreit worden wäre. Mr. Levy hörte zu, wie sie schnarchte, und beobachtete den Frachter aus Monrovia, wie er in den Hafen steuerte und sich stromabwärts wandte, dem Golf zu.

Zum ersten Mal seit Tagen wurde es ruhig in seinem Kopf, und er rekapitulierte einige der Ereignisse, die mit dem Brief zusammenhingen. Er dachte an den Stil der Anwürfe gegen Abelman, und dabei fiel ihm ein, daß er jemanden ganz ähnlich reden gehört hatte: Es war im Vorgarten bei dem Spinner gewesen. „Auspeitschen muß man sie." – „Der schwachsinnige Mancuso." Also war doch er es, der den Brief geschrieben hatte. Mr. Levy sah gerührt auf die verhutzelte Angeklagte herunter, die über ihrer Keksdose schnarchte. Allen wird es guttun, dachte er, wenn du für unzurechnungsfähig erklärt wirst und ein Geständnis ablegst. Man hat Sie hineingelegt, Miss Trixie . . . Mr. Levy lachte laut auf. Aber warum hatte Miss Trixie so bereitwillig gestanden?

„Ruhe!" fauchte Miss Trixie, die sein Lachen aufgestört hatte.

Der verrückte Reilly war es wirklich wert gewesen, daß man ihn gerettet hatte. Auf seine vertrackte Weise hatte er sich selbst, Miss Trixie und schließlich auch Mr. Levy geholfen. Dieser Burma

Jones hatte einen großzügigen Preis verdient – oder eine Belohnung. Ein Posten bei Spiel & Spaß machte vielleicht sogar einen noch besseren Eindruck. Belohnung und Posten! Und damit gleich die Eröffnung von Spiel & Spaß in der Zeitung! Na?

Mr. Levy schaute zu, wie der Frachter die Mündung des Industriekanals querte. Auch Mrs. Levy würde bald in See stechen, Bestimmungshafen San Juan. Sie sollte ihre Mutter am Strand besuchen, dort konnten sie singen, lachen und tanzen. Mrs. Levy ließ sich nicht so recht in Spiel & Spaß einfügen.

Vierzehn

Ignaz verbrachte den Tag in seinem Zimmer, dämmerte unruhig vor sich hin und mißhandelte in den lichteren, von Ängsten gepeinigten Augenblicken seinen Gummihandschuh. Den ganzen Nachmittag hatte das Telephon in der Diele geläutet. Jedesmal war er noch nervöser geworden. Er verkrallte sich in den Handschuh, entjungferte, durchstach und besiegte ihn. Wie irgendeine Berühmtheit hatte Ignaz eine Schar von Bewunderern angezogen: Verwandte seiner Mutter, Nachbarn – lauter Menschen, die Mrs. Reilly seit Jahren nicht gesehen hatte. Alle hatten sie angerufen, und jedesmal hatte Ignaz sich eingebildet, daß es Mr. Levy sei, nur um immer wieder die Standardphrase seiner Mutter zu hören: „Ist das nicht schrecklich? Was soll ich nur tun? Jetzt ist es wirklich um unseren guten Ruf geschehen." Wenn Ignaz es nicht länger aushielt, schlich er sich hinaus und suchte nach einem Dr. Nut. Ergab sich dabei, daß er seiner Mutter in der Diele begegnete, so sah sie ihm nicht ins Gesicht, sondern blickte dem Staubgewölle nach, das im Sog ihres Sohns waberte. Ihm fiel nichts ein, was er zu ihr hätte sagen können.

Was würde Mr. Levy tun? Zu allem Unglück war offensichtlich dieser Abelman ein kleinkarierter Spießer, ein überempfindlicher Zwerg, der auf jede Kritik allergisch reagierte. Ignaz hatte den Brief an einen ungeeigneten Adressaten geschrieben; sich in die falsche Bresche geschlagen. In seinem gegenwärtigen Zustand sah er sich einer Gerichtsverhandlung nicht gewachsen, er würde vor dem Richter endgültig zusammenbrechen. Er fragte sich, wie lange es dauern würde, bis Mr. Levy ihn abermals in die Zange nähme. Was würde Mr. Levy aus dem senilen Gebrabbel Miss Trixies heraushören? Es war abzusehen, daß Mr. Levy wütend und verwirrt zu ihm zurückkehrte, um ihn auf der Stelle ins Gefängnis werfen zu lassen. Es war wie ein Warten auf den Scharfrichter. Der dumpfe Kopfschmerz bohrte weiter. Die Dr. Nuts schmeckten wie Galle. Gewiß war es eine gewaltige Summe, die Abelman forderte, aber es war klar, daß Ignaz ihn mit dem Brief in seinen Weichteilen verletzt hatte. Was würde Abelman fordern, wenn herauskam, wer wirklich den Brief geschrieben hatte? Ignaz' Kopf?

Die Dr. Nuts spülten wie Säure durch seine Eingeweide, der Pylorus staute das Gas, das Ignaz' Bauch blähte, wie das Ventil eines Ballons. Mächtige Eruptionen stiegen aus seiner Kehle und böllerten hoch zu der von Insektenleichen verdüsterten Milchglasampel. Wer in dieses brutale Jahrhundert verdammt war, mußte mit allem nur Denkbarem rechnen. Überall lauerten Fußangeln wie dieser Abelman, wie die idiotischen Ehrenretter der Mohren, der kretinöse Mancuso, Dorian Greene, Zeitungsreporter, Stripperinnen, Vögel, Photographen, jugendliche Kriminelle, faschistische Pornographen. Vor allem aber Myrna Minkoff! Der ganze Auswurf der Konsumindustrie. Insbesondere aber Myrna Minkoff! Mit dem geilen Gör mußte er fertig werden. Irgendwie. Irgendwann. Sie mußte ihm dafür büßen. Was auch geschah – und wenn es Jahre bis zum Vollzug seiner Rache dauerte: Ihr mußte er auf den Fersen bleiben, von einem Espresso zum anderen, von einer Volksliederorgie zur nächsten, durch U-Bahnen, Studentenbuden, Baumwollfelder und Demonstrationen mußte er sie verfolgen. Ignaz stieß einen Fluch von antiken Dimensionen gegen Myrna aus, dann wälzte er sich auf die Seite und zauste wiederum den Handschuh.

Wie konnte nur seine Mutter an eine Heirat denken! Nur ein Mensch von ihrer Einfalt war eines solchen Treubruchs fähig. Der greise Faschist war imstande, den ehedem so sicher in seiner Vollkommenheit ruhenden Ignaz J. Reilly so lange zu exorzieren, bis von ihm nichts blieb als ein welker, unartikulierter Rest, und er würde auch für Mr. Levy in den Zeugenstand treten, damit man den künftigen Stiefsohn hinter Schloß und Riegel verwahrte und nichts mehr Mr. Robichaux daran hinderte, seine perversen Gelüste an der ahnungslosen Irene Reilly zu befriedigen. Für Prostituierte gab es weder Sozialversicherung noch Arbeitslosenzuschuß: Was Wunder, wenn sich ein konservativer Roué wie dieser Robichaux zu ihnen hingezogen fühlte? Fortuna allein wußte, was alles er dabei gelernt hatte.

Mrs. Reilly horchte auf das Quietschen und Rülpsen, das aus dem Zimmer ihres Sohns drang, und fragte sich, ob er nun etwa zu allem Übel noch einen Anfall hatte. Andererseits wollte sie ihn gar nicht sehen. Jedesmal, wenn sie seine Tür knarren hörte, versuchte sie vor ihm in ihr Zimmer zu entkommen. Fünfhunderttausend Dollar war so viel Geld, daß sie es sich nicht einmal vorzustellen vermochte, ebensowenig wie die Strafe, die einem Übeltäter zugemessen werden mußte, der etwas angestellt hatte, das fünfhunderttausend Dollar kostete. Zweifel, die es vielleicht noch auf Seiten von Mr. Levy gab, bestanden für sie nicht. Was immer es war: Ignaz hatte es geschrieben. Schöne Aussichten! Ignaz im Zuchthaus . . . Eine einzige Chance gab es, ihn zu retten. Mrs. Reilly zog sich mit dem Telephon in den entlegensten Winkel der Diele zurück und rief – nun schon zum vierten Mal an diesem Tag – Santa Battaglia an.

„Du armer Schatz!" sagte Santa. „Was ist jetzt schon wieder los?"

„Ich fürchte, Ignaz steckt in einer ärgeren Klemme als nur mit dem Bild in der Zeitung", flüsterte Mrs. Reilly. „Ich kann's dir am Telephon nicht sagen, aber du hast von Anfang an recht gehabt, Santa: Ignaz gehört in die Charité."

„Endlich! Ich hab mich ja heiser geredet, um dich zu überzeugen. Claude hat mich eben vorhin angerufen und mir erzählt, daß Ignaz im Spital eine große Szene gemacht hat, wie sie sich begegnet sind. Claude sagt, daß er Angst vor Ignaz hat, weil er so groß ist."

„Schrecklich! Es war wirklich ganz arg im Spital. Ich hab dir doch schon erzählt, wie mein Ignaz zu schreien angefangen hat, vor allen Schwestern und den kranken Leuten. Ich wär am liebsten gestorben! Und Claude ist nicht bös auf mich?"

„Er ist nicht bös, aber er will nicht, daß du allein dort in dem

Haus bist. Er hat mich gefragt, ob er nicht vielleicht mit mir zusammen kommen und bei dir bleiben soll."

„Bitte nicht", sagte Mrs. Reilly rasch.

„Und was hat der Ignaz jetzt ausgefressen?"

„Das erzähl ich dir später. Jetzt hab ich dir nur sagen wollen, daß ich den ganzen Tag schon über diese Sache mit der Charité nachdenke – und daß ich mich jetzt entschlossen habe. Jetzt ist es soweit. Er ist mein eigenes Kind, aber wir müssen ihn zu seinem eigenen Besten dort behandeln lassen." Mrs. Reilly versuchte sich an die Wendung zu erinnern, die immer im Fernsehen gebracht wurde. „Wir müssen seine zeitweilige Unzurechnungsfähigkeit feststellen lassen."

„Zeitweilig?" mockierte sich Santa.

„Wir müssen Ignaz helfen, bevor sie ihn holen kommen."

„Wer kommt ihn holen?"

„Anscheinend hat er bei Hosen-Levy was Linkes gedreht, wie er dort gearbeitet hat."

„Um Himmels willen! Nicht noch was Neues! Leg sofort auf, Irene, und ruf bei der Charité an!"

„Nein, jetzt nicht. Ich will nicht hier sein, wenn sie kommen. Mein Ignaz ist wirklich groß und stark, er wird vielleicht Schwierigkeiten machen. So etwas könnte ich nicht aushalten. Ich bin sowieso schon ganz herunten mit den Nerven."

„Groß und stark ist er. Die Leute sollen ein großes, starkes Netz mitbringen – das wird wie die Jagd auf einen wilden Elephanten." Santa war hörbar erregt. „Das ist der beste Entschluß, den du je gefaßt hast, Irene! Ich mach dir einen Vorschlag: Ich rufe jetzt sofort bei der Charité an, und du kommst zu mir herüber. Ich sag auch Claude, daß er kommen soll, er wird sich über diese Nachricht bestimmt freuen. Und in einer Woche kannst du dann deine Heiratsanzeigen ausschicken. Bevor das Jahr um ist, sitzst du in einem warm gepolsterten Nest, Schatz, und hast eine Eisenbahnerpension."

Das hörte sich sehr verführerisch an. „Und was ist mit den Kommunisten?" fragte Mrs. Reilly dennoch ein wenig zögernd.

„Über die brauchst du dir nicht den Kopf zerbrechen. Mit den Kommunisten werden wir schon fertig. Claude wird genug zu tun haben, um dein Haus anständig herzurichten. Bis er das Ignazzimmer erst einmal für sich gemütlich gemacht hat, gibt's längst keine Kommunisten mehr." Santa lachte in heiserem Bariton.

„Miss Annie wird platzen, wenn sie sieht, daß das Haus renoviert wird."

„Dann sag diesem Weibsbild, daß sie nur aus sich rausgehen und sich umtun muß, wenn sie auch ihr Haus renoviert haben will", scherzte Santa. „Aber jetzt häng ab, Kind, und komm herüber! Ich ruf jetzt sofort bei der Charité an. Schau, daß du möglichst rasch aus dem Haus kommst!"

Dem Knall in Mrs. Reillys Ohr war zu entnehmen, daß Santa den Hörer aufgelegt hatte.

Mrs. Reilly spähte durch die Rolläden auf die Straße. Es war schon sehr dunkel, das war gut so. Wenn man Ignaz während der Nacht abführte, konnten die Nachbarn nicht viel sehen. Sie lief ins Badezimmer, puderte ihr Gesicht und das Kleid darunter, malte sich die surrealistische Variante eines Mundes unter die Nase und eilte in ihr Schlafzimmer, um einen Mantel zu holen. Vor der Haustür blieb sie stehen. So durfte sie ihren Ignaz nicht verlassen. Er war immerhin ihr Kind.

Sie ging zu seiner Tür und horchte auf das Crescendo der Matratzenfedern, das sich zu einem Finale wie in der *Halle des Bergkönigs* von Grieg steigerte. Sie klopfte, erhielt aber keine Antwort.

„Ignaz!" rief sie traurig.

„Was willst du?" erwiderte endlich eine atemlose Stimme.

„Ich geh fort, Ignaz. Ich wollte mich von dir verabschieden."

Ignaz blieb stumm.

„Ignaz, mach auf!" bat Mrs. Reilly. „Gib mir einen Abschiedskuß!"

„Ich fühle mich gar nicht wohl. Ich kann mich kaum rühren."

„Komm schon, Bub!"

Die Tür öffnete sich langsam, fett und grau erschien Ignaz'

Gesicht in dem Spalt. Die Augen seiner Mutter wurden feucht, als sie den Verband sah.

„Jetzt gib mir einen Kuß, Schatz! Es tut mir leid, daß es so enden mußte."

„Was soll diese melodramatische Attitüde?" fragte Ignaz mißtrauisch. „Warum bist du auf einmal so freundlich? Hast du dich nicht mit einem alten Mann verabredet?"

„Du hast recht gehabt, Ignaz. Du bist nicht zur Arbeit geschaffen. Ich hätte das wissen müssen. Ich hätte versuchen sollen, die Schuld sonstwie abzuzahlen." Eine Träne stahl sich aus Mrs. Reillys Auge und wusch eine Spur rosiger Haut aus dem Puder. „Wenn dieser Mr. Levy anruft, brauchst du nicht zum Telephon zu gehen. Ich werde schon für dich sorgen."

„Gott schütze mich!" rief Ignaz. „Jetzt kriege ich wirklich Angst. Der Himmel weiß, was du vorhast! Wohin gehst du?"

„Bleib im Haus und heb das Telephon nicht ab!"

„Warum? Was wird da gespielt?" Angst flackerte in den blutunterlaufenen Augen. „Wer war das, mit dem du am Telephon geflüstert hast?"

„Du mußt dir wegen Mr. Levy keine Sorgen machen, Bub. Ich richte das schon. Vergiß nur nicht, daß deine Mutter immer nur dein Bestes will."

„Eben davor fürchte ich mich."

„Sei mir nicht bös, Kind: Niemals!" bat Mrs. Reilly. Dann sprang sie in ihren Kegelschuhen, die sie seit dem Anruf Angelos am vorangegangenen Abend nicht ausgezogen hatte, an Ignaz hoch, schlug ihre Arme um ihn und küßte ihn auf den Schnurrbart.

Sie ließ ihn gleich wieder los und lief zur Eingangstür, drehte sich aber dort noch einmal um und rief: „Es tut mir so leid, daß ich in diesen Balkon hineingefahren bin, Ignaz! Ich liebe dich!"

Darauf knallte der Türladen zu. Sie war fort.

„Komm zurück!" brüllte Ignaz. Er riß an den Läden, aber der alte Plymouth erwachte bereits polternd. „Bitte, komm zurück, Mutter!"

„Ruhe da drüben!" schrie Miss Annie irgendwo im Dunkeln.

Seine Mutter hatte irgend etwas ausgekocht, irgendeinen Anschlag auf ihn, der sein Leben endgültig zerstören würde. Warum hatte sie darauf bestanden, daß er im Haus bleiben sollte? Sie wußte doch, daß er in seinem gegenwärtigen Zustand wenig Lust hatte, irgendwohin zu gehen. Er fand Santa Battaglias Nummer und griff zum Telephon. Er mußte mit seiner Mutter sprechen.

„Hier spricht Ignaz Reilly", rief er in die Muschel, als Santa sich meldete. „Kommt meine Mutter heute zu Ihnen?"

„Nicht, daß ich wüßte", erwiderte Santa kühl. „Ich hab heute nicht mit Ihrer Mutter geredet."

Ignaz legte auf. Irgend etwas braute sich zusammen. Er hatte zumindest zwei oder drei Mal, als seine Mutter am Telephon gewesen war, den Namen Santas nennen gehört. Und dann dieser letzte Anruf, dieses verschwörerische Flüstern, bevor seine Mutter gegangen war! Der einzige Mensch, mit dem seine Mutter flüsterte, war diese Kupplerin – und auch da tat sie es nur, wenn die beiden irgendein Geheimnis hatten. Tatsächlich ahnte Ignaz bereits, warum seine Mutter so gerührt und endgültig von ihm Abschied genommen hatte. Immerhin wußte er aus ihrem Mund, daß die Battaglia nicht nur gern Ehen stiftete, sondern auch geraten hatte, daß er sich für einen längeren Urlaub in die Charité legen sollte. Alles reimte sich zusammen. In einer Abteilung für Nervenkranke wäre er vor Abelman und Levy sicher, wer immer in dieser Sache als sein Verfolger auftrat. Vielleicht wollten ihn beide verklagen: Abelman wegen Ehrenbeleidigung und Levy wegen Unterschriftenfälschung. Für das beschränkte Hirn seiner Mutter war die psychiatrische Abteilung bestimmt eine erwägenswerte Alternative, es paßte ganz zu ihr, daß sie in bester Absicht ihr Kind in eine Zwangsjacke stecken und seinen Geist mit Elektroschocks kastrieren wollte. Dabei war nicht auszuschließen, daß sie gar nicht so weit dachte. Auf jeden Fall war es bei ihr angebracht, sich auf das Schlimmste vorzubereiten, auch die Lüge der geilen Battaglia hatte ja nicht gerade beruhigend geklungen.

In den Vereinigten Staaten ist ein Mensch solange unbescholten, als er nicht einer strafbaren Handlung schuldig befunden wird. Vielleicht hatte Miss Trixie gestanden? Warum hatte Mr. Levy nicht wieder angerufen? Ignaz war nicht bereit, sich ins Narrenhaus sperren zu lassen, solange kein Gericht festgestellt hatte, daß der Brief von ihm stammte. Seine Mutter hatte auf den Besuch Mr. Levys wie immer völlig irrational und emotionell reagiert. „Ich werde schon für dich sorgen." – „Ich richte das schon." Gewiß: Einen Schlauch mit kaltem Wasser würde man auf ihn richten! Irgendein idiotischer Psychoanalytiker würde sich vermessen, die Tiefen der Weltsicht Ignaz Reillys auszuloten und ihn aus Zorn über die Vergeblichkeit dieses Bemühens in eine Gummizelle stecken. Nein! So etwas kam nicht in Frage. Lieber ging er ins Zuchthaus, wo man nur physischem Zwang ausgesetzt ist. Auf der Psychiatrie stümperten sie mit Seele und Geist, rührten an das philosophische Fundament seiner Existenz. Das durfte er niemals zulassen. Wie wortreich hatte sich doch seine Mutter wegen des mysteriösen Schutzes, den sie ihrem Sohn zuteil werden lassen wollte, bei ihm entschuldigt! Alle Zeichen deuteten auf die Charité.

Oh, Fortuna, du launenhafte Dirne!

Und da watschelte er nun hier im Haus herum wie in einer Falle! Die Häscher der Charité brauchten nur zuzugreifen. Vielleicht war seine Mutter nur zu einer ihrer Kegelorgien gegangen. Ebensogut war es aber möglich, daß bereits ein vergitterter Krankenwagen durch die Stadt zur Constantinople Street raste . . .

Fort – nur fort!

Ignaz warf einen Blick in seine Brieftasche. Die dreißig Dollar waren weg, offenbar von seiner Mutter im Spital beschlagnahmt. Er schaute auf die Uhr: Es war kurz vor acht, der Nachmittag war zwischen Schlaf und Handschuhattacken rasch verstrichen. Ignaz durchsuchte sein Zimmer, warf mit den Expreßpostblocks um sich, stampfte auf ihnen herum, schaufelte sie unter dem Bett hervor. Endlich fand er ein paar verstreute Münzen – dann noch ein paar im Schreibtisch, alles in allem waren es sechzig Cents, das ließ nicht viele Fluchtwege offen, aber es reichte immerhin, um sich für den Abend in ein bewährtes Asyl einzukaufen: Das „Prytania". Wenn dann das Kino schloß, wollte er am Haus vorbeigehen und schauen, ob seine Mutter nach Hause gekommen war.

In fliegender Hast zog er sich an. Das rote Flanellnachthemd segelte deckenwärts und blieb am Luster hängen. Er zwängte die Zehen in die Stiefel und sprang, so gut es ging, in die Tweedhose, die sich allerdings um die Mitte kaum mehr zuknöpfen ließ, raffte Hemd, Mütze und Mantel an sich und stürzte, wie betrunken gegen die engen Wände taumelnd, in die Diele, als jemand dreimal laut gegen die Eingangstür schlug.

War Mr. Levy wiedergekommen? Der Pylorus funkte SOS, die Hände griffen das Signal auf. Ignaz kratzte die weißen Quaddeln auf den Handrücken und spähte in der Erwartung, eine Abordnung haariger Charitégorillas zu sehen, durch die Läden.

Draußen, auf der Veranda, stand Myrna in einem zerdrückten Mantel aus olivgrünem Kord. Ihr schwarzes Haar war zu einem Zopf geflochten, der sich unter dem einen Ohr hervorwand und über ihre Brust legte. Eine Gitarre hing über ihrer Schulter.

Ignaz war nahe daran, mit bloßen Fäusten durch die Läden zu brechen und ihr diesen wie aus Werg gedrehten Zopf um den Hals zu schnüren, bis ihr die Luft ausginge. Aber die Vernunft siegte. Myrna war jetzt unerheblich – es galt, einen Fluchtweg zu finden. Fortuna hatte sich erweichen lassen, sie war doch nicht grausam genug, um diesen Teufelskreis damit zu enden, daß sie Ignaz in einer Zwangsjacke erwürgte oder in einer neonbeleuchteten Betongruft erstickte. Fortuna wollte ihm helfen. Irgendwie hatte sie das Myrnagör aus einem U-Bahnwaggon, von irgendeinem Streikposten, aus dem zerwühlten Bett eines vorderasiatischen Existentialisten, aus den Armen eines epileptischen Negerbuddhisten oder aus einer gruppentherapeutischen Sitzung gerissen und in die Constantinople Street gehext.

„Ignaz? Steckst du in diesem Loch?" fragte Myrna auf ihre ruhige, direkte und herausfordernde Weise. Sie schlug abermals an die Läden und schielte dabei durch ihre schwarzgerandete

Brille. Myrna war nicht kurzsichtig, die Brille war aus Fensterglas und nur als Beleg für Myrnas Engagement und zielbewußte Intellektualität wichtig. Der Schein der Straßenlampe spiegelte sich in ihren Ohrringen wie in einem Kristallüster. „Ich weiß, daß da drin wer ist! Ich hab dich in der Diele herumstampfen gehört: Mach schon diese morschen Läden auf!"

„Ja, ja – ich bin schon da!" rief Ignaz, indem er den Riegel zurückschob und die Läden aufstieß. „Fortuna sei Dank, daß sie dich geschickt hat!"

„Jesus! Du schaust ja zum Fürchten aus! Als ob du einen Nervenzusammenbruch gehabt hättest. Und warum der Verband? Ignaz, was ist mit dir los? Und so dick bist du geworden! Ich hab gerade diese rührenden Plakate auf der Veranda gelesen ... Weit ist's mit dir gekommen!"

„Ich bin durch eine Hölle gegangen", schluchzte Ignaz und zog Myrna am Ärmel ihres Mantels in die Diele. „Warum hast du mich verlassen, du Gör? Deine neue Haartracht ist sehr aufregend und kosmopolitisch." Er drückte ihren Zopf in seinen feuchten Schnurrbart und küßte ihn heftig. „Dieser Duft nach Ruß und Kohle in deinem Haar läßt alle Wunder Manhattans vor mir aufsteigen. Wir müssen sofort aufbrechen. Ich will zu den Blumenkindern!"

„Ich hab ja gewußt, daß etwas mit dir nicht stimmt. Aber so! Du bist tatsächlich nicht gut beisammen, Ig."

„Schnell! Führ mich in ein Motel! Meine natürlichen Triebe schreien nach Befriedigung. Hast du Geld?"

„Jetzt übertreib nicht!" verwies ihn Myrna ärgerlich, entriß Ignaz den nassen Zopf und warf ihn sich über die Schulter, wo er mit dumpfem Knall auf der Gitarre landete. „Ich bin total fertig. Seit gestern früh um neun bin ich unterwegs! Wie dieser Brief wegen der Friedenspartei im Kasten war, hab ich mir gesagt: ‚Der Knabe braucht mehr als einen Brief, Myrna, der ist am Absaufen und braucht deine Hilfe. Bist du bereit, dieses Unikat vor dem Untergang zu retten?' Vor der Post hab ich mich in den Wagen gesetzt und bin einfach losgefahren, ohne Umwege – die ganze

Nacht durch. Je länger ich über dieses verrückte Telegramm mit der Friedenspartei nachgedacht habe, desto mehr hat es mich beunruhigt." Anscheinend gebrach es Myrna an Anlässen, sich in Manhattan zu engagieren.

„Recht hast du gehabt!" rief Ignaz. „Ein schauerliches Telegramm, nicht wahr? Die Ausgeburt einer entarteten Phantasie. Ich sinke seit Wochen von einer Depression in die andere. Nach all den Jahren, die ich meiner Mutter geopfert habe, will sie jetzt heiraten und mich aus dem Weg haben. Wir müssen fort! Ich halte dieses Haus nicht länger aus!"

„Was? Wer will ausgerechnet deine Mutter heiraten?"

„Gottlob verstehst wenigstens du mich. Du kannst begreifen, wie absurd und unmöglich alles geworden ist."

„Wo ist sie? Ich würde dieser Frau gern einmal auseinandersetzen, was sie an dir verbrochen hat."

„Sie überschreitet eben irgendwo die Promillegrenze. Ich mag sie nicht mehr sehen."

„Das kann ich mir vorstellen. Du armer Junge! Und was hast du die ganze Zeit getan, Ignaz? Nur in deinem Zimmer vor dich hingedöst?"

„Ja. Wochenlang. Ich war vor neurotischer Apathie wie gelähmt. Erinnerst du dich an diesen phantastischen Brief über die Verhaftung und den Unfall? Den habe ich nach der ersten Begegnung meiner Mutter mit diesem Lustgreis geschrieben. Damals habe ich mein Gleichgewicht verloren, und seither ist es immer weiter bergab gegangen, bis ich mit der wahnwitzigen Friedenspartei endlich am Tiefpunkt angelangt war. Die Plakate da draußen spiegeln nur meine innere Verfassung. Meine krankhafte Sehnsucht nach Frieden war nur die Kehrseite des eitlen Wunsches, den Kriegszustand zu beenden, der in diesem kleinen Haus herrscht. Ich kann nur Gott danken, daß du die Phantastereien in meinen Briefen so richtig interpretiert hast: Daß ich meine Hilferufe in einer Sprache verfaßt habe, die du verstehst!"

„Daß du wirklich nur faul herumgelegen bist, sehe ich deinem Bauch an."

„Ich war die meiste Zeit im Bett und wollte mich trösten und ablenken, indem ich etwas in mich hineinstopfte. Aber jetzt eilt es! Ich muß aus diesem Haus heraus: Es ist zu voll von schrecklichen Erinnerungen."

„Ich hab dir schon längst gepredigt, daß du hier rauskommen mußt. Also los! Wo sind deine Sachen?" Myrnas monotone Stimme vibrierte von enthusiastischen Untertönen. „Das ist fabelhaft! Ich hab ja gewußt, daß du dich früher oder später von hier losreißen mußt, wenn du nicht verrückt werden willst."

„Wenn ich nur früher auf dich gehört hätte! Dann wäre mir diese Hölle erspart geblieben." Ignaz umarmte Myrna und quetschte sie samt Gitarre flach gegen die Wand. Er sah ihr an, wie entzückt sie über die neue Aufgabe war, die sich ihr hier stellte. „Einmal wirst du pfeilgerade in den Himmel kommen, mein Gör. Aber jetzt nichts wie los!"

Er versuchte, sie zur Tür hinaus zu ziehen, aber sie hielt ihn zurück. „Willst du nichts mitnehmen?"

„Doch – natürlich! Alle meine Notizen und Entwürfe: Das darf nie in die Hände meiner Mutter fallen. Sie würde ein Vermögen damit machen. Einer solchen Ironie des Schicksals müssen wir vorbeugen." Sie gingen in sein Zimmer. „Übrigens habe ich dir noch nicht gesagt, daß es ein Faschist ist, dessen zweifelhafter Aufmerksamkeit sich meine Mutter erfreut."

„Nein!"

„Doch! Sieh dir das an: Vielleicht kannst du dann ermessen, wie sie mich gequält haben."

Er drückte Myrna eines der Heftchen in die Hand, das ihm seine Mutter unter der Tür durch ins Zimmer geschoben hatte: *Gehört dein Nachbar zu uns?* Myrna las eine handschriftliche Notiz am Rand des Umschlags: „Das solltest Du lesen, Irene: Es ist wirklich gut. Am Ende findest Du ein paar Fragen, die Du gelegentlich Deinem Jungen stellen kannst."

„Oh, Ignaz!" stöhnte Myrna. „Was haben sie dir angetan?"

„Es war entsetzlich. Im Augenblick, nehme ich an, prügeln sie irgendwo einen Unglückswurm, der heute morgen beim Greisler in Gegenwart meiner Mutter die Vereinten Nationen gelobt hat. Den ganzen Tag hat sie darüber vor sich hingebrummt." Ignaz rülpste. „Durch Wochen hat man mich terrorisiert!"

„Merkwürdig ist es hier ohne deine Mutter. Sie war doch sonst ständig um die Wege." Myrna hing ihre Gitarre über einen Stuhl und legte sich quer über das Bett. „Dieses Zimmer! Feste haben wir hier gefeiert, nächtelang diskutiert und unsere Manifeste gegen diesen Talc verfaßt... Der Scharlatan treibt sich vermutlich noch immer dort am Institut herum."

„Wahrscheinlich", stimmte ihr Ignaz geistesabwesend zu. Myrna auf dem Bett beunruhigte ihn, über kurz oder lang würde sie bestimmt zu Handgreiflichkeiten übergehen wollen. Davon abgesehen hatten sie wirklich keine Zeit zu verlieren. Er durchwühlte nun den Einbauschrank auf der Suche nach dem Seesack, den seine Mutter ihm anläßlich eines katastrophalen Schulausflugs gekauft hatte, als er elf gewesen war. Wie ein Hund auf der Suche nach einem Knochen tatzte er von einer vergilbten Schublade zur nächsten, warf eine nach der anderen im Bogen hinter sich. „Du solltest dich vielleicht doch erheben, meine kleine Lilie. Wir müssen noch die Schreibblocks zusammensuchen und alle Notizen einschaufeln. Schau vielleicht einmal unter das Bett!"

Myrna stieß sich von den feuchten Laken ab. „Ich habe versucht, dich meinen Feunden in der Therapiegruppe zu beschreiben", berichtete sie, „wie du in diesem Zimmer vor dich hin arbeitest, fern der menschlichen Gesellschaft. Ein merkwürdiges mittelalterliches Wesen in einer Mönchszelle."

„Bestimmt hast du sie neugierig auf mich gemacht", brummte Ignaz. Er hatte den Seesack gefunden und stopfte hinein, was an Socken auf dem Boden herumlag. „Jetzt werden sie mich ja bald in natura bewundern können."

„Wenn die erst hören, was dein Kopf ständig an originellen Gedanken hervorsprudelt!"

„Ja–ha", gähnte Ignaz. „Vielleicht hat mir meine Mutter mit ihren Heiratsabsichten sogar einen Gefallen getan. Diese ödipale Bindung hat mich nachgerade doch sehr beengt." Er warf sein Jo-

Jo in den Seesack. „Anscheinend bist du ohne Zwischenfälle durch den Süden gekommen?"

„Ich bin wirklich kaum wo stehengeblieben. Fast sechsunddreißig Stunden bin ich nur gefahren und gefahren und gefahren." Myrna stapelte die Expreßblöcke. „Gestern abend habe ich bei einem Negerimbiß was essen wollen, aber sie haben mir nichts gegeben. Ich glaube, meine Gitarre war ihnen verdächtig."

„Bestimmt war es das. Die haben dich sicher für eine Blubobardin gehalten. Ich habe meine Erfahrungen mit solchen Leuten. Sie sind ziemlich beschränkt."

„Ich kann es noch gar nicht fassen, daß ich dich wirklich aus diesem Verlies herausholen soll."

„Kaum zu glauben, nicht wahr? Und ich habe mich jahrelang gegen deine bessere Einsicht gesträubt!"

„Wir zwei in New York: Das wird Spitze! Du wirst sehen!"

„Ich brenne darauf", versicherte Ignaz, indem er das Kopftuch und den Säbel einpackte. „Die Freiheitsstatue, das Empire State Building, die Broadway-Premièren mit meinen Lieblingsstars – und endlose Gespräche über Gott und die Welt in einem Espresso im Village!"

„Endlich reißt du dich am Riemen! Ich wage kaum meinen Ohren zu trauen. Wir werden deine Probleme eines nach dem anderen angehen. Du trittst jetzt in eine neue, wesentliche Phase deines Lebens. Das stumpfe Dahindämmern ist vorbei, das sehe und höre ich . . . Und diese Fülle von großen Gedanken, die wir befreien, wenn wir erst einmal alles Spinngewebe, alle Tabus und Vorurteile aus diesem Hirn gefegt haben!"

„Möglich ist alles", pflichtete Ignaz uninteressiert bei. „Aber jetzt müssen wir aufbrechen. Sofort! Es ist nicht ausgeschlossen, daß meine Mutter plötzlich auftaucht. Wenn ich sie sehe, klammere ich mich wieder an ihre Rockfalte. Wir dürfen keine Sekunde verlieren."

„Du tanzst wie ein Medizinmann herum. Entspann dich! Das Schlimmste ist vorbei."

„Nein, noch nicht", widersprach Ignaz hastig. „Jeden Augenblick kann meine Mutter mit ihrer Bande zurückkommen. Du solltest sie sehen! Lauter weiße Herrenmenschen und aufrechte Protestanten – oder noch ärger. Ich brauch nur noch meine Laute und die Trompete. Hast du alle Manuskripte beisammen?"

„Ungeheuer spannend", stellte Myrna fest und deutete auf einen Block, den sie gerade durchblätterte. „Nihilistische Perlen."

„Das ist nur ein Fragment."

„Willst du nicht deiner Mutter irgendeinen besonders ätzenden Abschiedsbrief hinterlassen?"

„Das hätte wenig Sinn. Sie würde Wochen brauchen, bis sie ihn kapiert." Ignaz schlang einen Arm um Laute und Trompete, den anderen um den Seesack. „Laß bitte den Heftordner nicht fallen! Da ist mein Tagebuch drin, ein soziologisches Quodlibet, an dem ich zuletzt gearbeitet habe, ganz bewußt auf Profit zugeschnitten. Walt Disney oder George Pal könnte einen tollen Film herausholen."

„Ignaz!" Myrna hielt unter der Tür an, mit dem Stapel Expreßpostblocks vor der Brust, und bewegte zunächst nur tonlos die blassen Lippen, als ob sie nach den rechten Worten für eine große Rede suche. Ihre fahrtmüden Augen hinter den blitzenden Gläsern richteten sich forschend auf Ignaz. „Das ist ein historischer Augenblick! Mir ist, als ob ich einen Menschen retten würde."

„Das tust du: Aber jetzt müssen wir flüchten! Plaudern können wir später." Ignaz drängte sich an ihr vorbei und stolperte hinunter zu dem Wagen, öffnete die Hintertür des kleinen Renault und verfrachtete sich auf die unter Stößen von Propagandaschriften und Plakaten vergrabene Sitzbank. Der Wagen roch wie ein Zeitungsstand. „Mach schnell! Jetzt ist nicht die Zeit, hier vor dem Haus für Standphotos zu posieren!"

„Willst du wirklich da hinten sitzen?" erkundigte sich Myrna, als sie die Manuskriptladung durch die Hintertür hineinkippte.

„Selbstverständlich", polterte Ignaz. „Du glaubst doch nicht, daß ich mich auf den Todessitz neben dem Fahrer schnalle, wenn wir eine Überlandfahrt vor uns haben. Und jetzt steig endlich in diesen Kinderwagen und fahr los!"

„Warte! Ich hab noch einen ganzen Haufen Blocks drinnen“, erwiderte Myrna und lief zurück ins Haus. Die Gitarre an ihrer Seite hüpfte mit. Als sie mit einer nächsten Ladung über die Stiege gekommen war, blieb sie auf dem Ziegelpflaster des Bürgersteigs stehen und wandte sich zum Haus hin. Ignaz sah ihr an, wie sie die Szene im Gedächtnis festhielt: Myrna Minkoff als Walküre, den Helden vom Schlachtfeld entführend. Ihr Talent, ihm auf die Nerven zu gehen, war ungebrochen. Endlich reagierte sie auf Ignaz' Beschwörungen, kam zum Wagen her und warf ihm die Manuskripte auf den Schoß. „Unterm Bett dürften auch noch ein paar sein.“

„Die kannst du vergessen!“ schrie Ignaz. „Setz dich hin und starte! Oh, Gott! Und bohr mir nicht mit der Gitarre in der Nase! Warum hängst du dir nicht eine Tasche um wie jedes anständige Mädchen?“

„Wisch dir den Hintern“, entgegnete Myrna erbost. Sie schwang sich hinter das Lenkrad und drehte den Zündschlüssel. „Wo willst du übernachten?“

„Übernachten?“ schnaubte Ignaz. „Nirgends. Wir müssen in einem durchfahren!“

„Mir dreht sich jetzt schon alles, Ignaz. Ich sitze seit gestern früh in diesem Wagen!“

„Also wenigstens bis über den Lake Pontchartrain.“

„Okay. Wir können den Damm entlang bis Mandeville fahren.“

„Nein!“ Das Risiko, daß Myrna mit ihm geradewegs in die offenen Arme irgendeines Psychiaters fuhr, war zu groß. „Dort können wir nicht bleiben, das Wasser ist so verseucht, daß alles schon krank ist.“

„Wirklich? Dann eben über die alte Brücke nach Slidell.“

„Ja. Das ist überhaupt sicherer. Es kommt immer wieder vor, daß Lastkähne den Damm rammen, dann würden wir in den See fahren und absaufen.“ Der Renault saß sehr tief auf der Hinterachse. Auch die Beschleunigung ließ zu wünschen. „Der Wagen ist etwas klein für mein Kaliber. Weißt du auch sicher, wie wir nach New York kommen? Ich bezweifle, daß ich länger als zwei Tage in dieser Embryonalstellung überleben kann."

„He! Wohin fahrt ihr zwei Anarchisten?" hörten sie noch Miss Annies Stimme hinter ihren Läden.

„Wohnt die alte Hexe noch immer hier?" fragte Myrna.

„Halt den Mund und schau, daß wir fortkommen!"

„Hast du die Absicht, übergriffig zu werden?" Myrna blickte auf die grüne Mütze im Rückspiegel. „Ich würde es nur gern vorher wissen."

„Oh, mein Pylorus!" stöhnte Ignaz. „Mach bitte keine Szene! Nach den jüngsten Ereignissen ist meine Psyche zu labil, um auch das noch auszuhalten."

„Tut mir leid. Mir war nur plötzlich so wie in alten Zeiten: Ich als Chauffeuse, und du fummelst von hinten an mir herum."

„Hoffentlich gibt es im Norden keinen Schnee, bei Kälte funktioniert mein Stoffwechsel nicht. Und paß bitte auf die Überlandbusse auf, damit sie dein Spielzeugauto nicht plattwalzen!"

„Ignaz?! Diesen Ton kenne ich schon zu gut. Ich frage mich im Ernst, ob ich nicht einen ganz fürchterlichen Fehler mache."

„Wieso Fehler? Natürlich nicht", widersprach Ignaz sanft. „Aber laß trotzdem den Rettungswagen vorbei: Ich möchte nicht, daß wir unsere Pilgerfahrt mit einem Unfall starten."

Als der Rettungswagen an ihnen vorüberstob, beugte sich Ignaz zum Fenster und las die Beschriftung auf der Tür: „Charity Hospital". Das rote Licht, das auf dem Dach des Rettungswagens rotierte, strich kurz über den Renault. Ignaz fühlte sich gekränkt. Er hatte einen massiven, vergitterten Kastenwagen erwartet. Diese Leute, die einen alten, ausgewerkelten Cadillac nach ihm geschickt hatten, unterschätzten Ignaz J. Reilly. Mit Leichtigkeit hätte er dem Schlitten alle Fenster eingeschlagen. Dann verloren sich die rotglühenden Heckflossen des Cadillac hinter ihnen. Myrna bog in die St. Charles Avenue.

Er war gerettet. Wohin wollte Fortuna ihn nun treiben? Der Zyklus, der damit einsetzte, war etwas vollkommen Neues.

Souverän steuerte Myrna den Renault durch den Stadtverkehr, fädelte ihn durch ein Netz von nadelöhrengen Gassen, bis sie die letzte blinkende Ampel des letzten sumpfigen Außenbezirks hinter sich hatten. Die Dunkelheit der Salzmarschen nahm sie auf. Ignaz blickte auf das Straßenschild, das im Lichtkegel der Scheinwerfer aufleuchtete: U. S. 11. Das Schild flog vorüber. Er kurbelte das Fenster handbreit auf und sog den salzigen Wind ein, der vom Golf her über die Marschen wehte.

Die frische Luft wirkte wie Speisesoda: Der Pylorus löste sich. Ignaz atmete noch einmal, noch tiefer durch. Der dumpfe Kopfschmerz ließ nach.

Dankbar hingen das gelbe und das blaue Auge an Myrnas Zopf, der arglos um Ignaz' Knie baumelte. Ironie des Schicksals, dachte er, und preßte ihn innig in den feuchten Schnurrbart.

Nachwort

Dieser Roman – ich habe ihn jetzt zum dritten Mal gelesen und bin womöglich noch verblüffter als nach dem ersten Durchgang – läßt sich wahrscheinlich am besten durch ein Resümee meiner ersten Begegnung mit ihm vorstellen:

1976, als ich am College von Loyola unterrichtete, verfolgte mich eine mir unbekannte Dame mit Telephonanrufen. Was sie von mir wollte, war einfach haarsträubend. Es ging ihr nicht darum, daß sie selbst ein paar Kapitel geschrieben hatte und an meinem Seminar teilnehmen wollte, vielmehr hatte ihr Sohn, der nicht mehr am Leben war, in den frühen sechziger Jahren einen ausgewachsenen Roman, ein ganz dickes Ding hervorgebracht, und das sollte ich lesen. Ich fragte, welche Veranlassung ich dazu haben könnte. Sie erwiderte: Weil es ein großartiger Roman ist.

Im Lauf der Jahre habe ich eine gewisse Routine entwickelt, mich vor unerfreulichen Sachen zu drücken, und etwas Unerfreulicheres als diese Zumutung war kaum denkbar: Mich mit der Mutter eines toten Autors auseinanderzusetzen und zur Strafverschärfung noch ein Manuskript zu lesen, von dem sie behauptete, daß es großartig sei – wobei sich in der Folge herausstellte, daß es sich um einen wüst verschmierten, fast unleserlichen Durchschlag handelte.

Die Dame jedoch war nicht abzuschütteln, und irgendwie kam es soweit, daß sie bei mir im Büro aufkreuzte und mir das gewichtige Manuskript in die Hand drückte. Ich konnte mich nicht herauswinden, mir blieb nur eine schwache Hoffnung: Daß ich die paar Seiten, die ich lesen mußte, schlecht genug finden würde, um mir mit gutem Gewissen die weitere Lektüre zu ersparen. Meine einzige Sorge war, es könnte sich vielleicht doch als nicht ganz so schlecht oder eben gut genug erweisen, sodaß ich bis zum Ende durchhalten müßte.

Wie sich ergab, las ich weiter. Und immer weiter. Anfangs etwas resigniert, weil es leider doch nicht so schlecht war, daß ich aufhören wollte, dann bereits erregt, hierauf mit zunehmendem Engagement und schließlich total verunsichert: Daß es so gut war, durfte einfach nicht wahr sein! Ich verkneife es mir, auf die Passagen hinzuweisen, bei denen ich erstmals stutzte, grinste, laut herauslachte oder verwirrt den Kopf schüttelte. Ich möchte den Leser nicht darum bringen, diese Erfahrungen selbst zu machen.

Hier jedenfalls finden Sie Ignaz Reilly, für den es in der Literatur, die ich kenne, keinen Vorgänger gibt – ein monströser Wirrkopf, ein verrückter Oliver Hardy, ein fettleibiger Don Quijote, ein ausgeflippter Thomas von Aquin: alles in einer Person –, der in wütendem Aufbegehren gegen unsere fortschrittliche Zivilisation anrennt, ohne dabei sein Bett in einem Hinterzimmer der Constantinople Street in New Orleans zu verlassen oder sein Flanellnachthemd abzustreifen, und zwischen gewaltigen Flatulenzen und Rülpsern einen Expreßpostblock nach dem anderen mit seinen Invektiven bekritzelt.

Seine Mutter bildet sich ein, daß er Arbeit braucht. Worauf er eine Folge von Jobs durchwandert, jedesmal ein wahnwitziges Abenteuer, das in einer totalen Katastrophe mündet – und dennoch, wie bei Don Quijote, in Vollzug einer unheimlichen, unentrinnbaren Logik.

Myrna Minkoff aus Manhattan, sein Mädchen, möchte Ignaz mit Sex kurieren. Für das, was sich zwischen den beiden abspielt, wüßte ich kein literarisches Paar zu nennen, das sich zum Vergleich heranziehen ließe.

Zu den Vorzügen von Tooles Roman gehört nicht zuletzt die Wiedergabe der eigenartigen Atmosphäre von New Orleans, seiner Hinterhöfe und Vorstadtviertel, der Sprachgewohnheiten und Rassenvorurteile – und die Schilderung eines Schwarzen, bei der Toole das fast Unmögliche gelungen ist: Ein glänzender Buffopart, ein Ausbund an Witz und Überlebensfähigkeit ohne die übliche operettenhafte Verzeichnung.

Tooles großartigste Leistung ist aber Ignaz Reilly höchstselbst: Dieser überdrehte Intellektuelle, Demagoge, Faulpelz, Tolpatsch und Parasit, der eigentlich – mit seinen vulkanischen Blähungen, seiner wahnwitzigen Überheblichkeit und seinen Ausfällen gegen alles und jedes von Freud über die Schwulen und die Normalen bis zu den Protestanten und die grassierenden Torheiten unserer Zeit – alle Voraussetzungen mitbringt, um den Leser abzustoßen. Man stelle sich eine Art heiligen Thomas vor, mit einigen lockeren Schrauben, der nach New Orleans versetzt wird und eine chaotische Irrfahrt durch die Sümpfe zur Universität von Louisiana in Baton Rouge unternimmt, wo ihm aus der Professorentoilette, in die er sich zur Lösung eines plötzlich ausgebrochenen Stoffwechselproblems zurückgezogen hat, seine geliebte Jacke gestohlen wird. Als Antwort auf den Mangel an „Geometrie und Theologie“ in der zeitgenössischen Umwelt verklemmt sich jeweils sein Pylorus, der Schließmuskel des Magenausgangs.

Ich zögere, den Begriff „Komödie“ darauf anzuwenden – obwohl es sich natürlich um eine Komödie handelt. Dieser Roman ist viel mehr als nur eine lustige Geschichte. Etwas im Sinn von „Commedia dell'Arte“ oder einer grandiosen Farce vom Format eines Falstaff würde dem Sachverhalt näher kommen.

Zugleich ist es eine traurige Geschichte. Wobei man nie genau weiß, woher die Traurigkeit kommt – aus der Tragik, die Ignaz' flatuleszenten Rodomontaden zugrunde liegt, oder der Tragik, die dem Schicksal dieses Buchs als solchem anhaftet.

Die letztere Tragik betrifft ebenso den Verfasser, der 1969 im Alter von zweiunddreißig Jahren durch Selbstmord aus dem Leben geschieden ist, und schließt unser Bedauern um die Unwiederbringlichkeit der Werke ein, die uns dadurch vorenthalten worden sind.

Es ist sehr traurig, daß John Kennedy Toole nicht mehr lebt und schreibt. Damit müssen wir uns abfinden: Mehr blieb nicht zu tun, als dafür zu sorgen, daß diese alle Rahmen sprengende Tragikomödie nun endlich den Lesern zugänglich wird.

Walker Percy

Die Originalausgabe erschien 1980
unter dem Titel „A Confederacy of Dunces“
in der Louisiana State University Press

Printed in Germany 1982
Design: Heinz Edelmann
Satz: Steffen Hahn, Kornwestheim
Druck und buchbinderische Verarbeitung:
May & Co., Darmstadt
ISBN 3-12-907991-2

CIP-Kurztitelaufnahme der Deutschen Bibliothek
Toole, John Kennedy:
Ignaz oder die Verschwörung der Idioten:
Roman / John Kennedy Toole.
Aus d. Amerikan. übers.
von Peter Marginter.
Stuttgart: Klett-Cotta, 1982.
Einheitssacht.: A confederacy of dunces ⟨dt.⟩
ISNB 3-12-907991-2